上古神话与先秦历史故事

郭精锐 著

中山大学出版社
·广州·

版权所有　翻印必究

图书在版编目（CIP）数据

上古神话与先秦历史故事/郭精锐著.—广州：中山大学出版社，2019.12
ISBN 978-7-306-06730-2

Ⅰ.①上… Ⅱ.①郭… Ⅲ.①神话—作品集—中国 ②历史故事—作品集—中国 Ⅳ.①I277.5 ②I247.81

中国版本图书馆CIP数据核字（2019）第234049号

出版人：	王天琪
策划编辑：	嵇春霞
责任编辑：	陈　霞
封面设计：	林绵华
责任校对：	李先萍
责任技编：	何雅涛
出版发行：	中山大学出版社
电　　话：	编辑部 020-84110771，84110283，84111997，84110779
	发行部 020-84111998，84111981，84111160
地　　址：	广州市新港西路135号
邮　　编：	510275　传　真：020-84036565
网　　址：	http://www.zsup.com.cn E-mail: zdcbs@mail.sysu.edu.cn
印刷者：	佛山市浩文彩色印刷有限公司
规　　格：	787mm×1092mm　1/16　20.375印张　354千字
版次印次：	2019年12月第1版　2019年12月第1次印刷
定　　价：	68.00元

如发现本书因印装质量影响阅读，请与出版社发行部联系调换

目　录

前　言　从华夏到秦人 / 1

第一章　商周兴亡 / 1
第一节　殷商的先公与诸帝 / 2
第二节　纣王帝辛 / 15
第三节　周朝的勃兴 / 25
第四节　武王伐纣 / 31
第五节　成康之治 / 40
第六节　从昭王到厉王 / 46
第七节　烽火戏诸侯 / 49
第八节　东周列国时期 / 54

第二章　吴越春秋 / 56
第一节　泰伯三让国 / 57
第二节　寿梦、季札和公子光 / 61
第三节　越世家 / 66
第四节　夫差争霸 / 74
第五节　越国的霸业 / 78
第六节　陶朱公轶事 / 82

第三章　芈姓熊氏楚 / 86
第一节　楚之先公 / 87
第二节　楚国争霸 / 93
第三节　楚庄王一鸣惊人 / 100

第四节　楚才外用　/ 107
　　第五节　变法激浪　/ 120

第四章　姜田齐国　/ 129
　　第一节　姜太公和齐桓公　/ 129
　　第二节　崔杼和晏婴　/ 140
　　第三节　田氏代齐　/ 144
　　第四节　田氏的盛衰　/ 147

第五章　姬姓晋国　/ 154
　　第一节　桐叶封国　/ 155
　　第二节　夷吾与重耳　/ 159
　　第三节　晋室霸业　/ 171
　　第四节　三家分晋之魏国　/ 179
　　第五节　三家分晋之赵国　/ 188
　　第六节　三家分晋之韩国　/ 203

第六章　姬姓燕国　/ 211
　　第一节　燕王哙禅让惹祸福　/ 211
　　第二节　燕昭王黄金台拜将　/ 215
　　第三节　燕国兴亡　/ 218

第七章　秦的故事　/ 224
　　第一节　秦的先祖　/ 224
　　第二节　秦非子与秦襄公　/ 230
　　第三节　秦穆公与百里奚　/ 232
　　第四节　秦孝公和商鞅　/ 241
　　第五节　秦惠文王、秦武王与张仪　/ 250
　　第六节　秦昭襄王与白起　/ 260

第八章　秦并六国　/268
　　第一节　秦王政、吕不韦和嫪毐　/268
　　第二节　天下一统　/277
　　第三节　秦始皇大兴土木　/288
　　第四节　秦始皇封禅遇刺　/293
　　第五节　焚书坑士死祖龙　/299

参考文献　/306

前言　从华夏到秦人

秦以前的中国人叫中原人，也称华夏人，华与夏是中国早期两个最大的民系（族群），这两大民系融合成华夏族。华夏族的融合经历了一个漫长的过程，自古史传说中的五帝时期一直到秦汉之交才完成这一融合，华夏最终统一于秦。

当我们回顾先秦历史时，作为华人的一员，有必要知道华人的由来，我们为什么叫作华人？叫作夏人？或者叫作华夏人？唐代，孔子的三十一世孙孔颖达在《春秋左传正义》中对"华夏"做了这样的解释："中国有礼仪之大，故称夏；有服章之美，谓之华。"这是从礼仪与服装来解释华夏的。古人对于"华夏"的解释大体沿袭孔颖达的看法，并未涉及华夏的起源。

想要知道华夏的起源，还需到古老的神话中去寻找。

在那遥远的地方，有一个美丽的国家，叫华胥国。[①] 华胥人不恋生也不畏死，没有亲疏背向的隔阂，人民过着快乐幸福的生活。离华胥国不远处有个地方叫雷泽，那是雷神安居的处所。有一天，一位华胥姑娘出来游玩。十里杏林，八里桃花，百花争春姹紫嫣红，小鸟在枝头呼伴唤侣，呢呢喃喃叫得人心醉，华胥姑娘的心情就如这春花一样灿烂。

突然间，她的眼前出现一个巨大的足迹。聪明的姑娘一眼就看出来，那是雷神的足迹，许是雷神昨晚出来巡夜留下的。都说雷神给人间带来的是生机——惊蛰的第一声春雷，使万物复苏、生机葳蕤。华胥姑娘心向往之，怀着朝圣的心情，她小心谨慎地一脚踩上去，这时候，一股气流从她的脚底直通天灵，华胥姑娘怀孕了，不久生下一个孩子，叫伏羲。[②]

[①] 见《潜夫论·五德志》："大人迹出雷泽，华胥履之，生伏羲。""华胥氏之国在弇州之西，台州之北，不知斯齐国几千万里。"

[②] 见《太平御览》卷78引《诗含神雾》："大迹出雷泽，华胥履之，生伏羲。"司马贞《三皇本纪》也载："太皞庖牺（即伏羲）氏、风姓。代燧人氏，继天而王。母曰华胥。履大人迹于雷泽，而生庖牺于成纪。"

有人说，华胥姑娘生男的叫伏羲，生女的叫女娲。

　　这是一个古老而美丽的降生神话。伏羲是华胥氏女的儿子，华胥氏的后人简称华人。① 这就是"华人"的起源与由来。"华胥"在不同的古籍中，也书作"华渚""华督"。

　　在古老的神话传说中，伏羲与他的妹妹女娲具有崇高的地位。他们最大的功业就是繁衍了人类。在《女娲造人》的故事中，女娲用黄土捏出了人，又将绳子放在泥浆中挥洒，挥洒的点点滴滴泥浆也成了人。为了让人类繁衍下去，女娲为人类建立了婚姻制度，将大地上的男男女女撮合起来。后来，一场特大洪水毁灭了人类，洪水过后，只剩下伏羲与女娲兄妹俩，为了使人类不致灭绝，伏羲兄妹不得已结为夫妻。婚后，女娲产下一个肉球，伏羲觉得奇怪，于是将肉球切碎包好，登上天梯去问神灵。不料刚刚攀到半空，一阵风吹来，肉碎四散飞扬，到了地上变成了人，因此，伏羲的后人以"风"为姓。相传那些飘落的肉碎中，落在中原一带的后来成了汉人，飘落在西南一带的后来成了不同的族类，这就是至今仍在西南一带少数民族中流传的神话。苗、瑶、畲、黎、侗、水、布依、仡佬、佤族等少数民族都认伏羲为祖。上述神话故事与古籍互相印证，足以证明伏羲是中国的人文始祖。

　　华胥是华人的根，但今天知道的人不多，是不是华胥氏后继乏人？不是！今天，随着旅游业的兴起，不少地方在争抢"华胥"与伏羲这两个文化标志，有说伏羲出生在甘肃成纪，有说在陕西蓝田，有说在洞庭湖地区，也有说在鲁西、豫南一带，其理由皆有所本，且言之凿凿。神话就是这样，从一地方流传到另一地方，所过之处，在时间的长河中就会留下某些"古迹"，这是信仰的作用。

　　伏羲也称太昊伏羲氏，生活在距今约七八千年前的氏族时代。我们知道，氏族时代，每隔一段时间，就会在一个母系氏族或父系氏族中分离出若干子女氏族。太昊伏羲氏就是从母系华胥氏中分离出来的一个氏族。在时间的长河中，伏羲氏族中又分离出少典这个"子"氏族，随着岁月的流逝，在少典氏中又先后分离出炎帝、黄帝两个"孙"氏族。周代史官左丘明《国语》载："昔少典娶于有蟜氏，生黄帝、炎帝，曾祖母华胥氏。"这样看来，无论是伏羲、黄帝还是炎帝，都出自华胥氏，他们都是华人，辈分上，伏羲氏是黄帝轩辕氏与炎帝神农氏的"祖父"氏族。

---

① 雷与龙的关系，详见拙作《中国神话与英雄传说》"太昊伏羲氏"部分。

据较早的史籍记载，伏羲生于甘肃成纪。后来伏羲氏在迁徙中来到山东、河南一带，其嫡系传人是少昊金天氏。在伏羲传下的后人中，少昊金天氏与"炎黄联盟"是最重要的两支，前者为华，后者为夏，故先秦时期的中国人叫华夏人，因为他们的族源都可以追溯到华胥氏，故后世统称"华人"，很少称"夏人"。

伏羲之所以被誉为中国的人文始祖，是因为中国古老的龙凤崇拜都萌生于太昊伏羲氏。《左传》对于太昊氏的龙崇拜有详细的叙述："昔者黄帝氏以云纪，故为云师而云名；炎帝氏以火纪，故为火师而火名；共工氏以水纪，故为水师而水名；太昊氏以龙纪，故为龙师而龙名。"这段资料明确地表明：黄帝氏崇云，炎帝氏崇火，太昊氏崇龙，并以龙来记事及设立官职，"春官为青龙氏，又曰苍龙；夏官为赤龙氏；秋官为白龙氏；冬官为黑龙氏；中官为黄龙氏"。① 在古老的"五行说"中，太昊伏羲即苍龙。笼统地说，"炎黄联盟"继承了太昊伏羲氏的龙崇拜。

伏羲风姓，② 风即凤，这是学术界公认的事。古文"华"字，样子就像一只张开着翅膀的鸟。伏羲是凤鸟崇拜的鼻祖，少昊金天氏是凤鸟崇拜的嫡系传人。《左传·昭公十七年》记载，郯子到鲁国见鲁昭公，鲁昭子问他，说："少昊氏用鸟名作为官名，这是什么缘故？"郯子说："从前，我的高祖少昊挚即位的时候，凤鸟正好来到，所以就以鸟来记事，设置各部门官职：凤鸟氏掌管天文历法，官历正；玄鸟氏掌管春分、秋分，官司分；伯赵氏掌管夏至、冬至，官司至；青鸟氏掌管立春、立夏，官司启；丹鸟氏掌管立秋、立冬，官司闭。祝鸠氏是司徒；鴡鸠氏是司马；鸤鸠氏是司空；爽鸠氏是司寇；鹘鸠氏是司事。这五鸠，是管理手工业、改善器物用具、统一尺度容量与教诲百姓的官职。"这段资料明确表明，少昊氏传承了伏羲氏的凤鸟崇拜，少昊以百鸟来命名职官。少昊之后，这一民系的杰出代表有帝喾（帝俊）、帝舜、皋陶、伯益，他们或为部落酋长，或为部落联邦首领，均是鸟的化身，他们的部落也都属于鸟族民系的后人。

当然，以上仅仅是神话，真假参半。不过，神话与历史是兄弟，每个民族早期的历史都被包裹在神话中。让我们由神话过渡到信史，看看信史中，华夏到底是谁？

---

① 见《纲鉴易知录·五帝纪·太昊伏羲氏》。
② 见〔晋〕皇甫谧《帝王世纪》云："太昊帝庖牺氏，风姓也。燧人之世，有巨人迹出于雷泽，华胥以足履之，有娠生伏羲于成纪，蛇身人首，有圣德。"

一

依据世界史的通例,由史前史进入信史,需要具备若干因素:①文字。信史必须有文字记载来彰明,也即文明,哪怕其文字不是自创而是借用来的。②有成熟的冶炼技术。③其城市考古遗址必须足以表明有"国家"的规模。

中国文字始于殷商,商族人以其甲骨文、高超的青铜艺术,以及古都安阳的城建规模将中国人由蒙昧时代带进文明时代。商族人的史诗《玄鸟》告诉我们,商族的始祖契是简狄吞玄鸟卵生下来的。商族始祖契"卵生"的故事在《楚辞·天问》《吕氏春秋》等中均有记载。司马迁的《史记·殷本纪》同样明确地记载了"玄鸟生商"的故事。所有这些表明:商族属于鸟崇拜,从信史的角度来说,商族就是早期的华人。

殷商部族的最大贡献是创造了甲骨文,这套文字经过历代王朝的传承、发扬与完善,成为中国文字。中国文化自此走出了"有语无文"的漫漫长夜,面貌一新,不仅"有册有典",开始有了信史,而且重要文献也能记载保存下来,这在中国文化史上是需要予以高度肯定的。

没有商族的甲骨文,中国人有可能依然停留在结绳记事的石器时代。如果说中原文化优于周边的话,关键在于有了文字而自此告别了动物时代。有了文字,人的智力与精神面貌都发生了明显的变化,可以谱写"华章",而且可以"风化"百姓,移风易俗。中国许多词语都与伏羲的"风"姓相联系,如风雅、风骚、风姿、风采、风光;也与伏羲作为第一个"华人"相联系,例如华年、华苑、华容、华诞、华彩、华丽。将伏羲的姓与伏羲的出生地联系起来,就是"风华",意喻一种积极向上的青春活力。商族"子"姓,周代,一切有文化有成就的人均被誉为"子",例如孔子、孟子、荀子、老子、韩非子。综上可知,这并非偶然的巧合,而是一种集体意识在词义中的积淀。

平心而论,世界史上能够创造出文字的民族并不多,商族是其中一个。这套文字在传承中至今仍照亮中国广袤的土地,开化着国内与海外华人,在这个意义上,商朝的历史和文化是厚重的,她对中华文明影响之深远难以考量。在海外,中国文字称作"华文",中国语言称作"华语",这是一种融化在血液里的记忆,它表明:中国文字是华人的创造。在华文文化圈中,不仅有甲骨文,这个鸟崇拜的民系还创造过形神兼备的鸟虫书。直至秦始皇统一文字之后,鸟虫书才不再作为实用文字。

甲骨文字是一代代创造积累起来的。从《周易》可知,伏羲时期已经有了某种抽象思维能力,那时候人们对于世界的认识首先是从日月交替、阴阳变化开始的;最早记载伏羲的是《易经·系辞下传》——

古者包牺氏(伏羲氏)之王天下也,仰则观象于天,俯则观法于地,观鸟兽之纹与地之宜,近取诸身,远取诸物,于是始作八卦,以通神明之德,以类万物之情。作结绳而为罔罟,以田以渔,盖取诸《离》。

这是对伏羲功绩和形象的系统描述,与马王堆汉墓中出土的《帛书系辞》中的记载完全一样。伏羲的"始作八卦",有大汶口考古文化的"八芒太阳纹"可以互相参照。一个族群如果缺乏抽象思维能力是无法创造出文字的。伏羲"观物取象","一画天地开",使人不再处于混沌中。商族的始祖契,在五帝时期的部落联盟中,是主管教诲的司徒,这使商族人更有条件在这方面做出贡献。契的先祖少昊,据《潜夫论·五德志》载:"少昊始作书契。"这意味着少昊时期已有文字的雏形,因此才能作书契。①

最早,甲骨文是用来沟通神灵的"秘密武器",商族因为有这种武器而能测知神意,以窥"天命"。殷代,文字主要掌握在巫祝、史官与为数不多的贵族子弟之手。周族对这种武器是既羡慕又担心,"文王拘而演《周易》",在"兴周翦商"过程中,文王因为有过"羑里七年之囚",在牢狱中孜孜不倦,潜心钻研,终于学会了甲骨文及推演易卦。他的子孙在入主中原之后,继承了殷商甲骨文而有了周代的金文。

商民族的又一大贡献是精湛的冶炼青铜技艺。各种常用的青铜器具和礼器、酒器十分精美。著名的司母戊大方鼎(后母戊鼎)重达832.84千克,就是其中的杰出代表。笔者早年曾参观台北故宫博物院内商代的青铜器,内心深受震撼并叹为观止——很难想象三千多年前的商代人是如何制作这样完美的青铜器皿的。此外,商族在商业、手工业方面也取得可喜的成就。汤的七代祖王亥开创了华夏商业贸易的先河,"肇牵车牛远服贾",

---

① 前甲骨文可以在东夷民系的系列考古文物——大汶口文化的一种特殊的陶器——见到,这一时期的"文字"还停留在图画阶段。莒县陵阳河遗址出土了4件灰陶尊,每件各刻有1个图形文字,分别为"皞""灵""戍""斤"字。1992年,在邹平丁公遗址发现的龙山文字,其笔画流畅,排列也较规则,刻写有一定章法,显然已脱离了符号刻画与图画文字阶段,成为甲骨文的前身。

开始用牛羊帛粟等物品与其他部落进行以物易物的交换。久而久之人们把从事贸易活动的商族人称为"商人",把用于交换的物品叫"商品",把商人从事的职业叫"商业",并尊称商王亥为"商业鼻祖"。

先秦时期,当中国大地不同族系的文化还未充分发展起来之时,商族已是鸟族民系中最优秀的一支。这符合世界史的通例:人类文明首先是在滨海地区发展起来。这个民系以伏羲信仰为源头,少昊金天氏为继宗,帝喾、帝舜、皋陶、伯益,他们的功业被明确记载在《尚书》《周易》中,许多典故至今仍可在民间查到。尤其是伏羲及其事迹,见载于《尚书大传》《礼记正义》《世本》《周易》《汉书》等七十多种官方正统书籍,具有历史的真实性;这个民系在信史时代又有商族为后继,由此而奠下了"华人"与"华族"意识。

二

继商之后是周王朝,周人认同了夏,并奠下与"华"并列的"夏"族意识。

中国历史始于夏朝,但夏朝是否属于信史,目前学术界仍有争论。夏人之痛在于未有文字,通常将二里头考古文化对应夏朝文化,虽然从二里头文物中也能发现若干符号,但文字学家认为,这些符号不能算文字,与殷商甲骨文也没有传承关系。夏的历史是在口耳相传中被后人记载下来的,故属于传说。

夏朝是否属于信史,不是本书所要讨论的。但先秦时期的中原确实存在"夏后氏"这一政体。中国最古老的史书《尚书》中有《禹贡》《甘誓》与《汤誓》诸篇。《汤誓》中说:"夏氏有罪,予畏上帝,不敢不正。"意思是:夏后氏有罪孽,我(商汤)担心上帝发怒,不敢不讨伐夏。这表明,太古的夏后氏政体后来被商汤所灭。《说文解字》:"夏,大国也。"一个部落联邦政体为何成了大国?通过读《尚书·禹贡》即可解开这个谜。大禹治水之后,设立了朝贡体系,这个体系共"五服":以京畿为中心,京畿以外五百里叫甸服,甸服以外五百里叫侯服,侯服以外五百里叫绥服,绥服以外五百里叫要服,要服以外五百里叫荒服。以此计算,这个五服体系南北五千里,东西也是五千里,这在古代完全是一个"大帝国",可谓"天下混一,有夏独大"。显然,这个"五服体系"是周统治者心目中理想的宗藩体系在夏政体上的投射，无论是在古史传说还是信史中均没有出现过。

这样看来，夏之所以成为大国，与周统治者的表述有密切关系。周人姬姓，周族入主中原之后，既不称周，也不称姬，而自称夏。举个例子，晋国姬姓，魏、韩、赵三家分晋，一个诸侯国变成三个姬姓诸侯国，准确意义可以称作"诸姬"或"诸周"，但周代的文献称作"诸夏"，因为三家的领域就在传说中夏政体的古都安邑一带，周公分封诸侯时，洛阳一带也是夏文化的重地，故那地方也称作夏。

影响所及，周几乎就是夏。周初，周公的所有诏书都自称夏，一口一个"我有夏""我区夏"。有夏指大周朝，区夏指周族的发祥地西岐，前者也称成周，后者叫宗周。《周书·康诰》记载，周公旦对其弟弟康叔封说："孟侯，朕其弟，小子封……用肇造我区夏。"《周书·君奭》中，周公对他的另一个弟弟召公说："惟文王尚克修德，和我有夏。"《周书·立政》也载，周公曰："帝钦罚之，乃伻我有夏，奄甸万姓。"上述几条历史资料均为周公告诫他的兄弟好好用心治理我大周朝之句，但周公却以"我有夏""我区夏"来表述。《诗·周颂》："我求懿德，肆于时夏。"《诗·闷宫》："缵（继承）禹之绪。"《思文》："无此疆尔界，陈界于时夏。"由于周统治者一次次将自己的功业与夏、禹联系起来并载之文献，以致我们一度几乎认为商朝之后是夏朝。

周统治者将自己表述为夏是有依据的。首先，"夏禹出西羌"，周人同是西来的民族，其族源相近。其次，周的始祖后稷，曾在夏后氏的联盟中担任农官，后稷死后，他的儿子不窋（音居）继位。不久夏后氏衰落，不窋失了官职，[①] 但他的子孙一直记得先祖曾为夏后氏农师这段"光辉的历史"，因此认同了夏。最后也是最重要的是，周认同夏是基于政治的需要。

周当时虽然革了商的命，但不过打下都城朝歌而已，所谓"灭一城（朝歌）而亡一国"，商的领地、商的文化、商的信仰以及商的军事（商纣王的宗亲攸侯喜所部十五万经营东夷的征东军）仍在。周族以小邦入主大国，渡盟津（也作孟津）时只有约四万人马，只要攸侯喜的十五万人马不灭，对周人来说就是巨大的威胁。周武王克殷之后，对此一直提心吊胆，甚至"夜不能寐"[②]，攻下朝歌不久就退出中原，回归西岐。

不久，周武王将商纣的儿子武庚封在殷故地，又把殷商王畿之地一分

---

① 见〔西汉〕司马迁《史记·周本纪》。
② 见〔西汉〕司马迁《史记·周本纪》。

为三，分封给自己的三个弟弟管叔、蔡叔和霍叔，以监视和控制殷遗民，史称"三监"。其中管叔的地位最高，他是周公旦的哥哥，也是周初第一位方伯，既监管殷商，也防范与殷商有着共同信仰的东夷族系。

武王死后，成王即位，因为年纪尚轻，周公摄政。管叔、蔡叔、霍叔认为周公篡夺了成王之位①，于是联合武庚起来反对。周公采取果断措施，亲率大军东征，杀了管叔，放逐了蔡叔，还诛杀了武庚，将殷都故地一分为二，把殷商遗民七族封给武王的少弟康叔封，国号卫；把今商丘一带的土地及一部分殷遗民封给纣王的庶兄微子，以继承殷祀，国号宋（今河南商丘）。周公借平"三监之乱"，继续东征，平定了以奄为首的东夷十七族国，将领土扩充到东海之滨。②

周穆王的时候，夷人的力量又逐渐增大。徐偃王乃淮夷国主，是江淮诸夷中的大国，徐偃王好行仁义，一向为东夷人所推崇，来归者日增，共计三十六国。夷人趁着周穆王出走西域长期不归，迅速结盟并推徐偃王为盟主。在"溥天之下，莫非王土"的观念之下，徐偃王的所作所为，在镐京引发阖廷震撼，被视为大逆不道。周穆王神不知鬼不觉地回到镐京，即日颁旨，发楚师攻夷人之不备。不久即大破之，杀偃王，又将他的子孙北徙到彭城武原山下。商与东方族系经历了一次次挫败，元气一损再损，难以为继，随着东方族系的领地成为周版图的一部分，商周双方的矛盾方告一段落。

回顾这一过程，周初统治者之所以自称"夏"不称"周"，原因是周以"蕞尔小邦"成为"天下共主"，难以服众。周人入主中原之初，文化上落后于殷商，"小邦周"想要统治中原，只能"弃戎狄旧习"，宣称自己已经是中原大国——"夏"，周人全面继承了殷商文化，包括文字、"天命观"及青铜冶炼技术等。作为战胜国，周统治者从心理上不愿承认自己在文化上被殷商所消融，遂借"夏人"以慑服"殷商遗民"，表明周有着比殷商更悠久的文化，伐殷不是"以臣弑君"，而是继承夏统来接替殷商。正是周统治者的表述，传说中的夏后氏成了"大国"，更因周族认同了夏，也奠下了与"华"并列的"夏"意识。

黄帝姓姬，周族也是姬姓，从这个意义上讲，周族是黄帝的嫡系。前文已述及，无论是黄帝还是炎帝，其族源均属于华胥氏，由于周人自诩为

---

① 见《尚书·金縢》"管叔及其群弟乃流言于国，曰：'公将不利于孺子。'"
② 见《吕氏春秋·古乐》："成王立，殷民反，王命周公践伐之。商人服象，为虐于东夷，周公遂以师逐之至于江南。"

夏，故炎黄随周族也成为夏系。在战国秦汉间的"五行五帝德"学说中，炎帝神农氏火德司夏，黄帝轩辕氏土德司长夏，① 夏与长夏都是夏（见表1所示）。据此可知，战国秦汉间的史学家、经学家均认为炎黄及其民系属于夏系。

表1 "五行五帝德"学说

太昊伏羲氏	炎帝神农氏	黄帝轩辕氏	少昊金天氏	颛顼高阳氏
春/东/青/木	夏/南/赤/火	长夏/中/黄/土	秋/西/白/金	冬/北/黑/水

这样看来，所谓华夏，华是伏羲-少昊民系，夏是炎黄民系；从信史的角度来说，商是伏羲-少昊民系的翘楚，周是炎黄民系的佼佼者。所谓华夏融合就是商族与周族的融合，代表了特定时代东方民系与西方民系在中原的融合。②

行文至此，笔者认为有必要做一说明：①周代文献中的"夏"与"诸夏"主要是指周族而不是夏族的遗民。②古代文献中的"华""夏"或"华夏"通常与"蛮、夷、戎、狄"对举。初读古籍，我们通常会认为"蛮、夷、戎、狄"是一些没有文化的野蛮人，"非我族类"。但先秦的历史启示我们：拉开中华文明帷幕的是"东夷人"的一支——商族；创造了"郁郁乎文"的文化局面是"西戎人"的一支——周族，没有东夷西戎，便没有华夏！对先秦历史浸染愈久就会发现，华夏与"蛮、夷、戎、狄"有着千丝万缕的关系，他们都属于华文化圈的成员。

其次，既然秦汉间的史学家与经学家认为黄帝属于夏民系的祖先与代表人物，后人说黄帝是华夏共祖，这在理论与逻辑上自相矛盾。我们常说"中华文化五千年"，事实上，今天的考古文化表明，河姆渡的稻作文化以及河北磁山的粟文化均为八千年，这不是黄帝文化所能涵盖的。从一个大的方面是否可以这样说，黄帝之上还有一位更古老的祖先——伏羲，伏羲是华夏两大民系也即华人的人文始祖；黄帝、炎帝作为夏民系，则是汉人的始祖（笔者将有另文论述这一问题）。

---

① 见《礼记·月令》。
② 无论是东夷、西戎、商族、周族，他们属于同一人种的不同民系：商族的 haplogroup（单倍体）是 O3a2c1a - M117，周族的 haplogroup 是 O3a2c1b - F444，东夷的 haplogroup 是 O3a1c1 - F11，他们皆属于 O3 人种，仅仅是因地理环境与生活习惯的不同而成为不同的民系。

三

本书再现的是先秦的历史，先秦的战争属于种姓间的战争，春秋时期的战争，既是"尊王攘夷"的战争，也是诸侯争霸的战争。不管是何种形式，归根到底都属于华人内部统一的战争。谁能统一其时的中原，客观上就赢得历史的荣誉。其时最有希望统一列国的是楚国与秦国，秦、楚是正宗的华夏人，但当时一直被认为是蛮夷之国。

禹时天下万国，商汤时三千，周武王时八百。那时候，一个族国就是一个小族，规模就如一个乡村邑落，全族聚居于一座小城，祭祀同一个祖宗。一个人如果离开其所属的族国就很难生存，人们聚族而居，老死不出乡，这造成生产技术交流的困难，束缚了生产力的发展。

周王朝初期，先后分封了三百多个大小不等的诸侯国，到东周初年剩下二百九十一个，至春秋时期只有七十二国，战国时仅存七雄。数目的递减正是华、夏聚合的体现。聚合是以战争来开道的。其结果是，同一邑落、同一城市出现了异姓杂居的现象，民众不再依附在一族一姓的血缘纽带上，开始有了迁徙的自由，人们可以出郑入周，浮海入齐，不同的文化、不同的技艺交汇于同一城市与邑落，生产力因此得到较快的发展。

春秋早期的二百年间，在"尊王攘夷"的旗号之下行争霸之实，弱小诸侯对霸主马首是瞻；纷争的结果逐渐出现"天下归一"的倾向。战国一百年间七雄并立，或出于自保，或为了一统天下，各诸侯国开始了人才的争夺。其时齐国的孟尝君、赵国的平原君、楚国的春申君、魏国的信陵君，皆门客三千，吕不韦门下同样有三千贤士。齐国的稷下学宫，天下一流的文人学士都聚集在那里，著书立说，各抒己见，形成"百花齐放，百家争鸣"的局面。

士子们为实现自己的理想，开始奔赴不同的国家，带来了时代的变革，如申不害变革、吴起变革、商鞅变法、赵武灵王变革、燕昭王变革等，变革冲击了传统的社会结构，由此演绎了如火如荼的历史。变革是惨烈的，几乎没有一个政治家能善始善终，全身而退。其中尤以吴起变法、商鞅变法最为酷烈，二人皆身死族灭。商鞅虽死，但变法已经拉动，新法深入民心，这为秦统一六国奠定了基础。

在春秋争霸中，楚国是一颗冉冉上升的新星。楚的土著属于淮夷，鸟

（凤凰、九头鸟）崇拜，但楚的公室是"帝高阳之苗裔"，有着纯正的炎黄血统。基于这一原因，楚的公室一直不安心屈居江南，一门心思回归中原。商末周初，楚族曾给予周族无私的帮助，楚人的首领鬻熊曾做过周文王的老师，他将自己所知道的知识都传授给周文王，又带领族人顶风冒雪协助周武王讨伐商纣。楚人自认对中原王朝有贡献，在仰慕中原文化之时，也想加入中原文明的行列，这个要求并不过分。但楚人的一腔热血得到的却是周王室的冷落与刁难。一直到周成王之时，才封鬻熊的子孙熊绎为子爵，封以子男之田五十里。

楚人虽然立了国，但一直被周王朝视为"奴仆"之邦，不公的待遇最终激起了楚人的反抗，楚子一怒之下，不再按时朝贡。到了楚武王熊通之时，干脆宣布："我楚人就是蛮夷！"不承认周王朝的分封，自立为楚王，吹响了与周王朝分庭抗礼的号角。此时的楚国就如乳虎啸谷，百兽震恐。

春秋时期，楚国至少吞并了近百个大小不等的诸侯国，仅楚成王年间，就先后灭亡贰、谷、绞、弦、黄、英、蒋、道、柏、房、轸、夔等数十小国。楚鼎盛时领土几乎覆盖了大半个南方，又越过淮河直达今河南部分地区，成为战国时期版图最广、最有希望统一天下的国家之一。司马迁在《史记》中记载："楚，天下之强国也。大王，天下之贤王也。地方五千里，带甲百万，车千乘，骑万匹。粟支十年，此霸王之资也！"

随着近百个小国归于楚，楚的社会结构发生了重大的变化，从前政府垄断的山林川泽，逐渐可由民间开发了；"工商在官"也演变为"百工居肆"。楚的经济日新月异，楚灵王年间的章华台被誉为"天下第一台"。鲁使者前来参观之后流连忘返，由衷赞叹："为何物华天宝都集中在楚邦？"一时间楚国物产成为天下时尚，楚文化引领时代潮流，各国竞相模仿。楚人终于由蛮夷小邦成为实至名归的霸主，有资格在中原号令诸侯。

司马迁在《史记·楚世家》中对于楚的族谱有详细的记述。楚族的世系记载来自春秋孔子所传的《帝系姓》，它除了记述五帝三王之外，用了三分之一的篇幅来记述楚族的世系，这在列国中是绝无仅有的，楚俨然成为夏、商、周之后又一帝系。孔子生活的年代正是楚国一鸣惊人、节节上升的阶段，《帝系姓》隐约体现了孔子的预想：列国将统一于楚。遗憾的是，战国末期，秦、楚在生死较量中，楚怀王斗不过张仪，国土一失再失，最终亡于秦。

秦的先公伯益，嬴姓，伯益的先祖少昊，嬴姓，由此可知，秦人是少昊的嫡系传人，正宗的鸟族民系。夏禹晚年时，依据其时部落联邦的规则，应该轮到九夷首领伯益为联邦酋长。禹的儿子夏启杀死了伯益，夺了伯益的位，从此，公天下终，家天下始。

伯益一族原来居住在今日山东日照地区，那里阳光明媚，山清水秀，他们曾创造了那个时代"中国"辉煌的两城文明。夏启洗劫了伯益族区，将其夷为平地，又将伯益族的遗孤流放到天苍地茫的西北关陇地带，使其居于戎狄之间，成了半农半牧半野蛮人。随着时间的流逝，伯益的遗孤蔚成新的一族——秦人。秦人屈居关陇一千八百年，渐渐戎化，身上有着东方华人与西方夏人两种族性，但秦人长期被中原诸夏视为"西夷"，秦人也如楚人一样，宣布自己就是"蛮夷"，习俗不与中原同。

与列国相比较，秦的历史显得更悲壮凝重，他们在恶劣的环境中学会忍以待时。春秋以降，秦人在磨炼中已经成为一个逢战必胜的民系。秦非子、秦襄公、秦穆公、秦孝公、秦昭襄王，一代代明君，为秦人的复兴殚精竭虑，他们总能很好地把握历史给予的机会，为秦统一天下创造条件。

秦国本土缺乏杰出政治家，百里奚、商鞅、张仪、白起、范雎、吕不韦、李斯、缭子，这些卓越的政治家、思想家和军事家皆来自其他诸侯国。他们为秦国的富国强兵做出了贡献，也为秦最后统一天下立下汗马之功，使秦变封建为郡县，变庄园为佃耕，变劳役地租为实物地租，其结果是"民以殷盛，国以富强，百姓乐用，诸侯亲服"。①秦始皇帝凭借其五代先公积累起来的强大的经济基础和军事实力，最终一统天下！

从族源上可知，楚属于夏系，秦是华系，无论华系还是夏系，他们的先祖都可以追溯到华胥氏人，在这个意义上，列国统一于秦，是中国历史上华人的第一次统一。由华夏到秦人，秦人是汉人的前身。

本书是中山大学新华学院"中国语文现代化"丛书之一，具体包括商周二代以及齐、楚、吴、越、晋（韩、魏、赵）、燕、秦列国的历史，资料依据正史，来源于司马迁的《史记》《尚书》《周易》《左传》《战国策》《国语》等古籍，内容上接《中国神话与英雄传说》，下启《从汉人到唐人》，可视为正史的通俗化，亦为喜欢历史的读者提供了一个通俗读本。

---

① 〔西汉〕司马迁：《史记·李斯列传》。

第一章　商周兴亡

商是中国历史第一个有文字的王朝,《诗经》"玄鸟生商"的神话传说表明这个民族的图腾是鸟。鸟崇拜萌芽于河姆渡先民,在山东、河南、安徽以及江苏部分地区形成了一个大本营。鸟民的祖先是少昊金天氏,少昊是太昊伏羲氏的嫡系传人。在远古的神话中,伏羲氏是"华胥"姑娘所生,他的后代子孙简称"华人"。

先秦时期,鸟崇拜几乎覆盖了当时的大半个中国,燕国有燕子崇拜,吴越有凤鸟崇拜,楚国有九头鸟(凤凰)崇拜,此外,秦国作为东夷伯益的后裔,同样是正宗的鸟崇拜,鸟崇拜的民族是先秦时期中原最大的民系之一,这个民系的翘楚就是商族。商族对于中国文化的最大贡献就是甲骨文书,以及精湛的青铜冶炼技术;鸟民系还创造了相应的鸟虫书,表明了鸟族是一个文化较早的民系。

商王朝存在于公元前1600年至公元前1046年,国祚近六百年,后来被周族所灭。但其后人仍在,在列国中计有:有殷氏、来氏、宋氏、空桐氏、稚氏、北殷氏、目夷氏等。西周时期,鸟族仍然是个实力雄厚的民系,与周势均力敌。"小邦周"为了统治"大邑商",只好宣称自己是大国夏的后人,是继承夏统来接替"天命"的。五帝时期是华、夏的第一次聚合,笔者在《中国神话与英雄传说》中已经阐述,本书中的华夏实际就是商与周。商是伏羲民系,周是炎黄族系。商周时期的华、夏意识实际就是继"五帝"之后,两大民系在中原地区的再一次竞逐聚合,由此演绎了如火如荼的先秦历史,遂有了华夏族之称。

秦王统一六国之后,商周两大族系的主体在聚合中先后成为秦人、汉人。

殷商世系表:(1)汤—(2)外丙—(3)中壬—(4)太甲—(5)沃丁—(6)太庚—(7)小甲—(8)雍己—(9)太戊—(10)中丁—(11)外壬—(12)河亶(音胆)甲—(13)祖乙—(14)祖辛—(15)沃甲—(16)祖丁—(17)南庚—(18)阳甲—(19)盘庚—(20)小

辛—（21）小乙—（22）武丁—（23）祖庚—（24）祖甲—（25）廪辛—（26）庚丁—（27）武乙—（28）太丁—（29）帝乙—（30）帝辛

第一节　殷商的先公与诸帝

一

殷商的始祖叫契（音谢），他的母亲叫简狄，是有娀（音松）氏的女儿，帝喾（音酷）的妻子。

惊蛰时节，春雷一声，万物震醒，冬眠蛰伏的动物伸了伸懒腰，钻出了洞，开始寻找食物。燕子从南方飞来，报告"春分"已经到来。它们叫着唱着，互相招呼，忙不迭地衔泥筑巢，这是万物复苏、孕育与生长的季节，农人开始繁忙起来。

阳光明媚，春水荡波，人们出来踏青行浴了。春的使者燕子在人群中不停地穿梭。人们说："玄鸟（燕子）不至，妇人不娠（怀孕）。"忙燕蹁跹，带给人们无边的遐想，使春光春宵变得金贵。人们都希望自己能像植物一样，阳春播种，金秋收获。

简狄和她的两个姐妹也出来行浴。在这万象更新的季节，她们来到了玄河边。这里的山因为燕子而被叫作燕山，这里的水因为玄鸟（燕子）而称为玄河。

简狄擅长游泳，在她带动下，族众姐妹都乐于此道，三姐妹纵身入水，腿一蹬就如青蛙一样游动起来，继而又像鲤鱼一样腾跃，玄河因为三姐妹的到来而碧波荡漾，岸上的姐妹为她们的泳姿狂热地欢呼，就连燕子也因为她们的优美之姿而呆住了。

春分的第一次沐浴是一年中最畅快的时刻，在温软的河水中，涤旧迎新，舒筋活络，希望就在血液的畅流中展开。燕子忘却了衔泥，三五成群地在河的上空鸣唱，对于简狄来说，燕子是能够激发她们情感的神圣之鸟。面对圣鸟，简狄双手提举，一个打旋，笔直地旋出了水面。她的身姿矫捷，头发犹如峰顶泻下的飞瀑，她健康美丽的身姿告诉人们，她的子孙一定会健康硕壮。

都说燕子鸣叫，叫的是自己的名字，一点不假。眼见简狄精彩的打旋，燕子"嘤嘤"叫着从空中俯冲下来，聚集在简狄的头顶上，简狄伸出双手，希望神鸟能停歇在她的掌心。鸟识人性，两只燕子冉冉而降，落在简狄的掌上，又有几只停在她的肩上、背上。鸟爪就着水在肩背上磨动，带给她一阵痒，一阵酥，一阵麻。简狄的手不由一缩，鸟儿飞开了，留在掌心的是两个玲珑小巧的蛋。

简狄忘情地看着鸟儿在她身上嬉戏，突然感到血液往头上奔涌而来，不由自主地闭上眼睛，一时间慵懒无力。她将鸟蛋含在口中，用手划水上了岸，本想取出蛋，却发现蛋早已悄无声息地滑入她的肚子里，诧异间，她感到身体有一种异动——她怀孕了。

不久，简狄生下了天地间一代人杰——契——商族人的始祖。这就是《诗经》中"天命玄鸟，降而生商"的故事。

契相貌堂堂，坚韧刚毅富有爱心。契长大成人后，助禹治水，立下大功。滔滔洪水平息之后，人们的日子变得安生，五谷丰登，牛羊遍野，渐渐有了私产，人与人之间因为私产开始产生纠纷。舜帝知道契是个宅心仁厚的人，于是命令契说："现在老百姓之间不相亲相爱，父子、君臣、夫妇、长幼、朋友之间五伦关系不顺，你去担任司徒，认真地施行五伦之教，要本着宽厚的原则。"契被封在商地，赐姓子，建都在亳（今河南商丘）。契为百姓做了许多事，功业昭著，与日月同辉。[1]

契之后是相土。相土是契的孙子。在相土生活的时代，商族人已经学会将牛马分类豢养，有的散养，有的圈养。相土将树干挖空，做成马槽，又为牛马搭建棚子，将牛马圈养起来。[2] 圈养的牛马温顺听话，可以用来驮运东西和耕地。商族人的农业迅速发展起来，日子越来越富裕。周边的氏族、部落见了都羡慕不已。

从契经历七代是王亥。亥时代的商族亦农亦牧，仓廪丰足。他们能够制作美轮美奂、薄如蛋壳的陶器，也学会了冶炼。亥发明了牛车，他们用牛车载着富余的物资在各部落间交易。在交易中，他们学会了筹算，学会了记账，也学会了书契。因他们是商族人，所以，人们将货物交易的人叫作"商人"，将交易的物品叫作"商品"。

---

[1] 见〔西汉〕司马迁《史记·殷本纪》："母曰简狄，有娀氏之女，为帝喾次妃。三人行浴，见玄鸟堕其卵，简狄取吞之，因孕生契。契长而佐禹治水有功。帝舜乃命契曰：'百姓不亲，五品不训，汝为司徒而敬敷五教。五教在宽。'封于商，赐姓子氏。契兴于唐、虞、大禹之际，功业著于百姓，百姓以平。"

[2] 见《管子·轻重戊》"殷人之王，立皂牢，服牛马以为民利。"

由契经历十五代是商王成汤。① 漫长的几百年间，商族人因为半农半牧，土地一旦贫瘠就得迁徙，去寻找合适的新耕地。他们从河北迁到河南，又从河南迁到河北，风里来雨里去，前后迁徙了八次。到了成汤的时候终于又回到亳，亳是始祖契的圣地，定居在这里是为了在祖先福荫之下更好地发展。成汤为此写了《帝诰》，向帝喾报告迁都的情况。②

成汤是商族人伟大的王。那时候的人们认为，中原是天地间的中心，居住在这个中心的人就是早期的中原人。中原周边有成千上万个小族，他们依据族性与地理方位结成联盟，每一方联盟都有一个联盟长，叫作伯侯，这就是古籍中的东伯侯、西伯侯、南伯侯和北伯侯。成汤就是那时东方的联盟长，每一方联盟又与中原结成联盟（那时候的联盟是不稳固的），联盟的首领是共主，夏时称作"后"，商时叫作"帝"，周时叫作"王"。

商族人一步一个脚印地向前发展，他们不仅有了自己的宗教思想，笃信"天命"，萌生了朦胧的哲学与艺术观念，而且不断地思考人与人、人与天地、人与禽兽的关系。同时，他们不再满足于"结绳记事"，并幻想着与天地神明沟通，测知"天命"，于是他们继承了祖先伏羲的阴阳易理，为造字做了铺垫。

成汤是商朝的开基大帝，不仅雄才大略，而且富有仁心。有一次，商汤外出打猎，见到一个年轻人正在捕鸟。年轻人布了四面网，虔诚地祈祷："天上飞落下来的，地上腾跃起来的，四面八方的鸟儿，都落到我的网里来吧！"商汤笑着对年轻人说："年轻人，这样做不行啊！飞鸟都被捉网光了，只有夏桀才会这样做。"年轻人迷惘地看着汤王，向他求教。商汤教他把网解去三面，只留一面，又编了另外一首祝词：

鸟儿啊，自由地飞翔吧，
想左就朝左，想右就朝右，
想高就高飞，想低就低俯。
命不该绝请飞开，寿数已尽就上来。

商汤"网开一面"的事就如春风一样吹遍了大地，人们得知汤王的仁

---

① 契—昭明—相土—昌若—曹圉（音语）—冥—振—微—报丁—报乙—报丙—主壬—主癸—天乙，天乙就是成汤。

② 见〔西汉〕司马迁《史记·殷本纪》："成汤，自契至汤八迁。汤始居亳，从先王居，作《帝诰》。"

德已经惠及飞鸟禽兽，不久就有四十个小族国来归附他。那时候夏的末代君主桀政治昏聩，民间怨声载道，成汤有了取而代之的雄心。他开始磨炼、等待，等待春雷振地鸣。不久，他听说有莘氏有位陪嫁奴叫阿衡，有经天纬地之才，他派人去请，先后五次，最后亲自驾车，恭恭敬敬地把他接来。这就是商朝著名的宰相伊尹。在伊尹的辅助下，商族人奋力一跃，登上了龙门，成汤成了天下共主，开创了商朝六百年的基业。①

汤灭了夏，声威远播四方，各地的诸侯、方伯以及大大小小的氏族、部落的酋长们带着贡品来祝贺，臣服于汤。"三千诸侯"大会于亳，推举汤为"天子"。② 汤统一了夏政体末年以来纷乱的中原，控制了黄河中下游地区，势力所及，远远超过了夏。

商汤本想换掉夏的社神，可是夏的社神是禹，禹的影响深远，没有谁比得上他，商汤于是写下《夏社》，说明夏社不可换的道理。③ 商汤临政之后，修改了历法，把夏历以寅月为岁首改为以丑月为岁首，又改变了器物服饰的颜色，崇尚白色，在白天举行朝会。④

契是商族人的始祖，汤是继宗。汤与他的先祖契一样是一个有仁心的王。他留给子孙的警言是："人视水见形，视民知治不。"意思是人面对水能看到自己的影子，面对百姓能知道自己的政权能否维持下去，这是最早的重民思想，汤的一生"治民以宽"。

自商族人有了文字，中原人告别了"结绳记事""石刻符画"的传说时代而走入有信史的时代，商族人的这一创举标志着充满榛莽荆棘的蒙昧时代过去了，文明的历史开始了。

二

成汤逝世之后，因为太子太丁早夭，太丁的弟弟外丙、中壬先后即位，他们在位时间都很短，接着又轮到太丁的儿子太甲。

商朝实行的是"兄终弟及"的继承法。比方说，兄弟三人甲（太子）、乙、丙，甲死后乙即位，乙死后丙继位，丙死后又还位给甲的儿子。如果兄弟恪守规则，就能上合天心，下称人意，相安无事。令人忧心的是，有

---

① 商汤推翻夏朝的故事，参见拙著《中国神话与英雄传说》第八章"商兴代夏"。
② 见《逸周书·殷祝》。
③ 见〔西汉〕司马迁《史记·殷本纪》："商既胜夏，欲迁其社，不可，作《夏社》。"
④ 见〔西汉〕司马迁《史记·殷本纪》："汤乃改正朔，易服色，上白，朝会以昼。"

时候丙临死前，不想还位给甲的儿子，而是私下传给自己的儿子，这样就会出现惊魂动魄的纷争。

太甲是成汤的嫡长孙，属于正常即位，但太甲年幼无知。国相伊尹为训示太甲，于太甲元年作了《伊训》《肆命》《徂后》。

太甲帝临政三年之后，昏乱暴虐，违背了汤王的法度，败坏了德业，伊尹看在眼里，急在心头。伊尹不仅是开国元勋，又先后辅佐过四代君王，德高望重，他知道这样下去，国运不会久远。一日早朝，伊尹当着满朝文武之面宣布，让太甲到汤王的陵墓桐宫，为祖先守陵，面壁思过，弃邪归正之后再回朝理事。此后，伊尹代行政务，主持国事，朝会诸侯。①

太甲来到桐宫，没有了日日欢宴、夜夜笙歌，生活起居极其简朴，箪食壶浆，就如普通百姓一样。一开始太甲觉得生不如死，什么《伊训》《肆命》《徂后》全读不进去，好几次太甲想自尽了断此生，都被侍卫救了下来。每当夜幕降临，桐宫就陷入无边的黑暗，茫茫天地间只有几只萤火虫像鬼火一样飘荡。

真正陪伴太甲的只有一只小猫，这猫很恋主人，常常缠着主人，钻进他的被窝。太甲归来迟了，它就呜咽抱怨，于是太甲为它配备了一个筐作为它的床，并常常将穿过的衣服丢在筐里，猫嗅到熟悉的味道，就会安然睡去。人猫相处，使太甲渐渐悟到商汤爷爷当年为何"网开一面，恩及禽兽"的德治，于是心情开朗起来。

时光总是无言，在不经意中流走。悲与喜，觞与欢，黯然与憧憬，尽在夜梦的喃语中，一年又一年就这样过去了。一日，侍卫挑来了丰盛的饭食，在桐宫摆开了盛宴，桃花流水鲫鱼肥、松花酿酒与奶酪。太甲一见，立时像恶狼一样扑了过去，左手拿起一只羊腿，右手抓住一块猪肉，狠狠地咬了一口，满嘴流油，突然间，太甲"哇"地一下吐了出来——三年来，他已经习惯了一壶水一钵饭的素食，如今吃到荤腥，引来的是阵阵恶心。

当天夜里，宫中又送来一群歌姬，个个美艳火辣、婀娜多姿，在钟鼓声中款款起舞，舞步妖冶狂放。舞毕，这群舞娘围绕在太甲身边，有的勾着他的脖子，有的坐在他的腿上。她们以为太甲还是以前的太甲，会在左环右抱中给她们丰厚的赏赐。在舞娘的环抱中太甲正有点手脚无措，恍惚间，他眼前出现了早年祖先在风雪中迁徙的艰辛与悲壮。

---

① 见〔西汉〕司马迁《史记·殷本纪》："帝太甲既立三年，不明，暴虐，不遵汤法，乱德，于是伊尹放之于桐宫。三年，伊尹摄行政当国，以朝诸侯。"

"退下！"太甲大叫一声，犹如晴空中响起的一声霹雳，众舞娘吓得战战兢兢，火速地退了下去。隔天，太甲自编自导，将商族八次迁徙的过程编成歌舞，教给了那些舞娘。飞雪悠然，寒梅点点，一曲舞尽了离散与悲欢，每一个音符都是商族人的叹息。

　　几天之后，伊尹亲自到桐宫迎接太甲回朝廷，但见太甲长发飘拂，姿容清奇，细长的凤眼，高挺的鼻梁，仙袂飘举，伊尹从太甲雄壮的舞姿中读懂了他的志向，太甲已经不是从前的太甲，他点燃了一盏心灯。伊尹于是把政权交还给了他。

　　太甲回朝之后，重申先祖契的五伦之教，以及汤王"网开一面"的德治。合朝文武见到一个洗心革面的君王。从此以后，太甲励精图治，诸侯都来归服，商族的农、牧、渔、商与手工业都发展了起来，百姓的生活也因此得以安宁。伊尹对太甲帝很赞赏，作了《太甲训》三篇，赞扬太甲，称他为太宗。[①]

　　太宗逝世后，太宗的儿子沃丁即位。这时伊尹已经去世了，商族人在亳地安葬了他们的太宰，送葬的队伍前不见头，后不见尾。天地悲风歌一曲，歌颂着商朝的一代人杰。伊尹俯仰天地，吐纳风云，包纳万物，无远弗届，"治大国如烹小鲜"，百姓都十分爱戴并怀念他。大臣咎单将伊尹的事迹记载下来，命名为《沃丁》，用来垂训后人。

　　此后，经历了太庚、小甲、雍己三代的殷朝国势渐渐衰微，很多诸侯都不来朝见与纳贡了。雍己逝世之后，他的弟弟太戊即位，任用伊陟（音治）为国相。

　　一日，正是上朝时间，突然间就下起雨来，零零星星的雨点变成了雨线，愈下愈大，模糊了天地。一帮大臣立在雨中，围绕朝堂前面的一棵树议论纷纷。太戊也来凑热闹。但见一棵桑树和楮（音储）树合抱生在朝堂前面，一夜之间竟长得有合抱之粗。太戊一看大惊失色，道："妖异生在朝堂，是不是天将降灾于我朝？"众人你看我，我看你，没有人吭声。

　　"来人！"太戊大声喊，侍卫冲了过来。"给我把这树砍掉，烧了！""慢着！"国相伊陟对太戊帝说："我听说，妖异不能战胜有德行的人，会不会是您的政治有什么失误啊？希望您进一步修养德行。"

　　太戊听从了伊陟的规谏，自即日起，与阖朝大臣讨论朝政得失，检讨

[①] 见〔西汉〕司马迁《史记·殷本纪》："帝太甲居桐宫三年，悔过自责，反善，于是伊尹乃迎帝太甲而授之政。帝太甲修德，诸侯咸归殷，百姓以宁。伊尹嘉之，乃用《太甲训》三篇，褒帝太甲，称太宗。"

近年来是否有不合适的地方。每一天,太戊都坐在树下,饮着金轮泻下的琼浆,思考朝政的得失与王朝的未来。并严肃纲纪。从此,弊政得到了改善,百姓受到了安抚。不久那棵怪树枯死了。

伊陟把这些事告诉了大巫师巫咸。巫咸写下《咸艾》(艾音义)《太戊》,记载了太戊治理朝政的功绩,颂扬了太戊的从谏修德。太戊在太庙中极力称赞伊陟,说不能像对待其他臣下一样对待他。伊陟谦让不敢当。此后,殷商的国势再度兴盛,诸侯又来归服。因此,商族人称太戊为中宗,包含"中兴"之意。

三

中宗逝世,儿子中丁继位。这一期间,经历了中丁、外壬、河亶(音旦)甲、祖乙、祖辛、祖丁、沃甲、南庚、阳甲,共九代。其间,中丁帝迁都到隞(音熬,今河南省郑州市西北),河亶甲定都在相(今河南省安阳市内黄县),祖乙又迁都到邢(今河北省邢台市),后又迁至庇(今山东省郓城市北)。因河南的自然地理环境利于耕种,河北的自然地理环境利于游牧,商族人就在河南与河北之间迁来徙去。

迁徙不易,筚路蓝缕,商朝迁都期间的生活来源主要是游牧与打猎。兴衰成败任苍穹,急风吹柳,猛雨摧杨,前程未卜。每一次迁都,商朝都与当地的土著发生土地的争夺战,如中丁统治期间与蓝夷之战,河亶甲统治期间与兰族和班方之战。战争不仅损耗了国力,而且,一个连国都都没有的王朝,诸侯自然不再来朝见与纳贡。九王期间,商朝出现了二度衰弱。一时有累卵之势、倒悬之危。

一百来年的"九王之乱",到盘庚即位方告结束。盘庚是阳甲的弟弟,是商朝的第十九位王。盘庚即位时,都城在奄(今山东曲阜)。那时候黄河泛滥,洪水困都,民常为鱼鳖,民生艰辛;内争更导致王朝四分五裂,奄奄一息。真乃是山河破碎风飘絮,国祚沉浮雨打萍。

面对摇摇欲坠的局面,盘庚费尽心思想去改变。盘庚即位之初,朝中王公大臣发现,他根本就不来上朝。一日二日,一月二月,斗转星移,满朝大臣不由议论纷纷,觉得盘庚实在是位懒散之主。他们倒也不计较,回家饮酒作乐。

此时的盘庚正足蹬草鞋,腰系葫芦,不避风波,跋涉在山水之间,他带着几个侍卫,骑着马逢山过山,逢水涉水,来往在五湖间。一日,盘庚来到一个地方,他登上山顶,不由眼睛一亮——这实在是一块风水宝地,地处黄河之北、洹水之滨，三面环山，山前山后都是平原，山中有熊和豹；平原可耕种，山中可打猎；这里远离水涝的泗水流域，避开黄河泛滥之区，有利于农牧；而且，这里易守难攻，可以防御北方和西北地区不同方国的侵扰。

看着看着，盘庚随即决定把国都从奄迁到这里。为了给这地方命个吉利的名字，大家七嘴八舌地议论起来，真乃有情有趣皆宝藏，满心得意溢春风。众人越说越兴奋，最后盘庚一拍大腿说："好！就叫殷，余希望臣民变得殷勤，国力变得殷实。就叫殷！"

回到国都奄，盘庚宣布了迁都到殷的决定。诏命一下，立时引发举国上下的反对。迁都对于王公大臣而言，意味着失去固有的领地，必须到新地方开山辟岭，安逸的生活将变成凄风苦雨的迁徙与无休止的重来；对于奴民来说，他们必须负担繁重的搬运重任，能否安全到达新的家园，唯有神知。他们发疯似的联合起来，合力抵制盘庚的诏命。一时间怨声载道，流言四起，骚乱发生了。

盘庚是一位有远见、有毅力的王，他决定的事情绝不会轻易放弃，他知道只有迁都才能从根本上解决王朝的危机。他知道骚乱是王公大臣在煽动，他将那些王公大臣召集起来，严厉地警告说："你们受千钟俸禄，不为朝廷分忧，反倒浮言煽动，你们这是自己祸害自己。你们一错将满盘皆输，一世英名将如冰化水，你们若再满腹猜测，一味反复，我将不论关系亲疏，一律严惩，待到惩罚时，后悔就来不及了。"

接着，他又对全国臣民发出了第一篇《训诰》说："从前上天降下大灾难时，先王们都为了臣民的利益而迁徙。现在我也和先王一样，希望你们都能得到安乐的生活。我要遵照先王遗训关心臣民，关心你们，保佑你们，带你们去寻求安乐的地方。你们如果不与我同心，先王在天之灵便要责罚你们，降下不祥来了。"不久，他又发布了第二篇《训诰》说："我警告大家，一定要老老实实地服从迁都命令，否则我就要割掉你们的鼻子，杀死你们，让你们断子绝孙！"

经过严厉的制裁和告谕，商朝开始了迁都。全族风餐露宿，扶老携幼，终于来到了殷地，他们搭起了新居，筑起了新城。诸侯纷纷前来朝见。盘庚又告谕诸侯大臣说："从前先王成汤和你们的祖辈们一起平定天下，他们传下来的法度和准则应该遵循。如果我们舍弃这些而不努力推行，那怎么能成就德业呢？"在盘庚的励精图治下，殷朝的国势又一次兴盛起来。

这次迁都从根本上改变了商族的格局，商族人从半农半牧走向了农耕,此后的二百五十四年间,臣民安守家园,王朝不再迁都,国运否极泰来,直到末代君王帝辛,在商都以北的邯郸(今河北省邯郸市)、沙丘(今河北省平乡市东北)修了别馆,又在以南的朝歌(今河南省鹤壁市淇县)建了离宫,南北二百里的地区都算作商都的范围,殷都一带更繁花似锦,富丽堂皇。

这次迁都发现了铜矿,不仅将商朝的青铜文化推向巅峰,更在文明史上铸造了奇迹。迁都后的商朝也称殷朝。盘庚是殷朝出类拔萃的君王,他的光辉像天上的星斗,他的功业在武丁王时期进一步推向辉煌。

四

盘庚逝世后,百姓十分怀念他,写下了《盘庚》三篇。继承大统的是他的弟弟小辛,小辛逝世后,他的弟弟小乙即位,小乙逝世,按理应该将帝位传回盘庚的儿子,小乙帝却将帝位传给了自己的儿子武丁,有幸的是,武丁是殷商史上又一位卓越的君主。

自盘庚迁殷以来,国家日益富强。因为日子好过,小辛、小乙在位期间,耽于娱乐,不思进取,导致国力又渐渐衰落下去。小乙晚年知道自己的过失,他将儿子武丁送到民间去,让他去与"小人"同出入,体会稼穑的艰难。武丁流落民间多年,学到许多宫廷学不到的本事,小乙逝世后他回朝即位。

武丁一心想复兴殷朝,但此时殷朝衰弱,积重难返,满朝文武大臣没有一个能承担复兴重任。武丁闷闷不乐,心想:天下之大,难道就没有人才?本朝立国之时,太宰伊尹是个厨子,就混迹在民间。于是,他干脆将朝政托付给三公,带着几个侍卫,来到民间,野店荒村地一路走一路微服寻访。每日,不待鸡声啼破星空即起身出发,这一走经年,寒来暑往,白云散尽,英豪贤能的人,影儿也无,魂儿也无。

"断云晴雪北风寒,万木萧萧凛冽风",眼看又一个冬天降临了,依然黄鹤渺渺,人才未遇,倒是见识了满目疮痍,哀鸿遍野。三年过去了,日复一日地奔波,了无结局,武丁身心俱疲,他真想放下心中的纠结,卸下肩上的担子。

阳关古道,杏花微雨。这一日武丁来到一个叫傅险(今山西平陆县)的地方,但见地势险要,路道崎岖,一群奴隶正在雨中修路,武丁借了一把锤子,混迹其间,跟着一位中年汉子学碎石。这位中年汉子名叫傅说(音悦),脸色蜡黄,面形瘦削,目光如炬。武丁一边击石,一边和傅说天南地北地聊起来。他们从三皇五帝聊到夏禹，又从禹聊到商汤、盘庚，傅说言语犀利，关键处无不一语中的，令人刮目相看，实为聪明见识多之人。

武丁在傅险待了十天，临走时向傅说拱手三辑，并透露了心曲。傅说一听，连连摇头说："不，不！我一介奴民，怎能上朝为官，使不得！"武丁何尝不知，傅说一个囚徒怎能为官拜相，唯有托之天命。于是武丁对傅说说："先生来自傅险，那就是上苍派来做我的师傅，辅助我殷朝的，你名说（音悦），您为我治理天下，必能使天下人喜悦高兴。我没看错，回朝后，我即派人来接先生。"

武丁终于上朝了。他环视满朝三公九卿众文武，说："我即位三年，一直在等，等一位圣人来辅助我治理天下。庭中有没有一位爱卿名叫说？"众人面面相觑，武丁见无人开言，煞有介事地说："我近日做了一梦，乘云升天，缓缓而行，绕日三圈。似梦似醒，见天上辰星徐徐下坠，落在山西地界，化作一位圣人，名叫说。是来辅助本朝的。我一定要得到此人。"于是令人画像，送往各处。又悄悄地令侍卫带着衣冠前往傅险迎接傅说。①

傅说归朝，武丁即拜他为相。傅说为相伊始即推行以下新政：①减少诸侯纳贡数额；②禁止淫祀滥祭，不可掠民牛羊为祭品；③兴修水利，改良农耕。

诸侯闻听新政，纷纷前来纳贡，朝见武丁。因为贡赋数额锐减，负担轻，就连那多年不纳贡的诸侯也都觐见以示臣服。他们见武丁王和如春风，肃若秋霜，气度非凡，个个心悦诚服。由于禁止淫祀滥祭新政的实施，不久，国库不再捉襟见肘。

傅说将朝中大臣分派到各地，以勘踏水利，改善农耕。同时，傅说自带人马来到老家中条山麓勘踏水利。妻子听说傅说回来了，兴高采烈地带着村民前来迎接。傅说一把将妻子拉上马，两人同骑一马，顺着山势跑下山坡，马蹄所踏之处，但见泉水汩汩溢出。妻子说："一泉太少，再来两泉。"于是用手中木棍划地，又得两泉。三源并发，合流成溪，清冽澄澈，灌溉农田，造福一方，成为后世传说的"跑马泉"和"圣人涧"。

跑马泉在两山之峡，傅说见这里地形险恶，曲岸回峦，苍岩翠崿，正

---

① 见〔西汉〕司马迁《史记·殷本纪》："帝小乙崩，子帝武丁立。帝武丁即位，思复兴殷，而未得其佐。三年不言，政事决定于冢宰，以观国风。武丁夜梦得圣人，名曰说。以梦所见视群臣百吏，皆非也。于是乃使百工营求之野，得说于傅险中。是时说为胥靡，筑于傅险。见于武丁，武丁曰是也。得而与之语，果圣人，举以为相，殷国大治。故遂以傅险姓之，号曰傅说。"也见《拾遗记》卷二。

是外族进来的门户。傅说于是带领侍卫和村民在两峡之间版筑构墙。所谓版筑，就是在两边构搭木板，外面用木柱支撑，夹板中间填上泥土，配上麦秸、糯米，不断用杵舂打夯实，这样舂打出来的墙壁坚如磐石。回朝以后，傅说将版筑构墙技术全面推广，下令凡关隘险要地方都要筑墙御敌。武丁得傅说辅助，商朝政局稳定、经济发展，国力渐渐富庶起来。

商代，一年分春秋两季，春季播种耕作，秋季收获、贮藏和开荒。每年播种之前要行"求年"之礼，秋收前又要行"受年"之礼。求年就是祈祷上苍降下足够的雨水；受年就是祈祷祖先赐予丰收的年成。武丁深知庶民稼穑的艰难，虽日理万机，但每逢"求年""受年"，必亲率文武百官前来祭祀，干旱时节，不仅年祭，月月都祭，还常常带领士卿大夫到处视察农田（叫作"省田"）。

依照惯例，每年还必须祭祀祖先。这一日，武丁亲率文武百官到太庙祭祀先祖商汤。太庙祭祀场面恢宏，庄严肃穆，大鼓、小鼓、大钟、小钟齐鸣，声音激越悲壮，随着成套的磬声一响，更显悠远，时光似乎回到祖先的岁月。巫师一声高唱，乐队侍卫抬上了祭品：三足鼎盛着牛头，大托盘摆着全羊和全猪，这是太牢。武丁一眼望去，发现今年祭祀的礼器多了很多，青铜器、陶器、木制漆器图案花纹极其精美，爵、盂、觚制作精良，还有不少他叫不出名称的礼器，傅说在一旁一一介绍说："这叫卣，这叫瓠、觯、斝、鬲、甗、罍、瓿，都是尸方、人方刚进的贡品。"

随着巫师一声高唱，一队西羌人牲被带了上来，这是周族抓捕进贡的。西羌与夏禹属于同一民系，夏政体灭亡之后，羌族人一直没有臣服商朝，因此商人抓到羌人都用来做人牲。

随着巫师又一声高唱，"尸"上场了。商代祭祀祖先时，需要子孙一人来扮演祖先，通常由长子、长孙充任，叫作"尸"。"尸"是坐着接受祭享的，故后世有"尸位素餐"之说。连年都由太子孝己扮演"尸"。武丁感觉好久没有见到太子了，久到恍如隔世，心想今日祭祀太子一定会来的。

"尸"上来的时候，武丁看着觉得身形不像，他纳闷地问傅说："怎么不是孝己？"这一问，傅说怔了，半晌才说："圣上，您忘了，孝己已经去世四年了。"武丁一听，身子不由自主地摇了摇，一座大山就要倒下去，傅说慌忙扶住他，但见武丁泪流满面。傅说安慰说："圣上，往事已经过去，请您节哀！"武丁勉力定了定神，站稳了。此时，一阵钟鼓磬声将他引向烽火遍地的年代——

几年前，武丁出征南蛮虎方，贵妃妇好本想伴驾出征，奈何有孕在身，只能留在宫中。妇好虽为女流，但能征惯战，自嫁到"大邑商"，为了殷商的基业，常常带兵出征，立下无数功劳。妇好也极聪慧，学什么会什么，就连那巫师占卜之事，她也通晓。武丁帝常常与她共商国是，又赐她封号"妇好"，以示女中楷模。那年妇好三十三岁，中年怀上孩子，武丁死活不让她伴驾出征。

武丁出征已近两个月，双方战事胶着，未闻捷报。妇好愈想愈不安，一天晚上，她做了一梦，梦见一龙一虎相争。那虎匍匐在地，突然拼命一跃，撕下了几片龙鳞，龙负痛吟叫遁入云霄。妇好一觉惊醒，再也无法入睡。夜阑，耳听着满地凄凄寒蛩叫，心想那夫君远征虎方，落了下风，如今生死未卜，不觉落下两行清泪。妇好翻身坐起，令侍女掌灯。又拿来龟甲与蓍草，亲自占卜，接连三卦，卦象皆显示"战局可挽，血光难避"。

"好卦，好卦！"妇好高兴得欢呼起来。侍女跪在地上，苦苦哀求道："娘娘，这卦不吉。血光难避啊。""战局可挽，这就够了。什么血光难避!？我妇好自来到大邑商，什么好事都是不期而遇，什么病都是不药而愈，有什么难避？"

第二天，妇好将自己的决心在朝上一说，满朝文武大吃一惊，太子孝己监国，再三劝阻说："母妃中年有孕，乃是上苍所赐，千万不能出征，以免伤了胎气。"妇好岂不知这道理，可她不能看忍丈夫坐困围城。遂不顾众大臣的劝阻，亲点五千轻骑前往救驾。武丁见身怀六甲的妇好亲自率兵助阵，感动不已。夫妻俩并肩作战浴血沙场，商军士气大振，一扫千军，终于击败强敌，赢得最后的胜利。

不幸的是，打到最后一仗时，妇好倒在了象背上，胎气大伤的她，征袍与豹裙被胎血染红了。傍晚时分巫师卜了一卦，卦辞是"长河落日，无回天之力"。武丁大恸，抱着妇好大哭："爱妃啊，我对不起你，我错了，错了！我只顾开疆拓土，连累了你，我这就带你回去。"是夜，全军皆哭。

第二天，全军缟素，武丁抱着妇好的尸身班师归来，亲自将她安葬在自己的寝宫旁边，陵墓周围遍植杨柳，随葬有她多年来所获荣誉：青铜妇好鼎——这鼎立耳方唇，圆腹圆底，三条柱足，腹饰兽面纹与夔纹各三组，夔头相对，勾喙一角，长尾上卷，下腹饰蝉纹，足上端饰云纹，下饰三角纹，为稀世珍宝。此外，有饮酒的鸮尊、松石兽面象牙杯，全都美轮美奂，均为大殷朝最高端的青铜、玉石和象牙器。这些随葬品不是寻常的赏赐，这是大殷权力象征的礼器。三千多年后，随着考古的发现，这些随葬品又重见天日，让人一睹殷商朝高超的艺术品。

妇好之死，悲恸的武丁大帝迁怒于太子，认为他监国时没有强力制止妇好出征，一怒之下将他逐出都城。太子孝己被逐之后心情压抑，不久就在流离失所中死去。百姓知道太子是个孝子，甚为惋惜。那段时间，武丁因为沉浸在失妃的悲痛中，没有在意太子死去的事，如今回想起来，短期内失掉两位最亲近的亲人，后悔不已。

武丁正自悲伤，就听巫师高唱："祭祀毕！"刚缓过神来，突然间，一只野鸡"呼"的一声飞过来，落在鼎耳上高声鸣叫，武丁见此怪异现象，大惊失色，认为是老祖先汤帝来责备他。傅说说："圣上不必担忧，先办好政事吧。"侄子祖己进一步开导武丁说："上天监察下民是着眼于他们的道义。大王您继承王位，努力办好民众的事，没有什么不符合天意的，就不用怕！"武丁听了祖己的劝谏，修行德政，全国上下都高兴，殷朝的国势日益兴盛起来了。

再说武丁自爱妃死后，悲恸不已，整日神思恍惚。有时候他会在妇好的坟前一坐就是几个时辰。虽然妇好不在了，但武丁能感觉她就在身边，他一闭眼睛就能见到她，她一出现，时光就会温柔而亲密地流淌过去。"爱妃兮——归来！归来兮——妇好！"每天红日走西就能听到武丁的叫魂之声，声音雄浑悠远，叫沉了落日，叫得夜幕低垂，叫得宫中人潸然泪下。

杨柳在微风中摇曳，微微细雨，丁香花在雨中编织着愁丝。一旁的侍卫怕大帝淋王，走过来一连唤了几声"圣上"，没有反应，侍卫感觉不对，碰了他一下，突然间武丁一跃而起，凶神恶煞地一拳砸向侍卫，侍卫的两个门牙顿时被砸了下来，满口鲜血，一个倒栽葱跌了下去，武丁又扑上去用胳膊肘朝侍卫的肋骨一砸，只听"吧嗒"一声响，侍卫当场昏了过去。这时候，又有几个侍卫过来，武丁一拳一个将他们接连打倒在地。适逢傅说过来奏事，武丁说："相国，等我灭了他们，再来见你。"说着急匆匆地向前冲去。

傅说知道武丁得了失心疯。他把宫中几个巫师找来，就在妇好坟前守护着武丁，一同守护的还有武丁的大女儿。

夜阑，寒意越来越浓。大女儿把一领披风披在武丁身上。武丁立起身来，扳着大女儿的双肩，温柔地说："爱妃，你的牙齿好了吗？从前这时节你的蛀牙就会痛，这些年不见你提起，莫非好啦！"大女儿听后泪流满面，说："父王，母妃已经走了好些年，您还惦记着她？""刚刚还和我共话西窗下，怎么就走了好些年？那我得给她去信问问。"说着，武丁径直向寝宫走去，众人哪敢怠慢，紧紧跟随着他。但见武丁手握刻刀在龟甲上小心翼翼地刻着。刻完了，又出宫说要连夜寄出。众人又紧跟着他，只见他把龟甲埋在坟墓近旁一个深坑内。大女儿怆然泪下："父王心中永远有一段情，母妃走了他还永远停留在那段情上。"

武丁与妇好这段往事不见载于司马迁的《史记·殷本纪》，这是据妇好墓留下的二百多片甲骨文的记载而得，他们之间深厚的感情曾经感动过不少考古学者——武丁虽然盛年失妃，他与妇好的那段情，却是那个时代最好的爱情。

武丁在位一共五十九年，他几十年的文治武功和励精图治，使国家大治，经济发展，四方诸侯宾服，出现了繁盛的局面。武丁死后被尊为"高宗"，他在位期间是殷商的黄金时期。祖己赞赏武丁的德政，写下了《高宗肜日》（肜，音荣）和《高宗之训》。①

第二节 纣王帝辛

一

武丁逝世，他的儿子祖庚即位。祖庚帝逝世，他的弟弟祖甲即位，称甲帝。甲帝逝世，他的儿子廪辛即位。廪辛逝世，他的弟弟庚丁即位，称帝庚丁。庚丁逝世，他的儿子武乙即位。武乙死后，他的儿子太丁帝即位。太丁帝逝世，他的儿子帝乙即位。这个时期的殷商在继承法上是"兄终弟及"与"子继父位"并存。

帝乙有三孩子：长子微子启，次子微仲衍，三子辛。这一日，帝乙带着三个孩子出去打猎，伴驾有五十个侍卫，三百铁骑。

山林中一群野牛在格斗，搅起漫天尘土，野牛显然斗昏了头，眼鼻口角流血不止，仍不停歇。见有人来，斗得更欢，看来是非决出个生死输赢不可。帝乙与微子启、微子衍一行被挡住去路，一时无奈，只好停下来观看。约莫一刻多钟过去，野牛还不停下，这时寿王辛从后面赶来，对帝乙说："待孩儿来。"

---

① 见〔西汉〕司马迁《史记·殷本纪》："帝武丁祭成汤，明日，有飞雉登鼎耳而呴，武丁惧。祖己曰：'王勿忧，先修政事。'祖己乃训王曰：'唯天监下典厥义，降年有永有不永，非天夭民，中绝其命。民有不若德，不听罪，无既附命正厥德，乃曰其奈何。呜呼！王嗣敬民，罔非天，继常祀毋礼于弃道。'武丁修政行德，天下咸欢，殷道复兴。"

辛一个箭步向前，左手抓住了一条牛尾巴，用力一拽，那牛竟不敢动弹。辛右手一抓，又是一条牛尾，辛握住两条牛尾巴打了个结。许是那牛斗累了，转头看了一眼辛，无可奈何地喘着气。这时又有两头牛向辛冲过来，辛将两头尾巴打结的牛用力一推，四头牛纠缠在一起，打结的尾巴越挣扎越紧，痛得那两头牛大吼一声，前蹄直立，搭在另两头牛的头上。辛一个转身，又将另两头牛的尾巴打了结。

这时，又一头牛恶狠狠地冲过来，辛闪身避过牛头，抱住牛颈，用力一扳，连人带牛一起倒在地上。辛一拳砸在牛鼻子，牛痛得眼泪汪汪，叫不出声。辛左手两个指头插进牛鼻，用力一撑，牛连动都不敢动了，辛立起身来，牛跟着乖乖地立起身。辛顺手又拽过一条牛尾巴，穿过牛鼻，又打了个结。

辛连斗九牛，不一会儿，他大喊一声：“拿绳子来！”侍卫拿过绳子，辛用绳子穿过五头牛的鼻子。又用另一根绳子捆住另外四头牛的尾巴。牛眼看人高，知道对手的厉害，都不敢乱动。辛于是左手拽住四条牛尾，右手牵着五个牛鼻，随行众人齐声喝彩。微子启与微子衍惊得口呆目瞪，大声呼叫："三弟，真神人也！"

打猎归来，已近黄昏。父子四人行经御园，突然间乌云滚滚，电闪雷鸣，一声炸雷，使飞云阁塌了一梁，帝乙一看，不由皱起眉头，"这柱子不及时换，整个阁会毁于一夕。"话音未落，就见辛一个箭步向前，双手托起大梁，用力一顶，"拿墩子！"微子启与微子衍好不容易抬来一个木墩，辛一脚踏上木墩，肩膀一顶，将梁扛了上来。"换柱子！"辛一声喊，侍卫抬来柱子，七手八脚把柱子换了。整个"偷（顶）梁换柱"的过程帝乙看在眼里，心想：辛能干啊，太子的位置，看来非他莫属。

不久，帝乙就与丞相商容商量立储的事。按传统"兄终弟及"的继承法，帝乙的弟弟比干、箕子将是储君，按"父位子继"，该是长子微子启，再到微子衍，然后才到辛。可帝乙一心想立辛。商量来商量去，还是商容有办法，他说："立储以嫡不以长。"微子启、微仲衍与辛虽然同父同母，但微子启、微子衍出生时，母亲是妃子而未封后，故他们身份低微属于庶出；辛诞生时，母亲已经封后，属于嫡出，身份高贵。帝乙大喜，逝世后即以此为由让辛继位，辛就是商朝末代君主"纣王"。

纣王与帝辛是两种截然不同的称法。周朝称国君为"王"，"纣"的意思是"暴君"，那是商朝灭亡之后，帝辛作为亡国之君，后世对他的贬称。其实，历史上的纣王并非一无是处。

纣王是个美男子，仪表堂堂，高大帅气，自小骑射练就了他健硕的体格，筋力超劲，力敌百人，① 能徒手与猛兽格斗，力拽九牛，能顶梁易柱，可谓武功盖世。他一生征战，经营东南，颇有建树。

纣王天资聪颖，思维敏捷，行动迅速，接受能力很强，有口才，他的智慧足可以拒绝臣下的谏劝，他的话语足可以掩饰自己的过错。他凭着才能在大臣面前夸耀，凭着声威到处抬高自己，所以，他狂妄地认为天下所有的人都比不上他。② 这是他的缺陷。

二

纣王即位之时内外交困。被排除在帝位之外的王叔比干、箕子，以及哥哥微子启与微仲衍虽然没闹出大的动静，但他们内心憋气，自觉不自觉地形成一股反对帝辛的力量。

殷商朝历来重视神权，祭司有很大的权力。这里得交代一下纣王的曾祖父帝武乙的往事。帝武乙敬仰先公武丁大帝，崇尚武力，不敬神明，为了加强王权，打破神权，他曾经制作了一个木偶人，称它为天神，立誓与它下棋赌输赢。众巫师都说："木偶怎能下棋？"帝武乙指着大巫说："你既能沟通神明，替天言事，就由你来替天神下子。"一连三局，帝武乙赢了。"哈哈，哈哈！日月笼中鸟，乾坤水上萍，世事何尝有定数？唯有武力说了算！"

帝武乙高兴之余，令人宰了一头牛，将牛肉分给众人，又令人将牛皮扎成袋子，盛上牛血。帝武乙翻身上马，弯弓挽箭，对着苍天大喊："上苍啊上苍，你若有灵，就让我这一箭射偏，我若射中，别怪我不把你放眼里！"正说着，突然间乌云滚滚，天昏地暗，一场大雨眼看就要到来。帝武乙的马刹不住脚，一声嘶鸣，随着一道闪电，大雨倾盆而下，帝武乙奋力将箭射出，不偏不倚正中血袋，落红点点随着雨水蔚然开去，帝武乙又是一阵大笑。帝武乙敢与天公试比高，很快就在朝中传开了，帝武乙借此机会，削弱了巫师祭司的权力，一时大臣议论纷纷。

也许是意外的巧合，不久，帝武乙到黄河和渭河之间去打猎，那里是殷商与西岐周族的接壤地。帝武乙正玩得高兴，突然间天空中电闪雷鸣，但见一道闪电直掼下来，帝武乙连人带马跪倒在地。众侍卫慌忙骑马过

---

① 《荀子·非相篇》中，"长巨姣美，天下之杰也；筋力越劲，力敌百人也。"
② 见〔西汉〕司马迁《史记·殷本纪》："帝纣资辨捷疾，闻见甚敏；材力过人，手格猛兽；知足以距谏，言足以饰非；矜人臣以能，高天下以声，以为皆出己之下。"

来,见人没伤,就是不说话,一个侍卫翻身下马,小心地触了一下帝武乙的身体,刹那间帝武乙连人带马倒下来,化为灰烬,众人大恐。

武乙之死,祭司理所当然地认为是武乙不敬神招来的报应。① 武乙的儿子太丁则认为是周族搞的鬼,太丁即位之后,找个机会逮捕了周族首领季历,不久,季历气死在狱中,自此商族与周族结下了深仇大恨。国奠家安,乐极而悲,摩擦导致殷朝的国势每况愈下,这就是纣即位面临的困境。

商纣七年一天早朝,纣王刚刚落座,警报就接二连三而来。"报,羌方蠢蠢欲动,向我边境移兵。"一声惊雷,满朝文武心中大震。

"人方有苏氏人三年不朝,反叛之心已经昭然若揭。"一惊一乍,搅得满朝一片惊慌。

满朝大臣都将目光投注在纣王的脸上,想看看他如何来应对这局面。纣王开言说:"羌方之事,我决定让飞廉、恶来父子替我守住西陲。"话音刚落,亚相比干、微子启跪倒在地,讽谏说:"大王万万不可,边疆重事,怎可托付小人?飞廉既非宗亲,又非重臣,怎可当此重任?"

纣王瞪了他们一眼,说:"不是宗亲,就成了小人啦?你们是宗亲,我将西陲之事托付你们,谁敢答应?我委任谁?"比干与微子启面有难色,不敢答应。

"你俩在朝为官多年,竟不知飞廉、恶来的先祖与咱们都是玄鸟氏的后代,一千年来他们就生活在西陲,我西陲安宁全仗他们。你们如此孤陋寡闻,岂不尸位素餐!"比干、微子启一时语塞,难堪地退下。最后,纣决定亲征人方有苏氏。

几天后,纣王亲率三千铁骑、四百象队,浩浩荡荡前往征讨有苏氏(今河南省温县)。有苏氏人己姓,族徽九尾狐,那地方是昔日夏禹指定接班人伯益的发祥地。六百年来,有苏氏人对殷商时而亲附,时而反叛,反反复复。因为有苏氏是小国,纣王从前并不引以为意,如今是铁了心要杀鸡儆猴。

商军以象阵闻名于世,早在虞舜时期,"象耕鸟播"已表明东夷人擅长驯象。如今,一支久经训练的象队出现在眼前,战象全身披挂着青铜铠甲,每头象的背上稳坐着两名勇士,其中一名弓箭手、一名长柄青铜戈矛

---

① 见〔西汉〕司马迁《史记·殷本纪》:"帝武乙无道,为偶人,谓之天神。与之博,令人为行。天神不胜,乃僇辱之。为革囊,盛血,卬而射之,命曰'射天'。武乙猎于河渭之间,暴雷,武乙震死。"

手,严阵以待。

纣王一声令下,四百头战象黑压压一片,犹如一股铁流排山倒海地冲入有苏氏国国境,双方摆开阵势。一时间白雾霏霏,红尘滚滚,卷起千堆雪。有苏氏国的竹箭、戈矛全失去作用,凡敢对抗,象脚一踢那就是几丈开外,象鼻一卷一甩,连人带戈粉身碎骨,象脚踩过之处,人马皆为肉饼。呐喊声中,大地震动,鬼哭狼嚎,山河变色,象阵所过之处,皆被夷为平地。

三天之后,象阵已临近有苏氏国都。有苏氏合族大骇,有苏氏君一筹莫展。正在无计可施之际,忽有西伯侯姬昌使者散宜生到来,说:"我主说,国仇家恨不在一朝一夕。天朝大兵围叛,宜当投降受死。帝辛风流天子,唯有选族中美女,聚族中财富进献,方能保族保种,悠悠万事,唯此为大!"

他话音刚落,只见妲己神色庄重地从帷后走出来,说:"父王,孩儿愿以一身而全有苏氏族人。"这妲己是有苏氏君的女儿,为有苏氏族最漂亮的女人,值此国难当头之际,愿舍身全国。有苏氏君眼望着女儿,泪流满面。

阖族适婚男子都哭了。妲己虽说是公主,为人谦和,说话真诚,族中无论贵贱都能和她说上话,让人觉得她为人亲和、可爱。族中每个男子都想和她成婚,她总能得体地回应,不让他们难堪。人们渐渐觉得,天生妲己必有大用。如今听说她就要去做上国的嫔妃,觉得这才是妲己真正的归宿,可想起纣王的残暴不仁,又都恨得咬牙切齿,他们哭自己的无能为力,他们所能做的就是每人给妲己献上一束花,默默地将妲己送上征程,一时间宫廷门口堆满了鲜花。

远处隐隐传来象脚顿地之声,犹如滚雷。形势紧急已是燃眉,覆巢之下,安有完卵?!有苏氏君大喊一声:"罢了,罢了!"众人遂退下各自准备。

商军象队所过之处,将路旁竹子树木连根拔起,吃了个七零八落,肚饱之后,四百战象、三千铁骑将有苏氏都城围困起来。象群左前脚顿地,悠然自得。等到改换右前脚之时,越顿越烈,犹如擂响千万面战鼓,令听者心胆俱裂,恍惚天地末日即将到来。

阵门开处,龙辇推出帝辛,天子马鞭一指,道:"传有苏氏君说话!"

不久就见城门打开,有苏氏君手举白幡,率领朝中文武,引着两辆香车,车中载着两名有苏氏美女。后面是两队士兵,一队挑着倾城财宝,一对牵着牛羊、抬着美酒。

"有苏氏君愿献倾国财宝及两位美女,请降。"士兵来报。

"香车上前!"纣王跃下车来,也不理那有苏氏君,用马鞭揭开车帘,但见那妲己似海棠醉日,梨花带雨,凤眼秋波送来万种风情。

傍晚时分,三千铁骑、四百象兵酒足饭饱,安然退兵。有苏氏国都之围解。

三

纣王自得有苏氏二美女,连日沉醉温柔之乡不再上朝。妲己姐妹早已互通心曲,为了有苏氏国,决定以美人计来整垮商朝。

一日,纣王听见妲己两姐妹莺声燕语:"妲己听说殷商上国,想不到来这里,竟住这么个破败寝宫,早知如此,不如不来。"一唱二和,纣王被激得放不下脸面,说:"我将为二位爱妃建天下第一楼台,名字就叫鹿台。"

"当真?几时能成?"

"半年内完工。"纣王一言九鼎。

"半年,我等都老了。"

"至少也得五个月。"纣王与她们击掌为约。

第二天上朝,纣王就将建鹿台一事在朝中说了。"地点就选在淇水河畔。一台五馆,一馆用以观察天象气候,行政告朔;一馆用以占卜军国大事吉凶,预测风云变幻;一馆用以收藏甲骨图书,叔父箕子可到里面整理我大邑商文书。二馆为我的离宫别墅。这台的规模方圆三里,占地一百四十亩。"

纣王的设想一摊牌,比干即跪地谏曰:"圣上,目前府库紧缺,建台之事,日后再议不迟。"比干说完,用眼瞪了瞪箕子,希望他也能劝劝圣上。

箕子出班奏曰:"圣上建鹿台倒是文化盛事。黄帝时有合宫,颛顼时有玄宫,尧舜是有总章,有夏时有世室,我朝建鹿台自在情理之中。只是目前财政紧缺,规模应该缩小,五馆减为四馆,留一馆为圣上离宫?"

"也罢!此事就交亚相比干承办,太师箕子监工。离宫别馆务须在五个月内完工!不得有误,那是我答应二位爱妃的。"

比干深知纣王的德行,不敢怠慢,赶紧督办,除了有苏氏国所献财宝之外,又令各路诸侯先纳未来三年赋贡,进献材料,吴越献花石,荆湘献木料,又将十万劳工摊派到各路诸侯头上。

不久，各路劳工先后到来，开路的开路，运粮的运粮，种菜的种菜，还有打铁、制革、版筑、石工、泥工等一应百工，一时间淇水河畔变得热火朝天，一派繁忙，比干将各种工序分派下去，又限量限时督促工程进展，误者斩首。

时间如流水，五个月一晃而过，看看夏尽秋来，鹿台离馆已告竣工。纣王带着二位爱妃前来观摩，但见楼台金碧辉煌，殿阁巍峨，气势格外恢宏，栋梁饰以明珠，栏杆镶装玛瑙，在夜幕中光华闪闪，真乃琼楼玉宇。纣王乘兴向比干提出，"这楼台左边应建一座肉脯加工场。"

"要肉脯，从朝歌运来就行，何苦在这搞个工场，弄得楼台到处腥臭，有伤雅兴？"比干不解地问。

"相父，这淇水两岸麋鹿成千累万，每年春季一繁殖，不计其数，如若不打，这片草场几年后就毁光了。这漫山遍野的麋鹿，我们每年打一半，留一半，打下来的麋鹿，就在这里晾干，制成肉脯，既可做备战物资，也可备不时之需。"比干一听不无道理。

"还有，相父，这楼台右面得建一座酿酒工场，我族人嗜酒。酒是什么？琼浆玉液！没有酒很多事情干不了。有佳人没美酒，像话吗？我们的北面就是鬼方，我想在这里驻扎两万大兵，看他们敢来不？这两万大兵可以将淇水两岸开发出来，种上粮食，一半用作军粮，一半酿酒。有一天打仗，我想犒劳将士，难道还从朝歌运酒来？"

比干见纣王说得头头是道，将信将疑，都说纣有口才，智慧足可以拒绝臣下的谏劝，话语足可以掩饰自己的过错，他算见识了。

可老太师箕子不干了，几个月前，他见纣用餐的时候，用的是象牙箸（即筷子），就对纣说："您今天用餐使用象牙箸，明天喝酒就会用玉制的杯，您用了象牙箸、玉杯，就会想着到各处去搜罗奇珍异品，国家的动乱因此而起，凡事都要'防微杜渐'。"可纣依然我行我素。如今箕子相信纣正在蹈夏桀的覆辙，不能不以死相谏。

第二天上朝，箕子断然辞去鹿台监工的差事。纣王一听大怒，说："老太师，这鹿台既然是文化盛事，文化上的事历来都是文韬武略，你不要倚老卖老。坏我军国大事！"

"圣上，您这哪是文韬武略？您要建酒池、肉林，您难道不知夏桀就是奢靡无度亡了国的吗？"

"好你个老匹夫，竟敢当众妖言惑众，来人，拉出去狠狠地打！"众人一听，慌忙跪地求情，但见纣青筋暴出，断然拒绝。

箕子被拉回来的时候浑身是血，只剩最后一口气。纣满脸铁青，问：

"以后还谏不谏？"

"谏，为臣子的就要死……""谏"字还没出口，箕子就昏死过去。

箕子回去以后，索性割发装癫。纣王得知消息，将他贬为奴隶，并囚禁起来。商朝灭亡后，周武王有心让箕子服务于周，箕子不愿在周为官，带着人跑到朝鲜，这就是"箕子朝鲜"的由来。箕子算是商朝一位忠臣仁人。

四

鹿台离馆建成之后，纣王和妲己姐妹搬进了离宫。妲己擅歌，妹妹善舞，君妃常常通宵达旦，玩到精疲力竭。在一个曙光初现的黎明，纣王和二妃正在玩乐，不料，妲己突然大叫一声，晕了过去，原来一条蛇盘在她的腿上。纣慌忙过去，两个指头抓住了蛇头一摔，把蛇摔成两截，但见那蛇尾依然不断翻滚。

纣王刚喘了一口气，又听一声惨叫，另一个妃子也昏了过去。纣左看右看，不见有蛇，但见妃子那雪白的腿上红肿一块，原来是一条寸把长的蝎子，那蝎子毒性很烈，不及时处理，会死人的。

纣王大怒，立马令人把比干找来，大骂一通，比干一看也吓得面如土色。商代的淇水一带，雨水充沛，草木繁茂，属于亚热带气候，故麋鹿、大象、蛇蝎四处出没。

"即日找人把附近山林草场的蛇蝎统统抓捕干净！"纣又吩咐，在离馆后面挖一个深十丈的大坑，将所有抓捕的蛇蝎倒进里面，这大坑就叫"虿（音柴，四声）盆"。他要看看蛇蝎在里面是如何拼命挣扎却爬不上来，这何尝不是博妃子一笑的刺激性游戏。

自从两个妃子一伤一吓病倒之后，离宫显得清静很多。这天晚上妲己因思念妹妹而夜不能寐。半夜，起风了，吹得窗牖咯咯直响。妲己辗转难眠，干脆爬起来。只见乌云笼月，天地一片漆黑，唯有树叶沙沙作响，声音煞是吓人。奇怪的是，西厢窗外却点点火光。妲己心中疑惑，打开窗子，忽然间一阵阴风刮来，风中火星点点扑面而来，旋进了屋里。妲己大叫一声，当场吓倒在地。

惜玉怜香半夜灯，纣王一听喊声，慌忙跃起，见妲己吓得脸色蜡黄，忙说："爱妃，那不过是萤火虫。"

"不，不！那是鬼魅，鬼魅！"

好不容易折腾到天亮，纣说："爱妃，不如我背你到外面走走，散散心。"不由分说背起妲己就下了楼台，还没走出多远，就见西坡上坟茔遍野，白骨累累，阴风阵阵，原来夜间的鬼火就是这里出来的。纣觉得好生晦气，又把比干召来责问。比干说："这坟茔是修鹿台累死的奴民。"

"怎么这么多？"

"圣上不是下令离宫五个月内务必完工吗！"

"岂有离宫旁边就是坟地？多不贞利。"于是，纣王要比干把所有的坟墓刨出来，将所有的尸骨作为占卜馆的奠基。此令发出没有多久，离宫前面就跪满了人，哭声震天动地："人死入土为安，不能刨坟啊！""不能刨啊！"

纣王听后大怒，下令："把为首的几个抓起来！"侍卫将为首的五人五花大绑推了上来。纣又下令，剥了他们的衣衫，捆住四肢，抛到蚕盆里面。纣王抱着妲己，坐在蚕盆前面观看。但见蛇头吐着舌信，疯狂向五人袭去，声声惨叫，撕心裂肺，妲己浑身发抖，掩目不敢看。

嚎叫声渐渐低微。纣吩咐："吊上来！"只见五个人口鼻流血，全身乌黑，身体僵硬，面目狰狞，全都断了气。

"把他们全丢下去喂蛇蝎，我看还有谁敢再闹事。"五个人被丢进蚕盆，一会儿身上盘满了蛇蝎，不久皮肉就被噬光，只剩下五副骨骼，惨不忍睹。那蛇蝎吃饱了，"嘶嘶"地喷着气，那气聚成一股阴惨惨的怨气，向上直冲，妲己逃避不及，惊叫一声，昏了过去，脸上留下乌黑一斑。

两个妃子都出了事，鹿台彻底清静无戏，只有近臣费仲陪着纣王，纣王自觉无情趣。妲己醒来，说："臣妾久闻九侯的女儿是个绝色佳人，不如让费大夫去让九侯献出女儿，前来陪伴圣上，以免离宫冷清。"纣于是让费仲去办这事。

纣王见妲己如此善解人意，一时高兴，又背着妲己出来闲逛。

刚刚拐出左面，就闻到一股血腥味，原来是鹿肉加工场已经落成。纣乘兴背着妲己进去看看，但见一帮屠夫在解肉、切肉。屠夫的衣衫上都是血，脏兮兮发出一股馊味。

"臭，臭，臭死人！这样做出来的肉脯不发霉生蛆才怪！祭神神不享，祀鬼鬼不要。"妲己抱怨道。纣王一听，立时令侍卫将所有屠夫庖丁全赶出来，赶到淇水河边去洗澡，又下令，此后屠夫庖丁进场之前必须洗刷，不得穿衣衫进里面。

几天之后，九侯亲自用香车宝马将女儿送来。纣一见，眼睛立时亮了，这女子皮肤似雪，卷曲的金发就像波浪一样，流金溢彩，眼睛碧绿得像宝石，长长的睫毛一眨，立时荡出一股碧波。该女子落落大方，全无江南女子的羞涩，自有一种"鬼方"的气质。纣王大喜，赏了九侯五百金，又装了两车鹿肉脯让他带回朝歌，九侯三呼"万岁"后离去。

因九侯女违抗纣王，使纣王求而不得，纣王一怒之下将九侯女送进肉厂。九侯女一见一帮赤身裸体的男人穿行在肉林间，血立时涌上了头顶，年轻的郡主这辈子哪曾受过这等侮辱，她从侍卫手中挣脱，从肉案上拿起一把屠刀，朝着纣王就来拼命，管你是天帝还是人帝。

侍卫费了九牛二虎之力，好不容易夺下九侯女手上的刀，纣王手一提，就像拎小鸡一样提起九侯女，将她丢进了蛊盆，惨叫声中，可怜一个鲜活的性命就这样香消玉殒。

几天之后，九侯带领五百人马赶来，把鹿台离宫团团围困起来，誓为女儿报仇。五百将士舍生忘死，奋勇直往上冲，眼看冲到了二楼。纣王的侍卫把住楼道，占据有利地形，拼死抵住。这时候，九侯一支鸣镝穿脖而过，将一个侍卫钉死在二楼柱子上，众侍卫不由大吃一惊。千钧一发之际，纣王出现了，他左手抓住一个九侯兵，往楼下一丢，右手又抓住一个，又丢下去，被丢的九侯兵脑浆迸裂，其余九侯兵一下被镇住了。

这时候，纣王的两千禁卫军赶来，一下将九侯的人马围了个水泄不通。一场殊死搏斗就在鹿台前面展开。惨叫声夹着戈矛的撞击声，鹿台前面鲜血横流，染红了绿草地和天边的云霞。

一个时辰过后，五百九侯兵全部战死，纣王的禁卫军杀敌五百，自损一千，也死伤惨重。九侯遍体鳞伤，倒在地上，他拼尽最后一口气，射出了最后一支箭，那是一支火箭，离宫着火了，幸亏只有一支，没有酿成火灾。

纣王望着满地尸首，脸色铁青，他咬了咬牙，下令将所有尸体抬到肉厂，制成肉干，又将九侯绑在肉厂的案板上，施以醢（音海）刑，剁成肉酱，装在一个坛子里。

回到朝歌，纣王下令将九侯的肉酱蒸成肉饼，满朝文武每人一个。众人知道那是九侯的人肉饼，个个潸然泪下，鄂侯端着肉饼，双手哆嗦，想到几天前还与九侯同朝共事，如今他就成了肉饼，一时控制不住，不由骂开了，众人一下大惊失色。纣王正窝火，见鄂侯开骂，立时下令将鄂侯斩了。人头端上来的时候，纣王又下令将鄂侯的身体做成肉干，每人再分一份。

鹿台方半月，殷道六百年。大殷朝三公——鄂侯、九侯、西伯侯，转瞬间去了两个忠心耿耿的公侯，只剩下一个殷朝的克星西伯侯。

这时候就有官员来报："西伯侯来朝述职。"纣王不想见他，令人将他扣留，先囚禁在羑（音有）里（今河南省汤阴县）。①

第三节　周朝的勃兴

西周世系表：（1）武王—（2）成王—（3）康王—（4）昭王—（5）穆王—（6）共王—（7）懿王—（8）孝王—（9）夷王—（10）厉王—（11）周召共和—（12）宣王—（13）幽王

一

周的始祖后稷，本名叫弃。他的母亲叫姜嫄，是有邰（音台）氏部族的女儿。姜嫄在豆蔻年华嫁给了帝喾（音酷），做了他的妻子。有一次，姜嫄来到野外，看见一个巨人的脚印，一股莫名的冲动使她想与那巨迹比试一下大小，她欣然地一脚踩上去，不久她就怀了孕，十月怀胎之后她就生下一个儿子。因为这孩子诞生时难产，姜嫄觉得不吉祥，把他扔到了一条狭窄的小巷里，但马、牛从他身边经过时都绕开来，生怕踩到他。姜嫄又把孩子扔到树林里，正赶上林中有一帮人在伐木，他们担心木头砸到孩子，就把他挪到沟渠边的冰上。一群飞鸟飞过，俯冲下来，有的用翅膀盖在他身上，有的垫在他身下，为他取暖。姜嫄觉得这太神异了，"大难不死，必有后福"，就把他抱回来抚养。由于原来想把他丢弃，因而给他取名叫弃。

弃从小就有高远的志向，出类拔萃。他喜欢种植麻、豆之类的庄稼，因方法得当，种出来的麻、豆长得很茂盛。到他成人之后，就喜欢耕田种谷，善于仔细观察土地类型而选择适宜的作物耕种，民众因此都来向他学习。尧帝听说了这情况，就举荐弃担任农师的官，教民众种植庄稼。舜帝说："弃，你担任农师，播种了各种谷物，使黎民百姓免除了饥饿之虞。"于是把弃封在邰，号有邰氏，称后稷，赐姓姬。后稷一族在唐尧、虞舜时开始兴起。

---

① 见〔西汉〕司马迁《史记·殷本纪》："以西伯昌、九侯、鄂侯为三公。九侯有好女，入之纣。九侯女不憙淫，纣怒，杀之，而醢九侯。鄂侯争之强，辨之疾，并脯鄂侯。西伯昌闻之，窃叹。崇侯虎知之，以告纣，纣囚西伯羑里。"

后稷死后，他的儿子不窋（音竹）继位。不窋晚年，夏后氏衰落，废弃了农师，不窋只好带着族人流浪到戎狄地区，不窋死后，他的儿子鞠继位。鞠死后，儿子公刘继位。公刘虽然生活在戎狄地区，仍然治理后稷的基业，从事农业生产，巡行考察土地适宜种什么，并从漆水、沮水，渡过渭水伐取木材出售。斗转星移，几年过去，居家的人有了积蓄，出门的人有了旅费，民众的生活渐渐好起来。各姓的人因感念他而迁来归附他。周人再度兴盛就是从这时候开始的，所以，人们创歌谱曲来怀念他的功德。公刘去世后，他的儿子庆节继位，在豳（音宾）地建立了国都。

　　自庆节传八代之后①是古公亶父。古公亶父重修后稷、公刘的大业，积累德行，普施仁义，深受国人爱戴，豳地一派生机，日益繁荣起来。隔邻戎狄的薰育族前来侵扰，开始是夺取财物，后来得寸进尺又要夺取土地和人口。族中人很愤怒，想奋起反击。古公亶父是位仁人，断然说："他们要，就给他们。男儿自有四方志，鹏鸟能飞万里程。我们走！""凭什么给他们？"族人聚拢在原上，古公亶父抬眼望去，人头簇簇，赫赫炎炎如聚山，浩浩荡荡似水流，族中男儿个个血心热胆。族人愤怒的吼叫声惊起了芦荡的雁群，那阵势就表明要与薰育人一决雌雄。古公亶父的心格外沉重，因为他认为：自公刘九代以来，目前是我族最强大繁荣的时代，若与薰育开打，可以一战，但战争有伤天和。他深知，我族若要有大发展，还须忍气吞声修鳞甲。

　　红壤地连向天边，一望无际，夕阳古道弥漫着淡淡悲烟。古公亶父无限感慨地说："诸位宗亲，民众拥立君主，是想让他给大家谋利益。现在戎狄前来侵犯，目的是夺取我的土地和民众。民众跟着我或跟着他们，有什么区别呢？民众为了我的缘故去打仗，我牺牲族中亲人却做他们的君主，我实在不忍心这样干。我听说大邑商那里的土是黑的，捏都能捏出油来，我们向那边靠拢，到那边发展吧。"

　　古公亶父终于说服了族人，带领他们离开豳地，渡过漆水、沮水，翻越梁山，到岐山脚下居住。豳邑的人全城上下扶老携幼，跟着古公亶父来到岐山脚下。邻国听说古公亶父这么仁爱，都来归从他。这次迁徙，古公亶父与他的族人开始走出戎狄的风俗，从"羌方"中分离出来，形成一个较为先进的半农半牧的部落——周族。

　　不过，与其时的中原相比较，周族明显地落后于商族人。刚从山林走出，充满上进心的古公亶父很快就带领周族臣服于殷商。周族在殷商帝国

---

① 庆节—皇仆—差弗—毁喻—公非—高圉—亚圉—公叔祖类。

中的主要作用就是为他们提供人牲以祭祀商族的神灵。捕猎的主要对象就是那时候的"西羌人"。殷商将人牲祭祀称作"用"牲。无论是人还是禽兽，其计算单位都称作"口"。商族人创造的这个"周"字，从用从口，鲜血淋漓，周人就这样糊里糊涂地充当了商族人捕猎人牲的代理人，不过这项工作在那个时代是神圣的。[①]

二

充满道德感的古公亶父是不会让子孙永远做这份"神圣"而血腥的工作的。他将族人的脱胎换骨与振兴的希望寄托在子孙身上。古公亶父的长子名叫太伯，次子叫虞仲。他的妃子太姜生下小儿子季历，季历娶太任为妻，生下昌；昌娶太姒为妻。太任与太姒来自东方，来自中原，虽然不是商族人，但对于那时候的周族人来说，能够娶到东方女子，无异于娶了天女。这两代妻子，使周人有了机会可以接触到那时候能够沟通神灵的秘密武器——甲骨文字。

风飒飒，半天残月。一天晚上，古公亶父将三个儿子召来，语重心长地说："我们家族如若有一代要兴旺起来，必定应验在昌的身上吧！"昌就是未来的西伯侯——周文王。

长子太伯、次子虞仲知道古公亶父想让季历继位，以便传给昌，俩人相约逃到了南方荆、蛮之地，古公亶父把王位让给了季历。古公亶父去世后，季历继位，这就是公季。公季努力实行古公亶父的政教，努力施行仁义，诸侯都归顺他。

公季去世，儿子姬昌继位，他继承后稷、公刘的遗业，效法古公、公季的法则，一心一意施行仁义，敬重老人，慈爱晚辈。姬昌对贤士谦下有礼，士人如太颠、闳夭、散宜生、鬻子、辛甲大夫等人都归顺了他。消息传到殷都，纣恨得咬牙切齿，他深知姬昌的用心，为避免未来泪血染征衣，趁姬昌前来朝贡之时，扣留了他，将他囚禁在羑里。

姬昌自被囚禁羑里，日夜研究商朝甲骨文字，推演伏羲八卦。松明孤灯之下，他虽已经高度近视，仍乐此不疲。一年复一年，他将八卦推演到六十四卦，做成了《周易》中的卦辞。他在卜课中知道自己有七年之囚，但能平安出狱，于是他不急不躁地等待着。他的诚心和痴迷终于感动了上

[①] 参见李硕《周灭商与华夏新生》（https://www.docin.com/p-920440401.html），2016年4月26日。

苍，上苍给了他一些启示："东北丧朋，西南得朋"。姬昌欣喜欲狂，他明白东北的商朝不久就会衰落，西南的周部很快就会兴起。

就在姬昌得意忘形之际，这一日，他的那架古琴突然崩断了一条弦，姬昌觉得不吉利，慌忙拿出龟甲占了一课，登时泪流满面，跌倒在地。卦象显示，他的儿子被杀害了。

原来，自姬昌被囚禁在羑里，太子伯邑考日夜思念父亲，于是自告奋勇到朝歌做人质，想替换回父亲。纣王正揪心周族会成为隐患，想不到伯邑考自己送上门来，纣王于是扣住了他。"人言姬昌能知先天神数，善晓凶吉，我倒想看看真假。"他下令杀了伯邑考，剁成肉泥，做成肉饼，让人送去给姬昌。

第二天，时近正午，羑里狱外，两只喜鹊在树上唱个不停，都说"喜鹊送喜"，可姬昌一点也高兴不起来。正在这时，牢门开了，使命官手提一个食盒进来，说："圣上前几日打得几只獐鹿，做成肉饼，特赐贤侯。"姬昌慌忙跪下谢恩。打开食盒，他内心明白，却丝毫不敢流露，高高兴兴地连吃了三个肉饼。然后盖上食盒，下拜谢恩。使命官回去一说，纣王不禁讥笑："姬昌素有重名，如今见到儿子的肉却不知，速食而甘味，看来不过如此。人言岂可尽信？"

消息传到西岐，姬昌的儿子姬发、公旦及族人皆失声痛哭，那时候的姬发，尚无法以武力来营救自己的父亲并为兄长报仇，唯有恸哭以示悲愤。最后，大夫散宜生提议，目前只能以重赂才能救出大王。闳夭等人于是设法找来有莘氏的美女、骊戎地区出产的骏马，还有有熊国出产的三十六匹好马，珍奇宝物车载斗量。最后，散宜生与姬发、公旦商量，决定将洛水以西的土地也献出。

纣王见到礼物很高兴，说："这些东西有了一件就可以释放姬昌了，何况这么多呢！"于是赦免了姬昌，封他为西伯侯，赐给他白旄、斧钺，此后，姬昌便有权力征讨邻近的族国，统一西羌各部，为西岐的崛起提供了条件。

姬昌得到特赦，不敢久留，星夜启程返回西岐。这一去，真乃龙逢云彩，凤落梧桐。归来不久，就有虞国人和芮国人发生争执不能决断，一块儿到西周来找姬昌评判。进入周国境后，他们发现种田的人都互让田界，人们都有谦让的习惯。虞、芮两国发生争执的人，还没有见到西伯，就觉得惭愧了，都说："我们所争的，正是周国人以为羞耻的，我们还找西伯干什么，只会自讨耻辱罢了。"于是各自返回，都把田地让出，然后离去。诸侯听说了这件事，都说："西伯恐怕就是那承受天命的君王。"

姬昌一直在等候一个人。他记得祖父古公当年说："五百年必有王者兴，期间必有名世者。"祖父当年一直在盼望有一位贤相来辅助周。姬昌所等候的这个人就是太公所盼望的人——太公望。

三

太公望就是姜子牙，东海边人，名尚。姜尚的祖上是炎帝的后裔。五帝时期，炎黄之战之后，炎帝部有小部分人与"九夷"合盟，滞留在山东一带。舜的时候，先祖有人是一方联盟长，成为传说中的"四岳"之一。曾协助大禹治水有功，被封在吕地，后以封地为氏，故姜尚也叫吕尚。东海边是东夷人生活的地方，吕尚是炎帝神农氏五十一世孙、伯夷三十六世孙，实际就是炎裔东夷化了的人。①

"粪土当年万户侯"，虽然祖上曾经显赫，但到吕尚已经沦落为市井小民。小时候的吕尚根本无书可读，因为那时候天下还没有书，而且那个时代的甲骨文字也不是为吕尚这样落魄的穷人设置的，故吕尚连字也识不了几个。

家道中落，举目无亲的吕尚，只好投奔小时候的朋友宋异人。宋异人见他孤身一人，拿了一些钱为他娶了马氏。婚后，老婆马氏为他生了好几个孩子。有了家室，总得养家糊口，宋异人又资助他一些钱财让他做小商贩。

吕尚先是去卖笊篱，也是时运不济，一个也卖不出去；接着又去卖面粉，面粉担子竟被马撞倒，一阵风吹来，面粉被吹得一干二净；姜尚无奈，只好去做屠夫贩卖牛羊肉，肉臭了还是没人买，把本钱都折光了。

吕尚一波三折，竟一无所成，只好在朝歌城里摆个地摊算命。因为算得很准，一时在朝歌城里名声大噪。有一天，摊前来了个客人，吕尚抬头一看，登时呆了："客人好面相，贵不可言！""何以见得？"来人问。"客人请迈两步给老朽看看。"来人顺从地走了几步。"请伸手让老朽一观。"吕尚看完开讲："客人龙行虎步，精神饱满，必是高居廊庙之人。客人指甲圆而不扁，亮如蛋壳，家中必既贵又富，不愁吃穿，才有如此美甲。""先生形名之学，名不虚传。"来人是当朝亚相比干，那时候比干正主管鹿

---

① 《史记·齐太公世家》的集解引《吕氏春秋》讲："东海上，乃'东夷之土'。东夷指当时东方各少数民族，东夷之土，即泛指淮河中下游这些少数民族居住之地。一般认为姜子牙的出身之地在今山东东部黄海之滨的日照、莒县一带。"

台的建筑，旗下需要一些小吏监管，比干就让吕尚以小吏的身份成为他手下一个小督工。

吕尚干了三月，因看不惯工程的贪墨，不辞而别。马氏见吕尚放着商朝的官员不做，却幻想去西岐做位极人臣的王侯，知道靠他是无法养家糊口的，一怒之下将他逐出了家门。吕尚只好收拾几件行李，取道孟津，过黄河，往临潼，径奔西岐，隐居在渭水之滨垂钓。

吕尚的鱼钩是垂直的，日复一日，根本就钓不到鱼，见者皆笑，吕尚任由嘲笑，宁向直中取，不向曲中求；太公钓鱼，愿者上钩。磻水边，守着青云待明月，他要钓的是明君与王侯。

一日，文王姬昌在宫中安寝，夜半，忽见东南一只白额老虎，胁生双翼，向帐中扑来。文王急叫左右，只听台后一声响亮，火光冲霄，文王惊醒，吓出了一身汗。此时正值三更。第二天，文王把散宜生找来详梦。散宜生听后，躬身祝贺道："虎生双翼乃飞熊。此梦乃大吉兆，主大王将得大栋梁，不下于黄帝时的风后，商汤时的伊尹。"不久，文王就带着一帮人马，四处寻找梦中人。

时在阳春，韶光正茂，万千人家出来踏青寻紫，但见绿水绕青山，莺声嘹呖，春燕呢喃，无边春光观不尽。此时，一阵歌声隐隐传来——

自别昆仑地，俄然七八年，何日逢真主，拨云见青天。

文王听罢，对散宜生说："此歌韵度清奇，必有大贤隐于此。"众人循着歌声寻去，终于见到磻溪垂钓的姜子牙，双方打个问讯："长者从何而来？"

"从朝歌来。"

"朝歌乃上国之都，为何弃帝都而隐磻溪？"

"帝都虽好，帝辛乃萤火之光，其亮不远。老朽居朝歌，无异于寒蝉抱枯杨。"

文王见他相貌奇伟，言语不俗，得知他号飞熊，正是梦兆中人。恭敬地问："长者教我，为君为王者，何以用人？"

"这个不难，遇到智者，用其智而去其诈；遇到勇者，用其勇而去其怒；遇到仁者，用其仁而去其伪。"文王一听，频频点头，正想再问，只见鱼竿晃动，太公摆摆手，众人全都静下来，怕惊动了鱼。太公握着鱼竿，随了鱼势来回摆动，慢慢将鱼提上来。众人齐声喝彩，就听太公说："凡事顺势而为，缓取慢图，才可能有事半功倍之效。"

这时候众人才发现太公的鱼钩是直的，皆奇："这样的钩也能钓鱼，太公绝非凡人啊！"太公微微一笑："岂不闻姜太公钓鱼，愿者上钩。"文王遂将太公请上銮舆，同回国都，拜为太师。

文王自得吕尚，如虎添翼。吕尚治国有方，安民有法，不久就将西岐治理得井井有条，行行有款。此后，西岐先后征伐犬戎、密须、耆（音其）国、邘，又征伐了崇侯虎。营建了丰邑，周人于是从岐下迁都到丰，国力越来越强大，犹如那烈火越烧越旺。

殷朝的祖伊听说姜尚相周，小邦争附，西岐日新月异，非常担心，于是把情况上奏。纣王不以为然地说："我不就是承奉天命的人吗！西岐小邦，何足道哉！"

第四节　武王伐纣

一

鹿台完工之后，大夫费仲动用了大批人力，搜集狗马珍禽，收罗了大批戏乐，台中聚集了天下一流的歌手、舞女，还有魔术杂戏。纣王还让乐师涓为妲己姐妹制作了时尚俗乐、北里舞曲。自此，鹿台天天排演新声，笙箫钟鼓，声闻远近。

鹿台钱库的钱堆得满满的，粮仓的粮食堆积如山。鹿獐肉脯张挂得就像森林一样，酒池也飘逸着浓郁的酒香。其他三馆——天象、占卜与文书也安排就绪，井井有条，对于这一文化盛事纣很高兴，比干也很高兴。

遗憾的是纣王与二妃自此长居鹿台不早朝。这下可苦了亚相比干，没过几天就押送着成车的奏章前来批示，几乎每次到来，纣王与二妃都烂醉如泥。开始时比干对此还一再隐忍。可这奏章拖着不批，军国大事岂能一误再误？比干终于忍无可忍了，他仗着自己是纣王的叔叔，又是宰辅，令人用冷水将纣王泼醒。纣王窝火地怒视着亚相。比干也不示弱，大声说："圣上，如今这天下领土，西岐已经是三份有二了，你还在这长醉不醒，该醒醒啦，醒醒啦！"

纣王一听就火了，大声吼道："难道我不是天命吗？我不是天命吗！"

比干不听犹可，一听也吼了起来"上天已经断绝了我们殷国的寿运了。我朝的占卜师、天象师就在这鹿台，圣上要是不信，可以把他们找来问问。"

怒气未息的纣王立刻令人把他们统统找来，大巫师祖伊说："是的，是的！亚相此言不差！不管是从天象的预测，还是用大龟占卜，都没有一点好征兆。大殷朝的国运不长了。"

比干紧接着又说："我想并非先王不帮助我们，而是大王您荒淫暴虐，以致自绝于天，所以上天才抛弃我们，使我们不得安食，而您既不揣度了解天意，又不遵循常法……。"

"你给我住口，住口，住口！"纣王被气昏了，恨不得把比干撕碎了活剥生吞。

这时候，远远一阵悠扬的歌声传来，那是乐师涓在排练新声。

上天啊为什么还不显示你的威灵？
灭纣的天命啊为什么还不到来？

"圣上，你听听，你听听！如今连我国的民众都希望殷早早灭亡。"比干说。

"来人，把乐班统统给我抓来！"侍卫将乐班所有人员都带来。纣王拔剑指着乐师涓问道："这歌词，你写的？"

"不，是瞽叟（盲人）收集的。"乐师涓回答说。

"谁让你排练亡国之音？"纣王用剑指着乐师涓的鼻尖。

"这是历朝历代的规矩，瞽叟收集的民歌，乐班有责任上达天听。"

"我让你上达天听！"纣王说着，一剑就将乐师涓挥为两段，鲜血喷射出来，流了一地，又溅得大家满脸殷红，众人吓得惊叫起来。纣王令人抬来几桶水，将乐班成员的头都按在水里，说："洗耳，洗耳！洗耳不听亡国音，明白吗？以后谁敢再唱亡国之音，就是这下场！"众人皆战战兢兢跪倒在地。

纣王又用剑指着比干说："都是你这个老匹夫妖言惑众，擅敢欺天毁骂我！"说着挥手给了比干几个耳光。比干哪耐得纣那耳光，一时气极，口喷鲜血，极力分辩说："为人臣子，不能不拼死讽谏！做大忠臣死无怨言！"

纣王大怒，说："我听说圣人的心有七窍，我倒想看看，看看你的心怎么个窍法，老是诅咒我大殷朝灭亡。"说着一剑就向比干刺去，顺手一拉，将比干的胸膛剖开，此时的比干面如死灰，虽只剩下微弱的气脉，但依然目光如炬，实乃凛凛须眉一丈夫。纣还不放过比干，伸手进去掏出了比干的心来,那心一张一翕,血淋淋的。众人吓得魂飞魄散,话都说不出来。折腾了半天,纣王令收拾好比干的尸体,让大巫师祖伊运回朝歌,告诫群臣"今后有敢妖言惑众者,下场就如比干一样"。

祖伊回到朝歌,哭着对大臣说:"圣上已经听不进讽谏了。"众人见比干死不瞑目,满朝沸腾起来,有号哭的,有议论的。"我看殷朝国运不永,不如投了西岐吧。"几个中大夫说着说着,立志要投奔西岐。

"我老夫就是拼了这性命,也当率天下取义成仁,和圣上理论理论,商朝传承二十九世,不能就这样毁了。"忠心耿耿的商容老泪纵横,微子启、微仲衍慌忙拉住:"老丞相千万不能白白去送死。"

二

再说西岐这边,此时文王已经去世,他的儿子姬发登位,是为武王。那时候,姜子牙是太师,武王的弟弟周公旦为辅相,还有召公、毕公等人辅佐他,一时人才济济。

武王即位第九年,得知殷朝国势衰落,遂准备伐纣。武王年纪尚轻,深知以自己的资历不足以号召诸侯,于是自称太子发,奉文王之命前去讨伐,还制作了文王的雕像,给他穿上衣冠,用车载着,供在中军帐中。很多诸侯都不知道文王已经去世。临出发前,武王悄悄地到毕地去祭祀文王。祭毕,武王亲自检阅部队,他向司马、司徒、司空等执符节的官员宣告:"大家都要严肃恭敬,要诚实啊,我本是无知之人,只因先祖有德行,我承受了先人的功业。现在已制定了各种赏罚制度,来确保完成祖先的功业。"

夕阳古道,旌旗猎猎似火,戈矛如林遮天,军鼓号角声中,武王的队伍向着盟津进发。

那时候,中原有个小国叫孤竹国①。孤竹君有三个儿子,其中长子叫伯夷,幼子叫叔齐。孤竹君生前有意立叔齐为嗣子,继承他的事业。后来孤竹国君死了,按照当时的常礼,长子应该即位。但清廉自守的伯夷却说:"应该尊重父亲生前的遗愿,国君的位置应由叔齐来坐。"他放弃君位,他逃到东夷。大家又推举叔齐做国君。叔齐说:"我如当了国君,于兄弟不义,于礼制不合。"也逃到东夷,和长兄伯夷一起过着流亡的生活。国人只好立了孤竹君的次子亚凭继承君位。

---

① 辖区是今日秦皇岛市的全部,唐山市的东部和辽宁省的西南部,都城在现在的卢龙县城附近。

很长一段时间，伯夷、叔齐和东夷人一起生活。后来，他们听到西伯文王的国家很安定，很适合老年人居住，于是相约到西岐去。踏入国境，方知道文王已经死去，一时大失所望。不久，他们就在首阳山脚遇见了周武王伐纣的大军，他们把文王的雕像误作文王的尸体。二人于是拦住了武王的马头，讽谏说："父死不埋葬，就想与大邑商动武，这能算作孝吗？以臣子身份来讨伐君主能算作仁吗？"武王的卫兵见半路冒出两个叩马的，拔出刀就要杀死他俩，姜子牙慌忙喝住说："这是两个遗世独立有仁有义的人，不要杀害他们。"于是令人将他俩扶入首阳山。军队方得前进。此后伯夷和叔齐隐居山中，耻食周粟，采薇作歌，守节饿死。其遗世独立之仁心德行为后人所称道。

武王的军队继续前进，终于到达盟津渡头。诸侯不约而来有八百多个，一时间渡口杀气迷空，征云漫漫，雄赳赳各路儿郎，明晃晃戈矛棍棒，战马长嘶，蛟龙出海。将士齐声吼叫："殷商当亡，西岐当兴！"

姜尚向全军发布命令说："集合你们的兵众，把好船桨，落后迟疑者一律斩杀。"武王于是率先乘船渡河，船行到河中央，有一条白鱼活蹦乱跳地跃进武王的船中，武王俯身抓起，高举过头，用以祭天。

过河之后，突然间有一团火从天而降，落到武王的中军帐前，转动不停，最后变成一只乌鸦，这只乌鸦浑身赤红，发出"魄魄"的鸣声。人们都说这三足乌是商族人的族徽族魂。武王立时下令退兵，诸侯皆不解，议论纷纷，武王说："你们不了解天命，现在伐纣，时机还不成熟。"①武王深知：联军虽然号称八百路，但此时的殷商仍有很多军队，武器精良，更有那战无不胜的大型象队，联军岂是对手。

虽然这次出征半途而废，仅是武王伐纣的一次预演，但武王知道，关键时刻诸侯是会加入灭商的洪流的。

三

鹿台离宫亦名"摘星楼"，楼很高，站在台上可以看到下面绿草如茵，

---

① 见〔西汉〕司马迁《史记·周本纪》："九年，武王上祭于毕。东观兵，至于盟津。为文王木主，载以车，中军。武王自称太子发，言奉文王以伐，不敢自专。乃告司马、司徒、司空、诸节：'栗栗，信哉！予无知，以先祖有德臣，小子受先功，毕立赏罚，以定其功。'遂兴师，师尚父号曰：'总尔众庶，与尔舟楫，后至者斩。'武王渡河，中流，白鱼跃入王舟中，武王俯取以祭。既渡，有火自上复于下，至于王屋，流为乌，其色赤，其声魄云。是时，诸侯不期而会盟津者八百诸侯。诸侯皆曰：'纣可伐矣。'武王曰：'女未知天命，未可也。'乃还师归。"

树冠如盖。夏天已经过去了,秋日里,风把整个园林变成金黄色。亭子里,纣王和二妃轮番把盏,已有了几分醉意。几片叶子飘落在石凳上。妲己拿起来不断地端详着,好一会儿,突然大声叫起来:"圣上,您看,同样是一棵树上长出来的叶子,没有一片纹路完全相同,这是什么道理?"妲己缠着要纣回答。

"就像你们姐妹两个,都来自有苏氏国,虽然都很美丽,可也长得不完全一样,就这么个道理。"纣说。

"怪不得朝野上下都说圣上很聪明,妾身总算领教了。"于是二妃各自罚了一盏。妲己刚喝完,忽然就悲伤起来:"叶子都黄了,死了。"

"叶子也太短命了,只有春夏秋三季就死了。"妲己的妹妹说。

"这么短命,就不要来到这世上,来了有什么意义?"妲己说。

纣王一把将她搂过来,说:"叶子来到世上,就是装点这天地造化,夏日炎炎的时候,它可以给人遮阴,这就是它的意义。"二妃不得不又自罚一杯。"死,死,我最讨厌说死,只要这树干不死,明年春天,叶子又长出来,明白吗?我就是这树干,万古长春!"

正说着,就有费仲前来,献上一件宝玉衣。两个妃子七手八脚地服侍纣王穿上。在秋日的阳光下,宝石衣闪烁着光芒,五彩缤纷,好看极了。君妃三人一高兴又多喝了几盏,横七竖八地全躺在亭子里。

这时候,老丞相商容和微子启匆匆地前来告急,见他们君妃醉得不成体统,两老头有一种不祥的预感,立时令人先把妲己姐妹扶下去。老商容急得血往头顶上涌,好不容易把纣弄醒,纣还没缓过神,就听商容火急火燎地说:"圣上,西伯侯的人马昨天已经打过盟津啦!"

纣王一听,酒立时醒过来,"真有这事?"

微子启说:"圣上,都什么时候啦,还敢谎报军情?"

"都打过盟津,你俩来这干吗?还不在朝歌召集人马抵御!"

"圣上,这么重大的军情你不坐镇朝歌,朝歌很快就完了,朝歌一完,殷商的末日就到了。"老商容动了容,说着说着,竟号啕大哭起来。

"什么完了、完了,我最恨的就是你们妖言惑众!"

"圣上,这可不是妖言惑众!"微子启跪倒在地,战战兢兢地说。

"这还不是妖言惑众!"纣也动了火,"今后谁敢再说'完了、末日到了'这类话,立斩不赦!"纣正暴跳如雷,忽有微仲衍带着几个大臣又闯进来说:"圣上洪福齐天,西伯侯虽然过了盟津,可不敢来朝歌,他们已经退了兵。"

纣一听,立时眉开眼笑,"我历来不信天命会落到西伯侯那边!"

"圣上，西伯侯虽然退了兵，可这东夷又反了十几路，东南告急。圣上得赶快拿主意。"微仲衍说。

"我正想解决东夷问题，他倒来了。立刻集中兵力，把我的侍卫军也拉出去。再把飞廉从西陲调回来，全力以赴，一举解决东夷。"纣信心满满想要解决这"千秋大业"，一时踌躇满志。

"圣上，这不妥，不妥呀！东夷不过癣疥之疾，西边才是心头大患。把所有的兵马都用来对付东夷，要是西伯侯卷土重来，一切就完了！完了！"商容心急如焚。

"来人，把这老匹夫拿下，打！"纣王最厌恶"完了"这类不吉利的话，刚刚提醒，这老丞相又触到他的大忌，"商民族完了，殷商朝完了"，一想到这，纣王完全失去了理智。

日冷瑶阶血溅红，老商容被拉回来的时候已经奄奄一息，尽管他衣冠全乱，满头银丝乱蓬蓬，但依然铁骨铮铮，骂声不绝。纣王大怒，道："上炮烙！"

众人一听"上炮烙"，吓得魂飞魄散，全都跪倒在地，替商容求饶："圣上饶了老丞相，饶了老丞相啊！"纣王不为所动："就看这老匹夫的运气，他要爬得过，是他命大；他要是爬不过，那就是他的天命。"

老商容见纣王完全绝了情，慷慨从容地脱下官服，大声嚷道："老夫我这就去见先帝，老夫我要看你怎么跟先帝交代。"说着脱下朝服就去爬炮烙。那炮烙是一根长铜柱，上面涂满了黄油，下面点燃炭火，爬不动了就掉在炭火里烧死。可怜老丞相这年纪，怎能爬得动，柱子还没抱稳，已经掉到了炭火里，只听一声撕心裂肺的惨叫，一缕青烟袅袅升起。众人一看，全都痛哭起来。

微子启等回到朝歌，朝中文武得知老丞相死于炮烙，不由倒吸一口冷气，个个变得心灰意冷。朝中三公死了两个，一个反叛；丞相、亚相先后死于酷刑，太师箕子被囚。他们知道商朝的大势已去，微子启和太师疵、少师彊也拿着祭器，悄悄逃到西岐。①

---

① 见〔西汉〕司马迁《史记·殷本纪》："微子数谏不听，乃与大师、少师谋，遂去。比干曰：'为人臣者，不得不以死争。'乃强谏纣。纣怒曰：'吾闻圣人心有七窍。'剖比干，观其心。箕子惧，乃详狂为奴，纣又囚之。殷之大师、少师乃持其祭乐器奔周。"

四

商朝对东南的用兵势如破竹,一路告捷,降服了很多东夷部落,商军已经饮马长江,三足乌旗帜高高飘扬在东南方。纣王高兴之余,下令各路人马原地驻扎,好好开发经营东南。这样一来商朝所有的正规军以及象队都羁留在东南,远离了朝歌。周武王和姜尚等待的就是这一时机。

周武王十一年(前1044)十二月,周军出动了,计有戎车三百乘、虎贲三千人、甲士四万五千人,赳赳武夫兵发牧野。戊午日,全军渡过盟津,各路诸侯也前来集中。周武王与他们一起誓师,他左手挂着黄钺,右手握着白色旄牛尾的旗帜,大声说:"来自西岐的战士们,你们辛苦了!还有我友好邻邦的君主,司徒、司马、司空、亚旅、师氏、千夫长、百夫长,以及庸、蜀、羌、髳、微、彭、濮各族的人民,举起你们的戈,排好你们的盾,竖起你们的矛,我要宣誓了。"

纣王听说西伯侯又起兵前来,慌忙从鹿台赶回朝歌,此时他方明白商容告诫不能将所有人马用于东南的原因,然而,为时已晚,无兵可调的纣王下令周边诸侯火速前来勤王。不日便聚集了七十万人马,朝歌郊外的牧野黑压压一片,就像天边的乌云。五光十色的幡旗随风飘荡,犹如雨后的彩霞。西岐联军来到牧野,见殷商人马如蜂似蚁密密麻麻,一时竟有点胆怯。

周武王十二年(前1044)二月甲子日凌晨,周武王骑着战马,姜尚坐着战车赶到牧野(今河南省淇县西南),再次誓师。周武王公布了纣王的罪恶:"古人有句话'母鸡是不打鸣的,如果母鸡打鸣,必定倾家荡产',现在殷王纣什么都听女人的,自弃其先祖的祭祀不予回报,抛下自己的家族和国家,放着自己的同祖兄弟不用,反而听信谗言,对四方各国的奸佞逃犯那么推崇、那么看重,信任他们,重用他们,让他们对百姓横施暴虐,现在我姬发要恭敬地执行上天的惩罚。"[①]

随之,姜尚宣布了军令,有鉴于这是一支临时前来集合的联军,没有

[①] 见〔西汉〕司马迁《史记·周本纪》:"二月甲子昧爽,武王朝至于商郊牧野,乃誓。武王左杖黄钺,右秉白旄,以麾。曰:'远矣西土之人!'武王曰:'嗟!我有国家君,司徒、司马、司空、亚旅、师氏,千夫长、百夫长,及庸、蜀、羌、髳、徽、彭、濮人,称尔戈,比尔干,立尔矛,予其誓。'王曰:'古人有言:牝鸡无晨,牝鸡之晨,惟家之索。'今殷王纣维妇人言是用,自弃其先祖肆祀不答,昏弃其家国,遗其王父母弟不用,乃维四方之多罪逋逃是崇是长,是信是使,俾暴虐于百姓。"

经过统一的训练，以及将士怯战的心理，姜尚宣布："今天的作战，每次前进不超出六七步就要停顿整齐一下，要努力呀，男子汉们！每次刺击不超出四五下就要停顿整齐一下，要努力呀，男子汉们！今天的队列，后面的枪尖抵住前面的后背，只准前进不得后退！前面的倒下去，后面的立刻补上去。希望大家勇武，有如虎、罴、豺、离（螭），我们不可迎击前来投降的人，而要让他们为我西岐所使用，要努力呀，男子汉们！你们谁不努力，我将拿他问斩。"① 誓师完毕，诸侯参加会盟者共有战车四千辆，列阵于牧野。

随着军鼓号角，联军一步一步向前迈进，气势雄伟，排山倒海向前推进。纣在殿中听到号角军鼓，精神为之一振。提起身边的矛，大步迈下殿来，一见殿前九鼎，双眼一亮，大喊："九鼎犹在，天命就还在我的手中！"他将手中的矛递与身边的侍卫，双手握拳"咯咯"作响，接连做了几个深蹲，接着，双手握住三足鼎的两只脚，鼓了鼓劲，想奋力举起来，哪里还举得动？他绝望地跌坐在地上，泪流满面，悲怆地嘶叫："难道这九鼎就要落到西伯手里？我不甘，我不甘啊！"侍卫过来说："圣上，快上马吧。"纣王无奈翻身上马，向战场驰来。

牧野战场并没有发生预想的恶战，西岐联军采用了姜尚的"威慑法"，每前进七步，就停顿整齐队列，每一次停顿，联军都会齐声吼道："商朝当灭，西岐当兴！""缴械不杀，缴械不杀！"这时就有一批商军倒戈加入。这批临时杂凑起来的奴隶兵，眼见联军那一堵堵坚不可摧的人墙，万众一心向前推进，谁还敢前来冲击送死。他们早已盼望联军早日进城，于是纷纷放下手中的武器，不知不觉地跟着高喊"缴械不杀"，几十万人的呐喊声惊天动地，附近山林的鸟雀惊起，铺天盖地而来，"咯咯"鸣叫，前来助威。商军见那遮天蔽日的鸟雀阵，以为联军有神相助，个个吓得浑身发抖，双脚发麻。

队伍推进到朝歌城下，联军与商军几乎不分彼此，人流如海，声浪如潮，几乎可以将城墙掀翻。纣王看大势已去，从东南决开一个缺口，落荒而逃。姜尚早已盯住了他，令旗一指，三千虎贲如鹞鹰般直追过去，为首的是周武王姬发。

---

① 见〔西汉〕司马迁《史记·周本纪》："'今日之事，不过六步七步，乃止齐焉，夫子勉哉！不过于四伐五伐六伐七伐，乃止齐焉，勉哉夫子！尚桓桓，如虎如罴，如豺如离，于商郊，不御克奔，以役西土，勉哉夫子！尔所不勉，其于尔身有戮。'誓已，诸侯兵会者车四千乘，陈师牧野。"

马蹄声碎，号角声悲，纣王怎么也甩不开姬发和他的虎贲兵。眼看前面就是鹿台，纣王翻身下马，登上了高楼。纣王刚刚穿上宝石衣，虎贲兵已经赶到，开始登楼。纣见状凄然一笑，令侍卫纵火烧楼。火焰蹿起来了，越烧越旺，纣王纵身跳进火海。二妃一见这情形，明白天地已经变色，江山易了旗帜。二人依照入宫之时相约，一齐上吊自尽，霎时间花容玉碎，月貌珠沉，香魂归于故里，名声留于后世。

此时周武王已经赶到，见纣君妃已死，纣王因为身穿宝石衣，没有被烧毁。周武王用剑拨开宝石片，用黄铖砍下帝辛的头，挂在大白旗上。又用黑铖砍下妲己二妃的头，把她们的头挂在小白旗上。做完这一切，武王才回到军中。众诸侯都向他拱手致敬，姬发也向诸侯回礼，姬发来到朝歌，城中的百姓都在城郊迎候。姬发派群臣告诉商的百姓说："上天将赐福给大家！"商族人一齐拱手稽首共两次，姬发也还礼拜谢。

第二天，人们清除道路，修治祭祀土地的社坛和商纣的宫室，以迎接武王进城祭拜天地。

青云蔼蔼紫云现，有为君主登位来。一百名壮汉扛着有几条飘带的云罕旗在前面开道。武王的弟弟叔振铎护卫并摆开了插着太常旗的仪仗车，周公旦手持大斧，毕公手持小斧，侍卫在武王两旁。散宜生、太颠、闳夭都手持宝剑护卫着武王。进了城，武王站在社坛南大部队的左边，群臣都跟在身后。毛叔郑捧着明月夜取的露水，卫康叔封铺好了公明草编的席子，召公奭献上了彩帛，师尚父牵来了供祭祀用的牲畜。

武王沉浸在鲜花和激情中，觉得自己就像一只苍鹰，翱翔到了一个全新的天地，太阳笑得灿烂迷人，上苍奖赏了他花环和玫瑰，他的眼睛湿润了。

伊佚朗读祝文祝祷说："殷朝末代子孙季纣，完全败坏了先王的明德，侮慢鬼神，不进行祭祀，欺凌商邑的百姓，他罪恶昭彰，被天皇上帝知道了。"于是武王拜了两拜，叩头至地，说："我承受上天之命，革除殷朝政权，接受上天圣明的旨命。"武王又拜了两拜，叩头至地，然后退出。

姬发把殷商的遗民封给纣的儿子武庚，又派自己的弟弟管叔鲜、蔡叔度辅佐武庚治理殷；然后命召公放箕子出狱；命毕公大开牢门，放百姓出狱，在商容的闾门上设立标志以表彰；命南宫括散发聚集在鹿台的钱财和巨桥的粮食，用来赈济贫苦的野人和贱民；命南宫括、史佚展示殷人的九鼎和宝玉；命闳夭为比干之墓培土为冢；命宗祝祭享于军中，然后撤兵回到西岐。①

---

① 见〔西汉〕司马迁《史记·殷本纪》。

第五节　成康之治

一

漫山遍野的杜鹃映红了天边，镐京一派喜庆，锣鼓喧天，庆祝周人建立了中原大国。家家户户迎接归来的子弟兵，饮宴烧烤通宵达旦，消夜不禁。武王下诏：把战马放归华山的南面，把耕牛放归桃林的旷野，把武器收归武库，整顿军队，解除武装，不再用兵，此后实行德教。①

阳光很好，温暖、芬芳。武王身着便服厕身在欢庆的民众中，他捡起几片花瓣轻轻地咀嚼着，感觉很欣慰，宗周大地都在歌唱他们的老祖爷后稷，讴歌他们先公的丰功伟绩，歌声直达云霄。武王的内心不由得升腾起无限自豪感——他觉得自己有能耐飞升起来，宇宙的每一扇窗户似乎专门为他而开，天上的云朵全会给他让路——他很欣赏自己内心这种使命感。

很快地武王陷入了迷惘，当他面对殷商的一个个青铜祭器有发自内心的赞叹时，当他视察一柜柜甲骨文书却大字不识几个时，他觉得自己就像一个小孩闯进一个陌生的天地。中原不同于西岐，这里不是遍地苞谷和高粱，也不是风吹草低见牛羊，中原的一切潜藏着套路，这里贤能的人还不想和他合作。如今上苍是老大，他是老二，路该怎么走？

他回想起牧野誓师的宏大场面，一个近六百年基业，庞大的殷商王朝在甲子日就土崩瓦解了，如今一切的荣誉和财富都聚集在他身上："难道我真的比纣强？"怎样才能避免殷商的覆辙？连日来他食不知味，夜不能寐。半夜常常翻身爬起，陷入迷思。

周公旦来到他的寝宫，关切地问："圣上为何失眠？"武王说："只因上天不接受殷的祭祀，才有我今天的成功。上天建立了殷国，殷国有贤人

---

① 见〔西汉〕司马迁《史记·周本纪》："武王至于周，自夜不寐。周公旦即王所，曰：'曷为不寐？'王曰：'告女：维天不飨殷，自发未生于今六十年，麋鹿在牧，蜚鸿满野。天不享殷，乃今有成。维天建殷，其登名民三百六十夫，不显亦不宾灭，以至今。我未定天保，何暇寐？'王曰：'定天保，依天室，悉求夫恶，贬从殷王受。日夜劳来定我西土。我维显服，及德方明。自洛汭延于伊汭，居易毋固，其有夏之居。我南望三涂，北望岳鄙，顾詹有河，粤詹洛、伊，毋远天室。'营周居于洛邑而后去。纵马于华山之阳，放牛于桃林之虚，偃干戈，振兵释旅：示天下不复用也。"

三百六十人，却不被重用，才会有今天的结果。我还没有真正得到上天的保佑，我能睡得着吗！"

"圣上，这一切急不得！"周公能理解哥哥现在的心情和处境——天之骄子谈何容易，天子擅长运筹帷幄，但在具体事务上往往就是"白痴"，要是样样精通可就做不了天子。武王太急于把自己摆到天地的中心，他的急于求成使他陷入了无尽的孤独和空虚。事情只能一件件做，周公首先想到的是中原泱泱大国，新都应该设在哪里？

兄弟俩一商量，觉得洛水到伊水拐弯处那片土地平坦，又是夏人的活动中心，适合定居，那里南面可见三涂山，北面可见太行山，背靠黄河，于是下令到那里测量，规划建立周朝的东都洛邑（今河南洛阳）。

从洛邑归来，周公更忙了。这一天，儿子伯禽从他身边走过，闻到一股浓烈的馊味，问："父亲，你多久没洗头啦？"周公掐指一算："有一个半月了吧。""父亲，今天儿子就帮你沐洗。"伯禽提来一桶水，解开了周公头上的束带，不由分说就将父亲的头按在水里，头发刚刚打湿，就有家人来报："召公求见。"周公一听，吩咐伯禽说："把头擦干。"

"父亲，沐洗完再说。"

"不行。"周公手握着头发，湿漉漉地就出来见召公。召公是来找他商量分封先圣的后裔和功臣一事，说着把地舆图摊开来，周公看了看，说："嘉封神农的后代在焦，黄帝的后代在祝，帝尧的后代在蓟，帝舜的后代在陈，大禹的后代在杞。"① 召公没有异议，接下来是功臣谋士。

周公见地舆图被头发上的水滴湿了，用袖子擦了擦，一边指一边对召公说："姜尚第一个，封在营丘，国名叫齐；叔鲜在管；叔度在蔡；我的在鲁；你的在燕。"

召公告辞走后周公安心地回来洗头，见伯禽气鼓鼓的，周公于是把头一低，泡在水里，伯禽用手帮他搓着，一种舒服的感觉从他的脚跟一直通到头顶。这时候，家人又报："姜太师求见。"这一回伯禽火了，没好气地对家人说："告诉太公稍候，等父亲沐洗完再说。"周公愠怒地看着伯禽："孩子，满朝能断事就这几个老头，你爹我忙，但太公更累，他已经是八十岁的人啦，还亲自跑咱这里来。"说着又握着湿漉漉的头发出去迎接太公。原来太公是来找他商量殷商的宗庙祭器如何分赐给各路诸侯。

约有半个时辰，周公又回来，刚把头泡在水里，突然说："伯禽，快

---

① 见〔西汉〕《史记·周本纪》。又，《礼记·乐记》与此略有差别，"封黄帝之后于蓟，封帝尧之后于祝"。

帮我驾车。"

"怎么啦？父亲。"

"刚才有个祭器弄错了，得立马告诉太公，这事马虎不得。太公还没走远，快！快！"说着又握着湿漉漉的头发出去了。

午时，周公终于洗完头，一家人坐下来吃饭，伯禽挑了个上好的羊腿，把肉剔开，给了父亲。周公也不推辞，一口咬下去，满口流油，"好鲜美的羊肉啊！"周公正沉浸在肉香中，就有家人来报："宫中来人，说王上身体欠佳。"周公一听，正想把肉咽下去，毕竟年事已高，没有嚼烂的肉咽不下，他揉了揉胸口，把口里的肉吐出来，说："我现在就去。"

"父亲，好歹把饭吃完吧。"

"不行，宫中无小事，更何况是王上的身体。"说着连嘴也来不及擦，立刻出了门。周公来到宫中，问了病情，召御医看过，又安排侍女医婆好生侍候。回府已经是酉时，家人把饭菜热好端上，周公刚吃了几口，家人又匆匆来报："王上召你进宫。"周公慌忙又把口中的饭菜吐出，匆匆忙忙又乘车进了宫。

但见王上眼睛深陷失神，华发飘散，这个昔日戎马生涯的英雄汉只剩下几根傲骨支在床上，呼吸就如鸣笛。史官就在寝室侍候，这时，周武王气喘吁吁地说："旦啊，旦，我这身体里不请自来的客人看来是送不走的。时光有限，我纵有壮怀也难与天争。遗憾的是天下初定，百业待兴，我那儿子诵还没成人，我想把江山托付给你，我走后你就即位，不用占卜。我现在就交付给你。"

周公一听，立时号啕大哭起来，想到这些年日夜相守、如影随形、同甘共苦的哥哥病入膏肓，周公越哭越悲伤，他跪倒在窗前，虔诚地向太王、文王祈祷："列祖列宗，你们的元孙武王得了危暴重病，如果你们欠上天一个孩子，那就让我去代替他。"周公涕泣不止，至死不肯接受传位。在旁的史官将他们的对话记录在案。

从宫中回来，周公觉得饿极了，回到家就着冷饭菜临厨大嚼起来。还没吃完，就接报朝中众老臣来访。周公又慌忙将口中食物吐了出来，待众人坐定之后问起王上的病情，周公忧心忡忡地汪着两眶泪水，说："王上一走，天倾西北，地陷东南，咱夏（周）人有大艰矣！"① 周公无论在书面还是口语，都将周人称作夏人。因为夏在周人心中是中原大国，周不过是边鄙小族，他以夏来长周人的底气，理由是：咱周人的老祖宗后稷在夏的

---

① 见《尚书·大诰》："有大艰于西土，西土人亦不静。"

时候是最大的农官。

掌烛的时候,老臣们逐一告辞。周公这一天"一沐三握发,一饭三吐哺",伯禽安排他喝了点羹汤,就让他早早歇息。周公虽点了点头,却踽踽地向书房走去,好一会儿,就听他大声高喊:"伯禽,你过来!"伯禽慌忙过来,见父亲握着刀在竹简上刻着,他伸头一看,父亲刻的是"分殷之器物篇"。"父亲,明天再做吧。""明天有明天的事,今日事今日毕。"

伯禽见父亲握刀的手在不断地颤抖,不禁心酸。父亲老态了。正想着,就听父亲说:"伯禽,你把我的竹简拿来,刚刚还在这里,怎么就被你拿走啦?"伯禽一看,说:"父亲,竹简就在案上,在您面前呢。"周公一摸,真在,怎么看不见呢?又问:"伯禽,我记得今天穿的是白色的葛布衣,什么时候换成黄色的啦?""父亲,没换,您穿的就是白色葛布衣。"

周公无语,茫然四顾,好一会儿,他凄然一笑说:"伯禽,父亲这身体里也有了个不速之客。"伯禽一下转不过脑筋,问:"什么不速之客?""眼疾。"伯禽一听心里一紧,不觉饮泣起来。

"伯禽,我看你明天就收拾行装,早日到封国去,那里需要你。"

二

武王驾崩以后,太子姬诵继承了王位,是为周成王。那时候,成王才十岁,一脸稚气,上朝的时候,周公常常让他坐在自己的身边,将他当作亲儿子一样。

武王去世,周王朝就如一艘失去压舱石的船,没了重心,风雨飘摇,随时都会在大风大浪中被撞得粉身碎骨。谁来掌舵,谁来收拾局面?众大臣都将目光落在周公身上,周公也当仁不让地承担起来。他剖心见胆,用命竭忠,谆谆地教导着成王。他日理万机,以王的身份发出诏书。那个时代"兄终弟及"是常态,王朝的基业并非一人所创,更何况武王是真心要把王位传给他,而他大刀阔斧执政也只是想掌控住随时可能沉没的船。

私心生暗鬼。不知什么时候,"叔旦篡位"的议论声悄悄地传开了。议论最烈是管叔和蔡叔。依据"兄终弟及"的继承法,武王之后应该是管叔。管叔是老三,周公是老四,蔡叔是老五。"为什么老三还没轮到,老四就坐上王位?"管叔无法容忍周公占了自己的位置。

议论声终于传到了朝廷,传到了成王的耳里。周公哪有心思去管那些流言蜚语,他为周王朝操碎了心。可悲的是他越是"事必躬亲",就越佐证了篡位传言。成王起疑了,众大臣也渐渐疏远了他。周公虽然忍辱负重,却容不下兄弟对他这样的诋毁,这血性男儿也是眼里揉不得沙子的,他一气之下打点行装离开了镐京,准备到洛阳去。

万里晴空,白云悠悠,云一心想去流浪。秋阳似酒,把果实催熟了,刚刚成熟,就要离开。人生就是这样,有阳光、白云陪伴就很好了。周公刚出镐京城门不远,就听一帮瞽叟敲着木鼓在路边歌唱:

鸟雀睡了翅膀醒着,
山河睡了风景醒着,
春天睡了种子醒着,
大地睡了星星醒着,
身体睡了脑筋醒着,
天地睡了你独醒着,
你的孤独就是你亘古的美丽。

午后,周公穿过一座山林,林间的地上铺满了果实,山果经过秋风秋阳的风晒,已成果干,捡起即可吃,酸甜甘美。近年来,许是年纪的原因,周公觉得胃口一年不如一年,饭量不大,胃却常撑着胀着,他需要一些干果来消食。于是铺开一块葛布,一颗一颗地捡。正捡着,一阵风吹过,将枝头仅剩的几片叶子、几颗果实全吹落到地上,山林变得光秃秃,瘦骨嶙峋,煞是可怜。

周公正有点顾影自怜,转念一想,山林正在做着筹算,减去了浓荫,减去了果实,赤裸裸一身轻松。多好呀!只要过了严冬,来年又将绿满枝头,红满枝头,果满枝头。周公的心情顿时豁然开朗起来,立起身来自言自语道:"再有五天就可到成周(洛阳)了。"他急匆匆地向前走去。

管叔联络蔡叔、霍叔,还有商纣王的儿子武庚,带领一帮殷商遗民起来造反,准备将周公拱下王位。一时间风云漫卷,风声鹤唳。消息飞报到朝廷,满庭文武皆惊慌失措。管叔、蔡叔、霍叔本来是安排去监管殷商遗民的,史称"三监",竟然煽动殷民起来造反,满朝皆没了主意。

"王叔呢?"成王本能地想起了周公。

"王叔走了。"

失掉了主心骨,成王一下跌坐下来,冷汗直冒,说:"诸位爱卿,传言说王叔想篡位,大家对此有何看法?"众人面面相觑,没人说话,只见太史抱着金匮跌跌撞撞地上来:"王上,为今之计首先是平定'三监之乱'。王叔忠不忠,篡不篡,就看这次平叛。"说着将金匮递给了成王。成王打开金匮，看到父王临终前和叔旦的对话，半天说不出话来，说："我错怪王叔了，错怪了！看来是我对王叔不尊了。"成王当即下诏令周公率兵平叛，于是召公率领人马火速赶到洛阳去见周公。

周公奉命平叛，诛杀了武庚、管叔，流放了蔡叔。让微子启继承殷朝的嗣位，在宋地建国。又收集了殷朝的遗民，封给武王的小弟康叔封，建立了卫国。此后，殷商的遗民、殷商的文化主要集中在宋国。

周公借平管、蔡之乱，乘胜东征。不久，晋侯唐叔得到一种嘉谷，一株二穗，喜出望外地献给了成王。成王很高兴，要是全国能推广这种二穗嘉谷，人民将有丰足的粮食。他令人快马加鞭将它送给远在军营中的周公。周公在东方接受了米谷，写下了《归禾》《嘉禾》，记述和颂扬天子赠送嘉禾。

不久，周公灭掉了东夷、淮夷五十多个族国，把秦人的先公飞廉赶到海边杀掉。姜尚也平定山东境内莱夷等族国，周的势力延伸到东海边。南至淮河流域，北至辽东，周人再也不是"小邦周"，而是泱泱大国了。

继武王之后，周公又实行封邦建国。他先后建置七十一个封国，把武王十五个兄弟和十六个功臣封为诸侯，作为捍卫王室的屏藩。还分封了大量的同姓国和异姓国。周公"立七十一国，姬姓独居五十三人"。① 另外，他在封国内普遍推行井田制，将土地统一规划，巩固和加强了周王朝的经济基础。此外，又先后建立了"成周八师""殷八师"和"西六师"，使周王朝握有运转国家机器的军队。

周公代行国政七年，成王长大成人，周公把政权交还给了成王，自己又回到群臣的行列中去。晚年的周公与成王共同制定礼乐，确立了嫡长子继承法以及一系列宗法制度，这套制度对中国几千年的社会有深远的影响。成王年间，洛邑建成，成王把九鼎安放在那里。说："这里是天下的中心，四方进贡的路程都一样。"在测量和营建洛邑的过程中，周公写下了《诏诰》《洛诰》。成王把殷朝遗民迁徙到那里，周公向他们宣布了成王的命令，写下了训诫殷民的《多士》《无佚》。在宗周写下了《多方》；在丰邑又写下了《周官》，说明周朝设官分职用人之法，重新规定了礼仪，谱制了音乐，于是法令、制度得以定了下来。百姓和睦、太平，颂歌四处兴起。不久，息慎前来恭贺，成王命令荣伯写下了《贿息慎之命》。

---

① 见《荀子·儒效》，又《左传·僖公二十四年》："封建亲戚以藩屏周。管、蔡、成、霍、鲁、卫、毛、聃、郜、雍、曹、滕、毕、原、酆、郇，文之昭也。邗、晋、应、韩，武之穆也。凡、蒋、邢、茅、胙、祭，周公之胤也。"

成王临终，担心太子钊胜任不了国事，就命令召公、毕公率领诸侯辅佐太子登位。成王逝世之后，召公、毕公带着太子钊去拜谒先王的宗庙，将文王、武王开创周朝王业的艰难反复告诫太子，要他一定力行节俭，戒除贪欲，专心办理国政，写下了《顾命》。太子钊于是登位，这就是康王。康王即位，通告天下诸侯，向他们宣告文王、武王的业绩，所以在成王、康王之际，天下安宁。康王让民众分别村落居住，划定周都郊外的境界，作为周都的屏卫，康王期间，一切刑罚、武力都放置一边，四十年不曾使用。这就是历史上的"成康之治"。①

第六节　从昭王到厉王

一

　　康王逝世之后，儿子昭王瑕继位，昭王在位的时候，王道衰落了。昭王一生三伐江南，第一次稍有成就。周昭王十九年（前961），再次率六军伐楚。这一次，楚国以二万荆蛮子弟，以一当十，决死一战，竟打败了赳赳天兵，周王朝六师丧失殆尽，周昭王也颜面尽丧。

　　晚年，耿耿于怀的周昭王又一次率军攻楚，想不到又被楚军打败，周昭王惶惶如丧家之犬，急奔汉水而来，远远望去，千帆横摆江畔，他略略安下心来。众将士为了逃命，争先恐后冲上了战船。还好，风平浪静，行至江心，一阵阴风刮来，周昭王乘坐的宝船哗啦啦散落开来，众将士大惊失色，周昭王喊道："救驾，救驾！"说时迟，那时快，只见六军的战船也哗啦啦解体。将士们落水淹死，周昭王也溺水而亡。相传周昭王这次兵败，是因为楚人在战船上做了手脚，用一批桃胶黏起来的船偷换了周军的战船，桃胶遇水即化，昭王的船于是散了架。此后，周王朝失去了控制南方的力量。

　　周昭王死的时候没有向诸侯报丧，是因为周王朝碍于面子，忌讳这件事。周王朝后来立了昭王的儿子满，这就是穆王。穆王继位时，已经五十岁了。国家政治衰微，穆王痛惜文王、武王德政遭到损害，就命令伯囧反复告诫太仆，要管好国家的政事，写下了《囧命》。这样，天下才又得以

---

① 见〔西汉〕司马迁《史记·周本纪》。

安定。

穆王期间，准备去攻打犬戎，祭（音寨）公谋父劝他不要去。谋父说起周公的颂诗："收起干与戈，藏起弓和箭。求贤重美德，美名传夏邦①，王业永保全。"尽管谋父引经据典，好话说尽，好大喜功的穆王终究还是去征伐西戎了，结果耗尽国库资财，只获得四只白狼和四只白鹿回来，却惹怒了西戎人，以后，西戎地区就不来朝见天子了。

二

穆王之后，经历了共王、懿王、孝王、夷王，到了厉王，厉王暴虐无道，放纵骄傲，国人都公开议论他的过失。

召穆公劝谏说："人民忍受不了您的命令了！"厉王听后大怒，找来一个卫国的巫师，让他来监视那些议论的人，一经发现立即杀掉。议论的人少了，可是诸侯不来朝拜了。厉王三十四年，统治更加严苛专制，国人没有谁再敢开口说话，路上相见也只能互递眼色示意。

厉王非常高兴，告诉召穆公说："我能消除人们对我的议论了，他们都不敢说话了。"召公说："这只是把他们的话堵回去而已。堵住人们的嘴巴，要比堵住水流更厉害。水蓄积多了，一旦决口，伤害人一定会多；不让民众说话，道理也是一样。所以，治水的人开通河道，使水流通畅，治理民众的人，也应该让民众畅所欲言。所以天子治国理政，使公卿以下直到列士都要献讽喻朝政得失的诗篇，盲人乐师要献反映民情的乐曲，史官要献可资借鉴的史书，乐师之长要献箴戒之言，由一些盲人乐师诵读公卿列士所献的诗，以及箴戒之言，百官可以直接进谏言，平民可以把意思辗转上达天听，近臣要进行规谏，同宗亲属要补察过失，乐师、太史要负责教诲，师、傅等年长者要经常告诫，然后由天子斟酌而行，事情做起来就顺当，没有错误。民众有嘴巴，就如同大地有山川，财货器用都是从这里生产出来；民众有嘴巴，就像大地有饶田沃野，衣服粮食也是从这里生产出来的。民众把话从嘴里说出来了，政事哪些好哪些坏也就可以从这里看出来了。好的就实行，坏的就防备，人们才能丰衣足食是一样的。民众心里想什么嘴里就说什么，如果堵住他们的嘴巴，那能维持多久呢？"

厉王听后，冷冷一笑，置若罔闻，从此，国人都不敢说话，过了三年，国人忍无可忍，百姓与士兵自发起来造反，袭击厉王。厉王狼狈地逃

---

① 原文为"我求懿德，肆于时夏。"这里的夏用以指代大周朝。

到彘地。

　　为保全厉王一脉，召穆公偷偷将王太子静藏在自己府里，国人知道后，一传十，十传百。几千人马把召穆公府邸包围了起来，一时间剑戟森森，弓箭罗列。众人高喊着要召穆公交出太子静，吼声震天，召穆公也慌了手脚。"先前我多次劝谏君王，君王不听，以致遭到这样的灾难。如果现在太子被杀，君王一定会认为我因怨恨君王而杀了太子！侍奉国君不容易啊，更何况侍奉天子呢？罢了，罢了！"

　　国人砸开了召穆公府，府里顿时乱了起来，面对德高望重的召穆公，人们给他留了几分情面，但人们还是无情地把刀子架在他的脖子上说："交出太子，交出太子！"人们乱哄哄齐声大叫，召穆公一时进退两难，人们开始搜查。"慢着！"召穆公终于镇定下来说，"太子就在厅上。"人们一窝蜂向大厅涌去，只见一个四五岁的孩子坐在椅子上号啕大哭。一个莽汉冲过去，可怜的孩子顿时命殒其手。召穆公目睹这一幕，登时口喷鲜血，倒在地上，那是他最小的儿子啊！他用儿子的命保住了太子的命。功勋家内起妖氛，无端惹下祸福门。

　　厉王逃到彘地之后，周王朝政权有一个真空时段，召穆公、周定公二辅相于是共理朝政，号称"共和"（前841）。时光荏苒，不知不觉过了十四年，厉王死在彘地。太子静已在召穆公府中长大成人，二辅相一同扶立他为王，这就是宣王。宣王登位之后，先由二相辅佐，修明政事，师法文王、武王、成王、康王的遗风，诸侯又都尊奉周王室了。

　　宣王不是勤勉的君王，宣王三十九年（前789），他在千亩与姜戎打了一仗，宣王的军队被姜戎打得一败涂地，丢掉了南方江、淮一带的军队，军力也因此大大被削弱。

　　宣王于四十六年（前782）逝世，他的儿子宫涅（音生，又作"涅"）继位，是为幽王。幽王二年（前780）一日，幽王驾坐龙廷，就有报事官前来报告，西周都城和附近泾水、渭水、洛水三条河的地区都发生了地震。满朝文武一听，立时惊慌失措，幽王也觉事态严重，于是把深晓天文地理的太史伯阳甫找来问，伯阳甫一听，登时跌足大叫说："周快要灭亡啦！"众大臣忙问原因，伯阳甫是个忠直之臣，不想婉转，说："天地间的阴阳之气有秩序；如果打乱了秩序，那也是有人使它乱的。阳气沉伏在下，不能出来，阴气压迫着它使之不能上升，所以就会有地震发行。如今三川地区发生地震，是因为阳气离开了它原来的位置，被阴气压在下面了。阳气处在阴气的下面，水源必定受阻塞，水源受到阻塞，国家一定灭亡。水土通气才能供民众从事生产之用。土地得不到滋润，民众就会财用匮乏，如果到了这种地步，国家不灭亡还等待什么！从前，伊水、洛水干涸夏朝就灭亡了；黄河枯竭商朝就灭亡了。如今周的气数也像商、周两代末年一样了，河源的水流又被阻塞，水源被阻塞，河流必定要枯竭。一个国家的生存，一定要依赖于山川，高山崩塌，河川枯竭，这是亡国的征象。河川枯竭了，高山就一定崩塌。这样看来，国家的灭亡用不了十年了，因为十刚好是数字的一个循环。上天所要抛弃的，不会超过十年。"这一年，果然山川枯竭了，岐山崩塌了。① 周人预感周要亡了，于是人心惶惶。

第七节　烽火戏诸侯

一

　　就在满朝文武忧心如焚，担心周朝就要灭亡之时，周太史伯阳甫翻阅了历史典籍，发现了一段蹊跷的往事，不由脸色凝重起来，感慨道："周朝真的就要灭亡啦！"

　　从前，夏后氏（夏朝）衰落的时候，有两条神龙降落在夏帝的宫廷，竟说起了人话："我们是褒国的两个先君。"夏帝不知道是该杀掉它们、赶跑它们，还是留住它们。他找来巫师占卜，不吉利。再次占卜的结果是："把它们的唾液藏起来。"巫师于是摆设出币帛祭物，书写简策，向二龙祷告，二龙得了祭品，安心地去了，只留下一摊唾液，夏王让人拿来木匣子把龙的唾液收藏起来。

　　夏朝灭亡之后，这个匣子传到了殷朝，殷朝灭亡之后，又传到了周朝。连着三代，从来没有人敢把匣子打开。到了周厉王末年，周厉王突发奇想，令人打开匣子，龙的唾液流在殿堂上，怎么也清扫不掉。周厉王命令一群女人赤身裸体对着唾液大声呼叫。那唾液聚拢来，变成了一只黑色

---

① 见〔西汉〕司马迁《史记·周本纪》："司马迁幽王二年，西周三川皆震。伯阳甫曰：'周将亡矣。夫天地之气，不失其序；若过其序，民乱之也。阳伏而不能出，阴迫而不能蒸，于是有地震。今三川实震，是阳失其所而填阴也。阳失而在阴，原必塞；原塞，国必亡。夫水土演而民用也。土无所演，民乏财用，不亡何待！昔伊、洛竭而夏亡，河竭而商亡。今周德若二代之季矣，其川原又塞，塞必竭。夫国必依山川，山崩川竭，亡国之征也。川竭必山崩。若国亡不过十年，数之纪也。天之所弃，不过其纪。'是岁也，三川竭，岐山崩。"

的大蜥蜴，爬进了厉王的后宫。后宫中有一个小宫女，六七岁，刚刚换牙，不小心碰上了那只大蜥蜴。小宫女长大成人时已经是周宣王的年代，奇怪的是她没有丈夫竟然怀了孕，又生下了一个小女孩，忧心忡忡的她把那孩子扔掉了。①

  这一天，周宣王出巡，只听几个小女孩唱着儿歌："山桑弓，箕木袋，灭亡周国的祸害。"宣王好些纳闷，就见一对夫妻在卖山桑弓和箕木制的箭袋，宣王突然醒悟过来，立刻令侍卫去抓捕这对夫妇。夫妇发现情形不对，撒开腿就跑，也不知道跑了多远，天色渐渐暗下来，暮色中，传来婴儿的声声啼哭，这就是小宫女扔掉的女婴，夫妇见那女孩可怜，收留了她。夫妇二人继续往前逃，逃到了褒国，将女婴献给了国主，此后这个女婴就叫褒姒。日月如梭，转眼间十四年过去，当女婴出落成如花似玉的一个大姑娘时，已经是周幽王的时期。

  那时候，褒国人得罪了周朝，周幽王大发雷霆，想灭掉褒国。褒国大惊，无计可施，内中有个臣子叫褒珦提议，不如将褒国第一美女褒姒献给周幽王，冤仇或许可解。褒珦自告奋勇当献花使者。

  周幽王见褒姒跪在殿上，口呼万岁，星眸闪闪，天姿国色，不觉倒吸了一口冷气："世间竟有这样的女子！"一时间龙颜大悦，立时赦免了褒国，又将褒姒送入琼玉楼。此后，褒姒集三千宠爱在一身，周幽王终日与褒姒在琼玉楼欢娱，不理朝政。不知不觉一年过去，褒姒产下一子，命名伯服。此后，周幽王有心废掉申后和太子宜臼，立褒姒为王后，伯服为太子。

  太史伯阳甫查阅了这段史实，无限感慨地说："祸乱已经造成了，没有法子可想了！"②

---

  ① 见〔西汉〕司马迁《史记·周本纪》："周太史伯阳读史记：'周亡矣。'昔自夏后氏之衰也，有二神龙止于夏帝庭而言曰：'余，褒之二君。'夏帝卜杀之与去之与止之，莫吉。卜请其漦而藏之，乃吉。于是布币而策告之，龙亡而漦在，椟而去之。夏亡，传此器殷。殷亡，又传此器周。比三代，莫敢发之。至厉王之末，发而观之。漦流于庭，不可除。厉王使妇人裸而噪之。漦化为玄鼋，以入王后宫。后宫之童妾既龀而遭之，既笄而孕，无夫而生子，惧而去之。"

  ② 见〔西汉〕司马迁《史记·周本纪》："宣王之时童女谣曰：'檿弧箕服，实亡周国。'于是宣王闻之，有夫妇卖是器者，宣王使执而戮之。逃于道，而见乡者后宫童妾所弃妖子出于路者，闻其夜啼，哀而收之，夫妇遂亡，奔于褒。褒人有罪，请入童妾所弃女子于王以赎罪。弃女子出于褒，是为褒姒。当幽王三年，王之后宫见而爱之，生子伯服，竟废申后及太子，以褒姒为后，伯服为太子。太史伯阳曰：'祸成矣，无可奈何！'"

二

周幽王自得褒姒后,百官有本启奏皆不得入内。满朝怨恨,申王后也时有所闻。

这一日申后来游御苑,抬望眼见周幽王与褒姒并坐在琼玉楼中,如胶似漆,并无朝拜主母之意,一时间不觉来了气。周幽王见申后怒气冲冲,担心她动起手来,忙以身遮蔽褒姒,说:"这是我新收的美人,未曾立定,故未去朝见你,我明日就让她到中宫赔罪去。"申后大骂:"贱人,竟敢小视我。"骂完恨恨而去。申后走后,褒姒问:"此是何人,这样放肆刁蛮?"周幽王说:"此乃中宫主母,你明日应该去朝见她。"褒姒一听默然无语好不情愿,周幽王也不勉强她。

再说那申后回到后宫,闷闷不乐,太子见状忙问:"母后贵为六宫之主,因何烦闷怒气滔滔?"申后见问,一时长吁短叹泪珠儿抛:"你父王近日新收一女,这贱婢引诱你父王荒淫无耻,还下眼小瞧为娘。""母后息怒,但保凤体,待孩儿为你出气。"太子好些劝慰。

隔天,周幽王到龙楼宝殿接受百官朝贺,太子看准机会,立时派出一帮宫娥赶到琼玉楼寻事。这帮宫娥登上楼来,见那花卉盆景,立时指掐手掳,抱起盆景狠狠地摔在地上,"噼里啪啦!"一时遍地狼藉。众宫娥正摔得兴起,就见琼台上跑下来一帮宦官侍女,为头一位宦官说:"休得胡来!这是王特意栽给贵人观赏的。""我等奉国母懿旨,前来采花卉,谁敢阻拦?"两帮宫娥针尖麦芒地打起来,正打得不可开交,褒姒在台上见这情形,立刻下来,正要发问,太子已抢到跟前,一扬手抓住了褒姒的头发,骂道:"贱婢,你胆敢妄称王后?今日里我叫你认认我是谁!"说着一顿拳脚打得褒姒鬼哭狼嚎。

众宦官宫娥见此情形,齐刷刷跪倒在地,高声大喊:"千岁,看圣上面子,且息雷霆之怒,把贵人饶恕。"太子也恐伤人命,一听劝说也就松了手,那褒姒慌忙爬起,发如蓬蒿,跌跌撞撞地跑上楼去。太子指着楼上高声大骂:"贱人,你今后若敢再乱宫闱,小视国母,定当不饶!"骂完带着众宫娥扬长而去。那褒姒坐在琼台尖声大哭,双手乱舞,悲啼之声直冲云霄。众宫娥宦官围绕在旁,好些劝慰:"贵妃不必气恼,自有圣上为你做主。"

说话间周幽王归来,进入琼台就见褒姒头发蓬松青丝如巢,满脸青肿眼泪双抛,忙问怎么回事。褒姒鹦声悲切:"太子无礼,将妾痛打。"说完，手攀栏杆就要往楼下跳，周幽王一见，慌忙抱住那如蜂细腰，说："此是国母所遣，并非太子之意。事情皆因你不去参拜皇后。"褒姒又说："太子说了，若不杀妾誓不为人。妾死何足惜，既蒙恩宠，已有了伯服，望陛下舍妾以安申后与太子。"周幽王安慰道："爱妃保重身体，我自有分寸。"不久就传谕："太子好勇无礼，发往申国听候申侯教训！"太子宜臼大哭一场，无奈只好前往申国，申后派人打听，方知情形，终日里思子怨夫，啼哭不止。

三

光阴荏苒，伯服渐渐长大，周幽王见伯服聪明伶俐，有心废长立幼，但"废嫡立庶"事关重大，一时间难以启齿。

再说申后日夜思念太子宜臼，泪眼滔滔，心在滴血。一众宫娥好些劝慰，说："王后何不修书告知太子，让太子上表向圣上认错，或许圣上回心转意，把太子召回东宫也未可知。""此言甚好，只是无人送信。"申后说。内中有一宫娥，她的母亲是个医婆。宫娥献计说："不如召我母亲入宫把脉，乘机把信带出，再让我兄长把信送到申国。"申后于是一边修书，一边召那医婆。待那医婆到来，赏了她很多彩缎，要她一定把信送到。

那医婆把信小心翼翼地藏在怀里，不料刚到宫门就被守门的侍卫搜出。褒姒读了信后，怒火中烧，立即下令将医婆囚禁在宫闱，又将那申后所赏的彩缎寸割寸撕。周幽王归来见一地碎缎，丝绒飞飘，忙问缘由，褒姒含泪带悲说："妾不幸生下伯服，这如今孽重就如罪魁。王后送信召太子回来报冤仇，我母子二人命危矣！愿王为妾做主。"说着将申后的书信呈上。周幽王看罢，暴跳如雷。褒姒令人将医婆带出，周幽王也不多言，一剑就将医婆杀死在地，说："爱妃自可放心，有我做主，王后、太子又敢何为？"

"妾担心吾王千秋万岁后，我母子依然死无葬身之地。愿吾王开恩放我母子归田，做一个默默无闻的小民。"褒姒说着，跪倒在地，娇艳悲啼。周幽王见她愈是悲啼愈楚楚可人，愈发怜爱，一手扶起她说："我想废王后，贬太子，立你为昭阳，立伯服为东宫太子，日后身登九五，国祚永垂。只是目前碍于群臣反对，卿且忍忍，等待时机。"

褒姒说："臣若听君，顺情达理；若君听臣，有伤国体。王可传圣谕，看公议如何。"周幽王深觉有理，于是登殿传旨："王后近来性嫉妒，实难称国母掌宫闱。"

旨意一下，就有那虢（音国）石父等一帮奸臣借势附和。周幽王于是传谕："贬申后冷宫思过永不许朝王，废太子宜臼为黎庶思过申国。"众大臣待要谏言，又知徒劳无益，心想纲纪已灭，周朝立见灭亡，纷纷弃职退位，告老归田，只剩下一帮奸佞之臣在朝堂。时在周幽王五年（前777）。

周幽王八年（前774），周幽王又宣布："封伯服为太子守缺东宫。"这一下，周朝与申国的矛盾表面化了。那褒姒虽然儿子位居东宫做太子，感知矛盾一触即发，也高兴不起来。每日里，有笙簧丝竹，鸣钟击鼓，歌舞弹唱在宫中助兴，不见褒姒有丝毫欢悦。周幽王又令人搬来大批锦缎，心想这褒姒唯喜撕缯裂帛，于是令宫娥、太监奋力撕帛，取悦褒姒，仍未见褒姒脸有喜色。周幽王无奈，于是在宫外贴一告示：有谁能逗得贵妃一笑，赏金千两，并赐玉带朝裳。告示一贴，就有虢石父前来献计："圣上可与褒后并驾骊山游玩，用'烽火戏诸侯'博贵妃一笑。"

烽火是古代军情危急时的报警信号。周朝在骊山上建有二十多座烽火台，每隔几里就有一座，专门用来防备西戎的进攻。一旦敌人来犯，烽火台的烽火就会像接力棒一样点燃报信，互相呼应，各路军马就会火速前来救援。

不久，周幽王便携褒姒上了骊山，玩了整整一天，累了。傍晚时分，周幽王令士兵点燃烽火，一时间浓烟滚滚，笔直的狼烟直冲霄汉。附近烽火台值守的士兵一见，以为敌情紧急，不敢怠慢，也点燃了烽火，又迅速召集人马，赶来救援。不久，莽莽山野升腾起了几十道烽火，火光冲天，映红了半边天。不到一刻钟，漫山遍野只听"哒哒哒哒"声响，马蹄声碎，鼓角声咽，山野震动了，一队队人马从四面八方蜂拥而来，喊杀之声震天动地。褒姒生平从未见过如此壮烈的场面，心提到了胸口，就像要跳出来一样，一时热血沸腾，无比激动，见那帮将士狼奔鼠窜，不知不觉拍手大笑起来："好玩，好玩，真好玩！"周幽王一见，哈哈大笑起来："爱妃一笑真乃千娇百媚。"立马下谕，赏虢石父金千两，赐紫袍。

各路诸侯来到跟前，但见烽火台上急鼓繁弦，浪笑声声，周幽王正和褒姒调笑夜宴，不觉面面相觑。周幽王说："诸位爱卿辛苦了。今日良宵，我陪贵妃观赏烽火。"众将领如一群乌鸡，你瞪我，我瞪你，有话说不出来，只好偃旗息鼓，灰溜溜各回家邦。①

---

① 见〔西汉〕司马迁《史记·周本纪》："褒姒不好笑，幽王欲其笑万方，故不笑。幽王为烽燧大鼓，有寇至则举烽火。诸侯悉至，至而无寇，褒姒乃大笑。幽王说之，为数举烽火。其后不信，诸侯益亦不至。"

四

周幽王宠褒姒贬申后，废宜臼立伯服，本已引得众文武议论纷纷。如今又为博褒姒一笑戏诸侯，终于激起了民众反抗。周幽王九年（前773），申侯联结西戎、缯国，准备反周。周幽王得知消息，召集诸侯结盟于太室山，派兵讨伐申国。幽王十一年（前771），申侯、西戎与缯国，三路大军浩浩荡荡举兵讨伐镐京。大兵压境，周幽王急令烽火召诸侯。

当一道道烽火升腾起来之时，周幽王陪同褒姒立在城头观看，想让她见识一下天兵是如何剿灭乌合之众，以再博佳人一笑。不料一个时辰又一个时辰过去了，竟没有一个救兵前来，各路诸侯以为周幽王又是烽火博笑，谁都不愿前来。西戎军很快就攻克了镐京，周幽王与伯服气急败坏地跨马向骊山逃窜而去，申兵在骊山脚下射杀了周幽王和伯服，西戎兵则抢走了褒姒。镐京经此一劫，繁华不再，面目全非。①

第八节　东周列国时期

东周世系表：（1）平王—（2）桓王—（3）庄王—（4）僖王（亦作釐王）—（5）惠王—（6）襄王—（7）顷王—（8）匡王—（9）定王—（10）简王—（11）灵王—（12）景王—（13）悼王—（14）敬王—（15）元王—（16）贞定王—（17）哀王—（18）思王—（19）考王—（20）威烈王（21）安王—（22）烈王—（23）显王—（24）慎靓王—（25）周赧王

不久，申侯、鲁侯与许文公在申国立原太子宜臼为王，是为周平王。周平王回到镐京，见镐京残破不堪，决定迁都洛邑。从镐京到洛邑，万水千山，只是这一路谁来护驾，谁来提供粮草？周平王于是召集沿途诸侯以令护驾供粮。此时的周王室早已经衰微，诸侯不听其号令。只有秦襄公带着人马和粮草前来护驾，一路上忠心耿耿，一直把周平王护送到洛邑。因

---

① 见〔西汉〕司马迁《史记·周本纪》："申侯怒，与缯、西夷犬戎攻幽王。幽王举烽火征兵，兵莫至。遂杀幽王骊山下，虏褒姒，尽取周赂而去。于是诸侯乃即申侯而共立故幽王太子宜臼，是为平王，以奉周祀。"

为洛阳在镐京东面，历史由此（前770）进入东周列国，也即春秋时期。①

"春秋时期"是因孔子修订《春秋》而得名。这部书记载了从鲁隐公元年（前722）到鲁哀公十四年（前481）的历史。现代的学者为了研究方便，一般把从周平王元年（前770）东周立国起，到周敬王四十三年（前477），称为"春秋时期"。

战国时代指公元前475年至公元前221年，而实际上具体时间应该是从韩赵魏三家分晋开始算起直到秦始皇统一天下为止，即公元前403年至公元前221年。战国时代是中国古代重要的历史时期之一，其主体时间线处于东周末期。战国时代是华夏历史上对抗最严重且最持久的时代之一。

平王东迁以后，周王室管辖范围大减，形同一个小国，在诸侯中的威望已经大不如前。据《左传》记载，春秋时共有140多个诸侯国。面对诸侯之间互相攻伐和兼并，边境的外族又乘机入侵，天子不能担负共主的责任，经常要向一些强大的诸侯求助。在这种情况下，强大的诸侯便自居霸主，中原诸侯对四夷侵扰则以"尊王攘夷"口号团结自卫。

周赧王时，国势式微，内部争斗不休，以致分为东周国和西周国。赧王迁都西周。周赧王八年（前307），秦借道两周之间攻韩，周人两边都不敢得罪，左右为难。东西两周位于诸强国之间，不能同心协力，反而彼此攻杀。至赧王五十九年（前256），西周国被秦所灭，同年赧王病死。七年后，东周国亦被秦所灭。东周共传二十五王（其中因周废王因属篡位废而不计），历时五百一十五年，这一时期是中国社会制度转变的时期，以铁器的广泛使用为标志。周王室已是名存实亡，更为精彩的历史则在众诸侯间上演。

---

① 另一种说法是历史上并没有"烽火戏诸侯"之事，据考古文献显示，其时并不是申侯联结西戎、缯反周。而是周幽王主动进攻申侯，兵败被杀。录以参考。

第二章 吴越春秋

吴国（前12世纪—前473）国境位于今苏、皖两省长江以南部分，以及环太湖浙江北部，太湖流域是吴国的核心。国都前期位于梅里（今无锡梅村），后期位于吴（今江苏苏州），也叫勾吴、工吴、攻吾、大吴、天吴、皇吴。

吴的开国君主泰伯、仲雍为姬姓，是来自周王室的宗亲。关于泰伯、仲雍前来吴地，孔子认为是出于"让国"的目的；近现代史学家顾颉刚认为是出于"翦商"的战略安排，周太王古公亶父有意让泰伯、仲雍来吴，以形成对殷商的战略包围圈。本书采用的是"让国说"，因为泰伯、仲雍不仅让位给弟弟季历，灭商成功之后也一再辞让继位权。除了泰伯、仲雍之外，吴的历史上还有季札让国的佳话。

吴国早期的历史茫然无所知，到寿梦的时候才彰显出来，总计从泰伯至寿梦共传十九代人。寿梦继位后吴国日益强大，自称为王。到吴王阖闾、夫差时达到鼎盛。

吴虽为蛮夷之区，但经济发达，素有"鱼米之乡"之称；冶炼技术高超，吴戈、吴钩是冷兵器里的典范，充满传奇色彩，被历代文人写入诗篇，成为驰骋疆场、励志报国的精神象征。

吴越兴亡令人感慨！吴国亡在其鼎盛的阶段。自寿梦、阖闾以来，柏举之战西向破楚，夫椒之战南下服越，艾陵之战北上打败齐国，吴国也由一个默默无闻的蛮夷小国声名鹊起，成为区域性小霸。

吴国有季札这样的外交家、孙武这样的军事家，还有伍子胥这样的城建家。吴国不仅有陆军，还有中国最早的水军。为了这支水军，夫差时期即开凿邗沟，南起邗城之下的长江，北经樊梁湖（今江苏高邮附近）折向东北，入射阳湖，再向西北经淮安入淮河，得以使吴国的水军能够北上和齐国、晋国争霸。吴因军事而强大，也因争霸而衰亡，留下了"螳螂捕蝉、黄雀在后"的历史教训。

第一节　泰伯三让国

一

吴国肇始于泰伯、仲雍，吴之土著却有着更为久远的传说。吴国自号句（音勾）吴，可以上溯到太昊伏羲氏的句芒，句芒是东方之神太昊伏羲氏的属臣，五行中属木，在古代神系中，句芒辅助伏羲氏司管春。吴人是东方族群，属太阳神与凤鸟崇拜，今日吴文化广场高十余丈的凤鸟诉说的就是远古吴人的图腾崇拜。

泰伯、仲雍之前，吴只有传说而无历史。

周太王古公亶父有三个儿子，长子泰伯、次子仲雍和小儿子季历。三个儿子中，季历最聪明。季历有个儿子叫姬昌，相貌奇伟，乃人中龙凤，有王者之风，在他的身上寄托着太王的希望。为了周族的兴旺发达，太王有心让小儿子季历继承自己的王位，便于日后姬昌也能继位，以期其发扬光大家族的伟业。泰伯、仲雍深知父亲的心思，决心让贤。

太王年纪越来越大，无法理事了。这一日他昏昏沉沉地躺在榻上，他知道自己时间不多，后继之事，刻不容缓！让季历继位吧，违背族中成法，太王也觉得有点对不起泰伯，不觉左右为难。

下雪了，雪花飘飘，飘进了屋子，有几片竟飘到他的嘴角，他用舌头一舔，甜的！雪花怎么是甜的，瑞雪啊，好兆头，他预感到族中有好事喜事要发生。昏沉间他觉得泰伯、仲雍走了进来，跪倒在地，不断地磕头说："父王保重身体，孩儿去给父王采药。"

泰伯、仲雍走了，他们从岐山古原一直向西走去，走到第四天，前面一座莽莽大山挡住了他们的去路，这里依山带水，土地肥沃，离岐山二百多里。兄弟俩一商量，决定在这里栖息下来开始新的生活。这山叫虞山，也叫吴山，在今宝鸡市陈仓区、陇县交界的新街镇，这就是泰伯、仲雍出奔让国最初来到的地方，太伯、仲雍有部分族人后来在这里繁衍出一族——虞，成为虞国之始。

泰伯、仲雍走后，三弟季历成了太子。太王临终时，思虑再三，觉得一族的兴旺，不仅要靠聪明才智，更重要的是要有泰伯、仲雍让国的精神，有了这种精神，手足不相残，族人才能同心同德。他拉着季历的手，要他继位之后设法找到泰伯，将王位还给哥哥，季历含着眼泪答应了。

太王逝世的消息传到吴山虞岭，族人失声恸哭，皆跪倒在地，向东朝拜致哀。泰伯、仲雍兄弟俩乘着夜色，披星戴月赶回岐山为父王奔丧。事毕之后，季历执意要将王位还给泰伯。泰伯说："龙生九子，各不相同。兄弟福慧双修，进退有度，比我聪颖得多，何苦非要逼我去做力不从心的事。"季历转达了父王的旨意。泰伯见季历情真意切，只好说："容我思考几日，再来答复。"当天午后，泰伯、仲雍不辞而别，兄弟俩一商量，决定迁到一个更为遥远的弟弟找不到的地方。主意一定，兄弟俩即带着吴山虞岭部分族人，驾起马车、牛车，迎着太阳升起的地方，沿着秦岭、伏牛山方向向东迁徙。一路风餐露宿，走走停停，不知不觉几个年头过去了。

这一日来到大河边，但见波涛汹涌，一泻千里，对岸层峦叠嶂，气象万千，泰伯、仲雍觉得此地地理风景独好，于是动员族人砍竹伐木，编成木筏，乘筏飞渡，来到南岸。隔天又继续向东南方走去。

他们筚路蓝缕、披荆斩棘，过淮河，渡长江，这一日来到一个大湖边，泰伯、仲雍立在湖边，但见云蒸霞蔚，浪卷浪舒，茫茫天水一色，心情格外舒畅，他们从来没有见过如此大湖，于是将它叫作太湖。

兄弟一商量，已经走了好几年，这地方离老家已远，料弟弟已不可能找到，于是全族在湖边扎下营来。当天傍晚，族人在湖边捞到了三白——白虾、银鱼和白鱼，味道美极了。兄弟俩拍腿叫绝，觉得这地方未来会是丰衣足食的米粮仓。与族人一商量，决定在这里定居生活。

第二天一早，兄弟俩起来勘踏，一路上雾气氤氲，梅雨连天，无休无止，空气潮湿得能捏出水来，气味闷涩，大异于北方，不由感叹起来："此地虽好，瘴气太浓，终归不是人生存的好地方。"兄弟俩正有点懊丧，突然间眼前一亮，山脚处露出几点红梅，红得如火，鲜艳夺目，兄弟俩顺着红梅踏露走来。转弯处，豁然开朗，抬头望去，一片梅林尽入眼帘。山坳上，黄的是迎春花，白的是玉兰，粉红的是合欢，百花争春，万紫千红，美不胜收。林间鸟声嘹哳，争鸣唱和，真个是仙境人间，兄弟俩大喜过望，遂将此处命名为"梅里"。

"人气多了瘴气就少！"兄弟俩不再犹豫，令族人就在这梅里筑室居住，梅里热闹起来了，泰伯、仲雍带领着族人在此地的定居建设，也如火如荼地开展起来。

泰伯兄弟远走高飞之后，三弟季历继承了王位，他与儿子周文王姬昌在北国大展宏图，成就了周王室的伟业，世人在传颂周朝霸业之时，对泰伯、仲雍兄弟俩去国让位的高风亮节更是赞不绝口。

公元前1193年，季历被殷王朝第二十九代王文丁杀害，太子姬昌派人四处寻找泰伯，请他回来继位。泰伯一再回避，拒见使者。使者费尽心机，终于在田间找到了泰伯，此时的泰伯已经纯粹是一江南老农，皮肤黝黑，断发文身，袒露左臂，讲着一口使者听不懂的呢喃鸟语。泰伯对使者说，我与弟弟仲雍一同出走，就是为了实现太王的愿望，让年轻有为的姬昌继承王位，兴旺周族。如今我在江南已经有了自己的基业，建立了句吴，是为吴伯，吴伯又怎能去做周王呢？使者没有办法，只好怏怏回去复命。以上就是泰伯的一次又一次地让国的传说。

二

树挪死，人挪活，泰伯、仲雍刚到江南诚非易事，再生的阵痛比初生更惊心动魄，要在江南落足就得脱胎换骨。这一族的先祖后稷擅长种植五谷，族中人有着农艺方面的自豪感，他们抱怨江南的稻米不如北方的麦子顶饿，对江南人弯腰驼背在水里插秧很不当一回事。江南湖泊虽然多鱼虾水产，偶尔一餐美不胜收，两餐也算佳肴美味，再吃几餐病魔就找上门来，族人整天提心吊胆，忙于出恭，出恭多了，浑身乏力，人瘦得皮包骨；族中不时传出有人死去的信息。泰伯、仲雍被这些事搞得焦头烂额，筋疲力尽。

刚来的时候，他们开山辟岭，好不容易播下了五谷，忙碌了好几个月，俟到时令已到，大雁南来，连种子都收不回来。就在他族庆祝丰收、迎接冬至，一派红火之时，他们却饥肠辘辘，只能出去寻找野果。此时的泰伯、仲雍方意识到，一方水土生植一方五谷杂粮，养育一方百姓。虽然只隔着黄河、淮河、长江三道河，气候地土已不相同，老家的黍稷难以在这里生长。再这样下去，族人很快就会饿死。

兄弟俩不敢怠慢，分头出去寻找当地能人，来帮助他们度过困厄。当地人对于泰伯、仲雍他们的到来冷眼旁观——这帮人是匪是盗，是过路还是要长住，言语不通，鸡同鸭讲，弄不清楚，都不敢出手相帮。十多天过去，仲雍哭丧着脸、灰头土脑地回来，还未坐稳，族人便找上门来，吵着要回老家去。

"咱们是族中长房、二房的子孙，为何三房青云直上，我们长房、二房却要低声下气，避居到这蛮荒之地受苦受难？"仲雍一时语塞，正忧闷激气之际，泰伯回来了，身边跟随着一个当地人。泰伯打发儿子将家中六头牛让当地人牵走，接着宣布召开宗亲大会。

众人来齐之后，望眼欲穿地等着泰伯拿主意，泰伯衣服一脱，族人全都惊得口呆目瞪，几日不见，泰伯全身刺青，体无完肤。众人还未缓过神来，泰伯当即宣布——

1. 从明天起，全族断发文身，今后衣装一律依照当地！
2. 全族都必须拿出家中的好东西，出去与当地人交朋友，尽快学会当地语言。
3. 下月十五，本人的二女儿、三女儿，还有仲雍的大女儿就要和当地首领的儿子联姻，之子于归，宜其室家，必须尽快学会当地人种植水稻、饲养家畜的技艺，回来传授给本族子弟，以便自救自足，走出饥饿。

族人从泰伯的话中感知一种精神和力量，知道要开枝散叶，就必须入乡随俗，想要在吴地落地生根，只有向吴人学习，才能走出饥饿，走出死亡的威胁。他们不再悲伤，不再抱怨，梅里响起了他们的歌声——

七月流火，九月授衣。一之日觱发，二之日栗烈。无衣无褐，何以卒岁。三之日于耜，四之日举趾。同我妇子，馌彼南亩，田畯至喜。（《七月》）

笃公刘，匪居匪康。乃埸乃疆，乃积乃仓；乃裹糇粮，于橐于囊。（《公刘》）

歌声回荡在太湖之滨，传向了江南的山山水水，一年又一年，一纪又一纪，终于与当地的土谣蛮歌融合成了"吴歌"。南腔北调合成了江南的吴侬软语。

歌声中，泰伯、仲雍带领族人"搭棚为窝"，一座座棚，一个个窝形成了梅里的蛮巷荆村。

歌声中，泰伯、仲雍带领族人与土著修筑了史上的第一道运河——伯渎。为备旱涝之灾，伯渎又分出九条支流：梅泾、香泾、龙泾、扬泾……人民得益于水利，踊跃归附者有千余户，他们拥戴泰伯为君长，于是自号句吴，史籍又写作工吴、攻吾、大吴、天吴、皇吴。

句吴人在梅里筑起了一座台，叫作文台，台成之日，泰伯率领民众登台祷告天地，遥祭祖先。歌声中祥云袅袅，一派喜气，有凤凰来仪，句吴人将凤凰栖息的地方叫作凤凰渚。此后，梅里成为吴国的国都与吴文化的发祥地，太湖是吴国的心脏，吴文化遥遥领先，吴地好山好水好风景，引领着江南文化的潮流。

泰伯、仲雍去国让位，在他们的带领下，族人先后形成了中原的虞国与江南的吴国。泰伯无子，死后传位给弟弟仲雍，由仲雍到季简、叔达、周章、熊遂、柯相、强鸠夷、余桥疑吾、柯卢、周繇、屈羽、夷吾、禽处、转、颇高、句卑、去齐、寿梦，历经十九代，吴国日益强大起来。到了吴王阖闾的时候，将国都迁到姑苏（今苏州），梅里不再是吴都，改称吴墟，吴墟就是今天的无锡。

泰伯陵在无锡梅里，陵前有规模宏大的吴文化广场，场两侧有六根巨大的石柱，是为吴地的六张文化名片。场中有泰伯坐像，陵园高大的门廊上刻着"第一世家"四个大字。司马迁《史记》中计有三十世家，吴世家排在第一。陵中有仰止阁、怀德堂，泰伯墓，还有各式各样的碑记，记叙着泰伯的丰功伟业。孔子赞曰："泰伯，其可谓至德也矣，三以天下让。"百姓尊称泰伯为"三让王"。

第二节　寿梦、季札和公子光

一

从太伯至寿梦共传十九代人。① 寿梦继位后吴国日益强大，自称吴王。②

王寿梦二年（前584），晋国有个大夫申公巫臣出使来到吴国，教给吴国用兵之术和车战之法，又让寿梦的儿子季札做吴国的行人之官（外交官）。蛰伏江南、与世无争的吴国从此开始与中原各国有了往来。又与近邻的楚国发生纠纷，互相攻伐。③

---

① 见〔西汉〕司马迁《史记·吴太伯世家》："自太伯作吴，五世而武王克殷，封其后为二：其一虞，在中国；其一吴，在夷蛮。十二世而晋灭中国之虞。中国之虞灭二世，而夷蛮之吴兴。大凡从太伯至寿梦十九世。"

② 见〔西汉〕司马迁《史记·吴太伯世家》"去齐卒，子寿梦立。寿梦立而吴始益大，称王。"

③ 见〔西汉〕司马迁《史记·吴太伯世家》："王寿梦二年，楚之亡大夫申公巫臣怨楚将子反而奔晋，自晋使吴，教吴用兵乘车，令其子为吴行人，吴于是始通于中国。吴伐楚。十六年，楚共王伐吴，至衡山。"

王寿梦二十五年（前561），寿梦卒。寿梦有四个儿子：长子叫诸樊，次子叫余祭（音寨），三子叫余眜，四子叫季札。季札最为贤能，寿梦生前曾想让他继位，但季札避让不答应，于是让长子诸樊继位，总理诸种事务，代理执掌国政。①

王诸樊元年（前560年），诸樊服丧期满，要把君位让于季札。吴国人也坚持要立季札，季札声称抛弃家室财产去当农人，吴人只好放弃了这个打算。王诸樊十三年（前548年），诸樊驾崩，把君位传给其弟余祭，目的是想按次序以兄传弟，一定要把国位最后传至季札为止，以满足先王寿梦的遗愿。但季札一直不想当国君，他被封在延陵，人称延陵季子。②

吴王余祭四年（前544），余祭派季札出访列国，这次出访大大开阔了季札的眼界，中原列国也知道南方有个吴国。季札出访时，曾拜见过徐国国君。徐君见到季札身上的佩剑，爱不释手，很想得到它，又不好意思开口。季札心里明白，为了出使上国，一时还不能把剑给他。等到他出访归来，路过徐国时，徐君已经死了，他找到了徐君的陵墓，在墓前默默致哀，接着解下佩剑，恭恭敬敬地系在陵墓边上的一棵树。随从说："徐国国君已经死了，你这剑给谁？"季札正色地说："我在心里已经把剑许给了徐君，我不能因为他去世就违背我的初心！"③ 其诚恳厚道的气质在史上成为美谈。

吴王余祭十七年（前531），余祭去世，他的弟弟余眜继位。余眜在位四年驾崩，想传位给弟弟季札。季札避让，逃离了国都，成为继泰伯之后吴人让国的又一典范。

吴人找不到季札，只好立余眜的儿子僚为吴王。④

---

① 见〔西汉〕司马迁《史记·吴太伯世家》："二十五年，王寿梦卒。寿梦有子四人，长曰诸樊，次曰余祭，次曰余眜，次曰季札。季札贤，而寿梦欲立之，季札让不可，于是乃立长子诸樊，摄行事当国。"

② 见〔西汉〕司马迁《史记·吴太伯世家》"十三年，王诸樊卒。有命授弟余祭，欲传以次，必致国于季札而止，以称先王寿梦之意，且嘉季札之义，兄弟皆欲致国，令以渐至焉。季札封于延陵，故号曰延陵季子。"

③ 见〔西汉〕司马迁《史记·吴太伯世家》："季札之初使，北过徐君。徐君好季札剑，口弗敢言。季札心知之，为使上国，未献。还至徐，徐君已死，于是乃解其宝剑，系之徐君冢树而去。从者曰：'徐君已死，尚谁予乎？'季札曰：'不然。始吾心已许之，岂以死背吾心哉！'"

④ 见〔西汉〕司马迁《史记·吴太伯世家》："十七年，王余祭卒，弟余眜立。王余眜二年，楚公子弃疾弒其君灵王代立焉。四年，王余眜卒，欲授弟季札。季札让，逃去。于是吴人曰：'先王有命，兄卒弟代立，必致季子。季子今逃位，则王余眜后立。今卒，其子当代。'乃立王余眜之子僚为王。"

二

吴王僚五年（前522），楚国大臣伍子胥流亡来到吴国，投到公子光门下，公子光以客礼接待了他。公子光是先王诸樊的儿子。他认为："我父亲兄弟四人，应该传国传到季子。现在季子不愿当国君，应当继承王位的是我公子光而不是公子僚。"于是他暗中招贤纳士，想夺回王位。[①] 伍子胥后来成了他谋国的得力助手。

吴王僚在位期间，公子光的军事才得到发挥，几次打败楚国，夺取了楚国几座城池。伍子胥因为父兄在楚国被杀，急欲报杀父之仇，借此机会，大力向吴王僚陈说伐楚的好处，希望吴王再接再厉，一举灭了楚国，吴王僚听后，蠢蠢欲动。公子光则反对说："伍子胥的父兄被楚王所杀，他劝您伐楚是为了报自己的私仇，对吴国并无好处，千万不可轻举妄动。"听后，吴王僚暂停了攻打楚国的念头。

伍子胥百思不得其解，后来才恍然大悟，公子光有志于王位，他把好友专诸引荐给了公子光，自己则退居郊野耕作度日，专心等待专诸大事成功，再来考虑伐楚的事。公子光得到勇士专诸，万分高兴，对他礼遇有加，专诸感激之余也明白了公子光的意图。

吴王僚十二年（前515）冬，楚平王去世。第二年开春，吴王想在楚国国丧期而伐楚，他派自己的两个弟弟，公子盖（音葛）余与烛庸带兵包围楚国的六（音陆，今安徽省六安市北）、灊（音前，今安徽霍山县东北）二邑，又派季札出使晋国，借机观察诸侯的反应与动静。公子盖余与烛庸强龙强虎，率领人马八面威风地来到六、灊，将两座通都大城围了个水泄不通，殊不知那楚国也有干国之才，他们不急于与吴国正面交锋，出奇兵断了吴军的后路，这一下盖余与烛庸进退两难，兵陷六、灊无法回归。

公子光感知机会已到，高兴地对专诸说："机不可失，时不再来，该是动手的时候啦！"专诸也认为时机已经成熟，吴王僚的两个弟弟兵陷楚境，一时间回不来；国内又没有骨鲠之臣敢于出来反对，正是刺僚夺权的最好时机。但他想起家中母亲天年未终，母亲平日里的唠叨："儿啊，娘不希望你出类拔萃，那是一条很危险的路，娘只希望你快快乐乐，平庸安

[①] 见〔西汉〕司马迁《史记·吴太伯世家第一》："五年，楚之亡臣伍子胥来奔，公子光客之。公子光者，王诸樊之子也。常以为吾父兄弟四人，当传至季子。季子即不受国，光父先立。即不传季子，光当立。阴纳贤士，欲以袭王僚。"

稳地陪娘过一辈子。"想到这些，专诸不觉犹豫起来，不敢以死相托。

公子光明白专诸的难处，以头叩地说："我公子光的身体就是您的身体，您的母亲就是我的母亲。您不在，我代孝，您身后的事都由我负责了。"专诸一听，热血沸腾起来。士为知己者死，女为悦己者容，此时的他已抱必死之心。他与公子光商定以"鱼腹藏剑"的方式来达成目的，公子光交给他一把铸剑大师欧冶子亲手冶炼的"鱼肠剑"。

衰草荒烟几断肠，姑苏城外恨茫茫。半醒半醉的专诸回家来探视老母，一见面就是三跪九磕头，母亲见专诸一身肝胆，满腔烈气，虽行大礼却掩不住丝丝意乱神迷。母亲明白了，儿子一定有天大的使命要去完成，是自己绊住了他的心。她借口沐浴要专诸回避片刻。专诸在院子坐了下来，许久不见母亲出来，只听得房中有椅子跌倒的声音。"母亲，母亲!"专诸有一种不祥的感觉，急忙推开了门，但见母亲穿戴整齐，头悬梁，一缕魂灵悠悠去了，专诸不由失声恸哭起来。

四月丙子日，公子光备办酒席宴请吴王僚，他在地下通道埋伏下身穿铠甲的武士。吴王僚对公子光存有几分警惕之心，他派出卫队，从王宫一直排列到公子光的家里，从门户、台阶直至宴席两旁，他们都是吴王僚的侍卫，个个举着长矛，如临大敌。

盘旋间酒已过了三巡，公子光托言脚疼，先行退下。这时候，专诸端着一盘烤全鱼上来，吴王僚见这庖丁凶神恶煞，青面獠牙，浑身就像一块黑炭头，内心不觉一震，不由自主地直起身来，摸了摸腰间的剑。又见这鱼格外硕长，分外惊奇。一股鱼香扑鼻而来，吴王僚刚想下箸，专诸一把挡开，说："大王，让我来为你剖起鱼肉。"说时迟，那时快，专诸以迅雷不及掩耳之势，撕开鱼腹，又从鱼腹中掏出鱼肠剑，一把就向吴王僚刺去，吴王僚惨叫一声，血流如注，倒在地上。这时候，吴王僚的侍卫用几把戈也将专诸摞倒在地。

地下通道中，公子光一声令下，武士一拥而出，缴了侍卫的械，将他们斩尽杀绝。当天下午，公子光在众人的簇拥下，登上了王位，这就是吴王阖闾。阖闾即位的第一件事就是封专诸的儿子为上卿。

不久，季札回到吴国，得知吴王僚已死，公子光即位，事已至此，只能顾全大局。"只要对先君的祭祀不废止，人民不至于没有国君，社稷之神得到奉祀，那就是我的国君。我敢怨责谁呢？我只有哀悼死者，服从新立之君，来对待天命的安排，这是先人的原则啊。"季札到吴王僚的墓上，报告了自己完成外交任务的经过，然后回到朝廷中等待新君之命。吴国公子盖余、烛庸听说公子光杀死吴王僚，自立为王，于是带领军队投降了楚国，楚王把他们封在舒地。①

三

阖闾即位之后，练兵强国，吴国日益见兴，开始向周边开疆拓土。吴王阖闾元年（前514年），伍子胥担任行人之官②，参政议国事。同年，楚王杀死了伯州犁，他的孙子伯嚭逃亡到吴国，吴王任命他为大夫。③

阖闾三年（前512），吴王阖闾与伍子胥、伯嚭领兵征伐楚国，攻取舒邑，杀了逃亡到吴国的公子盖余、烛庸。随后，阖闾计划顺势进攻楚国首都郢，将军孙武劝谏说："军民征战已很劳顿，现在不能攻打郢都，要等待时机成熟。"阖闾四年（前511），吴又伐楚，攻下六邑与灊邑。阖闾五年（前510），吴伐越，打败越军。阖闾六年（前509），楚国派子常、囊瓦征伐吴国，吴君迎头痛击，在豫章大败楚军，攻下楚国居巢。

阖闾九年（前506），吴王阖闾询问伍子胥和孙武说："当初你们说不能攻打郢都，现在情况如何？"二人回答说："楚国令尹子常贪婪，唐国、蔡国都恨他。大王您如一定大举伐楚，必须联合唐、蔡二国才能成功。"阖闾听从他们的建议，出动全部军队，与唐国、蔡国一道西进伐楚，来到汉水边上。楚国也发兵抵拒，双方隔水列阵。

吴王阖闾的弟弟夫概欲战，阖闾不许。夫概说："大王已把军队委托于我，作战要抓住有利时机才是上策，还等什么！"于是带领其部五千人突袭楚军，楚军大败奔逃。吴王纵兵追击。及至郢都，一共交战五次，楚兵五次被打败。楚昭王逃出郢都，跑到鄎国。

吴兵进入郢都。伍子胥、伯嚭从墓中挖出楚平王尸体，鞭打三百，蛰伏吴国十六年的伍子胥终于借吴军，报了当年杀父之仇（参见本书第三章"楚世家·楚才外用"）。

阖闾十年（前505）春，楚国向秦国求救，秦国派兵救楚击吴，吴军败北。越王听说吴王兵驻郢都，国内空虚，也乘机举兵伐吴。吴王只好分兵去抗击越兵。

---

① 见〔西汉〕司马迁《史记·刺客列传》。
② "行人之官"就是我们所说的外交官，承办外交事务，安排外交礼仪的官员。他们的思维主要与国际关系、国家强弱与方位等等有关，包括大行人、小行人。大行人掌接待诸侯及诸侯的上卿之礼，小行人掌接待诸侯使者之礼，并奉使前往四方诸侯。
③ 见〔西汉〕司马迁《史记·吴太伯世家》："王阖庐元年，举伍子胥为行人而与谋国事。楚诛伯州犁，其孙伯嚭亡奔吴，吴以为大夫。"

阖闾的弟弟夫概见秦、越二军同时攻打吴兵，吴王又逗留在楚国不归，于是跑回吴国自立为王。阖闾闻讯，即领兵回吴，攻打夫概。夫概兵败逃往楚国。楚昭王才得以于九月返回郢都，他把夫概封在堂溪，那就是堂溪氏。

阖闾十一年（前504），吴王命太子夫差伐楚，攻取番邑。楚王恐惧，把国都从郢迁到鄀（音若）。阖闾在位期间伐楚，大大扩展了吴国的版图。

阖闾十九年（前496）夏，吴为报阖闾十年（前505）越军乘吴之危伐吴之仇，王阖闾亲率大军在檇（音醉）李与越国摆开战场，这就与越国结下了仇恨。

第三节 越 世 家

越国是夏代君主少康的庶子无余的封国，姒姓，地处东南扬州一带，以绍兴禹王陵为中心。早在无余立国之前，也即距今七千年前的河姆渡文化时期，百越先民就创造了灿烂的农耕文化，四五千年前，又形成了辉煌的良渚文化。继良渚文化之后有广富林文化和马桥文化。

传统认为越是蛇崇拜，但越来越多的考古证据表明，越国盛行鸟崇拜，越国土著河姆渡人是鸟图腾和鸟崇拜最早的部族，河姆渡遗址考古文化，古越国故地出土的大量鸟图腾器物，以及器物上的鸟文，所有这些足以表明古越人的鸟崇拜；此外，还有许多关于鸟的传说。晋人王嘉《拾遗记》云："越王入国，有丹鸟夹王而飞，故勾践之霸也，起望鸟台，言丹鸟之异也。"当然，古越人在崇拜鸟图腾的同时，也确实存在蛇图腾崇拜，在蛇、鸟信仰的基础上形成了"鸟虫书"，是文明最早的民系之一。

越人的鸟崇拜向北迁徙影响了淮夷与东夷，山东成为鸟崇拜的大本营，再北行又影响了燕国；向西又扩大到吴楚，楚人将凤鸟变成了凤凰。商朝的时候，越国的土地一直到古雷泽地区，也就是如今的山东菏泽地区。周朝时，在诸侯的排挤下一路南迁，来到了今日浙江一带。

越人因为产生文化早，经济优裕，得过且过，很少介入中原之争，因而长期停留在原始的部落联盟，历史也阴晦不明，传国二十余世，至于允常。因与吴国的矛盾冲突，其历史才彰显出来。"吴越之战"是越国历史上最闪亮的一页：越国虽因军事失败而成为吴的属国，但勾践能忍辱负重，"自身耕作，食不加肉，衣不重彩，折节下贤人，厚遇宾客"，任用文种、范蠡等一批忠诚智谋之士,制定和实施了一系列正确策略和措施,达到强越弱吴的目标。勾践善待百姓,"轻其赋税,施民所善,去民所恶",使越国"田野开辟,府仓实,民众殷"而"多甲兵",最终灭亡吴国。越留下了"卧薪尝胆"的典故和历史经验。

一

上已提到,吴王阖闾十九年(前496)夏,吴王为报阖闾十年(前505)越军趁火打劫之仇,亲率大军在樵李摆开战场,决心与越人一战。越王勾践闻报,亲率大军前来迎击。

两军对阵,旗门开处,越军阵中走出两千敢死队,分成三批,一批六百六十六人。这敢死队个个裸露上身,通体刺青,长发飘拂,身佩长剑,每人手抱一个陶罐,吴军远远望去,不知他们是人是鬼,是盗是魔,一时间懵了。

鼓角之声响起,敢死队一步步向着吴军阵中坚定地走去,一路走一路抱着陶罐豪饮,一时间酒气冲天。随着鼓声,六百死士掀天揭地吼叫:"去见祖宗!"后军四万将士齐声应和助威:"视死如归!""去见祖宗!""视死如归!"两相呼应,喊得人热血沸腾,全把生死抛到脑后,能死国难就是最高荣耀。天地为之低徘徊,眼看离吴军越来越近,敢死队已经有七八分醉了,步伐趔趄,队伍变得跌跌撞撞。这时候,吼声变了,后军高喊:"十八年后,"六百死士豪气干云,"又是好汉一条!""十八年后又是好汉一条!"只见敢死队员将陶罐举过头顶,拼命一摔,齐刷刷拔出剑来,也不与吴兵交锋,全都引颈自刎,阵前落红点点,溅起无数桃花,六百死士,横尸阵前,血流如注。

吴兵哪见过这样的打法,大奇又大恐!他们恐怕有诈,派出几个士兵前来察看,但见血水和着残酒,汩汩流淌,其中好些个未断气的越兵瞪着眼睛,嘴巴一张一合,惨状令人毛骨悚然,不忍卒看。吴兵正胆战心惊,又有一批敢死队慷慨悲歌,蜂拥而来,自刎于阵前。

消息报到中军,吴王也觉得奇怪,亲自前来查看,惊得目瞪口呆,莫名其妙之际,伍子胥已经看出门道,说:"这是哀兵阵,大王小心,小心!哀兵必胜。"吴王阖闾一听,不觉又大吃一惊。这时候第三批敢死又上来了。吴军以为他们到了阵前就会自刎,全没防备,没想到越兵突然冲锋陷阵,吴兵很快就被冲开了,越兵挥舞长剑长戈,不顾一切,全冲着吴王阖闾的战车而来。"活抓阖闾,活抓阖闾!"紧急关头,御夫扭转马头,向坡顶狂奔，漫山遍野的越军亡命追来。到了坡顶，御夫放眼一望，坡下一马平川，于是抖开缰绳，放马飞奔而下，只觉风声呼呼。突然间，马车的左轮子撞在一块石头上，车身颠簸，将阖闾掀下车去，阖闾向着坡下翻滚，战袍破了，战靴裂了，惊动了草丛中的蛇，右脚拇指被狠狠地咬了一口，阖闾只感一阵剧痛，差点昏了过去。

越王以二千死囚，出其不意，大破吴军，一时士气大振，穷追猛打。吴军足足退了七里，傍晚时分，阖闾只觉浑身胀痛，神志昏昏，他知道被毒蛇所伤，时辰不多了，立马将太子夫差召来，大声问："我儿，你会忘记勾践杀死了你的父亲吗？"夫差强忍眼泪，铿锵答道："不敢忘！不敢忘！誓报此仇！"吴王阖闾在军中驾崩，太子夫差在军前即位。①

夫差即位之后，任命大夫伯嚭为太宰，伍子胥为大将，日日练兵，矢志报樵李之仇。为让夫差不忘杀父之仇，伍子胥在宫中安排了几个随从，每天夫差经过，就会有人高声问："夫差，你忘了杀父之仇了吗？"夫差一听，立马站定，拳头握得"格吧格吧"响，两眼燃烧着仇恨的火焰，高声回答："夫差没有忘！"说着一拳又一拳地向木桩砸去。一日又一日，一月又一月，木桩砸断了一根又一根，斗转星移，七百多天过去了，伍子胥把夫差和吴军训练成一支仇恨的军队，就等着灭越的一天到来。

夫差二年（前494），吴王倾全国精兵二十五万伐越，在夫椒摆开了十里战场，一战告捷，将越军打得鬼哭狼嚎，越军一路败退，一直退到会稽山中。吴军封住了山口，将会稽山围得如箍桶一般，决心将越军饿死在山中。

越王勾践清点人数，五万人马约剩五千伤残甲兵。形势危在旦夕。此时越王勾践也已身负二伤，一是刀伤，一是箭伤，浑身是血，将士们全都眼巴巴地看着他，等候他拿主意。越王心灰意冷，无比沮丧。他艰难地立起身来，心想，与其被俘受辱，不如一死了之。他用尽最后一口气大声喊："本王我先走一步啦！"说着拔出剑来，欲自刎，立时被侍卫按住了剑把。生死攸关之际，只听一个声音传来："大王切莫轻生，切莫轻生啊！"越王抬起头来，那是范蠡。

范蠡，字少伯，楚国宛（今河南南阳）人。二十五岁投越，十多年过

---

① 见〔西汉〕司马迁《史记·吴太伯世家》"十九年夏，吴伐越，越王勾践迎击之檇李。越使死士挑战，三行造吴师，呼，自刭。吴师观之，越因伐吴，败之姑苏，伤吴王阖庐指，军却七里。吴王病伤而死。阖庐使立太子夫差，谓曰：'尔而忘勾践杀汝父乎？'对曰：'不敢！'三年，乃报越。"

去,默默无闻。城破在即之际,范蠡竟站了出来,越王好些惊讶,就听范蠡大声说:"大王勿悲,越必兴、吴必败!大王果欲兴越,须听臣一声劝告。"越王急切地问:"卿以何教我?"范蠡说:"大王眼下须忍以持志,徐图转机。""只要能保住越国社稷,什么事情本王都能忍!"勾践一板一眼地说。"此话当真?"范蠡反问。

"一言既出,驷马难追!"越王说。

第二天,范蠡手举白旗,在两个侍卫的护卫下,到吴营中谈判。范蠡先是求见吴相伯嚭,献上金银珠宝,由伯嚭引荐来见吴王。一见面,范蠡就恭敬地说:"亡国之君勾践让我转告大王,勾践请您允许他做您的奴仆,允许他的妻子做您的侍妾,允许越国为吴国的奴仆之国,年年纳贡。"

吴王一听,心生怜悯,有心答应越国的请求。伍子胥说:"天帝把越国赏赐给吴国,不可答应他,留下勾践,必为后患。"范蠡再次请求:"愿大王能赦免勾践的罪过,越国愿将世传的宝器全部送给您。若不能得到赦免,勾践将把妻子儿女全部杀死,烧毁宝器,率领他的五千将士与您决一死战,您也将付出不小的代价啊。"

伍子胥慌忙出班劝谏说:"从前夏人失国,少康只有十里的土地、五百部下。但少康收聚夏族的遗民,坚韧负重,最终打败了有穷氏,恢复了夏朝。如今我吴国不如当年有穷氏强大,勾践的实力则大于当年的少康。眼下若不彻底消灭越国,反而宽恕他们,后患无穷啊!"伍子胥一谏再谏,头都磕破了,鲜血流在地上。

伯嚭不以为然地说:"伍行人真是危言耸听呀!这越国精壮已死,没有二十年的时间哪来壮丁与吴国为敌,再说,越国癣疥之地又何足抗衡我皇皇吴国?"吴王听从了太宰伯嚭之言,与越国停战,两国订立和平盟约,吴国撤军回国。

吴王见范蠡思维敏捷,谈吐不俗,知道他是个人才,有心将他留在吴国。范蠡坦然说道:"臣闻亡国之臣不敢语政,败军之将不敢语勇。如今越国获罪于吴,蒙大王鸿恩,得君臣相保,范蠡只愿陪伴我王到贵国为奴,洒扫宫廷。"

二

谈判成功,会稽围解,一国军民死里逃生,越王惊喜之际,立拜范蠡为上大夫。不久,范蠡的同僚文种又向越王献上"灭吴七策",勾践阅后,心中有了底气,对入吴为质心不惊胆不战了。他准备将国事托付给范蠡,带文种一同到吴国去。范蠡说:"四境之内治理百姓之事,范蠡不如文种;四封之外,外交制敌国立断之事,文种不如范蠡呀,还是让我陪伴大王到吴国去吧。"范蠡对自己有清醒的认识,且具有敢于担当的品格。

不久,勾践带着范蠡几个重臣与妻子,粗布葛衣,披枷戴锁前来吴国为奴。吴王见勾践按时到来,心甚满意,他问伍子胥如何处置,伍子胥将勾践安排去给吴王喂马,令他晚上就睡在马厩里。

马厩蚊虫多,蛇鼠出没,不远处有一个水塘,蛙声一鸣鬼哭狼嚎,萤火虫忽闪忽闪犹如鬼火,哪里能睡得着?一连几晚,勾践唉声叹气,夫妇潸然落泪,枯坐到天明。

范蠡看看不对,一边为勾践找来驱蚊的草药,又好声劝慰勾践放下身段,静下心气,悉心养马,等候时机。勾践想想也对,水满则倾,月盈则亏;这吴国目前虽说是否极而泰,终归有乐极生悲的转轮。他听从了范蠡的话,不再多思。

勾践的性情大变,日复一日,他把养马作为一门技术来把玩,把马养得膘肥体壮,渐渐地成了一个真正的马夫,宫中人都竖起拇指夸奖他。不知不觉两年过去了,面对勾践的卑躬温顺,吴王有一种发自内心的满足感,他准备赦免他们归国。伍子胥慌忙阻谏:赦免勾践无异于放虎归山。吴王于是先赦免了勾践的妻子和那帮重臣,只留下勾践,又让他搬出马厩,到石室去住,那里条件好些,范蠡要求留下陪伴越王。

这一日,天刚蒙蒙发亮,勾践接到为吴王备车驾的命令。勾践听闻慌忙爬起牵马,准备停当,来到吴王宫前,恭恭敬敬地静候吴王出来,只见伍子胥也在宫前静候着。自从妻子回去,勾践的心情有点恍惚,此时正有点走神,只听一声怒骂:"勾践,你在想什么,是对本王不满吗?"吴王出来了,勾践还没反应过来,伍子胥一鞭已经下来,勾践的身板怎经得起伍子胥的鞭子,一下跌倒在地,他艰难地抬起头来,伍子胥在他眼神中似乎看到了什么,那不是为奴为仆该有的眼神。伍子胥心头一震,一鞭又一鞭地甩下来,勾践痛得在地上翻滚。

范蠡见此情形,慌忙扑在勾践身上,替他挨着鞭子。伍子胥打累了,范蠡挣扎着立起身来,怒目伍子胥说:"伍大夫,我主来吴国服侍吴王,并无大错,你这样打我主,越国百姓要是知道你伍大夫这样虐待我主,岂不是很容易引发纠纷!"伍子胥还想再打,吴王一声断喝:"住手!"伍子胥只好停下手来。

勾践好不容易爬起来,就听吴王问:"勾践,本王看你神色不对,你在想啥?"

"勾践在想如何更好地服侍大王。"勾践唯唯诺诺,说着拿着马缰,在前面牵马引路。

当晚回来,勾践病了,他昏昏沉沉地睡了两天,第三天刚爬起来就听说吴王病了,病得不轻。勾践内心暗喜,立即派范蠡去打探吴王的病。

范蠡回来说:"吴王不会死的。已巳日他的病情会减轻,壬申日病就会痊愈。"勾践听后有点失望,两年来他一直在装孙子,心中的恶气没处出,他担心日子久了自己真的成了吴国的孙子,一听吴王病了,巴不得他立刻就死去。

范蠡见勾践闷闷不乐,于是献计说:"大王不妨去问疾,如果吴王让你进去,你应该拿起他的粪桶观察,然后当着吴王的面,尝尝他的粪。再告诉他什么时候病情会好转,什么时候会痊愈,并向他祝贺。吴王如果感到你的诚恳,赦免你就指日可待了。"

勾践一听,眼泪汩汩流下来,说:"我勾践虽然无能,也曾面南为君,怎能落到为人尝粪便的地步?"范蠡安慰说:"从前殷纣王将西伯文王囚禁在羑里,杀了西伯的儿子伯邑考,剁成肉酱,蒸成肉饼,让西伯吃。西伯明知是自己儿子的肉,也只能忍痛当着使者的面吃下去。大王如果想成大事,不应该计较这些小事,应该把这当作大事来做。吴王这个人有妇人之仁,无大丈夫的决断,他本来已经准备赦免你和越国,忽又改变主意,大王如果不这样去做,怎么能感动他赦免你?"

勾践一听有理,不敢再说什么,他换了一身干净的衣服,由范蠡陪着来到吴王的寝宫,吴王让他进来,问疾之后,勾践按照范蠡所教一一做来。吴王见他拿起便桶,细心地闻着,有点过意不去。正想说点什么,就见勾践的食指插进粪桶,提起来时,那粪汁淋淋滴答下来,勾践用舌尖小心地舔着,品味着。吴王一时惊得口呆目瞪,竟不知说什么好。

勾践放下粪桶,迈步出门,门口,范蠡将早准备好的酒递给他,勾践用酒漱了口,旋又进去跪倒在地,高声说:"恭喜大王,恭喜大王!"吴王有点纳闷:"何喜来着?"

"据奴仆勾践观察,大王粪便不成形,那是湿热所致;奴仆勾践尝大王粪便,味甘而酸,并非恶臭,说明大王病情并不严重。已巳日大王龙体就会好转,壬申日就会痊愈。可喜可贺啊!大王龙体安康,就是勾践的福气啊!"

吴王频频点头,说:"勾践,你的忠心举世无双,寡人要不是亲眼所见,简直无法相信。壬申日我的病要是痊愈,立马赦免你君臣回去。"勾践不断磕头称谢:"奴仆勾践要是能回去,一定给大王送个大大的礼物!"

四

　　风尘滚滚，落叶萧萧。一路车马劳顿，勾践终于回来了。越国军民百姓听说受尽苦难的王回来了，纷纷聚集到越王宫前，他们都想一睹这位为了百姓而受苦的王。在哭声、笑声中，越人感到复国有希望了！

　　沐浴之后，宫中早为越王准备好锦褥丝被。勾践一见，立令："撤下！"王后问何故，勾践说："我在吴国睡什么，回来依然睡什么。我不能一日忘了在吴国受的耻辱！"王后与宫人不敢违背勾践的旨意，只好搬来烧火用的稻草柴薪，为他铺床。

　　勾践又令宫人去采集蛇胆，分别挂在门框上，挂在他批阅奏章的桌前。一旦困了，烦了，想不开了，就尝几口苦胆的滋味。

　　王后流着眼泪说："大王，这苦胆哪是人能尝的？我看就免了吧！"

　　勾践一听，怒气升腾起来，大声吼道："不能免，不能免！王后，你知道吗？这天地间有些东西是人能尝的，有些东西是人万万不能尝的。本王连最最不能尝的都尝过了，还有什么东西受不了？苦胆啊苦胆，它会时时刻刻提醒本王铭记国仇家恨。"

　　此后，勾践每天出门或归来，都要尝尝这苦胆。从田间、民间回来，困了、累了，当苦汁直沁肺腑之时，勾践顿觉得清醒，也不困不累了。越国开始了复兴的奋斗，勾践听从范蠡的建议，劝农桑，务积谷，不乱民功，不逆天时；施民所善，去民所恶；协调内部关系，内亲群臣，下义百姓——有人生病，勾践亲自去慰问；有人去世，亲自去办丧事；对家里有变故的免除徭役。这一系列措施，使百姓得以安居乐业。

　　范蠡自回来之后，就和文种商量下一步该如何对付吴王。文种想了想说："吴王淫而好色，给他送去一位大美人，让她日夜陪伴吴王。这样我们也就省心了。"范蠡于是亲自出马，跋山涉水，历尽千辛万苦，终于在苎萝山浣纱河访到了一位奇女——西施，这女子德貌兼备，腰肢如柳面如花，眉如翡翠发如云，莺声燕语真国色。选定之后，立刻让西施换下布裙与荆钗，饰之锦绣和绫罗，又配上那金银与珠宝。刹那间，将一位天香国色的浣纱女，变作了月宫嫦娥身。

　　西施不仅貌美，人也聪慧，越宫花了三年时间，教给她宫中一切礼仪，又学习吹弹歌舞。训练完毕，这一日，范蠡领着西施来与越王辞别。越王抬起头来，立时眼睛直了，嘴也合不拢了。

　　越王昏昏然，以为是范蠡进献给他的嫔妃，正想入非非，就见一个苦胆垂到他的鼻梁，范蠡深沉的声音在他的耳际回响："勾践，你忘了越国的国耻了吗？"

"勾践不敢忘！"越王本能地舔了舔苦胆，此时他方明白，这就是他许诺给吴王的"大礼物"，他咽了咽口水，不甘心地挥了挥手，说："去吧，去吧！但愿你能为国建立奇功！"

范蠡领着西施来到吴国，呈上一份表，吴王打开一看："吴国富甲天下，金银珠宝不足以献，勾践斗胆呈上西子，那是敝土钟灵特产的美女，献给大王伴侍御驾！"吴王看毕，满脸生春，令西施抬起头来，西施刚一抬头，阖殿文武不约而同地倒吸一口气，惊为天人，这女子满脸容辉，一身雅而娇的风韵，令人回肠荡气。"千岁在上，臣妾这厢有礼。"但听得娇声呖呖盈耳际，吴王此时已经是周身麻木，身不由己。

只有伍子胥劝曰："不可，不可！这越国进献美女，分明是把大王当作好色的昏君！为今之计，先将这范蠡与西施斩首，方能平息我吴国未来的灾殃！"

"伍爱卿，你胡说些什么？这殿上行权立断是寡人说了算。"对伍子胥发话，眼睛却直勾勾地盯着西施，伍子胥见状摇头叹息，退了下去。

当天晚上，吴王即辞却各宫请驾，专召西施前来伴驾。西施举手投足，待人接物，十分得体。吴王夫差大喜，不久，就在姑苏建造春宵宫，筑鸳鸯池，池中设青龙舟，日日与西施游玩嬉戏。接着，又为西施建造了歌舞欢宴的馆娃宫、灵馆，西施擅长跳越人的"竹竿舞"与"响屐舞"，夫差又为她筑了一道"响屐廊"，用数以百计的陶缸，上铺木板，西施穿木屐起舞，裙缀银铃，铃声和大缸交织回响，恰是仙乐自天来。

自从有了西施，吴王日日饮宴，夜夜笙歌。越国按时上贡，其贡表谄媚动听，此后，吴王对越国完全丧失了警惕心。朝臣待漏五更，前来上朝，常常是扑了空，久而久之，群臣的心也冷了。那伍子胥不管如何跺脚捶胸，也是白搭。这期间，吴王所热心的是带着西施北上中原争霸。

就在吴王缠绵沉醉于西施之时，越国君臣同心，军民合力，"十年生聚，十年教训"，厉兵秣马，国家经历了二十年的奋斗，国力大盛。

第四节　夫差争霸

一

夫差七年（前489），吴王听说齐景公驾崩，大臣争权夺势，新立之君幼小无势，决心兴兵北伐齐国，争霸中原。伍子胥极力劝谏说："我听说越王勾践食不双味，衣不重彩。卧薪尝胆，奋发图强，吊唁死者，慰问伤病，聚拢民心，这是有意伐吴报仇啊。勾践不死，必为吴国大患。现在越国是吴国的心腹大患，您不提防，反而把兵力用于遥远的齐国，岂非大错特错！"

吴王不听，坚持己见，出兵北伐齐国，在艾陵大破齐兵。胜利归来，兵至鲁国南部的缯邑（今山东省临沂市兰陵县），夫差和伯嚭向鲁哀公和季孙肥发出邀请，要求他们务必前往缯邑与吴国举行会晤。季孙肥是鲁国实际上的统治者，他心知肚明，这并不是一场平等的会晤，而是吴国以会晤为幌子诱逼鲁国称臣，如果去了，搞不好会被吴国扣押为人质。于是由子贡代表他前往缯邑会见伯嚭，鲁哀公则由大夫子服何陪同。

一见面，吴国就要求鲁国准备"百牢"作为祭祀用肉。百牢即一百头猪、一百头羊，虽然费用不奢，但对鲁国来说无异于以侍奉天子的礼仪来接待吴王，从感情上是很难接受的。伯嚭见对方迟疑不决，志满意得地说："吴王经过宋国的时候，要求宋国献上百牢，宋国答应了。在礼数上，鲁国岂能低于宋国？"鲁国当然不能认可这种强词夺理的说法，伯嚭于是进一步威逼说："当初晋国上卿范鞅来鲁国，享受的是十一牢的待遇，如今吴王到来，难道不该享受百牢的接待吗？"

依照规格，范鞅以"卿"的身份来鲁，用七牢就够了，其时鲁国为了尽量减少外交风波，特意增加到十一牢。想不到伯嚭竟以此说事，子服何反唇相讥了："范鞅因为贪婪不顾礼数，大国威胁小邦，我们不得不采用十一牢的待遇，如今范氏在晋国已经完蛋，完蛋了。"子服何的话暗示：如果吴国也像范鞅一样不顾礼数，早晚也会走上范氏的老路。但此时的吴国兵强马壮，根本不把鲁国的抗辩当回事，鲁国最终只能乖乖听命。

会晤的气氛虽然不冷不热，吴国还是先后迫使宋国、鲁国以百牢的规格来接待他们，这意味着吴与宋、鲁之间君臣名分已定，吴国成为区域性霸主，也即小霸，夫差的下一步就是力争成为中原霸主了。

夫差十年至十一年（前486至前485），吴国又先后两次伐齐，皆报捷。这一期间，越王勾践带领越国群臣毕恭毕敬地前来朝拜吴王，献上丰厚的贡礼，吴王大喜。只有伍子胥忧心忡忡，越国礼数愈周到，吴国就愈危险，他对吴王说："越国近在腹心，应该严密防备。千里之堤，毁于蝼蚁之穴；百尺之宝焚于突隙之烟。眼下我吴国虽能战胜齐国，那好比布满石头的田地，得了也没用。"吴王心想，齐，中原大国呀！打败齐国，在于威慑列国，不在于得地。他不仅不听伍子胥的劝告，反派他出使到齐国。

此时的伍子胥心计已穷，一腔愤恨无处发泄，他预感到吴国灭亡在即，不想落得国破家亡的下场。到了齐国，他把儿子委托给齐国的鲍氏代为照顾。吴王闻听大怒，认为伍子胥怀二心，有异志，一怒之下赐剑令他自杀。伍子胥接到剑时心潮滔滔，想到自己自来到吴国，虽说父仇已报，但一身才华，却空怀日月袖乾坤，作为外臣就如那倒运的山虎、失时的凤凰，无用武之地。罢了，罢了！他对众大臣说："我死后，有劳你们在我坟上种上梓树，梓树生长到可以制作器皿的时候，吴国就要灭亡了。请再把我的眼睛挖出来放在都城东门城楼上，让我亲眼看到越国的军队是如何进入吴国的首都的。"①

一代英豪伍子胥死了，吴王一门心思放在中原争霸上。夫差十三年（前483），吴王召集鲁、卫二国国君在橐（音驼，今安徽巢湖市）皋盟会，进一步确立了吴国区域性霸主的地位。②

二

夫差十四年（前482）春，吴王决意北上黄池（今河南封丘县西南）与诸侯会盟，与晋国争霸中原。他带走了国中所有精壮，只留下一些老弱病残，交与太子友。太子忧心忡忡地说："父王调动全部人力财力北上，一旦越王勾践入侵，吴国岌岌可危。"夫差认为越国早已屈服，奴仆之国不过就是一个软柿子。争霸中原兹体重大，更何况晋是大国，岂可轻视！

---

① 见〔西汉〕司马迁《史记·吴太伯世家》："吴王不听，使子胥于齐，子胥属其子于齐鲍氏，还报吴王。吴王闻之，大怒，赐子胥属镂之剑以死。将死，曰：'树吾墓上以梓，令可为器。抉吾眼置之吴东门，以观越之灭吴也。'"

② 见〔西汉〕司马迁《史记·吴太伯世家》："十三年，吴召鲁、卫之君会于橐皋。"

吴王空国北上给了越国一个机会。六月丙子，越王勾践集中全国兵力，计四万九千人，其中正规校士四万人、越王亲兵六千人、各级将佐一千人，此外，还有经过训练的流放罪人两千人，浩浩荡荡向吴国进发。越军兵分两路，一路由范蠡、舌庸率领，从海路入淮河，切断吴军自黄池的归路；另一路，以大夫畴无余、讴阳为先锋，勾践亲率主力继后，从陆路北上直袭姑苏。

太子友知道城中人马抵挡不住，连续派了十多人马流星般赶往黄池，请父王速速回师救援。另一方面紧急集中城中五千老弱残兵，赶赴泓上（今苏州市西南）抵抗，太子打定主意，坚守不战，想以此挫败越军的锐气。

吴将王孙弥庸极度轻视越军，见太子窝在城中只守不战，站出来说："殿下，战而胜，敌人必定退走，战而不胜，再守未晚。"他见太子不听，擅自带兵出战，劲头十足，竟然一举击败越军先锋，生擒畴无余、讴阳。吴军大受鼓舞，太子领兵倾巢出城了。

此时勾践的主力也已到来，他知道先锋失利，遂拔剑在手，高声大喊："越中健儿，我们做奴做仆已经多年了，每年我们的粮食和财宝都贡给了吴国。这一仗我们只能胜，不能败！我们胜了就可以把贡物夺回来，我们胜了也可令吴人给我们做奴！"

"令吴人做奴！令吴人做奴！"吼声震天动地，如决堤洪水。

雨雪霏霏，战场上一地泥泞，越国将士个个矫健无比，十年复国同仇敌忾，怒吼声中越军以一当十，以十当百，很快就将吴军的几千人马包围起来，这一战不仅杀了王孙弥庸，还俘虏了吴国太子友。

消息报到吴王那里，此时吴王正在黄池，会盟到了关键时刻，夫差接到兵败信息，一时心惊胆战，急欲回国处理军务。一旁的西施说："生死一决的关头，岂可离开？只要夺得盟主旗帜，便可号令诸侯，共同伐越。越国何足道哉，何足道哉！"吴王深感有理，下令杀了信使，封锁消息，不可在诸侯间泄露。吴王一气之下连杀了七个前来报信的使者。

盟会上，夫差先声夺人地说："在周室宗族中我的祖先排行最大，理应为盟主！"晋定公也当仁不让地说："在姬姓诸国中只有我晋国当过霸主，岂有让你之理？"晋国大夫赵鞅拍案而起，说："吴乃江南蛮夷小国，若敢为盟主，我主必发兵讨伐！"夫差拔剑正欲发作，想到越军已经攻下姑苏，一下不觉失了底气，只好将盟主的位置给了晋定公，带领随从部队匆匆归国。吴国没有了太子，国内空虚，将士全无斗志，夫差只好派伯嚭带上厚礼与越国讲和。①

勾践与范蠡商量，范蠡认为，吴军虽败，但吴王手中精锐尚在，无法一战定江山，于是允和。越兵将姑苏城中的财宝几乎搬光，范蠡、舌庸所率的另一路越军，也夺关斩将，尽收吴国城邑的军械粮秣；此后，越人不用再纳贡，国力迅速强大起来。

三

夫差十八年（前478）吴国大旱，赤地千里，市中无米，连红糙米都净尽了，② 老百姓食不果腹，国力已是日薄西山，苟延残喘了。这一年越国同样遭遇大旱，文种向勾践建议，越国应克勤克俭，趁吴国国力枯竭之时，给予毁灭性打击。越王认为有理，亲率五万雄师开进吴境。吴王夫差也率六万大军赶往笠泽江（今江苏吴江一带）迎战，双方夹江列阵对峙。

范蠡排兵布阵，当天夜里，分派出两支部队，每支一万人马，分别从支流溯江和顺江击鼓渡江，虚张声势。吴王夫差闻鼓声如雷，以为越军主力来攻，立即分出重兵前来夹击越军。范蠡又命主力部队偃旗息鼓，从浅滩处潜行渡江，出其不意对吴军中军发起猛攻。

夫差措手不及，他全然没料到越军会有如此奇计，中军大乱，无法招架，只好等两翼部队回来救援。两翼部队欲回兵，越军先行渡江的两支部队步步追击。吴军腹背受敌，全线崩溃，主力遭受重创，只得往姑苏城方向败退。

越军三路人马合兵一处，乘胜猛追，至没溪（今江苏省苏州市吴中区、相城区附近），吴军又遭重创；至姑苏城郊，越军再度痛击吴军。吴军精锐几乎全军覆灭。这是吴国有史以来，遭受的最为惨重的打击，残兵败将只得退入姑苏城中。笠泽江之战越军三战三捷。吴国大势已去，越军重兵合围，也不急于攻打，意在拖垮耗尽吴国，犹如凌迟，一刀一刀慢慢来。

吴国外无援兵、内无粮草。牲畜、家禽、树叶、草皮、老鼠、昆虫、战马，凡能充饥之物统统吃尽吞绝。一年过去了，两年过去了，越中子弟

---

① 见〔西汉〕司马迁《史记·吴太伯世家》："七月辛丑，吴王与晋定公争长。吴王曰：'于周室我为长。'晋定公曰：'于姬姓我为伯。'赵鞅怒，将伐吴，乃长晋定公。吴王已盟，与晋别，欲伐宋。太宰嚭曰：'可胜而不能居也。'乃引兵归国。国亡太子，内空，王居外久，士皆罢敝，于是乃使厚币以与越平。"

② 见《国语·吴语》："大荒荐饥，市无赤米，而囷鹿空虚。"

轮番前来围城，就是不打。姑苏城外的城池一座座已经变换了越人旗。

姑苏城中，铁青的脸，幽绿色的眼睛，人在饥饿中终于露出了兽性。每天都有人相食、抽筋吸髓的事发生，人们恨不得将那墙壁、木板统统啃光。就连吴王也饿得皮包骨，上气不接下气，他那蹒跚的脚步，就如幽灵一样在姑苏城头晃荡着，所过之处，无人敢降。

更可怕的是大灾之后的瘟疫，每天有成批的尸体抛出城外，姑苏城病了，汤药净尽；姑苏人疯了，空气中充满了恶臭，恶臭中弥漫着病毒，井水不能喝了，姑苏人生不如死，盼望着早日咽气去与亲人团聚。

臭气飘出了城外，越军怕了，怕那看不见摸不着的病毒，他们往后撤了整整五里。这天夜里，一支骨瘦如柴的饿兵从姑苏城中飘出，吴王突围了，上了姑苏山（今江苏苏州市西南），须臾间又被越军包抄合围。吴军没有力量可以消耗了，夫差派公孙雄肉袒膝行、卑辞厚礼向勾践求和。

勾践答应了，他准备把吴王夫差流放到甬东，给他百户人家，让他在那里终老。范蠡立刻出来劝谏：“大王，我们为报仇雪恨，苦苦准备了二十年，现在怎么可以放弃即将到来的胜利呢？”遂转身对公孙雄说：“上天以吴赐越，我们大王不敢不听从天命！”

公孙雄痛哭流涕地回来报告，吴王听后，拔出剑来，仰天长啸："我后悔不听伍子胥之言，才落到今日的地步。我老了，不能侍奉越王。"说完凄然一笑，拔剑自刎。夫差二十三年（前473）十一月丁卯，吴国灭。

第五节　越国的霸业

一

勾践平定了吴国，吴国领地尽入越国版图，越的势力北达江苏，南入闽台，东濒东海，西达皖南、赣东，雄踞东南，扬威华夏。

不久，越王就出兵向北渡黄河，在徐州与齐、晋诸侯会盟，依照历代霸主的惯例，勾践向周天子进贡，周天子得到了丰厚的贡品，很乐意做个顺水人情，周元王派人将祭祀文王、武王的祭肉赏赐给勾践，授予勾践"伯"（霸）的称号。

盟会上，列国之君皆避让三分。记得上一次盟会，也是这个月份，一场小雪预示着冬天的到来。那时候，坐在这个位置上的是吴王夫差。夫差虎背熊腰，器宇轩扬，有人中龙凤之姿，他凭借武力，胁迫列国，成了盟主。如今，眼前这个脸有菜色、面带沧桑、披发左衽的勾践，竟能一举灭掉盟主国，不能不令人刮目相看。今日灭吴之剑威指中原，谁人敢撄其锋？于是，在座之人都拣好听的话捧场。勾践一时高兴，当场许诺，把淮河流域送给楚国，把吴国侵占宋国的土地归还给宋国，把泗水以东方圆百里的土地给了鲁国。勾践的威望一下飙升起来，顺利地坐上了盟主的位置，成为春秋末期最后一位霸主。①

为了真正实现称霸中原的雄心，盟会归来不久，勾践决定把越国的国都从会稽（今浙江绍兴境内）迁到琅琊（今山东青岛境内）。全国人力财力动员起来，北上的路上，移民络绎不绝，马嘶牛嗷，嘈杂无比，马车牛车将东越的精壮与财宝源源不断地运往山东。勾践大规模地修缮和扩建了琅琊城，还在海岸修建了一座周长达七里的琅琊台，登上琅琊台便可眺望东海的无限风光，看潮起潮落，望云卷云舒。

江南的季春时节，梅雨绵绵，道路泥泞不堪，一脚下去裤腿就溅满了泥点。范蠡刚刚把妻儿安顿在山东归来，日理万机的他突然想起了西施，不知她家是否也加入了移民的洪流？他得去探望她。午时过后，他来到苎萝山村口，刚要下马，就见几个老妇、村姑掩着鼻子仓皇奔走，像逃避瘟疫一样。范蠡好生奇怪，翻身下马："敢问诸位，何事如此慌张？"

"那骚娘，脏，臭！"一位村姑指着几丈开外的一个身影说。

"那是谁？"范蠡问。

"狐狸精，施夷光。"

施夷光！那是西施的本名。西施怎么就成了狐狸精，骚臭不可闻？②范蠡的心一下如坠落万丈深渊。这话要是出于亡国的吴人之口倒也不难理解，却偏偏出在越人之口，不可思议。范蠡记得，吴国亡后，他曾几次奏禀越王勾践："西施以身许国，如今归来，徐娘半老，已经很难成聘了，越国得给她一份赏赐，养其天年。"勾践一直不置可否，一次、两次、三次，范蠡渐渐明白，政治军事，虽说风波诡异，不择手段，可这勾践又怎么愿意将他灭吴的卧薪尝胆变作一个女人的建树呢？说出去也不雅呀！

那一刻范蠡俨然看透了勾践的灵魂，不行，西施不能继续留在苎萝山村！想到这里，他匆匆入村来到西施家。西施的父母已经双双亡故，家中

---

① 见〔西汉〕司马迁《史记·越王勾践世家》："当是时，越兵横行于江、淮东，诸侯毕贺，号称霸王。"

② 见《孟子·离娄下》："西子蒙不洁，则人皆掩鼻而过之。"

只有西施一人。西施依然是少女时期布裙荆钗的装束,岁月并没有侵蚀这位佳人的风韵,只不过脸上多了几分深沉与幽怨而已。

见西施的右手时时按着前胸,范蠡关切地问:"西子,哪里不舒服?"

西施莞尔一笑说:"近来胸口时时隐隐作痛。"范蠡担心地看着她,想不到这病西施的风姿也是那样高雅,范蠡觉得心有点酸,眼有点涩。当年这个风姿绰约的西施就是他亲自带往吴国的,如今落到这样的处境,他得对她有一份担当啊!

范蠡将自己的打算和盘托出。令西施无比欣慰欢悦。人生得一知己足矣!此时的范蠡虽说已经六十八岁了,这位越国的大将军、上大夫依然硕健儒雅,在她的心中,他永远是她人生路上的导师,她相信传奇的人物会继续创造新的传奇,她很乐意得到他的庇护。

范蠡匆匆地写了两封信,一封给越王勾践,表明他决意离去之心;另一封给他的文种。傍晚时分,一叶小舟载着范蠡与西施,顺着浣纱河直下太湖。

范蠡的离去,勾践失去了左膀,越国失去了砥柱。

二

再说文种接到范蠡的信,打开一看,刹那间脸色惨白,汗如雨下。范蠡在信中说:"勾践这个人长脖子鸟嘴巴,从他的长相可以看出,他是个只能共患难,不能共享乐的主。如今越国国仇已报,称霸也已成功,你为何不离去?难道你忘记飞鸟尽,良弓藏;狡兔死,走狗烹吗?"文种深觉有理,也晓得"敌国亡,谋臣死"的至理名言,可他人生最好的时光、最高的智慧已经奉献给了越国,在越国他是一人之下,万人之上,官至相国,爵是上大夫。就这样一走了事,岂不可惜!文种犹豫而拿不定主意。

几天之后他再次读范蠡的信,又是大汗淋漓。近来,他发觉越王看他的眼神变了,和他说话的语调也变了。他真想也像范蠡那样,潇潇洒洒一走了之,可他就是无法痛下决心。连日,他夜来怪梦、噩梦连连,醒来时总是汗流浃背,梦境却依稀难辨,他抬起手臂时感到吃力,走路时胯骨好像就要脱离身体一样,二十年鞠躬尽瘁,落下的就是这一身病,是该歇息歇息了。他开始称病不上朝,既以此安定自己的心情,也窥测未来的走向。

越王确实是变了。自从他登上盟主这个宝座,他很想在列国的风云际会中纵横捭阖。外交上的潇洒飘逸,范蠡比文种强,可范蠡偏偏走了。这一走他不仅失去了左膀，也在列国中损伤了威望，如果列国士子觉得他勾践容不下功臣，未来又如何招揽贤才来为越国服务？为此他的内心很烦躁。

范蠡与文种是自楚来越的双璧，在灭吴的过程中两人的功勋堪比天上的双子星座。两人取长补短，配合默契。如今一个走了，另一个会不会也跟着走，如果两人都走了，越国岂不四维崩，天柱折！

此时勾践也已年近古稀，他觉得自己的大限不远了，儿子就要即位接班。没有范蠡与文种，儿子能否压得住盟主的台面？可要是真的得到他们的辅助，就能繁荣昌盛吗？时下礼崩乐坏，人心不古，义理沦丧，君不见晋国的六卿①、齐国的田氏、鲁国的三桓都已经架空了本国君主，很快就会起来弑君夺位啦！范蠡、文种在越国功高震主，难道他俩能超凡脱俗？

勾践的心情越来越沉重，就像在一个无底洞中升降沉浮，上不着边，下不落地，使他心无所依，情无所寄，绝少言笑的他变得更加深不可测。焦灼忧虑终于击倒了他，他也病了，两眼深陷犹如两个黑洞，整个人如风中残烛。他将儿子召到病榻前，若亡若失地对他说："霸者之后，难以久立，你要慎之又慎啊！"他暗示儿子要时时提防文种。

儿子刚走，勾践还是放心不下，他派人给文种送了一把剑，传话说："你的灭吴七术，只用了三术就灭亡了吴国，余下的四术，就替我到地下灭了楚国吧，我的先祖也曾蒙羞于楚。"

文种的脸由白变青，由青变紫，当场吐血，气绝身亡。文种死了，勾践无异又失去了右臂。失去左膀右臂的勾践，隔年也驾鹤西去。

勾践逝世，儿子鼫即位；鼫逝世，其子不寿即位；不寿逝世，其子翁即位；翁逝世，其子翳即位；翳逝世，其子之侯即位；之侯逝世，其子无强即位。六代子孙继续维持着越国霸主的地位。但此时越国已经不能与勾践时期相提并论。无强在位的时候，越国在与列国的争夺中，因外交失败，被楚国打败，无强被楚威王的军队杀死。越国的土地落入楚国的版图，被设为江东郡。

越国分崩离析之后，族中子弟竞争权位，政权南移到了闽中。残存的小朝廷不得不服服帖帖地向楚国朝贡。秦并六国时，越在江南，国祚仍存，不绝如缕。无强之后的闽君无诸和摇，因辅佐汉高祖推翻了秦朝。高祖复立无诸为闽越王，继续越国的祭祀。

---

① 指赵氏、魏氏、韩氏、智氏、范氏、中行氏六个大家族。

第六节　陶朱公轶事

一

再说范蠡与西施一叶扁舟下太湖，范蠡心想，妻儿就在山东，还是到山东吧。他俩在镇江买舟出海，沿海岸线来到山东地界。这时，范蠡的糟糠之妻已经病故，留下三个儿子，范蠡带着他们来到齐国一个边城。一家就在海边筑庐而居，垦荒耕植，日出而作，日落而息。范蠡给自己起了个名叫鸱夷子皮，意思就是一副皮囊子。

范蠡一家在耕植之余决定先做点日杂小生意。范蠡用贱价买来竹子、芦花、木头，西施带着几个门徒，扎竹扫帚、芦花扫帚、笤帚，编箩筐、粪箕、芦苇席、竹席，做梯子、凳子、椅子，还有砧板、贴板、擀面杖、棍棒，花样还不少。摊子就摆在东桥集市中，江南的竹篾制品煞是好看，每天能卖出不少。

这一天，摊前来了一位身穿粗布衣的大嫂，说：“鸱夷子，我买一把芦花扫帚。”范蠡端详着那嫂子，说：“大嫂，不卖。”"为啥不卖，你欺负俺乡下婆子没钱？”"不是，不是。”"不是，为啥不卖俺？”说着气呼呼地把钱给了范蠡。“嫂子，我看你家境贫寒，家中必定是泥地，潮湿，不适合用芦花扫帚。这钱，我给你一把竹扫，外加一个粪箕，这粪箕可以盛土，也可以装垃圾。”"你鸱夷子怎么知道我家是泥地，潮湿？看来脑瓜不鸱夷啊！”

这时候，又有一个小孩来买砧板，付钱之后转身就跑。“回来，回来！”范蠡叫住了小孩，众人不解，范蠡说：“人多，车多，别被撞着。孩子，你还有这么多零钱没拿呢，你慢点走，慢点走，别出事！”范蠡一边说，一边把多余的钱退给小孩，小孩拿了钱高高兴兴地走了。正说着，又有一位老头买竹梯子，范蠡收钱后，不给梯子，众人不解。这时范蠡搬来一张凳子让老头坐，又递给他一杯水说：“慢慢喝，人多拥挤，你老爷子行动不便，喝完后我让伙计给你搬到家里。”

鸱夷子的摊子很快就出了名：“鸱夷子做买卖仁义，童叟不欺。”"是啊，薄利多销，还会看相，替人打算合计。”

范蠡很快就有钱做其他生意了，百姓每天都得吃粮，那就做点粮食生意吧。他知道百姓穷，喜欢便宜的大米，于是购进了大量贱价谷子。"不求暴利，就逐这十一之利。"范蠡的米店前面永远是川流不息。靠着卖粮，范蠡又挣了一笔钱。

北方的马到南方可卖个好价钱，范蠡又买了一批马，准备贩到南方，可这一路万水千山，强人出没，一旦被劫便是血本无归。范蠡打听到，附近有个巨商姜子盾，每年都将大量的麻布运到吴越，姜子盾先打点好沿途强人，货物从来都是畅通无阻。范蠡于是在姜子盾家附近贴了告示，大意是：本人组建了一支马队运输，开业酬宾，运费折半。姜子盾一看可以节省一半的运费，立刻上门来找范蠡，范蠡于是用他的马驮了姜子盾的货物，两人一路同行，有说有笑，货物和马匹都安全到达江南，姜子盾省了一半运费，范蠡贩马又挣了个好价钱。两人都很高兴，约定明年再来。

很快地，范蠡便摸到进货与抛售的规律——"贱取如珠玉，贵出如粪土"。意思是价格下降的时候应该把货物像珠宝一样购进来，价格上涨的时候就应该把货物像粪土一样抛出去。市场价格上涨会刺激生产厂家多多生产，产品多了，又会导致进货价格下降。凭着对市场规律的洞察和把握，几年之间，范蠡就赚了千金。

二

范蠡迁到陶地，人称陶朱公，他的二儿子在楚国杀了人，被拘捕。范蠡说："杀人者抵命，这是常理。可我听说家有千金的儿子不会被杀在闹市中。"他想让小儿子去探望和营救二儿子；便打点了千镒黄金，装在褐色器具中，用一辆牛车载运。

临近出发，范蠡的大儿子突然请求让他去，但范蠡不同意。长子争辩说："家有长子，那叫家督，现在弟弟犯了罪，父亲不派长子去，却派个稚气未脱的小弟弟，明摆着说我无能，不肖之子，邻居会怎么看我？这叫我情何以堪，脸往何处搁，怎么在这世上为人？"说完脸红脖子粗就想自杀。西施慌忙拦住，替他说："现在派小儿子去，未必能救得老二的命；若派老大去，老二没救出，却先死了老大，得不偿失啊！"吵了半天，范蠡不得已只好派长子去，他写了一封信要大儿子交给他旧日的好友庄生，又一再叮咛说："到楚国后，就把千金送到庄生家，一切听从他去办理，千万不要和他发生争执。"长子心想，这庄生那么神？他又悄悄地携带了几百镒①黄金，以便到时可以多找门路。

长子一到楚国就马不停蹄地去找庄生。庄生住在楚都城外，那里杂草丛生，一派荒芜，腐草和垃圾的臭味扑鼻而来，苍蝇就在头顶盘旋。长子一边走，一边拨开野草，费了好大劲才到达庄生家门口："我还以为是什么大富大贵人家，真奇怪父亲怎么这么敬重他？"长子无比感慨，可他还是遵照父亲的话，把信和千金进献给了庄生。庄生看完信说："你现在立刻离开这里，不要留在楚国！回家去等候弟弟释放的消息，千万别问原因。"离开了庄家，长子悄悄地留在楚国，为确保万无一失，他四处打听，把自己携带的黄金送给了主事的达官贵人。

庄生虽然住在穷乡陋巷，但他的廉洁正直却名扬楚国，楚王及很多大臣都尊奉他为老师。他收了范蠡的黄金后，对妻子说："这是朱公的钱财，以后再如数归还朱公，但哪一天归还却不得而知，这就如同自己哪一天生病也无法预知一样，千万不要动用。"

第二天，庄生入宫去见楚王，说："某星移宿在某处，这将对楚国有危害。"楚王平时十分信任庄生，就问："怎么办好？"庄生说："只有实行仁德才可以免除灾害。"楚王就派使者去查封贮藏三钱的仓库。主事的达官告诉范蠡的长子说："楚王将要实行大赦。"长子问："何以见得？"贵人说："每当楚王大赦时，常常先查封贮藏三钱的仓库。昨晚楚王已派使者查封了。"长子认为既然大赦，弟弟自然可以释放了，千镒黄金等于白送给庄生，太可惜了。于是又去见庄生。庄生惊奇地问："你还没离开吗？"长子说："没有。我为弟弟一事来，今天楚国正商议大赦，弟弟自然得到释放，我特来告知并向您告辞。"庄生知道他的来意，说："你自己到房间里去取黄金吧。"长子取走黄金后暗自庆幸黄金失而复得。

长子走后，庄生很恼火，他羞于被小儿辈愚弄出卖，又入宫去见楚王说："我上次所说的某星宿的事，您说想用做好事来回报它。现在，我在外面听路人都说陶地富翁朱公的儿子杀人后被楚囚禁，他家派人拿出很多金钱来贿赂主事人，君王并非体恤楚国人而实行大赦，而是因为陶朱公儿子才大赦的。"楚王大怒，就下令先杀掉陶朱公儿子，隔天才下达赦免的诏令。长子还未走出楚境就得知弟弟被杀，只好载着弟弟的棺木回家了。

回到家后，西施和乡邻们都十分悲痛，只有范蠡镇定地说："我本来

---

① 镒：古代重量单位，一镒合二十两。

就知道长子一定救不了弟弟！他不是不爱自己的弟弟，只是不忍有所放弃。他年幼就与我生活在一起，经受过各种辛苦，知道为生的艰难，所以把钱财看得很重，不敢轻易花钱。至于小儿呢，一生下来就看到我十分富有，乘坐上等车，驾千里马，到郊外去打猎，哪里知道钱财从何处来，所以把钱财看得极轻，弃之也毫不吝惜。原来我打算让小儿去，因为他舍得弃财，但长子不忍弃财，所以终于害了自己的弟弟，这很合乎事理，不值得悲痛。我本来日日夜夜等候的就是二儿子的尸首。"

第三章　芈姓熊氏楚

楚人是火神祝融氏的后代，这是就楚族的公室而言，在这个意义上，楚的公族有炎帝系的血统；楚的土著最先属于淮夷，在中原政权的胁迫下逐步西迁。五帝时期，先后有一批批逐鹿中原的失败者被流放到荆湘，形成了"三苗国"，还有尧的不孝子朱丹及其族人，由于荆楚历来被作为流放地，楚也因此成为"南蛮"的代表。在历史进程中，随着楚国吞并了吴、越，楚的族源益发多元，楚人有时候自称是"帝高阳之苗裔"，有时候干脆称自己是"蛮夷"，以示与中原不同。

族性的多元使楚人的宗教信仰也是多元的。楚人"淫祀"，祭天祭地祭太阳。早期是火神祝融氏崇拜，继而又有太阳神崇拜，形成一套以"太一（日神）为中心"的神系，楚人以凤鸟（凤凰）为图腾，将鸟视为火之精、日之精，可见楚族也是鸟族民系的一部分。

楚虽居江南，被视为蛮荒之地，其实文化很发达，当多族类的文化种子在楚这片热土融合时，楚文化如同春花一样，灿烂辉煌。在周民族入主中原，还未在殷商甲骨的基础上形成"周系甲骨文"时，南方已经有了自己的文字——鸟虫书。楚族酋长鬻熊是周文王的老师。他带领族人小心谨慎地侍候着周王朝，仅仅因为地处江南，殷商灭亡之后，几百诸侯先后得到封赏，周武王唯独忘记了楚族。一直到周成王之时，年轻的少主终于想起了江南的楚人，于是封鬻熊的子孙熊绎为子爵，封以子男之田五十里。

楚人虽然立了国，长期以来却一直被视为"奴仆"之邦，朝廷的每次盟会，当各路诸侯笙歌欢宴之时，周天子给予楚子的任务就是：用包茅过滤盟会用酒；晚间歌舞时生篝火，添薪加柴。不公的待遇终于触怒了楚人的民族自尊心，楚子一怒之下，不再按时朝贡。鉴于楚人的桀骜不驯，周昭王曾三次亲率六师前来征剿，都被荆湘健儿击败，周昭王最终落水死在江南，颜面尽丧。

楚至熊通时，不再承认周王朝的分封，自立为楚王，史称"楚武王"①。还封了四个儿子为王，吹响了与周王朝分庭抗礼的号角。此时的楚国就如乳虎啸谷，百兽震恐。至楚庄王时楚王"一鸣惊人"，跃而成为霸主，这个称号虽然不是周王朝所授予，却实至名归，诸侯口服心服，楚庄王以自己的行动展示了什么叫作"礼仪之邦"。

楚庄王之后，楚国国势走弱，只能与晋国分享霸权。经历了五代贤王，国力又强盛起来，楚灵王的时候，楚国章华宫是为天下第一台，"蛮夷之邦"富甲天下，物华天宝都集中在楚邦，一时间楚国的物产成为天下时尚，引领着列国潮流，各国竞相模仿。

楚悼王时实行变革，吴起变法的结果令人扼腕，在列国风云变幻之时，不变革是死，变革也是死——因为变革触犯了公卿的利益。楚国是其时经济最发达、版图最大的国家，一个最有希望统一六国的国家，就这样夭折了。

第一节 楚之先公

一

相传楚的先民是炎帝的一支，即火神祝融氏的后代。这一族很早就发明了击石取火，又发明了圆形与瓢形的灶，还学会用陶罐来保存火种。

五帝时期，他们加入了炎黄联盟，与黄帝之孙高阳氏成为合婚族，生下了称，称又生了卷章，卷章生下了重黎。因为这一族在火的运用上得心应手又遥遥领先他族，被封为火正，继承了先祖的荣光，号祝融，② 全称重黎祝融氏，意思是能彰显天地光明，光融天下。火正的职责是司管火，行火政，观察火星。

---

① 见〔西汉〕司马迁《史记·楚世家》："楚曰：'我蛮夷也。今诸侯皆为叛相侵，或相杀。我有敝甲，欲以观中国之政，请王室尊吾号。'随人为之周，请尊楚，王室不听，还报楚。三十七年，楚熊通怒曰：'吾先鬻熊，文王之师也，蚤终。成王举我先公，乃以子男田令居楚，蛮夷皆率服，而王不加位，我自尊耳。'乃自立为武王，与随人盟而去。于是始开濮地而有之。"

② 见〔西汉〕司马迁《史记·楚世家》："楚之先祖出自帝颛顼高阳。高阳者，黄帝之孙，昌意之子也。高阳生称，称生卷章，卷章生重黎。重黎为帝喾高辛居火正，甚有功，能光融天下。帝喾命曰祝融。"

帝喾的时候，共工氏因为治水闹出了矛盾，面临灭顶之灾。众部落认为共工氏会作乱，帝喾决定派出威望最高的人去剿灭共工，众人推举重黎祝融氏，帝喾也觉得合适，因为重黎办事认真，雷厉风行，从不马虎。

　　重黎接到任务，不敢怠慢，领兵包围了共工氏的族区，杀声震天，惨叫连连。鲜血染红了落叶，在秋风中瑟瑟飘动。共工的族区归于死寂，重黎下令放火焚烧族区。烈火熊熊升腾，在狼藉的死人堆中有人蠕动，重黎知道还有活人，于是下令搜索。

　　一阵阴风吹来，沙尘遮天，重黎看到一个人影艰难地立起身来，他一剑刺去，在风暴中剑刺偏了，转身又是一剑，还是偏了。重黎火了，一时性起，将剑掷去，仍未击中。重黎的心"咯噔"地跳了一下："看来共工族不该绝呀！"他用手抹了抹眼睛，一个女子出现在他面前——女子浑身是血，怀中是个婴儿，她眼中燃着怒火，俯身捡起地上的剑，掷给重黎，随之一步步向他走来。见重黎没有动静，一头向他撞去，重黎用手拦开，女子挣扎着又奋力撞来，她知道自己必死，只求早点了结。重黎身边的人举刀正想取她性命，被重黎拦住了。

　　哨声阵阵，声声催人，重黎的人马聚拢来，听候命令。重黎令他们停止搜索，退出族区。共工族中幸存的人在火光中扶老携幼悄然离去，走向夜色，隐没在群山中。

　　未能将对方斩草除根，重黎知道自己闯下了弥天大祸。重黎一生勇猛，想不到这一次面对一个妇人和小孩竟下不了手，令他百思不得其解的是为何三剑刺不中一个女子？"这是老天有意庇护孤寡啊，天意不可违背！"他思前想后，不是获罪于朝，就是获罪于天，反正都是死，那就去请死吧。重黎与弟弟回自缚着来向帝喾请罪。

　　战争中留下遗孤，后患无穷，各部落意见纷纷，强烈要求灭了重黎祝融氏。帝喾不得不处死重黎。庚寅日，帝喾前来监斩，他为重黎斟了一樽黄酒，对他说："你走之后，火正一职由你弟弟回继任。"①"真的？"重黎不敢相信自己的耳朵，这是旷古未有的事情。历来是首领有罪，全族连坐。这一次弟弟能够免死已经是天地的宽宥了，为何还能继任火正？他以为自己听错了。

　　没错！帝喾点了点头。他念重黎祝融氏忠义并存，不忍灭绝他们。重黎死后，他的弟弟回真的接任了火正，仍号祝融。食邑江南吴地，史称

---

① 见〔西汉〕司马迁《史记·楚世家》："共工氏作乱，帝喾使重黎诛之而不尽。帝乃以庚寅日诛重黎，而以其弟吴回为重黎后，复居火正，为祝融。"

吴回。

日月经天，江河行地，时间似水流年，几个世纪过去了，这一族的图腾信仰融化在吴人的凤鸟崇拜中，成了淮夷。

吴回有个儿子叫陆终，与蚩尤部鬼方氏联姻，生下六个儿子，相传是剖腹从肋骨间取出的。① 六个儿子后来都封疆立姓，开枝散叶，分成六支。小儿子季连带领本家族人来到丹阳，扎根在汉水一带。

时在商朝末年，季连的后代鬻熊娶妻妣厉，十月怀胎剖腹产下了子熊丽。孩子呱呱坠地之时，妣厉已经气绝身亡，巫师用荆条捆住了这位母亲血淋淋的肚子，隆重地安葬了她。荆条也叫"楚"，为了纪念这位伟大的母亲，这一族自号楚族。此后，丹阳成了楚人的发祥地，季连、鬻熊成了楚人的直系祖先。

二

楚人居住江南，种的是水稻，吃的是大米，故以芈（音米）为姓。他们虽然感念江南养育了他们，却不甘沦为蛮夷，他们一直未忘自己是火神祝融的后代，曾经在中原居住过。尽管吴人、巴人、庸人容纳了他们，先后教会他们如何在江南生存，但楚人自命血统与文化高贵于周边，他们以黄帝有熊氏的熊为氏。此后，楚的国族为芈姓熊氏。

楚人幻想有一天能够回归中原。那时候的他们不晓得，想要回归中原，唯有强大到登高一呼、万方响应，才有可能。五帝以来，多少英雄豪杰逐鹿中原，炎帝、蚩尤、太昊、少昊、颛顼、帝喾、尧、舜、伯益、夏桀，这里的每一支、每一族，说起来都比楚人显赫得多，如今这一路路大神早已淹没在草柴中，灰飞烟灭。粪土当年万户侯，谁还记得千百年前炎帝麾下祝融的后人。

那时候的商王朝已经日薄西山，西伯侯姬昌紧锣密鼓，图谋推翻殷商。这一日，周人的使者风尘仆仆来到丹阳，传达了姬昌的邀请，希望楚人加入伐纣的联盟。鬻熊一听，有一种莫名的感动："楚人终归没有被天下人忘记啊！"他决心承担复兴楚族的重任，立时答应下来，投靠了西伯侯。不久，鬻熊亲率楚人，飞渡汉水，翻越秦岭，冒着漫天风雪，舍生忘

---

① 见〔西汉〕司马迁《史记·楚世家》："吴回生陆终。陆终生子六人，坼剖而产焉。其长一曰昆吾；二曰参胡；三曰彭祖；四曰会人；五曰曹姓；六曰季连，芈姓，楚其后也。"

死前来帮助文王。①

那时西来的周族，刚刚从游牧走向农耕，没有文字。殷商甲骨文，西伯侯姬昌识不了几个，更遑论江南的鸟虫书。不少军国事务，姬昌都需要请教鬻熊，鬻熊就像父兄一样，耐心地教导他。鬻熊废寝忘餐，最终竟累死在军中。姬昌发自肺腑感谢这位师傅。

周武王克殷之后，召集天下诸侯，论功行赏。鬻熊的儿子熊丽也在被邀请的行列。熊丽风餐露宿千辛万苦赶到镐京，等候在宫门外，但见几百诸侯先后受封领赏，兴高采烈而去，周武王唯独忘记了楚族。熊丽当年曾随父出征，父王不计血本辅助周文王，鞍前马后地为文王执鞭坠镫，一切历历在目，如今却被周武王抛在脑后。想到此，熊丽不觉心灰意冷，他垂头丧气地回到楚地，楚人的心全都掉进了冰窟窿，觉得周人不过是白眼狼。

夏末殷初，祝融氏的子孙曾用火攻帮助成汤伐夏，成汤忘了他们；如今他们助周灭殷，武王同样忘了他们。楚人愈是图报，就愈得不到回报。一直到了周成王的时候，年轻的少主终于想起了江南的楚人，于是封熊丽的孙子熊绎为子爵，封以子男之田五十里。②

方圆五十里，弹丸之地，说起来不过现代人一个社区而已，可这对于楚人来说实在太重要了，自五帝以来茫茫一千多年，楚人终于得到中原的承认，可以立国了！连日来，楚人载歌载舞，奔走相告，准备隆重庆祝一番。那时候的楚国实在太穷，穷到要祭告天地祖先，却连一副太牢都备不齐。只好悄悄地在邻国顺来了一头小牛，为了不被发觉，又把祭时安排在夜晚，叫作夕祭，此后相沿成俗。

不久，周成王举行朝贡会盟，楚子熊绎不敢怠慢，亲自带了桃木弓和香草包茅赶赴镐京。这包茅，祭祀天地祖先时可以用来缩（过滤）酒，这就是一贫如洗的楚国所能拿得出的最好的东西了。熊绎来到镐京，恭恭敬敬地朝拜了周成王。周成王分派了他三项任务：①用包茅过滤盟会用酒；②依据上下尊卑摆放宴会席次卡；③晚间歌舞时升篝火，与鲜卑王共同添薪加柴，关顾好火。

这活儿本来可以让周王室的侍卫来干，熊绎的随从也可以干，周成王

---

① 见〔西汉〕司马迁《史记·楚世家》："周文王之时，季连之苗裔曰鬻熊。鬻熊子事文王。"

② 见〔西汉〕司马迁《史记·楚世家》："熊绎当周成王之时，举文、武勤劳之后嗣，而封熊绎于楚蛮，封以子男之田。"

却要楚国国君熊绎当着各路诸侯的面亲自来干，熊绎的随从意见纷纷。熊绎表面不说，内心明白：虽说赐爵封国，依然把我楚族视为蛮夷，当作侍婢。熊绎不愿多想，他忍声吞气默默地干，而且一丝不苟，干得很好，周成王也很满意。

到了周康王即位之时，康王决定赏赐一些有突出贡献的诸侯。熊绎内心有数，凭着这么多年勤勤恳恳，按时纳贡，这次一定能得到赏赐。颁奖仪式开始，在钟鸣鼓声中，齐、卫、晋、鲁皆获得赏赐，齐国获赐钟鼎，卫国获赐车骑，晋、鲁获赐旌旗。熊绎又一次被遗忘了。

当天夜里，熊绎又被诏去生火。熊绎终其一生，在诸侯间就做了个名副其实的火正，每次盟会，他的任务就是生火、管火。熊绎为何心甘情愿、勤勤恳恳地干？就是希望有一天能被周天子留下来，然后他再把楚人带回中原来。他盼啊盼，一日又一日，一年又一年，不见动静。

这年冬天，天气奇寒，雪是冬季的花，乾坤飞花一片白。熊绎前来镐京朝贡，周康王听说恪尽职守的熊绎来了，立时把他诏进宫中。熊绎为周康王生好了宫中的炉火，又替他温了酒，酒足饭饱之时，周康王剔着牙，抛给了熊绎两个橘子，熊绎用手接住，看也不看就放在一边，心想：江南的橘子要比北国的枳强得多。看着周康王满脸笑容，熊绎趁机向周康王透露了心曲，希望周康王能晋升他的爵位，即使升为"楚伯"也是好的，再在中原封给他一片土地，哪怕是一小片。

周康王想也没想就回绝了熊绎："你们老祖爷炎帝神农的陵墓不就在荆湘吗！你们不在那里为祖先守灵，跑中原来凑什么热闹？"熊绎再三表明，他们想回中原是出于对中原文化的敬仰，人往高处走，水往低处流。他们本来就来自中原，不想委身江南的土人中，一年年，一代代埋没了自己。周康王一听呵呵地笑起来说："楚子啊楚子，千百年前，你的先祖学会击石取火，光融天地，那时候是伟大的发明，居功至伟！可如今，就连鄙夫妇孺都会用火，人人皆可成为'火正'，谁还记得你的祖先是谁？你不要老是躺在祖先的荣光中。自我的父王起，我们都记得楚族是火神祝融的后代，你每次来京，立马让你做火正，让你来举火、生火，一次次给了你表现的机会，这能说看不起你吗？"一席话堵得熊绎哑口无言。

"你不要觉得中原有多好，这中原列侯三百，每个公侯就巴掌大一片土地。江南沃野千里，物产丰富，你好好经营，不要像个乞丐一样，每年穷兮兮就贡几把茅草，你得想想，我京畿这公室、王室也是要吃饭的，你贡一，我赐二，你就偷着乐吧！还好意思要求晋爵。等你把江南经营好了，每年贡品源源不断运到京城，列侯看在眼里，我才好给你晋爵。"一席话又把熊绎说得哑口无言。

"再说了，你楚子连中原雅语都不会讲，'老虎'说成'於菟'、说成'斑'，'原野'叫作'梦'，'主帅'叫'莫敖'？你'南蛮缺舌之人'，我和你讲话，简直就是鸡同鸭讲。我就是晋升你的爵位，让你来参加盟会，他们听不懂你讲什么，你也听不懂他们，你只能坐在那里活受罪！"一席话把楚子说得满脸通红，恨不得在地上找个缝隙钻进去。连年来，他一直在拼命学雅语，可江南没有那语言环境，他越学越丧气，知道自己一辈子也雅不起来。

"你不要认为这中原文化就那么博大伟光，我周人未曾入主中原之时，不也就是这西边的蛮夷——西戎吗！我们借用的是商族人的钟鼎彝文，周人的文化哪点比你们楚人高？你的祖先鬻熊不就是我的先公文王的老师吗！到我祖父武王，简直就是文盲。我们西戎正因为文盲，没有文化，不懂礼仪，才敢打进中原，要像现在有了文化，知礼仪，岂敢与中原为敌？"

熊绎还想听下去，见康王不讲了，定神一看，康王不知什么时候醉倒了。

熊绎这次讨封不成，内心不爽，但一时半会他还无法理解康王话中之话。"嫌我荆蛮不知礼仪，我就是不知礼仪，能把我怎的？"此后楚人不再按时纳贡了。

三

鉴于楚国的桀骜不驯，周昭王十六年（前964），天子亲率六师南征荆蛮，想敲山震虎，借以教训楚国，这是周王朝继周公征东夷之后，又一次开疆拓土。大军渡过汉水，一路南下，旌旗猎猎、威风凛凛。天兵所过之处，蛮夷小邦皆望风归附，臣服者二十六小邦。周昭王认为已扩展了疆土，震慑了楚子，也彻底孤立了楚国，于是见好就收。

楚国依然无动于衷，不按时纳贡。周昭王十九年（前961），昭王再次率六军前来伐楚。这一次，楚国以二万荆蛮子弟决死一战，竟打败了赳赳天兵，周王朝六师丧失殆尽，周昭王也颜面尽丧。

晚年，耿耿于怀的周昭王又一次率军攻楚，想不到又被楚军打败。周昭王惶惶如丧家之犬，急奔汉水而来，远远望去，千帆横摆江畔，他略略安下心来，众将士为了逃命，争先恐后冲上了战船。当时风平浪静，不料船行至江心时，一阵阴风刮来，船板哗啦啦散落开来，六军皆落水淹死，周昭王也溺水而亡。此后，周王朝失去了控制南方的力量。相传周天子这次兵败，是因为楚人在战船上做了手脚——用一批桃胶粘起来的船偷换了周军的战船。

楚人想不到以蛮荆的人力物力，略施小计就能打败天兵，此后，他们也开始在陕南、豫西南拓展疆土，出兵攻打庸（今湖北竹溪县一带，是其时中西部泱泱大国）、杨粤（泛指今扬州一带越人区），一直打到鄂地。此时的楚国已经不是子男之田五十里了，他们已经充分地认识到拓土才是硬道理！自此，中原文化在他们心中已不再那么高不可攀了。

到了熊绎的玄孙辈熊渠，干脆拉下了脸面，摆出一副"我是蛮夷我怕谁！"的架势，他公开宣告："我在蛮夷地区，不必和中原各国的名称谥号一样。"求人不如求己，他封自己的长子熊康为句亶（音勾但）王，二儿子熊红为鄂王，小儿子熊执疵为越章王。在当时，熊渠封三个儿子为王，无异于将自己放在天子的位置上！①

第二节 楚国争霸

一

公元前741年，楚武王熊通继位，这是楚国历史上一位伟大的君主。他雄心勃勃，要将楚国推进到一个全盛的时代。他的野心让对手胆战心惊，当楚国的疆域延伸到汉水流域时，汉水以东的诸侯们再也按捺不住内心的恐慌。如果不能联手抵御，若这头巨鳄浮过汉水，迟早要被它的坚牙利爪撕扯得粉碎。他们成立了反楚同盟，抱团取暖，这使诸侯们有了一丝安全感。作为汉水东岸最大的诸侯国，姬姓随国是周王室的宗亲，理所当然地成为同盟的轴心。

在熊通看来，反楚同盟无疑是要与楚国隔江对峙，可就凭这几个小国，也挡得住楚国的雄兵？擒贼先擒王，随国境内有丰富的金（铜）矿，这是楚国多年来梦寐以求的战略目标。公元前706年，楚国的战车轰隆隆响起，兵团越过随国国境，宛如一把刀子插入随国的腹部。

---

① 见〔西汉〕司马迁《史记·楚世家》："熊渠曰：'我虽蛮夷也，不与中国之号谥。'乃立其长子康为句亶王，中子红为鄂王，少子执疵为越章王，皆在江上楚蛮之地。及周厉王之时，暴虐，熊渠畏其伐楚，亦去其王。"

随国国君立即派少师前来责问，借以观察楚国军情。楚国谋臣斗伯比知道这少师是随侯身边的宠臣，有骄奢之气，于是向熊通献策："我们可把精锐部队隐藏起来，留下瘦弱的士兵。这样可以迷惑随国人，让他产生误判。"

另一谋臣熊率且比提醒道："这件事可以蒙蔽少师，却蒙蔽不了季梁。"季梁是随国著名的贤臣，聪明、智慧且富有谋略。他是个真正的政治家，有着敏锐的目光与广博的视野。

斗伯比并不认同熊率且比的看法，他强调说："少师是随侯的宠臣，随侯最听他的话。"熊通最终听从了斗伯比的建议，将强兵猛将隐藏起来，只在军营中留下瘦弱的士兵，装出一副松松垮垮、军容不整的样子。

少师一到，不经意地扫描着楚营内外，心中窃喜，百闻不如一见，听闻楚兵如狼似虎，这哪有狼性虎威呢？楚国之所以能开疆拓土，不过是没有遇到强硬对手罢了。他的内心有了底气，一见熊通，劈头就问道："我国并无什么过错，贵国为何大兵压境呢？"

熊通目光炯炯地瞪着少师说："我是蛮夷，如今中原各国都背叛了天子，互相攻伐杀戮。我有军队，想来参与中原的政事，请周王室提高我的尊号。"熊通这话一来是迷惑少师，淡化楚国攻打随国的目的；另一方面，也想借随侯姬姓宗亲之口，提高爵位，力争与其他诸侯平起平坐。

少师回去，面对随侯，一再强调楚蛮霸道，但绝非传说中那样强大。随军应该勇猛进击，与楚师决一雌雄。

季梁一针见血地指出："楚国人不过是略施小计，故意示弱罢了。那是为了诱使我们上当，万不可操之过急。楚国正得到上天的眷顾，与楚相比，我们只是小国，不可与之争锋。小国要与大国抗衡，必须要有道义。君主要时时刻刻想着做对百姓有利的事情；在祭祀的时候不能歌功颂德，而要实话实说。这两点我们做到了没有呢？现在百姓饥饿而国君纵欲无度，祭祀鬼神时虚报功德。做不到这两种道义，我们怎么跟楚国抗衡呢？"

随侯一听，不悦地说："我祭祀用的牲口都是又肥又壮，黍稷也十分丰备，怎么能说不信于鬼神呢？"

季梁强调道："以前圣王先致力于让人民安居乐业，然后才致力于祭祀鬼神。现在人民心怀不满，鬼神无主。就算国君祭祀的物品再丰盛，又岂会得到鬼神的护佑呢？您应该修明政事，结交友邻之国，这样才有可能避免被楚国消灭。"

随侯最终放弃武力决战，决定到周天子那里看看能否帮助楚国提高爵位。他赶赴洛邑觐见周天子，万万没想到，周桓王一听，登时勃然变色：

"楚国简直就是公然要挟的乱臣贼子!"他一口拒绝,还把随侯骂了一通。

消息传到楚国,熊通"嚯"的一声跳了起来,大怒道:"我的祖先鬻熊是文王的师傅,很早死去。周成王提拔我的先公,竟只赐予子男爵,让他住在楚地,蛮夷部族都顺服我楚人,可是周天子就是不加封爵位,我只好自称尊号了!"熊通于是自立为楚王,史称"楚武王"。① 虽然周王室不予以承认,但楚国实际上已独立,吹响了与周王朝分庭抗礼的号角。

此时的周王朝已垂垂老矣,毫无生机,楚国则如乳虎啸谷,百兽震恐。楚武王与随国订立盟约,令随国臣服于楚,楚国获得了铜矿,又开始垦殖濮地(约今湖北省十堰郧西和郧阳)并占有它。

楚武王五十一年(前690),周王召见随侯,责备他让楚国君称王,还与楚国订立盟约。楚武王很生气,认为是随侯背叛了自己,于是发兵前来攻打随国。但楚武王在行军路上病死,楚国才停止进军。其时的随国虽是小国,但他背后有"抗楚联盟"撑着,一时半会还消灭不了。据出土文物分析,随国约在公元前328年才被楚国所灭。

楚武王死后,他的儿子熊赀即位,是为楚文王,楚国开始迁都到郢(今湖北省江陵北)。此时,楚国日益强大起来,自楚武王到楚文王二世,楚国将汉水流域姬姓小国剿灭殆尽,又灭亡申(今河南省南阳市一带)、邓(今河南省邓州市)、息(今河南省息县)。小国面对楚国,犹如老鼠见到猫一样。

二

楚武王的孙子,也即楚文王的儿子,叫熊恽,公元前671年,熊恽即位,是为楚成王。楚成王是楚国历史上又一位出类拔萃的君主。他刚登位,就布施仁德恩惠,与诸侯修好结盟,又恢复了向周天子进贡,周天子很高兴,赐给他祭肉,又告诫他说:"你好好镇守南方,平定夷越各族的动乱,以后不要再侵犯中原各国了。"楚成王表面答应,暗地里却扩军备战,像饿狼扑食一样,楚国的疆土在短期内扩展到千里之外,② 拥有了天下最强大

---

① 见〔西汉〕司马迁《史记·楚世家》:"楚曰:'我蛮夷也。今诸侯皆为叛相侵,或相杀。我有敝甲,欲以观中国之政,请王室尊吾号。'随人为之周,请尊楚,王室不听,还报楚。三十七年,楚熊通怒曰:'吾先鬻熊,文王之师也,蚤终。成王举我先公,乃以子男田令居楚,蛮夷皆率服,而王为加位,我自尊耳。'乃自立为武王,与随人盟而去。于是始开濮地而有之。"

② 见〔西汉〕司马迁《史记·楚世家》:"成王恽元年,初即位,布德施惠,结旧好于诸侯。使人献天子,天子赐胙,曰:'镇尔南方夷越之乱,无侵中国。'于是楚地千里。"

的武力。一时间，楚成王的名字成为这一时期诸侯间最恐惧的名字。

春秋时期，依据《周礼》，诸侯间是不能互相吞并的，但楚国不属中原诸夏，不行中原礼法，楚国也因此成为"暴发户"与"野蛮"的代名词。中原各国坐不住了，决心联合起来抵御楚国，由此引发了"齐楚争霸"。

东周初年，列国间虽然也发生攻战，但没有"霸主"。随着周王朝日渐衰微，谁有实力"尊王攘夷"，谁就是霸主。春秋时期的第一位被公认的霸主是齐桓公。那时候，中原诸国最大的敌人是来自北方的戎狄以及南方的楚人。公元前664年，齐桓公北伐救燕；公元前662年，齐桓公伐狄，使邢国转危为安；公元前660年，齐桓公伐狄保卫；公元前659年，齐桓公再次伐狄保邢。在讨伐戎狄、捍卫周王朝上，齐桓公确实做了不少有目共睹的实事。

齐桓公攘夷的又一成就是阻止楚国的北上东进。大国争霸，小国受气。当时郑国地处中原腹地，是齐、楚两国争夺的焦点。楚成王十六年（前656）春天，齐桓公为遏制楚成王北进，亲率齐、鲁、宋、陈、卫、郑、许、曹诸侯国盟军南下攻打蔡国。蔡军溃败，齐桓公紧接着进攻楚国。面对气势汹汹的联军，楚成王毫不惧怕，他先派遣使者来到齐国联军，说："君王住在北方，我住在南方，风马牛不相及，没有想到君王竟不顾路远来到我国的土地上，是何缘故？"齐国大臣管仲回答说："以前召康公命令我们的先君齐太公说：'五侯九伯，你都可以征伐他们，以便辅助王室。'赐给我们的先君征伐的范围，东边到大海，西边到黄河，南边到穆陵，北边到无棣。你不进贡王室的包茅，使天子的祭祀缺乏应有的物资，不能漉酒请神，我为此而来问罪。周昭王南征到楚国而没有回去，我为此而来责问。"楚国使者回答说："贡品没有送来，这确是我君的罪过，今后岂敢不供给？至于周昭王没有回去，君王还是问水边上的人吧！"齐桓公不听，仍然继续进军，驻扎在楚国北方边塞陉地（今河南省漯河市东）。

当年夏天，楚成王派屈完兵发诸侯国盟军的驻地。诸侯国盟军撤退，驻扎在召陵（今河南省漯河市郾城区东）。齐桓公把所率领的军队列成战阵，和屈完坐一辆战车检阅队伍。齐桓公说："我们出兵，难道是为了我一个人吗？为的是继续先君建立的友好关系。我们两国共同友好怎么样？"屈完回答说："君王惠临敝国求福，承蒙君王安抚我君，这正是我君的愿望！"齐桓公说："用这样的军队来作战，战无不胜！用这样的军队来攻城，攻无不克！"屈完回答说："君王如果用德行安抚诸侯，谁敢不服？君王如果用武力，楚国有方城山作为城墙，汉水作为护城河，君王的军队即使很多，也没有什么用处。"管仲见屈完回答不卑不亢，颇有底气，不由暗暗叹服。双方于是订立盟约，各自收兵。

召陵会盟后，楚国继续北上东进，与齐国争霸，却避免与齐国正面冲突，楚成王抓住诸侯间的矛盾，伺机而动。首先灭了弦国（今河南省息县、潢川间）。楚成王十八年（前654）秋，楚成王亲自率军北上围攻齐国的盟国许国（今河南省许昌市），以救援楚的盟国郑。诸侯于是火速出兵救援许国，楚成王撤军回国。但他并未回到郢都，而是驻军在武城（今河南省南阳市北），观察动静。

同年冬天，许国国君许僖公由于畏惧楚军，在蔡国国君蔡穆侯的带领下，前往武城见楚成王。许僖公两手反绑，嘴里衔着璧玉，大夫穿着孝服，士兵抬着棺材。楚成王询问逢伯，逢伯回答说："从前周武王打败商朝，微子启就是这样做的。周武王亲自解开他的捆绑，接受他的璧玉而举行扫除凶恶之礼，烧掉他的棺材，给以礼遇而命令他，让他回到原地原位去。"楚成王接受逢伯的建议，礼遇了许僖公，楚成王因此威望如日飙升。

楚成王在位时期，先后灭亡贰、谷、绞、弦、黄、英、蒋、道、柏、房、轸、夔等数十小国。齐楚争霸后期，齐桓公年迈多病，体力大不如前，国家财力不济，无法援救其他小国。随着管仲以及一大批功臣良将先后谢世，齐国人才匮乏，霸势不复往日。在持续二十多年的争霸战争中，楚国充分地显示出后来居上、生机蓬勃、人才辈出的趋势。

三

齐桓公死后，诸侯中宋襄公有心继承齐桓公，图王霸业。宋国，子姓，是殷商遗族，保留了大量殷商礼仪，是周朝十三个民俗区之一，具有独立的民俗和地域文化特色。

宋襄公，名兹甫，是春秋时期宋国国君宋桓公的次子，为宋桓公的正室宋桓夫人所生，既为嫡子，也是太子。他有个哥哥叫目夷，是宋桓公的庶长子，因为是庶出，所以无缘成为太子。

宋桓公三十年（前652）冬天，宋桓公病重，太子兹甫再三请求让庶兄目夷作为君位继承人，说："目夷年长而且仁爱，君主应该立他为国君。"宋桓公犹豫不决，目夷推辞说："太子能够把国家辞让给别人，天下的仁爱没有比这更大的了！我再仁爱也比不上太子，况废嫡立庶，不合礼法。"

第二年，宋桓公驾崩，兹甫即位，是为宋襄公，登基伊始，宋襄公立马封目夷为左师（国相），让其协助自己管理国家大事，此后，目夷后代，皆为国相，也体现了宋襄公一番仁爱之心。

宋襄公即位不久，就接到邀请，参加葵丘会盟。会盟期间，齐桓公委托宋襄公，待自己百年之后替他照顾齐国太子昭，宋襄公毫不犹豫地答应下来。不久，齐桓公死，齐国五公子争夺君位，公子无亏抢先即位。宋襄公以齐桓公委托为由，拒不承认，联合曹、卫、邾等国伐齐，大败齐人，遂立公子昭。宋襄公说到做到，一时间颇有威望。

威望日隆的宋襄公进而要求与楚成王分享霸权，目夷劝谏说："小国争着主持盟会，这是祸患。"宋襄公不听。公元前639年，宋襄公召集楚、陈、蔡、郑、许、曹等国在盂（今河南省睢县）会盟。目夷又劝谏宋襄公说："小国争着主持盟会，这是祸患。祸患大概就在这次吧！君主的欲望太强，怎么受得了呢？"宋襄公一听闷闷不乐："千古以来，有德者有天下，我就不信凭武力能威服天下？"

眼看会盟即将结束，突然间，一队楚兵包围了会场，杀散了众侍卫，为首的带着几个兵冲上台去，将剑搁在宋襄公的脖子上："就凭你兹甫，也想号令天下？"日光照在剑锋上，寒光闪闪，宋襄公心惊胆战，说不出话来。

楚成王将宋襄公羞辱了一番，又以他作为人质，兵发宋国。幸亏目夷及早逃回宋国，组织抵抗，宋国才没有灭亡，楚国不得不释放了宋襄公。宋襄公吞不下这口恶气，第二年，宋、楚两军终于在泓水（今河南省柘城县）相遇，一场恶战即将揭幕。宋军列好队伍，严阵以待。以逸待劳的宋襄公握着腰间宝剑，志得意满，终于可以一雪"盂盟之耻"了！

时已入冬，风起处，榆叶飘落在泓水上，一派肃杀景象。楚军正在渡河。目夷建议说："楚军兵多，我军兵少，趁他们没有全部渡过河来，君主下令攻击吧！"宋襄公不同意。楚军渡过河后，开始排列阵势，目夷说："可以进攻。这是上天在帮助我们，把他们拦截开来，分而歼灭之，正是大好机会。"宋襄公不耐烦地说："等他摆好阵势再说。作战是要讲究战场礼仪的，孤虽然是殷商亡国的后裔，虎死不倒架，大国贵族礼仪不能丢！君子不杀害受伤的敌人；不擒捉头发花白的敌人；不攻击没有摆开阵势的敌人。所有这些，你都要记得，这就是礼仪！咱是宋国不是楚国。"这就是上古曾经有过的贵族气派与礼仪，那时候战争的首要目标不是消灭敌人而是以武力展示礼仪。

宋襄公正沉浸在礼仪中，还未站稳阵脚，楚军就在战鼓声中掩杀过来，一下便将宋军冲垮了。宋襄公大惊失色，突然感到一阵钻心疼痛，一支箭射在他的大腿上，宋襄公大喊一声，跌倒在战车上。没有人来营救，宋襄公睁眼一看，身边的侍卫都中箭身亡，幸好御夫力大无穷，扭转马头，夺路而去，他才侥幸逃得一命。泓水之战，宋军大败，伤亡过半。宋国从此一蹶不振，在诸侯中失去了话语权，不敢再言与楚国分享霸权的事，而楚国在中原的扩张，此后再也无人能挡，一时间楚国如日中天。

遗憾的是，公元前633年，晋、楚两国经历了一次殊死搏斗。晋国国君重耳过去在逃难时，得到楚成王的优待，重耳感激之余，许诺楚成王，今后晋楚若在战场上相遇，晋军当首先退避三舍（四十五公里）。大战在即，晋文公依约下令晋军后撤四十五公里，一直退到城濮（今山东省鄄城市西南），楚军见晋军后退，以为对方害怕了，马上追击。晋军利用楚军骄傲轻敌的弱点，集中兵力，大破楚军，取得了城濮之战的胜利。①

城濮之战之后，晋文公成为霸主，楚国在败北之后不得不退回江汉，一时间不再言称霸的事。

四

楚成王盛年的时候打算立儿子商臣为太子，征求令尹子上的意见。子上不假思索地说："君王的年纪不算大，还有很多宠爱的妻妾，如果将来要废黜商臣，另立太子，必定会出祸乱。何况楚国立太子，常常选择年轻的。商臣这个人眼睛像胡蜂，声音像豺狼，是一个残忍的人，不能立为太子。"楚成王不以为然，没有听从，仍立商臣为太子。

楚成王四十六年（前626），楚成王想废黜商臣，改立王子职为太子。商臣听到消息，心中暗惊。不过，事态未明，他将信将疑，急忙来问他的老师潘崇如何处理。潘崇听后，连声哀叹，良久，问："消息确实吗？"

"十有八九，无风不起浪！"商臣双目圆睁、满头冒汗，问："如今怎样才能得到确切的消息呢？"

太子地位势如累卵，潘崇不能不为他想办法，他想了想说："太子可设宴招待你的姑母江芈，席间出言不尊，看她有什么反应？"

江芈来了，年轻的姑母花容月貌，体态娇娆，商臣听从潘崇的计谋，有意挑逗，将江芈激怒了，但见她心窜烈火，眉皱浓烟，发怒地说："呸！你个贱东西！难怪君王要杀掉你而立王子职为太子。"商臣明白了，回来告诉潘崇说："消息确实。"潘崇知道商臣是个扬手是春、落手是秋、敢作敢为的人物，于是试探地问："你能事奉王子职吗？"商臣勃然大怒，狼腔

---

① 故事出自《左传·僖公二十二年》。

豺声地吼起来："不能！"潘崇又问："能逃亡出国吗？"商臣满肚子不平说："不能！"潘崇再问："能发动宫变吗？"商臣知道事关重大，一旦泄密非同小可，但他不想捏着鼻子哄嘴巴，于是声嘶力竭地说："能！"

同年，楚宫中，月移竹影横扫窗，夜阑，月转两廊，万籁无声，花厅上，美酒加熊掌，成王正津津有味地品着，已是微醉。突然间，商臣率领宫中的警卫军包围了花厅，将楚成王困在里面。醉眼蒙眬的楚成王刚抬头，就见商臣豺狼般地窜了进来，不由大吃一惊，喊道："你想干什么？"商臣虎爪轻伸，手中宝剑直指楚成王咽喉，说："你去死吧！"

一生刚愎自用的楚成王何曾受过这样的气，一腔愤怒塞胸膛，大吼一声："商臣，你知道这样做大逆不道吗？"商臣"嘿嘿"地干笑几声说："这怨不得我，谁叫你想废了我。"说着顺手抛过一条白绫，用剑将楚成王逼到墙角。楚成王自觉身入蒸笼，汗水汩汩地流出来，他知道难逃此劫，于是说："让为父的先吃了这熊掌吧！"说着扬起手中的酒樽。商臣知道父王有意拖延时间，等待外援，于是一剑击落了他手中的樽子。楚成王无奈，只好上吊自杀。第二天商臣即位，是为楚穆王。①

楚穆王三年（前623），楚灭亡了江国；四年（前622），楚灭亡了六国、蓼国，六、蓼国君均是皋陶的后裔；八年（前618），楚讨伐陈国；十二年（前614），穆王逝世，其子庄王熊侣即位。

第三节　楚庄王一鸣惊人

一

公元前614年，未满二十岁的熊侣（亦作旅）即位，是为楚庄王。

自楚武王、楚文王与楚成王三代以来，百年间，楚国灭国无数，这个

---

① 见〔西汉〕司马迁《史记·楚世家》："四十六年，初，成王将以商臣为太子，语令尹子上。子上曰：'君之齿未也，而又多内宠，绌乃乱也。楚国之举常在少者。且商臣蜂目而豺声，忍人也，不可立也。'王不听，立之。后又欲立子职而绌太子商臣。商臣闻而未审也，告其傅潘崇曰：'何以得其实？'崇曰：'飨江芈之宠姬（应是王之妹）江芈而勿敬也。'商臣从之。江芈怒曰：'宜乎王之欲杀若而立职也。'商臣告潘崇曰：'信矣。'崇曰：'能事之乎？'曰：'不能。''能亡去乎？'曰：'不能。''能行大事乎？'曰：'能。'冬十月，商臣以宫卫兵围成王。成王请食熊蹯而死，不听。丁未，成王自绞杀。商臣代立，是为穆王。"

昔日被周王朝瞧不起的蛮夷小国，一时间暴富暴贵起来，楚成王的名字成了"蚩尤"的代名词，荆楚简直就是昔日的"三苗国"，中原小国闻楚就如老鼠见到猫，胆战心惊，这是"楚运"前所未有的亨通。

城濮之战，楚国败北而不得不退回江南，暂时打消争霸中原的念头。楚穆王商臣即位以来，无心国政，称雄争霸的楚国，光芒已随风流去。楚庄王熊侣接手时，楚国已经势如累卵，王公世族大臣争权夺利，朝廷烟云密布，国运又蹇塞起来；晋国又把几个一向归附楚国的小国拉了过去，订立盟约，楚的国势真有倒悬之危，一时间，朝野议论纷纷。

令满朝文武更可气的是，楚庄王即位以来，连续三年不发政令告示，众大臣上朝常常都扑了个空。这楚庄王比起他的父王商臣更昏更浑，成日里莺歌燕舞、吃喝玩乐，朝政爱理不理，亡国的阴云沉重地笼罩着楚宫。内中有个大臣伍举，见不久就要丧失家邦，决心以死相谏。

但见他黑着脸，痛流双泪，匆匆地向楚庄王的别院而来，一进门，掀开绣帐，往里直闯。抬眼就见楚庄王醉眼迷离，左环右抱，左边是郑姬，右边是越女，温香偎玉，口中叽里咕噜地唱着——"美景韶光无限意兮，山水风流兮尽与酬！"

伍举又急又气，正想上前讽谏，突然间，只听一声断喝："伍举，你难道没有看到院前的告谕？凡敢劝谏者斩！"

伍举一听，跪倒在地说："大王，老臣不是来讽谏的。老臣有个谜猜不透，朝中大臣也不知所云，大家都说大王天资聪颖，老臣特来请大王赐教。"

楚庄王一听猜谜，脸上浮出了笑容："说出来听听！"

"楚国的南山上有一只大鸟，身披五彩羽衣，神采奕奕，可是一停三年，既不飞来也不鸣，大王，这是什么鸟？"伍举一口气说出。

"这可不是普通的鸟。这鸟不飞则已，一飞冲天；不鸣则已，一鸣惊人。"楚庄王说。

伍举一听暗吃一惊，罕见的大家气概啊！看来大王是在韬光养晦啊。他用手抹了抹头上的汗水，一甩，落地有声，高兴地说："大王，老臣明白，这鸟是咱楚国凤凰蛰伏在荆山。"

楚庄王挥挥手："去吧，不许再来！"伍举放心地走了。

伍举之后，正直的大臣竞相效仿，一个个前往劝谏，楚庄王依然我行我素，成日里田猎歌舞，依然不理政事。大臣苏从看看不行，又跑来冒死讽谏。

楚庄王一见大怒，问："你难道不知道我下的禁令吗？来人，把苏从捆起来！"侍卫过来，恶狠狠地将苏从捆成粽子状，吊了起来。

苏从艰难地抬起头来，观花楼外，杜鹃声声伤春寒，哀哀孤雁自呼群。苏从大义凛然地说："大王，我知道我触犯禁令是死罪，可我甘愿以死来唤醒大王。"

楚庄王一听，心头"咯噔"一跳，他用剑挑开绳索，将苏从扶起来，心想："看来这朝廷也不是蛇鼠一窝。忠臣良将皆欲振朝纲。这正是本王所要依赖的。"

第二天，楚庄王将伍举、苏从提拔起来，协助他处理军国大事，又把一批朝臣之中的害群之马杀的杀，撤的撤。接着又擢升了几百个有功之臣。楚庄王励精图治，开始了行政改革，操练兵马，凤鸟鸣叫腾飞了，楚国军心民气立马提升上来。同年，楚国就灭亡了庸国；楚庄王六年，打败了宋国，俘获战车 500 辆。①

楚庄王八年（前606），楚国讨伐戎族陆浑（在今河南省嵩县东北），军队来到洛水边，与周王朝都城洛邑隔河相望。时值深秋，空江落叶，波涛汹涌，岸边，古猿悲啾，宿鸟在林中腾起，瞪着惊恐的眼睛望着这支大军，似乎要弄明白他们到底来此干吗。众将领也众目睽睽地等候着楚庄王的命令，但见楚庄王手中宝剑一挥，大喊一声："渡河！"

不到一个时辰，楚军已经来到洛邑郊区。此时楚庄王的心情如洛水般澎湃，想到楚人四百多年来如鬼蜮一样蛰伏江南，屈居荆湘；想到先王当年在周天子面前被呼来喝去，只能卑躬屈膝地做着升火添柴的差使，百年恩怨空遗恨。这如今，上苍垂怜，小荷终露尖尖角，是得给这周天子点颜色看看。

楚庄王一声令下，楚军在呐喊声中一字排开，鼓角齐鸣，声震十里。楚庄王在周都郊外一边阅兵，一边派出了使者："让周天子出来说话！"

楚军的到来早已惊动了洛邑，城门开处，周天子派了大臣王孙满前来慰劳楚军。双方行礼毕，楚庄王不客气地问："我听说城中藏着早年禹王的九鼎，敢问这九鼎有多重？"

王孙满一听，内心"咯噔"一跳，熊侣此来不善，竟敢问鼎中原。他定了定神，不卑不亢地说："九鼎，礼器呀。礼器岂能以斤两来权衡？"

---

① 见〔西汉〕司马迁《史记·楚世家》："庄王即位三年，不出号令，日夜为乐，令国中曰：'有敢谏者死无赦！'伍举入谏。庄王左抱郑姬，右抱越女，坐钟鼓间。伍举曰：'原有进隐。'曰：'有鸟在阜，三年不蜚不鸣，是何鸟也。'庄王曰：'三年不蜚，蜚将冲天；三年不鸣，鸣将惊人。举退矣，吾知之矣。'居数月，淫益甚。大夫苏从乃入谏，王曰：'若不闻令乎？'对曰：：'杀身以明君，臣之原也。'于是乃罢淫乐，听政，所诛者数百人，所进者数百人，任伍举、苏从以政，国人大说。是岁灭庸。六年，伐宋，获五百乘。"

楚庄王马鞭一鸣，冷冷一笑，指着身后的楚军问："你看我这大军搬得动否？"

"统领天下，在德不在鼎！你身为一方诸侯，竟敢越礼问鼎，臣只有四字——不知轻重。"

楚庄王听出话中有话，正想发作，伍举过来，附耳说了一通，就见楚庄王在马上向王孙满拱了拱手："后会有期。"说完即下令班师。

二

楚庄王班师回国之后，不久就将楚国有名的隐士孙叔敖请出来当令尹（楚国的国相）。孙叔敖当了令尹以后，开垦荒地，奖励生产。为了免除水旱之灾，还组织楚人开辟河道，发展水利，灌溉了百万亩的庄稼，每年多打了不少粮食。没几年工夫，楚国重又变得强大起来。

楚庄王十六年（前598），陈国的大臣夏征舒弑杀了自己的国君。楚庄王觉得夏征舒大逆不道，号令诸侯发兵攻下陈国，不久就将陈国划作楚国的一个县。群臣都来庆贺，只有刚从齐国出使归来的申叔时默默无语，冷眼向阳看世界。

庄王好生奇怪，问其故，申叔时回答说："俗语说，牵着牛笔直地闯入人家田里固然不对，可田的主人不分青红皂白就抢走了人家的牛，不也太过分了吗！大王您是因为陈国内乱才率领诸侯攻伐它，这是以有理伐无理，但贪婪地把它划归为自己的一个县，有理就变成无理了。一个无理的国家怎么能号令天下呢？"楚庄王幡然醒悟，于是恢复了陈国后代的地位。① 此后，中原各国开始对楚庄王另眼相看，觉得这蛮夷之国有点像礼仪之邦了。

楚庄王有一匹心爱之马，楚庄王爱马胜过爱己，他令人给它穿团花簇锦的衣服，吃有钱人家才吃得起的枣脯，住富丽堂皇的房子。楚庄王给马的待遇不仅超过了百姓，甚至超过了卿大夫。那马能感知主人的恩宠，楚庄王一到，它就会搔首弄姿取悦大王，但马的天性毕竟是在草原与战场，在血与火的厮杀中矫健强壮，楚庄王将它当作宠物来喂养，失落了天性的

---

① 见〔西汉〕司马迁《史记·楚世家》："十六年，伐陈，杀夏征舒。征舒弑其君，故诛之也。已破陈，即县之。群臣皆贺，申叔时使齐来，不贺。王问，对曰：'鄙语曰，牵牛径人田，田主取其牛。径者则不直矣，取之牛不亦甚乎？且王以陈之乱而率诸侯伐之，以义伐之而今贪其县，亦何以复令于天下！'庄王乃复国陈后。"

马为此闷闷不乐，哀哀嘶鸣。

莺飞草长，时间如东流水，转眼几年过去，那马因为恩宠过度，得肥胖症死去。楚庄王扑在马的尸身上哭得死去活来，哭毕，下令以大夫之礼——内棺外椁——为马发丧，建立陵墓。一时间满朝愤怒，皆说楚庄王将马与众大臣一视同仁，是借葬马侮辱大臣。楚庄王见状，眉头儿一挑，只当耳边风。遂下令：有再议论葬马者，杀无赦！

时有弄臣优孟听说楚庄王即将葬马的事，跑进大殿，仰头痛哭。庄王很是吃惊，问其缘由。优孟绣带飘摇跪倒在地，大声说：“堂堂楚国，地大物博，无所不有，死掉的马是大王的心爱之物，如今只以大夫之礼安葬，太吝啬了。大王应该以君王之礼来安葬它。邻国的马听说大王与马平起平坐，必将离开主人前来投奔，届时楚国军民将听从马的调遣。”庄王听后语塞，良久无言以对。"一国的根本在人不在马啊。"于是取消以大夫之礼葬马之事。①

楚庄王十七年（前597）春，楚庄王带兵包围了郑国，三个月就攻下它。楚庄王从皇门进入郑都，郑伯脱去上衣露出胳膊，牵着羊迎接庄王说："我不为上天所保佑，不能侍奉您，您因此发怒，发兵来到我国，这是我的罪过。我怎敢不唯命是听！您把我遗弃到南海吧，或者把我当奴隶赏赐给诸侯，我也唯命是听。假若您不忘记周厉王、宣王、郑桓公、武公，不断绝他们国家的祭祀，让我侍奉您，这是我的心愿，我也不敢有如此的奢望。只是大胆地向您表白一下。"楚国的大臣们都说："君王千万不要答应他。"庄王说："郑国君能这样谦卑，就一定能任用自己的百姓，怎么可以断绝他的祭祀呢！"

庄王亲自举起军旗，左右的人指挥军队，率军退后三十里驻扎下来，于是答应与郑国国君讲和。郑大夫潘尫（音汪）来订立盟约，子良到楚国当人质。② 中原诸国再次看好楚庄王，认为他不愧为仁义之君。

伐郑归来，楚庄王大宴群臣，令众美姬也来助兴陪酒。众美人个个面容姣好，众将领看得目瞪口呆，心猿意马。傍晚时分，一阵阴风吹来，庭

---

① 事见〔西汉〕司马迁《史记·滑稽列传》。

② 见〔西汉〕司马迁《史记·楚世家》："十七年春，楚庄王围郑，三月克之，入自皇门，郑伯肉袒牵羊以逆，曰：'孤不天，不能事君，君用怀怒，以及敝邑，孤之罪也。敢不惟命是听！宾之南海，若以臣妾赐诸侯，亦惟命是听。若君不忘厉、宣、桓、武，不绝其社稷，使改事君，孤之愿也，非所敢望也。敢布腹心。"楚群臣曰："王勿许。'庄王曰：'其君能下人，必能信用其民，庸可绝乎！'庄王自手旗，左右麾军，引兵去三十里而舍，遂许之平。潘尫入盟，子良出质。夏六月，晋救郑，与楚战，大败晋师河上，遂至衡雍而归。"

上烛火都被吹灭了,伸手不见五指。内中有个英武少年叫唐狡,已有几分醉意,把持不住,将一美人拥入怀中。美人又急又羞,情急中拉断了唐狡的帽缨,又向楚庄王诉说,楚庄王一听:"此等事要在平时非同小可,可如今是赐宴群臣,怎可为了彰显女人的节操而羞辱将领呢!"于是大声宣布说:"今晚君臣同饮庆功酒,不喝到裂帛绝缨不算尽兴。"众人一听,纷纷解甲卸盔,一时间断裂之声不绝,良久,楚庄王方盼咐再添灯烛。烛火通明之际,那美姬见众将领的头盔都没有缨穗,一时莫辨谁羞辱了她,只好作罢。那唐狡本已做好就死之心,见楚庄王如此宽宏大量,一时感动得热泪盈眶,不知如何是好。当晚君臣均尽兴而归。

三

楚国虽然让郑国复了国,但郑与晋是盟国,其时晋国是中原霸主,楚国攻郑,意味着向晋国的霸主地位发起了挑战,双方冲突因此而起,终于在黄河南岸的邲地(今河南省郑州市东)摆开了战场。

春秋战国时期,两军对阵有一个环节叫"致师",开战前,双方各派出一辆战车冲向对方,算是打招呼,接着两车开始在阵前格斗。战车上配备三个人,中间驾车的叫"车中",右边使用近战武器的叫"车右",左边弯弓搭箭的叫"车左"。楚庄王派乐伯、许伯和摄叔三人出阵致师挑战。

许伯驾着战车风驰电掣地冲向晋军,只见一道寒光,摄叔手中的戈已经割下对方一个人头。见摄叔得手,许伯缰绳一抖,战车左转旋风般奔回本阵。摄叔将手中的戈一抛,许伯一手接住,又将缰绳抛给摄叔,双方调换位置,许伯挥戈,摄叔驾车,两人的动作麻利干脆,对接无痕,引得楚军阵阵喝彩,晋军也看得目瞪口呆,不觉心惊胆战起来。

此时,乐伯听到后边马蹄声碎,知道晋军追赶上来,他不慌不忙,轻舒猿臂,一转身,一箭一个,一连射倒了几个晋军。壶中只剩最后一支箭,灌木丛中突然冲出一只麋鹿,乐伯一箭射个正着,只见他翻身下车,提起麋鹿,一转身,朝着飞奔而来的晋车一挥手,大喝一声:"停车!"

马嘶声中,晋车急刹下来,乐伯双手托起麋鹿,举过头顶,大声说:"末将以此麋鹿慰问贵军。"说着将麋鹿抛进晋车中。遂又飞跑向前,跃上楚车,一时间又赢得一阵欢呼声。晋军得此麋鹿,不由肃然起敬,赞叹起来:"楚军真是既威武又有礼节啊!"

楚军赢得致师的上风,晋军摆开三个方阵与楚军交战。楚军斗志昂扬,战旗飘飘,呐喊声震天动地,战车一辆接一辆如旋风卷进晋军阵中,晋军吓破了胆，掉转车头就跑，一时间慌不择路，陷入泥潭中，车马相堵阻塞，动弹不得，叫苦之声不绝。

追赶的楚军见晋军那副狼狈相，纷纷停下来教导晋军："快，快！抽掉车前的横木，拔掉车上的旗帜，轻装才能前进。"缓过神来的晋军照着做，得以逃脱。逃得性命的晋军解嘲地对楚军说："我们晋军历来打胜仗，不像你们楚人老打败仗，才有那么多逃跑的经验。"说着争先恐后地向黄河亡命而去，河中船少人多，兵士抢着渡河，许多人都被挤到河里淹死了，黄河为之断流。

邲之战来得非常及时，空前的胜利使楚军扬眉吐气，一扫多年的压抑局面。随军大臣激动之余，一致建议，收拾晋军尸体，建立"京观"，也即将晋军的尸体累叠起来，在上面盖上土，形成具有纪念意义的土台，借以告诉天下人和楚国后人，楚国曾经有过多么伟大的武功！

楚庄王听后，微微一笑说："本王历来强调'武有七德'，我们动用武力的目的不是为了炫耀武功，而是为了制止暴力，防止战争，保障强大，巩固胜利，稳定社会，团结人民和发展经济，这就是七德。战后如果让两军将士暴尸荒野，那是残忍的行为。他们都是为国尽忠而死的，应该妥加埋葬才是。"楚庄王在黄河边设祭，祭毕班师。楚庄王"止戈为武"的道理表明楚国的文化已经松茂竹苞，远远超越了楚成王时期，走在华夏文化的前列。

邲之战中，有位青年才俊总是在前面冲锋陷阵，五度交锋五度奋勇作战，带头击退了敌人。战后，楚庄王讶异地问他："我的德行浅薄，又不曾特别优待你，你为什么为我出生入死到这样的地步呢？"那才俊说："我本就该死！从前喝醉而失去了礼节，君王您隐忍而不诛杀我。我常常希望自己能够肝脑涂地，用颈上的热血来报答君王！我就是那天晚上盔缨断了的唐狡哪！"

邲之战后，原本归附晋国的鲁、宋、郑、陈等小国，纷纷脱离晋国，归附楚国。楚国的信守仁义也赢得中原归心，成为实至名归的霸主。楚国的经济文化也蓬勃发展起来。楚的青铜器已经全面超越中原；楚辞风格浪漫妩媚，华美独步天下。楚人创造的一切成为中原效仿的对象，此时的楚国不再是荆蛮的楚国，而是称霸中原、引领时代潮流的楚国。

第四节 楚才外用

一

楚国庄王一鸣惊人之后，威望鹊起逐渐达到了顶峰，遗憾的是不久就从峰顶滑了下来，下滑的原因主要是人才外流，流到了晋，流到了吴，成为反楚的力量。谈笑间，楚国就衰败了。历史就是这样，有兴国之君，就有败亡之主，楚庄王之后的几代君王，都是祸福同体的人物。这得从郑国的一位绝世佳人讲起。

郑穆公的女儿郑姬，蛾眉凤眼桃腮，秀发如瀑，秋水如神，及笄之年已然风情灵动，青袖半吞含玉腕，是郑国第一美女。"郑卫之风淫"，也就是说，郑国当时还保留着原始的性自由之风。这郑姬少女时便与自己的庶兄公子蛮同居，不到三年，公子蛮去世。不久之后，落落寡合的郑姬在陈国株邑郊外的林子中巧遇陈国大夫夏御叔，两人一见生情，结为夫妻，郑姬也因此改称为夏姬。夏姬婚后未足十个月便生下儿子夏征舒，字子南。夏御叔虽有些怀疑，但那夏姬实在太美了，美到石头看了都沉不下海，也就不去深究。

花开花谢，转眼间，夏征舒长成一个十二岁的少年。就在这一年，夏御叔因病亡故。此时的夏姬虽年近四十，可风韵犹存，但见她肌肤胜雪，秋眸荡波，云鬟雾鬓，胜却多少青春少女。夏姬闲云野鹤般隐居在这株林中。株林中建有不少达官贵人的别墅豪宅，经常进出林中豪宅的陈国大夫孔宁很快就成了夏姬的床笫宾客。

孔宁有个朋友叫仪行父，两人交情甚厚。一日，孔宁从夏姬处出来，里面穿着从夏姬那里偷来的锦裆，未走几步，便邂逅仪行父，于是以锦裆向仪行父夸耀。仪行父心生羡慕，遂也私交夏姬。夏姬见仪行父英俊硕壮，高鼻美目，立生相与的心思。仪行父不久求奇药以媚夏姬，夏姬对他越发倾心。一日，仪行父对夏姬说："你赐孔大夫锦裆，也请给我一件东西做纪念。"夏姬嘻嘻笑着说："锦裆是他偷去的，不是妾所赠。"又附耳说，"虽然同床共枕，也有厚薄之分。"于是解下她的碧罗襦赠给仪行父，自此两人往来更密。

孔宁受到冷落，满腹不平，于是独自去见陈灵公，向陈灵公盛赞夏姬的美艳。陈灵公一听，立刻说："孤久闻她的大名，但她年龄已近四旬，恐怕是暮春的桃花，改了色吧！"孔宁忙说："夏姬容颜不老，常如豆蔻年华十七八。"灵公一听，恨不得立刻见到夏姬。

陈灵公微服出游，孔宁在后边相随，这一游便游到了株林夏姬处。夏姬事前已经得到消息，命令家人把里里外外打扫得纤尘不染，更又披红挂绿，张灯结彩，又预备了丰盛的佳肴。陈灵公的车驾一到，夏姬礼服出迎："不知主公驾临，失迎，失迎！"声如黄鹂鸣柳间。灵公抬眼一看，夏姬那份香辣美艳，岂是凡间所有，顿觉后宫佳丽无颜色，于是对夏姬说："且引孤园中一游。"夏姬卸下礼服，穿一身淡装，恰似沾雪蜡梅，别有一番风姿。

夏姬在前面引路，灵公、孔宁相随入园。观遍了乔松秀柏，奇石名葩，拐角处有一鉴荷塘，每年盛夏，塘中长满荷叶，开满荷花，一到秋冬，荷尽花枯，全都沉到塘底，一年的生命也就结束。夏姬似乎从这荷塘中悟到点什么：世上的事一旦热热闹闹，很快就风吹云散；这阵子儿邂逅三个男人，会不会出什么事？

轩中筵席已经备好，三人就座。灵公目不转睛看夏姬，夏姬美目送盼。一个方寸大乱，一个娇羞满面，酒不醉人人自醉。三人正畅饮，一阵风吹来，酒杯和陶器"嗡嗡"作响，夏姬的脸突然变了："莫不是这酒杯有灵魂，我们的行为都被酒杯看在眼里？"她的美变得呆滞起来，失去了活力和热度，成了空心人。"美娘，怎么啦？"灵公问。夏姬正不知如何回答，又一阵风吹来，桂香浮动，竹影横斜，夏姬的心情逐渐好起来。"来，来！好酒不能糟蹋，佳人不可唐突。"灵公举起了杯。

是夜，灵公拥夏姬入寝，东方既白。灵公起身，夏姬把自己贴身穿的汗衫赠予灵公，说："主公见此衫，如见贱妾。"

夏姬的儿子夏征舒渐渐长大知事，不忍见其母亲所为，只是碍于灵公，无可奈何。每次听说灵公要到株林，就托词避出。转眼间夏征舒长到十八岁，生得伟岸孔武，长臂善射。灵公为取悦夏姬，就让夏征舒袭父亲的司马官职，执掌兵权。夏征舒因感激嗣爵之恩，在家中设宴款待灵公。夏姬因儿子在座，没有出陪，一旦儿子不在，酒酣之后，君臣又互相调侃嘲谑。夏征舒心生厌恶，退入屏后，只听灵公对仪行父说："夏征舒魁伟丰仪像你，是不是你生的？"仪行父大笑："夏征舒目炯炯有神，极像主公，估计还是主公所生。"孔宁从旁插嘴："主公与仪大夫都年轻，生他不出，他的爹爹极多，是个杂种，就连夏夫人自己也记不起了！"说着三人拊掌大笑。

夏征舒听到这里，再也难抑心头愤恨羞耻之心，一怒之下，将夏姬锁于内室，又吩咐随行军众，把府第围个水泄不通，不许放走灵公和孔、仪二人。夏征舒戎装披挂，手执利刃，引着得力家丁数人，从大门杀进去，口中叫道："快拿淫贼！"孔宁听到人声嘈杂，叫了声不好，三人起身就跑。陈灵公还指望跑入内室求救于夏姬，哪知门早已上锁，他慌不择路，急向后园奔去，夏征舒紧追不舍。灵公跑到东边，钻进马厩，想躲藏起来，偏马群嘶鸣不止。他又撤身退出，刚好夏征舒赶到，一箭射中灵公胸口，陈灵公即刻死在马厩下。再说孔、仪二人往西边跑，从狗洞里钻出去，不敢回家，赤着身子逃到楚国去了。夏征舒不甘为人耻笑，射杀陈灵公后，谎称"灵公酒后急病归天"，他和大臣们拥立太子午为新君，是为陈成公。并请陈成公朝见晋国，找个靠山。

楚庄王得知夏征舒弑君，又偏听逃亡的孔宁与仪行父一面之词，决意讨伐陈国，抓住夏征舒。此时陈成公到晋国还没回来，陈国大臣们历来害怕楚国，不敢对敌，只好把一切罪名全都推在夏征舒身上，大开城门，迎接楚军。大夫辕颇带领楚军直奔株林，杀了夏征舒，又捉住夏姬，送到楚庄王跟前，请他处治。

楚庄王见夏姬颜容大气妍丽，对答委婉，不觉怦然心动，心生爱慕，但听说她身旁的男人都短命恶死，觉得不吉，便将这个女人赐给了连尹襄。想不到连尹襄没有多久就战死沙场，夏姬借报丧之名而回到母家郑国。

楚国大夫申公巫臣久慕夏姬美艳，借出使齐国的机会，绕道郑国，在驿站馆舍中与夏姬幽会，欢乐过后，夏姬在枕头旁问申公巫臣："这事曾经禀告楚王吗？"申公巫臣也算是性情中人，说道："今日得谐鱼水之欢，大遂平生之愿。其他在所不计！"第二天就上了一道表章向楚王通报："蒙郑君以夏姬为臣妻室，臣不肖，遂不能推辞。恐君王见罪，暂时去了晋国，出使齐国的事，望君王另遣良臣，死罪！死罪！"然后带夏姬投奔晋国。

申公巫臣在晋国被封为行邑大夫，楚庄王闻讯大怒，派子反去处理这事。子反本是申公巫臣的政敌，于是借此机会，杀死了申公巫臣全家。消息传到晋国，申公巫臣痛哭不已。一个月后，子反收到申公巫臣的一封信，信上只有一行字——我一定让你们受命奔走，疲敝而死！

不久，晋、楚争霸，申公巫臣向晋景公献上一计，可让吴国与楚国作对，晋、吴共同打击楚国。晋景公于是派申公巫臣到吴国去。其时吴国有心学习中原，申公巫臣的到来，使他们如获至宝，他们给予申公巫臣国师的待遇，申公巫臣成为吴国的军事高参。申公巫臣帮吴国训练军队，教导车战，吴国军力一时间大振。

吴、楚边境历来祥和，桑林稻田错落相映。如今因为军事冲突，变得荒芜不堪。楚国的子反面对吴国的军事争端一筹莫展，疲于奔命，吴国日益成为楚国的心头大患。真应了申公巫臣那句话："我一定让你们受命奔走，疲敝而死！"

二

楚庄王之后，又经历了楚共王、楚康王二代，康王在位十五年（前545）逝世，其子员即位，是为楚王郏敖。康王有弟弟公子围、公子比、公子晳、公子弃疾。郏敖三年，任命他的叔父公子围为令尹。

郏敖四年（前541）十二月，公子围出使郑国，一路上风餐露宿，耳听唧唧秋蛩（音穷，蟋蟀），眼望哀哀旅雁。心中正盘算着郑、楚两国的外交如何进行，就有信使来报："楚王卧病在床。"公子围一听，立令一行人马折回楚国。己酉这一天，公子围进宫询问楚王病情，见郏敖病得不轻，心想：此时不动手还待何时，机不可失，时不再来！遂以令尹身份，支走宫中侍卫。接着脱下帽子，用冠带将楚王郏敖活活勒死，又杀了楚王的两个儿子，轻而易举地登上了王位，是为楚灵王。①

楚灵王三年（前537），因即位以来威望不高，灵王决心效仿爷爷楚庄王，大会诸侯，以振纲纪。于是派人去各国，请他们会盟申地，晋国、鲁国和卫国都不想参加，宋国只派一个代表，楚灵王接报恼怒不已。大臣伍举告诉灵王："一叶知秋，这不是好兆头，我们一方面要对到会各国以礼相待，同时也要展示我们的武力，使诸侯心有敬畏，然后再讨伐那些没有到会的诸侯。"

楚灵王不以为意，他得知齐国来的是晏婴，此人五短三粗却善于辞令，是外交上的圣手，他决心会一会这位高人，在诸侯面前一展雄风以挽回颓势。遂与侍卫定下计来。

晏子来到了楚国，楚灵王赐酒，众人正喝得高兴，两个士兵绑着一个

---

① 见〔西汉〕司马迁《史记·楚世家》："三十一年，共王卒，子康王招立。康王立十五年卒，子员立是为郏敖。康王宠弟公子围、子比、子晳、弃疾。郏敖三年，以其季父康王弟公子围为令尹，主兵事。四年，围使郑，道闻王疾而还。十二月己酉，围入问王疾，绞而弑之，遂杀其子莫及平夏。使使赴于郑。伍举问曰：'谁为后？'对曰：'寡大夫围。'伍举更曰：'共王之子围为长。'子比奔晋，而围立，是为灵王。"

人来见楚灵王。楚灵王问道:"绑着的人是什么人,犯了什么罪?"官吏回答说:"他是齐国人,犯了偷盗罪。"楚王对晏子说:"齐国人本来就擅长偷盗吗?"晏子淡定回答道:"我听说橘树长在淮河以南结出的就是橘,长在淮河以北结出的就成了枳,橘树和枳树只是叶子相似,它们的果实味道大不同。原因是水土不一样。如今齐国的百姓在本国不偷盗,可是进了楚国就偷盗,莫非是楚国的水土使人善于偷盗了吗?"

楚灵王一听,无比尴尬,偷鸡不成蚀把米,一时词穷语塞,只好自我解嘲:"圣人是不可以随便戏弄的,我自讨没趣了。"会盟之后,左史倚相将简册递上说:"晏婴一事已经记录在册。"楚灵王说:"是该记下的,倚相,良史也!"

楚国自康王以后,已经无法称霸天下,只能是晋楚"平分霸权"。公元前546年晋楚"弭兵之盟"后,两国有过一个相当长的和平阶段。楚国经历了前面五代贤王之后,国力富足,楚灵王想建造一座高台,以物质向中原炫耀实力,这就是楚灵王期间的章华台,又称章华宫。

章华台建于楚灵王六年(前535),是楚王的离宫别墅。史载"台高十丈,基广十五丈","举国营之,数年乃成"。远远望去,宫室金碧辉煌,屋檐走龙飞凤,室内珠帘高卷,玉钩斜挂。入夜,半轮新月悬空,峨峨高台连接银河。台周围还修建了三千多间亭台楼榭,鳞次栉比,还种植了上千种奇花异草。宫前是一道贝壳砌成的路径,晶莹洁白,连接萋萋芳草,直达天际。屈原在《九歌》中写道:"鱼鳞屋兮龙堂,紫贝阙兮朱宫。"

章华宫内,幽廊曲径,小桥流水。沿着白玉台阶拾级而上,中途得休息三次,故又称"三休台"。台成之时,楚灵王遍邀诸侯前来参加庆典,各国都借故推托,只有鲁国使者欣然前来,目的在于探知"蛮夷之邦"如何能"富甲天下"?

鲁使者到来之后一看,惊得口呆目瞪,你看那管形玉琮、半圭玉璋、弧形玉璜、虎形玉琥、螭形玉玦,还有那青铜彝尊,为何如此俏丽多姿;更有那布帛、绢、纱、罗、绮、锦、绣,品种齐全乃为天下之最;漆器更是巧夺天工,独步天下,比起中原"黑、红、黄"三色,楚国多了"蓝、绿、金、银"四彩,一块小小的木板上面就有五十一只栩栩如生的动物,这岂是中原所能为?还有那楚辞楚歌,华贵优美,与北方之歌相比,简直就是天上人间。"为何人杰地灵、物华天宝都集中在楚邦?"鲁使者流连忘返,由衷赞叹:"章华真是天下第一台"。回去之后经他一说,一时间楚国的物华成为天下时尚,各国竞相模仿。

晋平公听说楚国建了章华台,遂下令打造更加豪华的"晋宫",吴国也不甘示弱，修筑了著名的"馆娃宫"和"姑苏台"，秦国更是炫耀自己拥有"离宫"三百座，后来的阿房宫将上古的园林艺术推到了极致。

章华台是农业文明的艺术表达形态。它宣告渔猎时代的生活方式已经过去，也标志着楚人"荆蛮"的时代成为历史，由此又催生了一种人体的新的审美志趣（尽管是病态的）。

章华宫中，楚灵王日日欢宴，夜夜笙歌，管弦之声，昼夜不绝。一日，见一女优长袖善舞，腰身如蜂。楚灵王招手让她过来，那女子在他面前一晃，楚灵王的眼睛立时发直，转不动了。良久，他举手一叉，盈盈一握，不觉惊为天人。回头端详身边来自中原的美女，个个腰身硕壮如桶，不觉厌恶，一脚一个踹下座位，那些美女怎经得起这一脚，一个个嘤嘤地哭泣起来。

楚王好细腰，宫中佳丽开始节食。为了细腰，嫔妃歌姬开始用布帛束腰，直勒得气喘不匀，轻歌曼舞时个个头晕目眩，迈不开脚步。①

风气所及，满朝文武也竞相效仿。大臣们唯恐自己腰肥体胖，无法得宠，于是把一日三餐减为一餐。每天起床整装，先屏住呼吸，把腰带束紧。坐在席子上的人要站起来，非要扶着墙壁不可；坐在马车上的人要站起来，一定要借力于车把；想吃美味的食物，都忍住不吃，为了腰身纤细，即使饿死了也心甘情愿。这样浑浑噩噩地过了一段时间，众大臣的身体状况越来越差。可怕的是国人也开始效仿，竞相束腰减肥，骨瘦如柴，这正是敌人盼望的。②

楚灵王十一年（前530）冬，楚军伐徐来到乾溪（今安徽亳州东南）。时值隆冬，将士兵身着铁甲，手执兵器，在风雪之中寒冷难耐。灵王却身穿"腹陶裘"，外披"翠羽披"，头顶皮帽，足踏豹皮锦靴，一会儿站在中军帐前观看雪景，一会儿又回到帐内将细腰当作人肉屏风。细腰们乐得陪楚灵王观雪景，更高兴听到楚军的捷报。战事就这样一拖再拖，拖到了第二年。

第二年春，就在楚灵王乐不思归之际，楚灵王的弟弟弃疾趁灵王不在，杀掉灵王的两个儿子太子禄和公子罢敌，立灵王的二弟公子比为王；又派人到乾溪去，向楚国的官兵宣布说："国家已经换了新王，你们现在

---

① 楚王好细腰，事见《左传》《国语》《史记》《汉书》《后汉书》。

② 见《战国策·楚一·威王问于莫敖子华》："昔者先君灵王好小要，楚士约食，冯而能立，式而能起，食之可欲。忍而不入；死之可恶，就而不避。章闻之，其臣好发者，其臣抉拾。君王直不好，若君王诚好贤，此五臣者，皆可得而致之。"

回去，可以留任原来的官位，拥有固有的土地、房屋；如果不归顺新王，继续跟着这个昏君。一旦被抓住，夷灭三族。"

将士军前半死生，他们对楚灵王本已经恨之入骨，一听这消息，立时做兽散。古战场上只剩下楚灵王孤家寡人一个，他倒在地上号啕大哭，对旁边仅存的两个随从说："我怎会遭到这种报应啊？"一个随从脱口说："你又是如何对待康王和他的两个儿子？"灵王听到这句话，当即止住了眼泪，道：是啊！天作有雨，人作有祸，想到当年勒死郑敖，又杀了他的两个儿子，此时的楚灵王明白自己只有前头路，没有身后身。他问身边唯一剩下的随从郑丹："我该怎么办？"郑丹说："你应该回到楚都的郊外，看看国人的反应怎么样？"楚灵王颇有自知之明，连连摆手说："不用看，不用看！我要是到了他们的手上，他们准得把我杀了。"郑丹说："那你就去诸侯家去找救兵吧。"灵王说："我把他们的王给得罪了，这会儿去只能自取羞辱。"郑丹觉得实在无法帮助这个曾经不可一世的君主，最后也只好离开了他。

楚灵王孤独极了，孤魂野鬼一样在山里闲荡，他已经三天三夜没有吃东西了，饿得眼冒金星，但新国王已经下达命令："谁要是给他送吃的，立斩不赦！"灵王又饿又累，瘫倒在地上，就在他觉得灵魂悠悠飘出身躯的时候，有个叫申亥的中年人救了他。申亥的父亲是芋邑大夫申无宇，年轻时曾二次犯王命，楚灵王没有杀他，申无宇感激在心，临死时叮嘱申亥一定要找机会报答灵王的恩情。近日因国中有变，申亥到处寻找楚灵王，见他倒在地上，命悬一丝，慌忙将他迎到家中，盛情款待，让他慢慢恢复了元气，接着，又让两个亲生女儿给他侍寝。

灵王已经没有那份心思了，连日来他似乎经历了很多，失望时才发现没有能够鼓励他的人，委屈时才发现没有能够倾诉的人，绝望时才发现没有能够帮助他的人。他终于明白："报应也许会迟到，但不会缺席。"夜半，他对申亥的女儿说："与你们和你父亲相识，是我在最黑暗时光里遇到的最后一丝光亮，我现在最大的愿望就是做一个庶民，这样我就能和你们在一起。但命运已经不给我自由选择的权利。无论如何，你父亲给了我勇气，你们给了我光明和快乐，你们使我明白，即使这个世界抛弃了我，终此一生，还有你家感念我。"第二天起来，申亥和他女儿发现，楚灵王已吊死在梁上。①

三

楚灵王死后，公子比即位，因为他在位只有几天，死后没有谥号，史书将他称为初王。导演这场政变是初王的弟弟弃疾和一个叫观从的楚人。几天之后，弃疾又设计迫使初王自杀。初王一死，弃疾即位，改名熊居，是为楚平王。

此时的楚国已经被楚灵王掏空了家底。即位之初，楚平王内心明白，他的宝座是建立在两个哥哥楚灵王和楚初王，以及一批枉死他乡的楚国健儿身上，连续几夜他都会梦见儿时这两个哥哥——子围、子比，不觉毛骨悚然："楚人会怎么看我？"

为了稳住局面，执政之初，楚平王倒是做了几件得体的事。他宣布从他即位起，民众休养生息五年，五年后再考虑用兵。当初，楚灵王灭了蔡国、陈国之后，设置为县，楚平王即位后，让蔡、陈复国，立他们的后代为君主。不久，又封赏了一批功臣。

为了与郑国结好，楚平王又准备把犨（今河南鲁山县东南）、栎（今河南禹州市）两县还给郑国。犨县近汝水，栎县近颍水，两县是楚国北方的重镇，楚平王想想不觉有点心疼，一时拿不定主意。

夜阑，楚平王躺卧在榻上，辗转反侧，不能入眠。朦胧的月光从窗反射进来，一片淡淡的灰白色，寝宫内的台、几、柜黑影幢幢，楚平王像走进一个无人的空谷，倍感孤独。"退还是不退？"楚平王还是下不了决心。月亮已经偏西，浮在天际，细小玲珑，像一条小船。"这小船要驶向何方？"突然间，楚平王想起一个人：枝如子躬，他一直反对割还犨、栎，就派他去处理这事。

枝如子躬接到任务，好生奇怪："大王，臣历来反对割犨、栎，派臣去办这差事，有违初衷，臣不去！"

"满朝只有你去最合适，卿勿推辞。"

枝如子躬来到郑国，郑人早已风闻退土之事，以高规格来接待他，但

---

① 见〔西汉〕司马迁《史记·楚世家》："灵王于是独仿偟山中，野人莫敢入王。王行遇其故𨵦人，谓曰：'为我求食，我已不食三日矣。'𨵦人曰：'新王下法，有敢饷王从王者，罪及三族，且又无所得食。'王因枕其股而卧。𨵦人又以土之代，逃去。王觉而弗见，遂饥弗能起。芋尹申无宇之子申亥曰：'吾父再犯王命，王弗诛，恩孰大焉！'乃求王，遇王饥于釐泽，奉之以归。夏五月癸丑，王死申亥家。"

枝如子躬绝口不提割地之事，他觉得楚平王给他这任务，用意时而透亮，时而隐在云层，真的不好处理。郑国国君按捺不住，带着试探的口气说："敝国道听途说，贵国要把犨、栎赐还寡君，请大夫吩咐吧！"枝如子躬一听，眼神立时变了，像雄鹰搏兔一样凌厉，断然回答："我不曾听说有这个命令。我这次来是想告诉大王，我国刚立新君，希望贵国不要生事端，以免引发刀兵之灾。"郑人怏怏不乐，但又无可奈何。

回楚国后，平王问犨、栎交割情况，枝如子躬身脱掉官袍，跪倒在地，说："臣有违命之过，但没有丢弃国土之罪。"楚平王高兴地拉着枝如子躬的手说："你怎么能如此自辱呢？你回去休息吧！以后孤还有要事让你去办的。"一切顺顺当当，楚平王的心计，使他在外交上游刃有余，局势迅速稳定下来。

不久，楚平王立儿子建为太子，又命伍举的儿子伍奢为太傅、宠臣费无忌为少傅。太子建历来尊重伍奢而嫌恶费无忌，费无忌暗自衔恨。公元前527年，太子建十五岁，楚平王觉得他可以成家了。于是命费无忌到秦国去，替太子迎聘秦女孟嬴为夫人。

费无忌一路风餐露宿，终于接到孟嬴。初见孟嬴，费无忌不由大吃一惊，这女子虽说豆蔻年华含苞待放，却已出落得身材颀长健美，手像春荑一样柔嫩，凝脂般的皮肤，水灵得几乎一吹就破，牙齿整齐洁白得像玉一样，整个人就像那春日里的山丹丹一样鲜艳夺目。更令人回肠荡气的是姑娘那美目顾盼，嫣然一笑，实在使人心头如鹿。

一路上，费无忌想到平日里与太子的那些不愉快的事，知道太子一旦登基，自己的前景必然暗淡阻塞，不如将这国色天香的女子献给楚平王。可这等事过手如登山，一步一冲天，谈何容易。临近都城，费无忌终于下决心借孟嬴点一盏灯，照亮自己的前程。他先将孟嬴安排在驿馆，再来见楚平王，力劝他自娶。

楚平王开始还有点犹疑，经不起费无忌的劝说，于是亲自到驿馆来见孟嬴，甫一见，霎时怦然心动，椅子上的他若失若忘，坐不住了："人世间的相遇竟像是久别重逢。"幸福来得太突然！楚平王觉得眼前这个人儿有千年的寿命、百年的青春，不会老的。他也顾不得廉耻，与孟嬴一直盘旋到日头西斜，仍依依不舍。驿馆外，江流潺潺，渔舟唱晚。

伍奢得知楚平王想娶孟嬴，立时直上龙廷犯颜力谏："王上，此事万万不可，万万不可啊！这是逆天之事，为王者怎可做出违背伦理的事！"楚平王岂不知"父娶子妃"有违伦常，他娶孟嬴本就是剑走偏锋的事，偏偏伍奢越说越激动，当着太子建的面，一口一个"乱伦"，楚平王颜面尽丧，大喝一声："将这老苍生拖下去，重打四十大板！"可怜伍奢年近花甲，头发已经染白，怎经得起这四十大板，但见他牙关紧咬，满口流血，那双手就像鳞甲斑驳的古树老根，在空中乱抓，不久就昏死过去。

太子建看在眼里，急在心头，却帮不上忙，自从孟嬴来到郢都，他没有机会和孟嬴说话，自然恨死了费无忌。费无忌担心楚平王死后太子继位，杀害自己，便设法离间他们父子的关系。楚平王自从娶了孟嬴，父子的关系有了裂痕。于是令太子去守边地城父（今安徽亳州市谯城区东南）。费无忌又向楚平王进谗说："太子将兵城父，外交诸侯，就要作乱了。江山有倒悬之危，王上如不制止，将要被擒了。"楚平王被费无忌说得浑身冒汗，痛泪双垂，一怒之下，下令司马奋扬前往杀太子。伍奢得知消息，烧心的烈火又浇上了油，呼呼直蹿。老头子一上殿，眉皱浓烟，又冒死讽谏，楚平王被激得如狼梗脖，眼珠双瞪血丝红，喝令将伍奢囚禁死牢。①

再说司马奋扬接到楚平王的口谕，不由大吃一惊，一时顶上走了真魂："此事非同小可，这样下去，楚人不久将丧家邦。"他知道太子是被冤枉的，痛定思痛，立时派人先去告知太子建，太子接获消息，逃往宋国去了。这边司马奋扬不紧不慢上了路。一到城父，司马奋扬就请城父大夫把他锁起来，押往郢都请罪。楚平王问司马奋扬："那个口谕，出自孤的嘴，进了你的耳里，是谁泄漏给太子建的？"奋扬坦然地说："是臣。大王曾经嘱咐臣要像服侍大王一样服侍太子，臣虽不才，不敢三心二意。臣按大王先前的嘱咐执行，不忍心按大王后来的命令执行。臣把太子放跑，现后悔莫及。"平王问："你怎么还敢来见寡人？"奋扬说："臣没有完成大王的使命，已经违命，如果不来，就是再次违命了。"平王无奈，只好对司马奋扬说："回城父去，还像以前那样做官吧！"

伍奢自被囚禁以来，费无忌又对平王说："伍奢有二子，伍尚与伍员，都是人间俊杰，不杀，将是楚国的忧患。可将伍奢作为人质，召他们来。"楚平王立时派人对伍奢说："如果你能将两个儿子召来，你就能保命，不

---

① 见〔西汉〕司马迁《史记·楚世家》："平王二年，使费无忌如秦为太子建取妇。妇好，来，未至，无忌先归，说平王曰：'秦女好，可自娶，为太子更求。'平王听之，卒自娶秦女，生熊珍。更为太子娶。是时伍奢为太子太傅，无忌为少傅。无忌无宠于太子，常谗恶太子建。建时年十五矣，其母蔡女也，无宠于王，王稍益疏外建也。六年，使太子建居城父，守边。无忌又日夜谗太子建于王曰：'自无忌入秦女，太子怨，亦不能无望于王，王少自备焉。且太子居城父，擅兵，外交诸侯，且欲入矣。'平王召其傅伍奢责之。伍奢知无忌谗，乃曰：'王奈何以小臣疏骨肉？'无忌曰：'今不制，后悔也。'于是王遂囚伍奢（而召其二子而告以免父死）。乃令司马奋扬召太子建，欲诛之。太子闻之，亡奔宋。"

然只有死路一条。"伍奢说:"长子伍尚为人慈温仁信,若我叫他,他会来的。小儿子伍员刚强,知道来后也一定被捕,他是不会来的。请你立刻杀了我吧。"

伍员,字子胥,得知父亲被囚,立马来见哥哥伍尚,要他迅速逃跑,伍尚镇定地说:"我不能走,我必须到郢都父亲身边,或许能救父亲一命;若无能为力,能见父一面,也是虽死犹生。你快快逃走吧。"伍员只好单独逃走,伍奢听到伍员已逃走,说:"楚国的君臣将苦于战争了!"

伍尚收拾几件衣服,匆匆赶到郢都,不久,他和父亲伍奢就被楚平王斩首于市曹。① 楚平王又下令全国搜捕伍员,一时间,大路小径棋牌官摇旗呐喊鬼神惊。

楚才外用! 楚平王在世时虽然未遭变故,却将灾祸遗留给他的儿子楚昭王。

四

夕阳西下,古道像黄色的布缎般蜿蜒伸向天际。大路上,伍子胥单骑向前飞驰,他那一双眸子,从原来清凉、乌黑变得像雾霭山岚一样暗淡,满眼的血丝表明他已经精疲力竭。突然间,胯下一阵马嘶,前面出现一个人,好熟悉的身影! 伍子胥翻身下马一看,是儿时的朋友申包胥。

四目相对,潸然泪下,末了,伍子胥咬牙切齿地说:"父母之仇不与戴天履地,兄弟之仇不与同域接壤,我将灭楚!"

"兄长需三思而后行,父母之邦,你能亡之,我能存之!"申包胥将一包钱币放在伍子胥的马上,"就此揖别,兄自珍摄!"说完头也不回地走了。伍子胥含泪送别申包胥之后,内心闷闷不乐,他和申包胥,自小无所不言,不知为何此刻变得有些隔阂?

他决定去宋国寻找太子建,还未走出国门,就惊闻太子在郑国出事被杀,只好改道到吴国去。

---

① 见〔西汉〕司马迁《史记·楚世家》:"无忌曰:'伍奢有二子,不杀者为楚国患。盍以免其父召之,必至。'于是王使使谓奢:'能致二子则生,不能将死。'奢曰:'尚至,胥不至。'王曰:'何也?'奢曰:'尚之为人,廉,死节,慈孝而仁,闻召而免父,必至,不顾其死。胥之为人,智而好谋,勇而矜功,知来必死,必不来。然为楚国忧者必此子。'于是王使人召之,曰:'来,吾免尔父。'伍尚谓伍胥:'闻父免而莫奔,不孝也;父戮莫报,无谋也;度能任事,知也。子其行矣,我其归死。'伍尚遂归。伍胥弯弓属矢,出见使者,曰:'父有罪,何以召其子为?'将射,使者还走,遂出奔吴。伍奢闻之,曰:'胥亡,楚国危哉。'楚人遂杀伍奢及尚。"

水田如镜，水车咿咿呀呀抽着水，前面就是昭关（今安徽省含山北），那是通往吴国的必经之地。伍子胥已经不敢骑马招摇过市，他一路上风餐露宿，栉风沐雨，眼看昭关越来越近了，只见前头人声嘈杂，戒备森严，关隘的城墙上，到处贴着他的画像。伍子胥明白此时过关无异于送肉上砧，只好先找个客栈歇下。

天色暗淡下来，灯火接替了夕阳的余光。伍子胥累得像一摊烂泥，却不敢睡。"如何过关？"他绞尽脑汁，彻夜未眠，眼巴巴地望着窗外，天宇上一颗流星陨落了，迸射出爆裂的火焰，很快就熄灭了，父兄之仇未报，伍子胥担心自己也像这流星一样陨落。

第二天起来，店家望着伍子胥，大惊失色地说："壮士，怎么一夜间就白了少年头？""是吗？"借着脸盆里的水，伍子胥一看，果然满头飞雪，银丝飘拂。

"这样也好，这样也好！"店家眉飞色舞地说。

"好什么？"伍子胥不解地问。

"好过关呀。"自昨日伍子胥前来投宿，店家已经看出这人就是榜上要抓捕的御犯。

"天不亡伍员啊！"伍子胥朗朗地笑起来，连日来他的脸上第一次有了灿烂的阳光。

满头白发庇护了伍子胥，他顺利地混过了关隘，卸下心头重负的他兴冲冲地往前继续赶路。还未走出几里，一条大江横在眼前，芦荡苍苍，江水茫茫，清晨的露水在苇叶上结成了霜。一群水鸟凌空而起，"嘎嘎"地惊叫着。

"得找船过渡。"伍子胥正想着，就听后边马蹄声碎："抓住伍子胥！""抓住伍子胥，赐粟五万石，赐爵执珪。"伍子胥不觉大吃一惊，慌忙躲进芦苇荡中，就听一阵歌声传来——

日月昭昭乎起迟迟，与你相约乎芦之漪。

见渔父把船撑进芦湾里，伍子胥又惊又喜，也不多问，匆匆跳上了船，两人对视无话，渔父一直把他送过了江。见伍子胥面有饥色，渔父急忙为他去取饭。伍子胥见他如此殷勤，怀疑其中有诈，躲在芦苇之中观察。渔父回来时不见人影，持着饭篮，四处寻找，此时伍子胥方慢慢出来，狼吞虎咽地饱餐一顿之后，取下身上的宝剑说："兄弟，落难之人，无以回报，愿以百金之剑相谢。"

渔父不屑地说:"楚国已出法令,得伍员者,奉爵执珪,粟五万石。我岂要你区区百金之物!不过,奉劝壮士一句,前路还得有人相帮,切莫疑心生暗鬼。"伍子胥问其姓名,答曰"芦中人"。伍子胥刚跳上岸,回头一顾,芦中人已经弄翻渔船,自沉明志,以消除伍子胥的疑心,伍子胥沉默良久,蹲在路边掩面悲号。

哭毕,方又前行。伍子胥进入吴境时又饥又渴,见不远处有一浣纱女在濑水江边淘洗纱布,此时伍子胥的身体就像一段腐朽的木头,完全不听使唤,他拖着如铅的脚步,好不容易挪了过去,刚想开口乞食,整个人就晕厥在地。恍惚间,他闻到了一股米饭的香味,睁眼一看,头正枕在一位浣纱姑娘的臂弯中,姑娘莞尔一笑,脸如梨花,正喂他喝水。伍子胥慌忙爬起,抢过旁边的饭筐,狼吞虎咽地吃起来,没一刻就吃了个精光。

饭毕,伍子胥吩咐浣纱女收拾碗盆,又小声叮咛说:"此事千万不要声张,不要泄露出去!"姑娘脸有愠色,用手回头一指说:"我家就在前面村里,我与母亲同居三十余载,贞洁自守,从不越礼。今日见壮士从村头经过,脸有菜色,形容枯槁,知道壮士必是英雄落魄,心有不忍,于是持饭在这里等候。我一个女子,喂你水喂你饭,已是越礼行为。你走吧,不必多言!"伍子胥拱手谢过,还没走出几步,只听"扑通"一声水响,姑娘已自投濑水中,伍子胥掩面悲泣。

秋尽江南,天气渐冷。伍子胥已到了吴国都城姑苏。伍子胥怕被发现,顺手在路旁掬起一把草木灰,把脸涂了个漆黑,披发赤足,靠着一把如泣如诉的洞箫行乞于市上。路人见他双目炯炯,洞箫吹得出神入化,不时投下一些钱币。伍子胥一边乞食一边打听情况,终于得知吴王僚的弟弟公子光有心图谋王位,伍子胥于是悄悄地结交了公子光。

下雪了!雪给姑苏城披上了一身轻柔的白纱。垂柳、银杏、槐树,枝叶都落尽了,如今雪花挂满了枝头,真个是"忽如一夜春风来,千树万树梨花开"。风雪中,伍子胥伫立街头,一管洞箫呜呜地响起来。

突然间,一个肤色黝黑矮锉的汉子向他拼命地跑来,后面一群人挥舞着棍子拼命地追赶。眼看就追到跟前,那黑汉就地一蹲,一个扫蹚腿撂倒了前面一个,一拳下去那人的脸歪了。此时第二个人已到他跟前,黑汉顺手一拽,将之丢出了几丈外。伍子胥见十多人追打一个黑汉,有心帮他一把,脚一拨,又有一人跌倒。这时黑汉已经将那群人打了个七零八落。

"专诸,专诸!"一个女子的声音如裂帛一样传来,黑汉立马停下了手,向地上那帮人拱拱手说:"不打啦,不打啦!"说完转身就走。伍子胥好生奇怪,这黑汉有万夫莫当之势,其妻一呼立刻顺从地回去,是何道理？于是用洞箫吹一曲"吹箫引凤",黑汉专诸许是从箫声中听出了名堂,竟转了回来。对伍子胥说:"夫屈一人之下,必伸万人之上。"

子胥从他的言行知他是勇士,两人很快就成了知己,伍子胥将专诸推荐给公子光,专诸受到公子光的礼遇。此时伍子胥也退居民间躬耕,对于他来说,唯有忍耐等待时机,才能报得父兄之仇。不久,专诸在一次宴会上鱼腹藏剑,杀死了吴王僚,① 公子光登上了王位,伍子胥被公子光启用,委以重任,训练吴国兵马。

海棠似雪,石榴如火。伍子胥在等待中一年一年过去了,十六年后,伍子胥终于带着吴师打进了楚国的郢都。这时候楚平王已经死了,楚昭王也逃出了国都,想到当年父兄的惨死,想到当年仓皇离庙日,想到渔父、浣纱女为他献出性命,伍子胥一时难解心头之恨,他找到楚平王的陵墓,左脚踏在坟头上,右手挥鞭,鞭坟三百,然后恨恨而去。②

申包胥也依照誓言,七天七夜哭秦廷,以诚感动了秦王,请来救兵,与楚军共同赶走了吴师。

楚国经此劫难,昔日的霸主地位完全失落,不得不迁都到北边的鄀,迁都后的国都仍叫郢都。历史无意嘲弄楚人,楚人却不得不面对无情的历史。

第五节 变法激浪

一

楚悼王十九年(前383)的一天,一夜春雨催开了漫山遍野的杏花,花径中,一辆马车自北南来,匆匆地进入郢都,车上坐着的是闻名南北的吴起。

---

① 事见〔西汉〕司马迁《史记·刺客列传》。
② 据《吕氏春秋·首时》载,伍子胥"亲射王宫,鞭荆平之坟三百"。《穀梁传·定公四年》也载,伍子胥"挞平王之墓"。又《史记·伍子胥列传》则认为伍子胥鞭尸:"及吴兵入郢,伍子胥求昭王,既不得,乃掘楚平王墓,出其尸,鞭之三百,然后已。"《公羊传·定公四年》则明确记载伍子胥不报私仇的思想:"事君犹事父也,亏君之义,复父之仇,臣不为也。"故今人也有认为伍子胥既没有掘墓,也没有鞭尸之事。

吴起是卫国左氏（今山东省菏泽市曹县，一说今山东菏泽市定陶区）人，① 出生在一个"家累万金"的富贵家庭。年轻时，曾为了求得政治上的发展，四处奔走寻找门路，荡尽了家产，没有谋得一官半职，反而遭到乡人的讥笑和诽谤。当是时，吴起气愤不过，一怒之下，杀了诽谤他的三十多个人。浑身是血的他跌跌撞撞地回到家中，将那滴血的剑插进酒坛，猛力搅动，剑锋洗净的时候，那坛酒也变得猩红，他将剑拔出，在衣衫上擦了擦，遂又抱起酒坛狂饮。醉醒之间，他跪倒在母亲面前，咬着自己的手臂，硬是在手臂上撕下一片肉，鲜血淋漓之际，他对母亲发誓说："孩儿这次离家，不为卿相，绝不回卫国。"②

吴起先到了鲁国，投到季孙氏门下，经引荐，成了鲁国的客卿。公元前412年，齐宣公发兵攻打鲁国。大兵压境，用人之际，鲁穆公环顾满朝，文人多，武将少，老朽多，英年稀，无人堪当大任，只有眼前这吴起是英俊青年，年二十八而满腹经纶，文武全才，可望御敌于国门之外。于是开口对吴起说："吴爱卿，本王想委任你率兵抵御齐军，可爱卿的妻子是齐国人，本王担心你无法一心为鲁。"吴起跪倒在地，坚定地说："臣当释大王之疑。"

夜色已深，满月挂在中天，碧空如洗。吴起从书房走出，手提吴刀，踏进妻子的寝室，果断地掀开帐子，睡梦中的妻子笑意荡漾，吴起手起刀落，只听"朴"的一声，妻子的人头已经"骨碌碌"地滚到榻下。吴刀锋利甲天下，见妻子遗容依然笑意盎然，竟无半点痛状，这对吴起多少是一点安慰。③ 战国初年，时势已全然不同于春秋，历史的车轮越奔越猛越烈，迅雷万钧之势将传统的道德礼乐拉得分崩离析。那时候的男子，尤其像吴起这样的富贵子弟将功名看得比性命还重要。吴起杀妻在"孔孟之邦"的鲁国没有引发异议，相反倒成为他"深明大义"的见证。

吴起不负鲁穆公所望，一仗将齐军打得落花流水。

吴起、孙武乃春秋战国两大军事家，终其一生打了七十六大仗，胜六

---

① 见《韩非子·外储说右上·说三》：吴起，卫左氏中人也。
② 见〔西汉〕司马迁《史记·孙子吴起列传》："其少时，家累千金，游仕不遂，遂破其家，乡党笑之，吴起杀其谤者三十余人，而东出卫郭门。与其母诀，啮臂而盟曰：'起不为卿相，不复入卫。'"
③ 见〔西汉〕司马迁《史记·孙子吴起列传》："齐人攻鲁，鲁欲将吴起，吴起取齐女为妻，而鲁疑之。吴起于是欲就名，遂杀其妻，以明不与齐也。鲁卒以为将。将而攻齐，大破之。"

十四，余下和解。①他在鲁国功绩显赫，在诸夏中也力压群雄，不久就引发了鲁穆公的戒心，被免去了职务。他的举荐人季孙氏也因懈怠宾客被杀，一时间吴起的处境雪上加霜，只好离开鲁国投奔魏国。

魏文侯慧眼识英雄，知吴起是个英才。公元前409年，魏文侯任命三十一岁的吴起为主将，率军攻克了秦国河西地区的临晋（今山西省临猗县临晋镇一带）、元里（今陕西澄城县南），在那里筑起一座城。次年，吴起再次率军攻打秦国，一直打到郑县（今陕西省渭南市华州区附近）。秦国只好退守洛水。魏国占有原本属于秦国的河西地区，在此设立西河郡，吴起成为首任郡守。

吴起担任郡守期间，得知魏秦接壤的地方有座岗亭，那地方常有人死于非命。有一天，吴起亲自带着几个卫兵到那里巡视，还未站定，就见一支追魂夺命的箭向他射来，吴起头一偏，避过那箭，后面一农夫却应声倒地。

原来这河西的土地本是秦人的领地，如今被魏国占了，秦兵心多怨恨，看不顺眼时，就会向这边的农夫放箭，搅得人心惶惶，已经有不少人死于非命。吴起决定拔掉这个岗亭，可这小小的岗亭，不值得征调部队攻打它。

第二天，吴起就在北门外放了一根车辕，布告说："谁能把车辕搬到南门外，赏赐良田两顷，上等住宅一座。"没有人相信天上会掉馅饼，五天过去了，终于有一个人把车辕搬到南门，吴起立即下令依约行赏，一时间街头巷尾传为美谈。隔天，吴起又在东门外放了一石红豆，下令说："谁能把红豆搬到西门，赏赐如前。"这一次，百姓都抢着去搬。当天下午，吴起下令："明天要攻打岗亭，能冲锋陷阵，就赏赐他爵位，赏赐上等田地和住宅。"百姓摩拳擦掌，第二天争先恐后参战，一个时辰就把岗亭攻占了。

吴起和将士们同甘共苦，从不自视高人一等，夜晚就睡在高低不平的田埂上，用树叶遮盖身体来躲避霜露的侵袭。行军时从不骑马，他自背军粮，与士卒分担劳苦。士卒有病，他必亲自慰问。有一次，一个士兵的脚生疽，行走艰难。吴起来到他身边，见那疽红灿灿如樱桃，他想用刀子剖开，挤出里面的脓，见那士兵眼里有怯色，于是收回了刀，俯下身体，口附在疽上，慢慢地吸吮，约有一刻钟，脓被吸尽，吴起又用草药轻轻地为

---

① 见《吴子·图国》："与诸侯大战七十六，全胜六十四，余则钧解。辟土四面，拓地千里，皆起之功也。"

他包扎。在场将士看到这情形,个个泪流满面。

吴起为士兵吸脓的消息像夏日的风一样传到这位士兵的母亲耳朵里,这位母亲一听号啕大哭。邻居不解地问:"将官爱兵如子,为你儿子吸脓,你应该高兴才是,为何如此悲伤?"母亲说:"你等有所不知,不是老身不识好歹。当年他父亲从军,就在吴帅麾下。吴帅为他吸疽,他父亲疮好后舍生忘死,捐躯在战场上。如今吴帅又为我们的儿子吸疽,真不知道儿子这一刻已经死在哪里?"① 吴起就是这样,他可以调动士卒英勇奋战,为国捐躯,却无法保证士兵个个都能生还。面对不同的议论,吴起历来泰然处之:"行义不图毁誉。"

魏文侯死后,魏武侯继位,吴起继续服务于魏国。吴起任西河郡守威信很高。魏国选相,很多人都看好吴起,可是魏武侯最后却任命田文(魏重臣)为相。吴起很不高兴,他向田文说:"请你和我比一比功劳可以吗?"田文说:"可以。"吴起说:"统领三军,使士卒乐于为国牺牲,敌国不敢图谋进攻我们,你比我怎样?"田文说:"我不如你。"吴起说:"管理各级官员,亲附人民,使财力充裕,你比我怎样?"田文说:"我不如你。"吴起说:"镇守西河地区,使秦军不敢向东扩张,韩国和赵国都遵从我们,你比我怎样?"田文说:"我不如你。"吴起说:"这三方面,你都不如我,而你的职位却比我高,这是为什么?"田文说:"国君年少,全国忧虑,大臣没有亲附,百姓还不信赖,在这个时候,是由你来任相合适呢?还是由我来任相合适?"吴起沉默了很久,发自内心说:"应该由你来任相。"

田文死后,公叔任相,公叔的妻子是魏国的公主,公叔对吴起非常畏忌,于是离间了他和魏武侯的关系。吴起担心魏武侯降罪,于是离开魏国来到了楚国。

二

楚悼王接待了这位来自魏国的军事家。这时候的吴起已经五十七岁了,两鬓灰白,棱角分明的脸庞洋溢着坚毅不屈的神采,浑身潜藏着用之不竭的精力。

---

① 见〔西汉〕司马迁《史记·孙子吴起列传》:"起之为将,与士卒最下者同衣食。卧不设席,行不骑乘,亲裹赢粮,与士卒分劳苦。卒有病疽者,起为吮之。卒母闻而哭之。人曰:'子卒也,而将军自吮其疽,何哭为?'母曰:'非然也。往年吴公吮其父,其父战不旋踵,遂死于敌。吴公今又吮其子,妾不知其死所矣。是以哭之。'"

"吴将军，本王知您在鲁强鲁，在魏强魏，辟土四面，拓地千里。将军通晓儒家、兵家与法家，此次到来，必能强我楚国。您初来乍到，本王先命您为宛城太守，候熟悉情况后，再委以重任。"

楚悼王与吴起一直谈到夕阳衔山、夜幕降临。吴起能感知，楚悼王所说并非虚与委蛇，他的内心升腾起一种"任重道远"的神圣感，他必须迅速去熟悉楚国的情况，才不会有负楚悼王之所望。

楚国在经历了五代贤王之后，曾号令诸侯而一言九鼎。但好景不长，内廷争夺王位，几代庸君之后，国力转瞬崩塌下来。如今的楚国在"天下汤汤"的大势中，犹如一只活蹦乱跳的青蛙放在热的釜中，情况堪忧！

楚国之病，病于公族之权。楚人本自号"荆蛮"，不尊中原封号，在师法华夏文化时，虽也培育出楚庄王这样的"仁义之君"而为中原所称道敬仰，但在效法中原之制时，先后分封了一百多个公族。一年年，一代代，公族在世袭中，观念不公，他们视公室的利益高于王室，掌控着国家的绝大部分土地和财富，各自为政，不服调度，乃至于与王室争权夺利。楚悼王的父亲楚声王在一次出宫时，被公族收买的杀手射杀在车辇中，这无异于对楚国敲响了警钟！

吴起很快就察觉到楚国的病症，他知道楚国将面临一场暴风骤雨。为了迎接这场风暴的到来，楚悼王特意选择在章华台接见吴起。君臣相视，都知道各自有许多话要说，为了调节气氛，楚悼王特意令乐女用编钟为吴起演奏一曲《楚声》。

乐声悠扬，楚悼王与吴起把一切烦恼都忘了。人的灵魂在乐声中净化了，天地在乐声中净化了，没有争斗，没有纷繁，没有尘埃，旋律静静地流入心田。楚悼王不知不觉间随着旋律，摇头晃脑地以指击节，完全沉醉了。

突然间，吴起直起身来，说："大王，此曲高雅，但眼下楚国不需要这样四平八稳的乐曲。"他建议楚王一起到外面走走，楚悼王点头同意，君臣二人一起走出三休台。

望着金碧辉煌的章华台，以及连绵不绝的宫室，吴起忧心忡忡地说："大王，这章华台天下无双，但自从有了这天下第一台，公族竞相效仿，有过之而无不及。他们穷奢极欲，竭泽而渔，民间怨声载道。楚国病于大臣太重，封君太众，他们上逼主而下虐民，这就是国贫兵弱的原因啊。"

句句如重锤一样撞击着楚悼王的心，楚悼王是个有抱负的君王，但自他即位以来，楚国却一直处于尴尬的窘境。楚悼王二年（前400），三晋联军在乘丘（今山东省巨野县西南）大败楚师，三晋的意图就是要削弱楚的右翼，以解除其左翼的威胁。楚悼王十一年（前391），三晋联军又来报复，大败楚师于大梁（今河南省开封市西北）、榆关（今河南省新郑市东北）。楚国不仅丢失了这两处重要的战略要地，连大梁（今河南开封市西北）等地也被魏国夺去，楚悼王无法，只得"厚赂"请求秦国援助，秦国出兵攻占韩国的六邑，三晋转而对付秦国，这样才减轻了楚国的压力。三晋见秦楚联合，便转而拉拢齐国，从此三晋与楚的矛盾更加尖锐激烈，构成了对楚严重的威胁。

楚悼王一直想摆脱这种困境，但朝中没有一个大臣能替他分忧。公族都有很大的势力，屈、景、昭三大家族简直就是压在他心头的三座大山，他们掌控着要职，依仗权势，连楚悼王也要让他们三分。楚悼王为此心力交瘁，白发苍苍，脸色浮肿，他的年纪虽然与吴起不相上下，但整个人却显得比吴起要老得多。

连年来，楚悼王一直在寻访和物色人才来替他分忧，吴起的到来，令他喜出望外："上苍有眼啊！天降吴起与本王。"吴起治理宛城的成功又让他看到了希望，坚定了信心。

君臣二人沿着章华台走了一圈又一圈，一路畅谈，楚悼王不知不觉拉吴起的手，吴起能从楚悼王的手心感受到一种倚重，他的心也变得沉重起来。

晚饭上来的时候，楚悼王收住话锋，久久地凝视着吴起，好一会儿，他长长地舒了一口气说："吴将军，你这次到来，无异于老天给了我一剂良药，能解我心头之压，能强健本王的筋骨。只是本王还想问问你。"

吴起放下手中的筷子，抬起头来等候楚悼王的发问。

"将军乃世间奇才，又为魏国建立了那么多功勋，魏国怎舍得将军？"

吴起回答说："不瞒大王，魏文侯在世，对下臣很信任，文侯要是还在的话，臣又怎么会舍得离开魏国？现在魏武侯继位，听信小人谗言，使下臣无立足之地，所以我才来投奔大王。"

楚悼王一听，大喜过望，说："如此极好，本王要任命您为令尹。"

吴起的心"咯噔"地跳了几下，他在魏国服侍了二十六年，将最好的年华献给了魏国，最终却因谗言不得不离开，如今到楚国刚一年，就将被任命为令尹。他从内心感受到楚悼王的知遇之恩，但同时他又想起魏国的田文，他的三大政绩都是田文所不能及的，却因为是客卿，根基不及田文而不得不让贤。想到这里，他开口了："大王，臣感谢大王的栽培！但臣在楚国没有根基，恐难信任。"

"本王看中的正是这一点，你在楚国没有根基，也就和公族没有血脉关系，这样您干起来才不会束手束脚。有句话叫'治大国如烹小鲜'，本王相信您就是这样的人。"

三

楚悼王回朝第二天，即宣布任命吴起为令尹，自即日起实行变法。楚悼王明白这份诏书的分量，他不愿看到满朝闹哄哄如沸水，诏书下毕，就先行退朝。

不出所料，满朝文武喧闹起来，有人振奋有人愁；虽说吴起这名字对于楚国大臣并不陌生，但自吴起入楚，满朝文武还没见过，大家都想见识一下这位平步青云的客卿，个个左顾右盼，寻觅了半天，连个人影子也没有见到。

吴起自接受任命之后，深感责任重大。他一方面觉得自己势单力薄，另一方面又力图回报楚悼王的知遇之恩，多年的行伍生活，使他选择了一条只进不退的路。他匆匆地赶回了宛城，在那里有他志同道合的一帮僚属。他必须在变法实施之前，为楚国拟出一份法律并将其公布于众，使众官民都能明白知晓。

又是循例的早朝，气氛异常，楚宫禁卫森严，外殿三步一岗，内殿门口站立着几百个侍卫，阵势史无前例，似乎随时要抓捕人。空气紧张得令人透不过气来，有人忐忑不安，有人心惊胆战，不知将要发生什么重大事件。

随着楚悼王简短的开场白，吴起抱着楚悼王所赐的宝剑登场了，他宣布，变法的第一条就是废除贵族的世袭特权制度："自即日起，凡封君的贵族，已传三代的取消爵禄，不再世袭。公族，乃国之栋梁，有责任带头充实边远之处，垦荒耕种，以实国家仓廪。"

寂静，前所未有的寂静，满朝文武个个竖起耳朵，唯恐听漏了只言片语。紧接着，吴起当场宣布首批充实边地的封公六十八户："凡充实边地的公族，需在五日内起行，若有拖延懈怠，对抗变法，杀无赦！家中一应财产不得擅自带走，需候朝廷机构审核，凡有损公肥私、鱼肉百姓者，一概充公入库。"

吴起宣布毕，满朝立时如汹涌澎湃的长江汉水，浪头震天撼地，有人被惊飞了魂，当场晕倒在地，有人顿足捶胸、号啕大哭，朝会几乎无法继续进行。吴起不为所动，继续宣布变革纲要："第二条，淘汰并裁减无关紧要的官员，削减官吏俸禄，将节约的财富用于强兵。第三条，纠正楚国官场损公肥私、谗害忠良的不良风气，使楚国群臣不顾个人荣辱一心为国家效力。第四条，统一楚国风俗，禁止私人请托。第五条，改'两版垣'为四版筑城法，建设楚国国都郢（今湖北省江陵市西北）。"

变革的纲要在全国宣布之后，楚国军民百姓内心叫好，私下里欢欣雀跃，因为变革的每一条律令都指向公族宗室与官员，并不损百姓利益，是损有余以补不足。

一批沉冗官员裁汰了，公族的世袭利益解体了，官吏的俸禄削减了，损公肥私的财货充入了国库，裙带请托之风收敛了，军饷增加了，百姓的赋税降低了，军民都心甘情愿地参加四版筑城。变法后的楚国综合国力日见强大，几年之间，"南平百越，北并陈、蔡"，有力地抵御了三晋，又西向讨伐了秦国，诸侯国都提心吊胆的，担心楚国再次强大起来。[①]

吴起还准备进一步变革军制，通过考试选拔将军士卒：凡能身着全副甲胄，执十二石之弩（拉力约今三百六十公斤），背负箭矢五十支，荷戈带剑，携三日口粮，在半日内跑完百里者，即可入选为"武卒"，免除其全家的徭赋和田宅租税，并对"武卒"严格训练，使之成为楚国未来的将军与劲旅之师。

就在吴起殚精竭虑在宛城练兵，准备将在魏国行之有效的"军改"在楚国推开之时，这一日，副将匆匆来报："大王驾崩，新王诏您火速回朝！"吴起一听，头"轰"一声，他来不及多想，翻身上马，副将死死拉住马头，说："令尹此次回朝，千万小心，这些年您得罪了不少公卿贵族啊！提防着点！"

吴起赶回了都城，匆匆直奔朝廷而来，远远就见朝堂挂满白幡，侍卫接二连三唱报："令尹回朝了！""令尹回朝了！"吴起三步并作两步，几下就跃上台阶，刚刚冲进殿堂，就觉得后背被狠狠地蜇了一下，还没缓过神来，他的右臂膀又中了两箭。"该来的终于来了！"吴起立定脚跟，咬了咬牙，用力拔下其中一根箭，顺手向射箭的侍卫挥过去，侍卫应声倒地。接着又拔出另一支箭，鲜血顿时喷涌而出，钻心的剧痛使吴起满眼金星，天旋地转，吴起亡命地冲进左边的灵堂，负伤的身躯无法自控，一下扑倒在楚悼王的尸身上，手中的箭扎在楚悼王的胸膛上，入肉三分。"大王，您怎么就这样去了？"吴起还没喊出第二声就昏了过去，他的思维定格在"群臣叛乱，谋害我王"上。

吴起再也没有醒来，他被乱箭射死，当年充实边地的公族都回来了，

[①] 见〔西汉〕司马迁《史记·孙子吴起列传》。

他们等待这一天已经等了好几年，并迫不及待地导演了这场谋杀。在"灵堂事件"中，贵族在射杀吴起的同时也射中了楚悼王的尸体。楚国的法律规定，伤害国王的尸体属于重罪，将被诛灭三族。① 楚肃王继位后，下令把射中楚悼王尸体的人全部处死，受牵连被灭族的有七十多家。吴起的尸身也被处以车裂肢解之刑。

吴起死后，他在楚国的变法宣告失败。楚国经此一劫，到楚怀王与楚顷襄王时，国势日益走下坡路，在与张仪的外交较量中，一输再输，无复昔日之势，其后事，参看本书"秦的故事"和"秦并六国"。

---

① 见《吕氏春秋·贵卒》："丽（加）兵于王尸者，尽加重罪，逮三族。"

第四章 姜田齐国

齐国的历史可以分为两个时期：①姜姓齐国；②田氏齐国。

齐国的开国君主是大名鼎鼎的姜太公吕尚，周朝的开国元勋，太公是炎帝系的远支，所封齐地则是远古凤鸟崇拜的大本营。姜姓齐国是春秋时代一个重要的诸侯国。齐虽蛮夷之地，却有着良好的自然条件，"自泰山属之琅琊，北被于海，膏壤二千里"；自开国以来就十分注重发展经济，太公时期就已"通工商之业，便渔盐之利"，管仲相齐后，又"连五家之兵，设轻重鱼盐之利"，为齐国发展打下了良好的物质基础而成为春秋战国最富庶的国家之一。在政治文化上，为政简而不苛，平易近民。经历了若干代王的奋斗，到齐桓公时，齐终于成为春秋第一代霸主，持续四十七年。

可以与齐桓公媲美的是田氏齐国的齐威王。田氏代姜表明了公族时代的过去，以及新型地主阶级的崛起。齐威王在用人施政方面体现了新的时代特色。

"崔杼弑其君"事件，齐国史官一再硬颈赴死，体现了先秦时期史官秉笔直书的风骨，流芳千古；稷下学宫则是新时期百花齐放、百家争鸣的硕果。齐是儒、道重地，稷下学宫集中了大量当时"为天地立心，为生民请命"的知识分子。齐在军事上虽逊于秦，但在文化上却是秦所不可同日而语的。

齐、宋、鲁皆为周礼重镇、礼仪之邦，但齐国君主多风流桃色事件，内争屠杀不绝于史，一次次使国势走弱，最终被秦所灭，诚为憾事。

第一节 姜太公和齐桓公

一

太公吕尚（一名望），是东海边人，姜姓，这就是大名鼎鼎的姜太公。

他的先祖曾做过四岳之官，辅佐夏禹治理水土有大功。舜、禹的时候被封在吕，有的被封在申。姜太公属于姜姓的远支，祖先封地吕，所以也叫作吕尚。①

　　吕尚一生几乎都处在穷困中，做什么事既不顺也不成功，穷得连生活都无法维持下去，很不受妻子待见。一直到老年的时候，因为钓鱼遇到了周文王，才时来运转。有一次，周文王出外狩猎之前，占卜一卦，卦辞说："所得猎物非龙非螭，非虎非熊；所得乃是成就霸王之业的辅臣。"周文王大喜，果然在渭河北岸遇到了太公，他俩一见如故，从早晨一直谈到日落西斜，连饭都忘记吃。最后，周文王说："从前我国先君太公说：'定有圣人来周，周会因此兴旺。'说的就是您吧！我们太公盼望您已经很久了。"因此吕尚也称为"太公望"，二人一同乘车而归，周文王尊吕尚为太师。

　　有人说，太公博学多闻，曾为商纣做事。商纣无道，太公就离开了。四处游说列国诸侯，未得知遇之君，最终西行归依周文王。有人说，吕尚是一位处士，隐居海滨。周文王的臣子散宜生、闳夭久闻吕尚的名声而召请了他。吕尚于是来到西岐，为周文王翦商做了几件大事。

　　一、周文王被纣王扣留在羑里，吕尚、散宜生、闳夭三人为了营救西伯，寻找美女奇宝，献给纣王，以赎取周文王，西伯因此被释放，返回周国。虽然吕尚归周的传说各异，但大体都认为他是周文王与周武王的师傅。

　　二、周文王从羑里脱身归国后，暗中和吕尚策划如何推行德政以推翻商朝，其中很多是用兵的权谋和奇计，所以后代谈论用兵之道和周朝的隐秘权术大都尊法太公的基本策略。在为周文王谋划天下时，天下三分之二的诸侯都归心向周，多半是太公谋划筹策的结果。

　　三、文王死后，武王即位。武王九年，武王想继续完成文王的大业，东征商纣察看诸侯是否云集响应。军队出师之际，吕尚左手拄持黄钺（音月），右手握秉白旄誓师，说："苍兕（音四）苍兕，统领众兵，集结船只，迟者斩首。"于是兵至盟津。各国诸侯不召自来者有八百之多。诸侯都说："可以征伐商纣了。"武王说："还不行。"班师而还，与太公同写了《太誓》。

---

　　① 见〔西汉〕司马迁《史记·齐太公世家》："太公望吕尚者，东海上人。其先祖尝为四岳，佐禹平水土甚有功。虞夏之际封于吕，或封于申，姓姜氏。夏商之时，申、吕或封枝庶子孙，或为庶人，尚其后苗裔也。本姓姜氏，从其封姓，故曰吕尚。"

又过了两年，商纣杀死王子比干，囚禁了箕子。武王又将征伐商纣，遂占卜一卦，龟兆显示不吉利且风雨突至，群臣恐惧，只有太公强劝武王进军，武王于是出兵。武王十一年正月甲子日，在牧野誓师，进伐商纣并将商纣军队彻底击溃。商纣回身逃跑登上鹿台自尽。

第四件事：武王夺得政权之后，立于社坛之上接受群臣百姓的爱戴（群臣手捧明水，卫康叔封铺好彩席，太公牵来祭祀之牲，史佚按照策书祈祷，向神祇禀告讨伐罪恶商纣之事）；散发商纣积聚在鹿台的钱币，发放商纣囤积在钜桥的粮食，用以赈济贫民；培筑加高比干之墓，释放被囚禁的箕子；把象征天下最高权力的九鼎迁往周国，修治周朝政务，与天下之人共同开始创造新时代，等等，这些事多半是采用太公的谋议。

武王平定商纣，成为天下之王，因为太公功勋卓著，就把齐国营丘封赏给太公。这一天，太公倒骑毛驴，不急不躁，慢悠悠地到封国去，边走行看风景，渐渐地身边就有两三个同行者。"老人家这是要上哪？""到东海老夫的领地。"太公答道。

风乍起，吹乱了太公满头霜雪，同行人见毛驴上缩着一个干瘦的老头。"你？谁封给你的领地？"

"天子。"

"还真看不出来，东海民风彪悍，老人家恐怕忍受不了啊。"

"慢慢看吧。"

古道飘零，太阳西下，微风中蒲公英飘飞，天边，残霞下倒挂着两只飞雁。太公和同行人一路上说说笑笑，也不寂寞，傍晚时分，就见圩镇一客栈。店小二满脸堆笑出门上前帮忙卸下了行李。

夜阑，太公睡得正香，耳边突然传来聒噪声。客舍中的人说："我听说时机难得而易失。这老人家睡得这样安逸，恐怕不是去封国就任的吧。"太公一听，话中满含玄机，慌忙翻身爬起，穿好衣衫，连夜上路，黎明就到达齐国。正遇莱侯带兵来攻，想与太公争夺营丘。营丘毗邻是莱国，莱人趁周朝刚刚安定无力平定远方之机，和太公争夺国土。幸好姜太公的名声在东海之滨与日月同辉，莱人早已如雷贯耳，又知道他就是这东海人，所以事态平息下来。

太公到齐国后，修明政事，顺其风俗，简化礼仪，开放工商之业，发展渔业盐业优势，人民多归附齐国，齐遂成为大国。到周成王即位之时，管蔡叛乱，淮夷也背叛周朝，成王派召康公命令太公说："东至大海，西至黄河，南至穆陵，北至无棣，此间五等诸侯，各地官守，如有罪愆，命你讨伐。"齐因此可以征讨各国，形成大国，定都营丘。

太公死时一百余岁。

二

斗转星移，日月如梭，齐国国君传了一代又一代，早期的齐国也无风雨也无晴。三百多年弹指一挥间，到了齐釐公时期，平静的湖面荡起了涟漪。

齐僖公三十二年（前699），僖公的弟弟夷仲年死。夷仲有个儿子叫公孙无知，多年来，齐僖一直宠爱这位侄子，给他的车马服饰与生活待遇同太子一样，超越了"周礼"的规格。

齐僖公于三十三年（前698）去世，太子诸儿立，是为齐襄公。齐襄公还是太子的时候，就与无知不合，即位当年（前697），立刻降低了无知的俸禄与车马服饰的等级，无知因此心中有了怨恨。①

齐襄公有个妹妹，如花似玉，兄妹感情笃好且私通。后来，妹妹嫁到鲁国，做了鲁桓公的夫人。齐襄公四年（前694），鲁桓公携夫人来到齐国。兄妹私通之事被发现，齐襄公一不做，二不休，他设宴招待了鲁桓公，把桓公灌醉，派大力士彭生把鲁桓公抱上车，打断了桓公的肋骨，又将他杀死，鲁桓公被鲁人抬出车时已死掉。鲁国人怎受得了这气，派人责备齐国，齐襄公无法交代，只好杀死彭生向鲁国谢罪。自此齐、鲁之间就有了仇隙。

齐襄公十二年（前686），又因为一件小事，宫廷发生了叛乱。

当初，齐襄公派连称、管至父去驻守葵丘，约定来年七月瓜熟的时候就派人来轮替他们。第二年瓜熟时没有人来，连称、管至父不悦，要求派人，齐襄公不答应。二人觉得齐襄公言而无信，怨恨在心。他们得知公孙无知与齐襄公不和，想策动他一起反叛。

连称有个堂妹在齐襄公宫内，不被宠幸，连称就让她侦伺襄公的行动，对她说："事成以后你就可以做无知的夫人。"这年冬天十二月，齐襄公到姑棼（音焚）游玩，又到沛丘打猎。见到一只大猪迎面奔来，侍从惊慌失措，大喊："大力士彭生来了！"齐襄公大吃一惊，以为杀鲁桓公的彭生回来向他索命，于是惊慌之中一箭射去，大猪负伤，像人一样直立起来，大声嚎叫。齐襄公一惊，从车上摔了下来，脚伤了，鞋子也掉了。齐

---

① 见〔西汉〕司马迁《史记·齐太公世家》："襄公元年，始为太子时，尝与无知斗，及立，绌无知秩服，无知怨。"

襄公狼狈回宫，有气无处发，大吼一声："把茀找来！"茀是专管齐襄公鞋子的宫人。齐襄公因为掉了鞋子怪罪茀，不分青红皂白，挥起鞭子把他打得遍体鳞伤。茀默默地忍受，跌跌撞撞出了宫。

无知、连称、管至父等人得知宋襄公受伤，大喜，立刻带领党徒前来攻袭宋襄公的宫室。正遇垂头丧气从宫中出来的茀。茀见情况有异，说："诸位先不要进去，以免惊动主君。一旦惊动就很难再攻进去了。"无知不信，茀撸起袖子，让他验看，但见伤痕累累，鲜血淋漓，他们才放了心。

无知让茀先进去探听，他们一行就在宫外等候。茀进去后，立刻把宋襄公藏在门后，遂又带着宫中之人前来抵挡无知等人，奈何宫人手中只有木棍，哪里打得过有备而来的无知，不一会儿，一帮宫人全被歼灭。

无知带人冲进宫中，四处寻找，不见襄公的影子，正在着急。就听有人喊："在这儿，在这儿！"无知定神一看，门下露出一双脚。开门一看，正是襄公，无知一剑捅去，当场就将宋襄公杀死。

第二天，无知就在钟鼓声中，自立为齐君。一场宫廷政变就这样轻而易举地成功了。

即位一月，无知来到雍林游玩，观看落日。夕阳将一朵薄云染成绯红色，无知看着云彩，一阵歌声隐隐传来，像春雨洒落森林，又像春风吹过森林，他的心情好极了，不禁想起了宋襄公："这王位也不是只能你一个人坐，只要敢作敢当……"突然间一支箭射中了他的前胸。

无知的仇人埋伏在雍林中，杀死了无知。他们向齐国大夫宣告说："无知杀死襄公自立为君，我们已将他处死。请改立其他公子吧。我等唯命是从。"

找谁来即位呢？齐襄公在位期间，因为沉迷女色，与鲁夫人通奸，又杀死鲁桓公，处理政事则赏罚不当，怨声载道。导致几个弟弟看在眼里，担心未来也惨遭杀害，一个个逃到其他国家。公子纠逃亡到鲁国，得到管仲、召忽的辅佐；公子小白逃亡到莒国，有鲍叔牙辅佐他。他们得知齐君无知已死，齐国正商议立新君，纷纷行动起来，一场争夺君位的事件正悄然发生！

为了阻止公子小白抢先回国，鲁国国君庄公派管仲带兵堵住了莒国与齐国的通道。这一日，管仲见莒国护送小白的车马到来，护主心切的管仲，为了使公子纠能顺利登位，一不做二不休，下决心先把公子小白杀了再说。他一箭射去，公子小白登时倒在车上，蹬了几下不动了。管仲以为小白已死，派人飞报鲁国。鲁国护送公子纠的队伍知道对手已死，护送的速度也就放慢了，紧赶慢赶，赶了六天才至齐国。临近都城才得知公子小白在高氏、国氏的拥戴下已经即位,是为齐桓公。

原来管仲那一箭没有射死小白,只是射在他的衣带钩上。小白知道事态危急,立时躺在车上诈死,逃过了一劫。

齐桓公虽然即位,但公子纠仍在,更可恶的是管仲那追魂夺命的一箭险些置他于死地,他能饶得了他们吗?

三

齐桓公即位之后,立即派兵抵御鲁军。两军在乾时(今山东青州)这个地方作战,鲁兵势单力弱,最终败绩,齐兵趁势切断了鲁兵的退路。齐桓公接着写信给鲁庄公说:"公子纠是我的兄弟,我不忍亲手杀他,请鲁君替劳。召忽、管仲是我的仇敌,我要求活着交给我,让我剥了他们的皮,再剁成肉酱,方解我心头之恨!不然,齐兵围鲁之日,就是鲁人国破家亡之时!"

鲁人害怕,就在笙渎(今山东菏泽北)杀死了公子纠,召忽也被迫自杀。只有管仲心里明白,既然要的是活人,就是无心杀我,于是他要求鲁庄公先将他囚禁起来。

鲍叔牙带着囚车底气十足地来到鲁国,要求押回管仲。鲁庄公心有不忍,丢给管仲一把剑,问他愿意在鲁国落个全尸,还是到齐国被剁成肉酱。管仲跪谢了鲁庄公的剑,安然上了囚车。囚车一到齐国境内的堂阜,鲍叔牙就给管仲除去桎梏,让他斋戒沐浴来见齐桓公。

齐桓公厚赏了管仲。又对他说:"当初,我发兵攻鲁,本欲杀死你。鲍叔牙对我说:'我有幸跟从您,而您也终于成为国君。您的地位尊贵,我已无法再帮助您提高。您如果只想治理齐国,有高傒和我也就够了。您如果想成就霸王之业,没有管夷吾(仲)不行。夷吾所居之国,其国必强,不能失去这个人才啊!'我听从了鲍叔牙的话,去信鲁国索要活着的召忽和你,你既然不像召忽自杀了事,说明你有过人之处。"说得两人都哈哈大笑起来,鲍叔牙荐管夷吾成为千古佳话。

桓公得到管仲后,任命他为大夫,主持政务。他与鲍叔牙、隰(音席)朋、高傒共同修治齐国政事,制定基层五家连兵之制,开发商业流通、拓展渔业盐业的优势,用以赡养贫民,奖励贤能之士,齐国人人欢欣。

齐桓公二年(前684),齐国伐灭了郯(音谭)国,郯国国君逃亡莒国。当初,齐桓公逃亡国外时,曾经过郯国,郯国对桓公无礼,于是齐公灭了郯国。

齐桓公五年（前681），齐军征伐鲁国，鲁军眼看失败在即，鲁庄公只好请求献出遂邑（今山东宁阳县西北遂乡），双方讲和。齐桓公答应了，齐、鲁双方在柯地（今山东阳谷县阿城镇）盟会。将要盟誓之际，鲁国人员中闪出一位大臣曹沫（音惠），手握短剑劫持了齐桓公，一时间剑拔弩张，形势非常紧张，只听曹沫说："归还我鲁国被侵占的土地，不然我就杀了你！"桓公无奈，只好答应下来。曹沫扔掉匕首，眼不眨心不跳，回到臣子之位。

盟誓完毕，齐桓公后悔，不想兑现诺言，还想杀死曹沫。管仲说："如果被劫持时答应了人家的要求，然后又背弃诺言杀死人家，是满足了一时的快意，但在诸侯中却失去了信义，也就失去了天下人的支持，不能这样做。"齐桓公于是把曹沫三次战败所丢的全部领土归还给鲁国。诸侯闻知，都认为齐国守信而愿意归附。齐桓公七年（前679），诸侯与齐桓公在甄地（今山东省鄄城县北）会盟，齐桓公成为天下诸侯的霸主。

齐桓公十四年（前672），陈厉公的儿子陈完，号敬仲，逃亡来到齐国。齐桓公想任命他为卿，陈完谦让不肯接受；齐桓公就让他做工正之官，这就是后来田成子田尝的祖辈。

齐桓公二十三年（前663），山戎侵伐燕国，燕向齐国告急。齐桓公派兵救燕，接着又率兵讨伐山戎，一直打到孤竹境内（今河北省卢龙县城南滦河与青龙河交汇）才班师回朝。燕庄公感激万分，亲自送齐桓公班师。送了一程又一程，一直送到齐国境内。

齐桓公说："依据礼节，除了天子，诸侯之间相送不出自己的国境，我不能对燕无礼。就让我将你踏入齐国境内这部分领土送给你吧！"于是令将士开沟，把燕君所到之处送给了燕国，又让燕君重修召公之政，向周王室进贡，就像周成王、康王时代一样。诸侯闻讯，都说齐桓公是个仁君，纷纷表示，此后愿意服从齐国。齐桓公的威望达到了顶点。

但此后齐桓公征伐无度，威望一点点降下来。鲁闵公的母亲叫哀姜，是齐桓公的妹妹。哀姜与鲁公子庆父私通，庆父杀死闵公，哀姜想立庆父为国君，鲁人不同意，改立了僖公。齐桓公二十七年（前659），齐桓公觉得妹妹丢了齐国人的脸，就把哀姜召回齐国，杀了她。

齐桓公二十八年（前658），卫文公被狄人侵伐，向齐国告急。齐国率领诸侯在楚丘筑城池，把卫君安置在那里。

齐桓公二十九年（前657），齐桓公与夫人蔡姬乘船游玩。蔡姬熟悉水性，摇晃船只颠簸齐桓公。齐桓公害怕，命她停止，她仍不停，下船之后，齐桓公恼怒，把蔡姬送回娘家，但又不断绝婚姻关系。蔡侯十分生气，就把蔡姬另嫁别人。桓公听说后更加生气，兴兵伐蔡。齐桓公三十年（前656）春，齐桓公率领诸侯国讨伐蔡国，蔡国大败。

同年，齐桓公又伐楚。楚成王派人来问："为什么进入我的国土？"管仲回答说："过去召康公命令我国先君太公，'五等诸侯，各地守官，你有权征伐，以辅佐周室。'赐我先君有权征伐的疆界，东至大海，西至黄河，南至穆陵，北至无棣。楚国应该进贡的包茅没有进献，天子祭祀用品不全，因此来督责。昭王南征不归死在南方，因此前来问罪。"

楚王说："贡品没有进献，确实如此，是我的罪过，今后不敢不奉上。至于昭王一去不归，请您到汉水边上去问罪。"齐军进扎于陉地（今河南省漯河市）。楚王命屈完领兵抗齐，齐军退驻召陵。桓公向屈完炫耀兵多将广。屈完说："您合于正义才能胜利；如果不然，楚国就以方城山为城墙，以长江、汉江为护城河，看您怎么推进呢？"齐桓公就与屈完订立协约而回。

途经陈国，陈国大夫袁涛塗欺骗桓公，让齐军走东线难行之路，被齐国发觉。秋天，齐国又兴兵讨伐陈国。

齐桓公三十五年（前651）夏，齐桓公与诸侯在葵丘（今河南民权县林七乡西村）盟会。周襄王派宰孔带来礼物，赏赐给桓公，计有：祭祀文王武王的胙肉、丹彩装饰的弓箭、天子乘用的车乘；而且特许桓公不用下拜谢恩。桓公本想答应，管仲说："不可。"齐桓公于是下拜接受赏物。

同年秋天，齐桓公再次与诸侯在葵丘盟会，周王派宰孔参加盟会，齐桓公愈发面有骄傲之色。诸侯见桓公越来越骄傲，有些离心离德。晋献公病重，上路迟了，正逢宰孔。宰孔说："齐桓公骄傲了，这次不去也没什么关系。"晋君听从了他的话，没有去盟会。次年，晋献公死，里克杀死献公少子奚齐和卓子，秦穆公因为自己夫人是晋公子夷吾的姐姐，所以武力护送夷吾返晋为君。齐桓公也讨伐晋国内之乱，到达高梁（今山西临汾市东北）地方，派隰朋立夷吾为晋国君，然后撤军。

此时周朝王室衰微，天下只有齐、楚、晋、秦四国强盛。晋国刚刚参加盟会，晋献公便死去，国内大乱。秦穆公处地偏远，不参加中原诸侯的会盟。楚成王刚刚将荆蛮之地占为己有，认为自己是夷狄之邦。只有齐国能够召集中原诸侯盟会，齐桓公又充分宣示出其盛德，所以各国诸侯无不宾服来会。因此齐桓公宣称："寡人南征至召陵，望到了熊耳山；北伐山戎、离枝、孤竹国；西征大夏，远涉流沙；包缠马蹄，挂牢战车登上太行险道，直达卑耳山而还。诸侯无人违抗寡人。寡人召集兵车盟会三次，乘车会盟六次，九次会合诸侯，匡正天下于一统。过去三代开国天子，与此有何不同！寡人想要封祭泰山，禅祭梁父。"管仲力谏，桓公不听；管仲于是说明封禅之礼要等远方各种奇珍异物具备才能举行，桓公才作罢。

齐桓公三十八年（前648），周襄王之弟王子带与戎人、翟（音狄）人合谋侵周，齐国派管仲到周去为双方讲和。周天子想用上卿之礼接待管仲，管仲叩头而拜说："我是陪臣，怎么敢受此礼遇！"谦让再三，才接受以下卿之礼拜见天子。

四

蝉鸣声声，填补了宫禁的寂寞。管仲刚刚出使归来，想来向齐桓公禀报，就见易牙候在寝宫外，只好让他先进去。易牙进得宫来，跪倒在地，朗声说："主君，臣特来献一道千金难买的佳肴。"

"什么佳肴，这么金贵？"齐桓公问。

"主君用过再说。"易牙说着用力将一个鬲放在案几上。他小心地揭开盖子，热气袅袅上升，一股香味扑鼻而来。齐桓公抬眼一看，鬲中至少飘着六个鲍鱼，每个足有三斤重，齐桓公的食欲被勾起来了，他舀了一勺尝尝，浓郁汤汁，沁人肺腑，他不由倒吸一口气，大叫起来："竖刁（音刀）、开方，一起尝尝。"两个宠臣受宠若惊地过来，毫不客气地享用起来。

吃了三个鲍鱼过后，才见到下面的主菜。易牙分别在三人面前各摆了一个盘子，将主菜捞上来，用刀子切开，把肉卸下，分到三人的盘子里。齐桓公尝了一尝，也不知道是啥肉，只觉得鲜美，于是对着盘子大嚼起来，吃到最后觉得有点涩。于是问："易牙，这到底是什么肉？"但见易牙汪着两泡眼泪，一旁的竖刁见他心里难受，替他回答："主君，这是人肉。"

"易牙，你、你杀人啦？"齐桓公大吃一惊，大声喝问。

开方见状，忙替他解围说："主君，易牙没有杀人。这是他儿子的肉。"

齐桓公不听犹可，这一听"哇哇"地吐起来，吐得涕泪交流，黄的、白的、绿的、红的、青的，刚刚吃的都吐了出来，最后把胆汁也都吐出来，只觉浑身难受，一怒之下，掀翻桌子，大吼一声："来人，来人！"侍卫冲了进来，"把易牙吊起来，打死他！"侍卫不敢怠慢，立时把易牙吊在梁上。

管仲在外面听到里面痛哭的声音，心不由"咯噔"一跳，他了解齐桓公，他一方面依靠管仲、隰朋、鲍叔牙来成就霸业，另一方面，他又离不开竖刁、开方、易牙这些宠臣。这些年，随着齐国霸业的兴起，齐桓公名声在外，他想把自己的一生变成一首慷慨激昂的诗，可一和这些宠臣在一起，常常就变成一首歌，时而不靠谱，时而不着调。如今一听里面的哭声，就知又有什么事情离谱跑调，于是硬着头皮进去一探究竟。

一进去就见齐桓公亲自操鞭痛打易牙，一鞭下去就是一道血印子："为什么给我吃人肉？你想让天下人说寡人是吃人的野兽吗？"

"主君，您实在冤枉小臣。前天您说'不知人肉何味？'微臣一心想让主君知道人肉的味道。可齐国礼仪之邦，微臣去哪找人肉？只好将自己的儿子的肉献给主君。"

"畜生，那不过是本王一句戏言，你为什么不学学晋国的介子推，把自己的肉割下来，却把儿子杀了？"

管仲明白了，他对齐桓公说："这三个人不能留了，不然，小则大王和齐国丢尽脸面，大则丧了家邦。"齐桓公一听有理，说："容寡人过几天想想，再做定夺。"管仲见齐桓公犹豫，进一步讽谏说："主君思在未来，却要行在当下。"齐桓公最终还是听了管仲的话，将他们三个赶出宫去。

齐桓公三十九年（前647），朝中一帮国之干城的老臣先后谢世，管仲也老了、病了，很久没来上朝。齐桓公见朝班中得力人寥寥无几，又将那三个宠臣招了回来。他觉得自己离不开这三个人，他们说的话温柔贴心，他于是又任用这三人，三人的权势一天天大起来。

薄暮四合，天地苍茫，齐桓公驾车前来看望生病的管仲，只见他手脚青紫，脸色发黑，呼吸困难，眼看生命就要走到尽头了。齐桓公问他："你走后群臣之中谁可做相国？"管仲说："知臣莫如君。"齐桓公说："易牙这人怎么样？他忠于寡人，连儿子都可以不要。"管仲回答说："他杀死自己的儿子来迎合国君，不合人情。不能任用。"齐桓公问："开方这人怎么样？"回答说："他抛弃双亲来迎合国君，不合人情，不可接近。"齐桓公说："竖刁这人怎么样？"回答说："阉割自己来迎合国君，不合人情，不可亲信。"

管仲死后，齐桓公把管仲的话抛开一边，此时的齐桓公身体也比管仲好不了多少，他的那张脸像被岁月的铧犁耕耘过很多次，面容浮肿惨淡。他深知易牙这批人远远比不上管仲他们，遗憾的是他身边确实缺乏重臣，他不想活得太累，只好得过且过。"确认他们是否值得信任的办法就是信任他们。"但齐桓公已经没有时间来考察他们是否值得信任了。

齐桓公四十三年（前643），齐桓公去世。齐桓公生前有三位夫人，分别是：王姬、徐姬、蔡姬，都没生儿子。齐桓公好色，有很多宠妾，其中地位等同于夫人的就有六个：长卫姬，生公子无诡；少卫姬，生公子元；郑姬，生公子昭；葛嬴，生公子潘；密姬，生公子商人；宋华子，生公子雍。

齐桓公和管仲曾立公子昭为太子，又将他托付给宋襄公。易牙受到齐桓公长卫姬的宠幸，又通过宦者竖刀送给齐桓公厚礼，俩人都受到齐桓公的宠幸，易牙于是怂恿齐桓公改立无诡为太子。管仲死后，余下的五位公子都要求立为太子。此时，齐桓公也病了，行将就木，为了防止意外，易牙与竖刀令人筑高墙将齐桓公的寝宫围起来，只留一个小洞，齐桓公日常生活的饮食就从这个洞送入。五位公子为争夺太子之位，互相攻伐，其间连齐桓公的饮食也没人送了。同年十月乙亥日，齐桓公被活活饿死。

齐桓公一死，易牙进宫，与竖刀借助宫人杀死了诸大夫，立公子无诡为齐君。太子昭只好逃亡到宋国。没有人去管齐桓公的丧事，也没人敢去装尸入棺。十二月乙亥日，无诡即位，才将桓公遗体装棺并向各国报丧。辛巳夜，才穿衣入殓，停柩于堂。一代霸主齐桓公也曾拓万丈胸襟，思想深邃，眼界宽广，俯仰两不愧，他与管仲简直就是绝配，一个挥一挥袖子留下满台云彩；一个竟落到死时没有一个温暖的眼神，也没有人理睬。

齐桓公有十来个儿子，前后有五个儿子登上君位：无诡即位三个月便被杀死，没有谥号；接着是孝公，继而是昭公，再接下去是懿公，最后是惠公，这五人都是短命君主。

公元前642年三月，宋国因为受齐桓公与管仲之托照顾太子，所以前来征伐。宋襄公率领诸侯的军队送齐太子昭归国并伐齐。齐人害怕，杀死了他们的国君无诡。齐人将要立太子昭为齐君时，其余四公子的徒众又攻打太子昭，昭逃到宋国，宋军与齐国四公子的军队作战。五月，宋军打败四公子，立太子昭为君，就是齐孝公。因为战乱，齐国到八月才埋葬齐桓公。齐桓公作为春秋霸主，生前何等显赫，死后竟停尸十个月方入土，这在中国历史上实在是一件怪事！

公元前633年齐孝公死，孝公的弟弟公子潘让开方杀死孝公的儿子，公子潘自立为君，是为齐昭公。齐昭公元年（前632），齐国因为乱哄哄的局面失去了霸主地位，周天子让晋做了诸侯的霸主。

公元前614年5月，齐昭公死，他的儿子舍即位为齐君。舍的母亲不受昭公宠爱，齐国人都不怕他。齐昭公的弟弟公子商人因为桓公死后未能争立为君，于是暗中结交贤士，抚恤存爱百姓，百姓都拥戴他。舍继位之后，孤独软弱，商人就与众人于十月在昭公坟前杀死了他，商人自立为君，这就是齐懿公。

齐懿公还是公子的时候，曾与丙戎的父亲一同打猎，互相争夺猎物，齐懿公未争到，即位以后，齐懿公斩断丙戎父亲的脚，却让丙戎为自己驾车。庸职的妻子漂亮，齐懿公抢入宫中，却让庸职做骖乘。五月，齐懿公在申池游玩，丙戎和庸职就在池中洗澡，互相开玩笑。庸职说丙戎是"砍脚人的儿子"，丙戎说庸职是"被人夺妻的丈夫"。两人都为这些话感到耻辱，共同怨恨齐懿公。两人于是将齐懿公骗到竹林中游玩，在车上把齐懿公杀死，把尸体抛在竹林中。

呜呼！一代霸主的五个儿子即位之后，有的短命，有的横死！人们说，水穷处正是云起时，可是此后姜齐再也无法恢复到齐桓公时的盛况。

第二节　崔杼和晏婴

一

齐懿公之后继位是齐顷公，齐顷公期间齐国有过一段安宁的日子，但好景不长，接下来是齐灵公，齐灵公之后是庄公，齐庄公因为桃色事件又酿出了大祸。

事情是这样引起的：齐国有个棠公，他的妻子非常漂亮。棠公死后，大臣崔杼续娶了她。有一次，齐庄公见到崔杼新纳的妻子，立时倒吸了一口冷气，但见她轻摇玉体，绣带飘飘，脸如杏蕊初开凝晓露，眼角儿一闪转秋波，活色生香。庄公身边美女如云，可他就是贪腥，于是在崔杼家安了内线，崔杼不在家，庄公就一次次来到崔府探望名花。

为了堵住崔家仆人的口，庄公会赏给他们一些礼物。有时候忘了带，就把崔府的东西当作自己的财宝赏给了他们。有一次连崔杼的官帽都拿来打赏。官帽是上朝必备的，崔杼回来一追问，真相大白。这一气非同小可，崔杼可不是好惹的，他不会因为对方是君王就把自己的妻子让给对方，他要报复，要出这口恶气。庄公身边有个随从叫贾举，因为遭过庄公一顿毒打，嫉恨在心，就配合崔杼寻找庄公的漏隙，来报复仇怨。

齐庄公六年（前548）五月，莒国国君前来朝见齐君，齐庄公在甲戌日设宴招待莒君。崔杼推说有病不来参加。第二天，庄公来探望崔杼的病情。探完了崔杼探崔妻。崔妻避入内室，与崔杼把房门关上不出来，庄公就在前堂抱着柱子唱歌："思念如天上风兮吹不断，春花秋月兮谁共赏？"他丝毫也没有想到死神正一步步朝他而来。

这时候贾举把庄公的侍卫拦在府门外面，在里边把院门关上。崔杼的徒众手执兵器一拥而上。齐庄公一看情形不对，慌忙登上高高的亭台，大喊请求和解，众人不答应，齐庄公又请求盟誓定约，众人也不答应。

天上地上没有路，日头躲在云间哭。庄公最后哀求说："让我回到自家的祖庙去自杀吧！"众人一听，大声嘲笑："这等事还有脸面回祖庙？"仍不允许。贾举说："国君之臣崔杼病重，不能听你吩咐。我们只管捉拿淫乱之徒，没接到其他命令。"

齐庄公走投无路，想从高台上跃下墙头，再翻墙逃跑，万万没想到一支箭不偏不倚射中了他的大腿，只听他大叫一声，坠落在墙内，众人乘乱而上，乱刀杀死了他。

这时候大臣晏婴来找齐庄公，见此情况，站在崔杼院门之外，说："国君为社稷而死则臣子应为他殉死，国君为社稷而逃亡则臣子应随他流亡。国君为自己私利而死而逃，除了他的宠幸私臣，别人不会为此殉死逃亡的。"

院门打开了，晏婴进去以后，把齐庄公之尸枕放在自己的大腿上，抚尸大哭，起来后三次顿足以示哀悼，然后离去。贾举对崔杼说："晏婴知道这事，杀了他吧！不杀会留下后患。"崔杼说："他深得众望，放过他对我们有好处。"

丁丑日，崔杼立了齐庄公异母弟杵臼为君，这就是齐景公。齐景公即位后，让崔杼当右相，庆封当左相。崔杼、庆封怕把不住民心，引发国内动乱，就与满朝大臣盟誓说："谁不跟从崔、庆，谁就别想活！"晏婴听后仰天长叹说："我做不到，我只跟从忠君利国的人！"说完拂袖而去，不肯参加盟誓。庆封大怒，拔剑想杀死晏婴，崔杼按住了他的手说："他是忠臣，放过他。"

崔杼虽然当了国相，权力炙手可热，但齐国太史依然在简册上注载下："崔杼杀死他的国君。"崔杼一见暴跳如雷，立时拔剑把太史杀死。太史的弟弟太史仲又一次记载上，崔杼把剑架在他的脖子上逼问："改不改？"太史仲凛然回答道："不改！"崔杼剑一挥，太史仲倒在地上，血流如注，死了。太史叔将弑君一事又记载上，崔杼把剑架在他的脖子上，心想：太史就这三兄弟，全杀了，我看还怎么记载？这时候就有人来报："太史的族兄弟前赴后继都往这里赶，现在就在路上。邻国的太史也拿着

'崔杼弑君'的竹简赶来。"崔杼心里开始发毛，他知道杀史官会遗臭万年，只好放了太史的三弟。

崔杼的妻子生了两个儿子，一个叫成，一个叫强。妻子死后，崔杼又娶了东郭氏女，生下另一个儿子叫明。东郭氏让她前夫的儿子无咎，还有她自己的弟弟东郭偃做崔氏家族的相。成犯了罪过，无咎和东郭偃立即严惩了成，立明为继承人。成、强请求回到崔邑去，崔杼答应了，但二相不肯，说："崔邑是崔氏宗庙所在之地，你不许去。"成、强忍无可忍，告知了庆封，希望得到他的帮助。

庆封为独揽齐国大权，希望崔氏败落。于是怂恿成、强在崔杼家中杀死无咎与东郭偃，家人见二相已死，怕祸及自身，四处逃散。崔杼回来一见，府中渺无一人，只好让人为他驾车，去见庆封。庆封拍着胸脯说："成、强无法无天，我来为你报仇！"齐景公元年（前547），庆封派崔杼的仇人卢蒲嫳攻打崔氏，杀死成、强二人，灭了崔氏一族。

起风了，下雪了，崔杼在风雪中跌跌撞撞归来，眼望着自家府邸，银装素裹，大雪遮不住的地方露出的是雕梁画栋，何等庄严肃穆，这就是权力的象征啊。崔杼会心地笑了笑。他一步跨进府里，立时大叫一声，倒在地上，院里一片猩红，尸首狼藉，大儿子成、二儿子强，还有小儿子明都死了，妻子东郭氏吊死在中堂。"这就是为我报仇，为我报仇吗？明明是灭我家族！"崔杼一下昏死过去。

夜半了，风雪更大，屋顶的雪足有三尺厚，似乎要将崔府压垮似的。崔杼醒了，他艰难地爬起来，这府邸虽大，注满的都是痛苦；这族人虽多，全都死了，陪伴他的只有自己的影子。他一时解不开心头的结，一头向柱子撞去，柱子断了，屋顶塌了，风雪掩埋了他的尸体。

崔杼死后，庆封大权在握，愈发骄横，酗酒游猎，不理政务。田文子对田桓子说："动乱将起。"齐景公三年（前545）十月，田、鲍、高、栾四家族，趁着庆封外出打猎，联合起来，消灭了庆氏。庆封归来，不能进家，只好逃亡到鲁国，继而又逃到吴国。

这一年秋天，齐人移葬了庄公，把崔杼尸体吊在杆上示众于市，以泄民愤。崔杼杀了庄公，报了辱妻之仇，可他杀庄公，并不仅仅为了报仇。此后，齐国由上大夫晏婴主持国政。晏婴生活节俭，谦恭下士。对内匡辅国政，屡次劝谏景公，拔擢贤才司马穰苴、越石父等；对外出使别国，机敏善辩，不辱使命，使齐国名扬诸侯。

二

齐景公九年（前539），齐景公派晏婴出使晋国，晏婴是齐国一代名臣，人虽生得五短三粗，心灵却极其聪慧。他私下对晋国的叔向说："齐国政权最终将归田氏。田氏虽无大的功德，但能借公事施私恩，有恩德于民，人民拥戴。"

齐景公三十二年（前516）三月三，齐景公在柏寝台大会群臣，共度良宵。众人饮酒作乐，正在兴头，突然间天空出现一颗彗星，像秋日里的枯枝轻轻地飘落下来。刚刚还哈哈大笑的齐景公脸色霎时变了。

一弯上弦月朦朦胧胧，凄凉的月色辉映着齐景公那空虚绝望的脸。他连叹几声，说："齐国富丽堂皇的亭台，不知最终将落入谁的手呢？"群臣一听全都愣了，是啊！连年来齐国都在内耗，国家岌岌可危，齐景公的话不无道理，一个个潜然泪下，沉浸在悲伤之中。只有晏婴哈哈大笑起来，一连饮了几盏酒，齐景公见他如此无礼，正想发作。晏婴安然说："我笑群臣过于谄谀了。"齐景公说："彗星出现在东北，正对着齐国的地域位置，孤为此而担忧。国将不国啊！"

晏婴说："您筑高台凿深池，地租赋税唯恐收得少，滥施刑罚唯恐不严苛，最凶的茀星不久就会出现，您还怕这么一颗小小的彗星？"景公一听，内心怵然，不得不赔着笑脸问晏婴："可以用祭祷禳除彗星吗？"晏婴说："如果祝祷可以使神明降临，那么祈禳也可以使它离去。但百姓的愁苦怨恨成千上万，您一个人祈禳，怎么能胜过幽幽众口的怨恨之声呢？"当时齐景公大造宫室，多养狗马，奢侈无度，税重刑酷，所以晏婴借机谏止齐景公。不幸的是，病入膏肓的齐国已经无法挽救，又一轮宫廷攻杀不可避免地发生了。

齐景公之后的齐悼公在位四年，被鲍子杀死；齐悼公的儿子齐简公在位同样只有四年，又被田氏家族的田常杀死。这一期间，田氏家族势力日益强大，终于在公元前379年取代姜姓吕氏，占有齐国。此后，吕氏的祭祀绝。

以姜太公名声的显赫，一部姜吕齐国的历史，除齐桓公之外，竟如此乏善可陈，实在出人意料。

第三节 田氏代齐

一

田氏的祖先可以追溯到陈国的陈完。陈完是陈厉公陈他（音托）的儿子。陈完呱呱坠地之日正是阳春时节，春日迟迟，陈厉公沉浸在得子的欣喜之中，猛然间想起周太史正好路过陈国，歇在驿馆中，他亲自把周太史迎到宫中，请他给陈完卜一卦，得到的是"观卦"变为"否（音匹）卦"，太史久久望着户外的雨帘，又反复验看着这个粉嫩的婴儿，若有所思地说："卦辞的意思是，他将取得陈国君位拥有国家，不过，也许不在陈国而在他国，或者不应验在他本人身上，而应验在他的子孙身上。如果是在他国，必定是姜姓国。姜姓是帝尧时四岳的后代。事物不可能是两个同时强大，陈国衰落后，他这一支将要昌盛起来吧！"①

陈厉公是陈文公的小儿子，他的母亲是蔡国人。陈文公去世之后，陈厉公的哥哥陈鲍即位，是为陈桓公。陈桓公和弟弟陈他同父而异母。趁着陈桓公生病的时候，蔡国人替陈他杀死了陈桓公和太子陈免，立陈他为君，这就是陈厉公。陈厉公即位以后，娶蔡国女子为妻。这个蔡女和蔡国人通奸，常常回蔡国去，陈厉公也经常去蔡国。陈桓公的小儿子陈林怨恨厉公杀死了他的父亲，就让蔡国人刺杀了陈厉公，陈林自立为国君，这就是陈庄公。

陈庄公在位期间，陈完是陈国的大夫，并没有像卦辞所说那样取得陈国国君之位，而是应验在他的子孙身上。

陈庄公去世后，弟弟杵臼即位，也就是陈宣公。宣公二十一年（前672），宣公杀死了太子御寇。御寇和陈完平日里很友爱，陈完恐怕灾祸牵连到自己，于是逃亡到了齐国。齐桓公接见了陈完，得知他是陈厉公的儿子，想任命他为卿，陈完再三推辞说："我是个寄居在外的小臣，有幸能

---

① 见〔西汉〕司马迁《史记·田敬仲完世家》："陈完者，陈厉公他之子也。完生，周太史过陈，陈厉公使卜完，卦得《观》之《否》'是为观国之光，利用宾于王。此其代陈有国乎？不在此而在异国乎？非此其身也，在其子孙。若在异国，必姜姓。姜姓，四岳之后。物莫能两大，陈衰，此昌乎？'"

够免除种种灾难,已经是您给我的恩惠了,不敢再担当这么高的职位。"齐桓公让他做管理百工的工正。齐懿仲见到这个年轻英俊的后生,想把女儿嫁给陈完为妻,并为此事进行占卜,占卜的大意是:"凤凰于飞,和鸣锵锵。有妫(音归)氏的后代,将在姜氏那里成长。五代之后就要昌盛,和正卿的地位一样。八代之后,地位之高没人比得上。"齐懿仲最终把女儿嫁给陈完为妻。陈完逃到齐国的时候,齐桓公已在位十四年了。①

陈完去世后,谥号"敬仲"。敬仲生了穉(音志)孟夷。敬仲到齐国之后,把自己原来的姓氏陈氏改为田氏。

二

陈完的四代孙叫鳌子乞,也称田乞。田乞侍奉齐景公,身份是大夫,他是个有心计的人物,眼见姜吕在齐国急剧衰落,为了田氏家族的未来,他向百姓征收赋税时用小斗收进,赐给百姓粮食时用大斗,暗中向百姓施以恩德,因此很得民心,他的家族势力也越来越强大。晏婴多次向齐景公进谏,齐景公不以为然。不久晏婴到晋国出使,与叔向私下里说:"齐国的政权最终要归到田氏的手里啦。"

齐景公五十八年(前490)夏,齐景公的嫡子死去。齐景公的宠妾芮姬生有一个儿子叫荼,齐景公想立荼当太子。荼年幼,行为不端,他的母亲出身又贱微,朝中大夫不同意荼成为太子,都说应该在诸公子中选择年长贤德者做太子。景公因为年事已高,既想立荼为太子,又不愿亲自提出,就对大夫们说:"及时行乐吧,还怕国家没有君主吗?"

这一年秋天,齐景公病重,行将就木的他命令国惠子、高昭子立幼子荼为太子,驱逐其他公子,将他们迁移到莱地,莱人为此唱道:"景公葬礼不能参加,国家军事不让谋划。众公子的追随者呀,你们最终将去何方?"景公死后,荼即位,是为晏孺子。这年冬天,齐景公还未埋葬,其他公子害怕被杀,都逃亡国外。荼的异母兄寿、驹、黔逃到卫国,公子鉏(音楚)、阳生逃到鲁国。

晏孺子元年(前489)春,田乞伪装忠于高氏、国氏,二氏是齐国的

---

① 见〔西汉〕司马迁《史记·田敬仲完世家》:"庄公卒,立弟杵臼,是为宣公。宣公二十一年,杀其太子御寇。御寇与完相爱,恐祸及己,完故奔齐。齐桓公欲使为卿,辞曰:'羁旅之臣幸得免负担,君之惠也,不敢当高位。'桓公使为工正。齐懿仲欲妻完,卜之,占曰:'是谓凤凰于蜚,和鸣锵锵。有妫之后,将育于姜。五世其昌,并于正卿。八世之后,莫之与京。'卒妻完。完之奔齐,齐桓公立十四年矣。"

左右相。二氏每次上朝，田乞就殷勤地为他们驾车，又对他们说："你们得到君王信任，朝中大夫都人人自危，担心被你们迫害，想图谋叛乱。"田乞又对群大夫说："高昭子太可怕了，趁他还没开始行动迫害我们，我们抢先搞掉他。"田乞这两边一捣鼓，内耗随之而起，大夫们都听信于他，决心除掉高氏和国氏。

六月盛夏，滚滚闷雷之后是倾盆大雨，浑身湿透的田乞、鲍子与众大夫带着一群湿漉漉的士兵冲进宫中，攻打高昭子。昭子闻讯，立时与国惠子共同救护国君。二氏因为未及提防，一触即溃，仓皇逃命，田乞带领众人拼命追击，国惠子逃往莒去了，田乞回来遇到高昭子，将高昭子杀死。接着派人火速赶到鲁国，迎回了公子阳生，将他藏在自己家中。

十月戊子日，田乞邀请各位大夫饮酒，酒过三巡，田乞打开座席中央一个大口袋，口袋里钻出了公子阳生，田乞说："这就是齐国之君！"众大夫倒地就拜。田乞接着要与众大夫盟誓立阳生为君，这时候鲍子已经醉了，田乞就欺骗大家说："我和鲍子谋划一致立阳生为君。"想不到醉醒之间的鲍子突然睁开眼睛，瞪着田乞，恼怒地吼道："您忘记了景公立荼为君的遗命了吗？"

众大夫面面相觑，想收回说出去的话，阳生慌忙上前，恭敬地说："对于我可立则立，不可立就作罢。"鲍子也怕惹起祸乱，说："都是景公的儿子，有什么不可的。"就与众盟誓，立阳生为齐君，是为齐悼公。齐悼公进入宫中，立即诏命将晏孺子流放到骀（今山东滕州市东南），随即将其杀死。

齐悼公即位后，田乞任宰相，独揽齐国政权。四年之后，田乞去世，他的儿子田恒接替了职位，也就是田成子。田常挑选身高七尺以上的齐国女子做后宫姬妾，姬妾达一百多人。到田恒去世的时候，姬妾生下众多子嗣，田氏家族可谓瓜瓞绵绵，后继有人。

齐悼公之后是齐简公，这时候，田恒势力越来越大，他不仅杀了齐简公，还把鲍氏、晏氏、监止和公族中较强盛的成员全部诛杀了，又分割了齐国从安平以东到琅琊的土地，作为自己的封地。他的封地比齐国国君享有的领地还要大。

田成子田恒之后是田襄子，田襄子继任宰相后，几乎拥有整个齐国。田庄子去世后，他的儿子田和继承父位。公元前386年，田和正式成为齐侯，称田齐太公，列名于周朝正室，开始纪元年。

第四节 田氏的盛衰

一

齐威王是田齐太公田和之孙,齐威王与楚国的楚庄王都属于"三年不鸣、一鸣惊人"的君主。齐威王于公元前378年即位,即位之初,不理国事,九年之间,各国诸侯看准机会,都来犯齐。齐威王六年(前372),鲁国攻入齐国阳关(今山东费县西南);晋国打到齐国博陵(今山东茌平县西北)。齐威王七年(前371),卫国占领齐国的薛陵(今山东阳各县东北)。齐威王九年(前369),赵国占领齐国的甄(音倦今山东鄄城县北旧城集)城。几年间田氏齐国失去了不少地方,一时间人心惶惶,不得太平。

齐威王是个有为的君王。他考核官吏,赏罚分明,树立清廉的风气;他广开言路,奖励敢谏善谏之臣,以揭露弊政;他重视人才,选贤任能;他不以珠玉为宝,而以人才为宝。

一日,即墨大夫前来述职,齐威王听后对他说:"自从您治理即墨,毁谤您的言论每天都有,有时候如雪花飘来。可是我派人到即墨视察,田野得到开发,百姓生活富足,官府没有积压公事,齐国的东方因而得到安定。这是由于您不会逢迎我的左右以求得赞扬啊!"于是,封给他一万户食邑。

不久,齐威王又召见阿城大夫,对他说:"自从你治理阿城,赞扬你的话每天都能听到。可是我派人到阿城视察,田野荒废,百姓贫苦。从前赵军进攻甄城,你未能援救。卫国夺取薛陵,你也不知道。这是你用财物贿赂我的左右而求得的赞扬吧!"齐威王当天就烹杀了阿城大夫,并把左右曾经吹捧过他的人也都一起杀了。

真是三年不鸣则已,一鸣惊人。几天后,齐威王果断地发兵往西边进攻赵、卫,金戈铁马在浊泽(今河南长葛市西)打败魏军,围困了魏惠王,魏惠王请求献出观城来讲和(今河南清丰县东南);赵国人归还了齐国的长城。齐国全国震惊,人人都不敢文过饰非,此后个个忠于职守,齐国得到很好的治理。诸侯听到以后,二十多年不敢对齐国用兵。

齐威王很喜爱弹琴,邹忌是一位优秀的琴师,齐威王很器重他,让他住在宫中的右室，以便时时可以请教。有一次，齐威王正在弹琴，邹忌突然推门进来说："琴弹得好极了！"齐威王很不高兴，手按宝剑说："先生只看到我的样子，还没有认真观察，怎么能知道弹得好呢？"邹忌说："大弦缓慢并且温和，这是象征国君；小弦高亢明快并且清亮，象征宰相；手指勾弦用力，放开舒缓，象征政令；发出的琴声和谐，大小配合美妙，曲折不正之声而不相干扰，象征四时。我由此能知道您弹得好。"威王说："你很善于谈论音乐。"邹忌说："何止是谈论音乐，治理国家和安抚人民都在其中啊！"

齐威王突然又不高兴说："如果谈论五音的调理，我相信没有人比得上您。如果是治理国家和安抚人民，又怎么能在琴弦之中呢？"邹忌说："琴声回环往复而不乱，是由于政治昌明；连贯而轻快，是由于保了将亡之国；所以说琴音调谐就能保天下太平。治理国家和安抚人民，没有比五音的道理更相像的了。"齐威王听完，眉飞色舞，高兴地说："好极了。"

邹忌觐见齐威王才三个月就接受了相印。淳于髡见了他说："您真会说话呀！我有些浅薄的想法，愿在您面前陈述。"邹忌说："恭敬地接受教诲。"淳于髡说："侍奉国君能周到无误，你的身名就都能兴盛；如果稍有不周或失误，身名都要毁灭。"邹忌说："恭敬地接受指教，我要把您的话谨记在心。"淳于髡说："用猪油涂抹棘木车轴，是为了使它润滑，然而，如果轴孔是方形的就无法转动。"邹忌说："谨受指教，我要小心地在国君左右侍奉。"淳于髡说："拿胶粘用久了的弓干，是为了黏合在一起，然而胶不可能把缝隙完全合起来。"邹忌说："谨受指教，我要使自己依附于万民。"淳于髡说："狐皮袄即使破了，也不能用黄狗皮去补。"邹忌说："谨受指教，我要小心地挑选君子，不让小人混杂在其中。"淳于髡说："大车如果不校正，就不能正常载重；琴瑟不把弦调好，就不能使五音和谐。"邹忌说："谨受指教，我要认真制定法律并监督奸猾的官吏。"

淳于髡说完出来，到门外对他的仆人说："这个人，我对他说了五条隐语，他回答我就像回声的响应一样，这个人不久必定会封侯的！"过了一年，齐威王果然把下邳封给邹忌，封号是成侯。齐威王任用邹忌改革政治，任用田忌、孙膑为将，齐国遂变得强大。

齐威王二十四年（前354），齐王与魏惠王在郊外一起打猎。魏国这时候是北方小霸，风头正劲，小有名气。田氏刚刚代齐不久，内外还没完全稳固。魏王想占点面子与口舌上的便宜，问道："大王有宝物吗？"齐威王说："没有。"

魏惠王看了看齐威王，不屑地说："像寡人的国家这样小，也还有能照亮前后各十二辆车的夜明珠十颗,每颗直径一寸。"说着五个手指一环,示意这就是直径一寸。见齐威王傻愣愣地看着他的手势,又嘲讽地说:"齐国,万乘之国怎么能没有宝物呢?"

齐威王见魏王步步进逼,语气不恭,于是说:"寡人也有宝物一二,但寡人宝物的标准与大王不同。我有个大臣叫檀子,派他镇南城(今山东平邑县南),楚国人就不敢向东方侵犯掠夺,泗水之滨的十二诸侯都来朝拜。我有个大臣叫盼子,派他镇守高唐(在今山东禹城西南),赵国人就不敢到东边的黄河里捕鱼。我有个官吏叫黔夫,派他镇守徐州(今河北大城县),燕国人就到北门祭祀,赵国人就到西门来祭祀,以求神灵保佑不受攻伐,搬家去追随他的有七千多家。我有个大臣叫种首,派他戒备盗贼,结果就道不拾遗。这些都将光照千里,岂止是照亮十二辆车呢!"魏惠王越听越惭愧,知道占不了便宜,败兴离去。

齐威王二十六年(前331),魏惠王派兵包围赵国都城邯郸,赵国向齐国求救。齐威王召集大臣商议说:"救赵好还是不救赵好?"许久,没有人说话,邹忌终于站出来,以一个老臣权威的口吻说:"不如不救。"

段干纶一听,心中"咯噔"一跳,邹忌历来高瞻远瞩,老谋深算,怎么会提出不救呢?这老头必另有想法。于是他说:"不救就是不义,并且对我们不利。"齐威王问:"为什么呢?"

段干纶回答说:"魏国并吞邯郸,这对齐国有什么好处呢?如果救赵,军队驻在赵国郊外,这就使赵国不被攻伐而魏军也会完好无损。对我们也未必很好,不如向南进攻魏国的襄陵使魏军疲惫,邯郸即使被攻下,我们也可以利用魏国的疲惫再挫败它。"这就是段干纶从战略上提出的"围魏救赵",齐威王听后深觉有理。

成侯邹忌虽然深得齐威王的器重,但连年来与齐国大将田忌关系不好,他担心救赵成功,田忌的威望越来越高,压倒了他。下朝归来,邹忌一人在槐树底下枯坐,闷闷不乐。家臣公孙闬知道他的心思,对他说:"您为什么不考虑伐魏?那样,田忌一定领兵。如果战胜有功,那是您的计谋正确;如果打不胜,田忌不是向前死战就是向后败北,等候他的就是军法了。"

公孙闬一席话点醒了邹忌,第二天,邹忌就向齐威王建议,派田忌南攻襄陵。齐威王于是命田忌为大将、孙膑为军师,率兵救赵。孙膑采纳了段干纶"围魏救赵"的计策,在战役和战术上做了巧妙的安排。十月,邯郸被攻克,齐国趁机起兵进攻魏军,在桂陵大败魏军。齐军三战三捷,齐国一时威震天下,齐威王于是自号为王,以号令天下。

邹忌老了，随着田忌的威望一天天强大，邹忌的心情愈来愈压抑。齐威王三十五年（前343），公孙阅又向邹忌献了一条陷害田忌的计："何不让人拿黄金十斤到街上去占卜，说'我是田忌的人。我们三战三胜，声威满天下。想要做大事，是吉利还是不吉利？'"

卜卦的人刚走，公孙阅立刻带人逮捕卖卜的人，将他押解到齐威王面前，齐威王再三追问，信以为真，对田忌产生了怀疑。田忌听说此事之后十分生气，立刻指挥部下攻打临淄，欲与邹忌对质，但没有成功，只好仓皇逃往楚国。直至宣王即位后，才召田忌回国恢复旧职。

二

齐威王在位三十六年（前320）去世，他的儿子辟疆即位，是为齐宣王。宣王年间，诸侯间形势又发生了变化。齐国失去了霸主的地位，周天子把霸主的称号送给了秦孝公。

齐宣王在位期间的一件大事就是"稷下学宫"的兴起。稷是齐国都城临淄（今山东省淄博市）的一处城门，稷下学宫指的是稷门附近的一座学府，这座学府创建于齐威王，兴旺于齐宣王，是中国第一座由官方举办、私家主持的特殊的学术机构。

这座学府的设立，最初是因为田氏君主需要在理论上求得"田氏代姜"的合法性。学者经过研究得出，田氏来自黄帝系，姜氏来自炎帝系，黄帝在阪泉之战中打败了炎帝，取代了炎帝共主的地位，因此，作为黄帝后裔的田氏取代炎帝后裔的姜姓吕氏同样是合理的。

稷下学宫逐渐吸引了越来越多的学者，凡到稷下学宫的文人学者，无论其学术派别、思想观点，以及国别、年龄、资历等如何不同，都可以自由发表自己的学术见解，学者们互相争辩、诘难、吸收，成为战国"百家争鸣"的典型。稷下学宫的学术博大精深，诸子百家在这里逐渐成形，黄老、儒家不同学派在这里形成，这是齐宣王年间值得一提的大事件，也是中国思想史上有意义的事件。

当时的齐威王、齐宣王对稷下学宫的学者采取了十分有礼的态度，封了不少著名学者为"上大夫"，"受上大夫之禄"，即拥有相应的爵位和俸禄，允许他们"不治而议论"[①]，"不任职而论国事"[②]。因此，稷下学宫是

[①] 见〔西汉〕司马迁《史记·田敬仲完列传》。
[②] 见《盐铁论·论儒》。

具有学术和政治的双重性质，它既是一个官办的学术机构，又是一个官办的政治顾问团体。在这座学宫中有一位特殊的人物——孙膑。

当初，孙膑与庞涓一起研习兵法。后来庞涓到魏国做了将军，深知自己的才能不如孙膑，便去信请孙膑前来魏国。孙膑刚到魏国，庞涓便设计陷害孙膑，对其处于膑刑和黥刑，使得他终身残疾，生命危在旦夕。齐国使者出使魏国，孙膑以受刑待罪人的身份暗中与他相见，说动了齐国的使者，齐国使者偷偷地把孙膑装在车上带回了齐国。齐国的大臣田忌把他奉为座上客，后又把他引荐给齐威王。齐威王很尊重他，向他讨教兵法，请他当军师。

公元前343年，魏国称王，盟友韩国不从。魏国一怒之下，于次年出兵攻打韩国。韩国怎是魏国的对手，只好遣使向齐国求救。

齐威王[①]召集大臣商议说："早去救援好还是晚去救援好？"邹忌认为还是不救的好。田忌说："如果不救，韩国就会失败而并入魏国，对我们不利，不如早去援救它。"齐威王把目光投向孙膑，孙膑胸有成竹地说："救是要救，但迟救比早救好。如果韩国求救，我们就火速去救，无异于听从韩国的指挥；此时魏国兵锋凌厉，我们顶风而上损失就大。不如让韩、魏先打，待到韩国将亡，魏军疲惫之时，我们再出兵，这样更容易成功。"

威王觉得孙膑的计划很周全，决定先坐山观虎斗，待魏、韩火拼一番后才出兵救援。韩国知道齐国最终会出兵救援，奋力与魏国战，毕竟小国难敌小霸魏国，五战皆败。齐威王见魏、韩两国皆元气大伤，认为时机成熟，委任田忌为主帅、田婴为副帅、孙膑任军师，率领齐军直逼魏国国都大梁。

魏惠王得知消息，立刻停止进攻韩国，将攻韩的魏军撤回，任命太子申为上将军，庞涓为将，统率十万魏军，决心与齐军一决雌雄。孙膑深知魏军强悍善战，但骄傲轻敌是其致命伤，决定先向魏军示弱，引诱魏军深入，再出其不意一举歼灭。

第二天，齐军与魏军打个照面后立即佯装怯战后撤。傍晚时分，孙膑命将士们埋下十万人煮食用的灶，第二天减少到五万人用的灶，第三天又减少至仅足三万人的用灶。

月光如水，泻了满满一地，月虽未满，却有足够的光辉。借着月光，

---

① 马陵之战发生于前343年，齐国君主仍为威王。而《史记》中司马迁因对纪年的记载有误，故把此战记载为齐宣王问事。

庞涓眼望着大幅损减的军灶，内心窃喜：齐军虽号称十万，但将士怯战，连日逃逸，如今兵员不过三万，败绩已经呈现。于是，庞涓不顾一切，带着精锐骑兵，日夜兼程追击齐军。

孙膑在魏军必经之处马陵道设伏。马陵道狭窄，路两边都是林木，地势险阻，孙膑料庞涓会于当天晚上赶到，于是在马陵道两侧埋伏下一万弓箭手，约定夜里以火光为号，万箭齐发，又把路旁一棵大树的树皮剥掉，刻上"庞涓死于此树之下"的字样。

庞涓的骑兵风驰电掣赶来，一路上，风吹林木影幢幢，萤光磷火阴森森，路越走越狭越险。庞涓不由勒住马头，环望四周，哈哈大笑起来："都说孙膑用兵如神，这竖子要是在这里埋下伏兵，我魏军怎能逃脱！"正说着，前头来报，路被木石堵死。庞涓不由一惊，就见路旁一棵大树，上面有字，立令举火查看。

齐军一见火起，万箭齐发，庞涓正想传令后军改为前军，火速撤退，一支飞箭射中他的后背，一阵剧痛，庞涓伏在马上，知道大势已去，无法复命，大喊一声："庞涓一时失计，遂使竖子成名。"说完拔剑自杀。

马陵之战，尽歼魏军，俘虏了魏军的主帅太子申。魏国实力大损，齐军威震中原，三晋的君主都到博望（今山东茌平县西）朝拜齐王，盟誓之后离去。

三

宣王十九年（前301）去世，他的儿子湣王田地即位。齐湣王三十六年（前228），齐湣王自称东帝，秦昭王自称西帝。苏代从燕国来到齐国，在章华东门拜见齐王。齐湣王说："嘿，好啊，您来了！秦国派魏冉送来了帝号，您认为怎么样？"苏代回答说："大王对臣的提问太仓促了，而祸患的生产常常是不明显的。希望大王接受帝号，但不要马上就准备称帝。秦国称帝后，如果天下安定，大王再称帝，也不算晚。况且在争称帝名时表示谦让，也没什么关系。如果秦国称帝后，天下都憎恶他，大王也就不要称帝，以此收拢天下人心，这是很大的本钱。况且天下并立两帝，大王认为天下是尊崇齐国呢，还是尊崇秦国呢？"齐湣王说："尊崇秦国。"苏代说："如果放弃帝号，天下是敬爱齐国呢，还是敬爱秦国呢？"齐湣王说："敬爱齐国而憎恨秦国。"苏代说："东西两帝订立盟约进攻赵国有利，还是讨伐宋国的暴君有利？"齐湣王说："讨伐宋国的暴君有利。"苏代说："盟约是均等的，可是与秦国一起称帝，天下只尊崇秦国而轻视齐国，放弃了帝号，天下就会敬爱齐国而憎恨秦国，进攻赵国不如讨伐宋国的暴君有利，所以希望大王明确地放弃帝号以收拢天下人心，背弃盟约，抛开秦国，不与秦国争高低，大王要利用这个时机攻下宋国。占有宋国，魏国的阳地也就危急了；占有济水以西，赵国的阿地以东一带就危急了；占有淮水以北，楚国的东部就危急了；占有陶、平陆，魏都大梁的城门就被堵塞了。放弃帝号而用讨伐宋国暴君的事代替，这样，国家地位提高，名声受人尊崇，燕国、楚国会因形势所迫而归服，天下各国都不敢不听从齐国，这是像商汤和周武王那样的义举呀。名义上敬重秦国的称帝，然后让天下人都憎恨它，这就是所谓由卑下变为尊贵的办法。希望大王认真地考虑。"于是齐国放弃帝号，重新称王，秦国也放弃了帝位。

公元前284年，燕昭王以乐毅为上将军，合燕、秦、韩、赵、魏攻齐，攻入临淄，连下七十三城，齐国只剩下莒和即墨两城。湣王逃入莒城，被淖齿杀死。王孙贾与莒人杀淖齿，立湣王的儿子法章为齐襄王。燕军引兵东围即墨，城中推举田单为将。双方相持达五年。

公元前279年，燕昭王逝世，燕惠王继位，田单使用反间计，使乐毅被废除职务，燕惠王改派骑劫代替乐毅为将领，乐毅被迫出奔赵国。田单组织反攻，以"火牛阵"大败燕军，收复失地。齐虽复国，但元气大伤，无力再与秦抗衡。（乐毅伐齐事参见本书第六章"姬姓燕国"）

公元前265年，齐襄王死后，他的儿子田建继位，由君王后（襄王正室）辅政。公元前249年，君王后逝世后，王后的族弟后胜执政。后胜本性贪婪，在秦国不断贿赂之下，后胜使齐王建听信其主张，对秦攻其余五国袖手旁观，也不援助，等到五国灭亡后，齐王才顿感到秦国的威胁，慌忙将军队集结到西部边境，准备抵御秦军的进攻。公元前221年，秦王灭亡韩、赵、魏、楚、燕之后，以齐拒绝秦使者访齐为由，命王贲率领秦军伐齐。齐王建令齐军主力四十万慌忙集结于西部，秦军避开了齐军西部主力，由原来的燕国南部南下直奔齐都临淄。齐军面对秦军突然从北面来攻，措手不及，顿时土崩瓦解。齐王建出城投降，齐国灭亡。秦国统一天下，在齐地设置齐郡和琅琊郡。

第五章 姬姓晋国

晋是姬姓诸侯国，在周朝诸姬——吴、鲁、燕、卫、郑中，晋国最大最强。诸姬在史籍中通常也称为诸夏，盖因晋地是古史传说中夏民及夏文化的重地。

"骊姬之乱"在晋国的历史上是一件大事。晋献公的宠妃骊姬，为了立自己所生的儿子奚齐为太子，驱逐了太子申生、公子重耳和夷吾。重耳四十三岁出奔，流亡列国十九年，六十二岁归国，经历重重磨难，大器晚成，即位是为晋文公。

晋国在城濮之战中大败楚军，遂成霸业。晋文公、晋襄公、晋景公、晋悼公四度为霸主，历时近二百年，是春秋四大强国之一。

由于"骊姬之乱"，晋国自晋献公开始不再分封公族，而是分封土地给了卿族，公族的大权逐渐旁落。形成了范、中行、智、韩、赵、魏六卿的势力。晋平公以后，六卿之间斗争激烈。晋定公时，范、中行两家首先败亡。公元前453年，韩、赵、魏三家共灭智氏，至此，晋国的权力和土地被韩、赵、魏三家瓜分。公元前403年，周威烈王册封韩、赵、魏为诸侯，史称"三家分晋"。公元前349年，末任晋侯晋静公被杀，晋国彻底灭亡。

韩、赵、魏三家是战国时期较早实行变革的诸侯国，均有可圈可点之处。魏国得益于吴起的军事变革，形成一支高度职业化的军队，战斗力极强，魏文侯、魏武侯时成为区域性霸主（小霸）。赵国与秦国同祖，均为伯益后裔，赵国嬴姓赵氏。赵武灵王"胡服骑射"，移风易俗，成果卓著，造就了赵国一段辉煌的历史。

第一节 桐叶封国

一

晋国的开国之君叫唐叔虞,他是周武王的儿子,周成王的弟弟。

当初,周武王姬发娶姜太公吕尚的女儿邑姜,洞房之夜,行过周公之礼,邑姜卧在榻上,久久不能入眠,她眼望着窗外,浩浩渺渺的夜空斗转星移,一个声音若有若无、似幻似真从苍空中飘来:"我让你生个儿子,名叫虞,再把唐地赐给他。"邑姜正好生奇怪,只听姬发喃喃嚅语:"虞,虞。"邑姜推醒了姬发,一问,原来他们俩做了相同的梦。

不久,邑姜产下一子,发现其掌心上果然写着"虞"字,后来这孩子的名字就叫虞。因为是周成王的弟弟,故叫叔虞。①

叔虞和周成王从小就关系很好,两人常常在一起玩,他们在月光下饮着月光泻下的琼浆,谈论着周朝的未来。

周武王逝世后,周成王继位,唐地发生内乱,周公带兵前往平乱。

一天,周成王和叔虞两兄弟做游戏,成王把一片桐树叶削成珪状送给叔虞,说:"本王用这桐叶分封你。"太史佚于是请求选择一个吉日封叔虞为诸侯。周成王说:"我不过和他开开玩笑罢了!"史佚说:"天子无戏言。只要说了,史官就应如实记载下来,按礼节完成它,并奏乐章歌咏它。"此时,周公平定唐地归来,周成王欣然把唐地封给叔虞,所以叫唐叔虞,字子于,姬姓。

唐在黄河、汾河的东边,方圆一百里②。"唐乱"已经平定,唐地又封给了叔虞,国号仍为"唐",会引起原住民的追思。唐叔虞死后,其子燮继位,因境内有一条晋河,遂改唐国为晋国。

---

① 见〔西汉〕司马迁《史记·晋世家》:"晋唐叔虞者,周武王子而成王弟。初,武王与叔虞母会时,梦天谓武王曰:'余命女生子,名虞,余与之唐。'及生子,文在其手曰'虞',故遂因命之曰虞。"

② 见〔西汉〕司马迁《史记·晋世家》:"武王崩,成王立,唐有乱,周公诛灭唐。成王与叔虞戏,削桐叶为珪以与叔虞,曰:'以此封若。'史佚因请择日立叔虞。成王曰:'吾与之戏耳。'史佚曰:'天子无戏言。言则史书之,礼成之,乐歌之。'于是遂封叔虞于唐。唐在河、汾之东,方百里,故曰唐叔虞。姓姬氏,字子于。"

唐叔虞传八世至晋穆侯。晋穆侯即位第四年（前808），娶了齐国姜氏女做夫人。晋穆侯七年（前805），晋穆侯讨伐条地，夫人生下太子仇。晋穆侯十年（前802），晋穆侯讨伐千亩，又得了个小儿子，取名成师。晋人师服说："君王给孩子取的名真奇怪呀！太子叫仇，仇的意思是仇恨；小儿子却叫成师，成师是大名号，意味着要成就大事业。名字虽是自己所起，但有它的规格，现在，嫡长子与庶子的名字，含义正相反，晋以后能不乱吗！"①

晋穆侯在位二十七年（前785）去世，其弟弟殇叔自立为君王，太子仇被迫逃亡。殇叔四年（前781），穆侯的太子仇率领人马袭击并打败了殇叔，即位为君，是为晋文侯。晋文侯仇在位三十五年逝世，儿子伯即位，是为晋昭侯。

晋昭侯元年（前745），昭侯把曲沃封给文侯弟弟，也即自己的叔叔成师。曲沃比晋的国都翼城大，末大于本，留下隐患。成师也称桓叔，那时候桓叔已经五十八岁，崇尚德行，晋国百姓都归附他。智者说："晋国的动乱就在曲沃了。末大于本且深得民心，不日就会有祸乱！"

晋昭侯在位七年（前739）被大臣潘父杀害，潘父要迎立曲沃桓叔为国君，桓叔也想去晋都，但晋人发兵攻打桓叔。桓叔失败，只好又回到曲沃。晋人共同立晋昭侯的儿子平为国君，是为晋孝侯。孝侯即位之后，杀了潘父。②

晋孝侯之后，经历了鄂侯、小子侯与晋侯缗三世，曲沃小宗终于打败翼城大宗，吞并了整个晋国的土地，曲沃武公把晋国的宝器全部用来贿赂周釐王，釐王任命曲沃武公为晋国国君，并列为诸侯，此后，桐叶侯位便由小宗继承。

---

① 见〔西汉〕司马迁《史记·晋世家》："穆侯四年，取齐女姜氏为夫人。七年，伐条。生太子仇。十年，伐千亩，有功。生少子，名曰成师。晋人师服曰：'异哉，君之命子也！太子曰仇，仇者雠也。少子曰成师，成师大号，成之者也。名，自命也；物，自定也。今嫡庶名反逆，此后晋其能毋乱乎？'"

② 见〔西汉〕司马迁《史记·晋世家》："昭侯元年，封文侯弟成师于曲沃。曲沃邑大于翼。翼，晋君都邑也。成师封曲沃，号为桓叔。靖侯庶孙栾宾相桓叔。桓叔是时年五十八矣，好德，晋国之众皆附焉。君子曰：'晋之乱其在曲沃矣。末大于本而得民心，不乱何待！'七年，晋大臣潘父弑其君昭侯而迎曲沃桓叔。桓叔欲入晋，晋人发兵攻桓叔。桓叔败，还归曲沃。晋人共立昭侯子平为君，是为孝侯。诛潘父。"

二

曲沃武公统治了曲沃三十七年后成为晋国国君，改称晋武公。桐叶虽然飘落到小宗一方，但在先君晋穆侯那一代，他们属于同一个曾祖父。因此，爵位并没有旁落外姓，只是由小宗继承而已。

晋武公去世之后，他的儿子诡诸即位，是为晋献公（前676）。晋献公五年（前672），晋献公讨伐骊戎，得到骊姬和她的妹妹，戎人自有戎人的美，晋献公对她们十分宠爱。

晋献公八年（前670），修筑都城绛，迁都绛之后，晋大夫劝说献公："晋国原有很多公子，不杀死他们将会发生动乱。"献公于是派人准备把所有大宗的公子杀死，许多公子闻讯，逃奔到了虢，虢因此讨伐晋国，未能取胜。晋也想讨伐虢，但须等候时机。

晋献公十二年（前666），骊姬生下奚齐。晋献公宠爱骊姬与奚齐，打算废掉太子，于是以驻防为由，派太子申生去驻守曲沃，公子重耳去驻守蒲，公子夷吾去驻守屈。晋献公与骊姬的儿子奚齐驻守都城绛。献公共有八个儿子，太子申生、重耳、夷吾都很有才能，后自从有了小儿子奚齐，献公就疏远了这三个儿子。晋国人议论纷纷，知道太子未来无法继位了。

夜色沉沉笼罩着晋宫，合欢树那一排排对生的叶子紧紧地合拢在一起。起风了，下雨了，风雨来得那样骤，那样猛，急风猛雨并没能吹开合欢树的叶子，它们反而贴得更紧，紧到天衣无缝。

风雨惊醒了睡梦中的晋献公。望着骊姬沉睡的样子，晋献公有点犹豫了，近段时间，骊姬为了奚齐当太子的事，寝食难安，常常整夜失眠，好不容易安睡。

风雨却把睡梦中的晋献公惊醒了。他搂起骊姬，悄悄地在她耳边说："我想废掉太子，让奚齐代替太子。"他相信他的话已经灌进她的耳朵，但良久，没有动静，也没有任何反应。晋献公睁眼一看，骊姬双眼紧闭，眼角垂下了眼泪。他用手推了推她，骊姬终于睁开了眼，嘤嘤地哭起来，说："主君，我可不想咱们的奚齐不得善终。太子已经立好，诸侯都已经知道了，太子多次统帅军队，百姓都归附他，为什么要因为我废掉嫡长子而立庶子，你非要这样做，我只能自杀。"说着就要下床寻短见。晋献公慌忙制止。

转眼间已经是晋献公二十一年（前657），奚齐九岁了。一天，骊姬对前来问安的太子申生说："国君昨夜梦见了你的生母齐姜。"太子的母亲齐姜是齐桓公的女儿，在太子牙牙学语之时就已去世，太子是在缺失母爱的环境下长大的。骊姬的一句话勾起了他对母亲的怀念，他戚戚地问："母妃，我能为母后做点什么吗？"

"太子应立即去曲沃祭祀母亲，回来后把胙肉献给君王。"骊姬说。

太子不敢怠慢，当天下午出发了，祭祀完毕，又快马加鞭赶回来，把胙肉奉送给晋献公。遗憾的是晋献公出去打猎了，太子担心胙肉放久了腐臭，想把它带回，骊姬说："你父亲后天就回来，你可以把肉留下，如果到时肉臭了，不能吃，再将它丢掉。"太子想想有理，便把胙肉留在宫中。当天晚上，骊姬派人在胙肉上放了毒药。

瑞雪纷纷扬扬地洒落下来，好像给晋宫铺上一层松软的白毡，把本来高低参差的殿角、雨槽、色泽各异的宫殿，以及各种花木都装饰成白色。雪花飘落在人的脸上、额头，凉飕飕、甜丝丝，沁人肺腑。

晋献公打猎回宫了，厨师把胙肉献给晋献公，晋献公从来没看到如此鲜艳雪亮的胙肉，心想这风雪天真的是保鲜天，七八天了，肉还这么新鲜好看。正想享用，骊姬从旁阻止说："胙肉来自远方，应先试一下有没有毒。"

厨师削了几片胙肉丢在地上，狗吃后立即死了；又把胙肉给宦臣吃，宦臣也死了。骊姬哭着说："太子怎么这么残忍呢！连自己的父亲都想杀死，何况其他人呢？主君，您年老了，还能在世几天呢，太子竟迫不及待地想杀死您！"

"太子为何要这样做呢？"晋献公将信将疑。骊姬接着说："太子这样做，不过是因为我和奚齐的缘故。我们母子宁愿躲到别国，或早早自杀，不要白白被太子残害。当初您想废掉他，我还反对您；到了今天，我才知道我大错特错了。"晋献公一时拿不定主意，不知如何处理。

太子听到这事，知道大祸临头，慌忙逃到新城，这一逃正好坐实了"心中有鬼"，晋献公一怒之下杀死了太子的老师杜原款。有人对太子说："在胙肉里放毒药的是骊姬，为什么不自己去说清楚呢？"太子说："我父亲年老了，没有骊姬将睡不稳、食无味。假使我说明事情原委，父亲会废了骊姬，父亲晚年的生活也会很不愉快，这不行。"有人又对太子说："那你赶快逃到别的国家去吧。"太子说："带着这个罪名逃跑，谁能接纳我呢？我还是自杀算了。"十二月戊申日，申生便在新城自杀身亡了。

第二节　夷吾与重耳

一

重耳、夷吾得知申生的死讯，无限感慨，他们前来朝见父王。有人告诉骊姬说："两位公子恨你诬陷害死了太子。"骊姬听后十分害怕，又对晋献公造谣说："申生把毒药放到胙肉中，两位公子事先都知道。"

重耳、夷吾得知骊姬在晋献公面前造谣中伤，知道很难在父王面前解释清楚了，他们来不及向父王禀告，三十六计，走为上计。重耳跑到晋献公令他驻守的蒲城，夷吾跑到屈城，他们加强戒备，既保驻地，也保自己。

晋献公对两位公子不辞而别十分不满，确信他们有颠覆王位的阴谋，第二年（前656），晋献公派军队讨伐蒲城。蒲城有个叫勃鞮（音低）的宦官丢给重耳一条白绫，要他赶快自杀。重耳将白绫抛向屋梁，趁勃鞮不备，从侧门向后院跑去，想翻墙逃走，勃鞮赶到，抓住重耳的衣袖，不敢下手杀公子，重耳奋力一挣，翻了过去，勃鞮只割下了重耳的一副衣袖回去交差。

重耳逃跑到了翟国（也作狄国）。晋献公不甘心，又派人讨伐屈，想抓夷吾，屈城人全力防守未被攻下。

第二年（前655），晋献公派贾华等人攻打屈城，屈城的百姓都逃跑了。夷吾打算逃奔到翟。冀芮说："不行，重耳已经在那里了，你如果也去，晋国肯定会调军攻打翟，翟害怕晋，灾祸就要危及你了。你不如逃到梁国，梁国靠近秦国，秦国强大，我们国君去世后，你就可以请求秦送你回国了。"夷吾觉得有道理，于是跑到了梁国。

晋献公二十六年（前652），奚齐十四岁，稚气未脱，此时晋献公已经病入膏肓，想想满朝可以托孤的只有大臣荀息。病榻前，他无限忧伤地拉着荀息的手说："我想让奚齐继承王位，可是他还年幼，大臣们都不服他，恐怕要出乱子，你能拥立他吗？"荀息望着晋献公浑浊失神的眼睛，坚定不移地说："能。"晋献公说："拿什么做凭证？"荀息一时无法回答，想了想，只好回答说："假使您百年以后还能复生，见到了我，我没有愧色，这就是凭证。"晋献公从他的眼神和话语中感知他的真诚与坚定，于是把奚齐托付给他，又任命他为国相，主持国家政务。

晋宫中一地桐叶，秋风秋雨愁煞人，是年九月，晋献公在落叶中逝世。骊姬和奚齐伏在灵前痛哭，望着稚气未脱的奚齐，大臣里克、邳郑想接回重耳、夷吾，认为要是能迎立其中的一位，这国相的位置未必是荀息的。他们试探着对荀息说："两个公子要都想起来即位，外有秦，内有晋国百姓帮助他们，你打算怎么办？"荀息说："我不能违背对先君的承诺。"

十月，里克在守丧的地方杀死了奚齐，当时，晋献公还未被安葬。荀息打算一死了之，有人建议不如立奚齐同父异母的弟弟卓子①，并辅佐他。卓子是骊姬的妹妹所生。荀息觉得有理，于是在晋献公灵前让卓子即位，接着安葬了晋献公。

十一月，朝中大事安排完毕，想不到卓子在朝堂上又被里克杀死，荀息眼看这血淋淋的一幕，想才一个多月，竟死了三位国君，知道自己无能为力，只好自杀，伏尸在卓子身边。智者说："《诗经》所说的'白珪有了斑点，还可以磨亮，话要是说错，就不能挽救了。'这就是说的荀息呀！荀息没有违背自己的诺言。"当初，晋献公将要讨伐骊戎时，龟卜说过"谗言为害"——等到打败了骊戎，得到了骊姬，献公十分宠爱她，竟因此搞乱了晋国②——此卜得以验证。

里克等人杀死了奚齐、卓子，接着派人到翟国迎接公子重耳，打算拥立他。重耳辞谢道："违背父亲的命令逃出晋国，父亲逝世后又不能按儿子的礼仪侍候丧事，我怎么好意思回国即位，请大夫还是改立别人吧。"派去的人回来报告里克，里克无法，只好让人到梁国去迎接夷吾。夷吾一听，喜出望外，下令打点行装，回去继位，吕省、郤芮却说："国内还有其他公子可以即位，却到国外来接我们，不可相信。"

夷吾束手无策，闷闷不乐。吕省苦思冥想，也无计可施，突然间，郤芮手一拍说："不如到秦国去，借秦国的力量护送我们回晋，除此以外，很危险。"

---

① 卓子，《史记》中作悼子，据《左传·僖公九年》改。
② 见〔西汉〕司马迁《史记·晋世家》："（献公）病甚，乃谓荀息曰：'吾以奚齐为后，年少，诸大臣不服，恐乱起，子能立之乎？'荀息曰：'能。'献公曰：'何以为验？'对曰：'使死者复生，生者不惭，为之验。'于是遂属奚齐于荀息。荀息为相，主国政。秋九月，献公卒。里克、邳郑欲内重耳，以三公子之徒作乱，谓荀息曰：'三怨将起，秦、晋辅之，子将何如？'荀息曰：'吾不可负先君言。'十月，里克杀奚齐于丧次，献公未葬也。荀息将死之，或曰不如立奚齐弟悼子而傅之，荀息立悼子而葬献公。十一月，里克弑悼子于朝，荀息死之。君子曰：'诗所谓：白珪之玷，犹可磨也，斯言之玷，不可为也。其荀息之谓乎！不负言。'初，献公将伐骊戎，卜曰'齿牙为祸'。及破骊戎，获骊姬，爱之，竟以乱晋。"

夷吾二话不说，赶快收拾随身细软金银，让郤芮厚礼贿赂秦国，与秦穆公约定："我若能回到晋国，愿把晋国河西之地奉献给秦国。"秦穆公就派军队护送夷吾回晋国。夷吾还给里克写了一封谦恭的信说："我若真能即位，愿把汾阳之城封给您。"齐桓公听说晋国内乱，也率领军队到达晋国。秦军和齐军在半路相遇，齐桓公就让隰（音席）朋会同秦军一起把夷吾送回晋国，立他为晋君，这就是晋惠公。齐桓公到了晋国的高梁就回齐国了。

晋惠公元年（前650），惠公派使者邳郑向秦君道歉说："当初我把河西地许给您，今有幸回国立为国君，并非我忘恩负义把前语化作尘，只因大臣说：'土地是先君留下来的，你逃亡在外，凭什么擅自许给秦国呢？'我力争也无用，所以向秦道歉。"同时，夷吾也不把汾阳城封给里克，反而夺了他的大权。四月，周襄王派周公忌父与齐、秦大夫相会共同拜访晋惠公，算是承认了他的地位。

晋惠公因为重耳逃亡在外，怕里克再次发动政变，这日上朝，当着满朝文武的面，丢给他一把剑。里克万万没想到，接回了夷吾，自己竟被赐死。他握着剑，心如箭穿，泪涌千行，犹豫间，晋惠公说："平心而论，没有你里克我不能即位。但你杀死了两位国君，荀息也因你而死，做你的国君太难了——不知何时又会死在你的手里。"里克回答说："不废掉前边的，你怎么能兴起呢？想杀死我，难道还找不到借口吗？我遵命就是了。"说完，饮剑自杀，三尺龙泉归了地府。邳郑因为出使秦国道歉还没回来，才免于此难。①

晋惠公重新按礼仪改葬太子申生。当年秋天，大臣狐突到了曲沃，曲沃是当年太子申生驻守的地方。寥廓江天，秋高气爽。狐突一边走一边感慨世道多变，人事无常，就见一辆马车向他飞奔而来，车子到他面前戛然而止，车中人一把将他拉上车。狐突一看是太子申生，不由大吃一惊，战战兢兢地问："太子，您到底是人是鬼？""不必多问！我想告诉你，夷吾无礼，我要向天帝请求，将整个晋送给秦国，秦国将祭祀我。"狐突说："我听说神不享用不是自己宗族的祭祀，如此，您的祭祀不是断绝了吗？

---

① 见〔西汉〕司马迁《史记·晋世家》："惠公夷吾元年，使邳郑谢秦曰：'始夷吾以河西地许君，今幸得入立。大臣曰：地者先君之地，君亡在外，何以得擅许秦者？寡人争之弗能得，故谢秦。'亦不与里克汾阳邑，而夺之权。四月，周襄王使周公忌父会齐、秦大夫共礼晋惠公。惠公以重耳在外，畏里克为变，赐里克死。谓曰：'微里子寡人不得立。虽然，子亦杀二君一大夫，为子君者不亦难乎？'里克对曰：'不有所废，君何以兴？欲诛之，其无辞乎？乃言为此！臣闻命矣。'遂伏剑而死。于是邳郑使谢秦未还，故不及难。"

您可得仔细考虑考虑啊！"申生说："好吧，我要再一次向天帝请求。十天后，在新城西边将有巫者显现我。"狐突点头答应。

大路两边，白杨树在风中沙沙作响，狐突定神一看，哪有马车，哪有申生？他怀疑中午喝醉了，恍惚间产生了错觉。十天后，狐突按时来到新城西，再次见到了申生，申生告诉他说："天帝已答应惩罚罪人了，他将在韩原大败。"申生说完又不见了。"太子，太子！"狐突正寻找，就听路边几个儿童唱起了歌谣："恭太子改葬了，以后十四年，晋国不会繁荣昌盛了，昌盛将是他兄长。"①

再说邳郑。出使秦国的邳郑，听说里克被杀，就对秦穆公说："吕省、郤称、冀芮确实不愿意将河西割给秦国。如果能够贿赂他们一些财物，与他们商量，赶走晋君，送重耳回晋，事情一定成功。"秦穆公答应了他，派人和邳郑一起到晋国，用厚财贿赂了三人。三人说："财多话甜，一定是邳郑向秦国出卖了我们。"于是合力杀死了邳郑，还杀了邳郑、里克的党徒——七位大夫。邳郑的儿子邳豹逃跑来到秦国，请求伐晋，秦穆公没有听从他的请求。

晋惠公即位后，违背了原先的诺言，使七位大夫被杀，还怠慢了周王朝派来慰问的使者召公，因此很不得民心。晋惠公四年（前647），晋国大旱，赤地千里，江河断流，颗粒无收，只好向秦乞求购买粮食。秦穆公问大夫百里奚，百里奚不假思索地说："天灾流行，各国都可能发生，救灾助邻是国家的道义。应该帮助晋国。"邳郑的儿子邳豹却说："应该趁这机会攻打晋国。"秦穆公说："晋君确实有罪，晋国百姓有什么罪！"秦国最后卖给晋国粮食，麦子、粟米自秦都雍城源源不断运到晋国的都城绛。

晋惠公五年（前646），秦国也发生饥荒，请求购买晋国的粮食。晋君与大臣们商量这件事，庆郑说："大王凭借秦国力量才即位，后来我们又违背给秦地的约定。去年晋国发生饥荒，秦国卖给了我们粮食，今天，秦国饥荒，请求买晋国的粮食，我们给他们，这是应该的，何必商量呢？"虢射说："去年上天把晋国赐给了秦国，秦国竟不知道夺取晋国反而卖给了我们粮食。今天，上天把秦国赐给了晋国，晋难道应该违背天意吗？应该攻打秦国。"晋惠公采纳了虢射的计谋，未给秦国粮食，反而派军攻打

---

① 见〔西汉〕司马迁《史记·晋世家》："晋君改葬恭太子申生。秋，狐突之下国，遇申生，申生与载而告之曰：'夷吾无礼，余得请于帝，将以晋与秦，秦将祀余。'狐突对曰：'臣闻神不食非其宗，君其祀毋乃绝乎？君其图之。'申生曰：'诺，吾将复请帝。后十日，新城西偏将有巫者见我焉。'许之，遂不见。及期而往，复见，申生告之曰：'帝许罚有罪矣，毙于韩。'儿乃谣曰：'恭太子更葬矣，后十四年，晋亦不昌，昌乃在兄。'"

秦国。秦国非常生气，也派军攻打晋国。①

晋惠公六年（前645）的春天，秦穆公率领军队讨伐晋国。秦军势如破竹地进入晋国国境，晋惠公紧张起来，问庆郑说："我该怎么办呢？"庆郑说："秦国护送您回国，您却违背约定不给秦地；晋国闹饥荒时，秦国运来粮食援助我们，秦国闹饥荒，晋国不仅不给予援助，反而想借机攻打人家，今天秦军深入我国国境不也合理的吗？"

晋惠君一听，火冒三丈，立时将巫祝召来占卜，以确定该由谁来驾车和担任护卫。占卜了两次都认为庆郑最合适，晋惠公不悦地说："庆郑这个人不听话。"就改让步阳驾车，家仆徒做护卫进军秦。九月壬戌日，秦穆公、晋惠公在韩原交战。晋惠公的马车深陷在泥里跑不动了，秦军赶来，晋惠公十分窘迫，叫庆郑驾车。庆郑说："不照占卜的去做，不也应该失败吗？"说完，庆郑就走了。

晋惠公改让梁繇靡驾车，虢射担任护卫迎击秦穆公，以为定能生擒秦穆公。几十个回合之后，不仅没有抓到秦穆公，秦军反而俘获了晋君，将他带回秦国。秦国将要杀死他祭祀上天。晋君的姐姐是秦穆公的夫人，她听闻此事后身穿丧服赤着脚哭泣不止。秦穆公说："俘获了晋侯应该庆贺高兴才是啊，你为何悲痛起来？况且我听说箕子看到唐叔刚刚被分封时说过'他的后代一定繁荣昌盛'，我怎么会灭亡晋呢？"于是，秦穆公就和晋惠公在王城结盟并允许他返回晋国。

晋惠公也派吕省等人回报国人说："我虽然能回晋，但也没有脸面见社稷，选个吉日让太子圉即位吧！"晋人听到这话都伤心地哭了。秦穆公问吕省说："晋国人和睦吗？"吕省回答说："不和睦。老百姓怕失去国君出现内乱、牺牲父母，不愿子圉即位，都说'宁可侍奉戎、狄，一定报此仇！'可是那些贵族们却很爱护自己的国君，知道有罪，他们正等待秦送回国君的命令，他们说，'一定报答秦国对晋国的恩惠'。因为这两种情况，所以晋国不和睦。"于是秦穆公改换晋惠公的住处，馈赠晋惠公七牢牺牲。十一月，秦释放了晋惠公。晋惠公返回晋国后，杀了庆郑，重新修整政务。一日，晋惠公与大臣们商议说："重耳在外，诸侯大多认为他有

---

① 见〔西汉〕司马迁《史记·晋世家》："四年，晋饥，乞籴于晋。缪公问百里奚，百里奚曰：'天灾流行，国家代有，救灾恤邻，国之道也。与之。'邳郑子豹曰：'伐之。'缪公曰：'其君是恶，其民何罪！'卒与粟，自雍属绛。五年，秦饥，请籴于晋。晋君谋之，庆郑曰：'以秦得立，已而倍其地约。晋饥而秦贷我，今秦饥请籴，与之何疑？而谋之！'虢射曰：'往年天以晋赐秦，秦弗知取而贷我。今天以秦赐晋，晋其可以逆天乎？遂伐之。'惠公用虢射谋，不与秦粟，而发兵且伐秦。秦大怒，亦发兵伐晋。"

利而接待他。"晋君想派人到翟国杀死重耳,重耳听到风声,跑到齐国去了。

当初,晋惠公逃到梁国时,梁伯把自己的女儿嫁给了晋惠公,生下一男一女。梁伯为他们占卜,卜象显示:男孩将来会成为别人的臣仆,女孩将来会成为别人的妾侍,所以男孩取名为圉,女孩取名为妾。晋惠公八年(前643),送太子圉到秦当人质。晋惠公十年(前641),梁伯喜好大兴土木,弄得百姓疲惫不堪怨声载道,秦终于灭亡了梁。

晋惠公十三年(前638),晋惠公生病了,他有几个儿子。太子圉对父亲说:"我母亲家在梁国,今天梁被秦国灭亡,我在国外被秦轻视,在国内又无援助。我的父亲病重卧床不起,我担心晋国大夫看不起我,请改立其他公子为太子。"太子圉虽然这么说,却与妻子商量一起逃回晋国去。秦妻说:"您是一国的太子,在此受辱。秦国让我服侍您,为的是稳住您的心。您逃跑吧,我不拖累你,也不声张出去。"太子圉于是跑回晋国。晋惠公十四年(前637)九月,晋惠公去世,太子圉即位,这就是晋怀公。太子圉逃走,秦穆公很生气,就找到晋公子重耳,想送他回去。

太子圉即位后,既担心重耳回来,也担忧秦国来攻打,于是下令晋国跟从重耳逃亡在外的人必须按期归晋,逾期未归者灭族。狐突的儿子狐毛和狐偃都跟从重耳在秦国,狐突不肯叫他们回来。晋怀公很不高兴,囚禁了狐突。狐突说:"我的儿子侍奉重耳已经很多年了,今天您下令叫回他,这是让他们反对自己的主子,我用什么教育他们呢?"晋怀公最终杀死狐突。秦穆公于是派军队护送重耳回晋国,又派人先通知栾枝、郤縠做内应,在高梁杀死晋怀公,重耳即位,是为晋文公。

二

晋文公重耳是晋献公的儿子,从小就喜好结交士人,十七岁时就有五个品德高尚、才能出众的朋友兼助手:赵衰、贾佗、先轸、魏武子,以及自己的舅舅狐偃(别称咎犯)。晋献公做太子时,重耳已经成人;晋献公即位时,重耳二十一岁。晋献公十三年(前664),因为骊姬的缘故,重耳被委任为蒲城守备,献公二十一年(前656),太子申生被毒死,骊姬进谗言,重耳害怕,与献公不辞而别跑回蒲城据守。献公二十二年(前655),献公让宦者履鞮①赶快杀死重耳。重耳爬墙逃跑,宦者追赶,砍掉重耳的

---

① 上文作勃鞮。

袖子。重耳逃到翟国，翟国是重耳母亲的祖国。那时候重耳已经四十三岁，他的五位朋友，还有不知名的几十位朋友，与他一起流亡到了翟。①

翟人讨伐咎如（狄族的别支，赤狄），俘获了两位女子叔隗和季隗（音奎）。翟君把年长的女子嫁给重耳，生下伯鯈（音条）、叔刘；把年少的女子嫁给赵衰，生下了赵盾。重耳在翟住了五年，晋献公去世，里克已杀死奚齐、卓子，派人来迎接重耳，想拥立重耳为君。重耳担心被杀，坚决辞谢，不愿回晋。晋国只好迎接重耳的弟弟夷吾，并拥立了他，就是晋惠公。惠公七年（前644）时，因害怕重耳回来争位，惠公就让宦者履鞮带着勇士去谋杀重耳。重耳知道消息，大吃一惊，就与赵衰等人商量说：
"我当初逃到翟，不是因为它可以寄托终身，而是路途近容易回到晋国，暂且在此歇脚。如今歇脚久了，我希望迁到大国去。齐桓公喜好善行，有志称霸，体恤诸侯。现在听说管仲、隰朋去世，齐也想寻找贤能的人辅佐，为何不前往呢？"

重耳一行人终于踏上了去齐国的路途。离开翟国时，重耳对妻子说："要是我二十五年还没回来，你就改嫁。"妻子笑着回答："等你二十五年，我坟上的柏树都长大了。不过，我还是等你吧。"重耳在翟共居住了十二年。②

不久，重耳经过卫国，卫文公听闻他们虽然是落难公子，却是一帮饱食终日、无所事事的人，对他们很不尊重，重耳只好怏怏离去。经过五鹿的时候，他们饿得前胸贴后背，只好向村民讨饭，村民故意把土放在容器中献给他们。重耳很不高兴，赵衰说："土象征着拥有土地，你应该行礼接受它。"③

重耳到了齐国，齐桓公以高规格礼待了他们，又把同家族的一个少女嫁给重耳，陪送二十辆驷马车。

重耳在齐住了两年，齐桓公去世，齐孝公即位，那时候齐国内有竖刀

---

① 见〔西汉〕司马迁《史记·晋世家》："晋文公重耳，晋献公之子也。自少好士，年十七，有贤士五人：曰赵衰；狐偃咎犯，文公舅也；贾佗；先轸；魏武子。自献公为太子时，重耳固已成人矣。献公即位，重耳年二十一。献公十三年，以骊姬故，重耳备蒲城守秦。献公二十一年，献公杀太子申生，骊姬谗之，恐，不辞献公而守蒲城。献公二十二年，献公使宦者履鞮趣杀重耳。重耳踰垣，宦者逐斩其衣祛。重耳遂奔狄。狄，其母国也。是时重耳年四十三。从此五士，其余不名者数十人，至狄。"

② 见〔西汉〕司马迁《史记·晋世家》："于是遂行。重耳谓其妻曰：'待我二十五年不来，乃嫁。'其妻笑曰：'犁二十五年，吾冢上柏大矣。虽然，妾待子。'重耳居狄凡十二年而去。"

③ 见〔西汉〕司马迁《史记·晋世家》："过卫，卫文公不礼。去。过五鹿，饥而从野人乞食，野人盛土器中进之。重耳怒。赵衰曰：'土者，有土也，君其拜受之。'"

等人作乱，外有诸侯多次侵犯。在内外交困中，重耳不想离开，他爱恋着齐妻，在齐总共住了五年，依然没有离开的意思。

赵衰、狐偃一看不对，重耳已经是六十岁的人了，满头白发，牙齿都掉得差不多了，继续留在齐国将一事无成。有一天，他们在桑树下商量离开齐国的事。齐妻的侍女在桑树上听到他们的密谈，回屋后偷偷告诉了主人。齐妻竟用刀把侍女杀死，坚定地劝告重耳赶快走。重耳说："爱妻呀，我自四十多岁出奔，十多年来飘零湖海，如断蓬飞，好不容易有齐国礼待，叫我怎么离得开你？人生嘛，说到底就是寻求安逸，社稷兴亡任苍穹，我若管得太多，枉送了残生。你看这天气一天暖似一天，这光阴一寸一寸很有意思，我已决心死在齐，与你白头到老。"

齐妻说："您是一国的公子，走投无路才来到这里。您的这些随从把您当作他们的生命。您不赶快回国，报答劳苦的臣子，却贪恋着我，我为您感到羞耻。再不努力，未来照样。那时候，岁月会越来越无趣，光阴会越来越枯萎。既然您不想走，那就陪着我喝酒。"说着一把将他按在身边。

一盏一盏又一盏，重耳终于醉了，齐妻和赵衰强行将他架上马车离开齐国。也不知走了多久，重耳醒过来了，出现在他面前不是他的妻子，而是平日里这帮老伙伴，重耳那公子脾气，性如闪电，气若飘风，一时大发雷霆，操起戈来要杀死舅舅狐偃。狐偃说："如果杀死我能成就您，我心甘情愿。"重耳说："我要剥你的皮，吃你的肉。"狐偃说："我的肉又腥又臊，怎么值得吃！"重耳无可奈何，只好继续前行。① 狐偃魂销魄散，手心里满是汗，他深知此时的重耳离开齐妻，柔肠百结，把公子的气概化作了女儿情，失却了铁骨雄风，不由摇头叹气。可转念一想，"阴霾太久，难免丧志"，于是原谅了重耳。

重耳路过曹国，曹共公得知重耳身体异乎常人，肋骨紧密相连，很想看看。曹国大夫釐负羁说："晋公子贤明能干，与我们又是同姓，穷困中路过我国，怎可无礼？"共公不听劝告。釐负羁就私下给重耳食物，并把

---

① 见〔西汉〕司马迁《史记·晋世家》："至齐，齐桓公厚礼，而以宗女妻之，有马二十乘，重耳安之。重耳至齐二岁而桓公卒，会竖刀等为内乱，齐孝公之立，诸侯兵数至。留齐凡五岁。重耳爱齐女，毋去心。赵衰、咎犯乃于桑下谋行。齐女侍者在桑上闻之，以告其主。其主乃杀侍者，劝重耳趣行。重耳曰：'人生安乐，孰知其他！必死于此，不能去。'齐女曰：'子一国公子，穷而来此，数士者以子为命。子不疾反国，报劳臣，而怀女德，窃为子羞之。且不求，何时得功？'乃与赵衰等谋醉重耳，载以行。行远而觉，重耳大怒，引戈欲杀咎犯。咎犯曰：'杀臣成子，偃之愿也。'重耳曰：'事不成，我食舅氏之肉。'咎犯曰：'事不成，犯肉腥臊，何足食！'乃止，遂行。"

一块璧玉放在食物下面。重耳接受了食物，把璧玉还给负羁。

重耳离开曹国，来到宋国，宋襄公刚刚被楚军打败，在泓水负伤，听到重耳贤明，就按国礼接待了重耳。宋国司马公孙固与孤偃友好，说："宋国是小国，又刚吃败仗，不足以帮助你们回国，你们还是到大国去吧。"重耳一行人于是又离开宋国。①

重耳路过郑国，郑文公无礼。郑大夫叔瞻劝告国君说："晋公子贤明，他的随从都是国家的栋梁之材，又与我们同姓。郑国从厉王分出，晋国从武王分出。"郑国国君说："从诸侯国中逃出的公子经过我国的太多了，怎么可以完全按礼仪去接待呢！"叔瞻说："您若不以礼相待，就不如杀掉他，免得成为咱们的后患。"郑国国君没有听从。②

重耳离开郑国到了楚国，楚成王用对待诸侯的礼节招待他，重耳辞谢不敢接受。赵衰说："你在外逃亡已达十余年之久，小国都轻视你，何况大国呢？今天，楚是大国，厚待你，你不要辞让，这是上天在让你兴起。"重耳于是按诸侯的礼节会见了楚成王。楚成王很好地接待了重耳，重耳十分谦恭。成王说："您将来回国后，用什么来报答我？"重耳说："珍禽异兽、珠玉绸绢，君王富庶有余，不知道用什么礼物报答。"成王说："虽然如此，到底应该用些什么来报答我呢？"重耳说："假使不得已，万一在平原、湖沼地带与您兵戎相遇，我一定为大王退避三舍。"③

楚国大将子玉生气地说："君王对待晋公子太好了，今天重耳出言不逊，请杀了他。"成王说："晋公子品行高尚，但在外遇难很久了，随从都是国家的贤才，这是上天安置的，怎么可以杀了呢？"重耳在楚住了几个月，晋国太子圉从秦国逃跑了，秦国怨恨他，听说重耳住在楚国，就要把重耳邀请到秦国。成王对重耳说："楚国太远了，要经过好几个国家才能到达晋国。秦国、晋国交界，秦国国君很贤明，您好好去吧！"并赠送很

---

① 见〔西汉〕司马迁《史记·晋世家》："过宋。宋襄公新困兵于楚，伤于泓，闻重耳贤，乃以国礼礼于重耳。宋司马公孙固善于咎犯，曰：'宋小国新困，不足以求入，更之大国。'乃去。"

② 见〔西汉〕司马迁《史记·晋世家》："过郑，郑文公弗礼。郑叔瞻谏其君曰：'晋公子贤，而其从者皆国相，且又同姓。郑之出自厉王，而晋之出自武王。'郑君曰：'诸侯亡公子过此者众，安可尽礼！'叔瞻曰：'君不礼，不如杀之，且后为国患。'郑君不听。"

③ 见〔西汉〕司马迁《史记·晋世家》："重耳去之楚，楚成王以适诸侯礼待之，重耳谢不敢当。赵衰曰：'子亡在外十余年，小国轻子，况大国乎？今楚大国而固遇子，子其毋让，此天开子也。'遂以客礼见之。成王厚遇重耳，重耳甚卑。成王曰：'子即反国，何以报寡人？'重耳曰：'羽毛齿角玉帛，君王所余，未知所以报。'王曰：'虽然，何以报不穀？'重耳曰：'即不得已，与君王以兵车会平原广泽，请避王三舍。'"

多礼物给重耳。

重耳到了秦国，秦穆公把同宗的五个女子嫁给重耳，原太子圉（晋怀公）的妻子也在其中，她是秦穆公的女儿。论辈分，重耳是太子圉的伯父，一旦重耳接纳这女子，这就意味着重耳纳了侄儿的妻子，故重耳不打算接受太子圉妻。司空季子（胥臣）说："太子圉的国家都将去攻打了，何况他的妻子呢！您接受此女为的是与秦国结成姻亲，以便返回晋国，您竟拘泥于小礼节，忘了大的羞耻！"重耳于是接受了太子圉妻。秦穆公为此十分高兴，亲自与重耳宴饮。席间，赵衰吟了《小雅·黍苗》。秦穆公听后，说："知道你们想尽快返回晋国。"赵衰与重耳听闻秦穆公此言，遂离开了座位再次拜谢说："我们这些孤立无援的臣子仰仗您，就如同百谷盼望时节的好雨。"

晋惠公十四年（前637）九月，晋惠公逝世，太子圉即位。十一月，晋安葬了惠公。十二月，晋国大夫栾枝、郤縠等人听说重耳在秦国，都暗中来劝重耳、赵衰等人回晋国，做内应的人很多。只有惠公的旧大臣吕省、郤芮之流不愿让重耳即位。秦穆公于是派军队护送重耳回晋国。

候鸟终归要回南，重耳在外逃亡十九年最终返回晋国，这时他已经六十二岁了，晋国人心大多归向他。

三

文公元年（前636）春天，秦国护送重耳到达黄河岸边。那水清清荡荡，沿山而下，有峻有险，对岸阳光绚丽，山花烂漫。重耳心潮滔滔，眼眶湿润，十九年了，晋国的王位一直如雾中的小鹿，在一片氤氲中忽而出现，忽而消失，他不能确定能否抓住它，也因此不知能否回报这帮老友。流亡生涯虽苦，他的妻妾却越来越多，既有戎妻，又有齐妻，还有秦妻，可这帮老友依然孑然一身。重耳心想：如果这次能够即位，我一定好好报答他们。正想着，就见舅舅孤偃对他说："我跟随您周游天下，冒犯很多，连我自己都知道，何况您呢？我请求从此离去。"重耳一听，急了，说："你我患难共生死，如果我回到晋后，不与您同心，请河伯作证！"于是，重耳就把璧玉扔到黄河中，与咎犯明誓。

那时候介子推也是随从，正在船中，他是个清高成癖的人，多年来重耳的一言一行他都看在眼里，此时他将对公子的不恭化作对孤偃的微词，笑道："上天确实在支持公子兴起，可咎犯却认为是自己的功劳并以此向君王索取，太耻辱了。我不愿和他同列。"

二月辛丑日，孤偃与秦晋大夫在郇（音句）结盟。壬寅日，重耳进入晋军中。丙午日，重耳到达曲沃。丁未日，重耳到武宫朝拜，即位做了晋国国君，是为晋文公。

大臣们都前往曲沃。怀公逃到高梁。戊申日，重耳派人杀死了怀公。怀公旧大臣吕省、郤芮本来就不归附文公，恐怕被杀，就和自己的党徒谋划放火烧文公居住的宫殿，以杀死文公。文公对此毫无察觉，而早先曾经想杀死文公的宦者履鞮知道这个阴谋，想密告文公，以便解脱早先的罪过，于是要求谒见文公。

文公一听是履鞮求见，断然拒绝，派人谴责他说："在蒲城的时候，你砍掉了我的衣袖。后来，我跟着狄君去狩猎，你替惠公追踪杀我。惠公与你约定三天到达，而你竟一天就赶到，何其快也？你仔细想想吧。"履鞮说："我是受过宫刑的人，不敢用二心侍奉国君，背叛主人，所以得罪了您。您已经回国，难道就没有蒲、翟这种事了吗？况且，管仲射中齐桓公的带钩，齐桓公仍靠着管仲得以称霸。① 今天我这个罪人想告诉您一件要事，您却不见，灾祸又将降临到您头上了。"文公于是接见了他，他便把吕甥、郤芮等人的阴谋一五一十地告诉了文公。

文公想召见吕、郤，但因吕、郤等党徒众多，文公担心刚刚回国，国人可能出卖自己，于是隐藏自己的身份乔装前往王城会见了秦穆公商量对策，国人全然不知道他的行动。三月己丑日，吕、郤等人果真造反，烧毁了文公居住的宫殿，却未找到文公。文公的卫兵赶来与他们交战，吕、郤等兵败想率军逃跑，被秦穆公引诱至黄河畔，并杀死了他们，晋国恢复平静，文公得以返回晋。同年夏季，文公从秦国接回夫人，秦国还送了三千人做卫士，以便防备晋国内乱。

文公修明政务，不仅对百姓布施恩惠，而且大量赏赐随从逃亡的人员和各位有功之臣，功大的封给城邑，功小的授予爵位。文公还未来得及赏赐完毕，就闻报周襄王因弟弟王子带发难②逃到郑国居住（参见下节），来

---

① 见〔西汉〕司马迁《史记·晋世家》："管仲射钩，桓公以霸：管仲为齐国大夫。雍林人杀死齐君无知后，齐人商议立新君。这时，公子纠在鲁，管仲辅佐他；公子小白在莒，鲍叔辅佐他。小白年轻时就与齐大夫高傒友好，所以，高傒、国氏便暗中到莒告知小白立即返齐。鲁人也护送公子纠返齐，并派管仲率军截击小白，管仲射中小白衣带上的钩。小白佯装死去，管仲派人到鲁回报，鲁不慌不忙地护送公子纠，结果，六天后才到达齐国。其时，小白早已到齐，由高傒立为国君，称桓公。桓公为报射钩之仇发兵拒鲁，鲁军大败。桓公要求公子纠自杀，并召回管仲，拟处以醢（hǎi，海）刑。但鲍叔牙认为桓公欲称霸，非管仲不可。在鲍叔牙的劝说下，桓公任用了管仲，果然称霸。"详见《齐太公世家》。

② "周襄王弟弟王子带发难"一事，详见本章第三节第一部分。

向晋国告急一事。晋国刚刚安定，想派军队去，又担心国内发生动乱，因此，文公在忙乱中把赏赐一事给耽搁下来，介子推也因此不要求俸禄赏赐，俸禄也没轮到他。

介子推对母亲说："献公有九个儿子，只有国君还健在。惠公、怀公没有亲信，国内外都唾弃他们；上天还没让晋国灭亡，必定要有君主主持晋国祭祀的，除了国君还有谁呢？上天确实在助公子兴起，可是有人以为是自己的功劳，不也很荒谬吗？臣下遮盖罪过，主上赏赐奸佞，上下互相欺骗，我难以与他们相处了！"介子推的母亲说："你为什么不去请求赏赐呢，死了怨谁？"介子推说："我怨恨那些人，再去仿效他们的行为，罪过就更大了。况且我已经说出了怨言，绝不吃他的俸禄。"母亲说："好歹也得让文公知道一下你的情况，怎么样？"介子推回答说："话是每人身上的花饰，身体都想隐藏起来了，何必再使用花饰呢？装上花饰是为了显露自己。"介子推的母亲说："能像你说的这样做吗？那我和你一起隐藏起来吧。"母子俩至死没有再露面。

介子推的随从们很怜悯他，就在宫门口挂上一张牌子，上面写道："龙想上天，需五条蛇辅佐。龙已深入云霄，四条蛇各自进了自己的殿堂，只有一条蛇独自悲怨，最终没有找到自己的去处。"① 文公出宫时，看见了这几句话，说："这是介子推。我正为王室之事担忧，还没能考虑他的功劳。"于是，文公派人去叫介子推，但介子推已逃走。文公为了记载自己的罪过，而且表彰能人，当打听到介子推进了绵山，于是把整座绵山封给介子推（为今山西运城万荣县孤山），并称之为介推田，又起名叫介山。②

随从文公逃亡的无能之辈壶叔说："您三次赏赐功臣都没有轮到我，请问我有什么罪过？"文公回报说："用仁义教导我，用道德、恩惠规劝我，这应受到上等赏赐。用行动辅佐我，终于使我获得成功，这应受到次等赏赐。承担弓箭的危难，给我立下汗马功劳，这应受到再次等赏赐。假如只是用劳力侍奉我，而没有弥补我的错误，这也应受到再次等赏赐。这三次赏赐完了，就会轮到你。"众人听说文公此言，知道文公不会食言，皆大欢喜。

---

① 龙欲上天，五蛇为辅："《史记·索隐》云：'龙喻重耳。五蛇即五臣，狐偃、赵衰、魏武子、司空季子及子推也。'"

② 见〔西汉〕司马迁《史记·晋世家》："介子推从者怜之，乃悬书宫门曰：'龙欲上天，五蛇为辅。龙已升云，四蛇各入其宇，一蛇独怨，终不见处所。'文公出，见其书，曰：'此介子推也。吾方忧王室，未图其功。'使人召见，则亡。遂求所在，闻其入绵上山中，于是文公环绵上山中而封之，以为介推田，号曰介山，'以记吾过，且旌善人。'"

第三节　晋室霸业

一

晋文公即位当年，内政外交还没理顺，就接到周襄王的勤王诏书，周王都洛邑都发生了"王子带政变事件"。事情得从周襄王的弟弟及襄王后隗氏讲起——

周襄王在位期间，派颓叔去狄部为他迎娶狄酋的女儿隗氏，洞房之夜，周襄王见隗氏美艳无比，十分高兴，于是立隗氏为正室，自此，周襄王每日和隗氏在后宫饮酒取乐，好不快哉！

好景不长，隗氏生于番邦，过惯无拘无束的部落生活，没有中原的伦理观念，于是不久就与周襄王的弟弟太叔带相好上了，二人早来晚去浑无迹，如鱼似水两情深。

太叔带也称王子带，父亲周惠王在位时，很得惠王及惠后的宠爱，惠王曾一度打算废掉周襄王，改立王子带为太子，后来在齐桓公的干预下没能成功，兄弟俩自此产生了隔阂。

周襄王即位之后，王子带表面恭顺，背地里一直都在寻找机会夺取王位，隗氏作为周襄王的枕边人，正好是他利用的对象；王子带年轻俊朗，很得隗氏的欢心，两人自然而然地走到了一起。为了能和隗氏见面，王子带经常寻找各种理由出入后宫，时间一长，后宫难免议论纷纷，周襄王对此也有所察觉。

一天，周襄王告诉隗氏，他要到围场狩猎，可能会在那里住上几天，要隗氏在宫里照顾自己。送走了周襄王之后，隗氏立刻派人去给王子带送信，王子带接信，当晚便到了隗氏的房中，来伴孤帷寂寞心。

周襄王离开洛邑不到三十里地就驻扎下来，当天晚上，谎称自己身体不适，要早些休息，遂带了几个心腹之人，换上便服，在几名侍卫的护送下悄悄回到了洛邑，神不知鬼不觉来到隗氏房中。周襄王突然闯入，隗氏、王子带二人猝不及防。王子带吓得面无血色，手忙脚乱地抱着自己的衣服奔出了后宫，周襄王也不追赶，只命手下将隗氏捆绑起来押入大牢，并要求在场的人严格保密。

第二天，周襄王将富辰、原伯、周公忌父等人叫到身边，将昨夜发生之事悄悄告诉他们,又提出自己准备废掉隗氏王后的封号,将她送回狄国,罢免王子带甘昭公的身份,贬为庶人,赶出洛邑城。众人认为隗氏和王子带也是罪有应得,没有异议。

此时王子带正在家里焦急地等候消息,他料定周襄王一定不会轻易放过自己。中午时分,家人传来宫内的消息,王子带可能要被赶出洛邑,王子带听完顿时惊得四肢发软,心想日后将如何生存。末了,王子带决定孤注一掷,或许还能博得一线生机。

王子带先是找到颓叔,将自己的想法告诉他,颓叔经过一番斟酌对比,觉得这样做的风险太大,于是拒绝了王带的要求。王子带不紧不慢地对颓叔说:"大夫可别忘了,大王与隗后的婚事当初可是你从中牵线极力促成的,如今隗后蒙羞回国,你恐怕难逃干系,我已经是个百姓,将来狄国若是兴师问罪,只有拿你是问。"

颓叔经王子带这么一说,不由惊出一身冷汗,王子带抓住机会继续说:"大王昨日出城,将宫中的军队大部分带出城外,如今留下的贴身内卫也不过数百人,我们要是趁现在杀入后宫,还有获胜的希望,你要是犹豫错失时机,到时候你的下场也不会好。"颓叔内心辗转,犹豫了片刻,终于说:"既然主公已经将事情都规划好,臣只有死心塌地地跟着您。"

王子带接着又来到心腹好友桃子家中,把事情开门见山地向桃子说了一遍,然后将一把长刀和一块璧玉摆在桃子面前,让他自己选择。桃子知道自己如果不答应他肯定活不了,于是跪在王子带面前,拱手表示愿意拥立他为王。

接着王子带便与桃子、颓叔商量具体的行动事宜,颓叔建议说:"我们手上没有一兵一卒,难以行事,不如利用我在狄国的关系,去向狄主借来三五千人马,然后再行起事,这样岂不是更为稳妥?"

三人立即起身赶往狄国,颓叔与桃子前去面见狄主。颓叔向狄主说:"甘昭公之前听说王后孤身在洛邑,举目无亲,为了照顾她,便时常出入后宫前去探望,谁知周王轻信小人之言,认定甘昭公和王后二人有私,要将他们全部赶出洛邑,王后心有不甘,密令我来请明公为她做主。"

狄主不知道个中情况,听说他疼爱的女儿在洛邑受了委屈,气得呱呱大叫,又问颓叔该如何办。颓叔回答说:"甘昭公眼下就在城外等候,明公不如借给我们三五千兵马,等我们回去除掉那个昏君,立甘昭公为天子,这样王后可以不失国母之位,贵国的尊严也能保全,岂不是一举两得?"

狄主觉得颓叔的话不无道理,于是让人将王子带请进宫来,狄主见他一表人才，谈吐不俗，立时答应了颓叔的提议，令上将赤子带五千兵马，随王子带一起返回洛邑。周襄王全然没意识到王子带已经采取行动，等到狄军兵临城下，才想起他的军队还驻扎在城外三十里处。

情急之下，周襄王只得命令富辰和谭伯将城中仅剩的卫队以及男子聚集起来，得千余人，周襄王令谭伯带着这批散兵游勇，出城阻挡王子带。富辰知道此举无异于以卵击石，语重心长地对谭伯说："狄军人多势众，将军此去万不可与他们正面冲突，只要守住城池，拖上两三天，城外驻军就会回来救援。"谭伯领命而去。

谭伯带着部队自北门而出，走不多远就与颓叔相遇，谭伯也不多言，跃马挺刀上前与颓叔厮杀起来。未到十来回合，颓叔便败下阵来，谭伯杀得兴起，忘乎所以，拍马追了上去。两军一前一后跑了二十来里，来到一片密林之中，谭伯正想上前捉拿颓叔，突然听得几声号角，左边王子带和桃子，右边狄将赤子，再加上前面的颓叔，三路人马将谭伯牢牢地围在核心。

谭伯这才明白中计，赶紧命令军队向后撤，哪里还撤得出！王子带和赤子持刀力战谭伯。谭伯力敌两将，逐渐体力透支，赤子得个空挡，一刀将谭伯挑到马下，不等谭伯起身，狄军一拥而前将谭伯踩成肉泥。

谭伯全军覆没的消息很快传回洛邑，周襄王惊得面无人色，许久，他对富辰说："洛邑城破在即，还望爱卿尽快拿个主意。"富辰果断地说："洛邑无兵可用，大王只能暂时离开，等到了安全之地再召集诸侯勤王，方为上策。"

周襄王不解地问："狄人围城，洛邑犹如箍桶，孤怎出得去？"富辰回答说："大王放心，狄人的主力在北门，我这就回去组织族人，到北门吸引狄军，大王可换上侍从的衣服，从他们防备最为松懈的西门离开，然后找到城外的军队，让他们护送您前往郑国避难。"周襄王面有难色："前者孤率狄人讨伐郑国，现在又因狄人之故到郑国躲避，怕是郑伯不肯收留吧？"

"大王放心，郑国自武公开始，就一直担任王室的正卿，深受历代先王信任，博得诸侯的敬佩，倘若眼下弃大王于不顾，那不仅违背了他们先祖的遗训，更会让郑国几代国君积累下来的威望毁于一旦，这其中的利弊，相信郑伯能掂量得出。"襄王听完点点头，说："看来也只能这样了。"话毕双方即分头行事。

周襄王出走之后，王子带率领狄军入城，先将府库、印信及档案典籍等重要物品全部封存，又在颓叔、桃子等人的拥戴下自立为王，写下诏书昭告天下诸侯,这就是发生在晋文公元年的"王子带之乱"。

再说周襄王乘乱突出城来,在城外找到了自己的军队。毛伯建议说:"既然咱们手上有了军队,就不必去郑国了,趁着甘昭公在洛邑尚未安定,领兵回去杀他个措手不及,定能将他一干逆贼全部活捉。"

毛伯的建议虽有道理,周襄王听完却摇了摇头说:"我当初曾在惠太后面前向她保证,无论将来甘昭公犯下什么过错,我都不会亲手将他处死,所以还是让诸侯来替我解决这件事吧。"周襄王一众人马只好向郑国进发。

郑文公以天子之礼接待了周襄王,但郑毕竟是小国,难以担当天子复国的重任,要想勤王,非大国难以胜任。周襄王分别派出左鄢父和简师父二人前往秦、晋两国告急。

秦穆公接到诏书,立即挥师上路,驻扎在黄河边。晋文公刚刚即位,立足未稳,接到求救信后,集合文武官员商量。晋文公问:"救助周襄王应不应该去?"话音刚落,赵衰出班对晋文公说:"必须去。大王要想成就大业,晋国首先必须在诸侯中树立威望,在诸侯中树立威望,最大的作为莫过于救驾天子,这既是大义,又是天意。这是大王成就霸业的第一步。"

第二年三月,晋文公下定决心前去勤王,军队顺流而下。三月甲辰日,晋国军队驻扎在阳樊,右翼部队包围温地,左翼部队迎接周襄王。夏季四月丁巳日,周襄王进入王城,在温地抓到了王子带,把他杀死在隰城。周襄王复位之后,将河内、阳樊之地赐给晋。①

晋因高举"尊王"的旗帜而得到领地,开始具备了争霸中原的威望与实力。

二

春秋争霸,最先崛起的是东方的齐国。齐桓公死后,齐国因内乱霸业中衰。这时,位于长江中游地区的楚国乘机向黄河流域扩展势力,先后吞并了贰、谷、绞、弦、黄、英、蒋、道、柏、房、轸、夔等小国。又在泓水之战中挫败宋襄公图霸的企图,将自己的势力范围发展到长江、淮河、黄河、汉水之间,控制了郑、蔡、卫、宋、鲁等众多中小国家,一时间楚

---

① 见〔西汉〕司马迁《史记·晋世家》:"二年春,秦军河上,将入王。赵衰曰:'求霸莫如入王尊周。周晋同姓,晋不先入王,后秦人之,毋以令于天下。方令尊王,晋之资也。'三月甲辰,晋乃发兵至阳樊,围温,入襄王于周。四月,杀王弟带。周襄王赐晋河内阳樊之地。"

国威震天下。

正当楚国势力急剧向北发展的时候，晋国也兴盛了起来。晋文公对内修明政治，发展经济，整军经武；对外高举"尊王"旗帜，开始介入中原的争霸。晋国的崛起，引起了楚国的不安，两国之间的矛盾日趋尖锐，围绕对宋国的控制权，双方的矛盾被全面激化。

宋国在泓水之战后被迫屈服于楚，这时看到晋国实力强大起来，转而依附了晋国。楚国为了维持自己在中原的优势地位，出兵攻打齐、宋，想借此来扼制晋国的势力东进和南下。晋国也不甘心长期局促于黄河以北一带，于是利用这一机会，以救宋为名，出兵中原，拉开了军事与外交生死对决的帷幕。

晋文公四年（前633），楚成王率领楚、郑、陈、蔡多国联军进攻宋国，如蜂如蚁的联军密密匝匝地将宋国都睢阳（商丘）围困起来，国都睢阳（今商丘）倒悬！告急！

城破在即的危急关头，宋成公派大司马公孙固突出重围，到晋国求救。公孙固来到晋国已经浑身是伤，鲜血淋淋、九死一生，他被抬到殿上时，殿中犹如炸开了锅："该不该救宋？""如何救宋？"晋文公就此征求满朝文武的意见。

大夫先轸认为："楚军来势凶猛，城破之日，必然是昆山火起，玉石俱焚。天下大势，无人敢救宋，此时晋国若敢出兵救宋，正是'报施救患，取威定霸'的最好时机。"他力主晋文公出兵，越快越好。满朝无人反对，也无人支持，众人你看我我看你，面面相觑。

良久，晋文公终于开口说："爱卿主意虽好！但晋、宋之间隔着曹、卫两国，我军若劳师远征，有侧背遇敌的危险；况且楚军实力强大，正面交锋我们也无必胜的把握。"晋文公说完，一众文武频频点头，没有人再提救宋，合廷鸦雀无声。

散朝了，晋文公放眼环望殿外，庭院中各种花木全都变得光秃秃，枯枝败叶在寒风中索索发抖。晋文公不由感慨起来：叶子的飘落是因为入秋以来树干在风雪中挣扎，精疲力竭、没有精力挽留住它们。如今天下大势，小国就如枯叶，随时可能飘落下来，晋国是否有能力挽救得了宋这片叶子？若救宋，晋国会不会也在时序中无声无息地消失呢？

第二天，狐偃向晋文公提出建议："救宋虽然必须经过曹、卫两个小国，我们不妨借此先打下曹、卫，此举如囊中探物；如果楚军回师来救曹、卫，宋国之围自然土崩瓦解。"狐偃的话一出，满朝一片叫好声。

晋文公的眼神变得坚定起来，当年他流亡途中，曹、卫这两个小国对他不礼貌的情景依然历历在目，吃掉这两个小国不仅解了心头之恨，还能报答宋国当年以礼相待之恩，获得"报施救患"的好名声。这念头更坚定了晋文公出兵的决心。

晋国君臣随即为此进行了充分的战前准备：将原来的两个军扩编为上、中、下三个军，郤縠统帅中军，郤臻辅佐；狐偃统帅上军，狐毛协助；栾枝统帅下军，先轸协助。①准备就绪后，晋文公于公元前632年一月统率大军，浩浩荡荡地渡过黄河，风卷残云般占领了整个卫国。接着，又向曹国发起了攻击，三月间，攻克了曹国都城陶丘（今山东省定陶），俘虏了曹共公，转眼间，卫、曹已入晋国囊中，一切比预想要顺利得多，晋国一时士气大振。

遗憾的是，楚军并不上晋人的当，他们有楚成王与令尹子玉统领，完全明了晋国的战略意图，依然全力围攻睢阳（今商丘），并不回师来救盟国卫、曹，以解睢阳之围。此时的商丘已是命悬一丝，奄奄一息。宋国只好再次派使者向晋告急求援，这就使晋文公陷入进退两难之境：当年流亡在外，楚曾以国礼对待他，有德有恩于晋，有没有必要与楚再打下去？如果不出兵驰援商丘，则宋国力不能支，一定会降楚绝晋；更严重的是，但若出兵驰援，则原定诱使楚军于曹、卫境内决战的战略意图便将落空，晋方兵力有限，在远离本土的情况下与楚军交战，胜负难定。

晋文公再度召集大臣商议。先轸建议："可以让宋国表面上同晋国疏远，然后由宋国出面，送一份厚礼给齐、秦两国，由他们去请求楚军撤兵。其次，晋国把曹、卫的一部分土地赠送给宋国，坚定宋国抗楚的决心。楚国同曹、卫是盟国，看到曹、卫的土地为宋所占所分，必定会拒绝齐、秦的劝解。齐、秦既接受了宋国的厚礼，便会抱怨楚国不听劝解，从而同晋国站在一起，出兵与楚国作战。"②晋文公对此计颇为赞赏，楚虽有德于晋，当日约定，两军对阵，退避三舍。来日方长，眼下唯有先采纳先轸的建议，晋文公将先轸由下军辅佐调任中军主帅。又命胥臣顶替先轸的下军辅佐。

先轸之策一一施行。不出所料，楚成王果然拒绝了齐、秦的调停，而齐、秦见楚国不给面子，也大为恼怒，出兵助晋。这使晋、楚双方的力量

---

① 见〔西汉〕司马迁《史记·晋世家》："于是晋作三军。赵衰举郤縠将中军，郤臻佐之，使狐偃将上军，狐毛佐之，命赵衰为卿；栾枝将下军，先轸佐之。"

② 见〔西汉〕司马迁《史记·晋世家》："楚围宋，宋复告急晋。文公欲救则攻楚，为楚尝有德，不欲伐也；欲释宋，宋又尝有德于晋：患之。先轸曰：'执曹伯，分曹、卫地以与宋，楚急曹、卫，其势宜释宋。'于是文公从之，而楚成王乃引兵归。"

对比发生了重大的变化。

楚成王眼看晋、齐、秦三大国结成联盟，形势明显对自己不利，遂主动把楚军撤退到楚国的申地（今河南省南阳），命令戍守谷邑的大夫申叔迅速撤离齐国，要求令尹子玉将楚军主力撤出宋国，避免与晋军冲突。楚成王告诫子玉，晋文公非等闲人物，他流亡十九年，什么苦都吃过，人情世故了然于心，不可小觑。凡事要量力而行，适可而止，知难而退。

子玉认为晋、楚终有一战，他坚决要求楚成王允许他与晋军决战，并请求楚成王增调兵力。此时的楚成王优柔寡断，既同意子玉的决战请求，希冀他侥幸取胜；但又不肯给子玉增拨充足的兵力，只派了西广、东宫等少量兵力前往增援。

子玉得到了楚成王增派的援兵，更坚定了同晋军作战的决心。为了寻找决战的借口，他派遣使者宛春向晋军提出了一个"休战"的条件：晋军撤出曹、卫，让曹、卫复国，楚军则解除对宋都的围困，撤离宋国。

作为楚国的令尹，子玉有勇有谋，他这个休战计划实际是个一石三鸟之策。如果晋答应他的要求，则曹、卫、宋三国都会感戴楚国。如果晋不答应他的要求，那么曹、卫、宋三国将会怨恨晋国。

晋大夫狐偃主张拒绝子玉的无理要求。但中军帅先轸识破了子玉的机关，说："子玉一言而安定三国，这是礼，我们若断然拒绝，这是失礼。失礼的军队怎能取胜？故我们也须以礼解散他们的关系。"晋国于是将计就计，私下答应让曹、卫复国，前提是曹、卫必须同楚国绝交；另外又扣留了楚国的使者宛春，激怒子玉前来寻战。①

子玉眼见使者被扣，曹、卫也已附晋，这一气非同小可，跌足捶胸之后，率领楚、陈、蔡三国联军，气势汹汹地扑向晋军，寻求生死一决。晋文公见楚国联军已逼近曹都陶丘，为避开楚军的锋芒，遂下令部队主动"退避三舍"，后撤九十里到预定的战场——城濮（今山东省鄄城西南）一带。

"退避三舍"表面上兑现了早日与楚成王之约，报答楚国礼遇之德，实际上，晋军以主动撤退赢得了舆论上的同情；又占据了战略要地，便于同齐、秦等盟军会合，诱敌深入。晋的"卑而骄之""怒而挠之"的诱敌

---

① 见〔西汉〕司马迁《史记·晋世家》："于是子玉使宛春告晋：'请复卫侯而封曹，臣亦释宋。'咎犯曰：'子玉无礼矣，君取一，臣取二，勿许。'先轸曰：'定人之谓礼。楚一言定三国，子一言而亡之，我则毋礼。不许楚，是弃宋也。不如私许曹、卫以诱之，执宛春以怒楚，既战而后图之。'晋侯乃囚宛春于卫，且私许复曹、卫。曹、卫告绝于楚。"

之计，终于使子玉上钩而被晋军牵着鼻子走。

晋军在城濮摆下了阵势，齐、秦、宋诸国的军队也陆续抵达和晋军会合。晋文公检阅部队，见士气高昂、战备充分，认为可以同楚军一战。楚军方面，决战的准备也在积极进行中。晋军有上、中、下三部，楚军有左、中、右三军：中军是楚军，由子玉直接指挥，左翼军也是楚军，由子西指挥，右翼军由陈、蔡军组成，战斗力较弱，由楚将子上统率。

晋文公五年（前632）四月四日，城濮上空战云弥漫，晋楚两军在这里摆开了队形，双方六军展开了风云会，前面是战车方阵，后面是步军方阵，甲戟森森，枪刀弓箭罗列云屯，黑压压铺满了大地，一直连到天边的山坡，将士们手中的戈矛在阳光下闪着耀眼的光芒。楚方统帅子玉手搭凉棚，见楚军人数远多于晋军，恨不得一口吞了晋军，他左手拿着令旗，右手握着宝剑，仰面朝天一声大笑，豪气干云："今日之后将没有晋国！"

"今日之后将没有晋国！"楚三军高声大吼，震天动地。

先轸早知楚军右军薄弱，令下军副将胥臣出击。霎时间，晋军阵中冲出一头头老虎，旋风般直奔楚军右翼，那是一批披着虎皮的战马，一时间尘土飞扬，角号声声，在天崩地裂的喊叫声中，楚军分辨不出是战马的嘶鸣还是老虎的吼叫，一个个吓得屁滚尿流，纷纷后退。晋军连声呐喊，乘胜追击，很快就击溃楚右翼的陈、蔡联军。

楚军虽折了右军，但元气未损。就在这时，山坡战车上，子玉望见晋军后阵尘土飞扬，晋兵狼奔鼠窜，阵脚已乱。一时大喜过望，下令左翼军迅速追击。楚军士兵得令，一声吼叫，挥戈奋勇向前，突入晋阵，将士们咬崩了牙根，瞪裂了星眸，很快就撕开一道缺口，直往里冲，想把楚右翼军救出。

晋军根本就不是对手，纷纷向两边逃窜。戈矛的撞击犹如打铁声，叫人心惊胆战。楚左翼军终于突入晋军的阵地，此时，晋军开始变换队形。晋中军向左包围过来，堵住了楚军的退路，晋上军在主将狐偃与佐将狐毛的带领下在后阵围住了楚军，晋中军、上军就像两条巨大的盘龙索将楚左翼军紧紧地捆绑起来，切割成三段。

半坡上的子玉见晋楚两军的阵势就像一个庞大的肠胃，不断地蠕动着，落入这个肠胃中的楚左翼军，一点点被活生生地消化掉。叱咤风云几十载的子玉，压根就没有想到晋军如此顽强善战，阵脚已乱，还能反败为胜。事实上，那是晋上军主将狐毛，故意在车上竖起两面大旗，引车后撤，装扮出败退的样子。晋下军主将栾枝也在阵后用战车拖曳树枝，飞扬起地面的尘土，假装败退。城濮之战不仅在于斗勇力，也在于斗智慧，诸侯之间的战争不再是贵族式了，开始进入"兵者，诡道"的阶段。

此时，晋帅先轸带领着三军，在怒吼声中向楚中军扑来。楚左、右两军均已失败，十二万大军失去了大半，大势已去，子玉不得已下令中军迅速脱离战场。楚军向西南撤去，一直撤到连谷。

一川冷冷光明雪，万木萧萧凛冽风。城濮之战以子玉引剑自杀告终，楚国北进的锋芒受到挫折，此后，楚军被迫退回桐柏山、大别山以南地区。中原诸侯开始朝宗晋国。同年四月二十七日，晋军进入郑国衡雍，在践土（今河南省原阳）修筑王的行宫，向周襄王献俘。周襄王策命晋文公为"侯伯"。晋顺理成章地登上了霸主的宝座。

继晋文公在城濮之战中大败楚国，一战而霸，晋襄公时期先后在崤之战和彭衙之战中又大败秦国，继其父为中原霸主。晋景公时，晋国在邲之战中败给楚国后转而经略北方。在鞌之战中大败齐国后，又在伐蔡攻楚破沈之战中攻入楚国本土。晋厉公继位后连败秦、狄，并在鄢陵之战再败楚国，复霸天下。晋悼公时晋国国势鼎盛，军治万乘，独霸中原，达到晋国霸业的巅峰。

晋平公以后，晋国内部范、中行、智、韩、赵、魏六卿之间斗争激烈。晋定公时，范、中行两家首先败亡。公元前433年，韩、赵、魏三家共灭智氏，至此，晋国被韩、赵、魏三家瓜分。公元前403年，周威烈王册封韩、赵、魏为诸侯，史称"三家分晋"。

第四节　三家分晋之魏国

魏氏的先祖叫毕万，毕万的先祖是姬高，姬高是周文王第十五子，因为封国在毕地，也称毕公高。毕国在西周末期亡于西戎，其后裔沦为平民。毕氏后裔毕万在春秋初期投奔晋献公，受到重用，晋升为大夫。公元前661年，毕万奉命灭了姬姓魏国，晋献公把魏地（今山西省芮城县一带）封给毕万。① 此后，其族毕氏改为魏氏。公元前636年，毕万之孙魏犨（音抽）因为随公子重耳出亡有功，晋文公重耳继位后，令魏犨承袭魏氏的封爵，列为大夫，治所在魏邑（今山西省芮城县北）。

公元前453年，赵襄子、魏桓子和韩康子三家分晋，公元前445年，

---

① 见〔西汉〕司马迁《史记·魏世家》记载：晋大夫毕万以军功受封于魏。

魏斯继位，自称诸侯，史称"魏文侯"。公元前403年，魏、赵、韩被名存实亡的周天子正式封为诸侯。公元前361年，魏惠王迁都大梁（今河南省开封市），故国号亦称梁。

魏文侯在战国七雄中首先实行变法，拜子夏为师，把儒的地位提到前所未有的高度，达到了笼络士人人心的政治目的。魏文侯还任用李悝、吴起、乐羊、西门豹、子夏、翟璜、魏成等人，改革政治，奖励耕战，兴修水利，以求富国强兵。其中，著名的历史故事有"西门豹治邺"，以及"魏无忌救赵"。

一

魏文侯时，西门豹任邺城县令。他刚来到邺城，就会集地方上年纪大的人，问他们有关老百姓疾苦的事情。众人说："苦于给河伯娶媳妇，因为这个，本地民穷财尽。"西门豹问这是怎么回事，众人回答说："邺县的三老①、廷掾（音愿）每年都要向老百姓征收赋税搜刮钱财，他们用其中的一部分钱财为河伯娶媳妇，剩余的钱都被廷掾和祝巫瓜分了。为了给河伯娶媳妇，女巫行巡查看到小户人家的漂亮女子，便说'这女子合适做河伯的媳妇'，马上下聘礼娶去。给被选中女子洗澡洗头，做新的丝绸花衣，让她独自居住并斋戒；并为此在河边上筑好斋戒用的房子，张挂起赤黄色和大红色的绸帐，让这个女子住在里面，又给她备办牛肉酒食。这样经过十几天，大家又一起装饰点缀好嫁女一样的床铺枕席，让这个女子坐在上面，然后使它浮到河中。起初在水面上漂浮着，漂了几十里便沉没了。那些有漂亮女子的人家，担心女儿被大巫祝相中，大多带着女儿避居他乡，因此，城里越来越空荡无人，以致更加贫困，这种情况由来已久。廷掾和祝巫他们恐吓老百姓说：'如果不给河伯娶媳妇，就会大水泛滥，把大家都淹死'。"西门豹听后，令人把三老、巫祝、父老找来，对他们说："到了给河伯娶媳妇的时候，希望三老、巫祝、父老都到河边去送新娘，有幸也请你们来告诉我，我也要去送送这个女子。"

春暖花开时节，到了为河伯娶媳妇的日子，西门豹与三老、官员、巫祝聚集在邺河边，随同赶来看热闹送河伯媳妇的老百姓也有几千人。漳水两岸开满了杏花，白花花一片，昔日雪如花，今朝花似雪。

女巫是个七十来岁的老婆子，脸如核桃，浓妆艳抹，一摇三摆地登场

---

① 三老是古代掌教化的乡官。是县的下一级官员，类似乡长。

了。跟着来的女弟子有十来个，身着丝绸单衣，站在老巫婆的后面。西门豹和气地说："叫河伯的媳妇过来，我先看看她长得漂亮不漂亮。"人们马上扶着这个女子出了帷帐，走到西门豹面前。西门豹看了看这个女子，皱起了眉头，回头对三老、巫祝、父老们说："这个女子不漂亮，麻烦大巫婆为我到河里去禀报河伯，需要重新找一个漂亮的女子，迟几天再送去。"差役们不容分说，立即抱起大巫婆，把她抛到河中。漳水荡起几朵浪花，随着涟漪荡漾开去，复归于平静。

过了一会儿，西门豹说："巫婆为什么去这么久？叫她弟子去催催她！"又把她的一个弟子抛到河中。又过了一会儿，说："这个弟子为什么也这么久？再派一个人去催催她们！"又抛一个弟子到河中。总共抛了三个弟子。西门豹说："巫婆、弟子，这些都是女人，不能把事情禀报清楚。请三老替我去禀明情况。"又把三老抛到河中。西门豹插着簪笔，弯着腰，恭恭敬敬，面对着河站着等了很久。长老、廷掾等在旁边看着的一众人等都惊慌害怕不已。西门豹说："巫婆、三老都不回来，怎么办？"想再派一个廷掾或者长老到河里去催他们。这些人都吓得跪在地上，叩头如筛糠，头叩破了，脸色像死灰一样。西门豹说："好了，暂且留下来再等他们一会儿。"过了一会儿，西门豹说："廷掾可以起来了，看样子河伯留客要留很久，你们都散了吧，离开这儿回家去吧。"邺城的官吏和老百姓都非常惊恐，从此以后，不敢再提起为河伯娶媳妇的事了。

为兴修水利，西门豹征发老百姓开挖了十二条渠道，把漳水引来灌溉农田，使田地都得到灌溉。在那时，老百姓因开渠过于劳累而对之厌烦，不大愿意。西门豹说："老百姓可以和他们共同为成功而快乐，不可以和他们一起考虑事情的开始。现在父老子弟虽然担心因我而受苦受累，但期望百年以后父老子孙会想起我今天说过的话。"直到现在，邺城的水利都很发达，老百姓因此而家给人足，生活富裕。

经过西门豹的治理，邺城逐渐富裕兴盛起来。但魏文侯却常听到一些官吏告发西门豹，说邺城官仓无存粮，钱库无金银，部队缺少装备，西门豹把邺城治理得一塌糊涂。魏文侯到邺城视察时，就有一些官吏前来告发西门豹的问题。魏文侯责问西门豹，并说若西门豹回答不出理由，就要治他的罪。西门豹说："王者使人民富裕，霸者使军队强盛，亡国之君使国库充盈。邺城官仓无粮，因为粮食积储在人民手中；金库无银，因为银钱都在人民衣兜里；武库无兵器，因为邺城人人皆兵，武器都在人民手中。大王若不信，让我上楼敲敲鼓，看看邺城钱粮兵器如何？"西门豹上楼，第一阵鼓声之后，邺城百姓披盔带甲，手执兵器，迅速集合到楼下；第二阵鼓声之后，另一批百姓用车装着粮草集合到楼下。

魏文侯知道了西门豹的政绩，龙颜大悦，请西门豹停止演习，西门豹不同意说："民可信不可欺。好不容易与他们建立了信约，今天既然把他们集合起来了，如果随意解散，老百姓就会有被受骗之辱。燕王经常侵我疆土，掠夺我百姓，大王不如让我带他们去攻打燕国。"魏文侯听后点头称是，于是西门豹发兵攻燕，收回了周边许多失地。

魏文侯死后，其子魏武侯即位，魏武侯在位的二十五年间，任用军事家吴起进行改革，其中最值得一提的是建立了一支高度职业化的军事力量——魏武卒。

吴起当年利用武卒之制，训练魏武卒，士兵手执一支长戈、身上背着五十支长箭与一张铁胎硬弓（十二石），同时携带三天军粮（总重约五十余斤），连续急行军一百里还能立即投入激战者，才可以成为武卒，并享受优厚待遇。魏襄王时期，有武卒（重装步兵）二十万，奋击（轻锐步兵）二十万，苍头（裹头巾的待选新兵）二十万，厮徒（军工、勤务兵、辎重兵）二十万；车六百乘、骑五千匹，其军事力量在中原首屈一指。魏文侯、魏武侯二代，先后灭掉中山，连败秦、齐、楚诸国，开拓了大片疆土，使魏国一跃为中原的小霸主，等到魏武侯之子魏惠王在位的时候，魏国已经称霸中原长达百年。

二

魏国后期，出了个信陵君魏无忌，为魏国的历史增添了浓墨重彩的一笔。

公元前 277 年，魏无忌的父亲魏昭王去世，魏圉继承魏国王位，是为魏安釐王。第二年，安釐王封弟弟魏无忌于信陵（今河南省宁陵县），史籍称为信陵君。

魏无忌为人仁爱宽厚，礼贤下士，士人争相前往归附他，最高峰时门下曾有食客三千，能人无数。魏无忌威名远扬，各诸侯国连续十多年不敢窥视侵犯魏国。

桂花的香气在风中消失了，菊花的清香又飘起。殿外那棵桐树不知什么时候有了黄叶，风一吹，黄叶一片片落在台阶上，秋天就在落叶中来了。有一天，魏无忌正在殿中跟安釐王下棋，两人的心情一半轻松，一半沉重。

这时候，侍卫来报说："赵兵进犯，将进入边境。"安釐王立即放下棋子，大声说："立即召集大臣们商议对策！"

魏无忌若无其事地说："是赵王打猎罢了，不是进犯边境。"接着又跟安釐王下棋，仿佛无事一般。安釐王心事重重，全无心思下棋。又过了一会儿，又传来消息说："是赵王打猎，不是进犯边境。"安釐王听后很惊讶，问道："公子是怎样知道的？"魏无忌答道："我的食客中有个人能探到赵王的秘密，赵王有什么行动，他就会立即报告我，我因此知道这件事。"安釐王知道魏无忌贤能而又无所不知，从此以后，不敢任用他处理国事了。①

那时候，魏国有个隐士叫侯嬴，已经七十多岁，满头白发，老态龙钟，裂目歪嘴，牙齿几乎掉光了。因为家贫，一直做着大梁夷门的守门小吏。魏无忌听说此人贤能，备了一份厚礼，前往拜访。侯嬴死活不肯接受，说："我几十年来修养品德，坚持操守，终不能因我看门贫困的缘故而接受公子的财礼。"

等到侯嬴生日这一天，魏无忌摆设酒席，宴饮宾客。等到大家来齐坐定之后，公子说："我去接一位尊贵的客人。"说着就带着车马及随从人员，空出车上的左位，亲自到东城门去迎接侯嬴。

侯嬴整了整破旧的衣帽，径直上了车子，坐在公子空出的尊贵座位上，丝毫没有谦让的意思，魏无忌手握马缰绳，亲自驾车，无比恭敬。走到半路。侯嬴对魏无忌说："我有个朋友在街市的屠宰场，想委屈一下公子的车马载我去拜访他。"魏无忌立即驾车前往街市，侯嬴下车去见他的朋友朱亥，故意久久地站在那里同他的朋友聊天，同时暗暗地观察公子的脸色。但见魏无忌毫无愠色，反而更加和悦，这才告别朋友上了车。

此时的魏府，魏国的将军、丞相、宗室大臣及食客，高朋满堂，正等着魏无忌举杯开宴，街市上的人都看到魏无忌手握缰绳替侯嬴驾车，魏无忌的随从都暗暗责骂侯嬴这老朽倚老卖老，拖拉误事。

到家后，魏无忌领着侯嬴坐到上席，并向全体宾客恭敬地介绍侯嬴，满堂宾客都十分惊异。大家酒兴正浓时，魏无忌站起来走到侯嬴面前，恭恭敬敬地举盏向他祝寿。

侯嬴立起身来回礼说："我只是个城东门看门插关的人，可是公子屈

---

① 见〔西汉〕司马迁《史记·魏公子列传》："公子与魏王博，而北境传举烽，言'赵寇至，且入界'。魏王释博，欲召大臣谋。公子止王曰：'赵王田猎耳，非为寇也。'复博如故。王恐，心不在博。居顷，复从北方来传言曰：'赵王猎耳，非为寇也。'魏王大惊，曰：'公子何以知之？'公子曰：'臣之客有能深得赵王阴事者，赵王所为，客辄以报臣，臣以此知之。'是后魏王畏公子之贤能，不敢任公子以国政。"

尊为我驾车，亲自在大庭广众之中迎接我，陪我拜访朋友，我这样做也想成就公子的名声，公子愈加谦恭，街市上的人就愈认为公子是高尚的人，能礼贤下士啊！他们都认为我是小人。"此后，侯嬴便成了魏无忌的座上客。①

侯嬴对魏无忌说："我所拜访的屠夫朱亥，是贤能之士，只是人们都不了解他，所以隐没在闹市做了屠夫罢了。"魏无忌曾多次前往拜访朱亥，朱亥故意不回拜答谢，魏无忌觉得他是个怪人。

公元前257年，秦国的军队包围了赵国的都城邯郸，赵国的形势非常危急。赵国丞相平原君赵胜的妻子是魏无忌的姐姐，平原君赵胜多次向安釐王和魏无忌送信，请求魏国救援。于是安釐王派将军晋鄙领兵十万前去救赵。

秦昭王得知此消息后就派使臣告诫魏王说："我攻下赵国，只是早晚的事，诸侯中有谁敢救赵国的，拿下赵国后，一定调兵先攻打它。"魏王听了很害怕，就派人阻止晋鄙再进军，让他把军队留在邺城扎营驻守，名义上是救赵国，实际只是观望。

赵胜使臣的车子连续来到魏国来告急，责备魏无忌说："我赵胜之所以自愿依托魏国跟魏国联姻结亲，就是因为公子的道义高尚，能帮助别人解脱危难。如今邯郸危在旦夕，早晚就要投降秦国，可是魏国救兵至今不来，公子能帮助别人摆脱危难又表现在哪里？再说，公子即使不把我赵胜看在眼里，抛弃我，让我投降秦国，难道就不怜惜你的姐姐吗？"魏无忌为此事十分焦虑，屡次请求安釐王赶快出兵，又让门客辩士们千方百计地劝说安釐王。安釐王由于害怕秦国，始终不肯听从魏无忌的主张。魏无忌估计最终难以征得安釐王的同意，于是请来门客商量，凑齐了战车一百多辆，打算带着门客赶到战场上去同秦军决一死战，与赵国共赴死难。

---

① 见〔西汉〕《史记·魏公子列传》："魏有隐士曰侯嬴，年七十，家贫，为大梁夷门监者。公子闻之，往请，欲厚遗之。不肯受，曰：'臣脩身絜行数十年，终不以监门困故而受公子财。'公子于是乃置酒大会宾客。坐定，公子从车骑，虚左，自迎夷门侯生。侯生摄敝衣冠，直上载公子上坐，不让，欲以观公子。公子执辔愈恭。侯生又谓公子曰：'臣有客在市屠中，愿枉车骑过之。'公子引车入市，侯生下见其客朱亥，俾倪故久立，与其客语，微察公子。公子颜色愈和。当是时，魏将相宗室宾客满堂，待公子举酒。市人皆观公子执辔。从骑皆窃骂侯生。侯生视公子色终不变，乃谢客就车。至家，公子引侯生坐上坐，遍赞宾客，宾客皆惊。酒酣，公子起，为寿侯生前。侯生因谓公子曰：'今日嬴之为公子亦足矣。嬴乃夷门抱关者也，而公子亲枉车骑，自迎嬴于众人广坐之中，不宜有所过，今公子故过之。然嬴欲就公子之名，故久立公子车骑市中，过客以观公子，公子愈恭。市人皆以嬴为小人，而以公子为长者能下士也。'于是罢酒，侯生遂为上客。"

天空静穆，晚霞明丽，西天已经跃出第一颗寒星。平日里，魏无忌喜欢在这样的时刻外出漫步，今天他出去是要见侯嬴，把自己同秦军血战的决心告诉他，然后向侯嬴诀别。侯嬴听后对他说："公子努力干吧，恕老臣不能随行。"魏无忌走出几里路，心里不痛快，自语道："我对待侯生算是够周到的了，天下无人不晓，如今我就要死难，可侯生竟没有片言只语送我，难道我对待他有什么不周到之处吗？"于是又乘车返回，想问问侯嬴。

侯嬴一见公子就笑着说："我早料到公子会回来。"接着又说："公子好客养士，闻名天下。如今有了危难，想不出别的办法却要赶到战场上同秦军拼死命，这就如同把肥肉扔给饥饿的老虎，有什么作用呢？如果这样的话，还用我们这些门客干什么呢？公子对我情义深厚，公子将赴战场我却不送行，因此知道公子恼恨我，会返回来的。"魏无忌连着两次向侯先生行拜礼，进而问对策。

侯嬴就让旁人离开，同公子秘密交谈，说："我听说魏国的兵符经常放在魏王的卧室里，如姬最受魏王的宠爱，她出入魏王的卧室很随便，只要尽力是能偷出兵符来的。我听说如姬的父亲被人杀了。如姬有复仇的志向，魏王以下的臣民都想为如姬报仇，但均未如愿。为此，如姬曾对公子哭诉，公子派门客斩了那个仇人的头，恭敬地献给如姬。如姬要为公子效命而死，是在所不辞的，只是没有行动的机会罢了。公子果真一开口请求如姬帮忙，如姬必定答应，那就能得到虎符而夺了晋鄙的军权，北边可救赵国，西边能抵御秦国，这是春秋五霸的伟业啊。"魏无忌听从了侯嬴的谋略，请求如姬帮忙。如姬果然成功盗出晋鄙的兵符，将其交给了魏无忌。

魏无忌拿到了兵符准备上路，侯嬴说："将帅在外作战时，有当机立断的权力，国君的命令有的可以不听从，以利于国家。公子到那里即使两符相合，验明无误，可是晋鄙仍不交出兵权给您而要请示魏王，那事情就危险了。我的朋友屠夫朱亥可以跟您一起前往，这个人是个大力士。如果晋鄙听从，那是再好不过了；如果他不听从，可以让朱亥击杀他。"魏无忌听后哭了。

侯嬴见状便问他："公子是怕死吗？为什么而哭？"公子答道："晋鄙是魏国勇猛强悍、富有经验的老将，我去他那里恐怕他不会听从命令，必定要杀死他，因此我难过得哭了，哪里是怕死呢？"于是魏无忌去请朱亥一同前往。

朱亥笑着说："我不过是市场上挥刀杀牲的屠夫，可是公子竟多次登门问候我，我之所以不回答报酬您，是因为我觉得小礼小节无甚大用。如今公子有了急难，这就是我为您杀身效命的时候了。"随即与魏无忌一同上路。

魏无忌去向侯嬴辞谢。侯嬴说："我理当随您一起去，但年迈且力不从心。您行至晋鄙军中的那一天，我面向北边自刎，以答谢公子的知遇之恩。"魏无忌于是上路前行了。

魏无忌到达邺地，假称安釐王的命令代替晋鄙为将，晋鄙合了兵符，验证无误，但还是怀疑此事，就举起手盯着公子说："如今我统率十万大军，驻扎在边境上，这是关系到国家命运的责任，今天你只身一人来取代我，这是怎么回事啊？"正要拒绝接受命令，见魏无忌身边立着凶神恶煞的朱亥，犹豫间，朱亥早取出袖中藏着的四十斤重的铁锤，一锤砸下，晋鄙的脑袋登时开了花。

魏无忌接管了晋鄙的军队，然后开始整顿军队，向将士说："父子都在军中的，父亲回家；兄弟同在军中的，长兄回家；没有兄弟的独生子，回家去奉养双亲。"经过整顿选拔，得精兵八万人。于是开赴前线抗击秦军。秦军猝不及防，大败而回。

邯郸得救，保住了赵国。赵孝成王和赵胜到郊界来迎接公子。赵胜替魏无忌背着盛满箭支的囊袋走在前面引路。赵孝成王多次拜谢说："自古以来的贤人没有一个赶得上公子的。"从这个时候起，赵胜再不敢拿自己跟魏无忌相比了。

魏无忌与侯嬴诀别之后，在他到达邺城军营的那一天，侯嬴果然面向北方刎颈而死。

安釐王恼怒魏无忌盗出了兵符，假传君令杀死了晋鄙，魏无忌对此也是非常清楚的。魏无忌打退秦军挽救了赵国后，让手下的将军带着他的军队返回魏国，自己与门客留在了赵国。赵孝成王感激魏无忌窃符救赵这一义举，就与平原君商议，想把五座城邑封赏给魏无忌。魏无忌听此消息后，出现了居功自傲的情绪和神色。门客中有人劝说魏无忌道："有些事情是不可以忘记的，有些事情却不能不忘记。别人对公子有恩德，公子不可以忘记；公子对别人有恩德，希望公子忘掉它。况且假托魏王命令，夺取晋鄙的兵权以救赵国，这对赵国来说是立了大功，但对魏国来说那就不算忠臣了。公子却因此自以为有功，我私下认为公子不应该这样。"魏无忌听后，立即自责，一副无地自容的样子。

赵国召开盛大宴会，孝成王亲扫殿堂台阶，又亲自到门口迎接贵客，并执行主人的礼节，领着魏无忌走进殿堂的西边台阶。魏无忌则侧着身子走，一再推辞谦让，并主动从东边的台阶升堂。宴会上，魏无忌称说有罪，对不起魏国，于赵国也无功德可言。孝成王陪着魏无忌饮酒直到傍晚，始终不好意思开口谈封献五座城邑的事，因为魏无忌总是在谦让自责。魏无忌最终留在了赵国。孝成王把鄗封赏给魏无忌作为汤沐邑，这时安釐王也把信陵邑又奉还给公子，但魏无忌仍没有回魏国的打算。

魏无忌听说赵国有两个有才有德而没有从政的人，一位是藏身于赌徒中的毛公，一位是隐没在逆旅（作者按：类似今酒店、旅馆）里的薛公。魏无忌很想见见这两个人，可是这两个人躲起来不肯见魏无忌。魏无忌打听到他们藏身的地址，悄悄步行去同这两个人交往，彼此都以相识为乐事，很是高兴。

赵胜知道了这个情况，就对他的夫人说："当初我听说夫人的弟弟魏公子是个举世无双的大贤士，如今我听说他竟然胡来，跟那伙赌徒、逆旅伙计交往，公子只是个无知妄为的人罢了。"赵胜的夫人把这些话告诉了魏无忌。

魏无忌听后就向姐姐告辞准备离开这里，说："以前我听说平原君贤德，所以背弃魏王而救赵国，满足了平原君的要求。如今才知道平原君与人交往，只是显示富贵的豪放举动罢了，他不是求取贤士人才啊。我从前在大梁时，就常常听说这两个人贤能有才，到了赵国，我唯恐不能见到他们。拿我这个人跟他们交往，还怕他们不愿见我。平原君竟然把跟他们交往看作是耻辱。平原君这个人不值得结交。"于是就整理行装准备离去。

赵胜夫人把魏无忌的话全都告诉了赵胜，赵胜听了自觉惭愧，便去向魏无忌脱帽谢罪，坚决地挽留魏无忌。赵胜门下的门客听到此事，有一半人离开了平原君归附于魏无忌，天下的士人也都去投靠魏无忌，归附在他的门下。

魏无忌在赵国居住了十几年不回去。恢复了元气的秦国趁着魏无忌在赵国，日夜不停地进攻魏国。魏安釐王为此焦虑不安，就派使者去请魏无忌回国。

魏无忌仍担忧安釐王恼怒自己，就告诫门下宾客说："有敢替魏王使臣通报传达的，处死。"门客们都是背弃魏国来到赵国的，所以没有谁敢劝公子回魏国。

这时，毛公和薛公两人去见公子说："公子之所以在赵国备受敬重，名扬诸侯，只是因为有魏国的存在啊。如今秦国进攻魏国，魏国危急而公子毫不顾念，假使秦国攻破大梁而把您先祖的宗庙夷平，公子还有什么脸面活在世上呢？"话还没说完，魏无忌脸色立即变了，嘱咐车夫赶快套车回去救魏国。魏无忌和安釐王兄弟两人十年未见，重逢时不禁相对落泪。安釐王任命魏无忌为上将军，让他做魏国军队的最高统帅。

公元前247年，魏无忌派使者向各诸侯国求援，各国得知魏无忌担任了上将军，都纷纷派兵救魏。魏无忌率领五个诸侯国的联军在黄河以南大败秦军，使秦国将领蒙骜战败而逃。联军乘胜攻至函谷关，秦军紧闭关门，不敢再出关。这次合纵攻秦的胜利，使魏无忌的声威震动了天下。

秦王忌惮魏无忌，因此派人持万金到魏国离间安釐王和魏无忌的关系，同时派人到魏国境内假装祝贺魏无忌登上王位。因此，安釐王更加怀疑魏无忌，于是派其他人代替他执掌魏国兵权，五国攻秦的计划失败。

魏无忌从此心灰意冷，回到魏国之后，不再上朝，每日沉迷酒色。四年之后（前243），魏无忌去世，魏国失去最后支撑的顶梁柱。十八年后，魏国灭亡。

第五节　三家分晋之赵国

一

赵氏的先人和秦人都是嬴姓，他们都是东夷伯益的后裔（参见第八章"秦国的故事"）。传到中衍，依然保留着传统的鸟崇拜。中衍很会骑马驾车，商王太戊听说后很高兴，想让他给自己驾车，于是把巫师找来问卜，得到的卦象是贞利。太戊亲自作伐，为中衍娶了妻子，使他们成为自己得力的御卫。

中衍的五代孙叫飞廉，飞廉有个儿子取名恶来，父子两代都以武力效命于纣王，后被周人杀死。恶来的弟弟名叫季胜，季胜的曾孙叫造父，造父的后代则是赵人。[①]

造父以擅驾车闻名于世。他师从的是泰豆氏，初学的三年里，泰豆氏没有教给他任何驾车技术，造父仍然恭敬地执弟子礼，丝毫不敢怠慢。有一天，泰豆氏对造父说："古诗中说过，擅长造弓的巧匠，一定要先学会编织簸箕；擅长冶金炼铁的能人，一定要先学会缝接皮袄。你要学驾车的

[①] 见〔西汉〕司马迁《史记·赵世家》："赵氏之先，与秦共祖。至中衍，为帝大戊御。其后飞廉有子二人，而命其一子曰恶来，事纣，为周所杀，其后为秦。恶来弟曰季胜，其后为赵。"

技术，首先要跟我学疾走。如果你走路能像我这样快，你才能手执六根缰绳，驾驭六匹马拉的大车。"造父恭敬地答道："一切按老师的教导去做。"

泰豆氏在地上竖起了一根根的木桩，铺成了一条窄长的木桩路。泰豆氏轻轻一跃就跳上了木桩，身轻如燕，来回疾走，从不失足。造父照着老师的示范刻苦练习，三天就掌握了疾走的全部技巧要领。泰豆氏检查了造父的学习成绩后，不禁赞叹道："你是多么机敏灵活啊，竟能这样快地掌握疾走的技巧！凡是想学习驾车的人都应当像你这样。从前你走路是得力于脚，如今必须用心去支配；掌握好缰绳和嚼口，使马走得缓急适度，互相配合，恰到好处。你只有在内心真正领会和掌握了这个原理，通过调试适应了马的脾性，才能做到在驾车时进退合乎标准，转弯合乎规矩，即使跑很远的路也尚有余力。"

泰豆氏又教导造父："真正掌握了驾车技术的人，应当是双手熟练地握紧缰绳，靠心的指挥，上路后既不用眼睛看，也不用鞭子赶；内心悠闲放松，身体端坐正直，六根缰绳不乱，二十四只马蹄落地不差分毫，进退旋转样样合于节拍，如果驾车达到了这样的境界，车道的宽窄只要能容下车轮和马蹄就够了，无论道路险峻与平坦，对驾车人来说已经没有什么区别了。这就是我的全部驾车技术，你可要好好地记住它！"造父记住了泰豆氏的教导，他刻苦学习，潜心钻研，很快就学会了驾车。三年之后，造父即使闭上眼睛驾车，凭着声音和感觉也能做到二十四马蹄落地分毫不差。造父凭着举世无双的驾车技艺成了周穆王的御驾官，专管天子的车舆。

造父喜欢收集名马，有一次他在潼关得了六匹千里名骥，造父不敢留下私用，恭恭敬敬地将它们献给了周天子。其时御制，天子车驾二，每驾四匹马，他向周穆王建议，准备到潼关桃林再寻找两匹，凑够八匹。周穆王见那六匹骏马毛色纯一，确为天下之冠，又听造父决意要再寻找两匹宝马，高兴地答应了。

桃林阔三百里，林中树木参天，遮天蔽日。造父进入林中之后，风餐露宿，细心寻找，他闯过虎穴之沟，渡过蛇蟠河川，历尽艰辛，终于又搜寻到了两匹宝马。周穆王一见，大喜过望，立刻给马赐名，一匹叫作"骅骝"，一匹叫作"騄（音禄）耳"。

周穆王得了良御造父，又换了八骏新马车。兴之所至，要造父驾车出去兜兜风。马车出了镐京（今陕西省西安市），纵马西行，不一会儿，就将随行卫队远远地甩在身后，不见了踪影。造父扬鞭催马，不知不觉就进入了西域地界。

这里地广人稀，山川壮丽，碧草矮树望不到边，风吹草低，珍禽异兽随时可见。周穆王一时心旷神怡，弯弓搭箭，一个时辰下来已猎得宝兽满车。巨大的成就感使周穆王停不下手。不知不觉间天色已经暗下来，一时难辨东西南北，无法找到归途，惆怅间，一阵歌声隐隐传来，茫茫广宇，溶溶月色，半是凡音半似天籁，君臣顺着歌声寻去，远远看见十多堆篝火——原来他们闯进了西域西王母的地界。

　　西王母得知周穆王到来，分外惊奇，她以最高规格来迎接这位中原之君。西王母头上的和田玉晶莹剔透，在月色之下闪烁着柔和之光，她身着豹尾虎裙，袒露着右臂，身材匀称矫健，一双眼睛就像两颗绿色的宝石，流盼间令人荡气回肠。自当年后羿赴昆仑山求不死药算来，这已是第二十三代西王母了。周穆王面对这位酋长的四分端庄、三分妖冶，一时间怦然心动。

　　熊熊篝火混合着烧烤浓烈的香味，催动着人的情感。西王母放声歌唱，歌声时如龙吟，时似虎啸。随着歌声，族中男女双双踏歌起舞，西王母的舞姿动如雷霆震荡，静如幽兰泣露，周穆王看得如痴如醉。

　　夜阑，趁着族众男女离去，西王母挽着周穆王的手，与他同跨一马向着草原深处飞驰而去。中原之君天家气质，至伟之人，西王母早已心驰神往。她向周穆王敞开了心扉，愿以莽莽昆仑、辽阔的草原与遍地的牛羊作为嫁妆，与周穆王缔结良缘。周穆王一听，大喜过望，立马应承下来，天山见证了他们的爱情，如镜的天池留下他们欢乐的身影。

　　斗转星移，须臾间三个多月过去了。这一日，造父发现八骏焦躁不安，不断地嘶鸣，知道有意外的事件要发生。不久果然接到哨报："中原徐偃王反了。"

　　造父连日不见周穆王的影子，那被甩在身后的卫队也不见前来护驾，于是放出了"骅骝"与"騄耳"两匹骏马。三天后，"騄耳"将卫队引导前来，"骅骝"也寻到了周穆王和西王母。

　　此时的周穆王和西王母正为婚姻的问题闹得不可开交。西王母愿意奉献出自己的一切，只有一个要求，周穆王必须留在西域做酋长。周穆王则提出以中原"六礼"来迎娶西王母，要他留在西域万万不行。想到自己的千般柔情、万般蜜意竟留不住周穆王，西王母愤怒了，她一声大喊如天边一声惊雷，又如山林饿虎呼啸："我是天帝之女，天帝令我守卫西土，管理我的子民，我怎么能随你到中原？"

　　周穆王久久地望眼前这个女子，他为难地说："我是天帝的儿子，又怎能置中原于不顾，留在西域做酋长？"

周穆王那绝情的话令西王母心灰意冷，周穆王一心想成就这美好的姻缘，在他看来，两个国家的领土合并在一起，他是王，她是后，这是天地间的绝配，这个绝配就如"金镶玉"，更显多姿多彩，既有利于西域也有利于中原。周穆王主意已定，沉下心性向西王母娓娓道来，表明心迹，西王母终于动心了，但她得和部下商议。

周穆王与西王母的感情急剧升温，如胶似漆，如同比目鱼与同林鸟。可领土上的合璧联珠，却使西王母的属下迟迟未决。不久，周穆王就接到淮夷徐偃王发动叛乱的信息，周穆王只能赶回。他乘坐马车日行千里，一回到镐京，周穆王就调动楚师攻打徐偃王，把他彻底打败。这次事件中，造父的驾车技术发挥了重大作用，周穆王于是把赵城赐给造父。从此，造父族就开始从嬴姓中分出，成为赵氏。①

从造父往下经六代传到了奄父，奄父同样给天子周宣王驾车。奄父有个儿子叫叔带。由于周幽王荒淫无道，叔带就带着族人离开周王朝到了晋国，侍奉晋文侯，开始在晋国建立赵氏家族。②

从叔带往下五代，传到了赵夙。晋献公十六年（公元前661），晋国征讨霍、魏、耿三国之后，晋献公把耿地赐给赵夙。③ 赵夙的孙子叫赵衰（音崔），字子余，是赵氏家族一个里程碑式的人物。

二

晋献公在位期间，有四个儿子：申生、重耳、夷吾和奚齐。对于应该侍奉晋献公还是侍奉哪一位公子，赵衰占卜到侍奉公子重耳时才显示吉兆，于是，他就去侍奉重耳。重耳由于骊姬之乱逃亡到翟，赵衰忠心耿耿地一路跟从。翟人讨伐廥咎（音高，今河南安阳市西南）如，得到两个女子。翟君把年长的女子许配给重耳为妻，年少的女子许配给赵衰为妻，生

---

① 见〔西汉〕司马迁《史记·赵世家》："造父幸于周缪王。造父取骥之乘匹，与桃林盗骊、骅骝、绿耳，献之缪王。缪王使造父御，西巡狩，见西王母，乐之忘归。而徐偃王反，缪王日驰千里马，攻徐偃王，大破之。乃赐造父以赵城，由此为赵氏。"注，平徐偃王一事不是在周穆王年间，此处属传说。

② 见〔西汉〕司马迁《史记·赵世家》："自造父以下六世至奄父，曰公仲，周宣王时代戎，为御。及千亩战，奄父脱宣王。奄父生叔带。叔带之时，周幽王无道，去周如晋，事晋文侯，始建赵氏于晋国。"

③ 见〔西汉〕司马迁《史记·赵世家》："赵夙，晋献公之十六年伐霍、魏、耿，而赵夙为将伐霍。霍公求奔齐。晋大旱，卜之，曰'霍太山为祟'。使赵夙召霍君于齐，复之，以奉霍太山之祀，晋复穰。晋献公赐赵夙耿。"

了赵盾。①

重耳在晋国的时候，赵衰的原配妻子已生了赵同、赵括和赵婴齐。赵衰跟随重耳在外逃亡，共计十九年，才得以返回晋国。重耳做了晋文公，赵衰做大夫，住在原城，主持国家政事。晋文公能返回并且成为霸主，赵衰居功至伟。②

赵衰回到晋国以后，晋国的原配妻子坚决要求把他在翟娶的妻子迎接回来，并且让翟妻的儿子赵盾做正宗继承人，而让自己的三个儿子居下位侍奉他。晋襄公六年（公元前662），赵衰去世，谥号成季。

赵盾接替赵衰主持国政两年之后，晋襄公去世，太子夷皋年纪小。赵盾因为国家多难，想立襄公的弟弟雍为国君。雍当时在秦国，赵盾就派使臣去迎接他。太子夷皋的母亲为此日夜啼哭，叩头对赵盾说："先君有什么罪过，为什么要抛弃他的嫡子而另找国君呢？"赵盾为此事忧虑，唯恐她的宗亲和大夫们来袭击杀死自己，于是就立了太子，这就是晋灵公。灵公即位之后，赵盾更加独揽晋国的政事。

灵公即位十四年，越来越骄纵。赵盾多次进谏，灵公不听。灵公有一次吃熊掌，因为庖丁没有煮透而暴跳如雷，唤来膳食官，不问青红皂白一剑就将他杀了，又吩咐人把他的尸体抬了出去，血淋淋的场面刚好被进来的赵盾看见。灵公知道赵盾不是好讲话的人，为了免除啰唆，心想干脆一不做，二不休，将赵盾也杀了，于是挥剑直奔赵盾而来。赵盾心里害怕，慌忙冲出门去。赵盾平素待人宽厚慈爱，他曾经送食物给一个饿倒在桑树之下的人，这个人见状，替赵盾挡了一剑，只听一声惨叫，赵盾回头一看，灵公刀头溢血，那人倒在地上，痛苦地挣扎着。

仓促间，赵盾夺得一匹马，翻身上马，拼命逃跑。他深知灵公的为人，不敢回去，只好逃奔到其他国家去。第二天傍晚，赵盾还没有逃出国境，就听闻赵氏族人赵穿已经杀死了灵公，立襄公的弟弟黑臀为君，这就是晋成公。赵盾心头的一块石头终于落了地，于是又回来主持国政。

① 见〔西汉〕司马迁《史记·赵世家》："赵衰卜事晋献公及诸公子，莫吉；卜事公子重耳，吉，即事重耳。重耳以骊姬之乱亡奔翟，赵衰从。翟伐廧咎如，得二女，翟以其少女妻重耳，长女妻赵衰而生盾。"注：在《史记·晋世家》中是说将长女嫁给重耳，将小女嫁给赵衰。"得二女：以长女妻重耳，生伯儵、叔刘；以少女妻赵衰，生盾。'"此处据《史记·晋世家》改。
② 见〔西汉〕司马迁《史记·赵世家》："初，重耳在晋时，赵衰妻亦生赵同、赵括、赵婴齐。赵衰从重耳出亡，凡十九年，得反国。重耳为晋文公，赵衰为原大夫，居原，任国政。文公所以反国及霸，多赵衰计策，语在晋事中。赵衰既反晋，晋之妻固要迎翟妻，而以其子盾为适嗣，晋妻三子皆下事之。晋襄公之六年，而赵衰卒，谥为成季。"

晋国的史官董狐挥笔载下："赵盾杀了他的国君。"赵盾一看，好些委屈："我何时杀了灵公，这样记载，亘古罕闻，岂非让我蒙受不白之冤！"董狐讥讽说："你逃亡没有越出国境，依然是晋国的臣子，你身为正卿，主理国家大事，回来又不诛讨逆贼，灵公之死，难道你能推脱得了责任吗？"赵盾一听。无言以对，只好作罢。这就是《左传》所说，"在齐太史简，在晋董狐笔"。

晋景公的时候，赵盾去世，谥号"宣孟"，他的儿子赵朔承袭爵位。① 赵朔娶了晋成公的姐姐为夫人。

赵盾在世的时候，曾做了一个奇怪的梦，梦见先祖叔带抱着他的腰痛哭，非常悲伤；赵盾正莫名其妙又有点惊恐，就见叔带哈哈大笑起来，边笑边拍着手唱歌。赵盾闷闷不乐，自行占卜，将卜纹请史官援来详断。援看了又看，说："这个梦很凶，不是应验在您的身上，而在您儿子身上。因为您的过错，到您孙子那一代，赵氏家族将更加衰落。"

赵氏经历了赵衰、赵盾和赵朔三代，权势越来越大，不免被朝中其他大夫所嫉恨，又因"赵盾弑其君"一事，最终遭遇"宫下之难"，全族被血洗。一时里功勋家内起妖氛，上卿门中成瓦砾。赵朔的夫人是晋成公的姐姐，侥幸逃过此劫，留下了赵朔的遗腹子赵武，延宗继吊慰忠魂。②

赵武成年之后，赵氏得到平反而恢复了爵位。当时，晋国大夫的势力越来越大，公室越来越衰微。赵武接续赵氏宗族后二十七年，晋平公即位。晋平公十二年（前546），赵武做了正卿。赵武死后，他的孙子叫赵鞅，也即赵简子。

晋顷公十二年（前514），六卿依照法令诛杀了国君的宗族祁氏和羊舌氏，把他们的领地分为十个县，六卿分别让自家的族人去做大夫。晋国公室从此更加孱弱。

有一次，赵简子生病了，五天不省人事，水米不进，大夫们见状都害怕了，于是，请扁鹊大夫来看。扁鹊诊断后出来，董安于询问病情，扁鹊说："血脉平和，你们何必惊怪！从前秦穆公也有过这种情况，过了七天

---

① 见〔西汉〕司马迁《史记·赵世家》："灵公立十四年，益骄。赵盾骤谏，灵公弗听。及食熊蹯，胹不熟，杀宰人，持其尸出，赵盾见之。灵公由此惧，欲杀盾。盾素仁爱人，尝所食桑下饿人反扞救盾，盾以得亡。未出境，而赵穿弑灵公而立襄公弟黑臀，是为成公。赵盾复反，任国政。君子讥盾'为正卿，亡不出境，反不讨贼'，故太史书曰：'赵盾弑其君。'晋景公时而赵盾卒，谥为宣孟，子朔嗣。'"

② 注：在赵氏孤儿这一事件上，《史记》中有屠岸贾、公孙杵臼和程婴几个人物，将事件渲染的分外悲壮，但据历史家考证，属于司马迁的文学构想，故此处从略。

才醒过来。"接着,扁鹊又说赵简子醒来会说一些你们觉得奇怪的话,最后,扁鹊又强调说:"不出三天,病一定会好转,好转之后一定有话要讲。"

过了两天半,赵简子果然醒过来了。他对大夫们说:"我到了上帝那里,非常快乐,和百神在钧天游览。听到了宏伟的乐曲多次演奏,还看到了万舞,不像是夏、商、周三代的音乐,那乐声非常动人,人间绝对没有。有一头熊要来抓我,上帝让我射它,熊被射中了,死了。又有一只罴过来,我又射它,罴被射中,也死了。上帝非常高兴,赐给我两个竹箱,都配有小箱。我看到一个小孩在上帝身边,上帝又托付给我一只翟犬,对我说:'等你的儿子长大了,把这只犬送给他。'上帝还告诉我:'晋国将逐渐衰落,再传七代就要灭亡,嬴姓的人将在范魁的西边大败周人,可是你们却不能占有那里。现在我追念虞舜的功勋,到时候我将把舜的后代之女孟姚嫁给你的第七代孙子。'"董安于听了这番话就把它写下来妥为保存。同时,他把扁鹊说的话报告给赵简子,发现与赵简子说的内容几乎一样。于是,赵简子赐给扁鹊田地四万亩。①

有一天,赵简子外出,有人拦路,赵简子的侍卫驱赶他,他也不离开,随从们很生气,要杀他。拦路人说:"我有事要拜见主君。"随从把他的话禀告简子,简子召见了他,不料一见面就说:"嘻!我曾经看见过你呀。"拦路人说:"让左右侍从退下,我有事禀告。"简子让人们退下。拦路人说:"您生病的时候,我正在上帝身边。"简子说:"对,有这件事。你见到我的时候,我在做什么?"拦路人说:"上帝让您射熊和罴,都被您射死了。"简子说:"对,将会怎么样呢?"拦路人说:"晋国将有大难,您是为首的。上帝让您灭掉两位上卿,熊和罴就是他们的祖先。"简子说:"上帝赐给我两个竹箱,并且都有相配的小箱,这是什么意思?"拦路人说:"您的儿子将在翟攻克两国,他们都是子姓。"简子说:"我看到一个小孩在上帝身边,上帝给我一只翟犬,并说'等你的儿子长大了把这只犬送给他'。把翟犬送给小孩是什么意思?"拦路人说:"小孩就是您的儿子,翟犬是代国的祖先。您的儿子将来必定占有代国。到您的后代,将有政令

---

① 见〔西汉〕司马迁《史记·赵世家》:"居二日半,简子寤。语大夫曰:'我之帝所甚乐,与百神游于钧天,广乐九奏万舞,不类三代之乐,其声动人心。有一熊欲来援我,帝命我射之,中熊,熊死。又有一罴来,我又射之,中罴,罴死。帝甚喜,赐我二笥,皆有副。吾见儿在帝侧,帝属我一翟犬,曰:及而子之壮也,以赐。帝告我:晋国且世衰,七世而亡,嬴姓将大败周人于范魁之西,而亦不能有也。今余思虞舜之勋,适余将以其胄女孟姚配而七世之孙。'董安于受言而书藏之。以扁鹊言告简子,简子赐扁鹊田四万亩。"

的变革，并且要穿胡人的服装，在翟吞并两国。"简子问他的姓并且要聘他做官。拦路人说："我是乡野之人，只是来传达上帝的旨意罢了。"说完就不见了。简子把这些话记载下来保存在秘府里。①

赵简子名为晋国上卿，实际上独揽晋国政权，他的封地等同于诸侯国。

赵襄子毋恤虽为赵鞅（赵简子）之子，因庶出且母亲是翟人之女，所以，他在诸子中名分最低。但毋恤从小就敏而好学，胆识过人，久而久之，引起赵氏家臣姑布子卿的注意。子卿素以相面闻名。有一天，赵鞅召诸子前来，请子卿看相，子卿举荐了毋恤。等到孩子们长大成人，有一天，赵鞅又对他们进行考察。他对几个儿子说："我有一宝符藏在常山（今河北省阜平西北）上，你们去寻找吧，先得者有赏。"诸子遂骑马争先抢后前往常山寻宝符。不久，他们全都空手失望而归。只有毋恤说："我得到了宝符。"赵鞅一听便让他将情况道来。毋恤说："我登上常山之巅，向下望代国，凭常山之险攻代，代国即可归赵所有，这就是我寻到的宝符。"赵鞅听罢高兴异常，认为只有毋恤明白自己的良苦用心，是赵氏难得的继承人。于是废掉世子赵伯鲁，立毋恤为世子。

公元前476年，赵简子卒，毋恤承袭简子晋卿之职，史称赵襄子。

赵襄子的姐姐是代王的夫人，因有这样的姻亲关系，在赵简子死后，赵襄子到夏屋山（在今山西省代县东北）与代王相见，代王毫无戒备，酒宴上，赵襄子安排斟酒的人在行斟时，用铜勺打死代王及其从官。代王一死，赵军即兴兵伐代，一举占领代国，将其领土并入赵氏版图。赵襄子之姊泣而呼天，拔下发笄自刺而死。正应了当年赵盾梦境中"您的儿子将来必定占有代国"之语。

简子死后，晋国正卿之位由智伯瑶取而代之。智伯竭力发展自家势力，很快成为权力最大，实力最强的家族。

晋出公九年（公元前466），智伯与赵襄子一同率兵包围郑国京师，智

---

① 见〔西汉〕司马迁《史记·赵世家》："他日，简子出，有人当道，辟之不去，从者怒，将刃之。当道者曰：'吾欲有谒于主君。'从者以闻。简子召之，曰：'吾有所见子晰也。'当道者曰：'屏左右，愿有谒。'简子屏人。当道者曰：'主君之疾，臣在帝侧。'简子曰：'然，有之。子之见我，我何为？'当道者曰：'帝令主君射熊与罴，皆死。'简子曰：'是，且何也？'当道者曰：'晋国且有大难，主君首之。帝令主君灭二卿，夫熊与罴皆祖也。'简子曰：'帝赐我二笥皆有副，何也？'当道者曰：'主君之子将克二国于翟，皆子姓也。'简子曰：'吾见儿在帝侧，帝属我一翟犬，曰及而之长以赐之。夫儿何谓以赐翟犬？'当道者曰：'儿，主君之子也。翟犬者，代之先也。主君之子且必有代。及主君之后嗣，且有革政而胡服，并二国于翟'简子问其姓而延之以官。当道者曰：'臣野人，致帝命耳。'遂不见。简子书藏之府。"

伯让赵襄子率先领军攻城，赵襄子则用外交辞令推脱，让智伯出兵，能言善辩的智伯此时却愤而骂曰："你相貌丑陋，懦弱胆怯，赵简子为什么立你为继承人？"赵襄子答道："我想，一个能够忍辱负重的继承人，对赵氏宗族并没有什么坏处罢！"

四年之后，智伯与赵襄子再次一同讨伐郑国，智伯带着几分醉意向赵襄子灌酒，遭赵襄子拒绝，智伯竟将酒杯扔到赵襄子脸上。赵襄子的官兵都要求杀掉智伯以洗刷耻辱，赵襄子回答："主君之所以让我继承家主之位，很重要的一点，就是因为我能忍辱负重。"

权力的膨胀，助长了智伯独吞晋国之心。公元前455年，智伯假借晋侯之命，以恢复晋国霸业为由，向赵、韩、魏三卿各家索取一个万户之邑。韩康子、魏桓子明知这是智伯意在削弱他们，但不敢与之争锋，如数交出。

赵襄子却不愿俯首任智伯摆布，坚决地回绝智伯使者："土地是先人的产业，哪能随意送与他人？"智伯见韩、魏两卿拱手献地，而赵襄子竟敢抗命，勃然大怒，遂自己亲任元帅，挟韩、魏两家出兵攻赵。赵襄子只有拼力抗击别无他途。但是，赵襄子也清醒地知道，以赵氏之力与三家对抗，众寡悬殊，独木难支，遂按父亲临终之嘱，退守晋阳（今山西省太原市南晋源镇），以地利之险，克敌疲之短，相机再战。

智伯率三家之军兵困晋阳后，赵襄子凭地险与人和的优势，与敌周旋一年有余。这年夏季智伯借山洪来临，掘晋水汾河之坝，水灌晋阳，城中军民"悬釜而炊，易子而食"，晋阳虽"民无叛意"，但群臣却有动摇之心。就在这关键的时刻，赵襄子估计晋阳城愈是危在旦夕，韩、魏两家将愈无战心。因为赵氏的灭亡虽在睫下，但韩、魏亦知赵氏的灭亡对他们意味着什么。遂命家臣张孟谈趁月黑风高潜入韩、魏两营，晓之以"唇亡齿寒"的利害，说服他们与赵氏结盟，趁智伯胜骄不备之机，内外夹攻消灭智氏，共分其地。最后，智伯功亏一篑。在赵襄子的精心策划下，同盟反戈，腹背受敌，落了个身败名裂、祸及九族的下场，连自己的颅骨都被赵襄子漆为酒器。再一次印证了赵盾当年的梦兆——晋国将有大难，上帝让您灭掉上卿。这为后来的三家分晋奠定了基础。

公元前403年，周威烈王册封魏、韩、赵为诸侯。此后，中原诸侯中便有了赵国。魏、韩、赵开始名正言顺地位列诸侯之中。

三

公元前 325 年，赵武灵王即位，他是个有仁心的君主，对于先朝老臣肥义特别敬重，提高了他的品秩，每月还给国中八十岁以上的德高望重的老人也送去礼物。① 他在位期间，加强边防，建鄗城，筑野台，以瞭望齐国和中山国（今河北定州市）的边境；又修筑赵长城，以防戎狄。

那时候，中原七雄中有五个国家称王，互相承认。只有赵国不称王，赵君说："没有实际，怎能处在这个名分上呢！"下令赵国人称他为"君"。②

赵武灵王十六年（公元前 309），有一次，武灵王游览大陵，傍晚时分，累了的武灵王在帐中小憩，夕阳的余晖透进帐中，五颜六色，分外明亮。依稀间，云端处有一个少女翩翩起舞，婀娜多姿，惹得他心旌摇荡。少女舞毕又抚琴歌唱："美人光彩艳丽啊，容貌好像苕花。命运啊，竟然无人知道我嬴娃！"

赵武灵王从假寐中醒来，再也无法忘记嬴娃的形象，日思夜想，情不自禁。有一次，武灵王与身边将领饮酒，一时高兴，竟又谈起他所做的梦，说起梦中少女的美貌时眉飞色舞，忘乎所以。座中将领吴广听后遐想联翩：他家中正好有个女儿待字闺中，不妨送与赵君。不久，吴广通过夫人把他的女儿嬴娃送入宫中，这就是孟姚。正应了其先祖赵盾当年的梦兆："我将把舜的后代之女孟姚嫁给你的第七代孙子。"孟姚特别受武灵王的宠爱，她就是惠后。

赵武灵王是个心志高远的君王，龙魂志士心，虎胆英雄气，一心想效法祖先赵简子、赵襄子的功业。但他在军事上却屡屡失利，先是联络魏、韩进攻秦国，兵败失去几万将士的性命；不久又被秦军攻下蔺城，将军赵庄被俘；北面又受中山国之气。

武灵王十九年（公元前 306）春天，正是桃花盛开的时节，武灵王在信宫中举行盛大朝会，讨论天下大事，以及赵国的军事变革。大臣陆陆续续到来，他环视了在座的人，该来的都来了，只有叔父公子成缺席，他明

---

① 见〔西汉〕司马迁《史记·赵世家》："及听政，先问先王贵臣肥义，加其秩；国三老年八十，月致其礼。"

② 见〔西汉〕司马迁《史记·赵世家》："五国相王，赵独否，曰：'无其实，敢处名乎！'令国人谓己曰'君'。"

白叔父对这次朝会有很大的抵触。

朝会之前的几个月,武灵王北面巡视了中山国的地界,到了房子县(今河北石家庄),又去代地(今河北蔚县西南),北到草原,西到黄河,登上黄华山顶。① 他在楼烦国(今山西西北部)参与了当地人的赛马。临时接受了楼烦君长(酋长)的邀请,一开始,赵武灵王并不在意,他自小就接受过马术的严格训练,岂会输与戎狄?

比赛开始,但见楼烦君长身着紧身小服,肩背雕弓。角号一响,神不知鬼不觉就稳稳地坐在马背上。"好麻利的身手!"武灵王正感叹,发现自己已经输在起跑线上——正要上马,袍子竟被挂住,用力一扯,袍子裂了,好不容易上了马——楼烦君至少已跑出了一里多路。但见他一会儿伏在马背上,手一旋人就不见了,原来他紧紧地贴在马腹上。

此时只听一声雁鸣,楼烦君长霎时来了精神,身一翻,竟稳稳地立在马背上,挽弓搭箭,冷森森一道霞光飘雪练,一箭就射中鸿雁,那雁从高空直掼下来。楼烦君长双腿一张,跌坐在马背上,加快了马速,手一伸,稳稳地接住了鸿雁。一时间赛场欢呼起来。武灵王如在梦中。梦醒,方知中原弓马岂能与胡人同日而语。

赛后,武灵王拜会了楼烦君长,表达了敬意,又提出请楼烦人帮助赵国训练弓马。楼烦君长受宠若惊,从来没有中原人对他如此客气,他满口答应,再三表示自己会带人亲自去传授弓马术。临别,楼烦君长送给武灵王两匹胡马和两套马服。

自楼烦国回来,武灵王决定赵国的变革先从军事开始。一回来,他信心满满,派王緤带着一套胡服去拜见叔父公子成,向他表达自己的想法,想不到叔父满脸不高兴,脸色犹如漫天乌云。凭着忠直之气,公子成极其严肃地对王緤说了一通大道理:"我听说中国是聪明智慧的人居住的地方,是万物财用聚集的地方,是圣贤进行教化的地方,是仁义可以施行的地方,是远方之人愿来观览的地方,是蛮夷乐于效法的地方。如今大王抛弃了这些而穿起远方的服装,变更古来的教化,改易古时的正道,违反众人的心意,远离中国的风俗,我希望大王仔细考虑此事。"王緤回去如实禀

---

① 见〔西汉〕司马迁《史记·赵世家》:"十九年春正月,大朝信宫。召肥义与议天下,五日而毕。王北略中山之地,至于房子,遂之代,北至无穷,西至河,登黄华之上。"

报。① 武灵王知道一时无法说服叔父,只好先在朝会上与群臣一起讨论。

想到自己的叔父都不支持他,武灵王深知朝会也必定阻力重重,他用充满感情的语调,对众大臣说了一番语重心长的话:"我们先王趁着世事的变化,做了南边领地的君长,可是功业尚未完成。如今中山国在我们腹心,北面是燕国,东面是东胡,西面是林胡、楼烦、秦国、韩国的边界,如果我们没有强大的兵力,国家迟早会灭亡,怎么办呢?要取得高出世人的功名,必定要受到背离习俗的牵累。我要穿起胡人服装,学习胡人的弓马。诸位爱卿有何想法?"

武灵王说完,环视在座一帮大臣,大臣楼缓听后大声说:"很好!"以示全力支持他,可是他的话很快就被其他大臣的反对声所淹没。赵文、赵造、周袑、赵俊的反对声尤其激烈,仿佛要把朝堂掀翻。

武灵王见状,提高声调说:"诸位爱卿别吵!凡是有高出世上功业的人,就要承受背弃习俗的牵累;有独特智谋的人,就要听任民众的埋怨。如今我要穿胡人服装骑马射箭,并用这个教练百姓,若世人一定要议论我,反对我,你们是支持我,还是一起来反对我?"说着看了看在旁侍奉的先朝老臣肥义。

肥义开口了,他的话是有权威的:"我听说做事犹疑就不会成功,您既然决定承受背弃风俗的责难,那么您还犹疑什么呢!"

武灵王说:"穿胡服我不犹疑,我恐怕天下之人要嘲笑我。无知的人的快乐,也就是聪明人的悲哀;我思虑再三,即便世人都来笑我,我也要胡服骑射,加强军事,来确保赵国的生存。"说着他当庭卸下朝服,让侍卫帮他穿上胡服。

当天傍晚,武灵王亲自来拜会叔父。天是深蓝色的,蓝得令人心头发颤。无边无际的蓝中有一个小黑点,像是钉在天幕上的一颗小铁钉,黑点在动,犹如滑行在大海中的一叶孤舟,那是一只鹰!鹰的形象逐渐清晰起来,宽大的翅膀张开着,不见振动,只是稳稳地滑翔,忽而上升,忽而俯冲,矫健的身影沉着而又潇洒。一个国家就如鹰一样,军事和经济就是两只翅膀,鹰一旦失去翅膀,给它整个天空,也是枉然。武灵王的心变得凝重起来,他想:

---

① 见〔西汉〕司马迁《史记·赵世家》:"曰:'臣闻中国者,盖聪明徇智之所居也,万物财用之所聚也,贤圣之所教也,仁义之所施也,《诗》《书》礼乐之所用也,异敏技能之所试也,远方之所观赴也,蛮夷之所义行也。今王舍此而袭远方之服,变古之教,易古之道,逆人之心,而佛学者,离中国,故臣愿王图之也。'使者以报。"

叔父以传统的礼俗来压我，我也得以礼来回敬他。一见面，武灵王也不虚言，开门见山就说："寡人穿上胡服，将要这样上朝，也希望叔父穿上它。家事要听从双亲，国事要听从国君，这是古今公认的行为准则。子女不能反对双亲，臣子不能违背君主，这是通用的道理。如今寡人制定政令，改变服装，可是叔父您要不穿，寡人恐怕天下人要议论。治国有常规，政事有常法，有令就行最为重要。寡人恐怕叔父违背了处理政事的原则，因此特来告知叔父，寡人愿仰仗叔父的忠义，来成就胡服的功效。"

公子成抬头望着武灵王，武灵王那张平和的脸不怒自威，那番话就像下诏书一样，毫无商量余地，公子成只得叩头说："我已听说了大王穿胡服的事，我没有才能，卧病在床，不能奔走效力多多进言。大王命王緤来见我，我斗胆回答，只是为了尽我的愚忠。"

叔侄俩天南地北地聊起来，他们从各地风俗谈到制礼——剪掉头发，身上刺花纹，臂膀上绘画，衣襟开在左边，这是瓯越百姓的习俗；染黑牙齿，额上刺花，戴鱼皮帽子，穿粗针大线的衣服，这是吴国的习俗——地方不同服装使用会有变化，事情不同礼制也会更改，所以，礼制服装各地虽不同，而为了便利却是一致的。因此，圣人认为如果可以利国，方法不必一致；如果可以便于行事，礼制不必相同。

接着，武灵王又谈到叔侄的见解为何如此相左："叔父所说的是世俗之见，我所说的是为了制止世俗之见，故针锋相对，水火不容。从前中山国仗恃齐国的强大兵力，侵犯践踏我国土地，掳掠我国百姓，引水围困鄗城（今河北柏乡县固城镇），鄗城几乎失守。先王以此为耻，可是这个仇还没有报。如今移风易俗，一旦有了骑射的装备，就可以报中山国之仇。可是叔父却顺从中原的习俗，违背祖先的遗志，忘掉了鄗城被困的耻辱，这不是我所希望的。"

公子成再拜叩头说："我很愚蠢，没能理解大王的深意，竟敢乱说世俗的见解，这是我的罪过。如今大王要继承祖先的遗志，顺从先王的意愿，我怎敢不听从王命呢！"

第二天，公子成穿上胡服上朝。信宫朝会持续五天，因武灵王态度坚定，雷厉风行，总算解决了"胡服骑射"的变革问题，于是开始发布军事改制的命令。此时就有侍卫报告："楼烦君长带人前来。"

校场上，响起了胡人的鹰笛，赵国放弃了传统的宽衣博带和中原的战车战术，换以短衣紧袖、皮带束身、脚穿皮靴的胡服和单人骑兵战术，几年之后，民风大变，军事力量迅速崛起。赵国在东北攻灭了中山国，西北打败了林胡、楼烦。在北边新开辟的地区设置了云中（今呼和浩特托克托县)、雁门(今山西省忻州市代县)、代(今河北省蔚县)三郡,拓地千里。成为赵国历史上最壮丽的一页。

四

"胡服骑射"之后,赵国建立起中原第一支骑兵部队,军力大增。一时间猛将如云,如赵奢、廉颇、庞媛、李牧;良臣如星,如肥义、楼缓、蔺相如、虞卿。赵迅速成为战国中后期北方军事强国。其崛起速度之快,出乎天下人意料之外,足令六国刮目相看。凭借军事实力,这一时期,赵国在外交上也丝毫不逊色,留下了许多经典的历史故事。

有一回,赵王得了一件无价之宝,叫和氏璧。秦王知道了,写了一封信给赵王,说愿意拿十五座城换这块璧。赵王接到了信非常着急,立即召集大臣来商议。大家说秦王不过想把和氏璧骗到手罢了,不能上他的当!可是议来议去,不答应又怕秦王借此为由,派兵来进攻。

正在为难的时候,有人说蔺相如勇敢机智,也许他能解决这个难题。赵王立刻派人把蔺相如请来,问他该怎么办。

蔺相如想了一会儿,说:"我愿意带着和氏璧到秦国去。如果秦王真的拿十五座城来换,我就把璧交给他;如果他不肯交出十五座城,我一定完璧归赵。那时候秦国理屈,就没有动兵的理由。"

赵王和大臣们没有别的办法,只好派蔺相如带着和氏璧到秦国去。

蔺相如到了秦国,进宫见了秦王,献上和氏璧。秦王双手捧住璧,一边看一边啧啧称赞,好像这块璧已经是秦国的了,绝口不提十五座城的事。蔺相如看这情形,知道秦王没有诚意拿城换璧,于是上前一步,恭敬地说:"这璧有点儿小瑕疵,请让我指给大王您看。"秦王听他这么一说,就把和氏璧递给蔺相如。蔺相如捧着璧,往后退了几步,靠着柱子站定,理直气壮地说:"我看您并不想交付十五座城。现在璧在我手里,您要是强逼我,我的脑袋和璧就一块儿撞碎在这柱子上!"

几个侍卫冲上来,试图夺走蔺相如手中的璧,蔺相如举起和氏璧就要向柱子上撞去。秦王见蔺相如一腔忠直正气,怕他真的把璧砸碎了,连忙喝住侍卫,说一切都好商量。接着就叫人拿出地图,把十五座城指给他看。蔺相如说和氏璧是无价之宝,要举行个隆重的典礼,他才肯交出来。秦王只好跟他约定了举行典礼的日期。

蔺相如知道秦王丝毫没有拿城换璧的诚意,一回到下榻的地方,就叫手下人化了装,带着和氏璧抄小路先回赵国去了。到了举行典礼的那一天，蔺相如进宫见了秦王，大大方方地说："和氏璧已经送回赵国去了。您如果有诚意的话，先把十五座城交给我国，我国马上派人把璧送来，决不失信。不然，您杀了我也没有用，天下的人都知道秦国是从来不讲信用的！"秦王没有办法，只得客客气气地把蔺相如送回赵国。

蔺相如因"完璧归赵"，立了功，赵王封他做上大夫。

过了几年，秦王约赵王在渑池（今河南三门峡渑池县）会见。赵王和大臣们商议说："去吧，怕有危险；不去吧，又显得太胆怯。"蔺相如认为对秦王不能示弱，还是去的好，赵王才决定动身，让蔺相如随行。大将军廉颇带着军队送他们到边界上，做好了抵御秦兵的准备。

赵王到渑池会见了秦王。秦王要赵王鼓瑟。赵王不好推辞，鼓了一段。秦王就叫人记录下来："某年某月某日，赵王在渑池为秦王鼓瑟。"

蔺相如看秦王这样侮辱赵王，生气极了。他走到秦王面前，说："请您为赵王击缶。"秦王拒绝了。蔺相如再要求，秦王还是拒绝。蔺相如说："您现在离我只有五步远。您不答应，我就跟您拼了！"秦王被逼得没法，只好敲了一下缶。蔺相如也叫人记录下来："某年某月某日，秦王在渑池为赵王击缶。"

一来一往，秦王没占到便宜。他知道廉颇已经在边境上做好了准备，不敢拿赵王怎么样，只好让赵王回去。

弱国无外交，蔺相如两次外交——完璧归赵、渑池会——之所以能够青史留名，除了他本人卓越的外交才能之外，赵国强大的军事力量，使秦国不敢随意发难，同样也是不可忽视的。

晚年的赵武灵王觉得自己精力不济，该由儿子来接替了，于是传位给少子赵何，是为赵惠文王。赵武灵王自号主父。三年后，主父离开都城邯郸，北游沙丘，在那里设立了离宫。有一次，他见到长子赵章给年幼的弟弟惠文王下跪，心有不忍，竟然荒唐地把赵国一分为二，一半归赵章，一半归赵何。他私下认为，如果两兄弟有什么事情闹矛盾，就由他这个主父来解决，岂不两全其美。

对于此事，赵惠文王很不高兴，觉得父亲既然将王位传给他，为何又让哥哥来掌管半壁江山？赵章也没有感激父亲，认为王位本来就是他长子的，对传给弟弟一事心有怨恨，他一心只想把王位夺回来。一次，父子三人在离宫商量国家大事，赵章发动了叛乱，事情没有成功，反而被赵何击毙。这时主父被围困在宫中，无法控制局势。赵何事成之后，心想：这个父亲不地道，干脆一不做二不休，把父亲饿死在离宫里！他传令离宫中所有的人都撤离，只留下主父一人。

主父欲出不能，又不得食，只好寻找鸟雀和雀蛋充饥，这位雄才大略的赵武灵王最后竟饿死在离宫中。沙丘离宫之变，使赵国的活力顿失。秦国反守为攻，到赵惠文王的儿子赵孝成王的时候，长平一战，赵国损失四十五万军队，此后一蹶不振，到了公元前229年，赵国灭亡。

第六节　三家分晋之韩国

一

韩国的先人在春秋时是晋国大夫，受封在韩原（今陕西韩城）。春秋末年，韩贞子时迁到平阳（今山西临汾市西南）。公元前433年，赵襄子、魏献子和韩宣子三家分晋，30年后，即公元前403年，赵、魏和韩三家开始得到周威烈王的承认，正式位列诸侯，与秦、楚、燕、齐合称战国七雄。初始定都阳翟（今河南省许昌市禹州），灭郑国后迁新郑（今河南省郑州市新郑）。

韩国在得到册封之后开始称"侯"，有韩景侯、韩烈侯、韩文侯、韩哀侯、韩共侯、韩釐侯。公元前323年起韩开始称"王"，有韩宣王、韩襄王、韩釐王、韩惠王、韩废王。韩国的历史自公元前403年封侯，到公元前230年被秦所灭，共173年。

韩的先人虽为晋国大夫，但一开始权势并不大，直到韩厥成为晋国重臣，韩厥能促成这个局面，与保存"赵氏孤儿"有很大关系。

赵氏辅助晋室功勋卓著，在经历了赵夙佐献公，赵衰佐文公，赵盾佐襄、灵、成三公后，势力日益强大，尤其是赵盾的长期专政，使赵氏凌驾诸卿之上。晋景公为了夺回权力，借助赵庄姬事件，认定赵氏将反，号召诸卿备战。平日里倍受赵氏之气的诸卿，纷纷举起屠刀杀向赵氏，一时血流宗庙，赵氏遭受毁灭性的打击，史称"下宫之难"。

韩厥自小寄养在赵府，得赵衰的抚养照顾，眼见赵氏之难，向晋景公强谏：以赵衰的功勋、赵盾的忠诚，在晋国竟然没有继承他们爵位的后人，今后为国家做好事的人谁不害怕？

晋景公思虑再三，认为确实愧对赵氏先辈，想到妹妹赵庄姬因赵氏之难无家可归，只能长期寄居公室，不成体统，好在赵庄姬还为赵朔留有一子——赵武。晋景公决定以赵武为赵氏继承人，续赵氏之嗣。此后，韩氏与赵氏结成了坚实的政治同盟，互相倚重，成为晋国六大部族之一，势力逐渐坐大，才有了后来的三家分晋。

三家分晋之时，韩相段规对韩康子说："分地时一定要成皋。"韩康子说："成皋是贫瘠不长庄稼的地方，要它有什么用。"段规说："一里之地却可以牵动方圆千里的政权，是因为地形有利的缘故。一万人可以打败三军，是因为乘敌人不备的缘故。主君如果能采纳我的意见，韩国一定可以消灭郑国。"韩康子说："好。"后来真的分得了成皋。有了成皋，韩国与郑国接壤，韩相段规正是想借助成皋的地理环境优势来灭掉郑国。

郑国历史悠久，是春秋时期的小霸，但到战国时期已经沦落为弱小之国。公元前398年，郑国发生内乱，郑繻公杀死了宰相驷子阳，两年后，驷子阳的党羽又杀死了郑繻公，拥立了郑幽公的弟弟为郑康公。公元前394年，郑国的负黍又反叛郑国，归附了韩国。

郑国的内乱给了韩国可乘之机，公元前385年，韩国攻克郑国的阳城。公元前375年，韩哀侯攻克了郑国的国都（今河南新郑），将韩国都城迁到此地。

韩灭郑之战是战国时期的一次重大兼并战争，小小韩国能灭郑国。的确是战国时期一大奇迹，在诸侯间引发了不小的震撼。此后，韩国的版图扩大了，国力上升了，开始跻身战国七雄，更为重要的是在韩灭郑的过程中获得了人才申不害。

二

申不害，亦称申子，年轻时曾学习黄老、刑名，但在郑国一直怀才不遇，做一名小吏。郑国被韩国灭亡之后，申不害成了韩人，做了韩国的一名低级官员，二十年来默默无闻。韩昭侯四年（前354），魏国出兵伐韩，包围了宅阳（今郑州市荥阳东南），形势万分危急。

三家分晋之后，魏、韩的国土最为奇特，韩的领土犹如一个"窈窕淑女"，将魏国的领土分隔成东西两部分，西魏的政令要借道韩国才能送达东魏，诸多不便。泱泱魏国，只要东西一夹，就能夹断"窈窕淑女"纤弱的腰身，将东西两部连接起来，因此，魏惠王此次伐韩，志在必得。

那时候，魏国称霸中原已有百年，国力之盛史无前例。尤其是魏国甲兵经历吴起变法的训练，军事力量在中原首屈一指。魏文侯、魏武侯二代，先后灭掉中山，连败秦、齐、楚诸国，开拓了大片疆土，如今要来对付韩国，简直就是探囊取物，易如反掌。

寒风凛凛，雨雪霏霏，韩昭侯带领众大臣亲自赶到宅阳察看敌情，登上城头一看，魏国甲兵如潮，将宅阳围得水泄不通。他一时脸如土色，浑身筛糠，腿脚发软。他早已听闻魏国甲士手执长戈、身背长箭，骁勇善战。如今亲见，顿觉韩国的末日到来。有大臣建议，迅速出榜招募能退敌的将帅，韩昭侯无计可施，只好吩咐照办。

一连三天，没有人前来揭榜应聘，眼看宅阳城破在即，韩昭侯急得如热锅上的蚂蚁，团团乱转，一帮大臣也束手无策。沮丧间，就见一骑匆匆赶来，来者翻身下马，是位中年汉子，衣着朴素，相貌平平，唯有眼神犀利如锥，泄露了来者胸有龙韬虎略。韩昭侯一见，犹如江海没顶之人抓到一根救命稻草，慌忙问："壮士退敌，需要多少人马？"

"小臣申不害，原是郑国贱臣，如今是本国小吏。国家有难，小臣愿意一试，只需十二人够矣。"众人一听都莫名其妙，不知申不害葫芦里卖的是什么药。申不害于是说，如今魏军甲兵20万，犹如泰山压顶一般，硬碰硬无异于鸡蛋碰石头，为今之计，只能"示弱"而不能逞强。说话间，申不害起草了一份《韩昭侯拜谒魏惠王书》，书毕，遂弯弓搭箭射出城外。

此时的魏惠王因为连日攻城不下，正在沮丧恼火间，见了韩昭侯求谒书，立时照准批示："后天见！"第二天，韩昭侯向宅阳城全城百姓借宝，各家各户将家中金银珠宝借出，以解宅阳累卵之围。几个时辰之后，凑得金银财宝十担。

又过一天，约莫卯时，城门开处，魏军让出一条道来。申不害在前引路，韩昭侯骑马随后，后面是十个军士挑着十担金银珠宝，缓缓向着魏中军营帐而来。进了营帐后，韩昭侯手执玉圭，以臣子身份拜见了魏惠王。魏惠王见韩昭侯谦恭无比，骄狂的脸上露出几分笑意。

双方宾主坐定，就见申不害不卑不亢地说："魏、韩同出晋室，血浓于水，情同手足，唇齿相依。如今天下纷争，兄弟之邦理当互相扶持，同赴时艰。为今魏强韩弱，大王亲自率军兵临城下，若一意欲灭亡韩国想我韩国当年也曾吞并郑国，威震诸侯，若举国军民知大王亡韩之心，奋起一搏，昆山火起，玉石俱焚，得益的只是秦齐。"魏惠王一听不无道理，频频点头。"如今我国君主亲临拜谒大王，希望大王退兵。若大王不解善意，我韩国必东连齐国击东魏，西连秦国击西魏。魏国再强，双拳难敌双雄三方，"说着指向那十担珠宝，"大王不妨三思，若愿退兵，此物权当大王退兵之资。"

魏惠王被申不害说得内心七上八下，一眼望见那宝物，立时眼睛发亮，心想这么多财宝，也足够抵上此次发兵费用，不枉此行，还是见好就收吧，于是下令："来人，传令今日未时退兵！"接着，又与韩昭侯盟誓，约为友邦。

出了军营，韩昭侯浑身湿透，他眼望着这"郑之贱臣"申不害，不禁感慨万千：这申不害虽然其貌不扬，却是我韩国难得的人才。如今天下各国都在变法，魏国用李悝，楚国用吴起，秦国用商鞅，我韩国若不迎头赶上，难有立身之地。归去之日，韩昭侯力排众议，破格拜申不害为相，开始变法图强。

三

申不害由一介小吏晋升为相，哪敢怠慢，走马上任之日，即马不停蹄地开始变革。那时候，韩国的政令混乱多头，前任君主的政令未废，后任君主的政令即已经开始推行。国中三大强族——侠氏、公厘和段氏——正是利用政令不一，挟封地自重，不服从诏令。三族富可敌国，韩国却日益贫弱。

申不害上任伊始，手握韩昭侯所赐宝剑，立刻在宫中布下甲兵，将这三氏公卿逮捕。接着派人清理三氏府库，将其财富充盈国库。又令人摧毁三氏封地的城池，收回三氏的特权，一时间合朝肃然。随之，申不害开始整顿吏治，对官吏加强考核和监督，"见功而与赏，因能而授官"，有效地提高了国家政权的行政效率，韩国政通令行，显现出生机勃勃的气象。

申不害很重视和鼓励发展手工业，尤其是冶炼与铸造，韩国境内有宜阳铁矿，他遍访能工巧匠，改良兵器。韩国的弩射程达五百步，士卒脚踏连弩而射，能连续发射一百箭而中间不停止。韩国制造的宝剑锋利无比，临阵对敌能斩断坚固的铠甲、铜盔。韩国的兵器配件也非常齐全，从臂套、盾牌到系在盾牌上的丝带，一应俱全。那时候有"天下强弓劲弩，皆自韩出"的说法。

在整肃三氏的过程中，申不害将那些贵族的私家甲兵收归国有，把他们与朝廷将士混编成国家军队。申不害自请为韩国上将军，对韩军实施严格的训练，历时15年，终于练出一支10万人马装备精良的军队，称为强弩材士。"以韩卒之勇，被坚甲，跖劲弩，带利剑，一人当百，不足言也"。显然，韩国军队也是战国时期不可轻视的劲旅，有潜力成为逐鹿天下的角色。

为富国强兵，申不害还十分重视土地问题。四海之内，六合之间，什么东西最可宝贵？土地也！他认为：土地是衣食的根本保证。从前君主，法制号令不同，为何都能王天下，原因是国富而粟多也。他极力鼓励百姓多开荒地，多种粮食。几年之间，赤地千里的韩国变得郁郁葱葱，粮食多了，国家也强大了，具备一个强国的底子。十多年间，诸侯无人敢窥视招惹韩国，史称"终申子之身，国治兵强，无侵韩者"。

不过，申不害的变革虽然使韩国富强一时，最终却无法达到预定的目的。同为变革，同为法家，商鞅重"法"，申不害重"术"。"法者，设之于官府，而布之于百姓者也。术者，藏之于胸中，而潜御群臣者也。"法的对象是民，君臣共守；术是君主独操，法须公开透明，术却隐藏君主心中。商鞅酷刑峻法，轻罪重罚，人民不敢去触犯法律；商鞅的法设立军功爵制，依照士兵在战场上杀敌的数量给予一定的经济补偿和政治上的待遇，使下层人在政治上多少有点希望，也有了征战的激情。申不害的术虽然将韩昭侯侍候得很高兴，使他深感权力集于一身，能得心应手驾驭群臣，但这毕竟属于权术与阴谋诡计，群臣战战兢兢，百姓得益甚微。尤其是这套权术在政治与外交上形成极其不良的影响。"正道"少而权谋多。韩国南接楚国，西连强秦，本应该努力维持好与秦楚的关系，但韩国却经常自作聪明地妄想两头占便宜。当秦国强势时，便依附秦国去攻打楚国；当楚国建立反秦联盟时，又急匆匆撕毁与秦国的盟约，转身派兵去攻打秦国。秦王记住了韩国的朝秦暮楚，一有机会必将报复。

四

公元前296年，魏国和韩国两国的君主在同一年去世，秦昭王觉得有机可乘。于公元前294年，派兵攻打韩国。秦将白起首先夺取了新城（今河南省伊川县西南），第二年（前293），秦昭王又令向寿率军10万在伊阙（约今河南龙门一带）摆开了战场。韩国由大将公孙喜率军12万人马前来迎敌。

唇亡齿寒，魏国是韩国的盟友，遂派大将犀武率军8万前来救援；东周天子也派兵4万前往助战，这样，韩、魏与东周联军计有24万甲兵，与秦军相比，兵力上占据绝对优势。一时间伊阙的上空战云密布，大战即将暴发。

双方兵力悬殊，秦昭王忧心忡忡，更令他提心吊胆的是，南方楚国要是此时也乘机出兵，来报"楚怀王之死"的大仇，四国合兵，秦军必败无疑。秦昭王五内俱焚，无计可施之际，一不做，二不休，干脆地给楚顷襄王写了一封挑战信,"楚国背叛秦国,秦终将率诸侯前来伐楚,如今伊阙之战即将爆发,愿你鼓舞你的将士,前来决一死战,比个高低。"楚顷襄王接到秦昭王充满挑衅的信,一时胆战心惊,吓得龟缩不敢动弹。

秦昭王虽然唬住了楚顷襄王,伊阙战场的兵力对比毕竟不是常规之战。秦帅向寿自小就与秦昭王深交,深得秦昭王的信任,在秦军中也德高望重,深孚众望。但能否打赢此役,秦昭王内心犹如十五个吊桶,七上八下。秦相魏冉历来有"铁血宰相"之称,大敌当前,他建议临阵换帅,以白起取代向寿。

白起虽是战国四大战神之首,但在伊阙之战时还是一个二十多岁的年轻人,初出茅庐,经验不足。魏冉要的就是白起身上那股初生牛犊不怕虎的劲头,寄望白起以莽劲突破常规。白起接到诏书,深感千斤担子压在肩上,他不敢有丝毫轻敌之心,亲帅三万大军前来打探联军虚实。

伊阙一派丛山峻岭,山岭前面有一片开阔地,秦军就在这里摆开了战阵。三国联军闻讯,也率军前来。三军列阵,秦军不觉倒吸一口冷气,联军将士犹如大江之涛川流不息,汹涌而来,前不见头,后不见尾,一直连到天边,黑压压一片,一时间山河变色,天地为之低徘徊。秦军紧张起来,还未交兵,已经被对方气势压得喘不过气来,此时就是退兵也来不及了,只好硬着头皮,压住阵脚,随时准备拼死一搏。

青骢马上的白起手搭凉棚,抬眼望去,但见韩军主帅公孙喜,魏军统帅犀武,还有周军统帅站在本阵的战车上,列于队前。一通鼓罢,就见公孙喜将令旗指向魏军。魏军统帅犀武一见,气得七窍生烟,暴跳如雷,他调转战车向韩军飞驰而来,一见公孙喜就大骂起来:"秦韩之战,韩是主力,我魏军是来打援的,哪有主军不出阵,却让我方先去拼命,你是想让秦、魏拼个鱼死网破,你来坐收渔利!"一通话把公孙喜骂得抬不起头来,公孙喜见指挥不动魏军,恼羞成怒:"你不出兵也罢,我就让周军夺这头功!"说着令旗又指向周兵。周军见魏军不出动,也按兵不动,静观其变。联军就在推诿中失去一个歼灭秦军有生力量的机会。其时只要韩军首先出击,带动魏军与周军,24万大军三面合围,不说全歼秦军3万人马,至少也可去其大半。

半个时辰过去,白起见对方还没有动静,心里已然明白,对方虽然人数众多,但各怀鬼胎,皆作壁上观。于是令旗牌官向韩军传讯:"今日打过照会,不日再战!"说着,令三万将士就在山前扎下营来,从正面吸引与牵制韩军主力。

当天夜里,秦军兵分三路,每路两千人马,分别前来骚扰周兵。周兵睡到半夜,忽听金鼓号角齐鸣,隔着军帐,隐隐见秦军举着火把,汹汹而来,周军慌忙披挂出帐,哪有秦军踪影?刚刚躺下,又听金鼓号角再次响起,一时心慌意乱。一连两夜,周军被扰得心胆俱裂,第三天早晨闻说粮草被秦军烧毁,周兵军心顿失,见韩军也不来救援,干脆引兵悄然退去。

联军三军失一,左翼已空,声势大不如前。此时白起集中全力来对付右翼魏军。白起亲领5千人马前来挑战,指名道姓要犀武出战。犀武倾营出动,阵前与白起大战八十回合,就见白起体力渐渐不支,领兵退去,犀武不知秦军底细,以为秦军就那3万人马,战旗一挥,八万魏军齐声呐喊,掩杀过去,秦军且战且跑,走投无路之际,只好向崇山峻岭遁去,魏军尾随而来,决定先灭了白起这5千军马,再来对付山前的秦军主力。

不知不觉间转入了一个山谷,秦军分别消失在不同的山间小径。八万魏军蜂拥而来,山谷中人头攒动,汗臭味中弥漫着一股桐油的香气,犀武在马上观望,但见谷中堆满桐油浸泡过的柴草,发觉情况有异,慌忙下令退兵,络绎不绝、鱼贯而入的魏军挡住了去路,慌乱间,一支飞箭射中犀武的咽喉,犀武跌下马来,登时咽了气。魏军慌乱起来,争先恐后,力图夺路冲出谷口,谷口早被山前二万五千秦军堵得严严实实。谷中魏军开始了自相践踏,一时鬼哭狼嚎。此时,一阵雄浑的秦军军歌响起——

修予戈矛,与子同袍。

万山丛中立起了七万秦军,一支支火箭射向谷中,"昆山火起",呼啦啦燃红了半边天。大火燃烧了整整一个通宵,秦军没有损折多少人马就将八万魏军歼灭在谷中,这就是战神白起"玉石俱焚"的打法。黎明时,雪花飘舞,白茫茫一片。几个时辰之后,大雪掩盖了八万魏军的尸体。

几天之间,三国联军失去了魏军与周军,只剩下韩军,虽然韩军人数上比秦军多了近一倍,但魏师全军覆灭在韩军心中投下了挥之不去的阴影。几年前,随着申不害故去,韩军缺少严格的训练,战斗力与意志力已无法与当年同日而语,韩军中弥漫着怯战的情绪,变得萎靡不振。

三天之后,秦军经过休整,向韩军发起了总攻。公孙喜闻讯,失魂落魄,带领韩军仓皇撤退,秦国10万虎狼之师追一路,杀一批,韩国境内尸横遍野,血流成河。两天后,公孙喜被俘,韩军群龙无首,变得混乱不堪。秦军军心大振,越战越勇,连下韩国五城,十二万韩军几乎被秦军斩尽杀绝。

伊阙一战,韩国元气大丧,此后再也无力与秦国抗衡,在诸侯间也失去了威慑力。公元前291年,秦国再次伐韩,秦将司马错攻占邓城(今湖北襄阳市樊城区西北),白起占领宛城(今河南南阳市区)。公元前290

年,秦相魏冉率军再次杀入韩国,韩釐王无奈,只好割地二百里求和。

韩国的版图越来越小,仅剩的一片国土成了四战之地,北临强魏,东有齐,南有楚,西有秦,四面受敌,难有发展空间,随着周边宋、卫、鲁、杞等小国一个个被强国吞并,接着就轮到韩国了,韩国是战国七雄中第一个被秦灭掉的国家。

第六章　姬姓燕国

燕国是北陲一个闭塞弱小的国家，因燕山而得名。燕国的开国君主是周文王之子召公奭，虽为姬姓国，燕国的土著却是鸟族民系。燕国初封之时，领土只有燕山周边一带，因长期不与中原相往来，经济文化相对落后。曾被山戎欺凌，差点亡国，在齐国的帮助下，方保住了国家。后不断向冀北和辽西发展，消灭了蓟国、孤竹、令支、无终等，版图渐渐扩大起来，全盛时期，占有今天北京、天津全部，以及河北、辽宁、山西、内蒙古自治区和朝鲜的一部分。

历史上，燕王哙曾效仿古圣，将王位禅让给国相子之，导致燕国大乱，齐国趁机攻燕，大获全胜。为挽救倒悬之势，燕昭王即位之后，出榜招贤，拜郭隗为师，又筑黄金台拜将，以乐毅为帅。在乐毅的帮助下，五年之间，连下齐国七十余座城池，齐国除莒城（今山东日照市）、即墨二城之外，领土全落入燕国的版图，这是燕国历史上最辉煌的时期。

遗憾的是燕昭王之后，燕惠王与乐毅不和，领土得而复失。此后，燕国走弱。燕国虽为弱小国家，能在群雄并起的烈风中烛光长年不灭，其民风必有厚重之处。"荆轲、高渐离刺秦"从一个方面展示了燕人慷慨悲歌的一面。

第一节　燕王哙禅让惹祸福

燕国的始祖是召公奭（音誓），和周王族同姓——姬。周武王灭掉商纣王以后，把召公封在北燕。在周成王的时候，召公位居三公，司马迁在《史记·燕世家》中说：在陕地立一块界石，界石以西，由召公主管；界石以东,由周公主管。① 司马迁的话实在太笼统模糊了,依据诸多资料及今天的地理方位观念,燕文侯时,燕国"东有朝鲜、辽东,北有林胡(今山西省西北部)、楼烦,西有云中(今内蒙古自治区包头市)、九原,南有滹沱、易水",区域纵横两千多里。② 这是历史发展形成的疆域,最初召公所封的燕地仅仅是燕山之野。③ 公元前7世纪,燕国向冀北、辽西一带扩张,吞并蓟国后,建都蓟(今北京市)。

召公奭受封之后,没有前往燕地,只是派他的长子克去管理,自己则留在都城镐京(今陕西省西安市)继续辅佐周王室。当时周成王还很幼小,周公代他主持朝政,执掌国家大权,俨然同天子一样。召公怀疑周公的所作所为有取代成王之嫌,周公就写了《君奭》一文进行表白。召公仍然对周公很不满。周公于是称扬殷商时的有关史实说:"商汤时有伊尹,功德感通了上天;在武丁时,就有像甘般那样的人,这些大臣都有辅佐君王主持施政的功业,殷朝才得到了治理和安定。"召公听了这番话,这才安下心来。

召公高高兴兴去治理燕地,很受广大民众的拥戴。召公到村墟去巡察,那里有一棵棠梨树,他就在树下判官司,处理政事。从侯爵、伯爵到平民都得到了适当的安置,没有失业的。召公去世后,民众思念他的政绩,怀念着那棵棠梨树,不舍得砍伐,并且歌咏着它,作了名为《甘棠》的诗篇。④

每年春夏之交,总有成群的燕子在棠梨树周边的雨帘中穿梭飞舞,它们一边歌唱,一边构筑着遮风避雨的安乐窝。燕子古称玄鸟,是燕国重要的文化图腾。燕国的初民是从东夷少昊部迁移过来的。

燕国建国之初,一派洪荒,西有巍峨的太行山,东有渤海海浸和黄河故道造成的沼泽地带,道路不畅。经历了召公奭和他的儿子克二代之后,才渐渐有了生气。因燕国很少介入中原纷争,所以平稳地度过了一代又一代。

---

① 见〔西汉〕司马迁《史记·燕世家》:"召公奭与周同姓,姓姬氏。周武王之灭纣,封召公于北燕。其在成王时,召公为三公:自陕以西,召公主之;自陕以东,周公主之。"

② 见《战国策·燕策一·苏秦将为从北说燕文侯》。

③ 《史记正义》引徐才宗《国都城记》称"周武王封召公于燕。地在燕山之野,故国取名焉。"

④ 见〔西汉〕司马迁《史记·燕世家》:"召公之治西方,甚得兆民和。召公巡行乡邑,有棠树,决狱事其下,自侯伯至庶人各得其所,无失职者。召公卒,而民人思召公之政,怀棠树不敢伐,哥咏之,作《甘棠》之诗。"

公元前362年，燕文公即位。相邻的秦国越来越强大。燕文公二十八年（前334），苏秦初次来燕国，那时候苏秦正在游说六国抗秦，他是"合纵"联盟的领袖。苏秦对燕文公进行游说。燕文公赠给他车辆、马匹、黄金和绢帛，让他到赵国去，赵肃侯重用了苏秦。这一年，秦燕联姻，秦惠文王将公主嫁给燕国太子。①

燕文公于二十九年（前333）去世，太子即位，是为易王。齐宣王趁着燕国国丧，攻打燕国，燕国弱质难禁风露侵，接连被夺取了十座城池；燕易王刚即位，眼见失了十城，心如箭穿，泪涌千行。他有心发兵夺回城池，奈何燕齐国力对比，犹如蚍蜉撼大树。只好令人找到苏秦，要苏秦设法让齐宣王归还十座城池。

苏秦到了齐国，拜见齐王，先行祝贺之礼，接着脱去外衣，又行哀悼之礼。齐王见他披麻戴孝，大惊失色，忙问原因。

苏秦说："人饿得再厉害也不会去吃有毒的乌喙，吃得越多，死得越快。燕国和秦国是联姻之国，燕王是秦国子婿，齐国占领燕国的城池，等于与强秦结下了仇怨，就如同饥饿之人去吃乌喙一样。齐国即将大难临头。"齐王闻言大惊，忙讨教解危之策。苏秦建议归还夺来的城池，这样燕王喜欢，秦王也一定高兴，就能转祸为福。齐王认为苏秦说得很对，于是归还了侵占燕国的城池。

燕易王十年（公元前323），燕国国君正式称王。易王在位十二年（公元前321）去世，他的儿子哙（音块）即位。燕王哙在位期间，做了一件异乎寻常的大事！

苏秦在燕国的时候，和国相子之结成了儿女亲家，苏秦的弟弟苏代也和子之交往密切。苏秦不在齐国，齐宣王遂重用苏代。苏代作为齐国的使臣出使到燕国，燕王哙问他说："齐王这个人怎么样？"苏代回答说："肯定不能称霸。"燕王哙问："为什么呢？"苏代说："不信任他的大臣。"苏代想用这话刺激燕王，使他尊重国相子之。燕王哙听懂了苏代的弦外之音，此后，十分信任子之。子之因此赠给苏代一百镒黄金。

有一次，大夫鹿毛寿对燕王哙说："您不如把国家让给国相子之。人们之所以称道尧为君贤圣，是因为他把天下让给了许由，许由没有接受，尧有了让天下的美名而实际上并没有失去天下。如果现在您把国家让给子

---

① 见〔西汉〕司马迁《史记·燕世家》："文公立。是岁，秦献公卒。秦益强。文公十九年，齐威王卒。二十八年，苏秦始来见，说文公。文公予车马金帛以至赵，赵肃侯用之。因约六国，为从长。秦惠文王以其女为燕太子妇。"

之，子之一定不敢接受，这就表明您和尧有同样的高尚品德。"燕王一想，主意不错。他一生为国事操碎心却政绩平平，此时不如急流勇退，跳出火坑，把君位禅让给子之，可以落个好名声。于是他把国家托付给子之，令他万万没想到的是，子之心安理得地接受了。

不久，又有人对燕王哙说："大禹举荐了伯益，却任用启的臣子当官吏。等到大禹年老时，启就和他的同党攻打伯益，夺走了君位。天下人都说大禹名义上是把天下传给了伯益，实际上却让启夺了回去。现在大王把国家托付给了子之，但官吏都是太子的臣子，这正是名义上把国家托付给子之，实际上还是由太子执政啊。"燕王哙于是把俸禄三百石以上的官吏的印信收起来，交给了子之。子之面向南方坐在君位上，行使国王的权力；燕王哙成为臣子，国家一切政务都由子之裁决。①

燕国百姓对于燕王哙的做法感到莫名其妙，不知燕国到底属于谁，也不知应该服从谁。子之行使权力三年，燕国大乱，人人提心吊胆。有一位叫市被的将军动了忠直之气，和太子平谋划，准备攻打子之，夺回君位。消息传到齐国，满朝文武对齐湣王说："趁这个机会出兵奔赴燕国，一定能把燕国打垮。"齐王于是派人对燕太子平说："我听说太子想整顿君臣的伦理，明确父子的地位。我的国家很小，不足以作为您的辅翼。即使这样，我们也愿意听从太子的差遣。"

太子平于是邀集同党聚合徒众，会合将军市被包围了王宫，攻打子之。一时间，刀枪罗列，剑戟森森，乱哄哄齐声大叫闯重围，一时刀光剑影头、刀折矢尽，奈何最终没有攻克。将军市被在混战中被杀，子之下令陈尸示众。燕国混乱到了极点，死去了好几万人，民众非常恐惧，百官离心离德。

孟轲对齐王说："现在去讨伐燕国，这正是周文王、武王伐纣那样的好时机，千万不能失掉啊。"齐王于是令章子率领五都的军队，偕同北方边境的士卒，一起讨伐燕国。燕国的士兵不迎战，城门也不关闭，齐军势如破竹，侵夺了燕国大部分国土，燕王哙也被杀死。

燕王哙无端惹下祸福门——禅让在五帝时期有之，"天下为公"的高

---

① 见〔西汉〕司马迁《史记·燕世家》："鹿毛寿谓燕王：'不如以国让相子之。人之谓尧贤者，以其让天下于许由，许由不受，有让天下之名而实不失天下。今王以国让于子之，子之必不敢受，是王与尧同行也。'燕王因属国于子之，子之大重。或曰：'禹荐益，已而以启人为吏。及老，而以启人为不足任乎天下，传之于益。已而启与交党攻益，夺之。天下谓禹名传天下于益，已而实令启自取之。今王言属国于子之，而吏无非太子人者，是名属子之而实太子用事也。'王因收印自三百石吏已上而效之子。子之南面行王事，而哙老不听政，顾为臣，国事皆决于子之。"

尚观念在战国却行不通——公天下可以作为理想存留,历史却回不去。子之死后两年,燕国人共同拥立公子职,这就是燕昭王。①②

第二节 燕昭王黄金台拜将

燕昭王即位后励精图治,决心复兴燕国,报仇雪耻,夺回失去的土地。他出榜招贤,立志"卑身厚币以事贤者"。不久,听说燕国有位高人叫郭隗,于是带着几个侍卫,微服前去探访。

月朗风清,万籁俱寂。郭隗在自己的家中接待了这位君王。燕昭王悲愤而又诚恳地说:"齐国趁着我国的内乱入寇,先君死难,这一奇耻大辱本王誓死要报。但是我深知燕国力量薄弱,现在还不是时候。如果能得到贤士与我共同治理国家,那是我的迫切愿望,希望先生能帮助我物色人才。"

"俗话说,千军易得,一将难求。人才确实不容易得到!不过,大王是否听说这样一个故事?"郭隗向燕昭王徐徐道来——

从前有一位国君,愿意用千金买一匹千里马。可是三年过去了,千里马没有买到,国君很着急。国君手下有一个人,自告奋勇请求去买马,国君同意了。这个人用了三个月的时间,打听到某处有一匹良马。可是,等他赶到时,马已经死了。他用五百金买了马的颅骨,回去献给国君。国君很不高兴,认为一匹死马的颅骨五百金,昂贵而无用。那人却说,我这样做,是为了让天下人知道,大王您是真心实意地想出高价钱买马,死马的颅骨尚且五百金,何况活马?果然,不到一年时间,就有人送来了三匹千里马。

燕昭王默默地听,若有所思,渐渐地他觉得内心有一股热血升腾起

---

① 见〔西汉〕司马迁《史记·燕世家》:"三年,国大乱,百姓恫恐。将军市被与太子平谋,将攻子之。诸将谓齐湣王曰:'因而赴之,破燕必矣。'齐王因令人谓燕太子平曰:'寡人闻太子之义,将废私而立公,饬君臣之义,明父子之位。寡人之国小,不足以为先后。虽然,则唯太子所以令之。'太子因要党聚众,将军市被围公宫,攻子之,不克。将军市被及百姓反攻太子平,将军市被死,以殉。因构难数月,死者数万,众人恫恐,百姓离志。孟轲谓齐王曰:'今伐燕,此文、武之时,不可失也。'王因令章子将五都之兵,以因北地之众以伐燕。士卒不战,城门不闭,燕君哙死,齐大胜。燕子之亡二年,而燕人共立太子平,是为燕昭王。"

② 作者按:对于燕昭王是燕太子职还是太子平,学界历来有二种看法,太子职依据的是《战国策·赵策》,太子平依据的是《资治通鉴》。因前者影响较大,故本书采用的是前者。

来。他嫌中庭闷热,与郭隗来到后院花园,在亭子中坐下,顿感空气清朗许多:"先生刚才的故事令我茅塞顿开,请先生进一步指点!"

"大王,这世间人才固然有高下之分,但全凭人主所抱的态度。想称帝的和师长相处,想称王的和朋友相处,想称霸的和臣僚相处,想亡国的和仆役相处。"郭隗说。

燕昭王频频点头,说:"请先生再点化。"

"国君对于贤士,如果能以师长事之,胜过自己百倍的人才就会到来;国君对于贤士如果能认真思考他们的意见,胜过自己十倍的人才就会到来;国君如能平等待人,和自己能力差不多的人才就会到来;国君如果架子很大,派头十足,对贤士颐指气使,随意作为,奴性十足之人就会到来。总之,能够以贤者为师,虚心受教,才能招来贤者,这是自古以来的实行王道和招致人才的方法。"燕昭王一听,连连称赞。

一颗流星划破天井,光灿灿落入后花园中,郭隗暗暗称奇,小心向前,见那团亮光在泥地上不停地滚动,不久就钻进地下,滚动的地方留下了一个泥坑。

郭隗略有所思,接着拱手向燕昭王恭贺:"大王,天降将才于燕国,可喜可贺!"

燕昭王望着那个深坑,平平无奇,失望地说:"将才遁入地下,如何求得?"

"大王,天已示象,此事急不得。"郭隗顿了顿又说,"大王如果一定要招致贤士,那就先从我郭隗开始吧!像我这样才疏学浅的人大王都能重用,比我强的人一定会不远千里来投奔的。"①

"好!先生,我要为你建造招贤台,半年后我令人来接先生。"燕昭王说。

回去以后,燕昭王立马辟地百亩,建造招贤台,台高一丈,宽七丈。台的两侧建招贤馆,数百亭台楼阁遍植奇花异草,正殿顶端嵌有宝鉴,殿前凿有一井,夕阳余晖,宝鉴中辉映着不同的景色,左看是井中花卉树木盈庭的影子,右看是殿、堂、阁的雄伟壮丽。

半年后,一个百花盛开彩蝶纷飞的夏日,燕昭王召集文武大臣,与郭隗携手从台阶登上招贤台,台中置黄金千镒,彩缎万匹。燕昭王亲自把盏

---

① 见〔西汉〕司马迁《史记·燕世家》:"郭隗曰:'王必欲致士,先从隗始。况贤于隗者,岂远千里哉!'于是昭王为隗改筑宫而师事之。乐毅自魏往,邹衍自齐往,剧辛自赵往,士争趋燕。燕王吊死问孤,与百姓同甘苦。"

敬献郭隗，向满朝文武、燕国百姓宣告，拜郭隗为国师，合力振兴燕国。一时间台下万众欢呼："合力振兴燕国！合力振兴燕国！"

万山响应，地动山摇。欢呼声中，郭隗满脸红光，他真诚地向燕昭王建议，如今招贤只是第一步，而且大多招的是燕国的贤士，若想招纳天下英豪，可扩大招贤台的规模。燕昭王欣然接受了郭隗的提议："燕国目前最需要的是一个文武全才的人物，身手了得方能率军打仗。"燕昭王于是令人将台加高到三丈，又去掉了台阶。上置黄金万镒，那架势表明：只有登得上台面的人，方能捧台上帅印。

燕昭王"裂土封金"招贤纳士的消息像春风一样吹遍了华夏大地，吹过了大河长江。不久，天下能人争先恐后奔趋燕国，邹衍自齐国来，剧辛自赵国来。一时间燕国人才济济，招贤台下屯虎豹，招贤馆内起风骚，要武有武，要文有文，招贤馆中渐渐住满了，可就是没有一个能登上三丈高台的人物。

燕昭王有点失望，连日来，他率领文武大臣在台下就座，望眼欲穿恭候一位能振兴燕国的帅才出现。这一日，忽接报魏国使臣乐毅到。燕昭王就在招贤馆前、黄金台下以宾客的礼节接见了这位使臣，乐毅推辞谦让。接待毕，燕昭王试探性地问了一句："久闻将军是魏国将门乐羊的后人，将军是否愿意一试，抱印夺金？"

对于燕昭王筑台招贤，乐毅早有所闻，但这燕国国贫力弱，想要复兴谈何容易，如今见问，乐毅不置可否，只是默默地环望着这招贤台。随之，乐毅拔剑斩下一竿竹子，削去枝叶，在地上顿了顿，目测好距离，向前冲刺，临近台下，奋力一撑，借着台的坡度，噔噔噔地冲了上去。这一跃、一撑、一冲，一气呵成，身轻如燕，台下众人个个看得目瞪口呆。良久，郭隗用手一指，兴奋地对燕昭王说："就是他，天降的将才，帅印非他莫属！"

乐毅借着坡度，俯冲下台，就见燕昭王拱手三辑，说："本王率众大臣恭候多日，天不绝燕啊！乐将军。"乐毅连退两步，坚拒再三，死不接印，但他表示愿意效命燕国。

乐毅需要等待，等待一个大显身手、振兴燕国的时机。

第三节 燕国兴亡

一

燕昭王见乐毅进退有度,谦恭过人,相信他堪当重任,只是不可勉强,于是将乐毅先安顿在招贤台,封为亚卿。①

依据乐毅的提议,燕昭王开始吊祭死难将士,慰问孤儿,与民众同甘共苦,民心重又归顺。接着,各路贤士各有所司,废除弊政,开始了军事、经济的改革,原本弱小的燕国渐渐殷实富足,成为一时之强。士兵都乐于出征,跃跃欲试,民众也不惧怕战事了。

这一时期,齐国一直很强大,不仅在南边重丘(今山东平县广平乡)打败了楚国,在西边观津打垮了魏国和赵国,而且联合韩、赵、魏三国攻打秦国,还帮助赵国灭掉了中山国,同时又击破了宋国,扩展了一千多里领土。各诸侯国都打算背离秦国而归服齐国。可是,齐湣王高傲自大很骄横,百姓已不能忍受他的暴政了。

燕昭王认为攻打齐国的机会来了,就向乐毅询问攻打齐国一事。乐毅回答说:"齐国,土地广阔、人口众多,齐湣王虽然不得民心,但原有霸业的根基还在,我国若孤燕单飞,很难克敌制胜;大王若一定要攻打它,需要联合中原诸国一起攻击它。"于是,燕国迅速开展离间活动,彻底孤立齐国,又派人去联结中原诸国。

公元前284年,燕昭王联合了秦、韩、赵、魏,动员了全国的兵力,任命乐毅为上将军,率领五国将士,旌旗猎猎、浩浩荡荡地开赴济水讨伐齐国,一场生死决斗的序幕拉开了!

齐湣王做梦也没想到燕国会在短期内成功地联合诸国来攻打齐国。等到发现燕军已攻入齐境时,慌忙任命触子为将,自己御驾亲征,亲率全国主力部队渡过济水,西进拒敌。齐军由于连年征战,士气低落,不愿与五国联军开战。齐湣王为迫使将士死战,随意杀戮,将士离心离德,斗志降到了零点。

---

① 见〔西汉〕司马迁《史记》:"乐毅于是为魏昭王使於燕,燕王以客礼待之。乐毅辞让,遂委质为臣,燕昭王以为亚卿,久之。"

济西（今山东省济南市西北）之战，齐军一触即溃。齐将触子见大势已去，孤身逃亡，不知下落。副将达子收拾残兵，保护齐湣王退保都城临淄。

齐军主力被消灭在济西之后，秦、韩两军撤走，乐毅派魏军南攻宋地，赵军北取河间（今河北省献县东），自己亲自率领燕军向齐国都城临淄实施战略追击，继续聚歼齐国败退的残余势力。

大军压境，黑云压城城欲摧。齐湣王知道孤城难守，无奈只好带兵突围，侥幸逃出临淄，跑到了莒地。不久，临淄告破。乐毅把齐国的珍宝及宗庙器物全部掳掠过来，运回燕国去。燕昭王闻讯大喜，亲自赶到济水岸上慰劳军队，封乐毅为昌国君。乐毅于是乘胜追击，继续进攻还没拿下来的齐国城邑。

就在这时候，没有参加五国联军的楚顷襄王，见有利可图，为分占齐国土地，便以救齐为名，派淖齿率兵进入齐国。齐湣王大喜过望，希望借助楚军力量抵抗燕军，便委任淖齿为国相。不久，淖齿就在莒地杀掉了齐湣王，夺回了以前被齐国占去的淮北土地。

齐湣王一死，齐国完全失度，乱纷纷似无头苍蝇，混乱到了极点。乐毅借此机会，五年间迅速攻下齐国城邑七十多座，都划为郡县归属燕国，只有莒（今山东莒县）和即墨（今山东省平度市东西）二城没有收复。燕国前所未有地强盛起来。其间，乐毅就在齐国的城邑间巡行，协调着齐国归燕的事务。乐毅认为，单靠武力破其城而不能服其心，即使全部占领了齐国，也无法巩固其城邑。于是对莒城、即墨采取了围而不攻的方针，对已攻占的地区实行减赋税、废苛政、尊重当地风俗习惯、保护齐国固有文化、优待地方名流等收服人心的政策，欲从根本上瓦解齐国。

就在乐毅节节胜利，捷报频传之时，燕国北方大将秦开，也大破东胡，燕国边境向东推进了一千多里。这是燕国历史上最辉煌、最扬眉吐气，也是版图最广的时期。①

---

① 据《汉书·地理志下》记载："'燕地，尾、箕分野也。武王定殷，封召公于燕，其后三十六世与六国俱称王。东有渔阳、右北平、辽西、辽东；西有上谷、代郡、雁门；南得涿郡之易（保定）、容城、范阳，北有新城、故安、涿县（涿州）、良乡、新昌及渤海之安次，皆燕分也。乐浪、玄菟，亦宜属焉'。"也就是说，燕国东面有渔阳、右北平、辽西、辽东，西面有上谷、代郡、雁门，南面得到涿郡的易地（保定）、容城、范阳，北面有新城、故安、涿县、良乡、新昌，以及渤海的安次，都是燕国的地方。乐浪、玄菟，也都属于燕国。

二

燕昭王在位三十三年，于公元前279年死去，太子乐资即位，是为燕惠王。驻守即墨的齐国大将田单了解到燕惠王自做太子时起就与乐毅有矛盾，于是派遣了大量齐人潜入燕国，开始了反间活动。

蓟城白茫茫一片，好像被冰雪压垮一样。白树银花，远远望去，就像一个个祭奠亡灵的道场。更可怕的是，连日来人心惶惶，朝野都在传言，乐毅不久就要做齐王，很快就会带兵打回来，灭了燕国。

燕惠王下令带几个被捕的齐人前来，他要当着满朝文武讯问他们。那些齐人一口咬定，齐国只有莒城、即墨没有攻下，乐毅为何围而不攻，因为他正准备称王登基，忙得焦头烂额，根本就没有时间和精力去攻打莒城和即墨。

满朝文武一听，大惊失色，犹如捅了马蜂窝一样，一时骂声四起。只有剧辛出来说："乐毅如果真想做齐王，更应该尽快拿下莒城和即墨，这和围而不攻没丝毫关系。诸位千万不要中了齐人的反间计！"众人一听有理，喧闹之声低了下来。

"不，不！乐大将军是和田氏约定好的，不拿下莒城和即墨是给齐人留点脸面，这样齐人才会拥戴他为王。"齐人言之凿凿地说。

"是啊，是啊！乐大将军下个月就会登基，待到来年春暖花开时，就会带着燕军和齐军，卷土回来，将燕国并入齐国。"又几个齐人证实说。

燕惠王登时懵了，乐毅下个月就会造反称王，燕国危在旦夕，当下时刻，燕惠王宁可信其有，不可信其无。立时下了一道诏书：召回乐毅，派骑劫代替乐毅职务。

"大王，乐毅造反还没证实，临阵换帅，恐逼反了他！"剧辛讽谏说。

"乐毅反不反，就看他接到诏书回不回来。"燕惠王摆出一副挽泰山于既倒的姿态。

骑劫捧着诏书，带着几个副将出发了。到达当天，就接替了乐毅的职位。第二天，趁着乐毅不备，迅速将他锁拿，打入囚车。"你一个大将军，能率五国将士，非同小可，为燕国安全计，必须将你锁拿，押送回蓟，请大将军莫怪。"骑劫说。

乐毅心里明白燕惠王派人代替他是不怀好意的，锁拿押送更意味着凶多吉少，当天夜里，乐毅在几个贴身近卫的帮助下，砸了囚车，骑马向西逃去，投了赵国。赵国大张旗鼓，以高规格接待了他，赵王把观津（今河北武邑县）封给了他，封号望诸君。赵国君臣对乐毅十分尊重，想借此来威慑燕国和齐国。

再说骑劫当了大将，接管了乐毅的军队，下令将即墨里三层、外三层围了个水泄不通。

不久，几个燕国的巡逻兵听到田里老百姓在议论："以前乐大将军善待俘虏，城里人当然不怕他。如今听说这骑劫可厉害，要是把俘虏的鼻子都削去，齐国人还敢打仗吗？""我担心的是，我们的祖坟都在城外，要是燕国军队刨了我的祖坟，灵山一毁，灵气没了，还怎么能打仗？"这些议论传到了骑劫的耳朵里，骑劫信以为真，真的把齐国俘虏的鼻子都削去，又叫士兵把齐国城外的坟都刨了。一时间那坟茔一片狼藉，尸骨累累，惨不忍睹。齐国人恨得咬牙切齿，全城军民一下子变得同仇敌忾，磨刀霍霍，决心与燕国人拼个你死我活。

田单又打发几个人装作富翁，偷偷给骑劫送去金银财宝，说："城里的粮食将尽，不出十天就会投降。大军进城的时候，请将军保全我们的家小。"骑劫望着那一箱箱的金银珠宝，那可是几辈子也享用不尽的，他高兴地答应下来。自此，燕军以为不用再打仗了，只等着十天后即墨人来献城。

趁着燕军放松了警惕性，田单募集了一千多头牛，把它们武装起来——每头牛身上披着大红大绿的被子，牛角上捆着两把尖刀，尾巴上系着一捆浸透了油的苇束。一切准备停当，田单下令将全城集中起来的酒，由那几个富翁领头，挑往燕营，佯装水火之中的即墨百姓慰劳远来的燕军。忘乎所以的骑劫丝毫也没有觉察是计。傍晚时分，燕军牛喝海饮，个个酩酊大醉。

月色蒙蒙，秋风拂面凉飕飕。五千死士引着那牛队，神不知鬼不觉来到燕营右侧的山坡上，在牛尾巴上点上了火。牛群惊慌失措，待到牛性子发作起来，一只只发疯似地向燕军兵营飙冲过去，五千名敢死士拿着大刀长矛紧随其后。即墨城头吹响了号角，百姓敲打着各种器物，齐声呐喊。

震天动地的呐喊声惊醒了燕国人的梦，醉眼蒙眬中，但见一片火海，无数怪兽。燕国将士吓得腿都软了，死士们斩瓜切菜似的，一时间尸横遍野，燕军自相踩踏，死者不计其数。骑劫奋力跃上马，想杀出一条血路，哪里冲得出去，被几头火牛活活撞死。

"即墨大捷，即墨大捷！"整个齐国轰动起来了，沦陷区的军民闻风而动，云起风涌，杀死燕国的守将，迎接田单。田单的军队越聚越多，他们追杀着燕军，一直追到黄河之滨，几个月内，七十多座城全部光复。齐人兴高采烈地把新即位的齐襄王从莒邑迎回都城临淄。

三

燕惠王接到败绩，脸色惨白，犹如死人一样瘫坐在椅子上，半天说不出话来。他后悔派骑劫代替乐毅，损兵折将丧失了一个大好局面；又怨恨乐毅投了赵国，他不得不承认，乐毅确实是燕国擎天一柱，他悔恨自己小肚鸡肠，当年见父王对乐毅言听计从，就恨得咬牙切齿；听郭隗称道乐毅是"天降将才于燕"，无名火就直冒："既然乐毅是燕国的不二人物，还要我这太子何用？"这如今，羡慕嫉妒恨换来的就是这样的结果，燕惠王恸泪直流，不断地捶打着自己的胸脯。

一连几天，燕惠王常常在梦中惊醒。妃子见他忧伤过度，劝慰说："大王，是燕国的终归属于燕国，不是燕国的想也没用，为今之计，不可多思！只是想想如何应对这个局面罢了。"一句话提醒了燕惠王，他最担心的是赵国任用乐毅，趁着燕国兵败之机攻打燕国，燕国危矣！他从床上爬起，披衣执笔，给乐毅写了一封书信，几分道歉，几分掩饰，几分谴责——

"先王把整个燕国委托给将军，将军为燕国打败齐国，替先王报了深仇大恨，天下人没有不震动的，我哪里有一天敢忘记将军的功劳呢！正遇上先王辞世，我本人初即位，是左右人耽误了我。我之所以派骑劫代替将军，是因为将军长年在外，风餐露宿，因此召回将军暂且休整一下，也好共商朝政大计。不想将军误听传言，认为跟我有不融洽的地方，就抛弃了燕国而归附赵国。将军为自己打算是可以的，可是又怎么对得住先王待将军的一片深情厚谊呢？"

天朗气清，金风送爽，几片枫叶在微风中轻轻飘落下来。望诸君乐毅在府中接待了燕国的使者，开读了燕惠王的书信，听取了燕惠王的信，一时心潮滔滔非只言片语所能表述。

人生如梦，往事历历在目，招贤台拜将、济西之战、摧枯拉朽连下七十余城、爵拜昌国君，人生梦中期待的东西似乎已经得到，又似乎没有得到，为何没得到？乐毅一时说不清道不明。清风拂着他的脸颊，清泉流过他的心扉。君臣若能相知，必有相得；自从拜为昌国君，他就立志昌盛燕国，忠心不二。治人治心，圣贤之教，想不到以此见疑，燕国千秋功业毁于一旦。伍子胥之鉴不远啊！

想到这里，乐毅慷慨地写下了著名的《报燕惠王书》，书中表明自己对先王的一片忠心，与先王的相知相得，驳斥惠王对自己的种种责难、误解，抒发功败垂成的愤慨，并以伍子胥"善作者不必善成，善始者不必善终"的历史教训，申明自己不为昏主效愚忠，不做冤死鬼，故而出走的抗争精神。

燕惠王接到乐毅的书信，善待了他的家人，让乐毅的儿子乐间继承了昌国君之位；此后，乐毅往来于赵国、燕国之间，与燕国重新交好，成为燕、赵两国的客卿。乐毅最终死于赵国。

燕国自痛失乐毅之后，辉煌不再。此后，燕国主要是应对与赵国、齐国和秦国的矛盾与纷争。

燕武成王七年（前265），秦国乘赵国国君新旧交替、政局不稳之际，连取三城；齐国派田单率赵、齐联军对燕国进行报复，占领了燕地中阳（今唐县）。

燕王喜十二年（前243），赵国派李牧进攻燕国，夺取了武遂（今河北保定市徐水区西北遂城）和方城（今河北固安县方城村）。燕将剧辛在对赵之战中轻敌冒进，被赵军俘杀，燕军损兵二万。

燕王喜十九年（前236），赵再次率军伐燕，攻取狸、阳城。燕国屡战屡败，国土日益缩小。

燕王喜二十八年（前227），太子丹派荆轲携带燕督亢（今河北省易县、涿州市一带）地图和秦叛将樊於期首级，与秦舞阳前往秦国诈降，企图刺杀秦王嬴政。但荆轲刺秦王失败，留下燕地千古慷慨悲歌。秦国以此为借口派王翦与辛胜率军大举攻燕。

燕王喜二十九年（前226）秦将王翦率军攻破燕都蓟城（今北京市西南），燕王喜及太子丹率公室卫军逃往辽东。秦将李信带兵乘胜追击至衍水（今辽宁省浑河），再败太子丹军，消灭了燕国卫军主力。燕王喜杀太子丹向秦求和，秦国未允。鉴于燕赵残余势力已成囊中之物，为集中兵力对付魏楚，秦军暂停进攻。

燕王喜三十三年（前222），王贲率军进攻辽东，俘虏了燕王喜，燕国灭亡。秦在燕地设渔阳郡、右北平郡、辽西郡及辽东郡等。

第七章 秦的故事

秦人的先祖是伯益，嬴姓。到启的时候，伯益族衰落了。伯益有两个儿子，分成两支，大儿子叫大廉，二儿子叫若木，也称费氏。费氏这一支留在中原，成为后来的东夷和淮夷。

大廉这一支被迫迁往西北，厕居在戎区。悠悠岁月，这一族出现了若干能人：中衍、孟戏、中潏、飞廉和恶来，他们的出现，预示着伯益族的后人不再默默无闻，假以时日，他们将再次登上历史舞台。

恶来之弟季胜的曾孙名叫造父，造父擅长驯马与驾车，因伺奉周穆王出巡和征战有功，得到封赏，成为赵国的始祖。造父有个远房族人叫非子（恶来的五世孙），为周孝王牧马有功而得到封地，并得以延续嬴姓的祭祀，号称秦嬴。秦国就发端于秦非子。不过，秦非子虽然得到封邑，还不是真正独立的诸侯国，只是依附于诸侯的附庸。一直到秦襄公发迹，秦国才真正成为一个可与中原交往的诸侯国。

赵、秦有着共同的祖宗——造父，从名分上，秦是从赵氏中分出的一支；作为兄弟之邦，赵为兄，秦为弟。

秦穆公、秦孝公、秦惠文王、秦昭襄王是秦国历史上举足轻重的几位君主，秦本土未出现思想家和政治家，但秦国接纳了列国一流的人才——百里奚、商鞅、张仪、范雎、白起，他们的才能在秦国得到充分的发挥，使秦国由早期的蛰伏自保，到变革图强，在"连横"的外交中不断分化六国的"合纵"，最终具备统一六国的实力。

第一节 秦的先祖

一

五帝时期，颛顼帝的女儿叫女修，嫁到东夷族中。这一日，女修在窗前织布，一只燕子呢喃地叫着，停歇在窗台上，产下了一卵；此时的女修有点累，也有点饿，她双手捧起那燕子卵，那卵透明温润就像美玉，留有余温。女修用舌头舔了一下卵，不料那卵竟粘在舌上，女修伸出纤纤玉手正想把卵拿下，那卵不期然竟滑进她的肚子。不久，女修就生下一个孩子，叫大业。①

大业就是古史传说中的皋陶。皋陶少年时就有与生俱来的判断能力，无论族中出现任何纠纷，他都能做出公正的评判。长大以后，皋陶成为联盟的大理官，历经尧、舜、禹三代，他确立刑法，制定五刑，将联盟管束得有条不紊。人们都说，皋陶执法，天下无虐刑，无冤狱。皋陶的封地在英（今安徽金寨县东南）和六（今安徽六安市东北），"六地平安"，皖西六安古称皋城，春秋时期英、六的国民是皋陶的后人。

皋陶年轻时娶少典氏姑娘女华，生下儿子伯益。舜的时期，伯益做了舜的虞官，专门管理山林与百兽，确定哪些鸟兽可驯化成家禽家畜；哪些鸟兽可以打，打多少，猎多少，既让人民能够得到食物，又不滥杀滥打，伯益在这个职务上做得很成功。伯益又教民凿井，烧砖筑室，舜于是将本族姚姓氏女嫁给他，又赐伯益嬴姓。②

禹的时候，伯益是禹的肱股之臣，他辅助禹治水，勘踏万国，遍搜天下风物，相传《山海经》是伯益所传。伯益在联盟中威信很高，依据联盟协约，禹族之后，应该轮到伯益族当联盟首领，禹晚年推荐伯益接任帝位。禹死之后，伯益为禹守灵三年，那时候，氏族社会已经踏进私有制的门槛，禹的儿子启趁着伯益守灵期间，大力发展自己的势力。启党最终囚禁了伯益，血洗了伯益的族人，东夷族人在东海之滨建立的两城文化毁于一旦。

伯益得知族人的灾难，悲愤欲绝痛不欲生，只求一死，认为唯有死才能与族人的灵魂相伴，才能与族人一同再生。他记得父亲皋陶常常对他说："老天将给予你，必先剥夺你，让你在苦海中历练。"伯益对此深信不疑，他相信族中遗孤在历练中会变得更加坚毅，但伯益最终饮剑自杀。

伯益有两个儿子，分成两支，大儿子叫大廉，这一支继承了少昊以来的鸟崇拜，也称鸟俗氏；二儿子叫若木，也称作费氏。血洗之后的伯益族

---

① 见〔西汉〕司马迁《史记·秦本纪》："秦之先，帝颛顼之苗裔，孙曰女修。女修织，玄鸟陨卵，女修吞之，生子大业。大业取少典之子，曰女华。女华生大费。"

② 见〔西汉〕司马迁《史记·秦本纪》："乃妻之姚姓之玉女。大费拜受，佐舜调驯鸟兽，鸟兽多驯服，是为柏翳（伯益）。舜赐姓嬴氏。"

已经聚不成落，形不成族，大廉这一支的遗孤随着夏朝迁到西北，零星地分散在陕西、宁夏和甘肃，居住在夏人的外围。若木费氏这一支被打散之后向四面八方流窜开去。

悠悠岁月，草木荣枯，经历了夏、商两代，周代的徐氏、郯氏、莒氏、终黎氏、运奄氏、菟裘氏、将梁氏、黄氏、江氏、修鱼氏、白冥氏、飞廉氏、秦氏，以氏为国，这些小国都是伯益的后代子孙，大多是费氏的后人。①

禹的祖父是颛顼帝，伯益的祖母是颛顼帝的孙女女修，禹族与伯益族是远古两个有着婚姻关系的氏族，禹族叫作舅氏族，伯益族叫作姑氏族。在远古的夷夏联盟中，禹族属夏戎，伯益族属华夷，两个氏族的血管都流着对方的血液。

二

大廉鸟俗氏流向西北，习俗渐渐戎化而被中原人视为戎族；若木费氏这一支散居在中原、东海之滨与淮河南北，最终发展成为东夷、淮夷。斗转星移，岁月悠悠，大廉氏与费氏一直在沉默中蛰伏。

一年又一年，一纪又一纪，夏朝四百年，天数已尽，到了末代夏王桀的时候，若木费氏中出了一位能人叫费昌，领着族人加入商汤伐桀的同盟。那时候，商汤率领各诸侯将夏桀围困在鸣条之野（今河南省封丘东）。随着夏桀最后一员大将扁的战死，夏军已经完全失去抵抗能力。穷途末路的夏桀被商军八员战将手中的八根棍子死死压住，动弹不得。

突然间，夏桀大喊一声："商汤，我后悔当初没有将你杀死在钧台，才有今日之败！"八员战将一怔，夏桀趁此机会，双手一拢，将八根棍子尽收在臂弯里，猛一用力，折断了四根。夏桀握着一截棍子，将一员战将打下马去，顺手将马夺过，翻身跃上，突出了重围。

汤王见状，引马追杀过来，夏桀回身一棍，又将汤王打下马去，正想一棍结束汤王的性命，千钧一发之际，只见费昌驾着马车风驰电掣顺坡而下，来势犹如泰山压顶，夏桀吓得三魂走了七魄，勒转马头狼狈逃窜。费

---

① 见〔西汉〕司马迁《史记·秦本纪》："太史公曰：'秦之先为嬴姓。其后分封，以国为姓，有徐氏、郯氏、莒氏、终黎氏、运奄氏、菟裘氏、将梁氏、黄氏、江氏、修鱼氏、白冥氏、蜚廉氏、秦氏。然秦以其先造父封赵城，为赵氏。'"秦为嬴姓，以赵为氏。上古时，姓氏有别，姓为族号，氏为姓的分支。战国以后，人们以氏为姓，姓、氏逐渐合一。

昌的马车从汤王身边经过，一把将汤王拉上车来。"追，快追！"汤王大喊。费昌抖动缰绳，尾随而来。

费昌只顾追赶夏桀，忘了关注前方，这时候，夏军阵中一阵乱箭射来，费昌右手持缰，挥舞左手遮挡着乱箭，他的左臂已被乱箭射得就像一根狼牙棒，加之马车颠簸，箭杆乱晃，此时的他只觉剧痛难忍，浑身乱战，两眼直冒金星。费昌拔出刀来卸下左臂，登时血流如注，跌倒在马车上。缰绳失持，骖马受惊，疯狂地向山崖边冲去，但见崖下惊涛汹涌正向巢湖的方向飞泻而去。

汤王见此情形，面如土色，不知如何是好，唯有等候死神的召唤。此时的费昌浑身是血，朔风凄厉如笛吹来。昏迷间的费昌精神一振，明白这是祖先在启示他，费昌吹响了口哨。刹那间奇迹出现了，三匹马不约而同地扬起前蹄，勒住马脚，在声声嘶鸣中马屁股顶住了马车，急驰千里的马车戛然而止，停在悬崖边，命悬一线的汤王与费昌从鬼门关转回来了。

战后，汤王得知这位平日里沉静自持的马夫叫费昌，是伯益族的后人。他无限感慨地说："伯益的后人真是璞玉浑金，气度高华，为人办事，忠于职守。"他给了费昌很多赏赐。此后，人们方知，伯益族福泽深厚，当年启诛伯益，他的后人并没有灭绝。悠悠岁月，费昌一枝独秀，他的事迹至今还在民间传唱着。

三

转眼间又是几百年过去，时至商纣王之时，周武王率领八百诸侯，渡盟津，将纣王包围在朝歌（今河南省鹤壁市淇县），走投无路的商纣王在鹿台自焚，商朝宣告灭亡。周武王将商都周围的土地分封给纣王的儿子武庚，让他去管理殷商遗民。

商朝灭亡三年之后，武王死。周公旦拥立武王的儿子继位，是为周成王。周公旦是周文王的第四子，也即周武王的四弟。周武王为防止殷商遗民作乱，又将武庚的封地一分为三：由三弟管叔鲜，五弟蔡叔度和七弟霍叔文人分别去监管三商之地，史称"三监"。

因成王年幼，所以由周公摄政。管叔接到周公的诏书，诏书上一口一个"王""王若曰"（大王这样说），管叔不看则可，一看心头的火直往上蹿——周公明说是辅助成王，实际是自封为王——依据"兄终弟及"的体制，管叔是周公的哥哥，应该继位的首先是管叔，然后才轮到周公。管叔对周公的做法很不满，就去告诉弟弟蔡叔和霍叔，蔡叔一听暴跳如雷，兄弟三人都觉得周公坏了祖先的成法，决定教训一下周公，让他知道这王位不是想坐就能坐上的。

三位王叔的激气犹如冬日里的三把火，点燃了殷商故地遗民的愤怒，他们认为周公满口仁义道德而内心阴鸷，本就心怀不满，加之亡国的苦痛，他们决定听从三位王叔的调度。管叔、蔡叔和霍叔又联结了一些东夷小国，他们对东夷小国说："周公的做法对成王很不利，西周将有大难降临。"①

周公得知"三监制乱"，又急又气。又接报管叔、蔡叔和霍叔已经发兵造反，只好去找召公姬奭。召公奭是周王室的宗亲，德高望重，周公说服了他，得到他的支持，发全国之兵东征，讨伐三监与武庚。经过三年的艰苦征战，终于镇压了动乱，抓捕了三监和武庚。

周公流放了蔡叔，将霍叔贬为庶人，又决定处死管叔和武庚。临刑那天，飓风过岗，万木蛰伏。周公恨死了管叔，下令将管叔的人头高悬杆上，三年不得掩埋。

周公借平"三监之乱"，平定了奄、徐等东夷十七国，将领土扩充到东海之滨。在这次"动乱"中，留在河南、山东，以及淮河南北的伯益族后人也参与其中，历经这次血洗，伯益族费昌一脉的后人元气一损再损，难以为继。

四

再说伯益族的另一支大廉鸟俗氏。自从夏初随着夏启迁都安邑以后，幸存者散居在陕西、宁夏和甘肃偌大的土地上，作为夏朝的弃儿，他们犹如浮萍漂流在大海，他们的东面是义渠戎，周边都是西北戎族，难以单独立足。他们不愿见人就诉苦，无论多苦都自己扛着，无论多痛都自己藏着；剪不断的错错对对和理不清的是是非非，只能自己去面对和品味。为了生存，他们学会了牧马，岁月的磨洗，他们也渐渐戎化而被中原人视为戎族。

春花秋月，草木荣枯，经历了夏、商两代，这一族的人又渐渐多了起来，他们就如西北的山丹丹苗壮而顽强地生长起来。在游牧行国的西北，

---

① 见《尚书·金縢》："公将不利于孺子。"《尚书·大诰》："天降割于我家……有大艰于西土。"

他们成了一道靓丽的风景线。他们将祖先凿井的技术带到了西北①，在与游牧人杂处中，又将筑城筑室、建仓建廪与耕种的传统带到了西北②，成为既充满戎气而又不同于戎人的一族。伯益族嬴姓，戎人在称呼"嬴人"时发音成了"秦人"，秦字的古义是两手插秧，两手舂禾，表明这是一个有别于游牧的农耕民族。

大廉有玄孙叫中衍、孟戏，长着鸟的身体，能飞腾跳跃，很会骑马驾车。商王太戊听说了很高兴，想让他们给自己驾车，于是把巫师找来问卜，得到的卦象是贞利。太戊亲自作伐，替中衍、孟戏娶了妻子，使他们成为自己得力的御卫。③

中衍有个玄孙叫中潏，住在西部戎族地区，为商朝保卫西陲。中潏生了儿子飞廉。飞廉生了恶来。飞廉健走如飞，恶来力能扛鼎，父子两人均以武力才能事奉商纣王。周武王伐纣的时候，恶来英勇奋战，但时势不在商纣王一方，恶来最终成了周军的刀下鬼。

恶来死的时候，父亲飞廉受纣王委派出使北方。胧月晨露，行色匆匆，飞廉日夜兼程，顺利地完成了使命，回来的时候途经霍太山，得知纣王已经死了，飞廉一听就傻了眼——王上驾薨，无处复命禀报，如何是好？忠心耿耿的他一时泪如滂沱大雨，"咚！"飞廉一头向一棵槐树撞去，树干折了。"咚！咚！"飞廉把大树撞得七零八落，最后向峰顶上的一块巨石撞去，浓烟滚滚，巨石竟被撞下山去。

头破血流的飞廉昏死在地，朦胧间，他见到了霍太山神，神深感他的忠诚，对他说："你可筑坛禀报。"飞廉一听，浑身来了劲，他亲手在山顶上筑了一座祭坛，依照君臣之礼，恭恭敬敬地向纣王做了禀报。

祭毕，飞廉只觉又饥又渴，再次昏死过去。这次出使归来，一连多日，飞廉米粒未进。商周之战空前激烈，战争要求双方投入全部的人力和资源，商军坚壁清野，周军则掠尽一切粮草。连日来，飞廉见不到一户人家，也不见一间客栈，只能以西北风填肚子，此时的他已经撑不住了，像一座山一样轰然倒塌在地。

一阵山风吹来，将飞廉吹落到山脚，落在他撞倒的巨石旁边，巨石已

---

① 见〔西汉〕司马迁《史记·大宛列传》："闻宛城中新得秦人，知穿井，而其内食尚多。"
② 见〔西汉〕司马迁《汉书·匈奴传上》："穿井筑城，治楼以藏谷，与秦人守之。"
③ 见〔西汉〕司马迁《史记·秦本纪》："大费生子二人：一曰大廉，实鸟俗氏；二曰若木，实费氏。其玄孙曰费昌，子孙或在中国，或在夷狄。费昌当夏桀之时，去夏归商，为汤御。以败桀于鸣条。大廉玄孙曰孟戏、中衍，鸟身人言。帝太戊闻而卜之使御，吉，遂致使御而妻之。自太戊以下，中衍之后，遂世有功，以佐殷国，故嬴姓多显。"

经变成一具石棺，棺上刻着两行字："天帝令你不参与殷朝的灾乱，赐你一口石棺，以光耀你的氏族。"飞廉明白了，他用尽最后一点力气爬进棺里，风吹过，鬼唱歌，尘土覆盖了石棺，飞廉死后埋葬在霍太山。①

西方之帝少昊是东夷人之祖，也即飞廉的远古祖神。他得到霍太山神的奏报，知道依这位子孙的秉性，一定会带领族人与新兴的周王干个天翻地覆，白帝少昊不想让他的族人在这场昆山玉碎的战争中与周人同归于尽，他觉得飞廉已经成就一代忠臣的声名，于是将他的灵魂收回，在浩渺的天宇中，他让飞廉做了风神。

中衍和孟戏、中潏、飞廉、恶来是继大廉之后族中的能人，他们的出现，预示着伯益族的后人不再默默无闻，假以时日，他们将再次登上历史舞台。

第二节　秦非子与秦襄公

一

自恶来以降，历经四代：女防、旁皋、太几和大骆。大骆与西戎申侯的女儿结婚，生了个儿子叫成，在申侯的支持下，成被定为大骆的继承人。周孝王凭借大骆与西戎的婚姻关系，使西陲安宁无战事。

大骆还有个儿子叫非子，非子居住在犬丘，他血液里有先祖伯益的因子，擅长驯兽，尤其喜爱驯马、养马，繁殖马匹。这事一传十，十传百，很快就传到周孝王耳里。当时周孝王正需要大批战马，一听有这样的能人，立刻召见了非子，让他到汧（音千）河、渭河之间去开发马场和管理马匹。

几年之后，周孝王亲自来视察马场。非子陪着周孝王站在坡上，面前一带全是草地，太阳深深地藏在雾中不出来，前后左右白茫茫一片。随着非子一声哨响，阵阵闷雷自东、南、西、北隆隆滚来，旋即，马蹄声碎，

---

① 见〔西汉〕司马迁《史记·秦本纪》："其玄孙曰中潏，在西戎，保西垂。生飞廉。飞廉生恶来。恶来有力，飞廉善走，父子俱以材力事殷纣。周武王之伐纣，并杀恶来。是时飞廉为纣使北方，还，无所报，为坛霍太山而报，得石棺，铭曰'帝令处父不与殷乱，赐尔石棺以华氏。'死，遂葬于霍太山。"

嘶鸣声急，大地震动了，不到一刻钟，面前齐刷刷地站满了五色战马，呛跳腾跃，生龙活虎，白、赤、红、黑、棕，各居一方，排列有序，俨然就如训练有素的战士。

太阳出来了，望着这漫山遍野矫健无比的战马，周孝王怎么也弄不清楚非子为何能在几年间就变幻出这满山的战马。"能人呐，非子！"周孝王十分高兴，于是想要封非子做大骆的继承人，继承大骆犬丘的封地。但西戎申侯已经立非子的兄弟成作为大骆的继承人，他们要周孝王慎重考虑。

周孝王不想因为此事而使周朝与西戎的关系闹僵，于是另外划出一小块土地作为非子的封邑，这土地就叫秦。周孝王让非子去延续嬴姓的祭祀，号称秦嬴。秦国就发凡于秦非子。不过，秦非子虽然得到封邑，但还不是真正独立的诸侯国，是依附于诸侯的附属国。

秦非子之后，他的儿子秦侯继位。秦侯在位十年去世，儿子公伯继位。公伯在位三年去世，儿子秦仲即位。秦仲三年，周厉王无道，西戎族反叛周王朝，灭了犬丘大骆的全族。周宣王即位之后，任用秦仲当大夫，讨伐西戎。秦仲在位二十三年，最终兵败，被西戎杀掉。

秦仲有五个儿子，大儿子叫其，即秦庄公。周宣王召见庄公兄弟五人，交给他们七千兵卒，命令他们讨伐西戎，庄公兄弟五人最终把西戎打败了。周宣王于是再次赏赐秦仲的子孙，连同他们祖先大骆的封地犬丘，一并赏赐给他们，又任命他们为西陲大夫。至此，秦非子一脉历经数十年，逐渐有了起色。

庄公有三个儿子，长子叫世父。世父一心想报祖父之仇。"不杀戎王，决不回家。"他率兵去攻打西戎，把秦国继承人的位置让给了弟弟开。庄公在位四十四年去世，次子开继位，是为襄公。

秦襄公元年（前777），襄公把他的妹妹缪嬴嫁给西戎丰王做妻子。秦襄公二年（前776），西戎包围犬丘，世父反击，被西戎人俘虏。过了一年多，西戎人放还世父。

秦襄公七年（前771）春，西周史上发生了一件大事——周幽王烽火戏诸侯。周幽王被杀，西戎兵洗劫了镐京。不久，申侯、鲁侯与许文公立宜臼为王，是为周平王。周平王决定迁都洛邑。从镐京到洛邑，万水千山，这一路谁来护驾，谁来提供粮草？周平王于是召集沿途诸侯。此时的周王室早已经衰败，诸侯不听号令。只有秦襄公带着人马和粮草前来护驾，一路上忠心耿耿，一直把周平王护送到洛邑。因为洛阳在镐京东面，历史由此（前770）进入东周时期。

对于秦襄公这次护驾，周平王非常满意，于是将岐山以西的土地封赐给秦襄公。周平王说:"西戎不讲道义,侵夺我岐山(今陕西西安市鄠邑区)、丰水的土地,秦国如果能赶走西戎,西戎的土地就归秦国。"平王与秦襄公立下誓约,又授给他爵位。此后,秦国才真正成为诸侯国,有资格与其他诸侯国互通使节,互致聘问献纳之礼。秦襄公于是用黑鬃赤身的小马、黄牛、公羊各三只,在西畤①祭祀天帝。秦襄公十二年(前766),秦军讨伐西戎,到达岐山,秦襄公在那里去世,他的儿子是为文公。

第三节 秦穆公与百里奚

一

秦虽然跻身于诸侯的行列,立国之初依然一穷二白。秦文公就住在简陋的西垂宫,茅顶土墙,粗衣葛布。秦文公四年(前762),有一次,秦文公带着几个大臣出来巡视,他们来到汧河、渭河的交汇之处。文公立于河岸,俯首脚下是潺潺流水,绿水倒映着不远处的羊群,犹如天上的白云。一马平川的绿草地,尽头处是无边的林木。文公一时心旷神怡,无限感慨地说:"从前,周天子把这里赐给我的祖先秦嬴做封邑,我们终于成就了诸侯。看来这里是我秦人的发祥宝地啊!"于是占卜这汧渭之滨是否适宜居住,占卜的结果是大吉,不久就在这里营造起了城邑。秦文公十年(前756),开始建造祭天地的鄜(音夫)畤,设立史官记载大事,教化百姓,边鄙之地首次有了灵秀文气。十年之后,为严明法纪,又设立了诛灭三族的刑律。

秦文公十六年(前750),文公派兵讨伐西戎,西戎败逃。文公于是收集周朝的遗民作为秦民,秦人渐渐多了起来,边塞之地人气越来越旺,地盘也扩展到了岐山。文公于是把岐山以东的土地敬献给了周天子,以示不忘故恩。秦文公在位五十年,驾崩后埋葬在西山。其时太子竫公已逝,于是竫公的儿子,文公的孙子登位,也就是宪公。

秦宪公二年(前714),宪公迁都到了平阳(今陕西省宝鸡市陈仓区),派遣军队征伐荡社。第二年(前713),大战西戎亳部落,亳王逃往

---

① 西畤:主要是祭祀西方白帝少昊,秦为伯益之后,是少昊族裔,故祭少昊。见《史记·秦本纪》。

西戎，荡社灭。十二年（前704），宪公去世，葬在西山。宪公有三个儿子：长子武公为太子；武公的弟弟德公，与武公是同母兄弟；宪公的宠妾鲁姬子生了出子。宪公去世之后，族人拥立出子为君主。出子在位六年（前698），又被族人杀害，时年十一岁。族人又拥立了原太子武公。

武公三年（前695），武公逮捕了杀害出子的族众，将他们夷灭了三族。武公十年（前688），攻打邽、冀两地的戎族，并开始在杜、郑两地设县，又灭了小虢（音国）。武公在位二十年（前678）去世，葬在雍邑平阳。此时开始用人殉葬，给武公殉葬的有六十六人。武公有个儿子，名叫白，被封在平阳。白没有被立为君，武公的弟弟德公做了国君。

德公元年（前677），德公开始住进雍城的大郑宫。德公用牛、羊、猪各三百头在鄜畤祭祀天地，占卜居住在雍地是否适宜，占卜的结果是：后代子孙将到黄河边上去饮马。德公二年（前676），开始规定，伏日杀狗祭祀以祛除热毒邪气。德公三十三岁才登位，在位两年即去世。他生了三个儿子：长子宣公、次子成公和少子穆公。长子宣公继位。

宣公元年（前675），卫国和燕国攻打周王室，把周惠王赶出朝廷，拥立王子颓为天子。宣公三年（前673），郑伯、虢叔杀死了王子颓，送惠王返回朝中。宣公四年（前672），秦国修建密畤，与晋国在河阳作战，战胜了晋军。宣公十二年（前664），宣公去世。他生了九个儿子，没有一个继位，而是立了宣公的二弟成公为君。成公在位四年去世，他有七个儿子，同样没有一个继位，三弟穆公成为下一任君主。

二

秦穆公四年（前656），秦国派使者到晋国求聘，准备迎娶晋太子申生的姐姐伯姬。第二年（前655），晋献公灭了虞国和虢国，俘虏了虞君和虞大夫百里奚，晋人将百里奚作为秦穆公夫人的陪嫁奴隶送到秦国。百里奚半路借机逃跑，但在楚国边境被楚人捉住了，扣押在楚国。

百里奚，虞国人，有济世匡时的谋略和经天纬地的才干，但命运多舛，一直到三十多岁还没得到发挥才干的机会。百里奚有妻杜氏，育有一子。他不想在荏苒光阴中白了少年头，有心到列国寻求发展的机会，但面对年轻的妻子和刚会走路的儿子，又觉得肩上担子沉重，不忍抛下他们。

夕阳西下，百鸟归巢，杜氏端出了热气腾腾的一罐鸡汤。"吃鸡？"百里奚内心"咯噔"一跳，家里就剩下这只老母鸡，靠它生蛋以补不时之需。"今天是什么日子，竟把鸡杀了？"正想着，就听杜氏开言说："夫君，为妻知道你的心志，你现在正当壮年，应该出去闯荡一番才是，不用担心我们母子。为妻将这鸡杀了，就是为你饯行，明天你就可以出门，别为我母子所累！"百里奚一听，顿时眼圈就红了，难得妻子如此理解他。妻子连夜为他收拾行李。

五更时分，趁着孩子未醒，百里奚狠了狠心，背起行李出了门，天还没亮，茫茫天地，雨雪霏霏，路边杨柳依依。妻子将他送到村头，牵着他的手，流着眼泪说："他日富贵的时候，别忘了我们母子。"说着将一柳枝插在他的行李上。百里奚不敢再看妻子一眼，内心说："这趟出去，不得志决不回来！"

百里奚来到齐国，想在这里谋得一官半职。但人地两生，没有钱请人疏通引荐，不久身上的钱就用光了，只能帮人打点零工，最后竟沦落为乞丐。不知不觉间百里奚已经四十多岁了。

百里奚夜里就歇息在祭拜天地的祭坛边，这一天，祭坛来了一位陌生的汉子，名叫蹇叔。蹇叔一看百里奚的相貌，大奇，他左端详，右端详，心里纳闷：这样相貌的人，不该沦落到这种地步啊！于是就和百里奚攀谈起来，很久以来没有人和百里奚进行内心的交流了，百里奚正闷得慌，话匣子一打开，侃侃而谈，对答如流，胸中韬略喷薄而出。蹇叔看得出百里奚是个才高八斗的人，不由叹道："造化弄人，造化弄人啊！这样的奇才竟沦落在粪土中。"征得百里奚的同意，蹇叔将百里奚带回了家。蹇叔一时也帮不上他的忙，只能让百里奚替他家放牛，先混口饭吃吧。日月经天，江河行地，一转眼百里奚五十多岁，满头华发。

这一日，百里奚对蹇叔说："我离家很久了，想要回去看看妻子和孩子。"蹇叔想了一想，对他说："你回到虞国后，可以去找我的朋友宫之奇，他在那里为官，也许能帮你一点忙。"百里奚匆匆回归故里，一踏进门，"呼"的一声，几十只老鼠四处逃窜，墙上挂满了蜘蛛网，家里已经破败不堪，成了鼠穴蛇窝，发出阵阵恶臭。村里人说，杜氏和孩子因为贫困，已流落他方，不知去处。百里奚一听顿时跌坐在地，感伤不已，半天说不出话来。

在宫之奇的推荐下，百里奚在虞国做了官。虞国很小，巴掌大的土地，虞君又刚愎自用，尽管百里奚屡有良谋妙策，但都不被欣赏与采纳，百里奚甚是沮丧。不久，晋国征伐虞国，吞并了虞，百里奚跟着虞君一起做了俘虏。晋侯嫁女，又把百里奚当作陪嫁奴，将他送往秦国。"人生竟这样坎坷！"百里奚仰天长叹："我空有济世之才，不遇明主，明珠暗投，难施大志。如今年纪这么大了，还要去做奴仆，真是奇耻大辱啊！"半路上，他找了个机会逃了出来。

百里奚逃到楚国，被一群野人抓了起来。野人见他面容枯槁，满头白发，眼睛深陷，一副风中残烛的样子，知道留着只能耗费粮食，没有多大好处，便问他："你会做什么？"百里奚说："会养牛。"野人立马就让他去养牛，意想不到的是那些牛很快变得又大又壮，野人们都很高兴。

再说秦穆公准备举行大婚，看了看名单，发现少了百里奚，便问："这个人怎么没来？"谋士公孙支说："逃走了。"秦穆公又问："他是何等人物？"公孙支叹道："那是一位才华盖世、学富五车的人，可惜现在还默默无闻。"秦穆公一听，果断地说："这样的人才，一定要想办法把他请回来，为我秦国所用！"公孙支说："听说他逃到楚国，做了牧竖。"秦穆公说："真是暴殄天物啊，来人！我现在就派人去告知楚王，用重金去把他迎回来！""千万不可，如果大张旗鼓隆重其事地去接他，只能害了他。""为什么？"秦穆公不解地问。公孙支说："楚国人为何让百里奚去养牛，那是因为他们不知道他是个奇才。如果我们用重金去把他赎回，等于告诉他们百里奚是个杰出的人物，楚王必然会留着自己用，留不住就会将他杀掉，怎么肯放他到秦国来呢？"秦穆公为难地问："依你之见，该怎么办？""不如对楚王说，百里奚是个陪嫁奴，半路逃走，触犯了秦律，我们要抓他回来，绳之以法，杀一儆百。"秦穆公点头说："好！"

公孙支带了五张羊皮出使来到了楚国。献上羊皮，要赎回百里奚。楚王不想得罪秦国，令人去把百里奚抓来，将他送回秦国。那些野人听说百里奚要走，心里很难过，泪流满面地说："你这一去性命难保，我们真的不想让你走啊。"百里奚哈哈大笑道："我听说秦穆公是一位英明的国君，怎么会在乎一个逃亡的奴仆呢？他派人来接我，是想重用我。这一去，定能取得功名富贵。为什么要伤心呢？"一行人马出了楚国边境，公孙枝立时把百里奚从囚车上放出来，纳头便拜，表达了秦穆公相敬之意。听说百里奚来了，秦穆公沐浴更衣，亲自到郊外迎接。两位划时代的人物终于见了面。

秦穆公见百里奚满头白发，心中一凉，问道："请问先生贵庚？"百里奚微笑说："刚七十岁。"秦穆公仰天叹道："人生七十古来稀，老了，老了，老天不予我秦国呀！"百里奚笑道："如果国君想让我去逐飞鸟、搏猛兽，我的确老了。若要我运筹帷幄，管理国家，我还很年轻。从前姜子牙八十岁遇文王，得以展其雄才。与他相比，我还年轻十岁。"秦穆公一听，大悦道："先生之志壮哉！"当即虚心下问，连谈数日，秦穆公心悦诚服，当即封他为上卿，委托他管理国家。

不久，百里奚又推荐蹇叔。蹇叔到来，穆公降阶加礼，赐座，问道："井伯常说先生贤明，请先生指教？"蹇叔详细讲了自己的治国思想。秦穆公恭敬地问："照先生的话做，就能称霸天下吗？"蹇叔道："还不够。国君做大事有三戒：戒贪，戒怒，戒急。贪则多失，怒则多难，急则多挫，若能戒此三者，就接近称霸了。"穆公连连点头称是："说得好，说得好啊！"

见穆公谦恭有礼，蹇叔又道："秦立国西戎，这是祸福的根本。现在齐桓公已经老了，霸业不久就会衰落。国君若能镇住雍渭之众，号召诸戎，谁不服就打它。诸戎服气后，等待中原之变，布德散义，您就可以称霸！"穆公大喜道："获得二老，真秦国之幸！"当即封蹇叔为右庶长，百里奚为左庶长、位在上卿，人称秦国"二相"。

二相理政，立法教民，兴利除害，秦国日新月异。

三

秦穆公九年（前651），晋献公去世。骊姬的儿子奚齐被立为君，大臣里克杀了奚齐。荀息于是立卓子为君，里克又杀死了卓子和荀息。晋献公第三个儿子夷吾派人请秦国帮他回晋国。秦穆公答应了，于是派百里奚率兵一路护送夷吾回晋国。夷吾无比感激，言之凿凿地对百里奚说："我夷吾有一天真能登位，愿意割让晋国河西的八座城给秦国，以为报答。"等到他回到晋国登上了君位，却派丕郑去向秦国道歉，违背诺言，不肯给秦国河西八座城，并且杀了里克。丕郑听说此事，十分害怕，就跟秦穆公商议说："晋国人不想要夷吾为君，实际上想立重耳为君。现在夷吾违背诺言而且杀了里克，都是吕甥、郤芮的主意。希望您用重利赶快把吕甥、郤芮叫到秦国来，如果吕、郤两人来了，那么再送重耳回国就方便了。"穆公答应了他，就派人跟丕郑一起回晋国去叫吕甥、郤芮。吕、郤等人怀疑丕郑有诈谋，就报告夷吾，杀死了丕郑。丕郑的儿子丕豹逃奔到秦国，劝穆公说："晋国君主无道，百姓不亲附他，可以讨伐他了。"秦穆公说："百姓如果认为不合适，不拥护晋君，他们为什么能杀掉他们的大臣呢？既然能杀死他们的大臣，这说明晋国上下还是协调的。"秦穆公不公开听从丕豹的计谋，但在暗中却重用他。

秦穆公十二年（前648），晋国大旱，派人来秦国请求援助粮食。部将丕豹建议穆公趁着晋国灾荒歉收去攻打它。秦穆公问公孙支，公孙支说："荒歉与丰收是交替出现的事，有时候他们荒歉，有时候我们荒歉，总要互相援助，不能不给。"秦穆公又问百里奚，百里奚毫不犹豫地说："晋君夷吾得罪了大君您，他的百姓没有得罪您，应该给！再说，强者面对弱者，不是把他放倒，而是能否将他举起来。"秦穆公采纳百里奚、公孙支的意见。过了几天，秦国水陆两路，船载车驼，浩浩荡荡给晋国运去粮食，从雍都出发，源源不断地直到绛城。

这一日，秦穆公带着属下到岐山边打猎，当夜就宿在山中。第二天天刚蒙蒙亮，就有属下慌里慌张来报："大王，您最心爱的战马不见了。"穆公一听，立即派人去找。不久就见一群野人聚集在山坡下，手舞足蹈兴高采烈地烤马肉吃。部将慌忙回来报告："大王，这野人胆大包天，居然敢吃您的马。请允许我立即带人去抓捕！""他们有多少人？""约莫三百来人。"秦穆公叹了一口气道："马已经被杀，不能复生。若是因此而抓他们回来问罪，人们会说我重畜生而轻人命。"当下又吩咐几句，部将不敢怠慢，让士兵们抬了几坛酒，又抬了昨天的猎物来到山坡，说道："我君有言：吃这等好马需配此等美酒，否则会伤害身体！另，你们三百来人，一匹马也不够吃，我君将这猎物赐给你们。"野人们一听，扑倒在地，磕头跪拜，流着泪说："我们吃了大君的马，大君不但不怪罪，还担心我们的身体，真是爱民如子啊！"一时传为佳话。

秦穆公十四年（前646），秦国也发生饥荒，四方告急，饿殍遍野，秦穆公令人前往晋国请求援助粮食。晋君急召群臣商议。虢射出班奏曰："这是老天赐给我晋国好机会，趁着秦国饥荒去攻打它，必然旗开得胜，马到成功。"众人随声附和。晋君听从了他们的意见。

第二年（前645），晋国发动几路大军，征尘滚滚，旌旗蔽日，浩浩荡荡向岐山开来。秦穆公闻报大怒："三年前你晋国饥荒，我秦国浩浩荡荡送去的是粮食；如今我国饥荒，你发来的是趁火打劫的大军，是可忍，孰不可忍！"即令丕豹率领大军前往迎击，赶在晋军进入秦境之前，拦截在韩地交战。

不日，秦、晋两军相遇。晋惠公夷吾也不招呼，策马驱车抢入秦阵，想趁秦军未立稳脚，抢夺秦军粮草辎重。晋惠公刚刚得手，调旋转马头想回本阵，怎奈马车惯性太猛，只听"哗啦"一声，车轮陷进深泥坑里，晋惠公坐立不稳，竟被摔出了车外。秦穆公一见大喜，手一挥，率领几骑人马风驰电掣直奔晋惠公而来。"抓活的，抓活的！"秦穆公高声大喊。赶到跟前，哪有晋惠公的影子。正在懊丧，就听"呼啦啦"声响，晋军从四面八方合围过来，将秦穆公几骑团团围住。这时候，一支追魂夺命的箭射中了秦穆公的左臂，那马一惊，将秦穆公掀倒在地。晋军挥动手中戈矛，直冲秦穆公而来。

在这千钧一发之际,丛林中冲出一支赤脚大军,个个凶神恶煞,在吼叫声中如旋风一样卷入晋军阵中,他们挥舞手中的木棍、铁耙,见人就打、就扒。晋军不知何方神圣,大为惊恐,纷纷败退。这就是偷吃秦穆公战马的那伙野人,他们得知秦穆公出征,自愿追随而来护驾。他们不仅救出秦穆公,还逮住了晋惠公。

秦穆公胜利归来,即向全国发布命令:"人人斋戒独宿,我将用晋君祭祀上帝。"周天子听说此事,即以"晋君是我的同姓"为由,派人前来求情。穆公下朝归来,就见夫人伯姬身穿丧服,光着脚,不断地磕头。穆公上前想扶起伯姬,伯姬执意不起,哀哀地说:"我不能挽救自己的兄弟,以致还得让君上下命令杀他,实在有辱于君上。"

秦穆公说:"我俘获了晋君,以为成就了一件大事,现在天子来求情,夫人也为此事而忧愁。"于是改变了主意,跟晋君订立盟约,答应让他回国,并给他换了上等的房舍住宿,送给他牛、羊、猪各七头,以诸侯之礼相待。十一月,送晋君夷吾回国。夷吾献出晋国河西的土地,派太子圉到秦国做人质。秦国把同宗的女儿嫁给太子圉。这一年,秦国的地盘向东扩展到黄河。

秦穆公二十年(前640),秦国灭了梁、芮二国。秦穆公二十二年(前638),晋太子圉听说晋君生病,内心焦躁,说:"梁国是我母亲的家乡,秦国却灭了它。我兄弟众多,如果父君百年后,秦国必定留住我,晋国也不会重视我,而改立其他公子。"想到这些,太子圉的内心就如打翻了五味瓶,他找了个机会逃离秦国,回到晋国。第二年(前637),晋惠公夷吾去世,子圉即位,是为晋怀公。

秦君对怀公的逃离十分恼火,令人从楚国迎来晋公子重耳,并把原来怀公的妻子嫁给重耳。重耳一开始推辞不肯,后来就接受了。秦穆公对重耳更加以礼厚待。秦穆公二十四年(前636)春天,秦国派人告诉晋国大臣,要送重耳回国。晋国答应了,于是派人护送重耳回到晋国。二月,重耳登位成为晋君,也就是晋文公。晋文公派人杀了怀公。

这年秋天,周襄王的弟弟王子带,借助狄人的军队攻打周襄王,周襄王出逃,住在郑国。秦穆公二十五年(前635),周襄王派人向晋国、秦国通告了祸难的情况。秦穆公率兵帮助晋文公护送周襄王回朝,杀死周襄王的弟弟王子带。秦穆公二十八年(前632),晋文公在城濮(今山东鄄城西南临濮集)打败楚军。秦穆公三十年(前630),秦穆公帮助晋文公包围了郑国。郑国派人对穆公说:"灭掉郑国,其结果是使晋国实力增强,这对晋国是有利的，而对秦国却无利。晋国强大了，就会成为秦国的忧患。"秦穆公于是撤军，返回秦国。晋国也只好撤军。

秦穆公三十二年（前628）冬，晋文公去世。郑国有个掌管城门的人向秦国说："我掌管郑国的城门，可以来偷袭郑国。"穆公去问蹇叔、百里奚，两个人回答说："路经数国地界，到千里之外去袭击别人，很少能占便宜的。再说，既然有人出卖郑国，怎么知道我国的人就没有把我们的实情告诉郑国呢？不能袭击郑国。"秦穆公求功心切，说："你们不懂得，我已经决定了。"于是出兵郑国，派百里奚的儿子孟明视、蹇叔的儿子西乞术和白乙丙率兵。军队出发的那天，百里奚、蹇叔二人对着军队大哭。秦穆公生气地说："我派兵出发，你们却拦着军队大哭，这是为什么？"二位老人说："为臣不敢阻拦军队。部队要走了，我俩的儿子在军队中也将前往；如今我们年岁已大，他们如果回来晚了，恐怕就见不着了，所以才哭。"

二位老人退回来对他们的儿子说："你们的部队如果失败，一定是在崤山的险要处。"秦穆公三十三年（前627）春天，秦国军队向东进发，穿过晋国，从周朝都城北门经过。周朝的王孙满看见了秦国的军队以后说："秦军不懂礼仪，不打败仗还等什么！"军队开进到滑邑，郑国商人弦高带着十二头牛准备去周朝都城售卖，碰见了秦军，他害怕被秦军俘虏杀掉，就献上他的牛，说："听说贵国要去讨伐郑国，郑君已认真做了防守和抵御的准备，还派我带了十二头牛来慰劳贵国士兵。"秦国的三位将军商量说："我们要去袭击郑国，郑国现在已经知道了，去也袭击不成了。"于是灭掉滑邑。滑邑是晋国的边境城邑。

这时候，晋文公死了还没有安葬。继位的晋襄公愤怒地说："秦国欺侮我刚刚丧父，趁我办丧事的时候攻破我国的滑邑。"于是把丧服染成黑色，以方便行军作战，发兵在崤山阻截秦军。晋军发起攻击，秦军大败，没有一个人能够逃脱。晋军俘获了秦军的三位将军返回都城。晋文公的夫人文嬴是秦穆公的女儿，她替秦国三位被俘的将军求情说："秦穆公对这三个人恨之入骨，希望您放他们回国，好让我国国君能亲自痛痛快快地宰掉他们。"晋君答应了，放秦军三位将军归国。三位将军回国后，秦穆公穿着白色丧服到郊外迎接他们，向三人哭着说："寡人因为没有听从百里奚、蹇叔的话，以致让你们三位受了屈辱，你们三位有什么罪呢？你们要拿出全部心力洗雪这个耻辱，不要松懈。"于是恢复了三个人原来的官职俸禄，更加厚待他们。

秦穆公三十四年（前626），秦穆公再次派孟明视等率兵攻打晋国，在彭衙交战。秦军作战不利，撤军返回。

同年，戎王派由余出使秦国。由余，祖先是晋国人，逃亡到戎地，他还能说晋国方言。戎王听说秦穆公贤明，就派由余去观察秦国。秦穆公向他炫示了宫室和积蓄的财宝。由余说："这些宫室积蓄，如果是让鬼神营造，那么就使鬼神劳累了；如果是让百姓营造的，那么也使百姓受苦了。"秦穆公觉得他的话奇怪，问道："中原各国借助诗书礼乐和法律处理政务，还不时地出现祸乱呢，现在戎族没有这些，用什么来治理国家，岂不很困难吗！"由余笑着说："这些正是中原各国发生祸乱的根源所在。自上古圣人黄帝创造了礼乐法度，并亲自带头贯彻执行，也只是实现了小的太平。到了后代。君主一天比一天骄奢淫逸，依仗着法律制度的威严来要求和监督民众，民众感到疲惫了就怨恨君上，要求实行仁义。上下互相怨恨，篡夺屠杀，甚至灭绝家族，都是由于礼乐法度这些东西啊。而戎族却不是这样。在上位者怀着淳厚的仁德来对待下面的臣民，臣民满怀忠信来侍奉君上，整个国家的政事就像一个人支配自己的身体一样，无须了解什么治理的方法，这才真正是圣人治理国家啊。"秦穆公退朝之后，就问内史王廖："我听说邻国有圣人，这将是对立国家的忧患。现在由余有才能，这是我的祸害，我该怎么办呢？"内史王廖说："戎王地处偏僻，不曾听过中原地区的乐曲。您不妨试试送他歌舞姬女，借以改变他的心志。并且为由余向戎王请求延期返戎，以此来疏远他们君臣之间的关系；同时留住由余不让他回去，以此来延误他回国的日期。戎王一定会感到奇怪，因而怀疑由余。他们君臣之间有了隔阂，就可以俘获他了。再说戎王喜欢上音乐，就一定没有心思处理国事了。"秦穆公说："好。"于是，秦穆公与由余座席相连而坐，互递杯盏一块儿吃喝，向由余询问戎地的地形和兵力，把情况了解得一清二楚，然后命令内史王廖送给戎王十六名歌姬。戎王不仅高兴地接受下来，并且非常迷恋，整整一年不曾迁徙更换草地，致使戎地牛马死了一半。这时候，秦国才让由余回国。由余多次向戎王进谏，戎王都不听，秦穆公又屡次派人秘密邀请由余，由余于是离开戎王，投降了秦国。秦穆公以宾客之礼相待，对他非常尊敬，向他询问应该在什么样的形势下进攻戎族。

秦穆公三十六年（前624），秦穆公更加厚待孟明视等人，派他们率兵进攻晋国。孟视明渡过黄河就焚毁了船只，以示决死战斗，最后晋国大败，秦军夺取了王官和鄗（音号）地，一雪崤山战败之耻。于是穆公就从茅津渡过黄河，为崤山战役牺牲的将士筑坟，给他们发丧，痛哭三天。秦穆公向秦军发誓说："喂，将士们！你们听着，不要吵嚷，我向你们发誓。

我要告诉你们，古人办事虚心听取老年人的意见，所以不会有什么过错。"秦穆公反复思考自己不采纳蹇叔、百里奚的计谋而造成的过失，因此发出这样的誓言，让后代记住自己的过失。君子们听说这件事，都为之落泪，说："啊！秦穆公待人真周到，终于得到了孟明等人胜利的喜庆。"

秦穆公三十七年（前623），秦国采用由余的计谋攻打戎王，增加了十二个属国，开辟了千里疆土，终于称霸于西戎地区。周天子派召公过带着钲、鼓等军中指挥用的器物去向穆公表示祝贺。穆公三十九年（前621），秦穆公去世，安葬在雍，陪葬的人达一百七十七人，秦国良臣子舆氏名叫奄息、仲行、鍼虎的三个人也在陪葬者之列。秦国人为他们悲痛，并为此而作了一首题为《黄鸟》的诗。智子说："秦穆公扩展疆土，增加属国，在东方征服了强大的晋国，在西方称霸了西戎，但是他没有成为诸侯的盟主，这也是理所当然的！因为他死了还拿他的良臣为自己殉葬。古代有德行的帝王逝世尚且遗留下好的道德和法度，而他没有做到这些，更何况还夺走百姓所同情的好人、良臣呢？由此可以断定秦国不可能再东进了。"秦穆公的儿子有四十人，他的太子罃（音婴）继承王位，是为秦康公。

秦康公之后，经历了共公（康公子，前608—前605）、秦桓公（共公子，前604—前577）、秦景公（桓公子，前576—前537）、秦哀公（景公子，前536—前501）、秦惠公（哀公孙，前500—前491）、秦悼公（惠公子，前490—前477）、秦厉共公（悼公子，前476—前443）、秦躁公（厉共公子，前442—前429）、怀公（躁公弟，前428—前425）、灵公（怀公孙，前424—前415）、简公（怀公子，前414—前400）、惠公（简公子，前399—前387）、出子（惠公子，前386—前385）、献公（惠公子，前384—前362）共十四代，接下来就是孝公（献公子，前361—前338）。

第四节　秦孝公和商鞅

一

秦孝公元年（前361），黄河和崤山以东有六个强国，秦孝公与齐威王、楚宣王、魏惠王、燕悼公、韩哀侯、赵成侯并立。淮河、泗水之间有十多个小国。秦国地处偏僻的雍州，不参加中原各国诸侯的盟会，诸侯们像对待夷狄一样对待秦国。秦孝公于是广施恩德，救济孤寡，招募战士，明确了论功行赏的法令,并向全国发布命令说:"从前,我们穆公在岐山、雍邑之间,实行德政、振兴武力,在东边平定了晋国的内乱,疆土达到黄河边上;在西边称霸于戎狄,拓展疆土达千里。天子赐予霸主称号。诸侯各国都来祝贺,给后世开创了基业,盛大辉煌。但是就在前一段厉公、躁公、简公、出子的时候,接连几世不安宁,国家内有忧患,没有空暇顾及国外的事,结果晋国攻夺了我们先王河西的土地,诸侯也都看不起秦国,耻辱没有比这更大的了。秦献公即位,安定边境,迁都栎阳,并且想要东征,收复穆公时原有的疆土,重修穆公时的政令。为了富国强兵,孝公一方面颁布招贤令:"我一想起先君的志向未能实现,就常会感到痛心。门客和群臣中有谁能献出高明的计策,使秦国强盛起来,我将让他做高官,分封给他土地。"另一方面,发兵东进,围攻陕城,西进杀了戎族的獂王。

商鞅听说秦国颁布了求贤令,就来到西方的秦国,通过景监求见孝公。

二

商鞅,卫国国君的庶孙,又称商鞅。那时候的卫国君暗臣谄,商鞅很不得志,只好来到魏国,在魏国丞相公叔痤府中当了门客。他学富五车,才高八斗,很得公叔痤的赏识。

这一年,公叔痤病重。魏惠王亲自到他家里看望,忧心忡忡地问公叔痤:"老丞相啊,您万一一病不起,谁可以辅佐我啊?"

公叔痤见问,开口说:"老臣向王上推荐一个人吧,此人叫商鞅,年轻而有奇才,有当丞相的能力。"魏惠王有点不以为然。公叔痤一看,内心明白,立即又说:"我王要是不能重用他,就一定要杀了他,千万不要让他跑到列国去,他一走,肯定能成就别的国家,那将是咱们魏国的威胁。"魏惠王将信将疑地点了点头。

魏惠王刚走,公叔痤立刻派人去请商鞅,一见面就对他说:"为人臣子,我得先尽忠君之职,再顾朋友的交情。适才惠王来过,我举荐了你,见王无意重用你,就劝他杀了你。现在,你赶紧跑吧!"商鞅心头一震,马上又恢复镇定:"我在魏国还未显示才能,魏王未必立马杀了我。"商鞅依然待在公叔痤门下。不久传来了秦国的"求贤令"①,几天后,商鞅不辞而别,来到了秦国。商鞅穷,没积蓄,他孤注一掷,将所有拿得出手的东

---

① 见《资治通鉴·周纪二》:"有能出奇计强秦者,吾且尊官,与之分土。"

西都给了秦孝公的近臣景监，投到他的门下，景监将他引荐给了秦孝公。

秦孝公二十二岁登位，年轻力壮，一心想重振秦穆公的王霸之业。秦国自秦穆公之后，历代君王未有大的建树。春秋时势，逆水行舟，不进则退。秦国国力日渐见衰，一直到秦孝公的父亲秦献公时，国家才稍有起色。年轻的秦孝公决心继承父志，再振秦人雄风。他很快就接见了比他大七岁的商鞅。

秦宫中，几十盏松灯熊熊燃烧，空气中弥漫着一股松香。秦孝公开始听取商鞅的"强秦之策"。开讲前，卫鞅提出了请求，若要他开讲，至少得连续听三个晚上，三晚过后，再见分晓。秦孝公满口答应下来。一旁的景监见秦孝公答应了，不觉松了一口气，欣喜地看着卫鞅，鼓励他说下去。

商鞅开讲了，薄薄的嘴唇里面是三寸不烂之舌，不断地翕动着，他从黄帝讲起，接下是少昊、颛顼、帝喾、帝尧、帝舜。滔滔不绝，一个时辰过去，又一个时辰过去了。景监在帷幕外侍立着，但听卫鞅声音朗朗，丹田不衰，他从心眼里佩服：这公子真是舌辩之士啊！舌头打个滚，妙语连珠。

景监听不清商鞅到底讲了些什么，在他的感觉中，秦孝公毕恭毕敬，静静地倾听着，不敢打断，景监想：看来我景监举荐对了。不知不觉，景监感觉睡意袭来，就在这时，一阵奇怪的鼾声传来，景监一惊，慌忙进去，但见秦孝公在几上"呼噜呼噜"地睡着了，一旁的商鞅仍在讲着。

景监一脸茫然："卫公子，我君自登位以来，一心思强我大秦，白天食不知味，夜里辗转难眠。难道说，你强秦的第一步就是给我君催眠？"商鞅微微一笑："鄙人要的就是这效果！"

第二天，秦孝公一见景监，火就冒了上来："你举荐的是什么货色？令人烦。给他点盘缠，立刻离开我秦境，秦国不需要夸夸其谈的人！"景监一听，好些为难，摊开双手说："公子说他要的就是这效果。"

"给我催眠？"

"也许是吧，我君只有睡得好，精神好，最后才能明辨是非。"

"也罢，三晚见分晓，再撑两晚，不难。"秦孝公说。

第二天晚上，景监依然小心翼翼地侍立着，还好，一个晚上没有"呼噜"声，末了，只听秦孝公说："公子，你我是不是该歇息啦？"未几，就见商鞅走了出来，景监问："公子，今晚怎么不催眠啦？"

"不催眠也是鄙人要的效果。"

"怎讲？"景监问。

"昨晚我讲的是帝道，今晚讲的是王道，看来国君都不喜欢。"

"为何？"

"帝道是五帝时期的事，过去的事情无法再来，实行起来需要悠悠岁月；王道嘛，虽好些，也无法立竿见影。国君年轻，求功心切，需要的是立马见效的方略，明晚鄙人就给他讲霸道之策。"

第三天晚上，景监只听里面吵吵闹闹，不可开交，临了，只听秦孝公大吼一声："景监！"景监慌忙进去，"好好替寡人照顾商公子，不得有丝毫闪失！"孝公握着商鞅的手："公子一定教我！切记，切记！"依依惜别之后，秦孝公又在景监耳边悄悄说："公子若执意要走的话，就悄悄将他杀了，此人一旦离开秦国，未来必定成为我大秦王霸之业的死对头。"

连月来，秦孝公就在宫里听商鞅宣讲霸道之法。他们的关系越来越亲密，商鞅得到的赏赐也越来越多。终于有一天，秦孝公问："公子，这霸道之法就是好，可什么时候可以实行？"

"明天！"商鞅毫不犹豫地说。"好！"秦孝公爽快地答应。

三

一天，一月，春尽夏来，未见动静，商鞅终于忍不住向景监打听："国君说好立刻变法，怎么三个月过去一点动静都没有？""那次国君答应之后，第二天就在朝廷宣布，可满朝文武激烈反对！"景监右手食指戳着自己的额头，"满朝要是想不通，这变法的事就不好办，公子你还需耐心等待些时日。"商鞅只好耐心地等。

又是一年燕归来，秦孝公召见了商鞅，为难地说："公子，变法虽好，可那帮大臣闹得不可开交，那甘龙、杜挚竟联络满朝文武声称：一旦实行商鞅之法，他们就集体致仕。"秦孝公无比烦躁，"如今那些宗亲、大臣也联络起来，放出狠话，和你商鞅不共戴天！公子，你看如何是好？"

商鞅一听，轻蔑一笑说："主君，什么叫霸道之法？霸道、霸道，就是您孝公一人说了算！要是廷辩，辩到猴年马月，辩到孝公您万岁之后，他们还是想不通。他们这是在误大秦，误您王霸之业啊！主君您千万不可掉以轻心啊！"秦孝公一听有理，精神又振奋起来，"公子教我！"

"此事何难？主君只需授我权力，您的霸业想做到哪一步，授我的权力就到哪一阶，三年之内不可撤我的职，其他您不必过多操心。"商鞅话音刚落，秦孝公立刻授予他左庶长之职，给了他冠服，要他明日就来上朝。

第二天早朝，秦孝公当廷宣布任用商鞅变法。话音刚落，就见商鞅手捧宝剑出班，声若撞钟："大君有令，自即日起实行变法，满朝文武如有反对，严惩不贷！若有人自恃功高位尊，开口闭口致仕，误大秦之霸业，诛三族！"

商鞅放下秦孝公所赐佩剑，继续说："诸位都是公室贵胄，商鞅有一语奉劝，是龙你给我盘着，是虎你给我卧着，变法事大，诸位切莫以身试法！"众人见商鞅神色凝重，都将目光投射在太子身上，只有他和王上关系最亲最近，先让他来说吧。

太子出班，大声高喊："父亲切莫听信外邦小人之言，商鞅之法实乃毁我大秦之法。今后如若爵位都自军功出，哪里还有我宗亲之尊贵？王朝如果没有上下尊卑之序，如何令庶民听话，拼死为国效劳？"众人皆说有理。

"来人！将太子拿下！"两个侍卫奔跑上来，迟迟不敢动手。卫鞅迅步走下玉阶，一剑就向一个侍卫劈去，侍卫应声倒地，商鞅斩下他的人头："来人！将首级悬在午门，将王子也绑在午门外，一并示众！"侍卫哪敢怠慢，提着人头，拉着太子匆匆而去。

商鞅接着说："我商鞅第一天上任，杀太子不吉。可这太子傅和太子师教导无方，罪不可免。来人，将太子傅公子虔和太子师公孙贾拿上来！"侍卫将公子虔和公孙贾推了上来，商鞅也不多言，立刻宣布："公子虔黥刑；公孙贾刖刑！"众人一听皆大惊失色，景监匆匆过来，对着商鞅耳语："孝公有话对你说。"

商鞅跃上玉阶，就听秦孝公悄悄说："公子，这刑法未免太苛。"

"叫我左庶长，"商鞅的话铿锵有力，"我今天就是给孝公您做个榜样，什么叫霸道！"

"左庶长，要是这满朝文武致仕不合作，寡人可就毫无退路。"

"变法一旦实行，就无退路！"

"这样，寡人只能将你罢免。"

"孝公，请您谨记，三年内不能撤我的职。"商鞅目光炯炯，毫不退让，说着走下台阶，大声说："将公孙贾捆上木凳，本人亲自动手，给你们做个榜样。"满朝文武皆别过脸去不敢看。真乃一鹰入林，百鸟压音，朝堂无人敢再多言。只听一声惨叫，公孙贾昏死过去，两只脚掉了下来，一地鲜血狼藉，有人吓得跌坐在地，屎尿都出来了。

青山遮不住，毕竟东流去。几天后，都城贴出了变法的文告。文告说："秦国将推行新法，千秋万代人人皆可获利。如有不信，试试这根木头！有谁能把这根木头从南门扛到北门去，立赏黄金十镒。"

文告前面人山人海，人们议论纷纷，要变法啦！是真变还是说说而已？人们本就将信将疑，令人百思不得其解莫过于扛一根木头赏十两黄金，转眼间就暴富起来，岂非痴人说梦！？多少壮汉跃跃欲试："闲着也是闲着，试试何妨？"可就是没有人愿意动手，他们知道扛也是白扛。

"到时候黄金拿不到手，倒成为他人的笑柄，何苦来着！"

"自古'直木先伐，甘井先竭'，谁先出头必没好下场！"

两天之后，文告改了，十镒改成了五十镒。这一下更没有人信了。木头边卧着一个流浪汉，衣衫褴褛，脸有菜色。有人怂恿说："乞丐，躺着干吗？动手扛扛，转眼间你就不用讨饭了。"汉子从地上爬起，有心一试，却不敢动手，人穷志短，马瘦毛长，五十镒金子啊！一辈子都不愁吃喝！幸福来得太突然，物违常理便是妖！汉子伸出的手缩了回来，不干了。

"你怂包！怂包！""怂人胆，钱来壮！""钱，钱！""五十镒金子啊！"

汉子被激得脸红耳赤："扛就扛。"立起身来，将木头往肩上一搭，轻轻松松就向北门走去。千人跟，万人随，大家都想看看天上掉下来的馅饼是如何将这汉子砸死的。

人善人欺天不欺，刚到北门，就见左庶长商鞅阔步迎了上来，手里拎着一袋黄金，笑眯眯地走过来。汉子放下木头，商鞅拍着他的肩膀说："来，好样的！这金子是你的啦。"

"长官，这玩笑开大了吧！您只要给我一顿饭就行，这么多金子我可不敢要。"

"这可不是玩笑！文告上明明白白写着的。这金子你拿去先安个家，你有这把力气，好好干，保准你发家致富！"汉子千恩万谢地走了，众人看他幸福到云端的样子，都惊呆了，有人捶胸顿足，有人号啕大哭，后悔失掉这个好机会。更多的人都说这左庶长是个言而有信的人，看来这变法是真的！

三杯吐然诺，五岳倒为轻。信者，国之大宝。

四

新法颁布，迅速铺开。无利不起早，千里秦川紧张起来，个个朝着利而来，一时间不见懒散的人，耕种的耕种，习武的习武。有人说好，有人说不好，赞扬声夹杂着咒骂声铺天盖地而来，不久，咒骂声压过了赞扬声。左庶长的官邸一日几十报，一惊一乍，俨然要将官邸掀翻。卫鞅内心如明镜一样，明白他的新法触犯了哪些人的利益。

变法首先是"废井田、开阡陌"，废除领主对土地世袭的特权。承认土地私有，允许土地自由买卖，允许人们开荒，招募无地农民到秦国开荒。赋税则按照各人所占土地的多少来平均负担。此后，秦国虽仍拥有一些国有土地，如无主荒田、山林川泽及新占他国土地等，但后来又陆续转向私有。

新法规定，生产粮食和布帛多的，可免除本人劳役和赋税，以农业为"本业"，以商业为"末业"。因弃本求末或游手好闲而贫穷者，全家罚为官奴。凡一户有两个儿子，到成人年龄必须分家，独立谋生，禁止父子兄弟（成年者）同室居住，以利于增殖人口，征发徭役和户口税。

新法规定，宗室没有军功不得列入公族簿籍。新法制定了二十级爵：一级曰公士，二级曰上造，……十九级曰关内侯，二十级曰彻侯。将卒在战争中斩敌人首级一个，授爵一级，可为五十石之官；斩敌首二个，授爵二级，可为百石之官。各级爵位均规定应占有田宅、奴婢的数量标准和衣服等次。

新法还统一了度量衡，焚烧妨碍变法的诗书。

夜已阑，露清风细，月影透入窗棂。商鞅累了，哈欠连连，自新法实施以来，遭遇重重阻力，反对最烈的是公室与世卿。商鞅每天几乎要批阅成车的奏报简牍。东方已经泛白，他拿起最后一份简牍。"又是邑斗，邑斗！"那是咸阳公室与世卿为争夺土地、财产，发生械斗。商鞅因此而气得浑身直哆嗦，将奏报摔在地上，竹简落散一地。

气过之后，他将那竹简一片片捡起，丢进火炉，火苗熊熊燃烧起来。变法以来，他已经连续处理了十多桩"私斗"，严惩了三位宗叔、八位宗子，还有十来位世卿。他们都是嬴秦的宗亲，干城干国之臣。景监已经多次传达了孝公的旨意："不可轻罪重惩，损伤宗室元气。"商鞅认为："轻罪重惩"可以使轻罪者不再重犯，也可儆诫重罪者。他依然我行我素，加大刑罚。为阻止违法者，他实行了户籍制与连坐法：居民以五家为"伍"、十家为"什"，登记并编入户籍，责令互相监督。一家有罪，九家必须连举告发，若不告发，则十家同罪连坐。不告奸者腰斩，告发"奸人"的与斩敌同赏，匿奸者与降敌同罚。商鞅同时规定，旅店不能收留没有官府凭证者住宿，否则店主也要连坐。

孝公派景监带人到民间私访。景监回来之后说："民间怨声载道。"秦孝公召见了商鞅，将情况告知了他。最后对他说："自变法以来，我与公卿世家离心离德，如今民间又怨气鼎沸，我想变法这事还是先停一停吧。"

变法方几月，商鞅已经成为万人同声、千夫所指的恶人，他尝到了遍地都是仇人的滋味，也尝到了权力的快感。"臣已经说过，变法一旦开始就不能停。这等事就如王八咬住手指头，甩都甩不掉的。"商鞅语气坚决，神色淡定，"臣想，这千里秦川的父老千百年来，日有三餐便已心满意足。如今不同了，为了开荒垦地起早贪黑；为了建立军功，不得不督促子弟起五更练习骑射，这军功可是得用性命去搏、去换，练兵千日用兵一朝。每天一身汗一身泥，摔得浑身是伤，能不怨声载道吗！"

"大君，话说回来，怨气归怨气，请您看看今年的征税表。"商鞅一边说，一边将一份报表呈现给孝公。孝公接过一看，眼睛顿时变得明亮起来："今年的赋税比去年翻了一倍？"那语气明显地透着惊喜。

"不，翻了一倍三成。大君，您想想，千百年来这老百姓习惯父子同居交一份税，如今拆大家为小家，按人丁收税，他们能不生怨吗？如今他们田地多了，收成多了，可他们不晓得地多收成多得多缴税。如果不用重典严惩，他们就会变成一伙不知回报君恩的刁民。"秦孝公连连点头称是。

三年之后，秦国仓廪充足，财富丰殷，民善征战，国力大变。尽管朝野依然有骂变法的，景监私访回来说，民间已经习惯了变法，有不少人赞扬新法。

秦孝公七年（前355），孝公与魏惠王在杜平会见，结束了秦国长期被看不起，不与中原诸侯会盟的被动局面。

五

秦孝公八年（前354），秦国与魏国在元里交战，取得胜利，报了魏惠王当年欲杀他之仇。

秦孝公十年（前352），秦孝公任命卫鞅为大良造，位极人臣。孝公令卫鞅率兵包围了魏国安邑，安邑归服了。

秦孝公十二年（前350），修造咸阳城，筑起了公布法令的门阙，秦国迁都到咸阳。把小乡小村合并为大县，全国共有四十一个县。县设县令以主县政，设县丞以辅佐县令，设县尉以掌管军事。开辟田地，废除了井田制下的纵横交错的田埂。这时秦国东边的地界已经越过了洛水。

秦孝公十四年（前348），开始制定新的赋税制度。此时，新法"行之十年，秦民大悦，道不拾遗，山无盗贼，家给人足；民勇于公战，怯于私斗，乡邑大治"。

秦孝公十九年（前343），周天子赐予秦国"霸主"的称号。

秦孝公二十年（前342），诸侯都来祝贺。秦国派公子少官率领军队与诸侯在逢泽会盟，朝见天子。秦国犹如芝麻开花节节上升，呈现可喜的势态。

秦孝公二十二年（前340），孝公命商鞅攻打魏国河东地区，魏国派大将军公子卬率兵前来迎敌，两军在雁门驻扎下来。

商鞅年轻时在魏国与公子卬有交情。他写了一封信，派人送给公子卬，信中说："遥想当年的友谊，真不忍心与老朋友在战场上兵戎相见，愿与公子痛痛快快地喝几杯酒，然后各自撤兵，使两国相安无事。"

公子卬接信，无比欣喜，卫鞅年轻时在魏国，公子卬与他曾同在宰相公叔痤门下，公子卬也曾力劝魏王重用卫鞅，魏王不听，商鞅欲入秦，公子卬赠送他百金，告诉他入秦后可去找景监。回想往事，善良直率的公子卬以为商鞅没有忘故，决定前往会盟签署和约，副将魏错劝阻说："秦乃夷狄之邦，虎狼之国，素无信义，切切不可去！"公子卬不听，带了若干随从前往，刚进秦营，突然间马失前蹄，连人带马陷入深坑。秦军镰钩手将他搭起，绑在后营，商鞅令将公子卬直接押送秦国。

第二天，商鞅乘着魏军失主帅，令任鄙、乌获带领公子卬的部下赚开城门，占领了吴城，这一战几乎全歼魏军。此后，魏国不堪再战，商鞅因此连升四级，秦孝公授予他彻侯的爵位，并赐给他商、于之地十五个邑，从此卫鞅号称"商君"，也称"商鞅"。商鞅在秦国的地位已经无以复加。

秦孝公二十二年（前338），商鞅五十二岁，他觉得有点累，想歇歇。有一次，他遇到大臣赵良，受邀来到赵府，两人平日无所不谈，赵良借着几分醉意说："你平日里刻薄寡恩，得罪了权贵；运用权力来变法，百姓怕你，这不是平安长寿的做法。"说着指着桌子上的一盘红彤彤的虾说："人世间，有时候大红之时便是大悲之日！你的寿命不永啊！你为何不放弃权力，归还十五座封邑，到乡下去浇灌菜园，劝说秦王多做好事：提拔被埋没的贤能、赡养老人、抚恤孤儿、尊敬长辈、礼遇功臣、尊崇有德之士？这样可以使你稍微安全一点。一旦秦孝公驾崩，就是你死期来临之日。"

五个月后，秦孝公死去，太子驷即位，是为秦惠文王。太子师公子虔告发商鞅意欲谋反，秦惠文王下令逮捕商鞅。商鞅闻讯，仓皇出逃。

满目荒凉风飒飒，抬望眼树树悲凉，枝枝冷落，日暮一团萧索，归鸟巢林叫叽喳。商鞅与两个老仆来到边境，好不容易找到一家客栈，老板对他说："对不起，商君定下了法律，入住客人没有身份证明，连我这老板也要一起治罪。"商鞅一听，不觉仰天哀叹："天那，苛法竟然厉害到这种程度！"他不敢住店，连夜逃往魏国。

浓云密布锁天关，雪大疯狂扑面旋。此时的商鞅又冷又饿，人迷惘，路漫长，失时的凤凰类山鸡，倒运的山虎如癞犬。一夜工夫，商鞅跌得鼻青脸肿，青丝全成了白发。他好不容易挨到天明，不曾想，刚来到关门口就被魏人抓住。商鞅内心窃喜：魏国到了，如今自己可是名震列国的大人物，在魏国找几个故友是不难的。遗憾的是，魏人因为商鞅背信弃义，抓了公子卬，又是秦国的通缉要犯，拒绝接纳他，将他驱逐出境。

青山依旧，绿水长流，天地间的一切就如往日一样，可商鞅觉得自己就如笼子里的鸡、池子里的鱼，竟无处可去。这般滋味这般愁，平日里脑袋最灵光的他，此时竟无计可施，惶惶然如丧家之犬往回走。这一日来到一座祭台，一看是"白帝台"，秦人祭的是白帝少昊。商鞅一时又饥又渴，就在台下歇息下，不知不觉间睡去。也不知睡了多久，一觉醒来，浑身清爽，疲劳全消，商鞅好生诧异。

商鞅逃回自己的封邑，纠集起一帮人马准备抵抗，很快就被秦惠文王的大兵击破。商鞅狼狈向东逃亡，路上被擒获杀死，也因此坐实谋反罪名。秦惠文王对大臣说："各位不要像商鞅一样造反！"下令将商鞅的尸体车裂，又灭了商鞅的家族。

商鞅死了，但新法没有死。秦国变法近二十年，百姓已经习惯了新法。秦国已经无法退回去。

第五节　秦惠文王、秦武王与张仪

一

商鞅变法后富强起来的秦国不断对周边进行蚕食。这一时期列国间展开了合纵连横的外交与军事斗争。"南北向"称为"纵"，"东西向"称为"横"。秦国位于西方，齐、楚、燕、韩、赵、魏六国位于其东。六国结盟为南北向一起对抗秦国，称"合纵"；六国分别与秦国结盟为东西向，称"连横"。一批对当时列国间的政治形势非常熟悉，善于辞令和权术，从中获取功名利禄的说客应时而生，史书上称他们为"纵横家"，张仪就是其中最出色的一个。

张仪曾经在鬼谷子门下学习过纵横之术，学业有成之日，前往楚国谋取功名，在楚国令尹昭阳的门下做门客。这一天，昭阳寿辰，在家中大宴门客。但见令尹府内腾腾喜气，后院中一亭锦翠，鸟语花香。令尹领着一班文武看罢夭桃看艳李，观罢百花听歌唱。见众人已有几分微醉，张仪乘兴上前祝寿，"令尹大人，增爵增禄增福寿，寿长寿永寿常生；生文生武生贵子，子贤子孝子孙荣；荣华到老重重喜，喜的是福如东海永长宁！"令尹一时高兴，问："新来的张仪吧？来，赏一卮酒！"

看大家玩得高兴，令尹也想考考张仪之才，于是吩咐家人捧出家中的和氏璧，让大家观赏，张仪乘着酒兴，跃上石凳，口若悬河，滔滔不绝，把那和氏璧的来龙去脉讲得头头是道，众人齐声喝彩，令尹又赏了张仪一卮酒，张仪不知不觉醉倒在石凳边。

这时候大家一齐涌上来看和氏璧，你传我，我传你，不知怎么回事，傍晚时分和氏璧竟不见了。和氏璧是令尹府中的镇府之宝，那令尹昭阳总理朝纲，权倾朝野，袖里乾坤怀中日月，想不到竟有人敢在府中盗宝，一时怒发冲冠，喝令关闭府门，一定要查个水落石出。两个时辰过去了，相府众人里里外外查了个遍，那和氏璧却如人间蒸发般无影无踪。这时候就有人指着醉倒在地的张仪说："一定在这新来的穷光蛋身上！"令尹一听，大为光火，喝令痛打张仪。

张仪微睁醉眼，见棍棒劈头而来，一时间吓得魂不附体，体战神慌，尽管他矢口否认盗了宝玉，但无济于事，几十棍子下来，张仪皮开肉绽昏死在地。令尹怒气未消，吩咐老园丁道："明天一早拖出去埋了！"烛光月影之下，老园丁发现张仪一息尚存，遂于次日寻了两个厚道的人将张仪送回魏国老家。

张仪一路昏睡不醒，一口冤气撑着半条性命，不由内心幽怨：秦楚两国龙争虎斗，我张仪有心献策成就楚国万里江山千百年，无奈这楚相疑神疑鬼又疑仙，这如今落得浑身伤残，有何面目回去见夫人？正想着，就听嘤嘤鸟鸣，张仪好不容易睁开眼睛，就见一小娘子伏在自己的身边大声号啕，那正是自己的妻子。窗外，鸿雁哀哀鸣碧天，远处，箫韵悠悠生凄凉。张仪终于憋出了一句话："小娘子，看看我的舌头还在不在？"妻子又惊又喜："在，在！不在哪能说话？""在就好，在就好，只要三寸舌头不烂，我张仪总有一日要拜相封金来见你。"

二

秦惠文君六年（前332），魏国把阴晋割让给秦国，秦将阴晋改名为宁秦。

秦惠文君七年（前331），秦与魏作战，俘虏了魏将龙贾，斩首八万。

秦惠文君八年（前330），魏国把河西之地割让给秦国，这样，秦国又扩展了不少地方。

当时，张仪的同门师兄苏秦在赵国为相，正在"合纵"抗秦，由于六国信心不足，游移不定，盟约还没有缔结，苏秦需要有一个人在秦国助他一臂之力，他想到了老同学张仪，于是派人去悄悄劝说张仪前来投奔。

张仪在家休养时日，伤病刚有好转，这一日从榻上爬起，但见东风扫落红乱纷纷铺满阶下。张仪舒展着浑身筋骨，这时候就接到苏秦的邀请书，不觉心花怒放，赶紧活动着嘴里的舌头，第二天就收拾行李启程，兴冲冲地赶往赵国。

来到赵国邯郸，张仪递上名帖，苏秦接见了他。一见面，苏秦就勃然作色说："张仪，你我同师鬼谷子时，你那么有才，如今却这样落魄，我苏秦门下不需要你这样穷愁潦倒的人物，来人！"随着一声吩咐，仆人端来了给下人的饭菜，"吃了饭你立马走人，别在这里丢人现眼。"

张仪好不委屈："我张仪此番来到，难道不是你苏秦邀请的吗？"

"我后悔了，我苏秦搞的是合纵抗秦，你张仪搞的是连横吞并六国，你我道不同不相为谋。"说着立起身来，令人将张仪赶了出去。张仪又羞又怒，本想投奔旧交，背靠大树好乘凉，想不到竟无端招来如此羞辱，一气之下，想到各国诸侯中只有秦国才能威胁赵国，于是便前往秦国。

张仪走后，苏秦又暗中派人资助张仪到达秦国，帮助他见到秦惠文君。秦惠文君十年（前328），秦惠文君用张仪为客卿，与他共商攻打各国诸侯的大计。这时，帮助张仪的人才说明苏秦当年故意激怒张仪，为的是他今后有更好的发展的良苦用心。

张仪一听，不觉跌足道："这些权谋本来都是我研习过的，我却没有察觉到，我没有苏兄高明啊！如今我刚刚被任用，请替我感谢苏兄，苏兄当权之时，我张仪不敢奢谈攻赵啊！"

三

秦惠文君十年（前328），秦惠文君派遣公子华和张仪渡黄河，攻占了汾阴、皮氏。秦惠文君与魏惠王在应邑会盟，秦军乘机包围了焦城，焦城也归降了。张仪劝说秦惠文君把占领的土地归还魏国，又派公子繇到魏国去作人质。

秦惠文君听从了张仪的建议，张仪又趁机劝说魏惠王道："秦国对待魏国如此宽厚，魏国不可不以礼相报啊！"魏惠王觉得有理，就把上郡十五县和少梁献给秦国，用以答谢秦惠文君。秦惠文君大喜，于是任命张仪为相邦（古代官名），位居百官之首，参与军政要务及外交活动。

秦惠文君十三年（前325）农历四月，魏惠王、韩宣惠王为了对抗秦国，互尊为王。于是，秦惠文君派张仪为将，讨伐并占领了魏国的陕（今河南陕县），把那里的魏人全部交归魏国，并命张仪在当地修筑了上郡要塞。

秦惠文君十四年（前324），张仪拥戴秦惠文君正式称王，更年号为秦惠文王元年，秦国国势日益强盛。

秦惠文王二年（前323），秦惠文王派张仪和齐、楚两国的相国在啮桑（今江苏沛县西南）会盟。回来之后，为了实施"连横"战略，张仪决定暂不任秦相，他与秦惠文王相约，由自己先去魏国任相，设法使魏国首先背离合纵之约，与秦国结好。

到了魏国，张仪向魏惠王说："如今六国想合纵，谈何容易？就算是亲兄弟都会争夺财产，更何况六国各有各的心思，同盟不可能长久。魏国处于各国包围之中，地势平坦，无险可守，只有依靠秦国，才能保证安全。"魏惠王虽然觉得有理，但没有采纳他的建议。张仪于是暗告秦王发兵攻魏。张仪采用软硬兼施、打拉结合等各种手段，魏王终于背弃合纵之约，转而与秦国结盟。

秦惠文王六年（前319），魏惠王去世，魏襄王即位。张仪又劝说魏襄王附秦背约，魏襄王也不听从。于是，张仪暗中让秦国攻打魏国。魏国和秦国交战，魏国战败。

秦惠文王七年（前318），韩国、赵国、魏国、燕国、齐国率领匈奴人一起进攻秦国，秦国还击并打败了韩国申差的部队，斩首八，诸侯们见状，皆震惊惶恐不已。

秦惠文王八年（前317），张仪再次游说魏襄王退出合纵盟约，臣事秦国。于是，魏国宣布退出南北合纵，请张仪担任中间人与秦国和解；张仪回到秦国，重新出任国相。秦惠文王九年（前316），秦惠文王派遣张仪、司马错救援苴国和巴国，趁机吞并了蜀国。张仪贪图巴国和苴国的富饶，又攻取了巴国，擒获了巴王，设立巴郡、蜀郡和汉中郡，将三郡土地分为三十一县，并在江州筑城，秦国国土越来越大。

秦惠文王十一年（前314），魏国又背弃了秦国加入合纵盟约。秦国就出兵攻打魏国，夺取了曲沃。秦惠文王更元十二年（前313），魏国再次臣事秦国。

四

秦惠文王十二年（前313），秦国想要攻打齐国，但忧虑齐、楚两国已经缔结了合纵联盟，恐难取胜，于是派张仪前往楚国游说楚怀王。楚怀王听说张仪前来，亲自安排他的住宿，又谦虚地说："楚国是个偏僻鄙陋的小国，欢迎先生多多指教。"

张仪对楚怀王说："大王如果真要听从我的意见，就和齐国断绝往来，解除盟约，我请秦王献出商於（今河南省淅川西南）一带六百里的土地，让秦国的美女来服侍大王，秦、楚之间娶妇嫁女，永远结为兄弟国家，这样既可削弱齐国，秦楚也相安无事，没有比这更好的策略了。"

楚怀王非常高兴地应允了张仪。大臣纷纷向楚怀王祝贺，唯独陈轸出班奏道："大王万万不可轻信张仪的话，张仪乃反复无常的小人，大王不可因此坏了齐楚之盟。"

楚怀王说："陈先生不必多言，你就等着我接收商於之地吧。"于是，楚国宣布和齐国断绝关系，废除齐楚盟约，而且把楚国的相印授给了张仪，并馈赠了大量的财物，同时派了一位将军跟着张仪到秦国去接收土地。

楚国暮春三月，江南草长，百花齐放，群莺乱鸣。张仪与楚使一路自楚向秦而来，进入秦境，此时冰雪方才消融解冻，一路寒冷彻骨，手脚酥麻，马车碾过雪水。眼看咸阳近了，也许是连日车马劳顿，张仪一不小心从车上摔了下来，回到秦国竟三个月无法上朝。楚怀王得知消息，内心嘀咕："张仪是因为我与齐国断交还不彻底吧？"立马就派勇士到宋国借了符节（中国古代朝廷传达命令等的一种凭证），到齐国当庭辱骂齐宣王，使者气势如彗星袭月，白虹贯日，把齐宣王彻底激怒了，齐宣王当庭斩断符节，宣布与楚国绝交，遂又与秦国结盟。

秦、齐建立了邦交之后，张仪方才前来上朝。一见楚国使者，立刻眉开眼笑地说："我有秦王赐给的六里封地，愿把它献给楚王。"楚国使者见张仪三寸舌头舒卷间掀起了秦、楚两国风云，立时拉下脸来，正色地说："我奉楚王的命令，来接收的是商於六百里之地，不是六里。""我的封地只有六里，哪来六百里？"张仪翻手为云，覆手为雨。

楚使怏怏地返回楚国，把张仪的话转告了楚怀王，楚怀王这一怒非同小可，立时兴兵攻打秦国。秦、齐联军立马敲响了反击的战鼓，战马好似湘妃出洛浦，挥袖拱袂，很快就夺取了丹阳、汉中的土地。楚国不甘心，又派出更多的军队去袭击秦国，结果一败涂地，楚国不得不又割让两座城池和秦国缔结和约。

秦惠文王十四年（前311），秦国要挟楚国，想以武关以外的土地交换楚国的黔中一带的土地。楚怀王说："我不交换土地，只要得到张仪，我愿献出黔中地区。"

张仪自告奋勇请求出使楚国。秦惠文王说："楚王恼恨先生背弃商於土地的承诺，这是存心报复你，你可得当心！"张仪说："大王不必担心，我自有办法。"张仪孤身仗胆启程，提三尺剑来到楚国，先以财宝贿赂了楚国大夫靳尚，再去拜见楚怀王。楚怀王一见张仪，二话不说，立刻下令在午门架起鼎镬，要煮死张仪。众大臣皆拍手称快，只有靳尚出班奏曰："煮死个张仪举手之劳，问题是如何对付张仪背后的秦国？大王，为今之计，不如先把张仪囚禁起来，再和秦国索要商於之地。"楚怀王听从了靳尚的建议。

靳尚接着又来见楚怀王的宠妃郑袖。郑袖生性嫉妒。靳尚对她说："您岂知道您将被大王鄙弃吗？"郑袖问："为什么？"靳尚煞有其事地说："秦王为搭救被囚禁的张仪，准备用上庸（今湖北省竹县西南）六个县的土地贿赂楚国，再把美女嫁给楚王，用秦宫的美女做陪嫁。楚王重色，喜新厌旧，到时候就会冷落了夫人。不如替张仪讲情，使他从囚禁中释放出来，这样秦国就无计可施。"

郑袖于是日夜缠着楚怀王，哭诉说："大王若杀张仪，秦王怒，必定出兵攻打楚国。如今我楚国打不过秦国，我请求让我们母子都搬到江南去住，不要让秦国像鱼肉一样地欺凌屠戮。"楚怀王一听也觉得有理，后悔囚禁了张仪，于是赦免了张仪，像过去一样优待他。

张仪出来不久，又游说楚怀王。他向楚怀王提出：秦国可以不要黔中之地，他将请秦王派太子来楚国做人质，楚国派太子到秦国做人质，把秦王的女儿作为侍奉楚怀王的姬妾，两国永结兄弟邻邦，不相互打仗。楚怀王觉得可行。三闾大夫屈原反对说："前次大王被张仪欺骗，大王准备用鼎镬煮死他，如今释放了他，又听信他的邪妄之言，这可不行。"楚怀王不但不听，反而将屈原贬出朝廷。

楚怀王最终答应了张仪的建议，这样，继魏国之后，楚国也背离了"合纵"而与秦国"连横"结盟。

五

不久，张仪离开楚国并马不停蹄来到韩国，韩宣惠王设宴招待了张仪。张仪借机游说韩宣惠王说："韩国地势险恶，大王不归附秦国，秦就会发兵占据宜阳，截断韩国的上党地区，再东取成皋、荥阳，那么鸿台之宫、桑林之苑就不再属于大王所有了。要是阻塞了成皋，截绝了上党地区，那大王的国土就要被分割了。早归附秦国就安全，不归附秦国就危险。如果制造的是祸端却要想得到福报，计虑粗浅，结怨很深，违背秦国而顺从楚国，要想国家不亡，那是不可能的啊。"

韩宣惠王被张仪的一惊一乍唬住了，于是向张仪求教。张仪接着说："所以大王还不如替秦国效劳。秦最大的希望是削弱楚国，而最能削弱楚国的就是韩国。这不是因为韩国比楚国强大，而是由韩的地势所决定的。现在大王向西臣事秦国，进攻楚国，秦王必然高兴。攻打楚国既有利于韩国扩大领土，又转移了祸患，并取悦了秦国，没有比这更好的主意了。"韩宣惠王听从了张仪的主意。

张仪几个月间游说魏国、楚国与韩国，均获成功，三寸舌头胜似百万雄师，回到秦国，秦惠文王赐给他五座城邑，并封他为武信君。

同年（前311），秦惠文王又派张仪向东去游说齐国。张仪对齐湣王说："天下强大的国家没有超过齐国的，大臣及其父兄兴旺发达、富足安乐。然而，那些替大王出谋划策主张合纵的人，都是为了暂时的欢乐，不顾国家长远利益之人。如今秦、楚两国嫁女娶妇，结成兄弟盟国。韩国献出宜阳（今河南洛阳宜阳县），魏国献出河外，赵国在渑池朝拜秦王，割让河间（今河北沧州河间市）来奉事秦国。假如大王不臣事秦国，秦国就会驱使韩国、魏国进攻齐国的南方，赵国的军队全部出动渡过清河（今河北邢台清河县），直指博关（今山东茌平县）、临淄（今山东淄博市临淄区），即墨（今山东青岛即墨区）就不再为大王所拥有了。国家一旦被进攻，即使想要臣事秦国，也不可能了，因此希望大王仔细地考虑它。"

齐湣王听后频频点头说："齐国偏僻落后，地处东海边上，不曾听到过国家长远利益的道理，幸有先生指教。"于是答应了张仪的建议。

张仪离开齐国，又来到赵国，游说赵武灵王说："赵国大祸临头了！"赵武灵王忙问何故。张仪说："如今秦国相约齐国、韩国、魏国的军队，准备进攻赵国。我张仪不敢隐瞒，已经先把情况告知大王的左右。如今，我私下替大王考虑，不如与秦王在渑池会晤，面对面，口头做个约定，请求按兵不动，不要进攻。希望大王拿定主意。"赵武灵王答应了张仪的建议。

张仪接着匆匆又向北赶到燕国，游说燕昭王："大王最亲近的国家，莫过于赵国。赵襄子凶暴乖张，六亲不认，大王是早有体会见识的，还能认为赵国可以亲近吗？赵国出动军队攻打燕国，两次围困燕国首都，劫持大王，大王还要割让十座城池向他道歉。如今，赵国已经献出河间一带土地臣事秦国。如今大王若不臣事秦国，秦国将出动军队直下云中、九原，驱使赵国进攻燕国，不久易水（今河北省西部）、长城（今河北省保定市徐水区），就不再为大王所拥有了，希望大王仔细地考虑这个问题。"

燕昭王听信了张仪的建议，说："我就像蛮夷之徒一样处在落后荒远的地方，这里的人即使是男子汉，也仅仅像个婴儿，他们的言论不足以产生正确的决策。如今，承蒙先生教诲，我愿意西向奉事秦国，献出恒山（今河北省阳县西北）脚下五座城池。"

秦惠文王十四年（前311）是张仪外交最成功的一年，六国由原来"合纵抗秦"全部变成了"连横事秦"，这为秦国统一六国奠下了基础。马车载着张仪，张仪满怀成就返回秦国。眼看到了咸阳，远处可见缕缕炊烟，天色昏暗下来，空中只留下丝丝余晖。这时传来了秦惠文王去世的消息，张仪一听，当场晕厥过去。

六

秦惠文王驾崩之后，秦武王即位，韩国、魏国、齐国、楚国、赵国都归服秦国。

秦武王做太子时就不喜欢张仪，很多大臣心知肚明，他们乘机诋毁张仪，说："张仪不讲信用，反复无定，出卖我秦国，以谋图国君的恩宠。秦国若再任用他，恐怕被天下人耻笑。"列国听说张仪和秦武王感情上有裂痕，纷纷背叛了连横联盟，又恢复了合纵。秦武王元年（前310），大臣们日夜不停地诋毁张仪，上奏的简牍如雪片飞来，而齐国竟又派人来责备张仪。

张仪内心害怕起来，不久前他游说六国，一手可以遮天，六国君主见他时皆毕恭毕敬，转瞬之间便千夫所指。他怕落得商鞅车裂的下场，就对秦武王说："我有个不成熟的计策，希望献给大王。""什么计策？"秦武王问。

张仪说："为秦国着想，大王若想从列国割取更多的土地，必须使东方各国发生大的变故，我听说齐王特别憎恨我，不管我到哪个国家，他都一定会出动军队去讨伐那个国家。故此，我希望让我这个不成才的人到魏国去，齐国必然会出动军队去攻打魏国。魏国和齐国的军队在城下混战，谁都没法回师离开，大王可利用这个间隙攻打韩国，打进三川，直接挺进，兵临周都，周天子一定会献出祭器。大王就可以挟持天子，掌握天下的地图户籍，这可是成就帝王的功业啊。"

秦武王不由内心赞叹：这张仪确实是盖世奇才，到了这时候还能有这样的奇计，真是虎死不倒架啊！他为张仪配备了三十辆兵车，大张声势地把他送到了魏国。齐湣王听说张仪在魏国，果然出动军队攻打魏国，魏襄王很害怕。张仪说："大王不要担忧，我可让齐国罢兵。"张仪于是派遣他的门客冯喜到楚国，再借用楚国的使臣来到齐国。

楚国使臣对齐湣王说："大王您特别憎恨张仪，可如今这局面也是大王您自己惹的。"齐湣王说："我憎恨张仪，张仪在什么地方，我一定出兵攻打什么地方，我惹什么啦？"使臣把事情的来龙去脉一五一十讲了，末了说："张仪希望您恨他，您果然恨他；张仪来到魏国，您果然派兵攻打魏国。您疲惫本国去攻打魏国，魏国和您有邦交关系，您不顾邦交，四处树敌，必有祸患殃及自身，这正是张仪希望的。"齐湣王觉得使者说得不无道理，就下令撤军。魏哀王见齐国果然撤军，很是信任张仪。遗憾的是，张仪出任魏国相国一年以后，于秦武王二年（前309）死在了魏国。

张仪虽然死了，他两任秦相期间，分化合纵，蚕食列国领土，攻克巴蜀，使秦国的领土几乎扩大了一倍，为秦国最终统一天下奠定了厚实的基础。

七

早在秦惠文王时，张仪就献了一个称霸中原的计谋：秦军东进中原，先取韩国军事重镇、周都洛邑的门户——宜阳（今河南省宜阳县西），以宜阳为跳板，控制东西二周和周天子，以据有九鼎为象征，挟天子而令诸侯，这样就可以建立中原霸主的伟业。由于当时秦惠文王为巩固后方，集中兵力灭蜀，因此暂时把张仪之计搁置一旁。如今轮到秦武王来完成。

秦武王身高体壮，勇力超人，重武好战，常以斗力为乐，凡是勇力过人者，他都提拔为将，置于身边。乌获和任鄙以勇猛力大闻名，秦武王就破例将之提拔为将，给予高俸厚禄。齐国人孟贲，力大无穷，勇冠海岱，陆行不怕虎狼，水行不避蛟龙，一人同时可制服两头野牛，听说秦武王重用天下勇士，遂赴咸阳面见秦武王，被任用为将，与乌获、任鄙享受同样的待遇。

秦武王即位后，已经灭蜀，后方巩固，国力正盛，秦武王欲对外征伐，想起了张仪从前的话，他对右丞相樗里疾、左丞相甘茂说："寡人生在西戎，没有到过周都洛邑，不知中原怎样繁华。寡人渴望有一天能驾车进入周王畿游历，目睹天子重器九鼎。若能如愿，死也心甘。不知二位，谁能为寡人伐宜阳，进中原？"樗里疾回答："韩国宜阳城坚兵精，路远道险，倘若魏、赵二国出兵救宜阳，秦军孤军深入险境，一旦失利，后果不堪设想。"

秦武王听后闷闷不乐，这时，甘茂奏曰："征伐韩国宜阳，首先必须拆散韩、魏联盟，只要魏国愿意助我秦国，赵国就不可能越过魏国前来救援韩国，韩国一旦被孤立，宜阳就很可能被秦军攻破。"秦武王大喜，即派甘茂出使魏国。甘茂以共享伐韩的利益相诱说，与魏王建立了联盟。甘茂担心武王在伐宜阳期间听信樗里疾的话而变卦，特意派副使向寿前来报告武王，说："魏王同意与秦国共同征伐韩国。虽然如此，还是不伐宜阳为好。"武王听后，莫名其妙，亲自赶到息壤来见甘茂，问其缘故。甘茂说："宜阳城池坚固，兵精粮足。秦军远涉千里来攻宜阳，绝非朝夕能够奏效。如果时间过长，必然有人在大王面前说三道四，大王若听信小人的话，臣攻宜阳不仅不能成功，还要落得身败名裂的下场。"秦武王坚定地说："寡人决不听小人的话，为使你无后顾之忧，愿与你定息壤之盟。"君臣当面签订盟约之后，甘茂遂领兵五万攻宜阳，持续五个月，始不能攻克。右相樗里疾对秦武王说："秦军攻打宜阳城已近半年，锐气大丧，硬挺下去，恐怕形势不利我国，不如班师为好。"秦武王于是派人令甘茂班师。甘茂让来人带给秦武王一封信，秦武王拆开一看，只有"息壤"二字，立时明白，于是令乌获带领五万援兵前来支援。甘茂得到生力军，兵力大增，终于攻陷了宜阳，斩首六万，韩国元气大失。

宜阳一破，洛邑门户洞开，秦武王亲率任鄙、孟贲等精兵强将进攻洛阳。周天子无力抵御，只好俯首投降，出城迎接秦军。秦武王入城，二话不说直奔太庙而来，但见九个宝鼎一字排列在殿堂之内。这九鼎本是大禹收取天下九州的贡金铸成，每鼎代表一州，共有荆、梁、雍、豫、徐、青、扬、兖、冀九州，上刻本州山川人物、贡赋之数。武王逐个审视，看到雍州之鼎时，对众臣说："这鼎有人举过吗？"守鼎人回答："自从九鼎问世以来，未闻也未见过有人举起此鼎，这鼎重达千钧，何人能举得起呀？"武王问任鄙、孟贲二将："你两人，谁能举得起？"任鄙知道武王恃力好胜,婉言辞曰:"臣能举百钧之物,此鼎重千钧,岂臣所能胜任?"孟贲不知轻重,双臂握拳走到鼎前,说:"让臣下试试,若举不起来,不要见笑,不可怪罪。"说罢勒紧腰带,撸起双袖,两手抓住两个鼎耳,大喝一声"起!"但见鼎离地面约半尺高就重重地落下,将地面砸了个大窟窿,孟贲只觉一阵晕眩,立脚不稳,幸被左右扶住,才没有栽倒在地。秦武王见孟贲那狼狈相,不禁发笑:"你能把鼎举离地面,寡人难道还不如你吗?"任鄙劝谏道:"大王万乘之躯,不要轻易试力。"秦武王固执不听,定欲一试,他卸下锦袍玉带,紧束腰带,大步上前,任鄙拉着秦武王苦苦劝阻,秦武王火了:"你不举,还不让寡人举吗?"任鄙不敢再劝。秦武王伸手抓住鼎耳,心想:"孟贲能举离地面,我至少得移动几步,方能显出高下。"于是,深吸一口气,使出吃奶力气,大喝一声"起!"鼎被举起半尺,秦武王只觉眼冒金星,好不容易稳住了气,接着试移左脚,不料右脚独力难支,身子一歪,鼎落地面,正砸到右脚上,秦武王惨叫一声,倒在了地上。众人慌忙上前,把鼎搬开,只见秦武王右脚骨已被压碎,鲜血流了一地。等到太医赶来,秦武王已昏死过去,但仍自言自语:"心愿已了,虽死无憾!"入夜,秦武王气绝身亡。周赧王闻报大惊失色,亲往哭吊。右相樗里疾护棺回到咸阳,立秦武王异母弟嬴稷为王,是为秦昭襄王。安葬秦武王之后,樗里疾追究责任,将孟贲五马分尸,诛全族;又奖励任鄙劝谏之功,升为汉中太守;同时奏议追究甘茂怂恿秦武王入周观鼎之罪。甘茂听到风声,害怕被治罪,于是逃亡到魏国,终生不敢还秦。

第六节　秦昭襄王与白起

一

秦昭襄王时期,在秦国军事舞台上扮演主角的是白起。白起是继孙武、吴起之后又一个杰出的军事家,与廉颇、李牧、王翦并称为"战国四大名将"。白起为秦昭襄王征战六国,功勋赫赫。

秦昭襄王十三年(前294),白起任左庶长,领兵攻打韩国的新城(今河南伊川县西)。

次年(前293),白起由左庶长迁任左更,出兵伊阙(今河南洛阳龙门)攻打韩、魏二国,斩获首级二十四万,俘虏魏将公孙喜,攻陷五座城池，因功晋升为国尉。又渡黄河攻取韩国安邑（今山西夏县西北禹王城）以东到乾河（今山西翼城县南）的土地。

秦昭襄王十五年（前292），再升任为大良造，领兵攻陷魏国，占据大小城池六十一个。

秦昭襄王十六年（前291），白起与客卿司马错联合攻下垣城。

秦昭襄王二十一年（前286），白起攻打赵国，夺取光狼城（今山西省高平市西）。

秦昭襄王二十八年（前280），秦国攻打楚国，夺取鄢（今湖北省宜城市南）、邓（今湖北省襄阳市西北）等五座城池。次年（前279），攻陷楚国的都城郢都（今湖北省江陵西北），焚毁夷陵（今湖北省宜昌市），向东进兵至竟陵（今湖北潜江市西北），楚顷襄王逃离郢都（今湖北江陵东北），避难于陈。秦国以郢都为南郡。白起受封为武安君。白起又攻取楚国，平定巫、黔中（今四川、贵州地区）二郡。此后楚国一蹶不振。

秦昭襄王三十四年（前274），白起率军攻赵、魏联军以救韩，大破联军于华阳（今河南省新郑市北），魏将芒卯败逃，掳获韩、赵、魏三国大将，斩获首级十三万。又与赵将贾偃交战，溺毙赵卒二万人。

秦昭襄王四十三年（前265），白起攻打韩国的陉城（今山西曲沃县东北），攻陷五城，斩获首级五万。

秦昭襄王四十四年（前264），白起又攻打韩国南阳太行道，断绝韩国的太行道。

白起担任秦国将领三十多年，满腔壮志吞云汉，一念扶秦建奇功。共攻城七十余座，歼敌近百万，白起一生最著名有伊阙之战、鄢郢之战、华阳之战、陉城之战和长平之战，其中长平之战最为惨烈。

二

秦昭襄王三十八年（前270），秦军越过韩国进攻赵国，却被赵将赵奢在阏与（今山西省和顺市西北）击败，秦国一统六国的龙韬虎略一时面临着困境。随着秦国军事力量的强大，秦惠文王时期张仪的"连横"外交已经过时，秦国的最终目的不再是要与六国和平相处，而是要消灭他们。如何一步步吞并他们？翻越一个国家，长途跋涉去消灭另一个国家通常很危险，只要他们联合起来，切断秦军的粮草和退路，秦就有覆灭的危险。

此时，魏人范雎入秦，向秦昭襄王献"远交近攻"的策略。这一策略解决了秦国外交与战略上的难题，秦昭襄王欣然采纳，并委任范雎为相，决定先攻魏，继攻韩，再攻赵。

秦国在挫败魏军之后，发兵浩浩荡荡降临到韩国的野王（今河南省沁阳市）邑，野王守军自忖难敌秦军，只好献城投降。野王城是上党郡（今山西长子县西南）的门户，也是上党通往韩国本土的唯一通道，野王一破，上党郡与韩国本土的联系完全被截断，成为孤悬韩国之地。韩王忧心忡忡，上党军民更是惊慌失措。

韩桓惠王思虑再三，下令上党郡郡守冯亭把上党郡献给秦国，以求秦国和平息兵。冯亭不愿降秦，上党郡的百姓也不愿降秦，他们认为与其降秦，不如归赵。赵、韩本都属于晋国，是"三家分晋"的兄弟之邦，他们在情感上更贴近赵国。于是，他们决定把上党郡十七座城池献给赵国，与赵合力抗秦。冯亭派遣使者通报赵国，赵孝成王与众臣商议此事。

平阳君赵豹出班奏曰："强秦不可拒，冯亭不将上党交给秦国，却交给我赵国，这是嫁祸我赵国，接受上党带来的灾祸要比得到的好处大得多。"

平原君赵胜和大臣赵禹则认为："发动百万大军作战，经年累月也很难攻下一座城池。如今坐享十七座城池，这是大利，不能失去这天赐良机。"二人劝赵孝成王接受上党郡。赵孝成王既想接受上党郡，又担心引发事端，忧心忡忡地问："接受了上党，秦国必定派白起来进攻，谁能与他抗衡？"

平原君回答说："廉颇勇猛善战、爱惜将士，野战不如白起，但是守城完全可以胜任。"赵孝成王听从了平原君赵胜的计策，派他去接收上党的土地，封冯亭为华阳君，接着又派廉颇率军驻守长平（今山西省晋城高平市），防备秦军来攻。

赵国接受上党，引起了秦国的不满，秦国决定出兵攻赵。秦昭襄王四十八年（前260）初，秦左庶长王龁率军占领了上党。上党的百姓如鸟兽散，纷纷逃亡到赵国境内，赵国的军队一边在长平接应上党的百姓，一边出兵迎战秦军。交战中，赵军击伤了秦军的侦察兵，秦军的侦察兵也斩杀了赵军的裨将茄（音加），双方各有胜负。

同年六月，赵将廉颇兵败，秦军攻破赵国的两个重要据点——都尉城和故谷城，还俘虏了四名赵国尉官。赵国的军队筑起围墙，坚守营垒不出来应战。七月，秦军发起强攻，夺下赵军西边的营垒，俘虏了两名赵国尉官。

赵军数战不利，主将廉颇于是决定依托有利地形，固守不出，想以疲惫战拖垮秦军，在后续的交战中，任凭秦军屡次挑战，赵兵均置之不理。

赵孝成王对廉颇久拖不战颇为不满，几次派人责备廉颇。无论赵孝成王如何责备，廉颇横下一条心，坚守不出。他在营垒前面高挂"免战"牌，独力扛着来自秦军与赵孝成王的压力。

斗转星移，这一拖不知不觉两年过去了。此时赵国国内已陷入无粮可食的困境。秦军则疏通渠道，直接从水路运粮，其运粮甚至比赵国更快，还不断干扰堵截赵军的粮道。赵军最终陷入外无援兵，内无粮草的绝境。

赵孝成王惶惶不可终日，众大臣认为可以与秦国议和。楼昌说："可以派地位高，压得住台面的使臣去秦国议和。"虞卿等则提出，依据眼下形势和议难成，不如派遣使者携带珍宝去楚国、魏国活动，建立合纵抗秦联盟，这样和议才有成功的可能。虽然虞卿等一再劝谏，赵孝成王最终还是采纳了楼昌的建议，派郑朱前去秦国议和。

秦国为了麻痹赵国，加强军事准备，给赵军以严重的打击，同时也为了防止各国合纵，丞相范雎以高规格接待赵使郑朱，又大力宣传秦、赵已经和解，列国信以为真，赵国的处境更孤立了。秦国丞相范雎又派人携带重金到赵国行反间计，四处散布流言："廉颇容易对付，秦国最害怕的是马服君赵奢的儿子赵括。"

谣言报到朝廷，赵王信以为真，立刻把赵括找来，问他能不能打退秦军。赵括意气风发地说："要是秦国派白起来，我是得考虑考虑，如今来的是王龁，他是廉颇的对手。让我对付王龁，自不在话下。"接着滔滔不绝地论起兵法，极其雄辩，合廷无人能驳。赵母闻讯赶来，当场拆穿："大王，我儿所说不过纸上谈兵，其才不堪重用啊！"蔺相如也讽谏说："大王，两军对峙，不宜换帅，我王千万慎重！"此时赵王决心已定，于是派赵括去接替廉颇为帅。

不久，赵括率援军来到长平，他一改廉颇的作战方针，由坚守变成主动出兵进攻秦军。秦昭襄王得知赵国换帅，也暗地里调武安君白起为上将军，改命王龁担任尉官副将，并令军中严守秘密，凡有走漏消息者格杀勿论。

三

白起带着几个随从，一路上千辛万苦，悄悄来到长平。这老将一生烈气，眼望着黑漫漫黄沙扑面的古战场，耳听那茄声声声惊塞雁。老英雄手握三尺龙泉，豪气干云，拿稳了铁心要在这里与赵军决一雌雄。白起不敢懈怠，一到秦营便马不停蹄地勘山踏岭，观察地形。

那赵括乃名将之后，虽年轻有为，风流倜傥，但眼空四海，急于建功立业。这一日，赵括倾营垒之兵，破釜沉舟，想一举冲垮秦军营寨，"生死对决就在今日！"一时间日月失色，惊天动地，大军前进如天崩地裂。

白起得知消息，令正面秦军一边抵抗，一边佯装战败溃退，引敌人来追。又令王龁带两万五千人马，截断赵军的后路，使归来的赵军失了营垒。又令一支五千人的骑兵部队插入赵军，将他们分割成两截。

长平之战打响了。两军吼叫之声掀天揭地，那赵军几十万人马向前压去，如洪水猛兽，所过之处草木皆夷为平地，死伤人马皆踏为肉酱。秦军奋力抵抗，边战边退。这一退退了好几里地，最后退回了自家营垒，关闭营门不出。赵军蜂拥而来，秦垒中箭如飞蝗，射住了赵军的阵脚。

山顶上观战的赵括见此情形，不断挥舞令旗，赵军轮番冲击秦营，奈何这秦营经历两年不断加修，固若金汤，赵军从辰时至午时，接连攻击了十几次，纹丝不动。赵括有些急了，这时候探马来报："秦军的骑兵将我军拦为两截。"赵括的心"咯噔"一跳，血猛地涌上来，意乱心迷，问："多少人马？""估摸有五六千。"赵括微微一笑，镇定下来，"传令后军继续前进，前军转向，两面夹攻，将秦军夹为肉饼！"赵括心血热胆，八面威风，"我赵军几十万人马，务必先吃掉秦军这几千骑兵！"

秦军乃虎狼之师，赵军善"胡服骑射"，两军都极擅野战，赵军两年来憋在营垒中，这口恶气终于找到发泄之处，听得赵括一声令下，赵军翻转身来就向来路猛扑回去，两支如狼似虎的队伍相遇了。一时间刀头溢血染征衣，尸骨横尘，惨叫之声不绝于耳。

秦军猛如脱兔，矫如蛟龙，五千骑兵分为两部，一部冲决前军，一部抵敌后路。他们守住有利地形，将赵军拦截在山坡下。赵军死伤不少人马，无论如何冲不上坡来。看看暮色苍茫，秦军鸣金收兵，悠然坐下来吃饭喝水。赵军一见，神色颓败，他们打了一天就凭着内里一股气，这会儿又饥又渴，个个跌坐下来，倒在地上，没有半点力气。

赵括原想孤注一掷，决死一战，当天解决战斗。断没想到王龁会出奇兵拦腰分割，又断了赵军后路。这会儿赵军两部无法合拢，营垒又被王龁占了。更堪忧的是，士兵没带干粮，只能舔血解渴。看看饿得不行，只能将死难将士的肉和着几只猎来的狐兔做成肉饼，每人分得一点。

第二天起来，困在谷中的赵军知道一时半会突围不出去，只好在山谷中筑营寨，转攻为守，等待援兵。眼看营寨有点规模，秦军骑兵便下山砍倒，折腾得赵军万种牢骚，骂声咧咧毫无办法。

秦军此时的主要任务就是切断赵军的粮道。秦昭襄王得知白起初战告捷，赵军主力的粮道被截断，立马亲自来到河内郡（今河南沁阳及附近地区），征调全国十五岁以上的青壮年赶到长平战场的外围，拦截赵国的援军和粮运。

九月，赵军主力已经断粮四十六天，谷中的草吃光了，树皮啃光了，树叶吃光了，战马也杀尽了。将士们个个饿得皮包骨头，立起身来眼冒金星，走起路来手脚张狂，后合前仰。那秦军看赵军饿得实在不行，心生悲悯，偶尔也扔些粮食下来，秦赵毕竟有着共同的祖宗。

此时的赵括印堂发黑，脸色晦暗。他知道后援无望，延误下去只能是等死。唯有一死以报国难，方能保得不被灭族。他将人马分成四路，自带一队，接连四五天仍无法突围。第六天清晨，赵括身先士卒，奋勇当先，他手中的戈接连撂倒了十多匹秦军战马。将士们咬着牙紧跟在后，眼看就要冲上坡来。此时，一支追魂夺命的箭飞来，将赵括射个正着，将士们赶到之时，赵括的瞳孔已经散了光。一军皆哭，震天动地。

赵军失了主帅，下午时分，全军人马缴械投降。秦军赢了，秦军赢了！这是秦赵生死一决的一仗，这是统一六国决定性的一仗！

白起不敢丝毫懈怠，他下令守住谷口，控制山梁。傍晚时分，传出一道军令：十四岁以下的赵军士卒可以走出谷口。谷中陆续走出一些满脸稚气的小战士，得二百四十人。这些小战士每人分得两个馒头。他们高兴得又跳又叫，没有一个人舍得吃，末了，他们默默走向谷口，将馒头扔进谷中，谷中传出了燕赵悲歌。

战争刺激着人的神经，把人变成了疯子，秦军赢了，那是险胜，赵军败在饥饿，几十万军队一顿得吃掉一座山，秦军哪有那么多粮食可以供应？他们一旦吃饱，什么事情都干得出来，白起心有余悸。他放出消息，准备把降兵中身体强健的带回秦国，而年老体弱伤残幼小的会放归赵国。

当天夜里，白起又传下命令，令秦兵以白布裹头，吩咐说："凡首无白布者，即系赵人，当尽杀之。"夜半，一声令下，万箭齐发，秦军射光了手中的箭，又将燃料推下山崖，谷中火光冲天。赵国降卒不曾准备，又无器械，束手就戮。四十万赵军，一夜俱尽。史载当时"血流淙淙有声，杨谷之水皆变为丹，至今号为丹水"。这是史上最残酷、最大规模的坑杀降卒。

二百四十人名年纪幼小的赵兵归来之后，坑杀赵卒的消息传开了，整个国家中"子哭其父，父哭其子，兄哭其弟，弟哭其兄，祖哭其孙，妻哭其夫，沿街满市，号痛之声不绝"。举国铺天盖地尽是白色纸幡。

四

秦军撤出长平战场之后,发现了他们的后备军,那些十多岁的小战士截获了赵国一车车粮食,赵国并非绝粮,赵国百姓勒紧腰带,将粮食送到前线,都被秦人拦截在战场之外,这些粮食足以使秦赵两军不致因为争食而互相残杀,望着那些军粮,白起的心变得格外沉重,他惘然,不知自己为何会那么着急发出那道诛杀令。

战后,白起出于一个将军的职责与使命感,决定乘胜追击,一举灭赵。他将人马分成三路,王龁率一路进攻皮牢(今河北省武安),司马梗带一路攻占晋阳,白起带一路围攻邯郸。秦军兵临城下,韩、赵两国惊恐万分,他们请苏代带重金潜入秦都,去贿赂秦相范雎。

苏代是纵横家苏秦的族兄弟,才能虽不及苏秦,却也是战国一流的舌辩之士。他见到范雎,对他说:"白起围攻邯郸,赵国一亡,秦就可以称帝,白起也将封为三公,他为秦攻拔七十多城,南定鄢、郢、汉中,北擒赵括之军,虽周公、召公、吕望之功也不能超过他。如果赵国灭亡,秦王称王,那白起必为三公,您能在白起之下吗?即使您不愿处在他的下位,您也无能为力。秦曾经攻韩、围邢丘,困上党,上党百姓皆奔赵国,天下人不乐为秦民已很久。今灭掉赵国,秦的疆土北到燕国,东到齐国,南到韩魏,但秦所得的百姓,却没多少。民心既不在秦,还不如让韩、赵割地求和,不让白起再得灭赵之功。"

范雎于是听从了苏代之言。以秦兵疲惫,急待休养为由,向秦昭襄王请求允许韩、赵割地求和。秦昭襄王应允。韩割垣雍(今河南原阳县西圈城),赵割六城以求和,正月皆休兵。白起闻知此事,从此与范雎结下仇怨。

秦赵罢兵之后,赵孝成王按约准备割让六城,大臣虞卿讽谏说:"割地与秦,秦势更强,赵的土地有割尽之日,秦的贪欲却是没有止境的①,如此赵将灭亡;不如以六城赂齐国,联齐抗秦。"赵王用其谋,派虞卿东见齐王,商讨合纵抗秦计划;并借魏国使者来赵联络合纵之机,与魏订立盟约;同时将灵丘(今山西境)送楚相黄歇,结好楚国,对韩、燕亦极力交好。在国内则积极发展生产,重整军备,进行抗秦准备。

秦昭襄王见赵不割六城,反而与东方诸国合纵对付秦国,遂于秦昭襄

---

① 见〔西汉〕司马迁《史记·平原君虞卿列传》:"地有尽而秦之求无已。"

王五十六年（前252）九月，令五大夫王陵率军攻赵都邯郸。王陵攻邯郸不顺利，秦王又增发重兵支援，结果王陵损兵折将，失去五万人马。秦王欲以白起为将攻邯郸，白起对昭王说："邯郸实非易攻，且诸侯若援救，发兵一日即到。诸侯怨秦已久，今秦虽破赵军于长平，但伤亡者过半，国内空虚。我军远隔河山争别人的国都，若赵国从内应战，诸侯在外策应，秦军必败，万万不可发兵攻赵。"

秦昭襄王改派王龁替王陵为大将，围攻邯郸，依然久攻不下。这时，楚国派春申君同魏公子信陵君率兵数十万围攻秦军，秦军伤亡惨重。白起听到后说："当初秦王不听我的计谋，现在如何？"秦昭襄王听后大怒，强令白起出兵，白起自称病重，不便征战。三个月后，秦军战败的消息不断从邯郸传来，昭王更迁怒白起，命他即刻动身不得逗留。白起只得带病上路，行至杜邮（今陕西省咸阳市东北处），秦昭襄王与范雎商议，认为白起迟迟不肯奉命，"其意怏怏不服，有余言"，遂派使者赐剑命其自刎。

白起一生为秦国攻城略地立下卓越功勋，虽然他死了，但此时离秦统一六国已经不远了。

第八章 秦并六国

秦始皇统一六国，是建立在秦孝公、秦惠文王、秦武王、秦昭襄王、秦孝文王、秦庄襄王六代先王留下的功业上。始皇帝登基后，天下一统已经成为趋势。然而，作为一个从小失去良好教育，身心有所损害的人物，想要建立这旷世奇功，以及设立一种全新的社会制度依然是不可思议的。

秦始皇嬴政一生有两个师傅。第一个师傅吕不韦是个政治冒险家。虽然他出身商贾，但他能聚集三千门客，写出一部中原士子无法增损一字一句的《吕氏春秋》，表明他确实是个政治家，依据《吕氏春秋》治国，秦会有二世、三世乃至更多。吕不韦任相邦十二年，秦对东方诸国大举进攻，形成吞并之势，其筹划居功至伟。

吕不韦死后，李斯成了秦王的师傅和得力助手。李斯是个有政治前瞻与见解的人物，然而，无论是李斯所处那个时代还是后世，没有人尊称他为"李子"，他不仅得不到承认，反而殒命于秦，这是一个值得思考的问题。

第一节 秦王政、吕不韦和嫪毐

一

秦始皇帝是秦庄襄王的儿子。秦庄襄王原名异人，曾以秦昭襄王孙子的身份作为人质抵押在赵国。那些年，秦国攻打赵国，发起长平之战，一夜之间坑杀赵军将士四十万，赵人恨不得活剥了异人；异人的父亲是王储安国君，安国君有二十多个儿子，顾不过来，对异人就更少关心。异人虽以王孙的身份居住在赵国，日子却很艰辛，处境也很危险。

一次偶然的机会，异人认识了吕不韦。吕不韦是卫国富商，在赵国经营珠宝生意，虽然富可敌国，但在当时社会，商人地位低下。他一见异人，得知他是秦国王孙，立时觉得"奇货可居"。他不由想起几年前父亲曾和他说起："把钱财投资在田地上，终日辛苦劳作，即使收成好至多只能获利十倍；投资在珠宝上，每天奔走买卖，即使运气好也只能获利百倍；而投资在政治上，帮助一个人定君安国，一旦成功便可享一世荣华，还可福泽后世。"吕不韦于是下决心做一次风险的投资——他开始用大把的金钱来包装异人，带着他频繁出入楼台馆榭，结交各色人等，异人的日子滋润了，王孙的风度也渐渐凸显了出来。

有一次，异人在酒宴上认识了吕不韦身边的一位美姬——赵姬，赵姬在邯郸城中貌压群芳，她风姿绰约的活力立时使异人如痴如醉。

吕不韦明白异人的心，将赵姬送给了异人。

一年之后，也即秦昭襄王四十八年（前259），赵姬在邯郸生下了异人之子，起名政，姓赵。

赵政一周岁时，吕不韦带着礼物前来相贺。事毕，两人聊起了未来。吕不韦开门见山地问异人："想不想回秦国做太子？"

"赵国的日子比秦国滋润多了！"温柔乡困住了异人，牙床锦帐，绣带云屏，终日里的软玉温香，磨折了异人的权杖之心，他只想在赵国平平安安过一辈子。

"不行，您留在赵国很危险，眼下秦赵交兵，赵赢了不会把你放眼里，如果输了会迁怒于你。"一席话说得异人浑身冷汗，面如死灰。"你既然有了妻儿，绝不能安于赵国现有的生活，天下相争风飘絮，身世浮沉雨打萍，您只有当了太子，今后赵政才能有出路。"说着，吕不韦教给异人一套办法。

夜空晴朗，闪烁的繁星装点着黑色的夜幕，时间仿佛迷失在星空中。两人推心置腹直谈到夜半，异人完全没有想到，鸡也能有鹰命，吕不韦的话激活了他消沉的意志，他决心回秦国去。

当时，邯郸被秦军包围，里三层外三层围了个水泄不通。城中军民都说，"邯郸至多只能再守五天。"一时人心惶惶不可终日。第二天，宫中来了一队侍卫，直扑驿馆而来，他们奉命来抓异人，准备将他绑在城头上，以遏制秦军的进攻。幸好异人在吕不韦府中，没有被抓着，但侍卫抓走了赵姬和赵政，将他们软禁起来。

异人得知消息，如热锅上的蚂蚁，急着赶回去。吕不韦死命拦住了他，说："你这时回去，无异于送肉上砧，不仅救不了妻儿，连自己也贴进去。这赵政总有一天要回国即位的，就让他在赵地修修鳞甲，以待未来。"当天夜里，吕不韦花了六百金买通了守门人，悄悄与异人混出城去，在秦军的保护下，潜回了秦国。

吕不韦首先买通华阳夫人的姐姐，几天之后，异人身着楚服，风度翩翩来见华阳夫人。华阳夫人是楚国人，又是安国君的正室，可惜一生未育，在"母以子贵"的后宫中，想要封后，得有孩子，哪怕是过继的也行。如今见异人身着楚服，不觉分外亲切，又听异人愿意认她为母，喜出望外，高兴地说："我是楚人啊！我把你当作亲生儿子吧！"此后，异人遂改名"子楚"。

因为安国君对华阳夫人格外宠幸，所以子楚顺利地当上太子，又顺利地登上了王位，是为秦庄襄王。新君即位，秦赵暂时和解，赵国将赵姬、赵政送回了秦国。秦庄襄王忘不了患难之时的吕不韦，没有他，哪有他今日的龙椅，于是封吕不韦为相邦（相国），文信侯，食邑洛阳十万户，吕不韦自此位极人臣。秦庄襄王又封赵姬为后，赵政也被立为继承人。

子楚在位三年后死去，于是十三岁的赵政继承王位做了秦王。① 秦王政尊赵姬为太后，吕不韦继续为相邦。那时候秦王政尚未成年，于是委政于太后和吕不韦。

二

秦王政当政时期，秦并六国已成趋势。赵政是幸运的，他的曾祖秦昭襄王已经为他统一天下奠下了基础，一切恶仗、大仗都已在秦昭襄王时期完成。赵政登基时，秦已吞并了巴郡、蜀郡和汉中，跨过宛县占据了楚国的郢（音影）都，设置了南郡；往北收取了上郡以东，占据了河东、太原和上党郡；往东到荥阳，灭掉西周、东周两国，设置了三川郡。

秦王政初期，相邦吕不韦招揽天下宾客游士为秦所用，李斯为舍人，蒙骜、王齮、麃公等为将军，一个鲸吞席卷的局面拉开了。

秦王政元年（前246），将军蒙骜平定了晋阳叛乱。

秦王政二年（前245），麃公率兵攻打卷（音圈）邑，斩获首级三万。

秦王政三年（前244），蒙骜攻打韩国，夺取十三座城邑。接着蒙骜又攻打魏国获二邑。

秦王政五年（前242），蒙骜再次攻打魏国，平定了酸枣、燕邑、虚

---

① 见〔西汉〕司马迁《史记·秦始皇本纪》："秦始皇帝者，秦庄襄王子也。庄襄王为秦质子于赵，见吕不韦姬，悦而取之，生始皇。以秦昭王四十八年正月生于邯郸。及生，名为政，姓赵氏。年十三岁，庄襄王死，政代立为秦王。"

邑、长平、雍丘、山阳城,夺取了二十座城邑,开始设置东郡。

在此期间,秦国天灾不断:秦王政三年发生严重饥荒;四年(前243)十月庚寅日,蝗灾肆虐,蝗虫从东方飞来,遮天蔽日,而且全国瘟疫流行;五年(前242),冬天电闪雷鸣;七年(前240),彗星先后在东方、北方、西方出现;八年(前239),黄河的鱼大批涌上岸边,人们赶着马车到东方去找食物。然而,在相邦吕不韦的治理下,一切天灾异变都没能阻止秦国鲸吞天下的脚步。

再说赵姬自小就是欢场中人,虽然成了太后,还是耐不住宫闱寂寞,长夜永永,方才过了秋月夜,不觉又是海棠春。月圆之时,夜深人静,最是她思念吕不韦的时候,吕不韦也不时出入宫闱,来陪伴她。眼见秦王政逐渐长大,吕不韦深知与赵姬的私情关系可能面临身败名裂的巨大风险,必须尽早脱身出来。深通人情世故的吕不韦明白,自己的政治生涯还必须仰仗太后这棵大树,他担心突然断绝与太后的情人关系可能引起不测,于是寻思找一位替身。

吕不韦府中有个舍人叫嫪毐(音烙矮),伟岸丰标,浓眉大眼,皮肤白皙,合府的人都认为他长得高大完美。吕不韦于是让他参加了府中的乐班,加强培训。吕不韦将嫪毐送入宫中,敬献给了太后。

嫪毐自得太后宠爱,与太后人形影不离,并生下了两个儿子。在太后的纵容下,嫪毐可以随意地使用秦国王室的宫室、车马、衣服、苑囿和猎场。侍候嫪毐的僮仆有数千人之多,投奔嫪毐求官求仕的宾客舍人也有千余。太后的事情,不管大小,皆交由嫪毐处理决定。太后觉得一天也离不开嫪毐,为了表达内心对嫪毐的那份眷恋,于是说服秦王政将太原郡的汾河以西地区赏给嫪毐作为封国,封他为长信候,以山阳(今河南省焦作市东南)为他的住地,又以河西、太原郡作为他的封田。① 一时间嫪毐权势熏天,形成一股可与吕不韦匹敌的政治力量,只有太后能操控这两股力量。

三

那时候的中原列国,魏有信陵君,楚有春申君,赵有平原君,齐有孟尝君,人称"四公子",他们礼贤下士,结交宾客,名扬四海。吕不韦认

---

① 见〔西汉〕司马迁《史记·秦始皇本纪》:"嫪毐封为长信侯。予之山阳地,令毐居之。宫室车马衣服苑囿驰猎恣毐。事无小大皆决于毐。又以河西太原郡更为毐。"

为秦国称雄六国，自己是堂堂相邦，也应该一展风姿，于是招揽天下文人学士，给他们优厚的待遇，一时门下食客多达三千人。吕不韦命他们把各自所见所闻记下，综合在一起成为八览、六论、十二纪，共二十多万字，这些文章涵盖天地万物与古往今来的事理，命名为《吕氏春秋》。

事成之后，他令人把内容写在布帛上，又在咸阳城门口搭了个长长的棚子，将布帛刊布在上面，又发出悬赏，若有人能增删一字，赏千金。六国风雅之士蜂拥而来，都想先睹为快。一个多月过去，竟无人能改动一字。这部著作的横空出世，令天下文人学士刮目相看："秦人非赳赳武夫呀，风骚独步天下啊！"

在春秋战国诸子百家中，《吕氏春秋》列为杂家，"杂"是为兼收并蓄，博采众家之长。这部书以黄老思想为中心，"兼儒墨，合名法"，提倡在君主集权下实行无为而治，顺其自然，无为而无不为并认为用这一思想治理国家，对于缓和社会矛盾，恢复经济发展非常有利。这是吕不韦一生所做的最有意义的事。

秦王政九年（前238），秦王的线人告发嫪毐与太后私通，并借太后权势，觊觎秦王宝座，竟不惜重金豢养戎狄之兵。秦王听闻大怒不已，遂决心除去嫪毐。

嫪毐知道事情败露，只能作生死一搏。

月中，嫪毐趁秦王举行成年加冠礼，留宿在雍城，盗用了太后的印玺，发动京城部队和侍卫、官骑、戎狄族将士、家臣攻打雍城，那戎狄之兵个个如下山虎、混江龙，犹如地震山崩，旌旓招展天地暗，杀气腾腾宇宙昏。嫪毐率领着众人，很快就打破城门，攻进了秦王居住的蕲（音其）年宫。秦王闻报，立时命令昌平君熊启与昌文君发兵攻打嫪毐。

平叛的战鼓敲响了，咸阳城内腥风血雨，尸横天街，血流遍地，秦王给出重赏，凡作战有功者一律授予爵位。天威之下，嫪毐等人战败逃走。秦王当即通令全国：活捉嫪毐，赏钱一百万；杀死嫪毐，赏钱五十万。不久，嫪毐等人全部被抓获归案。党羽卫尉竭、内史肆、佐弋竭、中大夫令齐等二十人被枭首，头颅悬挂在木杆上；嫪毐的尸体被五马分尸以示众。

黄泉路上无老少，接着又灭了嫪毐的家族；唯太后赵姬免死，被逐出咸阳，幽禁在雍地。嫪毐一案，一个外族人掀起漫天风雪，一时秦氏宗室震撼，民间舆情纷纷。

一波未平，一波又起，几乎就在同一时间，秦国又发生一件间谍大案。这一日秦王驾坐金銮，金殿凄凉松明残。眼看快散朝啦，廷尉高擎牙笏，出班奏曰："王上，韩国水工郑国是个间谍，借修水渠为名，是来执行一项'疲秦计划'，企图在经济上拖垮我秦国。"

秦王想起来了——当年他刚即位，有韩国水工郑国前来鼓吹凿渠溉田，建议引泾水东注北洛水为渠，因为工程庞大，技术高难，廷议极其激烈。那时候秦国正四处征战，哪有闲钱与人力凿渠。郑国极力游说："当今列国都把水利作为强国之本，水利关系农业丰歉，秦国关中平原，岂能有田而没有渠？"许多人都不信郑国的高谈阔论，唯有吕不韦极力支持。如今十个年头过去了，郑国竟是个间谍，秦王一时暴跳如雷。

"郑国一年耗费十万人工，五十万石粮食，钱银无数，十年了，秦国的经济眼见就要被拖垮了。大王，如何处置？"廷尉问。

"人呢？"秦王问。

"就在殿外。"

"押上来！"随着秦王一声令下，推上来一个干瘦的老头，秦王一看，大吃一惊，郑国刚来的时候，还是个年富力强的中年人，如今竟成了个干瘪的小老头。这样的人留着何用？秦王大喝一声："推出去斩了！"侍卫进来，掐住了郑国的双臂，正要推出去。只听郑国坦然说："大王，当初韩王派我来，是为了疲乏秦国，勿令伐韩。如今渠快修成，一旦完工，那就是利秦的千秋大业。杀掉我郑国无所谓，可惜工程半途而废，这才是秦国真正的损失。"

秦王有些犹豫，他望了望吕不韦。吕不韦因为当年极力支持郑国修渠，万万没想到这富国强兵的计划后面竟隐藏着"疲秦"的杀机，一时不好说什么。

殿中鸦雀无声，秦王拿不定主意，就见李斯出班奏曰："大王刀下留人！修渠虽然疲秦，事到如今，待臣去考察一番，那渠如果可用，就把它修成；若不能用，再杀郑国不迟。"

十来天以后，李斯考察回来，激动得眉飞色舞，说："大王，伟业也！这渠连通泾河、洛水，拦堵沿途的清峪河、蚀峪河，让河水流入渠中，犹如莽莽苍龙三百余里。可灌溉田地四万余顷（折今一百一十万亩）。渠成后，亩收可增至一钟（合今一百余公斤），此后，关中平原就是秦的大粮仓。大王若欲一统天下，不能没有此渠啊！"接着，李斯又谈到，工地上，人们都传言郑国筚路蓝缕、沐雨栉风，无愧于修渠啊。秦王一听转怒为喜，说："好！传旨郑国继续修渠。"

五年之后，渠成。此后，关中成沃野，无凶年，此渠遂命名"郑国渠"①。是为后话。

四

　　再说李斯向朝廷上报郑国渠一事归来，一进舍馆，就见不少文士卿客忙着收拾行李，乱成一团，一问，方知这几天因为"郑国间谍案""嫪毐叛乱案"，朝野引发了轩然大波。秦国人都说外来的客卿不可信，关键时刻会出卖秦国，于是秦王下令搜索并驱逐在秦国做官的外邦人。一股排外的浪潮犹如夏日的热风吹遍了全国，不少外来的文人学士的家被秦民砸了，烧了，甚至财物也被洗劫一空。

　　缭子挑起行李正要出门，被李斯一把拉住："就这么走啦？"

　　"不走招人嫌？"缭子意犹未尽，"秦王这个人，高鼻梁，大眼睛，老鹰的胸脯，豺狼的声音，缺乏仁德而具虎狼之心，穷困的时候对人谦下，得志的时候就会吃人。我不能跟他长久交往啊！"②

　　"王上年纪尚轻，又是帝王秉性，难免一时意气用事，再等等看吧。"

　　"要等你等。"缭子说完，挑起行李，仰天长啸出门去。

　　"我送你一程。"李斯驾起马车，一直把缭子送出咸阳十里杨柳岸边，在那里又帮他找了个客栈住下。临别时，李斯想到自己入秦已经十年，人生最好的时光耗在秦国，如今天下荒荒不太平，前程渺渺在何方？一时竟意志消沉。

　　李斯回去的路上，不知咋的就起雾了。太阳和大地一下被蒙住了。马车在雾中踉跄前进，像个醉汉一样。突然间，李斯被颠下了车，这一跌，膝盖破了，鼻青脸肿，煞是狼狈。好不容易回到家，就见老相邦吕不韦一家也忙着收拾行囊。

　　"老相邦，您也走？"李斯真急了。

　　"王上把我贬出京城，限令居住到洛邑封地去，不让我再参与朝政。"吕不韦满脸凄清。李斯不由想起这十年来，老相邦在"平韩伐魏，设置东郡"中殚精竭虑，劳苦功高，如今说走真的就走，不觉悲伤起来。

　　"老相邦，我等投到您门下，本以为大树底下好乘凉，您这一走，我等岂不树倒猢狲散！"李斯说着潸然泪下。他疯狂地冲出了门，冲进了

---

　　① 见〔西汉〕司马迁《史记·河渠书》。

　　② 见〔西汉〕司马迁《史记·秦始皇本纪》："秦王为人，蜂准、长目、挚鸟膺、豺声，少恩而虎狼心，居约易出人下，得志亦轻食人。"

雾里。

夜阑，雾气还没散去。洞开的窗户，雾袅袅地飘进来，微小如芥的水珠湿润了书桌，湿透了衣衫。松明枯灯下，李斯心潮滔滔，奋笔疾书，将胸中块垒全掷于笔下——

> 泰山不拒绝细小的沙土，所以才能成就了它的高大；大河大海不排斥细小的水流，所以才能成就了它现在的深广；做君王的不拒绝众多的百姓，对于民众一视同仁，所以才能使他的德行显明于天下。

第二天早朝，李斯立即上奏，秦王拿起一看——《谏逐客令》。

"李斯，你认为嬴氏宗室、满朝文武建议驱逐客卿，是错误的吗？"秦王虎视眈眈，"你要能说出道理，朕可以饶了你，要是无理取闹，寡人立马杀了你！"说着怒气冲冲拔出剑，掷在案上。

"是的，大王，逐客大错特错！"李斯双眼如锥。

"你能跟本王和众大臣说说吗？"秦王这一说，满朝文武都盯着李斯，要他说出个所以然，气氛紧张就如弓张弩拔，众目睽睽之下，李斯调了调气，这时候他无论如何是不能退却的，他需要镇定。他觉得自己就像一颗种子播在秦国，种子不能没有发芽就烂在土里，于是理直气壮地说："大王，您现在拒绝所有外来的客卿，使天下的贤士退缩不敢进入秦国，无异于把他们送去资助敌对的国家，成就各诸侯国功业，这就叫'借给敌人兵器，送给盗贼粮食'啊！您想想，秦穆公时的百里奚，秦孝公时的商鞅，秦惠文王时的张仪，秦昭襄王时的范雎，他们皆是客卿，哪一个不是立下赫赫之功！没有他们，能有今日的大秦吗？"

秦王的脸色平和了一些："此话不无道理。"

"王上，所有贤卿客已经十去八九，事态紧急，请您立刻读读臣的奏折。"

秦王匆匆一阅，立时拿起剑，离座向前，大吼一声："来人！"侍卫匆匆进来，"立刻奔赴各个路口，把所有即将离开秦国的贤士给寡人截回来！"秦王想了想，又说："那大梁缭子前几天才给寡人出了个好主意，还能把他找回来吗？"

"王上，臣这就去。"李斯说。

"好！李卿，自即日起，寡人提升你为廷尉。"李斯磕头谢恩离去。

秦王为何希望缭子回来？世人都在传言缭子是孙子之后又一兵家奇才，可他太清高孤傲，每问起战争之事，缭子总是告诫他："战争，不攻无过之城，不杀无罪之人。杀人父兄，夺人货财，淫人妻妾，都是强盗之举。战必有道，诛暴乱、禁不义。天下要定于一，不可戒战，也必须慎战。"秦王每次听他说教就闷闷不乐。这是他与缭子的重大分歧，缭子也因秦王残暴不仁，秦军滥杀无辜，一直与秦王保持着距离，只做客士，不敢轻易答应在秦为官。

秦王深知缭子有才，若离去必如李斯所说"资助了敌对的国家"。他当即下定决心，缭子要是回来，能留即留，留不住就将他杀掉，以免留下后患。

李斯终于把缭子接回来了，秦王如释重负，下令赐座，客气地问起秦国国政。缭子说："以秦国的强大，诸侯好比是郡县之君，我所担心的就是诸侯'合纵'，他们联合起来出其不意，这就是智伯、夫差、闵王灭亡的原因。希望大王不要爱惜财物，用金钱财宝去贿赂各国的权臣，扰乱他们的谋略，分化'合纵'，建立'连横'，这样不过损失三十万金，而诸侯则可以尽数消灭了。"

一番话正好说到秦王最担心的问题，三十万金就可尽灭诸侯，秦王觉得此人正是自己千方百计要寻求的人。那时候秦王身边战将如云，猛将成群，而真正谙熟军事理论的军事家却没有。靠谁去指挥这些只善拼杀的战将呢？如何在战略上把握全局，制定出整体的计划呢？这是秦王最关心的问题。他出身于王室，虽工于心计谋略，但没有打过仗，缺乏带兵的经验。一朝文臣也是主意多，实干少，真要上战场搏杀，一个个都没用了。

人才就在眼前，为了留住缭子，秦王立马封缭子为国尉，位列九卿，又特赐他跟自己一样的饮食车驾，以示恩宠。此后，尉缭（缭子原本姓氏不详，后以官职国尉而姓尉）上马金下马银，留在秦王身边，秦王对他言听计从。

尉缭留下，吕不韦却不得不走，李斯得知消息，立刻赶到，上前拉住缰绳，叩马说："老相邦，王上从谏如流，已经撤销了逐客令，请你不要走。"

"老夫这次走和逐客令无关。"李斯怔怔地立在那里，还没弄明白怎么回事，吕不韦的马车已经消失了。

当日齐国有使臣来，公事完毕，齐人茅焦劝秦王道："秦国正以夺取天下为大事，大王有流放太后的名声，恐怕诸侯听说而因此背弃秦国啊。"秦王一听有理，于是下令把太后从雍地接回咸阳，仍让她住在甘泉宫。

李斯见秦王处事合情合理，于是把吕不韦的事也提了出来。秦王一听，脸立刻黑下来说："这事涉及寡人的家事，你不要管！"

秦王登基已经九年了，可吕不韦一直主持着朝政，丝毫没有还政之意，秦王岂能一直容忍大权旁落！？他首先能做的就是借吕不韦"荐人不明"，先后推荐郑国、嫪毐都出了问题为由，将吕不韦撵出咸阳。

各诸侯国听说秦王把吕不韦撵到封地，知道秦王自弃肱股之臣，不约而同地松了一口气，终于可以过一段安生的日子了。他们纷纷派出使者，前来问候吕不韦，借以刺探秦国未来的动向。一时间吕府门庭若市，车马络绎不绝。秦王知道吕不韦的势力盘根错节，恐怕日后会发生叛乱，来不及多想，就给吕不韦写了一封绝情的信说："你对秦国有何功劳？秦国封你在河南，食邑十万户。你与秦王有什么血缘关系？而号称仲父。你与家属都一概迁到蜀地去居住吧！"

吕不韦接到秦王绝情的信，没有悲伤。自从他完成了《吕氏春秋》，他已经看淡看透了人生。

吕不韦也不想迁往蜀地，他平静地喝下鸩酒，自杀而死，他的宾客悄悄地将他安葬在洛阳北邙山。太后赵姬闻讯，想到两人曾风雨同舟几十年，痛不欲生，四年后在深度抑郁中离世。

第二节 天 下 一 统

一

秦王政时期，秦国在军事上达到了巅峰，开始了统一六国的伟业。

那时候，嬴政读诸子百家，最佩服的就是《韩非子》，他惊异于山川灵秀，竟有如此大智慧者！同时，他也很好奇韩非到底是啥模样——既为韩国公子，必然是风流倜傥美少年；又因神往于韩非的"法、术、势"而认为如此果断有见地的人必是个老者。嬴政日日研习《韩非子》，百读不厌，竟生出仰慕之心，恨不能与他同食同居同朝堂，尊他为师，随时请教。

李斯见秦王日夜思慕韩非，心绪不宁，遂告诉秦王，他与韩非是老同学，早年共同师事荀子。秦王问："能否将他请来？"李斯于是给秦王出了一条计谋。

秦王政十四年（前233），秦军兵发韩国，扬言如能将韩非送来，可免遭生灵涂炭。韩王闻报大惊，不知韩非愿不愿去。韩非在韩国虽然不得志，仍心存社稷。闻讯，立时上朝请缨，愿意出使秦国。

韩非终于来了。秦王一见大失所望。一个外表普通甚至有点丑陋的小老头，既不倜傥也不儒雅，更严重的是韩非口吃，憋得满脸通红，说不出一句完整的话，听他讲学远不如看他的书。秦王只好安排他去著书立说，把肚子里的东西写出来。可韩非人在秦国心在韩，不屑为秦王出谋划策去灭掉自己的国家。两年过去了，韩非拖慢了秦王灭韩的脚步。秦王最终采纳了李斯的建议，在云阳毒死了韩非。

韩非一死，秦王又发兵攻韩，韩王知道韩国灭亡在即，只好请求割地称臣。秦王政十六年（前231）九月，秦军接收原韩国南阳一带土地，秦王任命内史腾为代理南阳郡守。秦军接收南阳之始即命令男子登记年龄，以便征发兵卒、徭役。秦王政十七年（前230），秦王命内史腾去攻打韩国，擒获了韩王安，收缴了他的全部土地；将该地设置为郡，命名为颍川郡。

在灭韩的过程中，秦同时攻打魏和赵。秦王政十一年（前236），主将王翦、次将桓齮、末将杨端和三军并为一军去攻打魏国的邺邑，先夺取了九座城邑。王翦马不停蹄又去攻打赵国的阏与、橑杨，留下王镣继续攻打邺邑。王翦统率军队十八天，让军中年俸禄不满百石的小官回家，十人中挑选二人留在军队。桓齮夺取了邺城，王翦又命令他率兵去攻打橑阳，自己攻打阏与，都攻了下来。

秦王政十三年（前234），桓齮攻打赵国平阳邑，杀了赵将扈辄，斩首十万人。秦王政十四年（前233），桓齮在平阳攻击赵军，攻占了宜安，打败了赵国军队，杀死了赵国的将军。桓齮平定了平阳、武城。

秦王政十八年（前229），秦大举兴兵攻赵，王翦统率上地的军队，攻占了井陉。羌瘣（音会）攻打赵国，杨端和率领河内的军队包围了邯郸城。

秦王政十九年（前228），王翦、羌瘣平定了赵国的东阳，俘获赵王。秦王亲自到邯郸去，找到少年时在赵国的仇人，把他们全部活埋了。赵公子嘉率领他的宗族几百人到代地，自立为代王，向东与燕国的军队会合，驻扎在上谷郡。

秦王政二十年（前227），秦军到达燕国南部的边界。在秦国做人质的燕太子丹担心秦军很快就会打到燕国，偷偷潜回了燕国，筹划抗秦之计。

荆轲是燕国第一大侠，武艺高强，胆识过人，著名侠士田光将其推荐给太子丹，太子丹待他为上宾。如今国难当头，太子只能实话实说："秦军早晚会渡过易水，虽然我想长久地侍奉您，但心有余而力不足啊！眼下燕国危在旦夕，我想求壮士一件事。"

荆轲内心明白，说："太子不说，我也要请求行动。是不是要荆轲入秦？"

太子丹见荆轲心有灵犀，高兴地说："天降英才终大用！"

荆轲说："现在入秦需要两件信物，才能接近秦王。一是燕国督亢地图；二是樊将军的头颅。"

这樊将军叫樊於期（音乌基），本是秦国一员忠心耿耿的猛将，只因当年与秦王之弟成蟜谋反夺位，失败之后逃亡到北地燕国，躲藏起来，秦王以千金与万户侯来悬赏他的头颅。

荆轲说："若得樊於期的头颅，秦王必高兴地接见我，那时候我就有办法来报答太子了。"荆轲胸有成竹地说。

计是好计，但太子犹豫不决，说："樊将军走投无路，处境困窘才来归附我，我不忍心伤害他，希望您另外考虑对策吧！"

七月骄阳似火，荆轲前来私访樊於期，远远望去，几棵树肩并肩默立，树叶间缀满了棉絮一样的绒花，远望如雾，雾中飘出丝丝缕缕的香气，那是合欢树，不远处就是樊於期的居所。进屋之后，荆轲对樊於期说："秦国对待将军，可以说是刻毒透顶了。父亲、母亲和同族的人都被杀死或入宫为奴。如今又悬赏将军的首级，您将怎么办？"

樊将军听后仰天长叹。泪流满面地说："我每当想起这些，常常恨入骨髓，只是想不出什么办法罢了。"荆轲说："现在有一个建议，既可以用来解除燕国的忧患，又可以报将军的深仇大恨，怎么样？"

樊於期上前问道："怎么做，壮士指教。"

荆轲说："我想得到樊将军的首级来献给秦国，秦王一定高兴而又友好地接见我。这样我就有行刺的机会。事成，将军的仇报了，燕国被欺侮的耻辱也除掉了。将军是否有这个心意呢？"

"拿酒来！"樊於期撸起衣袖露出一只胳膊，握住手腕，走近一步说："这是我日日夜夜咬牙切齿、捶胸痛恨的事，现在才得以听闻壮士的教诲！"说着用手捶了捶荆轲的胸脯，觉得那坚实的胸膛足以托付大事。于是拿起了酒与荆轲谈笑风生，直饮到眼睛血红，起身进房。

良久，不见樊於期出来，荆轲连喊三声，没有回答，遂跃身进房，发现樊於期已经自刎。太子听说这件事，赶着马车跑去，伏在樊於期的尸体上大哭："三杯然诺，五岳为轻。"事已至此，于是怀着敬重的心情，割下了樊於期的首级，用匣子装好。太子又求得赵国徐夫人的匕首，锋利无比。一切准备妥帖，准备送荆轲上路。

荆轲在等待着一个人，想同他一起去。那个人住得很远，还没有来，因而停下等候他。

看看已经入秋，天气渐凉，无边落木萧萧下，荆轲还没有行意，太子怀疑荆轲改变初衷，对他说："日子已经不多了，请允许我的门客秦武阳随你先走！"秦武阳是燕国勇士，杀人不眨眼，十二岁就敢杀人，国中没有人敢正面看他，太子看重他的勇气，故派他同往。

荆轲一听，知道太子丹怀疑他入秦的信心，自尊心大伤，气鼓鼓地说："拿着一把匕首进入不可意料的暴秦，今天去了而不能回来复命，在我看来，世上最蠢就是死在成功与失败的半途！我为何不出发，是因为等待我的朋友，同他一起走。太子若嫌我走晚了，请允许我现在就告别吧！"

太子和宾客都穿戴着白衣白帽来给他送行。到了易水边上，祭过路神，就要上路。朋友来了，那是高渐离，人称"神筑"。高渐离敲着筑，荆轲和着节拍唱歌："风萧萧兮易水寒，壮士一去不复返！"在悲壮激昂的歌声中，众宾客都泪流满面。

高渐离说："兄弟先走一步，您要是回不来，高渐离我必为后继！"

"前仆后继！"两双手紧紧地握在一起。荆轲上了车离去，始终不曾回头看一眼。众人目送着马车，白云红叶连残照，淡淡夕阳悲古道。马车渐行渐远。

到达秦国后，荆轲拿着价值千金的礼物赠送给秦王的宠臣中庶子蒙嘉。蒙嘉替他向秦王进言，说："燕王确实非常惧怕大王的威势，不敢出兵来抗拒，全国上下都愿意做秦国的臣民，尊王上为天子，像秦国的郡县那样贡纳赋税，希望能守住祖先的宗庙。他们诚惶诚恐，不敢自己来陈述，恭谨地砍下樊於期的头颅，献上燕国督亢一带的地图，派使者来禀告大王。一切听凭大王吩咐。"

秦王听了蒙嘉的话，非常高兴。于是穿上礼服，安排下隆重的九宾大礼仪式，在咸阳宫接见燕国的使者。荆轲捧着装了樊於期头颅的盒子，秦武阳捧着地图匣子，按次序进宫。到达殿前的台阶，秦武阳见两旁侍卫个个虎背熊腰，威风凛凛，登时脸色变得蜡黄，浑身发抖，群臣格外诧异。荆轲回过头来对秦武阳笑了笑，示意他镇定些。接着上前向秦王谢罪说："北方蛮夷地区的野人，孤陋寡闻，从没有见过天子的威仪，所以害怕，请大王见谅。"秦王也不介意，先验证了樊於期的首级，又对荆轲说："把督亢地图取来！"

荆轲把一轴地图放在案上，徐徐打开，地图打到尽头时，藏在里面的匕首露了出来。荆轲一跃跳过了案几，左手抓住秦王的衣袖，右手拿着匕首就向秦王刺来。荆轲本想先废了秦王的右臂，再挟持他作为人质，没想到刺在袖口上，裂了一个大口子。秦王大骇，他本能地立起身来，一挣，袖子断了，秦王边跑边用手去拔腰间的佩剑，秦剑长，慌忙中拔不出来。荆轲飞步追逐过来，秦王绕着柱子拼命跑。一殿文武惊得瞠目结舌，不知如何是好。

依照秦律，臣子上朝不能带武器，带着武器的侍卫没有皇上的命令不准上殿，情况越来越危急。千钧一发之际，秦王的随从医官夏无且（音居）用手中的药箱向荆轲掷去，打在荆轲的手臂上，匕首"咣当"一声掉落地上。荆轲一脚踹开药箱，俯身去拣匕首。这时候，缓过神来的秦王拔出剑一转身，一剑劈在荆轲腿上。荆轲大吼一声，眦眦尽裂，大殿震动"嗡嗡"作响。红了眼的秦王又接连砍了八刀，血流如注。荆轲知道事情不能成功了，他靠着柱子像簸箕一样坐在地上，英雄虎视，磊落胸襟，一声浩叹，气贯天曹。荆轲就是这样一种人，当他远离现实，苟且安生，他就越怕死亡，当他面对剑尖，也就是面对使命，他不愿静观永世长存的天空："光活着是不够的。能够死于使命才是幸事！"荆轲倒在血泊中，他的脸带着微笑。

秦王肢解了荆轲的尸体以解心中恶气，旋又派遣王翦、辛胜去攻打燕国，并下令追捕燕太子丹和荆轲的门徒。

秦王政二十年（前227），秦军到达燕国南部的边界，秦军在易水西边击溃了燕军。不久，兵临燕国都城蓟（今北京），太子丹父亲燕王喜为了让秦国停止攻燕，竟下令将太子丹赐死，太子丹不得不自刎身亡，其首级被献给秦王。秦王政二十五年（前222），燕国灭。秦王再次下令，继续通缉太子丹和荆轲的门客。

众门客得知消息，全都潜逃他乡。高渐离来到易水边祭奠荆轲，望着苍茫大地，高渐离潸然泪下："兄弟，你走了，高渐离我很快就来！时间对我已经没有意义，五十岁和七十岁死有什么区别？人生平庸也罢，悲壮也罢，最终都会凋零。可你和我，牺牲永远比偷生高贵！它能证明理想和激情永远无法被磨灭！"高渐离的眼泪干了，他更名改姓在宋子城中当酒保，做苦力，隐于市井中。

一日，主人家来了客人，高渐离正上菜，忽然一阵筑声传来，高渐离不知不觉地停下了脚步，洗耳恭听。高渐离在曲中听到一阵激烈的搏杀声，那是一首歌咏《荆轲刺秦》的曲子。

"怎么不上菜？"主人大声斥责。

高渐离低声下气回答："适才被筑声迷住了。"

主人说："你辈也懂欣赏？"

"略懂一二。适才客人筑声高妙，第一段气势磅礴，就如'千江河水千江浪'；第二段宛如'万里孤帆万里风'。妙极了！当然也有美中不足。"客人见他内行，评赏得当，赏了他一盏酒，又请他赐一曲。

高渐离自太子丹和荆轲死了以后，内心悲愤，未尝一饭敢忘报友报国。可如今飘零湖海似断蓬飞，不由感叹："长此以往活在人间将何所作为，倒不如此身就交到西秦。若秦王能听我一曲，便有了报友报国的机会。从来大事由天定，自古英雄要力行。"想到这里，高渐离不想再东躲西藏了，他退下堂去，把自己的筑和衣裳从行装匣子里拿出来，改装整容后来到堂前。

满座宾客大吃一惊，这佣人浑身秀气透着儒雅，是个有识之士，宾客纷纷离座，客气地请他击筑唱歌。高渐离凝神静气，回顾昔日易水作别荆轲入秦的情景——

　　夕阳古道，衰草白云，
　　村墟落落，禾黍离离母盼子，
　　易水萧萧去不返，何须返啊何须返！
　　壮士忠心扶燕室，扶燕室！

风雪声，击杀声。筑声高远悲苍。高渐离慷慨悲歌，一座宾客莫不泪流满面。宋子城里的人闻讯，轮流请他做客击筑。合城皆说："高渐离筑技惊天下！"高渐离在筑声中聚起非凡的勇气与傲慢的灵魂。

消息传到了秦宫，秦始皇知他就是荆轲的挚友，令县尉亲自将他押解咸阳。本待典刑，念他一技之长，死罪可免，活罪难饶！秦始皇下令熏瞎了他的眼睛，留在宫中击筑。

高渐离击筑似风雷，蛟龙变化凤凰飞。秦始皇喜欢他的筑声，他的曲调。每次击筑，高渐离都有意把座位稍稍向前挪，凭气息，高渐离知道自己与秦王的距离已经近在咫尺，只有三步之遥。

高渐离在筑中放进了铅块，这一日，满面春风来到咸阳宫，方坐定，手中的小木槌飞舞起来。疾徐有致，筑声先是如泣如诉，继而雄伟激越，急雨猛风，在惊天地泣鬼神的旋律中，秦始皇不知不觉沉醉了，他闭目聆听，手指不由自主地随着旋律击节。突然间，高渐离将筑架向前一推，双手撑地，顺势俯冲到架前，秦始皇大吃一惊睁开了眼，见高渐离放下筑槌，用手指击出了一连串泛音，那声音犹如遥远天边飘来的啾啾凤鸣。秦始皇笑了，以为高渐离怕他听不见，故把筑推向前来，他再次安神闭目聆听。

高渐离嗅到了秦始皇身上的酒气，那气息告诉了高渐离，秦始皇正摇头晃脑沉浸在清歌妙曲中。机会来了！一步之隔，机不可失，时不再来。高渐离用力握住筑，跃起身来，那气势分明要把山河一手擎。刹那间电转星飞，一筑向秦始皇击去。那筑灌铅，分量太重，未能击中秦王门面，只砸在秦始皇腰身上。秦始皇"哎呀"一声倒在地上。鬼怕神惊，高渐离接连又砸了七八下。秦始皇早已翻身滚过，高渐离砸空了，他眼虽不见，内心明白事情已经无望，他连吼三声，为自己壮行，最后一筑，击向自己的头颅，登时倒地血流如注，不久气绝身亡。

燕赵多义士，慷慨唱悲歌。燕人知道高渐离刺秦失败，此后不忍再击筑，筑艺遂失传；秦王此后也不敢再接近东方六国的遗民了。

二

韩、赵灭亡之后，剩下的就是魏、楚、齐、燕四国了。

秦王政十五年（前232），秦国大举出兵攻魏，一路到达邺县，一路到达太原，攻占了狼孟。秦王政十六年（前231），魏国向秦国献地。秦国设置了丽邑。

秦王政二十二年（前225），派王贲带兵攻魏。王贲是老将王翦的儿子。王翦是战国四大战神之一，秦灭六国，他父子二人灭了五国，可谓功勋卓著。王翦从不打无把握之仗，因而一生中无一败绩。他的儿子王贲自然是虎门无犬子，乃秦军将领中一代新锐。

王贲率部一路势如破竹，摧枯拉朽，很快就打到魏国国都大梁城下。正想一举拿下，前头来报："大梁城高池深，粮草充足，一时恐难攻下。"王贲纵马来到城下，仰头一望，城高足有五丈。如此坚固的城池，攻坚不易。

"再难也得拿下！"秦军发起猛烈进攻，一连半月，损兵折将，铩羽而归。王贲急红了眼，身先士卒，带头冲锋。一支箭不偏不倚地射中了他的右臂，王贲在剧痛中翻身落马。魏军一看秦军主帅受伤落马，洞开城门高喊着冲出来。筋疲力尽的秦军四散溃逃。

"抓住王贲，赏千金，封万户侯。"魏军齐声呐喊，震天动地。王贲负痛翻身上马向西北方逃窜。"抓住王贲，抓住王贲！"王贲策马扬鞭，一路坡地，马力不足，眼看魏军就要追上来。突然间那马跪倒在地，口吐白沫起不来了，王贲只好弃马徒步飞跑。绝境中，突然前面水声隆隆，王贲终于冲上了坡地，但见面前大河汹涌，危急中他纵身跳下去，逃过了追兵。

第二天，王贲亲自带着几个人来察看地形，大梁城地处黄河之滨，河水在离城数里之处轰然流过，城的地势远远低于黄河的河床。当天夜里，王贲写了作战计划，连夜加急送往咸阳请示尉缭。不久就收到复函："开渠可以，严禁决堤，天下之统一在于统一人心，严禁造成生灵涂炭。"

秦军分作两部，一部在黄河中筑堤堵水；一部顺着城西开渠，准备引渠水灌西门。时值夏汛，暴雨连天，秦军冒雨兴工，二十万士兵齐动手，地动山摇，王贲亲自催督，很快堤成渠也成。此时水势犹如莽莽巨龙，愈来愈浩大。随着王贲一声令下，决堤通渠，洪水顺着渠道怒吼如猛兽一样向西门冲去，西门破，大梁城霎时成为泽国。人民皆成鱼鳖。魏兵也被冲得七零八落，哭爹喊娘。秦兵乘势而入，大梁告破。

魏王见大势已去，只得请降。王贲尽取魏地，立为三川郡，魏国灭亡。

魏国灭亡之后，秦国马不停蹄，又兵发楚国。一统大业一片红火，秦王却感到朝中一班老臣、老将与自己愈离愈远。先是尉缭子与弟子王敖遁去，继而是右相邦吕平君熊启潜回楚国。秦王有一种愈来愈浓的孤独感，但这孤独感没能阻止他一统天下的脚步。

三

秦王政二十一年（前226），秦王向将军李信询问说："寡人准备伐楚，将军估计要多少兵力？"李信说："这要看各人不同的打法，若将任务交给末将，二十万足矣。"

第二天，秦王又问王翦，王翦思虑良久，说："楚国地广兵众，非六十万兵不可。"秦王一听，怒目横眉，狠狠地说："将军老矣，怯战！"王翦一听，含羞带愧，以有病为由，请辞回老家频阳养老，秦王照准。于是派遣李信、蒙恬率军伐楚。

秦王政二十二年（前225），校场上，李信青天白日一剑横，二十万兵马，战将千员，亮甲明盔如海潮，随着令旗一挥，五色旗旛前呼后拥，雄赳赳出发了。

第一仗，李信攻打平舆，蒙恬进攻寝城，大败楚军。李信得意扬扬，又攻进鄢、郢，益发志满意得；不事休整，又带领军马向西推进，准备同蒙恬在城父会师。楚军老将项燕知李信求功心切，率部在后面死死咬住秦军，三天三夜不离，不断地骚扰，不让秦军有丝毫喘息之机，把李信的队伍拖得疲惫不堪，叫苦连天。凌晨，秦军在峡谷中了埋伏，箭如飞蝗，秦军在惨叫声中一片片倒了下去。双方在谷中展开了生死搏斗。

一种凄凉古战场，楚军早就攒积了满腔怒火，个个奋勇争先冲进秦军阵中。一时间，喊杀之声惊天动地，戈矛的撞击声，惨叫声不绝于耳，嚎叫声惊动了天上的鸿雁，鲜血染红了将士的征衣，荆湘大地恨茫茫，哀草荒烟几断肠。秦军惨败，七名都尉战死，李信侥幸活命，狼狈窜回。

秦王闻讯，登时脸色惨白，半天说不出话来："二十万军啊！秦国多长时间才能再生出二十万壮丁？"盛怒之下，一口鲜血从秦王胸腔喷涌而出，秦王倒在榻上。秦王后悔当初没听王翦的话。他不愿躺下养病，第二天就急匆匆乘车到频阳向王翦道歉和请教。

来到频阳，寻到将军府，管家说："老爷今天好心情，父子双双在湖上垂钓。""前方兵败如山倒，王翦竟有心情垂钓。"秦王要管家领路去见王翦。管家哪敢怠慢，在前头跌跌撞撞引路。

绿树浓荫绕塘岸，野鸟儿枝头叫喳喳。管家解索请秦王登舟，穿过茫茫一片芦苇荡，就见一老一少杀得欢。那老的白发飘然，少的蓬头垢发，各以手中的桨拼命厮打。

"这王翦名曰养病，竟在老家练习水战。"秦王内心高兴，向王翦道歉说："恕寡人不采用将军的计谋，致使李信玷辱我秦军的声威。将军近来在家可好？"

"好！老臣高卧烟波，胜于待漏五更；不用去听鸡鸣金銮殿，不用佩玉列朝班；每日里有鱼有酒自饮几霞觞。"

秦王说："老将军难道就忍弃寡人不管吗？"王翦推托说："末将有病，不能带兵。"

秦王说："老将军有病还能打水仗？从前的事不要再说了！"

王翦说："如果迫不得已，一定要用我，非得六十万士兵不可！"

秦王说："但凭将军安排考虑罢了。"秦王于是举全国之兵，连宫廷侍卫军也分出一半，凑够了数目。李斯筹备粮草，又下令民间腌制冬菜腊肉以备战。

秦王将王翦送到灞上，临别时，王翦弯腰控背请求赐给他良田豪宅。秦王说："将军出发吧，难道还忧虑未来贫穷吗？"王翦微微一笑说："担任大王的将领，即使立了功，也不会得到封侯，趁着大王还信任我的时候，讨些田宅作为子孙的产业。"秦王大笑。王翦出发后，刚到了武关，又先后派五批使者回去讨封良田。身边有人说："老将军讨封赏也讨得太过分了!"王翦说:"大王粗心大意而又不信任人,现在倾全国兵力委托我指挥,我如果不多多地讨些良田大宅作为子孙的产业来表示自己别无它算,就反而会使大王猜疑我了。"

秦王政二十三年(前224),王翦占领了陈以南直到平舆一带。楚人听说王翦增兵攻来,于是调动了全国兵力来抵抗;王翦坚守营垒不与楚人交战。楚人多次挑战,王翦始终不肯出兵。他每天让士卒休息洗浴,吃好喝好。过了一段日子,王翦派人探问:"军中在玩什么?"回答说:"正在玩投石、跳远的游戏。"王翦说:"可以出兵了!"

好长一段时间,楚军见秦军终日吃喝玩乐,闭营不出,毫无战心,无论楚军如何挑战,皆找不到战机,楚军于是向东转移。王翦趁机出兵追赶,命令壮士攻击,打败了楚军,一直追到蕲南地区,楚军全线溃败。王翦乘胜占领了各地城邑,俘获了楚王负刍。[①] 项燕拥立昌平君熊启为楚王,在淮河以南反秦。

秦王政二十四年(前223),王翦、蒙武再次去攻打楚国,打败楚军,昌平君死,项燕自杀。秦王政二十五年(前222),秦又大规模举兵,王贲、王翦平定了楚国的长江以南一带,降服了越族的首领,设置了会稽郡。楚国灭。

秦王政二十六年(前221),王贲灭燕后挥军南下进攻齐国,俘获了齐王田建,齐国灭。

四

彤云密布朔风凛冽,鹅毛大雪飘了三天三夜,积雪已经有二尺五寸厚。雪,白了远山,白了路两旁的树,白了秦宫,也白了百姓的茅屋,雪抹去了天地间的五彩,宇宙在一片白中就像出殡的缟素一样。

秦国境内载歌载舞,庆祝天下归一。此时的秦王显得无比烦躁,连年来的战事折腾得他魂不附体,六国的反复无常更时常让他气得七窍生烟。韩王交出土地献上印玺,请求做守卫边境的臣子,不久就与赵国、魏国联合反叛;赵王做了俘虏,赵公子嘉竟然自立为代王;楚国虽表示投降,却又派兵袭击秦国南郡;燕国竟猖狂到派荆轲来做刺客;齐国也断绝了与秦国的使臣来往。秦王寝不安席,食不甘味。他几乎疯了,秦宫中常常传出他豺狼般的嚎叫声,一道道命令发出,一支支军队从咸阳飚出,几经反

[①] 见《资治通鉴》"始皇帝二十一年——二十三年"节选。

复，终于扑灭了六国反叛的烽烟。

秦王想，七国同为列侯，平起平坐，凭什么他们非得服从我？连年征战，终于有了结局，如今天下安定了，名号一定得改，不然何以镇住他们的反叛，何以显扬我的功业，传给后代？他把丞相王绾、御史大夫冯劫、廷尉李斯召请来商议。

王绾说："从前五帝的土地纵横各千里，外面还划分有侯服、夷服等地区，诸侯有的朝见，有的不朝见，天子不能控制，现在您兴正义之师，讨伐四方残贼之人，平定了天下，在全国设置郡县，法令归于一统，这是亘古不曾有，五帝也比不上的。故名号一定得显出大王您的威严尊贵。"

李斯说："臣已经征求过众博士，古代有天皇、地皇和泰皇，泰皇最尊贵。大王您当称为'泰皇'。发的教令称为'制书'，您下命令称为'诏书'，您自称'朕'。"

秦王想了想说："既然本王的功业前无古人，名号就不要承袭以往。去掉'泰'字，留下'皇'字，采用上古'帝'的位号，称为'皇帝'，其他就按你们议论的办。"于是追尊父亲秦庄襄王为太上皇。

不久，秦王又下令说："我听说上古有号而没有谥，中古有号，死后根据生前品行事迹给个谥号。这样做，就是儿子议论父亲，臣子议论君主了，没有意义，我不采取这种做法。从今以后，废除谥法。我就叫作始皇帝，后代就从我这儿开始，称二世、三世直到万世，永远相传，没有穷尽。"众人皆额手称庆，三呼万岁。

有了名号，还不足以显示秦的继往开来，万象更新，秦始皇又将星官、历史官和占卜官找来商议。按照水、火、木、金、土五行相生相克、终始循环的原理进行推求。周朝属火德，秦朝要取代周朝，必须取能够克火的水德。现在是水德开始之年，为顺天意，定十月为一年之首，群臣朝见拜贺都在十月初一这一天。衣服、符节和旗帜的装饰，崇尚黑色。因为水德属阴，而《易》卦中表示阴的符号阴爻叫作"元"，就把数目以十为终极改成以六为终极，所以符节和御史所戴的法冠都规定为六寸，车宽为六尺，六尺为一步，一辆车驾六匹马。把黄河改名为"德水"，以此来表示水德的开始。只有刚毅严厉，一切事情都依法律决定，刻薄而不讲仁爱、恩惠、和善、情义，这样才符合五德中水主阴的命数。

这一日秦始皇驾坐金銮，刚把上述法令礼制公布下去，就有丞相王绾等进言说："诸侯刚刚被打败，燕国、齐国、楚国地处偏远，不给它们设王，就无法镇抚那里。请封立各位皇子为王，希望皇上恩准。"秦始皇把这个建议下交给群臣商议，群臣都认为这样做有利。

李斯发表意见说："周文王、周武王分封子弟和同姓亲属很多，可是他们的后代逐渐疏远了，互相攻击，就像仇人一样，诸侯之间彼此征战，周天子也无法阻止。现在天下仰仗您的威灵获得统一，都划分成了郡县，对于皇子功臣，用公家的赋税重重赏赐，这样就容易控制了，设置诸侯没有好处。"

　　秦始皇说："以前，天下人都苦于连年战争无休无止，就是因为有那些诸侯王。现在我依仗祖宗的神灵，天下刚刚安定，如果又设立诸侯国，这等于又挑起战争，于国家没有好处，李卿说得对。"

　　秦始皇于是把天下分为三十六郡，每郡都设置守、尉、监将人民统称为"黔首"。下令收集天下的兵器，聚集到咸阳，熔化之后铸成大钟以及十二个铜人，每个重达十二万斤，放置在宫廷里。

　　接着又统一法令和度量衡标准。"车同轨，书同文"，统一车辆两轮间的宽度，书写统一使用小篆。绘制图舆：领土东到大海和朝鲜，西到临洮、羌中，南到北向户，往北据守黄河作为要塞，沿着阴山往东一直到达辽东郡。

　　一个新型的帝国屹立在东方。秦始皇第一次将华夏两大民系的诸侯国统一在这个帝国中。

第三节　秦始皇大兴土木

一

　　法令礼制颁布之后，秦始皇累了，少年时他忍他人所不能忍；亲政之后，他做他人所不能做。在统一六国过程中，他虽然不必亲临战场，但他比戎马倥偬的将军们还要累，每一场战争就是一场赌博，秦国就那么一方土地，一点人力物力，赌赢就赢，赌输就死无葬身之地。战火一起，秦王的眼睛立时像狼一样闪闪发亮，但他的内心永远忐忑不安。从前他的先祖是几年甚至几十年才打一次仗，到他这一代几乎是年年打，月月打，有时候一场仗连年累月，他常常在惴惴不安中望眼欲穿地等候着捷报佳音。眼看着秦的国土一天天大起来，他的身体却一天天虚脱下去。

　　他在"法、术、势"中获得了做皇帝的快感。他折腾惯了，没有折腾意味着他失去了人生的价值。他给天下带来了和平，没有了战争，没有了烦恼，但对他来说就是最大的烦恼。

皇帝的光辉，帝国的伟大不能只有纸上的法令，还必须有看得见、摸得着的物件。当时，秦国的祖庙及章台宫、上林苑都在渭水南岸。秦始皇下令迁徙天下富豪与贵族人家十二万户到咸阳居住，让他们来瞻仰秦宫的伟大；秦始皇每灭掉一个诸侯，就按照该国宫室的样子，在咸阳北面的山坡上进行仿造，从雍门往东直到泾、渭二水交会处，殿屋之间用天桥和环行长廊互相连接起来。从六国虏得的美人和掠来的钟鼓乐器等，都安置到宫室中，那里汇聚着来自各地的佳丽，莺歌燕舞，犹如笼中百鸟的歌唱。

"六国宫室的项目需要多少人力？"秦始皇征询李斯的意见。李斯说："以臣下的看法，大约需要四十万黔首。"

"眼下国家才平息战争，四十万人力难征吗？"始皇有点担心。李斯坦然说："如今天下一统，再无战事，关中产出的粮食财富，足以支撑这一工程，请陛下放心。"

六国宫室刚刚动工，始皇又决定修陵墓。近年来，他时常觉得胸腔隐隐作痛，像被什么物件堵住一样，他意识到自己的生命不会长久，他对生命短暂的印象太深了，有时候面对山川江河，他会悲从中来："人的性命竟如此脆弱！"他常常感到将和他人永别，这些年来呕心沥血，是该好好休息了。他决计在骊山建造陵寝，陵寝的规模就按咸阳宫的规格建，地上有多大，地下就多大。他令人设置了一个大型的兵马俑工场，要塑造出一个庞大的军团，他要率领这个军团在地下也建立一个大帝国。这兵马俑需要征集六国的能工巧匠，整个工程合计需要五十万黔首。

李斯为难了，六国的宫室还未完工，就要建陵寝，全国人民都在开山辟路，在各郡县为"车同轨"修建统一的国道，哪还能抽出五十万黔首。此时的秦始皇帝方三十九岁，李斯面带笑容，委婉地说："陛下春秋正盛，陵寝一事是否可推一推？"

秦始皇不高兴了："今日的天下都是大秦的，人口就如天上的星星一样多，怎么就征不到五十万黔首？"李斯无言了，李斯其人才气有余，骨子里却是懦弱的，只得去颁发诏书向各郡县摊派人力。

斗转星移，半年过去了，已是绿肥红瘦的时节。秦始皇从六国宫室出来，浑身乏力，他不知自己还能活多久："赵高，朕明天想去骊山看看。"始皇一声吩咐说，赵高频频点头，很快就布置下去。

二

　　三天后，始皇车驾来到骊山，又到兵马俑工场来看他的军团，刚踏进工场，就听到一个声音："政哥，是你吗？"那声音就像从遥远的天边，从另一个世界传来，这是久违了的声音，是梦牵魂绕的声音，声音不大却震撼着始皇的心。他转过身来，一个女子出现在他的眼前，那女子身段姣好，面容清凄："政哥，我是四丫。"

　　四丫？对！这就是他夜夜梦游所要寻找的四丫。在她身上有着他人生最为艰难且刻骨铭心的一段记忆——

　　始皇在赵国呱呱坠地时，因为不足月，邻里小孩常常嘲笑他是野种，那时他的父亲异人回到秦国，独留母亲赵姬带着他在赵国，周围人的目光充满着仇恨和歧视。秦赵交兵，赵人将仇恨发泄到他的身上——他们合伙骂他，揍他，赵政一次次被打得死去活来。弱肉强食的环境磨淬了他的心，他发毒誓："未来一定要将他们统统消灭光！"他幼小的心灵，塞满了人世间的仇恨。只有四丫对他充满着同情和关切，两个青梅竹马的孩子成了无话不谈的莫逆之交。

　　十三岁了，赵政要回秦国了，他来和她告别，他将身上唯一的一块佩玉送给了她，他向她发了宏愿："四丫，我以后会一统天下，那时候我一定来娶你。"两颗朦胧的心山盟海誓。赵国灭亡的时候，他来找她，找了很久也没有找到，因为大哥、二哥惨死在秦军的刀下，她不愿见他。他只找到当年那些仇人，将他们一个个都活埋了。二十多年啦，一切似乎成为往事云烟，想不到竟在这里遇到她。

　　"你的哥哥好吗？"始皇关切地问。四丫避开了话题："陛下，我带你去看看他们吧。"转过了一道弯，漫山遍野是简易的工棚，鳞次栉比，从山坡一直连到山顶。一路上不断有收尸队从工棚里抬出尸体。"怎么有那么多人死啦？"始皇问。四丫告诉他，几十万人的工地，因为蔬菜供应不上，屎拉不出来，只好喝泻药汤，本来身体就缺少油水，哪经得起泻，更可怕是，磕磕碰碰的伤口无法愈合而大面积溃疡，并发症一发作人就死了。

　　说话间，来到一间小棚，正想进去，就见抬出两具尸体。四丫一下扑倒在担架上放声大哭："三哥，你怎么就去了？!"众人拉开了四丫，将尸体抬走，始皇和四丫紧跟而来。

　　刚转过山脚，抬望眼，两个山头布满了一个个坟堆，云卷处阴风阵阵，经幡幢幢，一时间龙颜大怒，对赵高说："赵高，你这是在给朕修陵寝，还是给这些刑徒修坟墓？"始皇帝的话音不高，却像寒风扫过松林一样，赵高吓得匍匐在地，脸如纸灰，连连磕头，"奴才这就去处理。"

当天下午，赵高悄悄地安排始皇离开骊山。接着领着侍卫军前来扒坟。民工闻讯赶来，但见白骨累累惨不忍睹，为了以后能有个葬身之地，双方发生了争执，侍卫军杀死了几百个民工，又抓捕了几十个民工，将他们吊在树上，民工也杀死了几十个侍卫，骊山又平添了一座座坟堆。

三

自从骊山邂逅四丫，回到咸阳，始皇失眠了。每当始皇想起她就会陷入无尽的遐思，他对她的怀念更多的是停留在儿时。小时候，当他被邻里孩子欺负，打得遍体鳞伤，躺在榻上的时候，他总是盼望四丫能来看他。四丫的到来，温柔的目光洗涤着他心里的伤口，激起他对生活的信心，他的心里总会荡起阵阵涟漪。

自从做了皇帝，虽然美姬如云，天姿国色，但没有与四丫之间潺潺流水一样的情感，那能够洗涤伤口的涟漪消失了，所以，她们无法激起他想要建立一个美好天下的信心。

小时候，四丫会带他进山采草药，一路上她会告诉他如何避开荆棘和怪石。那时候，脚必须去适应路面，如今不同了，路是用来适应他的脚的。他一声令下，举国黔首就将路面统一了。从前他必须小心翼翼地去适应生活，如今生活却必须战战兢兢来适应他；只要他不高兴，臣子不敢谏，百姓不敢言，百花不敢开。虽然他从中获得了一种至高无上的快感，但一切云里雾里，真真假假，看山不是山，看河不是河，他很想回到从前和四丫的那种实实在在的日子。

秦始皇政二十七年（前220），始皇征发民夫在渭水南面建造信宫。不久，又把信宫改名叫"极庙"，以象征天边的北极星。接着又从极庙开通道路直达骊山，修建了甘泉前殿。又在极庙两旁筑墙，叫作甬道，从咸阳一直连接到骊山，这样，他就可以随时从甬道直达骊山去见四丫。

机遇有时会讨好年轻的姑娘，让她们早早地披上出嫁的头巾，但对于四丫，命运不是这样，从十来岁一直到现在，一月月，一年年，她都在等候着政哥，她的心花谢了，一瓣瓣化成了梦中的蝴蝶。如今，她已经过了最美好的年龄，命运似乎还眷顾着她，她依然美丽，如今终于等来了政哥，可她已经不再喜欢他。

政哥变了，变成了杀人的魔鬼。秦赵交兵，赵并入了秦的版图，可赵人被杀得所剩无几，秦赵两国本是兄弟之邦，他们有着共同的祖宗——伯益。为什么秦人对赵人如此残忍？她想不通，她的两个哥哥惨死在秦军的刀下，她的三哥又死在骊山上，如今始皇帝却要封她为后，叫她情何以堪？

雪花从天边舞过来，一片一片如玉一般，飘落在甘泉前殿的屋顶上，悄然无声，已是黄昏时分，风不再硬。上烛的时候，始皇对四丫说："朕这次一定要带你进宫！"四丫莞尔一笑，她的笑不是妩媚的笑，"巧笑倩兮，眉目盼兮！"那是一种发自内心纯粹自然的笑，始皇最喜欢看她笑，千钧压力在她的笑容面前都会释然。

"政哥，全天下的人都在骂你豺狼本性，反复无常。四丫怎么随你进宫？"

始皇无语了，如何给她解释呢？比方说，六国要抗秦就会在"合纵"中结成联盟，来围攻秦国；秦国要瓦解六国的"合纵"就必须与六国结成"连横"。但秦国的终极目的是一统天下，连横一旦成功又必须撕毁盟约，继续攻城略地，才能一统六国。"始皇就必须扮演这个贪得无厌、变化无常的角色，但四丫并不能理解。

秦始皇三十五年（前212），秦始皇下令修筑道路，由九原一直修到云阳，挖掉山峰填平河谷，笔直贯通。始皇帝认为咸阳人口多，先王宫廷窄小，听说周文王建都在丰，武王建都在镐，丰、镐两城之间，才是帝王的都城所在。于是就在渭水南面上林苑内修建朝宫。先在阿房建前殿，东西长五百步，南北宽五十丈，宫中可以容纳一万人，下面可以树立五丈高的大旗。四周架有天桥可供驰走，从宫殿之下一直通到南山。在南山的顶峰修建门阙作为标志。依据阿房宫这一规划，关中总共建造宫殿三百座，关外建四百座。①

这一回可把李斯逼疯了，修公路，修栈道，修陵墓，筑长城，没完没了。六国故宫、极庙、陵墓还未完工。民间已经怨声载道，再接着这庞大的阿房宫工程，恐怕是还未竣工，秦已灭亡。

赵高问："李相邦，你看这工程该如何办？"

李斯无奈地说："民力财力皆不堪用。依我看，这样下去，秦无二世啊！"

"这是实话，也是实事，李相邦，老奴提醒您一句，实事不可求是啊！万万不可，相邦不妨先答应下来，再悠着点就是。"李斯木然地点了点头，

---

① 本节所建楼台馆所栈道、甬道等均见司马迁《史记·秦始皇本纪》。

算是赞同。他决定集中宫刑、徒刑七十多万人，从北山开采来山石，从蜀地、荆地运来木料，以建阿房宫。

第四节　秦始皇封禅遇刺

一

当连云的广厦，象征着大秦政绩工程在累累的白骨堆耸立起来时，始皇的内心升腾起一种自豪感。这自豪感是那样庄严肃穆，他决心出去看看他的天下有多大、多宽，他的人民到底怎么样，以迎接一个没有战争的太平盛世。

秦始皇二十七年（前220），秦始皇巡视陇西、北地，穿过鸡头山，路经回中（今陕西省陇县西北），然后归来。这次短途巡视，他心旷神怡，深感身体能够适应旅途劳顿，遂决定明年，也即秦始皇二十八年（前219）到泰山封禅，于是秦始皇下令修筑巡行用的驰道。

相传开天辟地以来，古神圣无怀氏、伏羲、黄帝、颛顼、帝喾、尧、舜、禹、商汤与周成王都曾封禅泰山，受命于天而治理天下。如今天下一统，纪元新辟，始皇自然也得到泰山祭告天地。文武大臣都劝他就近在关中华山祭拜天地就可以，以免长途奔波劳顿，有损龙体。始皇帝没有照准，都说秦人发祥于东海之滨、泰山脚下，自先祖伯益蒙难以来，悠悠一千年过去，只祭白帝少昊，未祭伯益先公，如今否极泰来，秦人终于一统天下，不回去祭告祖宗，岂非沐猴而冠，锦衣夜行！

当地郡县得知皇帝封禅消息，岂敢怠慢，忙不迭地召集人力，在泰山南面修了一条小道直通山巅；又在北面修了一条小径可以下山通向梁父山祭地。

仲春时节，百花盛放，喜气洋洋，始皇率领一班文武大臣，众多嫔妃，催动三千侍卫队浩浩荡荡向东而来。一路所过，自有州县接应，一干人马好不容易于五月初到达泰山，李斯吩咐在山脚扎下营帐。第二天便有东海一班儒生前来教习礼仪。学了两天，始皇嫌迂腐烦琐，决定仍用秦国故礼，下令第二天早上登山。

泰山巍巍，云雾缭绕。太阳照在身上，暖洋洋的，没走多久，额头即沁出汗来，颇有夏意；始皇帝放眼向山下望去，但见众百姓肩挑三牲，抬着太牢及各式祭品，祭品结扎着红绸缎，五色旗幡在风中猎猎作响；众侍卫个个挑着新劈的木柴，鱼贯尾随。

约莫一个时辰过去，但见云绕腰间，雾气渐浓，三步开外，只有话语声，不见人身形；再往上攀，云在脚下，不知身在天上还是人间。此时凉风习习，俨然已是初秋时节。气喘呼呼的始皇吩咐加衣御寒。他走不动了，侍卫连抬带背，终于把秦始皇背上泰山之巅，风吹来夹着雪粉。从侍卫身上下来的秦始皇一看，一时目瞪口呆，高兴得手舞足蹈，大声高喊："高矣！赫矣！泰山之险，登一山而历四季！"他搜肠刮肚想要表达泰山的伟大壮美，急得双眼发绿，手足张狂。一旁的丞相王绾明白他的意思，于是说："《鲁颂》是这样表达的：'泰山岩岩，鲁邦所詹'。"

"什么意思？"秦始皇不解地问。

"意思是：鲁国人一出门口，就能瞻仰雄伟的泰山。"王绾说。

李斯也过来凑热闹，说："孔子登东山而小鲁，登泰山而小天下。"

"朕明白，意思是孔子登上东山，整个鲁国尽收眼底；孔子登上泰山，天地一览无遗，变得渺小。"始皇说。

李斯说着用手一指："皇上：您看看，山下这绿色的地方就是齐国，褐黄色那片就是鲁国。颜色不同，民风也不一样。"

"有趣，有趣！不过，爱卿，如今没有鲁国、齐国，只有秦国啦！"秦始皇心情无比畅快，极目天壤接缝处，他相信天下已经尽在他的眼底，一时间不觉得意忘形，说："朕和这泰山相比如何？"

众人一听不觉一怔，王绾反应敏捷，立刻说："泰山就是皇上。"

李斯紧接着说："皇上就是泰山。"

秦始皇嘿嘿一笑："这么说，泰山即朕，朕即泰山。"

"皇上高明！"御史大夫冯劫说。

此时，一众侍卫正在挖土筑坛，傍晚时分，坛成，高一丈二尺。台的周围垒起十二座柴燔，高一丈六尺。在司仪官的指导下，三牲、太牢、黍稷一应祭品分列台前的埕上，前后左右布满二丈高的旗幡，迎风飘扬，煞是壮观。一切准备就绪，已近午夜，就等吉日良辰。

始皇刚刚合眼，就被赵高推醒，一干侍女为他梳洗穿戴。扶着他走出了寝帐，但见山间一堆堆篝火，在黎明前的黑暗冰冷中显得格外耀眼与温暖。原来众侍卫与百姓为了迎接"泰山日出"这个神圣的时刻，彻夜不眠，静坐等候。

无边黑暗终于露出了鱼肚白，白得耀眼，转眼间变成了橘红，又幻化成褐红，一轮红日跃出，照亮了天边，烧红了云霞，一时间祥云袅袅，无比壮丽。突然间，呼声四起：

"大秦万岁，万岁，万万岁！"

"皇上万年无期，万年无期，万年无期！"

众百姓、侍卫、文武大臣齐声高呼，此起彼伏，惊醒了林中百鸟，一时间百鸟和鸣，煞是祥和。始皇心潮滔滔，由内监扶着缓缓登上祭台。身旁是四丫随侍。

司仪官大声宣布："祭天开始！"封禅就是祭天地，封是祭天，也即祭太阳；禅就是祭地，也即祭月亮。始皇带领群臣向着太阳三跪九叩行大礼。十二堆柴燔点燃，不一刻，浓烟滚滚，烈火熊熊。火光中，李斯率领一众博士齐声诵读祭文——

> 巍巍泰山，煌煌中华，秦始皇帝，继往开来……

人们相信，随着浓烟，颂声已经直达天庭，神灵听到了，也领受了祭品。欢呼声又起："大秦万岁，万岁，万万岁！""皇上万年无期，万年无期，万年无期！"在儒生教习的指导下，人们将成筐的米饭撒向山间，百鸟欢叫着俯冲下来啄食，霞光中，凤鸟、白灵、燕子、青鸟、丹鹤、祝鸠、雎鸠、布谷、锦鸡……，泰山一时间成了鸟山。都说东海之滨是鸟国，果然不差。

始皇座椅周围落下的十多只鸟，喳喳叫个不停，四丫附耳对始皇说："祥瑞呀！"始皇帝满脸红光，想到当年在赵国的困境，二十六年的奋斗，终于有这样一个结局，始皇帝的眼眶湿润了。

祭天在欢呼声中结束。午后，君臣匆匆下山，他们还要去赶另一个祭典，梁父山已经安排了祭地，今天刚好五月十五，月正圆，不能错失吉日良辰。

从山上下来，刚刚还是五月端阳景，突然间风雨大作，噼里啪啦竟下起一阵冰雹。众人簇拥着秦始皇歇息在一棵树下，秦始皇见那树气势宏伟，盘根错节，枝分五叉，一时高兴，特赐封那树为"五大夫树"。

在梁父山举行祭地典礼之后，秦始皇下令在石头上镌刻碑文。碑文是：

> 皇帝登临这座泰山，东方一览极尽。随臣思念伟绩，推溯事业本源，敬赞功德无限。治世之道实施，诸种产业得宜，一切法则大振，大义清明美善，传于后代子孙，永世承继不变。皇帝圣明通达，既已平定天下，毫不懈怠息国政。每日早起晚睡，建设长远利益，专心教化

兴盛。训民皆以常道，远近通达平治，圣意人人尊奉。贵贱清楚分明，男女依礼有别，供职个个虔敬。光明通照内外，处处清净安泰，后世永续德政。教化所及无穷，定要遵从遗诏，重大告诫永世遵奉。

归来路上，沿着渤海岸往东走，途经黄县、腄县，攀上成山的顶峰，又登上芝罘山，树立石碑，然后离去。始皇觉得浑身通泰，身体俨然好起来，他很高兴，又往南走登上了琅琊山，在那里停留了三个月。秦始皇见那一带人烟稀少，于是下令迁来百姓三万户到琅琊台下居住，免除他们十二年的赋税徭役。同时，下令修筑琅琊台，立石刻字，歌颂秦之功德。

二

诸事完毕，就有齐地人徐市等人带着鱼虾来进献与上书。徐市引领着秦始皇一班人马来到东海之滨。海上的景象一下吸引了他们，海天一色，湛蓝清澈，一望无垠。海浪舔着细沙，秦始皇想不到天下的水竟有蓝色的，更奇怪的是这水是咸的。

"仁者乐山，智者乐水。"一班人正乐而忘返，突然间一个浪头冲来，把众人的衣衫都打湿了。海翻脸了，波涛汹涌，众人吓得面如土色，说不出话来。"别怕，别怕，这叫涨潮。"徐市若无其事地解释说。秦始皇生平所能知道的是，天下的水莫大于德水（黄河），德水之大，两岸不辨牛羊，渭水、泗水与之相比简直就是小水沟；可齐地的水竟浩浩渺渺，连着天之涯。他越看越觉得他的天下何其雄伟壮大，更深信自己就是受命于天来管理这天地的。

时已过午，晴空万里，海天变得生动起来，忽明忽暗，变幻无穷。一眨眼，天空中出现了一个岛，祥云袅袅，绿树成荫。树荫下，一群童男童女身着奇装异服，轻歌曼舞，伴随着节奏，海鸟时而俯冲下来，时而飞腾而起，一切均有影无声。秦始皇一干人马全都傻了眼，沙滩上一时鸦雀无声，大家都以为闯进了天境，很多人跪倒在地，虔诚地祈祷："上苍保佑！""上苍保佑！"

秦始皇他们见到的是海市蜃楼，一帮人正在莫名其妙之际，只听徐市说："这里祖祖辈辈相传，东海之中有三座神山，名叫蓬莱、方丈、瀛洲，有仙人居住在那里。如果能找到仙人，就能得到不死药，可长生不老。"

秦始皇一听，心情立刻明丽起来，对徐市下令："你立刻带人去寻找仙人，求取不死药。如果这海天之外还有天地，还有未贩化的臣民，你就领着他们来皈依大秦!"几天后,徐市斋戒沐浴,挑选童男童女几千人,带着无数财宝和食物,赴海去寻找仙人。① 一时间东海周边的童男童女尽被带走,郡县府库的财富被带走了十之七八。

始皇返回京城,路经彭城,想要从泗水中打捞出那只象征权力的周鼎。他派了一千人潜入水底寻找,没有找到,内心闷闷不乐,于是向西南渡过淮河,前往衡山、南郡,乘船顺江而下,来到湘山祠。

突然间,阴风阵阵,风声凄厉,呼啦啦飞沙走石大风起,黑沉沉密雾重云不见天,一时间伸手不见五指,几乎无法渡河。风浪颠簸,使渡船上的始皇手脚张狂,前仰后合,眼花头昏,意乱神迷。他问随身博士:"湘君是什么神?"博士想了想,说:"听说是尧的女儿,舜的妻子,埋葬在这里。"始皇非常生气:"到底是女神、女妖还是女鬼,朕乃天下万国九州之主,竟敢阻驾?"第二天就派了三千服刑役的罪犯,把湘山上的树全部砍光,此后,郁郁葱葱的湘山变成了赭红色,导致水土流失。百姓骂声四起,人民不再看好这个大秦政权。

三

秦始皇二十九年(前218),秦始皇再次到东方去巡游。秦始皇晚年多次巡视东方,一是祖先的灵山就在东方,他得去祭拜;二来是为了求取长生不老药。这一日秦始皇一干人马来到阳武县博浪沙时,遭遇张良和一名力士的行刺。

张良是韩国人,祖父张开、父亲张平先后都是韩国的宰相,到了张良的时候,韩国已经灭亡。年轻的张良感于国仇家恨,散尽家财,特制了一柄一百二十斤的大锤,又求得一名力士。这力士浑身腱肌坚硬如铁,力大无穷,手握铁锤犹如老鹰抓小鸡一样轻松,他日日练,月月练,十丈开外百发百中。不久,张良打探到秦始皇东巡必经之路,二人遂悄悄地埋伏在博浪沙灌木丛中。

这天时已过午,天高云淡,阳光灿烂,但见远远车队自西浩浩荡荡而来,前面鸣锣开道,黑色旌旗仪仗队走在最前面,紧跟着是皇家侍卫马队,车队两边,大小官员前呼后拥。见此气派,张良与大力士确定是秦始

---

① 见〔西汉〕司马迁《史记·秦始皇本纪》:"既已,齐人徐市等上书,言海中有三神山,名曰蓬莱、方丈、瀛洲,仙人居之。请得斋戒,与童男女求之。于是遣徐市发童男女数千人,入海求仙人。"

皇的车队无疑。两人一点数，发现马车共计三十六辆，按理，皇上的车驾应是六马拉车，但所有车辇全为四驾，分不清哪一辆是秦始皇的座驾，只见车队中间的那辆最是豪华。张良手一指，力士会意，从草丛中跃起，手提铁锤，翻身上马，向那豪车飞奔过去。

众侍卫一见，青天白日凭空冒出个刺客，刺客燕颔虎头，巨眼圆睁，腰圆背厚，怪肉横生，刚须乱轧，声声吼叫如龙吟虎啸，众侍卫哪敢懈怠，立时策马围了上来，力士早把生死置之度外，"只要这一锤能将秦始皇击死，那就是青史留名的事。"壮士胯下坐骑四足腾空，电光风影，手起锤落，打翻了迎面而来的几个侍卫。看看近了，力士手一挥，铁锤像疾鸟飞腾，只听"砰"的一声，马车粉碎，车中人还没来得及喊出声，早已脑浆迸裂。力士将手中铁链一收，在马上挥了几圈，又将铁锤掷出，速度之快犹如闪电，接连砸碎了六辆马车，护驾虎贲大惊失色，主将蒙毅见那壮士威风凛凛冲霄汉，杀气腾腾满乾坤，慌忙指挥人马拼死围过来，力士铁锤所过之处，如急雨打荷、猛风摧柳，一个个脑袋都开了瓢。正杀得性起，突然间一支飞箭射中了他的手臂，血流如注，力士负痛咬牙，转身策马而去，隐入草丛，渺无踪影。

此时，李斯、赵高及众臣子跪倒在主车前面，浑身筛糠，痛哭流涕，高声大喊："皇上，皇上！"他们以为皇上已死，一时间皆手足无措。好一会儿，只见秦始皇帝慢悠悠从后面另一辆车中出来，虽然面如死灰，却安然无恙。始皇帝诡计多端，因多次遇刺，早有防备，所有车辇全部换成四驾，每天神不知鬼不觉地换乘座驾。力士不知就里，误中的皆是副车。

始皇帝掀开车的帘幕，只见车中四丫脑浆迸裂倒了下来，始皇帝抱起四丫，发疯地大喊大叫："难道朕真的成了千夫所指的独夫民贼？"众人慌忙跪倒在地，齐声高呼："皇上乃千古一帝啊！"始皇帝将四丫安葬在骊山陵墓，并为她守灵七天。

秦始皇东巡遇刺后，内心真的发怵——荆轲、高渐离、力士，前赴后继，没完没了，这些人目标明确，死死不松手。"天下乃朕一人的天下，竟以命相搏。"事件发生那一刻，始皇帝能感受到生命的凛冽和对方的杀气。他真的怕了这些人，于是下令全国搜捕，凡有箭伤者皆杀！一时间全国郡县风声鹤唳，鸡飞狗跳，家有铁器，不管兵器农具，皆杀无赦，折腾了十天，最终不了了之。①

---

① 见〔西汉〕司马迁《史记秦·始皇本纪》："二十九年，始皇东游。至阳武博狼（浪）沙中，为盗所惊。求弗得，乃令天下大索十日。"

秦始皇三十一年（前216）十二月，始皇在咸阳便装出行，和四个武士一起，晚上在兰池又遇见了强盗。千钧一发之际，武士们打死了强盗，秦始皇于是在关中大规模搜查了二十天，闹得人心惶惶，米价上涨到每石一千六百钱，① 百姓叫苦连天。

经历了一系列的谋杀，始皇帝更感到生命的无常和脆弱，他求取不死药和成仙的愿望更切了。他下令把方士卢生找来询问。卢生劝说道："我们寻找灵芝、奇药和仙人，一直找不到，好像是有什么东西伤害了它们。我们想，皇帝要经常秘密出行以便驱逐恶鬼，恶鬼避开了，神仙真人才会来到。现在皇上治理天下，没能做到清静恬淡。希望皇上所住的宫室不要让别人知道，这样，不死之药或许能够得到。"

秦始皇一听，爽然说："我羡慕神仙真人，我自己就叫'真人'，不再称'朕'了。"于是令咸阳四旁二百里内的二百七十座宫观都用天桥、甬道连接起来；皇帝所到的地方，如有人说出去，就判死罪。

有一次，皇帝幸临梁山宫，从山上望见李斯随从的车马众多，觉得李斯的仪仗几乎与自己对等，很不高兴。宦官近臣里有人把这件事告诉了李斯，李斯听了大吃一惊，此后出行减少车马数目，轻车简从。始皇帝见李斯轻车简从，知道宫中有人泄露了他的话，下诏把当时跟随在旁的人抓起来审问，没有人承认，于是下令将全部随从杀掉。从此以后，始皇帝处理事务，群臣接受命令，全在咸阳宫，没有人敢泄露他的消息，没有人知道他的具体行踪。

第五节　焚书坑士死祖龙

一

自从始皇深居简出，与世隔绝，不知不觉几个年头过去，他觉得周遭的事物都变了。从前咸阳宫的台阶，他一跃就是两三级，如今小心翼翼才能登上一个台阶。自二十二岁亲政以来，他每天要批阅奏章两箩筐，约一

---

① 见〔西汉〕司马迁《史记·秦始皇本纪》："三十一年十二月，更名腊曰'嘉平'。赐黔首里六石米，二羊。始皇为微行咸阳，与武士四人俱，夜出逢盗兰池，见窘，武士击杀盗，关中大索二十日。米石千六百。"

百斤。如今臣子写奏章，怎么写得模模糊糊，字体小得看不清，只好叫赵高念给他听，可赵高为何嗓子也不如从前洪亮呢？变啦！一切都在变，这天气好像也在变，夏天特别热，冬天特别冷，风也比以前猛，就连那松明灯也越来越昏暗。始皇帝越想越不对，问赵高："赵高，朕今年几岁啦？"

"皇上日理万机，毫发不差，倒把自己的岁数忘了。"

"朕记得自己的江山、自己的军队、自己的府库、自己的嫔妃，朕操心的事体多了去，唯独这年纪没有人会来偷，也偷不走，朕记它干吗？"

"也是！"赵高掐指一算，始皇帝十三岁登基，如今是三十三年，于是说："皇上今年四十有六。"始皇帝一想不妙，四十六岁怎么就老态龙钟，脚步蹒跚，于是说道："把御医找来！"

御医诊断后说："皇上身体并无大碍，主要是操心太多，积劳所致。只要节制房事，注意调养，龙体就会恢复。"御医给他开了个方子，一再叮咛他多多休息。始皇心想：如今这江山社稷一统，万国朝贺进中原，四夷八蛮皈王化，唯有长生不死药方能扶持我坐九重。他求仙之志更迫切了。

这一日，始皇见那树梢头上喜鹊闹喳喳，正有点心烦，就见内监说："皇上，最近咸阳城里有首民谣说'帝若学仙腊嘉平'。"秦始皇将巫师、星官召来询问，不久就将腊月改称为"嘉平"。下令赐给每个里（一百户）十石米，四只羊。李斯为难地说："各州县恐怕没有那么多财货。""那就六斗米，两只羊吧。"

第二年，秦始皇前往碣石，派燕国人卢生访求方士羡门、高誓，又派韩终、侯公、石生去寻找仙人不死之药。这一去又卷走了府库一笔笔财货，大秦财政越发吃紧。

不久，始皇巡视北部边界返回京城。入海求仙的卢生回来了，搬来了一块千年古石。黝黑的石头上依稀刻着四个字："亡秦者胡"。据说这个"胡"字是指秦始皇的儿子胡亥，可是始皇以为是胡人，于是派将军蒙恬率兵三十万去攻打北方的胡人，夺取了河套平原。又发兵到西北驱逐匈奴。从榆中沿黄河往东一直连接到阴山，划分成四十四个县。沿河修筑城墙，设置要塞。又派蒙恬渡过黄河去夺取高阙、阳山、北假一带地方，筑起堡垒以驱逐戎狄。迁移被贬谪的人，让他们充实新设置的县。始皇帝一个误会就将国境向北伸展了四十四个县，还有高阙一带的地方。

二

秦始皇三十四年（前213），秦始皇在咸阳宫摆设酒宴，宴请群臣，又邀请了七十位博士前来献酒颂祝寿辞。当时北方三十万将士征胡战事吃紧，赵佗五十万大军南下，八十万军队的给养，此外，筑长城、修陵墓、建阿房宫，还有一拨拨求仙方士，掏空了整个大秦的府库。大秦的经济近于崩溃，民不聊生，百姓妻离子散，生不如死，怨声载道。始皇想在寿宴上借博士的口来粉饰太平，振兴太平。

寿宴开始，就有仆射周青臣走上前去颂扬说："从前秦国土地不过千里，仰仗陛下神灵明圣，平定天下，驱逐蛮夷，凡是日月所照耀到的地方，没有不臣服的。把诸侯国改置为郡县，人人安居乐业，不必再担心战争，功业可以传之万代。您的威德，自古及今无人能比。"始皇一听十分高兴，下令赏酒。

周青臣话音刚落，就有齐人博士淳于越上前说："我听说殷朝、周朝统治天下达一千多年，分封子弟功臣，给自己当作辅佐。如今陛下拥有天下，而您的子弟却是平民百姓，一旦出现像齐国田恒、晋国六卿之类谋杀君主的臣子，没有辅佐，谁来救援呢？凡事不师法古人而能长久的，还没有听说过。刚才周青臣又当面阿谀，以致加重陛下的过失，这不是忠臣。"始皇一听也有道理，一时没了主意，就把他们的意见下交给群臣议论。

讨论自早至晚，还没议论出个所以然。秋色长空暗淡时，晚风斜拂杨柳枝。内监摆上晚宴，饭罢又议。时间一刻一刻，一个时辰一个时辰不知不觉地流逝。

天街寒星闪烁，斜月迷离。这一轮讨论更急更热烈，看看已经三更，蛩语声声惨又急，那淳于越、周青臣几乎要打起来。众人见丞相李斯一直未发布看法，于是把目光投在他的身上，寄望他能有所定夺。

李斯环望众人，语重心长地说："五帝的制度不是一代重复一代，夏、商、周的制度也不是一代因袭一代，都凭着各自的情况制定的，不是他们故意要彼此相反，而是时代变了，情况不同了。现在陛下开创了大业，建立起万世不朽之功，这本来就不是愚陋的儒生所能理解的。淳于越所说的是夏、商、周三代的事，哪里值得取法呢？从前诸侯并起纷争，才大量招揽游说之士。现在天下平定，法令出自陛下一人，百姓在家就应该致力于农工生产，读书人就应该学习法令刑禁。现在儒生们厚古薄今，以此来诽谤当世，惑乱民心。"说着从怀里掏出一份奏章，上递给了始皇。秦始皇打开一看——

　　丞相李斯冒死罪进言：古代天下散乱，没有人能够统一，所以诸侯并起，说话都称引古人为害当今，矫饰虚言扰乱名实，人们只欣赏自己私下所学的知识，指责朝廷所建立的制度。当今皇帝已统一天下，分辨是非黑白，一切决定于至尊皇帝一人。可是私学却一起非议法令，教化人们一听说有命令下达，就各根据自己所学加以议论，入朝就腹诽，出朝就巷议，在君主面前夸耀自己以求取名利，追求奇异说法以抬高自己，在民众当中带头制造谣言。这种情况不禁止，在上君主的威势就会下降，在下朋党的势力就会形成。臣以为禁止这些是合适的。我请求让史官把不是秦国的典籍全部焚毁。除博士官署所掌管的之外，天下敢有收藏《诗》《书》、诸子百家著作的，全都送到地方官那里去一起烧掉。有敢在一块儿谈议《诗》《书》的处以死刑示众，借古非今的满门抄斩。官吏如果知道而不举报，以同罪论处。命令下达三十天仍不烧书的，处以脸上刺字的黥刑，处刑罚四年，发配边疆，白天防寇，夜晚筑城。所不取缔的，是医药、占卜、种植之类的书。如果有人想要学习法令，就以官吏为师。

　　晚年的秦始皇对李斯愈来愈有一种依附感，他觉得李斯无论何时何地都能解决他面临的难题，说到他的心坎上。从前他需要客卿来帮助他统一六国，那时候他对客卿很客气；晚年他觉得这些客卿越来越不和他同一条心。尉缭不知所终，右相邦熊启逃回楚国。更可恶的是那帮方士，拿走了一批批财货，行踪渺渺，不死药也无痕无影。他觉得这些有文化的方士儒生，简直就是一批凭舌头坑蒙拐骗之徒。一个寿宴、喜宴，要他们来振兴太平，却非要攻击时政，闹得意见纷纷。"拿着我大秦的俸禄，说着非议大秦的话。"他越想越气，越气就越恨他们。于是下诏照准李斯的提议：收缴天下《诗》《书》百家，付之一炬。

　　再说侯生与卢生等人因为无法找到不死药，秦始皇又派人一次次来追问，他们觉得情况不妙，于是一起商量如何脱身避祸。卢生说："始皇为人，天性粗暴凶狠，自以为是，他出身诸侯，兼并天下，诸事称心，为所欲为，认为从古到今没有人比得上他。他专门任用治狱的官吏，狱吏们都受到亲近和宠幸。博士虽然也有七十人，但只不过是虚设充数的人员。丞相和各位大臣都只是接受已经决定的命令，依仗皇上办事。皇上喜欢用重刑、杀戮显示威严，官员们都怕获罪，都想保持住禄位，所以没有人敢真正竭诚尽忠。皇上听不到自己的过错，因而一天更比一天骄横。臣子们担心害怕，专事欺骗，屈从讨好。"

侯生也说："秦法规定，一个方士不能兼有两种方术，如果方术不能应验，就要处死。占测星象云气的人多达三百，都是良士，由于害怕获罪，就得避讳奉承，不敢正直地说出皇帝的过错。天下的事无论大小都由皇上决定，他贪于权势到如此地步，咱们不能为他去找仙药。"两人越说越觉得大祸临头，于是相互串通，一个个逃之夭夭。

始皇听说二人逃跑，十分恼怒，于是派御史去追捕审查，这些人辗转告发，一个供出一个，始皇亲自把他们从名籍上除名，连同那些博士，一共四百六十多人，始皇下令全部活埋在咸阳。

始皇的大儿子扶苏进谏说："天下刚刚平定，远方百姓还没有归附，儒生们都诵读诗书，效法孔子，现在皇上一律用重法制裁他们，我担心天下将会不安定，希望皇上明察。"始皇听了很生气，就派扶苏到北方上郡监督蒙恬的军队。

三

始皇三十六年（前211），火星侵入心宿，这种天象象征着帝王有灾。不久，始皇就接到讯报：有颗陨星坠落在东郡，落地后变为石块，石头上刻着"始皇死而土地分"等字。始皇听后暴跳如雷：这不明摆着对大秦不满，对朕不满吗？！于是派御史立刻去查办此事。

当年秋天，御史办完陨石案，单身从关东经过华阴平舒道回朝，路过一段山道。山道两旁长满杨树与白桦树，天色已晚，明月隐在云层，无边黑暗，前后无店又无驿站，天地万籁无声，寂静得可怕。御史内心正有点发怵，就见一轮明月涌上柳梢，月光透过树叶洒落在地上，光影迷离，树枝在夜风中沙沙作响，树叶簌簌耳语。御史忽然间觉得身后有人尾随，他转头一看，五丈开外有一个人披着月光向他走来。御史不由加快了脚步，那人也快步而来，御史放慢了脚步，那人也慢下来，不即不离地跟着。

御史想到近日来杀人如麻，不觉胆战心惊起来。陨星一案，石头上那行字，明显是人为而不是天然的。他将居住在陨石周围的人全部抓来拷问，没一人认罪，盛怒之下将他们全杀啦，这一案就杀了几百条人命，后面那人莫不是来报仇的？御史越想越怕，脚都迈不动了，"是福不是祸，是祸躲不过。"他干脆停在道旁，想看看来人到底想干什么。但见那人坚定地向他走来，越来越近，终于停在他面前，递给他一块碧玉，说："替我送给滈池君。"御史不解地问："谁是滈池君？""不便多问！"

来人又说："今年祖龙死！"接连说了两遍，声音在山道嗡嗡回响。御史更奇了，正想再问，四顾茫茫，手中玉璧犹在，来人却不见了，远处隐隐约约又传来："今年祖龙死！"御史听后头皮麻，抬头一看，月在中天，时约半夜。他用手使劲地捏着自己的右臂，有痛感，知道这不是梦。

御史捧回玉璧向秦始皇陈述了遇见的情况。始皇一听，登时脸色大变："滈池，滈池君是谁？"他弄不明白。第二天，他将李斯召来询问："爱卿，你给朕解释一下，滈池是什么意思？"李斯想了想说："滈水就有，没听说有滈池，滈水是咱大秦龙兴之地。把滈水叫作滈池，那是故意贬低大秦。"始皇明白了，滈池君，这是把他比作池中的泥鳅。

一连多天始皇都闷闷不乐，想到天底下还有很多人对他不满，盼着他死，连日来他吃不下饭，睡不着觉。始皇虽说是叱咤风云、雄才大略的人物，可有时候一点小事就能把他折腾得死去活来。第四天凌晨他刚刚有点迷糊，天边"隆隆"滚过几声雷，他抬头一看，窗牖外，闪电如龙。"今年祖龙死！""今年祖龙死！"的话语又回响在他耳边。祖龙就是秦人的鼻祖太昊，①秦人是祖龙中的一支，始皇帝大叫一声："把御史传来！"

御史来了，始皇帝问："你在山道上见到的是人还是山里鬼怪？"御史说："是人，是人！不是山鬼。"御史接着向始皇帝描述那人的样子："年纪不大，披着长长的秀发，神情有点忧郁。"

"可你不是说一转眼就不见人影吗！"

"可那玉璧明明就在手中。"

始皇帝沉思了半天，说："虽有玉璧，可转眼消失，朕想一定是山里鬼怪。山里鬼怪只能预知一年的事。如今已是深秋，今年的日子已不多，这话未必应验在朕身上。"始皇帝连连自我安慰。好一会儿，始皇帝又喃喃自语："祖龙是人的祖先。祖先是已死去的人，'祖龙死'与朕无关，也与大秦无关。"末了，始皇帝叮咛御史："'祖龙死'这事不能泄露出去！"

始皇帝又让御府去察看那块玉璧，发现竟然是始皇二十八年（前219）出外巡视，途经湘山祠，渡江遭遇风浪时沉入水中的那块。始皇帝觉得事有蹊跷，于是对此事进行占卜，占卜的结果是迁徙才吉利。于是迁移三万

---

① 《左传·昭公十七年》记载郯子到鲁国见鲁昭公时谈道："吾祖也，吾知之矣。昔者黄帝氏以云纪，故曰云师而云名。炎帝氏以火纪，故以火师而火名。共工氏以水纪，故以水师而水名。太皞氏以龙纪，故以龙师而龙名。"

户人家到北河、榆中地区，每户授给爵位一级。①

虽然秦始皇当年没有死，但在第二年的巡视中，于七月丙寅日在沙丘平台病逝。秦始皇是秦国历史上伟大的君主，但他统一天下之后，视六国臣民为黔首，老天在对秦始皇多次发出警示而不被重视之后，夺了秦始皇的生命。秦始皇的短寿将秦王朝的国祚也带走了。

秦王朝结束了一个时代——种姓战争的时代过去了，秦将不同种姓变成了华夏人，华夏人就是华人，秦始皇统一了中国，这是中国历史上华人的第一次统一。

---

① 见〔西汉〕司马迁《史记·秦始皇本纪》："三十六年，荧惑守心。有坠星下东郡，至地为石，黔首或刻其石曰'始皇帝死而地分。'始皇闻之，遣御史逐问，莫服，尽取石旁居人诛之，因燔销其石。始皇不乐，使博士为《仙真人诗》，及行所游天下，传令乐人歌弦之。秋，使者从关东夜过华阴平舒道，有人持璧遮使者曰：'为吾遗滈池君。'因言曰：'今年祖龙死。'使者问其故，因忽不见，置其璧去。使者奉璧具以闻。始皇默然良久，曰：'山鬼固不过知一岁事也。'退言曰：'祖龙者，人之先也。'使御府视璧，乃二十八年行渡江所沈璧也。于是始皇卜之，卦得游徙吉。迁北河榆中三万家。拜爵一级。"

参 考 文 献

[1] 司马迁. 史记（全三册）[M]. 韩兆琦评注版本. 长沙：岳麓书社，2011.

[2] 尚书 [M]. 王世舜，王翠叶，译注. 北京：中华书局，2012.

[3] 周易 [M]. 杨天才，张善文，译注. 北京：中华书局，2011.

[4] 山海经 [M]. 方韬，译注. 北京：中华书局，2011.

[5] 春秋穀梁传 [M]. 徐正英，邹皓，译注. 北京：中华书局，2016.

[6] 春秋公羊传 [M]. 黄铭，曾亦，译注. 北京：中华书局，2016.

[7] 礼记译解 [M]. 王文锦，译注. 北京：中华书局，2016.

[8] 吕氏春秋 [M]. 陆玖，译注. 北京：中华书局，2011.

[9] 淮南子（全三册）[M]. 陈广忠，译注. 北京：中华书局，2012.

[10] 春秋繁露 [M]. 张世亮，钟肇鹏，周桂钿，译注. 北京：中华书局，2012.

[11] 司马迁. 史记 [M]. 台北：鼎文书局，1974.

[12] 刘安. 淮南子 [M]. 高诱，注. 上海：上海书局，1986.

[13] 朱熹. 楚辞集解 [M]. 上海：上海古籍出版社，1979.

[14] 王先谦. 庄子集解 [M]. 北京：中华书局，1987.

[15] 郭璞. 山海经穆天子传 [M]. 郭璞，注. 长沙：岳麓书社，1992.

[16] 刘文典. 淮南鸿烈集解 [M]. 北京：中华书局，1989.

[17] 应劭. 风俗通义校注 [M]. 王利器，校注. 北京：中华书局，1981.

[18] 钱穆. 国史大纲（全二册）[M]. 北京：商务印书馆，2014.

[19] 吕思勉. 中国通史 [M]. 吉林：吉林出版集团，2013.

[20] 林惠祥. 神话论 [M]. 北京：商务印书馆，1934.

[21] 范文澜. 中国通史 [M]. 北京：人民文学出版社，1978.

[22] 茅盾. 神话研究 [M]. 天津：百花文艺出版社，1981.

[23] 吕思勉. 先秦史 [M]. 上海：上海古籍出版社, 1982.

[24] 朱智贤. 儿童心理学 [M]. 北京：人民教育出版社, 1983.

[25] 冯天瑜. 上古神话纵横谈 [M]. 上海：上海文艺出版社, 1983.

[26] 何新. 诸神的起源 [M]. 台北：木铎出版社, 1987.

[27] 钟敬文. 钟敬文民间文学论集 [M]. 上海：上海文艺出版社, 1985.

[28] 林定夷. 科学研究方法概论 [M]. 杭州：浙江人民出版社, 1986.

[29] 谢选骏. 神话与民族精神：几个文化圈的比较 [M]. 济南：山东文艺出版社, 1986.

[30] 田兆元. 神话与中国社会 [M]. 上海：上海人民出版社, 1998.

[31] 费尔巴哈. 费尔巴哈哲学著作选集 [M]. 荣震华, 王太庆, 译. 北京：生活·读书·新知三联书店, 1962.

[32] 康德. 判断力批判 [M]. 韦旦民, 译. 北京：商务印书馆, 1964.

[33] 黑格尔. 美学 [M]. 朱光潜, 译. 北京：商务印书馆, 1996.

[34] 斯威布. 希腊的神话和传说 [M]. 楚图南, 译. 北京：人民文学出版社, 1978.

[35] 皮亚杰. 发生认识论原理 [M]. 王宪钿, 等, 译. 北京：商务印书馆, 1978.

[36] 丰华瞻. 世界神话传说选 [M]. 丰华瞻, 译. 北京：外国文学出版社, 1982.

[37] 苏尔科夫. 简明文学百科全书（第四卷）[M]. 魏庆征, 译. 国家科学出版社, 1962.

[38] 列维·布留尔. 原始思维 [M]. 丁由, 译. 北京：商务印书馆, 1985.

[39] 克莱夫·贝尔. 艺术 [M]. 周金环, 马钟元, 译. 北京：中国文联出版公司, 1986.

[40] 拉法格. 文论集 [M]. 罗大冈, 译. 北京：人民文学出版社, 1979.

[41] 弗洛伊德. 精神分析引论 [M]. 高觉敷, 译. 北京：商务印书馆, 1984.

[42] 科西多夫斯基. 圣经故事集 [M]. 张会森, 陈启民, 译. 北京：新华出版社, 1981.

[43] 亨莉埃特·默茨. 几近褪色的记录 [M]. 崔岩峭等, 译. 北京：海洋出版社, 1993.

［44］袁珂. 神话故事新编［M］. 北京：中国青年出版社，1963.

［45］袁珂. 中国神话传说［M］. 北京：中国民间文艺出版社，1984.

［46］袁珂. 山海经校注［M］. 台北：里仁书局，2004.

［47］张将凯，魏峻. 新石器时代考古［M］. 北京：文物出版社，2004.